吴敢著

金瓶梅研究史

子雲

中州古籍出版社
·郑州·

图书在版编目（CIP）数据

金瓶梅研究史 / 吴敢著 . —郑州 ：中州古籍出版社，2015. 6（2024. 7 重印）
ISBN 978-7-5348-5344-9

Ⅰ . ①金… Ⅱ . ①吴… Ⅲ . ①《金瓶梅》– 文学研究 Ⅳ . ① I207.419

中国版本图书馆 CIP 数据核字（2015）第 127073 号

JINPINGMEI YANJIU SHI
金瓶梅研究史

责任编辑　李祖哲
责任校对　周　靖
美术编辑　曾晶晶
扉页题字　魏子云

出 版 社　中州古籍出版社（地址：郑州市郑东新区祥盛街 27 号 6 层
邮编：450016　电话：0371-65723280）
发行单位　河南省新华书店发行集团有限公司
承印单位　河南新华印刷集团有限公司
开　　本　787 mm × 1092 mm　1/16
印　　张　23.5
字　　数　431 千字
版　　次　2015 年 6 月第 1 版
印　　次　2024 年 7 月第 2 次印刷
定　　价　98.00 元

首届全国《金瓶梅》学术讨论会1985年6月8日合影于徐州

第二届全国《金瓶梅》学术讨论会1986年10月21日合影于徐州

第三届全国《金瓶梅》学术讨论会1988年11月10日合影于扬州

中国《金瓶梅》学会第一届理事会1989年6月15日合影于徐州

首届国际《金瓶梅》学术讨论会1989年6月15日合影于徐州

1989年6月15日江苏省梆子剧团为首届国际《金瓶梅》学术讨论会演出移植川剧《潘金莲》

1989年6月16日徐州市京剧团为首届国际《金瓶梅》学术讨论会演出《李瓶儿》

1990年10月20日第四届（临清）全国《金瓶梅》学术讨论会开幕式

第六届全国《金瓶梅》学术讨论会1993年9月14日合影于鄞县

第二届国际《金瓶梅》学术讨论会1992年6月15日合影于枣庄

第三届国际《金瓶梅》学术讨论会1997年7月30日合影于大同

2000年10月23日徐州市京剧团为第四届国际《金瓶梅》学术讨论会演出邵美荣、李水莲折子戏专场

第四届国际《金瓶梅》学术讨论会2000年10月23日合影于五莲

《金瓶梅》邮票选题论证会2002年5月9日合影于临沂东蒙山庄

第五届国际《金瓶梅》学术讨论会2005年9月17日合影于开封

第七届全国《金瓶梅》学术讨论会2007年5月12日合影于峄城

2007年10月21日第六届（临清）国际《金瓶梅》学术讨论会筹备会合影

第六届国际《金瓶梅》学术讨论会2008年7月11日合影于临清

2009年9月18日第七届（清河）国际《金瓶梅》学术讨论会筹备会合影

《综合学术本金瓶梅》出版选题座谈会2010年1月22日合影于北京

第七届国际《金瓶梅》学术讨论会2010年8月21日合影于清河

2011年9月7日台儿庄古城《金瓶梅》文化研究座谈会合影

2012年8月24日第八届国际《金瓶梅》学术讨论会台北开幕式

第九届国际《金瓶梅》学术讨论会2013年5月11日合影于五莲

电视连续剧《兰陵笑笑生传奇》剧本论证会2014年6月14日合影于峄城

第十届国际《金瓶梅》学术研讨会2014年11月15日合影于兰陵

序

一、巨大潜在效应的起点

通过与吴敢先生的交往，我们建立了不同寻常的学术友谊，共历艰难险阻，共尝酸甜苦辣。有成果时，也享受丰收的喜悦。因为《金瓶梅》被禁数百年，在误解、打压下，委屈地生存，曲折地传播，使《金瓶梅》学术研究具有特异性、艰难性。研究《金瓶梅》，很容易被曲解为“不是正经的学问”。尽管如此，认定了它的伟大不朽，它的永久的艺术魅力；认定了它在中国小说史上的高峰地位，它的世界影响。我们的研究从不言放弃，三十年如一日，产生了一系列基础性研究成果。

1980年春，有幸入华东师大中国文学批评史师训班（郭绍虞先生指导，徐中玉先生任班主任）。在师训班聆听到施蛰存、王元化、朱东润、程千帆、钱仲联、钱谷融、蒋孔阳、舒芜等前辈专家的专题报告。吴组缃先生应邀给学员做中国古代小说理论史报告。郭绍虞先生向学员提出加强对古代小说戏曲理论研究的要求。在郭、吴两位先生启示下，在徐中玉先生具体指导下，在华东师大图书馆借阅张竹坡评本《金瓶梅》（乾隆丁卯刻奇书第四种本），大约用了半年时间，抄写了三大本笔记（因是善本古籍，不允许复印），在此基础上撰写了《评张竹坡的〈金瓶梅〉评论》（提交在武汉东湖宾馆召开的中国古代文论学会第二届年会，会后载《文艺理论研究》1981年第2期）。初步考证了张竹坡生平，肯定了张竹坡在小说理论上的贡献，对其评点的理论价值概括为四点：（1）以发愤而作的文学思想来评价《金瓶梅》，认为《金瓶梅》是一部泄愤的世情书，是一部史公文字，而不是淫书。（2）重视对作者阅历的研究，认为作者经历患难穷愁，入世最深，作者有深沉的感慨。（3）总结《金瓶梅》写实成就。他认为作者描绘市井社会，逼真如画，“使人不敢谓操笔伸纸做出来的”。强调以作家阅历为基础的艺术真实，强调写现实日常生活，又重视作家激情，强调两方面的统一。（4）分析《金瓶梅》刻画人物性格的艺术特点，丰富了金圣叹提出的典型性格论。论文引起了同行学友的关注，被誉为“中国大陆第一篇张竹坡研究专题论文”。

据《徐州诗征》载张竹坡诗二首并小传，竹坡名道深，著有《十一草》。据《幽梦影》竹坡评语、《在园杂志》知竹坡生活贫困，和张潮有密切关系，《金瓶梅》总评、回评均出自竹坡之手。关于其生平、评点《金瓶梅》的具体情况，所知甚少。在华东师大图书馆查阅《徐州府志》《铜山乡土志》，未出现有关张竹坡生平家世资料。因此想到徐州考察，找张竹坡的后人，找《张氏族谱》。1984 年 3 月 13 日—18 日在武汉召开中国古代小说理论研讨会，提交论文《再谈张竹坡的〈金瓶梅〉评点》，引起吴敢的关注（他当时在徐州市文化局小说戏曲研究室工作），与吴敢初次相识。武汉会后，到上海、大连、沈阳访师友、访书，4 月 15 日返回长春。4 月 16 日给吴敢写一信，请他在徐州考察：（1）徐州师院图书馆、徐州市图书馆或民间是否藏《张氏族谱》；（2）徐州市有无张竹坡的后人；（3）有没有张竹坡《十一草》。大约经过一个月即接到吴敢回信说，一个月里，足迹遍彭城，三个问题全部解决：找到《张氏族谱》，《十一草》在族谱中，寻访到了张竹坡的后世子孙，并附乾隆四十二年（1777 年）刊本《张氏族谱》封面复印件。得知这一重要文献被发现的信息，我甚为兴奋，决定去徐州。为节省经费，利用到马鞍山雨山湖宾馆招生之机会，完成招生任务后，于 8 月 14 日到徐州，在吴敢向导下，二人骑自行车到铜山汉王乡访《张氏族谱》藏家张伯吹。此时，吴敢已撰写关于张竹坡家世生平的系列论文。我俩深夜交谈，今后关于张竹坡与《金瓶梅》研究相互配合，逐步深入。并提出倡议：争取市委、市政府支持，在徐州召开《金瓶梅》学术研讨会。吴敢撰写的系列论文，后来结集成《金瓶梅评点家张竹坡年谱》《张竹坡与金瓶梅》。对张竹坡家世生平研究取得了重大突破，有力地推动了《金瓶梅》学术的发展繁荣。1985 年 6 月首届全国《金瓶梅》学术讨论会在徐州召开，这是《金瓶梅》学术史上的第一次，是历史上的首创。

1985 年 12 月，经过五年搜集整理，《金瓶梅资料汇编》（侯忠义、王汝梅编），由北京大学出版社出版，印数 6 万册。该书参加法兰克福国际图书博览会，产生了较大影响，《人民日报》刊发书评。第二年 9 月修订再版，印数增加到 10 万册。吴敢提供《仲兄竹坡传》《张竹坡年谱简编》等珍贵资料与论著，积极参与了汇编工作。《汇编》辑录张竹坡评点《金瓶梅》的总评、读法、回评及张竹坡生平资料，作为《汇编》的主体部分。崇祯本评语据北京大学藏本辑录，广泛搜集了明清《金瓶梅》研究资料。《满文译本〈金瓶梅〉序》《张竹坡致张潮信》等都是首次排印。这部《汇编》是最先出版发行的《金瓶梅》专题资料集。

1987 年 1 月，《张竹坡批评第一奇书金瓶梅》（校点本）经国家新闻出版局

〔1986〕456号文件批准，由山东齐鲁书社出版。吴敢关于张竹坡与《金瓶梅》的研究，促进了张评本的整理工作。张评本在大陆排印出版，在历史上是第一次。

1988年11月，《金瓶梅词典》由吉林文史出版社出版，由刘辉、吴敢、张远芬等23位学者集体撰稿，收录《金瓶梅词话》中读者不易弄懂原意的词语4588条。王利器先生审定，撰写前言。这部词典是继姚灵犀编著的《瓶外卮言》（1940年8月）、魏子云的《金瓶梅词话注释》（1980年12月）之后，诠释词语最多的一部词典。

学术电教片《〈金瓶梅〉：天下第一奇书》，总制片王汝梅，导演杨晨光、何长林，艺术顾问陈家林，1989年录制，吉林教育音像出版社出版发行。录像片介绍了《金瓶梅》的思想与艺术成就，及其研究的历史与现状。由吉林大学中国文化研究所与聊城师院中文系等联合录制。解说词由王汝梅、叶桂桐、王志强、郑颂编撰。共分四集：（1）情欲世界；（2）冷热四百年；（3）作者之谜；（4）十年新探。集文献性、学术性、艺术性为一体，深入浅出，令人耳目一新。摄制组在山东临清等八市县，沿运河故道拍摄了明代文化遗迹，用以说明《金瓶梅》故事景观与文化背景。通过电视屏幕向观众介绍《金瓶梅》，开展学术普及，在我国还是第一次。吴敢发现《张氏族谱》及其关于张竹坡与《金瓶梅》的研究，在录像片中作了重点报道。

《新刻绣像批评金瓶梅》会校本，经国家新闻出版署〔1988〕602号文件批准，由山东齐鲁书社1989年6月出版，三联书店（香港）有限公司1990年2月重印（海外发行）。整理会校以北京大学图书馆藏本为底本，以日本内阁文库藏本、首都图书馆藏本、天津图书馆藏本、上海图书馆藏崇祯本甲乙两种本、吴晓铃藏抄本、日本东京天理图书馆藏本等海内外现存十种版本进行校勘，每回回末出校记。通过此一部会校本可以了解各崇祯本的面貌特征。这是《金瓶梅》问世以来，在大陆第一次繁体直排出版的崇祯本的足本。在国内外产生了较大影响，引起国际汉学界关注。“1990年由齐烟、王汝梅校点，香港三联书店、山东齐鲁书社联合出版的《新刻绣像批评金瓶梅》会校本，这个本子校点精细，并附校记，没有删节，对于绣像本《金瓶梅》的研究十分重要”（美国哈佛大学田晓菲著《秋水堂论〈金瓶梅〉前言》）。在张评本《金瓶梅》版本研究与校点工作告一段落后，即着手《金瓶梅》崇祯本的整理。张评本的校点本出版、吴敢的张竹坡与《金瓶梅》研究给崇祯本的会校打下了基础，提供了条件。

1991年8月，由吉林大学筹办召开了中华全国第五次《金瓶梅》学术讨论会。教育部直属高校可以自主决定召开全国学术会议，但考虑到《金瓶梅》学术活动的敏感性、特殊性，为了得到省委的指导与支持，还是由学校向省委宣传部提交申请报告，获得了省委宣传部红头文件批准，宣传部部长许中田（后来任人民日报社社长）到会参加开幕式并讲话。刘中树校长（当时任副校长，主管文科科研与教学）一直在会上坐镇指导。研讨会未设主席台，公木先生、朱一玄先生、魏子云先生都坐听众席第一排。这年8月，我国闹水灾，各单位一把手不准外出。吴敢时任徐州市文化局局长，未能出席这次研讨会，只好远距离配合、关心祝愿研讨会圆满成功。《金瓶梅》的学术活动敏感，组织这种研讨活动何其难啊！何况，吴敢兄在徐州主办了多次国际研讨会与国内研讨会。即使在临清、峄城、诸城、五莲、清河等县市召开的研讨会，都是吴敢先生协助会长安排部署研讨会的全部活动。只有研究能力、学术水平，没有组织策划能力能行吗？吴敢具有创造发现与运筹帷幄的双重才华。

在整理校点张竹坡评本时，基本厘清了张评本内部各版本之间关系。当时在国内只见到两种张评康熙年间刊本。两种本子，总评都缺《第一奇书非淫书论》《凡例》两篇，在兹堂本不缺。我们判断此两篇为原版所有，非书商伪作，有的本子装订时漏掉，从内容、文字风格看，亦出张竹坡之手。台湾魏子云先生，就此问题来信提出疑问。接到魏先生信后，我们进一步思考研究与考察，在大连图书馆发现一部完整的张评康熙原刊本，总评中不缺《第一奇书非淫书论》《凡例》两篇。1993年10月，加拿大多伦多大学东亚学系米列娜教授应邀来中国作学术访问。笔者与米列娜共同在大连馆考察张评本时，发现《寓意说》最后227字，为其他张评本所无。这部张评康熙本，使我们得见张评原刊的完璧，是继《张氏族谱》之后，《金瓶梅》研究史上令人兴奋的可喜发现。经过与吉林大学图书馆藏本比勘与研究，判定大连图书馆藏本刻印在前，为张竹坡原刊本。吉大图书馆藏本是据大连图书馆藏本由张竹坡的弟弟张道渊加工修饰而成。1994年10月，吉林大学出版社出版了《皋鹤堂批评第一奇书金瓶梅》校注本，以吉林大学图书馆藏本为底本，参校了大连图书馆藏本。

从《张氏族谱》的发现，到张评原刊本发现，再到张评《金瓶梅》校注本出版整整经过了十年。吴敢著《金瓶梅研究史》出版，是对张竹坡与《金瓶梅》研究的总结，必将进一步推动金学向前发展。30年来，在张竹坡与《金瓶梅》研究这一重要课题上，我们二人长期配合，达到了高度的默契，取得了较为丰硕的成果。这是一个值得深入剖析与总结的学术个案。这一课题对整个社会的科学发展来说是微不足道的，但对个人来说，它影响了个人的人生志趣，决定了研究的方向。对个人来说，这一课题的起点与新文献的发现，其潜在效应又是“巨大”的。

二、冷热四百年　繁荣昌盛三十年

吴敢先生每次提到《张氏族谱》的发现，总要加一句“吉林大学王汝梅先生的督促”，这种尊重朋友，实录史实的精神，使我深受感动。从《张氏族谱》发现到张评原刊本发现，张竹坡与《金瓶梅》研究，仅仅是改革开放新时期30年金学中的一个组成部分。30年来已形成老中青三结合，勇于探索，十分活跃的团队，取得了丰硕的研究成果。正如吴敢所说：“一门新的显学——金学，已经赫然出现在世界文坛。中国的《金瓶梅》研究，经过80年漫长的历史，终于在20世纪的最后20年登堂入室，当仁不让也当之无愧地走在了国际金学的前列。”吴敢继承中国传统史学的实录精神，全面真实有深度地编撰研究史，是其成功的保证。

《金瓶梅研究史》重点在上编，上编的重点又在20世纪。最近30年的研究史，我们身在其中，既是史的编撰者，又是史的众多传主之一。吴敢参与组织了众多研讨会，关注《金瓶梅》研究的每一个动态，几乎阅读了所有出版的专著。30年研究史给我们描绘了金学发展的详情详貌，给历史一个存留，给今人一个启示。明清时期的《金瓶梅》研究史，时冷时热，冷热400年。以脂砚斋评为重要分界，在此之前，把它与《三国》《水浒》《西游》比较，盛赞它为四大奇书中的第一奇书。在《红楼梦》问世之后，批评家、读者的注意力转向把《金瓶梅》与《红楼梦》相比较，因而有《红楼梦》是暗《金瓶梅》，脱胎于《金瓶梅》，继承发展《金瓶梅》之说。显然，崇祯本评点、张竹坡评点、文龙评点合称“明清三大家评点”，是吴敢《金瓶梅研究史》明清时期论述的重点。在总结历史经验基础上进行反思，吴敢指出《金瓶梅》研究存在专家认识与民众认识的脱节，学术地位与文化地位的失衡，呼吁金学同人共同努力把《金瓶梅》研究推向一个新境界、新层面，并希望调整限制出版《金瓶梅》、限制影视制作《金瓶梅》的规定。

在改革开放新时期，国家新闻出版主管部门积极支持出版了《金瓶梅》的主要版本，虽然基本满足了学术研究的需求，但仍然满足不了广大读者的需求，更无法满足《金瓶梅》走上世界的需求。

1986年至1988年，有两位剧作者花费两年时间把《金瓶梅》改编为40集电视连续剧剧本。改编本以尊重原著形象体系，浓缩原著结构，挖掘原著的文化蕴含，审视深化原著思想的原则进行改编，并吸取了1987年版《红楼梦》电视连续剧的经验，召开了由专家参加，《红楼梦》电视剧组成员出席的征求意见的座谈会。陈家林出任导演，并下决心拍成高文化品味的电视剧，向主管部门交上一份合格的答卷。终因条件不成熟而搁浅。学者专家、艺术家的意见是，这样一部伟大的世情小说，总有一天会被改编成电视连续剧，搬上银屏。30 多年的金学成果，也正为此目标准备条件，打下学术基础。吴敢提出《金瓶梅》影视制作问题，这是富有远见的战略性的目标方向，需要金学同人、影视艺术家共同努力。

三、前程总归有新篇

吴敢有诗写道："从此天地别一番，依然人生求妙玄。自信灵心长不老，前程总归有新篇。"自己谦虚地说"误入仕途二十年"，"现在又飞回了自然"。回归学术，回归自然，生命之树会更绿、更茂盛。2002 年 12 月，笔者给书法家王鸿涛先生抄本《新刻金瓶梅词话》写的序文中有这样一段话："王鸿涛先生以七十高龄，用时七年抄写两部名著，显示体制规定的'离退休'以后的生命历程是一个发展、成长、创造的新阶段，有活力、有潜力、有毅力。王鸿涛先生与他的两部名著抄本显示青春再现，显示人生的成熟之美，给我们以启示，以鼓舞，其意义远不止于书法艺术与名著流传。两部名著抄本可以说是老有所为、老有所长、老有所美的一曲人生旅程新阶段的奏鸣曲。"冯友兰先生 95 岁这年才完成他的《中国哲学史》七卷本，也显示了人生旅程新阶段的活力、创造力。冯友兰先生把人的境界分四种：自然境界、功利境界、道德境界、天地境界。天地境界最高。2010 年 6 月，纪念恩师、解放军军歌歌词作者、教育家、学者、著名诗人公木先生百年诞辰，笔者主持编纪念文集，题为"天地境界，德艺流芳"。2010 年 11 月到南开大学参加朱一玄先生百岁华诞庆典，宁宗一教授提出"要读懂一玄先生这一代人的这部人生大书"。笔者的感言说："朱先生是一位伟大的平民教授，是一位敬爱的世纪老人。他创造了生命奇迹、学术奇迹，有一颗美丽的心。"伟大的前辈大师，让我们懂得什么是人生的最高境界，什么是人性的成熟之美。面对前辈们的高大形象，我们自觉低矮了许多，有待修炼提升。吴敢兄也进入了人生旅程的新阶段，但愿有冯友兰先生、朱一玄先生等前辈们那样的活力、创造力，再奋斗二三十年，在《金瓶梅研究史》这部新成果之后，再写出《金瓶梅》研究更多新著作。祝愿学术青春永驻，学术生命之树常青。

王汝梅

2011 年 3 月 13 日长春

目　录

上编　金学概论

《金瓶梅》研究被称为“金学”，有一个循序渐进的过程。魏子云著《〈金瓶梅〉探原》（台北巨流图书公司 1979 年 4 月）庄练序：“希望学术界人士在魏先生的倡导之下，多多致力于此，使得《金瓶梅》的研究工作，也能像《红楼梦》研究工作似的发展成为一项专门学问，不让‘红学’专美于前。”庄练序于 1978 年 10 月，序中虽然没有出现“金学”一词，观其文意，金学已是呼之欲出。只不过其时尽管港台均已出现《金瓶梅》研究的大家（如魏子云、孙述宇等）与名作（如《〈金瓶梅〉的艺术》《〈金瓶梅〉探原》等），而中国大陆仅开始有少量论文发表，距离金学产生，尚待时日。

所以，魏子云在《金瓶梅的问世与演变・弁言》（台北时报文化出版事业有限公司 1981 年 8 月）中说：“今天，《红楼梦》已成为国际性的红学，……因有人说《〈金瓶梅〉》也有可能在国际上成为‘金学’，因为国际人士已开始注意到这部书了。而我则从不希求《金瓶梅》会成为‘金学’。”虽然魏子云没有奢望金学就会出现，但“金学”一词却第一次出现于书中。

魏子云著《金瓶梅审探》董庆萱序（台湾商务印书馆1982 年 6 月）：“继‘红学’之后，‘金学’也逐渐热闹起来。鲁迅、孙楷第、郑振铎、吴晗、姚灵犀以降，目前从事‘金学’研究的：在台湾，有魏子云；在香港，有孙述宇；在大陆，有吴晓铃、朱星；在美国，有韩南；在法国，有雷威安。几乎可以召开一次国际‘金学’会议了。”金学已经堂而皇之形诸笔端。其时两岸尚未通邮，魏子云的大著，在大陆很难读到。

随着 1985 年 6 月首届全国《金瓶梅》学术讨论会与 1986 年 11 月第二届全国《金瓶梅》学术讨论会在江苏省徐州市的召开，酝酿一次国际会议与构建金学逐渐提上日程。1986 年 11 月 24 日晚，会议宴请与会的新闻出版界人员，刘辉、林辰、胡文彬、杜维沫、张国星、徐柏荣、赵洪林、袁闾琨、任笃行与笔者同桌，酒酣耳热之际，说到“红学”，刘辉说《金瓶梅》研究也可叫作“金学”，张国星开玩笑说，《金瓶梅》

是《红楼梦》的祖宗，“金学”却是“红学”的弟弟。这是“金学”一词第一次出现于大庭广众之中。

1988 年 7 月，宁宗一撰写《说不尽的〈金瓶梅〉——“金学”思辨录之一》，刊登在《金瓶梅学刊》创刊号（苏徐出准字 1989 第 6 号，该刊用为首届国际《金瓶梅》学术讨论会会刊）。宁宗一在该文“‘金学’构想”章中说：“‘金学’作为一门专门的科学，专门的学问，首先有一个自身逐步完善的过程，这除了也有资料方面的准备外，其中理论准备又是当务之急。”他并且提出金学建构的三点构想。显然，金学已经正式提上《金瓶梅》研究者的日程，并为睿智者所关注。

1989 年 6 月，首届国际《金瓶梅》学术讨论会期间，王利器为陈东有《〈金瓶梅〉——中国文化发展的一个断面》作序说：“最近几年，在一批老中青学者的共同努力下，《金瓶梅》研究工作有了很大的发展，取得了可喜的成绩。但是，又应该看到，《金瓶梅》这部‘奇书’还有许多问题有待于深入研究，需要我们的‘金学’家们付出更大的力量。”

1989 年 6 月出版之蔡敦勇《〈金瓶梅〉剧曲品探》扉页“内容提要”即公然打出“金学”的旗号。

1989 年 9 月 15 日王汝梅在《〈金瓶梅〉探索·前言》中说：“《金瓶梅》的疑难问题太多，有待进一步探索，‘金学’有待深化与提高。”

1989 年 11 月 3 日吴晓铃在《〈金瓶梅〉探索·序》中说：“气氛热烈，研究不断升温，其势汹涌不可当，在所谓‘红学’之外又出现了异帜‘金学’，甚至于连许多‘红学’专家也舍己之田而耕，可谓盛矣。然而，平心以论，尽管你争他鸣，各家齐放，可是具有真知灼见者则实际上并不很多。盖或重复成说以炫示，或倡怪论而哗众，一也。盖或治学根底不足，或读书范围未广，以致论据失当，动辄授人以柄，二也。缘此两端，故‘金学’研讨尚有待于斩将搴旗者出。”

1990 年 8 月 29 日梅节刊登在《我与〈金瓶梅〉——海峡两岸学人自述》（成都出版社 1991 年 7 月）一书中的文章《“金学”海洋历险者——梅节自述》，已经一目了然。

香港明窗出版社 1990 年出版之《焦点文化》第五辑，彦火所撰论文的题目也是《“金学”研究的兴起》。

金学之能成立，需要一批大家、一批名著和一批稳定的相当数量的研究人员。截至 1990 年年底，已经出版《金瓶梅》研究论著近百部，发表《金瓶梅》研究论文近千篇，出现了一支过百人的研究队伍，中国的鲁迅、吴晗、郑振铎、姚灵犀、魏子云、孙述宇、朱星、徐朔方、沈天佑、刘辉、黄霖、宁宗一、王汝梅、蔡国梁、张远芬、孙逊、陈诏、周中明、石昌渝、陈昌恒、周钧韬、叶桂桐、郑庆山、卜键、李时人、鲁歌、马征、陈东有等；国外的小野忍、乌居久晴、泽田瑞穗、日下翠、大冢秀高、荒木猛（以上日本），韩南、芮效卫、柯丽德、普安迪、马泰来、郑培凯（以上美国），马努辛（苏联），雷威安（法国）等，世界上这四五十人的《金瓶梅》研究大家的地位也已基本确定。

从此，会上会下，文内文外，金学一词频繁出现。金学不但已为学术界所认可，而且很快比肩红学而成为显学。魏子云 1993 年 1 月 18 日所撰《金瓶梅研究二十年·后记》（台湾商务印书馆 1993 年 10 月）：“今日之《金瓶梅》一书之成为显学，热闹景造成的盛况，几已取代了前些年的《红楼梦》与《水浒传》。”

金学成为显学，“金学家”也随即跟着登堂入室。顾方东《来自岛上的“淘金”者——〈金瓶梅〉专家魏子云谈两岸交流》（香港《大公报》1991 年 2 月 11 日第 4 版）：“台湾‘金学家’魏子云六日晨飞抵长春参加中华全国第五次《金瓶梅》学术讨论会开幕式时，显得有些疲倦——毕竟年龄不饶人，七十三岁了。然而当本社记者问及近年海峡两岸‘金学’界相互交流的情况时，他倦容顿消，精神振奋，滔滔不绝。”

王年双《金学》（复文图书出版社 1995 年 2 月）：“金学之名必得自于金学之实，金学之研究人才和成果的繁盛，也正是金学成立的重要原因。”

金学，在 1989 年首届国际《金瓶梅》学术讨论会前后应运而生。

然而，金学由来久矣。自有《金瓶梅》小说，便有《金瓶梅》研究。明清两代的笔记丛谈，便已带有研究《金瓶梅》的意味。崇祯本上的无名氏评点，尤其是清康熙年间张竹坡的评点，还有清光绪年间文龙的评点，已经是名副其实的《金瓶梅》研究。但现代意义和现代体式上的《金瓶梅》研究，则在进入 20 世纪以后才出现。

一、明清时期的《金瓶梅》研究

（一）抄本的点评

明万历二十四年（1596 年），文学家袁宏道给书画家董其昌写了一封信，信中说：

“《金瓶梅》从何得来？伏枕略观，云霞满纸，胜于枚生《七发》多矣！后段在何处，抄竟当于何处倒换？幸一的示。”（《袁宏道集笺校》卷六《锦帆集》之四《尺牍》，上海古籍出版社 1981 年）

这是迄今所知《金瓶梅》以抄本形式在明代社会上传播的最早的记录，是研究《金瓶梅》至关重要的一段历史文献。

明万历三十四年（1606 年），袁宏道《与谢在杭》：“《金瓶梅》料已成颂，何久不见还也？”（《袁宏道集笺校》卷五十五《未编稿》之三《诗、尺牍》）

一部小说，画坛领袖收藏，文坛领袖阅读，社会活动家“成颂”，仅“伏枕略观”，便评价“云霞满纸，胜于枚生《七发》多矣”，且借来抄存，还急着“倒换”“后段”，忙着催人“见还”。《金瓶梅》一出现，便引起名家要员如此急切的重视，它究竟是一部什么样的小说呢？

“公安三袁”老二袁宏道在《觞政》中称《六经》等为酒经，诸《酒谱》为内典，“李杜”等为外典，《水浒传》《金瓶梅》等为逸典，并嘲笑说“不熟此典者，保面瓮肠，非饮徒也”。（《袁宏道集笺校》卷四十八《觞政·十之掌故》）“公安三袁”老三袁中道在《游居　录》中说：“往晤董太史思白，共说诸小说之佳者，思白曰：‘近有一小说，名《金瓶梅》，极佳。’予私识之。后从中郎真州，见此书之半，大约描写儿女情态具备，乃从《水浒传》潘金莲演出一支。所云‘金’者，即金莲也；‘瓶’者，李瓶儿也；‘梅’者，春梅婢也。……追忆思白言及此书曰：‘决当焚之。’以今思之，不必焚，不必崇，听之而已。焚之亦自有存之者，非人之力所能消除。但《水浒》崇之则诲盗，此书诲淫，有名教之思者，何必务为新奇？”（万历四十二年八月）（上海杂志公司 1935 年 9 月“中国文学珍本丛书”）

一部小说，哥哥奉为经典，弟弟却称为淫书，兄弟二人同以“性灵”为宗旨，却对《金瓶梅》的评价别有霄壤；同样一个董思白，对“极佳”之书却要“焚之”，原因究竟何在呢？

众所周知，《金瓶梅》描写了西门庆一家暴发与衰落的过程。这是当时社会（《金瓶梅》以宋喻明）的一个典型家庭。小说创造了西门庆这个商人、恶霸、官僚三位一体的典型。这是中国小说人物画廊中一个空前的崭新的形象。中国封建社会的长河浩浩荡荡，流过了将近二千个春秋，到了明代中后期，一方面，已是千孔百疮，积重难行；另一方面，新的经济因素（有人称为资本主义萌芽）不断滋生，新的社会阶层开始出现。把这样一个社会、这样一种状态形象地描绘出来，是文学艺术作品的历史责任。《金瓶梅》是第一个实践这一历史使命的长篇小说。这种“因一人写及全县”，由

“一家”而及“天下国家”（张竹坡《金瓶梅读法》）的写作方法，被鲁迅称为“著此一家，即骂尽诸色”（《中国小说史略》）。《金瓶梅》通过西门大院的兴衰变化，暴露出当年“天下失政，奸臣当道，谗佞盈朝，……卖官鬻爵，贿赂公行，……以致风俗颓败，赃官污吏遍满天下”（第三十回“蔡太师覃恩锡爵，西门庆生子加官”）的政治制度的腐朽，和妻妾相妒、主仆相争的家庭婚姻制度、奴婢制度的罪恶，同时也不经意间客观地描写了新的政治经济成分，广阔地展示了那个特定时代的社会风貌，可以说是一部明代中后期暨中国封建社会晚期的百科全书。

《金瓶梅》与此前《三国演义》《水浒传》《西游记》等小说单线发展、板块接承的结构方式不同，是一种以西门庆为关照，以潘金莲、李瓶儿、庞春梅为对应；以西门大院为枢纽，以清河他家、清河以外多家为统系，贯通关联，穿插曲折的网络结构。这是后来的《红楼梦》和近现代小说的经典结构方式。《金瓶梅》是第一部使用这种结构方式并获得相当成功的中国长篇小说。《金瓶梅》写了几百个人物，其有始有终的少说也有几十人，岂不是头绪纷繁，读来模糊吗？小说“劈空撰出金、瓶、梅三个人来，……看其前半部只做金、瓶，后半部只做春梅，前半人家的金、瓶，被他千方百计弄来，后半自己的梅花，却轻轻的被人夺去”（张竹坡《金瓶梅读法》），提纲挈领，纲举目张，非常巧妙地解决了这个问题。从这种开合收放的角度看，其第一回是全书的总纲，第七十九回是后半部的关键，布局较为均衡。

以上两点，应是哥哥袁宏道极力称许《金瓶梅》的主要原因。

《金瓶梅》以社会基层结构为单元，描写的是西门庆扭曲变态的家庭生活，其重点人物潘金莲又是一个淫妇、妒妇、悍妇三位一体的典型，加上当时朝野猥亵，以风流为谈资，《金瓶梅》难免有一些自然主义的性描写文字（约2万字，占全书四十分之一）。白璧微瑕，今天已经得到人们的理解和宽容。但在其流传三四百年的过程中，不少卫道者急欲焚之而后快，其也被历朝历代列为禁毁书目。

这大概就是弟弟袁中道视其为“淫书”的道理。

在《金瓶梅》抄本流传过程中，对《金瓶梅》的评价可分为毁誉两端。毁之者如：李日华《味水轩日记》：“五日（敢按：万历四十三年十一月五日），伯远携其伯景倩所藏《金瓶梅》小说来，大抵市诨之极秽者，而锋焰远逊《水浒传》。袁中郎极口赞之，亦好奇之过。”（刘氏嘉业堂刊本卷七）沈德符《万历野获编》：“袁中郎《觞政》以《金瓶梅》配《水浒传》为外典，予恨未得见。丙午，遇中郎京师，问曾有全帙否？曰：‘第睹数卷，甚奇快。’今惟麻城刘涎白承禧家有全本，盖从其妻家徐文贞录得者。又三年，小修上公车，已携有其书，因与借抄挈归。吴友冯梦龙见之惊喜，怂恿书坊以重价购刻。马仲良时榷吴关，亦劝余应梓人之求，可以疗饥。予曰：‘此等书必遂有人板行，但一刻则家传户到，坏人心术，他日阎罗究诘始祸，何辞置对。吾岂以刀锥博泥犁哉？仲良大以为然，遂固箧之。”（卷二十五）

誉之者如：屠本畯《山林经济籍》：“不审古今名饮者曾见石公所谓‘逸典’否？按《金瓶梅》流传海内甚少，书帙与《水浒传》相埒。……王大司寇凤洲先生家藏全书，今已失散。往年予过金坛，王太史宇泰出此，云以重赀购抄本二帙。予读之，语句宛似罗贯中笔。复从王征君百谷家又见抄本二帙，恨不得睹其全。如石公而存是书，不为托之空言也。否则，石公未免保面瓮肠。”（阿英《小说闲谈》引明末刻本《山林经济籍》）

抄本上的序跋，可能只有谢肇　的《金瓶梅跋》一文。此跋见于谢肇　《小草斋文集》卷二十四，可谓一篇《金瓶梅》简介。此文涉及《金瓶梅》的卷帙，“书凡数百万言，为卷二十”；版本，“此书向无镂版，钞写流传”；作者，“不著作者名代，相传永陵中有金吾戚里……而其门客病之，采摭日逐行事，汇以成编，而托之西门庆也”；流传，“唯　州家藏者最为完好，余于袁中郎得其十三，于丘诸城得其十五，稍为厘正”；续书，“仿此者有《玉娇丽》，然而乖彝败度”；思想艺术，“其中朝野之政务，官私之晋接，闺闼之媟语，市里之猥谈，与夫势交利合之态，心输背笑之局，桑中濮上之期，尊罍枕席之语，驵侩之机械意智，粉黛之自媚争妍，狎客之从谀逢迎，奴　之稽唇淬语，穷极境象，駴意快心。譬之范公抟泥，妍媸老少，人鬼万殊，不徒肖其貌，且并其神传之。信稗官之上乘，炉锤之妙手也。”

蔡国梁《谢肇　与〈金瓶梅〉》（《福建论坛》1989年第4期）：“值得重视的，是谢肇　对《金瓶梅》的文学评价，其观点鲜明，论述全面，造语峭拔，表现了他的功力和胆识，不独是最早的评骘《金瓶梅》的权威，且是古代文论中的奇葩。他概括了《金瓶梅》的题材与主题、形象与手法，揭示了《金瓶梅》在小说史上的地位和局限，批驳了万历一些人对《金瓶梅》的谬见，他回答了至今还争论不休的某些疑难。按当时的认识水平而论，诚属难能可贵，较之被同代誉为‘举类迩而见义远’的沈德符之文要高出一筹。”可谓公允。

如果以今时研究史学的眼光，以上所录明代关于《金瓶梅》抄本的载记，虽然大多只是只言片语的传闻、实录或点评，但也已经涉及《金瓶梅》研究专题的思想、艺术、成书、版本、作者、传播等诸多方向，并时觉真知灼见。

（二）词话本的序跋

传世万历丁巳版《金瓶梅词话》有三篇序跋，即欣欣子《金瓶梅词话序》、廿公《金瓶梅跋》、东吴弄珠客《金瓶梅序》。这三篇序跋的作者署名均为笔名，究为何人，参见本书后文。这三篇序跋对《金瓶梅》的定性并不相同，东吴弄珠客认为是“秽书”，而廿公、欣欣子则认为不是“淫书”。

其实这三篇序跋对《金瓶梅》均有正面的评议，甚至高度的推许。首先，均认为《金瓶梅》是有为之作，欣欣子说“寄意于时俗，盖有谓也”；廿公说“盖有所刺也”。东吴弄珠客说“然作者亦自有意，盖为世戒，非为世劝也”，肯定了作者的创作宗旨。其“有谓”“有所”“有意”的具体内容，欣欣子说：“无非明人伦，戒淫奔，分淑慝，化善恶，知盛衰消长之机，取报应轮回之事，如在目前，……使观者庶几可以一哂而忘忧也。……其他关系世道风化，惩戒善恶，涤虑洗心，无不小补。”廿公说：“中间处处埋伏因果，作者也大慈悲矣。”东吴弄珠客说：“勿为西门庆之后车可也。”

这三篇序跋均着力推介作者的创作能力与小说的写作技巧，欣欣子说：“其中语句新奇，脍炙人口，……始终如脉络贯通，如万系迎风而不乱也，……虽市井之常谈，闺房之碎语，使三尺童子闻之，如饫天浆而拔鲸牙，洞洞然易晓，虽不比古之集理趣，文墨绰然可观。”廿公说：“曲尽人间丑态。”东吴弄珠客说：“借西门庆以描画世之大净，应伯爵以描画世之小丑，诸淫妇以描画世之丑婆净婆，令人读之汗下。”

关于《金瓶梅》的作者，抄本似无署名，时人虽有猜测透露，欣欣子《金瓶梅词话序》方第一次坐实为“兰陵笑笑生”，而且用行文指示“兰陵”是郡望，“笑笑生”是作者，虽然仅仅是笔名。廿公则明确为“世庙时一钜公”。其他如欣欣子序“书于明贤里”，东吴弄珠客序“书于金阊道中”，所有这些，均给《金瓶梅》作者考证提供了线索。

关于《金瓶梅》的书名，作者所拟大约是《金瓶梅传》（欣欣子《金瓶梅词话序》、廿公《金瓶梅跋》），这应该就是抄本的书名。在其流传的过程中，被简称或通称为《金瓶梅》（谢肇淛《金瓶梅跋》、东吴弄珠客《金瓶梅序》）。万历丁巳雕版刊行时额其名曰《金瓶梅词话》，而说散本刊行仍名《金瓶梅》，后来张竹坡评点则名《第一奇书》或简称《金瓶》。

（三）绣像本的评点

晚明以迄民国，总共有六人次对《金瓶梅》作有评点：其一是窜入《金瓶梅词话》正文中的批语（见刘辉《文龙及其批评〈金瓶梅〉》，载其《〈金瓶梅〉成书与版本研究》，辽宁人民出版社 1986 年 6 月），其二是绣像本《金瓶梅》上的评点，其三是张竹坡的评点，其四是文龙的评点，其五是北京大学图书馆藏《新刻绣像批评金瓶梅》（以下简称绣乙本）的墨批，其六是徐州市图书馆藏《第一奇书》康熙乙亥本的墨批。在张竹坡评点《金瓶梅》之前，仅有窜入《金瓶梅词话》正文中的批语和绣像本《金瓶梅》上的评点，而前者极为稀少简疏，可忽略不计。

其绣像本《金瓶梅》上的评点，仅眉批、夹批两种形式，据刘辉、吴敢辑校本《会评会校金瓶梅》（香港天地图书有限公司 1994 年）统计，计有眉批 1442 条、夹批 1195 条，总 2637 条，约 2 万字。

这次评点很像是一个阅读记录，时读时批，即兴而为，随意点拨，没有统一的筹划，以致各回评点条数众寡悬殊（第七十五回最多，有眉批 44 条、夹批 36 条，总 80 条；第四十四回最少，仅有夹批 2 条）。另外，一个字的夹批比例较高。自然也有点睛之笔，如第一回“西门庆热结十兄弟，武二郎冷遇亲哥嫂”写应伯爵来找西门庆叙说武松打虎之事，书中写道：“西门庆因问道：‘你吃了饭不成？’伯爵不好说不曾吃，因说道：‘哥，你试猜？’西门庆道：‘你敢是吃了？’伯爵掩口道：‘这等猜不着。’”在此处，绣乙本夹批曰“妙”。应伯爵混穷到西门庆家打秋风，又不好意思直说，西门庆则有意捉弄，明知故问，而应伯爵机敏闪躲，设局猜谜，虽尴尬而解嘲，此一“妙”字，既有西门庆、应伯爵问答之妙，亦有《金瓶梅》作者描写之妙，点睛可谓得体。但可批可不批之处所在尽多，如第二回“俏潘娘帘下勾情，老王婆茶坊说技”，写武大郎听武松话早早收摊关门守家，惹得潘金莲骂街：“日头在半天里，便把牢门关了……也不怕别人笑耻！”而“武大道：‘由他笑也罢……’”绣乙本于此处夹批曰“是”，便无关痛痒。

然这次评点虽为读书笔记，其能够起到导读作用，亦不容置疑。譬如小说立意的提醒，如全书起首说到“酒色财气”：“假如一个人到了那穷苦的田地，……就是那粥饭尚且艰难，那讨余钱沽酒？（绣乙本夹批：酒因财缺。）更有一种可恨处，亲朋白眼，面目寒酸，便是凌云志气，分外消磨，怎能够与人争气？（绣乙本夹批：气以财弱。）……到得那有钱时节，挥金买笑，一掷巨万，思饮酒，（绣乙本夹批：酒需财美。）真个琼浆玉液，不数那琥珀杯流；要斗气，（绣乙本夹批：气用财伸。）钱可通神，果然是颐指气使。”可谓一路导引，循序渐进。又如艺术手法的点拨，其“伏脉”二字夹批，自在前述“酒色财气”议论随后点出之后，全书随处可见。如第一回引出主人公西门庆起始，即在其十兄弟之一卜志道死后，以“伏脉”二字点明此乃昭示西门庆死后之笔，紧接着又在以花子虚填补十兄弟空缺处一次、兄弟主仆提到李瓶儿时二次、描写玉皇庙挂像时一次、叙述潘金莲出身时一次，绣乙本一连六处夹批“伏脉”，真是生怕读者看书不细，辜负了作者苦心。

关于评点者为何方人士，学术界众说纷纭，冯梦龙（黄霖《〈新刻绣像批评金瓶梅〉评点初探》持此观点，载《成都大学学报》1983 年第 1 期）、李渔（刘辉、吴敢、胡文彬持此观点。刘辉《〈金瓶梅〉版本考》，载徐朔方、刘辉编《金瓶梅论集》，人民文学出版社，1986 年；吴敢《张竹坡与〈金瓶梅〉》，百花文艺出版社 1987 年；胡文彬《金瓶梅书录》，辽宁人民出版社 1986 年）、王肯堂（顾国瑞《屠本畯与〈金瓶梅〉》持此观点，载《北京大学学报》1985 年第 4 期）、汤显祖（刘洪强《崇祯本〈金瓶梅〉的评改者为汤显祖考论》持此观点，载《徐州工程学院学报》2009 年第 1 期）的可能性大一点，魏子云则主张“沈德符与冯梦龙合写说”（《金瓶梅的问世与演变》，台北时报文化出版事业有限公司 1981 年），亦有认为评点人与改写人（词话本在前绣像本在后论者）为一人者，但不管为谁人所评，也不管评点者与改写者是否一人，其评点中的不少观点，均足资存鉴。

首先，评点对《金瓶梅》主旨的把握比较准确。其第一段评点，即为放在全书起首的眉批，在绣像本所有版本（以下仅称绣像本）中均为：“一部炎凉景况，尽在此数语中。”这里所说的“此数语”是一首诗，曰：“豪华去后行人绝，箫筝不响歌喉咽。雄剑舞威光彩沉，宝琴零落金星灭。”绝、咽、沉、灭，豪华不再，箫筝不响，雄剑无威，宝琴零落，一副破败境况，而且是绝的是华，咽的是乐，沉的是剑，灭的是宝，两相对照，炎凉立现。

此诗后面，紧接着便是关于酒色财气的议论，内中有如此一段言论：“若有那看得破的，便见得堆金积玉，是棺材内带不去的瓦砾泥沙；贯朽粟红，是皮囊内装不尽的臭淤粪土；高堂广厦，玉宇琼楼，是坟山上起不得的享堂；锦衣绣袄，狐服貂裘，是骷髅上裹不了的败絮。即如那妖姬艳女，献媚工妍，看得破的，却如交锋阵上将军叱咤献威风；朱唇皓齿，掩袖回眸，懂得来时，便是阎罗殿前鬼判夜叉增恶态。罗袜一弯，金莲三寸，是砌坟时破土的锹锄；枕上绸缪，被中恩爱，是五殿下油锅中生活。”

在这段言论上面，绣像本有眉批曰：“说得世情冰冷，须从蒲团面壁十年才辨。”

“世情”作为中国古代小说美学的基本理论范畴，在中国古代小说评点中，这是第一次提及。后来鲁迅《中国小说史略》以《金瓶梅》为例，对“世情书”界出定义，引发出迄今风起云涌、数以千计的“世（人）情小说”研究成果。绣像本评点者并不是偶然使用“世情”概念，而是随着评点的逐回进行，反复多次出现。如第二十回“傻帮闲趋奉闹华筵，痴子弟争锋毁花院”写李桂姐被西门庆包养后又偷去接客，于是西门庆带领奴仆打闹丽春院，绣像本于此眉批曰：“此书妙在处处破败，写出世情之假。”

第九十一回“孟玉楼爱嫁李衙内，李衙内怒打玉簪儿”内有这样一段文字：“有那说歹的，街谈巷议，指戳说道：西门庆家小老婆，如今也嫁人了。当初这厮在日，专一违天害理，贪财好色，奸骗人家妻女。今日死了，老婆带的东西，嫁人的嫁人，拐带的拐带，养汉的养汉，做贼的做贼，都野鸡毛儿零　了。常言三十年远报，而今眼下就报了。”这段文字上面绣像本亦有眉批曰：“此一段是作书大意！”

这一类议论，在绣像本评点中，俯拾皆是。这说明评点者独具慧眼，一语破的，充分肯定了《金瓶梅》描写现实、暴露黑暗、揭示人生、警戒世情的意义。

绣像本评点中更多的是关于人物形象与写作手法的议论。譬如潘金莲，第一回介绍其出身写至“做张做致，乔模乔样”时，绣乙本夹批曰“一生伎俩”。综观《金瓶梅》里的潘金莲，与《水浒传》里的潘金莲，其最大不同之处，即行为模式的变化。《水浒传》里的潘金莲是在寻求般配的情侣（只不过后来为人算计误入歧途方才性质改变而已），而《金瓶梅》里的潘金莲是在争宠求欢（至少是被娶入西门大院以后是如此，而《金瓶梅》方由此才书归正传，此前的潘金莲还带有《水浒传》的浓重痕迹）。具备资质的潘金莲，因为身份低下，寻求情侣仍然要积极主动，所以《水浒传》主要描写其投怀送抱。而做了五娘、变成主子、有了身份的潘金莲，寻欢作乐成为其生活主体。只是西门大院群芳争艳，尤其是李瓶儿加入西门庆妻妾行列以后，这个各方面都不弱于她而财力、性情超过她的六娘，更成为她的天敌。要享受西门庆的宠爱，要保持宠幸第一的位置，不使用手段，不哗众取宠，甚至不心狠手辣，便有可能前功尽弃。而潘金莲固宠的基础就是“做张做致，乔模乔样”，并且非常及时得体。

第二十七回“李瓶儿私语翡翠轩，潘金莲醉闹葡萄架”回首写潘金莲摘与不摘、戴与不戴、送与不送瑞香花，这样一件细小之事，潘金莲与西门庆几番口舌，来回折腾，打情骂俏，可谓极尽“做张做致，乔模乔样”之能事，此处绣像本有眉批曰：“金莲之丽情娇致，愈出愈奇，真可谓一种风流千种态，使人玩之不能释手，掩卷不能去心!”潘金莲正是靠这类伎俩，用漂亮女人的百种模样、风流女子的千般媚态、颖慧妻妾的万类矫情，让西门庆爱不释手。因此，潘金莲知道西门庆支使她离开以便与李瓶儿幽会，便“把花儿递与春梅送去，回来悄悄蹑足，走到翡翠轩槅子外潜听”。她听到西门庆说爱李瓶儿的屁股白，已是妒火中烧，当得知李瓶儿怀孕，更是预感到危机。所以等孟玉楼来到，西门庆要用肥皂洗脸时，她有了发泄的机会：“我不好说的，巴巴寻那肥皂洗脸，怪不的你的脸洗的比人家屁股还白!”绣乙本于此处夹批道：“尖甚。”潘金莲犹不尽意，当西门庆、孟玉楼、潘金莲、李瓶儿四人在翡翠轩吃酒作乐，孟玉楼问她为何只坐凉墩儿时，她说：“不妨事，我老人家不怕冰了胎!”小说接着继续写道：“潘金莲不住在席上之呷冰水，或吃生果子。玉楼道：‘五姐，你今日怎的只吃生冷?’金莲笑道：‘我老人家肚里没闲事，怕甚么冷糕么?’羞的李瓶儿在旁，脸上红一块白一块。”此处绣像本有眉批曰：“字字道破，不管瓶儿羞死，俏心毒口，可爱，可畏!”“毒口”用“俏心”说出，“可畏”与“可爱”相伴，表面是美女，内心是毒蛇，这就是潘金莲，这就是“做张做致，乔模乔样”，绣像本评点者可谓深得《金瓶梅》之三昧!

潘金莲容不得任何一个争宠之人，宋蕙莲就死在她的口下。宋蕙莲自缢身死以后，潘金莲尚不放过，第二十八回“陈敬济儌幸得金莲，西门庆糊涂打铁棍”写西门庆嫌潘金莲穿绿鞋未穿红鞋，一句话惹得潘金莲借题发挥，将秋菊骂得狗血喷头，又让秋菊把为西门庆收藏、被自己发现的宋蕙莲的红鞋取出，要用刀剁作几截，整个过程旁敲侧击，弄得西门庆尴尬赔笑，最后“搂过粉项来就亲了个嘴，两个云雨做一处”，达到了潘金莲排异争宠、拿人做大、固宠得趣的目的。绣像本于此处眉批曰：“只一波，写要强妇人邪心痴妒，入骨三分，疑有鬼神供其笔墨。”

李瓶儿也不是潘金莲的对手。第五十一回“打猫儿金莲品玉，斗叶子敬济输金”回首写西门庆的女儿大姐向李瓶儿学舌，说潘金莲在吴月娘面前告她的状，吴月娘要与她对话，要李瓶儿有所准备。潘金莲告的是诬状，对话正好可以当面揭穿潘金莲的嘴脸，但李瓶儿不敢，说：“我对的过他那嘴头子?只凭天罢了。他左右昼夜算计的只是俺娘儿两个，到明日终久吃他算计了一个去，才是了当。”此处绣像本有眉批曰：“人情均惜瓶儿不能辨，不知瓶儿正妙在不能辨，而西门庆始怜之也。若然，则瓶儿智出金莲之上矣。非也，瓶儿性实愚不能辨，非能辨而有不辨之妙，所以往往受金莲之累也。”小说故事的发展正是如此，李瓶儿的话，果然成了谶言。

小说在写潘金莲的同时，自然牵连出众多人物，像潘金莲一样，这些形象，也均被小说描绘得栩栩如生。同回之中，吴月娘召集孟玉楼、潘金莲、李瓶儿信佛、宣卷、听曲，潘金莲不耐其烦，孟玉楼不动声色，李瓶儿左右为难，吴月娘老大自居，一席人等，一出戏曲，一幅画图。绣像本于此处眉批曰："金莲之动，玉楼之静，月娘之憎，瓶儿之随，人各一心，心各一口，各说各是，都为写出。"

关于《金瓶梅》的写作技巧，绣像本评点者非常欣赏其艺术，为之总结归纳出一系列手法，如"闲处入情"法（第二回）、"躲闪法"（第二十一回）、"文章捷收法"（第五十七回）、"绵里裹针"法（第十回）等。评点者特别赏识小说的"针线"，如第一回在作者详细介绍西门庆身世处，绣像本有眉批曰："好针线！"为什么是"好针线"？原来洋洋洒洒一部书，均围绕西门庆而作编排——纵便西门庆死后的二三十回，其人物、情节亦基本在西门庆生前铺垫完备——而西门庆在全书中展示出来的所有能耐、行径，均在开篇第一回伏设齐整。此亦即前文提到的"伏脉"。这里仅是一段总的针线埋伏，其后行文所至，则一路点明其针线细密之例证。如第一回写西门庆看见武松打虎游街，小说写道："西门庆看了，咬着指头道：'你说这等一个人，若没有千百斤水牛般气力，怎能够动他一动儿？'"绣像本于此眉批曰："伏数语，便挑动酒楼之避，一针不漏。"再如第二回写潘金莲掉落窗竿打中西门庆，西门庆先欲恼怒、转而惊艳、继而卖乖、临去顾盼这一路白描，却被卖茶王婆看见，绣乙本于此夹批曰："千古奇缘，不意更有奇人作合。"绣像本在西门庆临去频频回眸处眉批曰："传神在阿堵中！"又如第二十七回写西门庆与潘金莲淫乐戏语，绣像本眉批曰："数语，金莲虽若戏说，西门虽若戏应，然一腔爱恼，自针针相对，冷冷叫破。画龙点睛之妙。"

对《金瓶梅》的语言风格特点，评点者也有准确的把握。如第二十八回写潘金莲要西门庆辨认宋蕙莲的鞋，西门庆佯装不知，潘金莲道："你看他还打张鸡儿哩！瞒着我，黄猫黑尾，你干的好茧儿！来旺儿媳妇子的一只臭蹄子，宝上珠也一般，收藏在藏春坞雪洞儿里拜帖匣子内，搅着些字纸和香儿一处放着。甚么稀罕物件，也不当家化化的！怪不的那贼淫妇死了，堕阿鼻地狱！"绣像本于此眉批曰："只是家常口头语，说来偏妙。"又如第五十一回写来宝要改去东京公干，到韩道国家相约扬州见面之处，韩道国的妻子王六儿置办酒菜与来宝饯行，因向其丈夫说道："你好老实！桌儿不稳，你也撒撒儿，让保叔坐。只象没事的人儿一般。"此处绣像本有眉批曰："此家常闲话，似无深意，然非老婆作主人家，决无此语。"《金瓶梅》以明代口语为主要语汇写成，是中国第一部当代口语白话长篇小说，绣像本评点者感同身受，将这一语言特点随处评议。

这样的口语语言，也可是一篇绝好文章。如第七十二回"潘金莲抠打如意儿，王三官义拜西门庆"写潘金莲妒骂如意儿，适遇孟玉楼来拉她去下棋，她不由说出一番惊天动地的话语："你看教这贼淫妇气的我手也冷了，茶也拿不起来。我在屋里正描鞋，你使小鸾来请我，我说且躺躺儿去。歪在床上也未睡着，只见这小肉儿百忙且捶裙子。我说你就带着把我的裹脚捶捶出来。半日只听的乱起来，却是秋菊问他要棒槌使，他不与，把棒槌匹手夺下了，说道：'前日拿个去不见了，又来要！如今紧等着与爹捶衣服哩！'教我心里就恼起来，使了春梅去骂那贼淫妇：'从几时就这等大胆降服人，俺每手里教你降伏！你是这屋里什么儿？压折轿竿儿娶你来？你比来旺儿媳妇子差些儿！'我就随跟了去，他还嘴里硶里剥剌的，教我一顿卷骂。不是韩嫂儿死气力赖在中间拉着我，我把贼没廉耻雌汉的淫妇口里肉也掏出他的来！大姐姐也有些不是，想着他把死的来旺儿贼奴才淫妇惯的有些折儿？教我和他为冤结仇，落后一染脓带还垛在我身上，说是我弄出那奴才去了。如今这个老婆，又是这般惯他，惯的恁没张倒置的。你做奶子行奶子的事，许你在跟前花黎胡哨？俺每眼里是放不下沙子的人。有那没廉耻的货，人也不知死的那里去了，还在那屋里缠。但往那里回来，就望着他那影作个揖，口里一似嚼蛆的，不知说些甚么。到晚夕要茶吃，淫妇就连忙起来替他送茶，又替他盖被儿，两个就弄将起来。就是个久惯的淫妇！只该丫头递茶，许你去撑头获脑雌汉子？为什么问他要披袄儿，没廉耻的便连忙铺里拿了绸缎来，替他裁披袄儿？你还没见哩：断七那日，他爹进屋里烧纸去，见丫头、老婆在炕上挝子儿，就不说一声儿，反说道：'这供养的匾食和酒，也不要收到后边去，你每吃了罢。'这等纵容着他。这淫妇还说：'爹来不来？俺每好等的。'不想我两三步叉进去，唬得他眼张失道，就不言语了。什么好老婆？一个贼活人妻淫妇，就这等饿眼见瓜皮，不管好歹的都收揽下。原来是一个眼里火烂桃行货子。那淫妇的汉子说死了。前日汉子抱着孩子，没在门首打探儿？还瞒着人捣鬼，张眼溜睛的。你看他如今别模改样的，又是个李瓶儿出世了！那大姐姐成日在后边只推聋装哑的，人但开口，就说不是了。"这一席话，绣像本于此有眉批曰："金莲一口叙七八百言，由浅入深，节节生枝，竟无歇口处。而其中自为起伏，自为顿挫，不紧不慢，不闲不忙，似乱还整，若断若续。细心玩之，竟是一篇汉人绝妙大文字！"又批曰："忽思前，忽虑后，忽恨张，忽怨李，金莲一腔痴妒，千古如生！"

尽管这次评点有如上述不少可足称道之处，但本次评点只是一个简明的读书笔记，审美观照不足，条分缕析欠缺，诸多理论范畴尚未涉及，披沙拣金尤感粗糙，还算不上真正的文学批评。综观中国古代小说的评点历程，固然宋元间刘辰翁评点《世说新语》早已开其先河，但直至晚明，方才随着白话小说经典的风起云涌与文学评点的广泛应用而形成气候。万历三十八年（1610年）容与堂刊一百回本《李卓吾先生批评忠义水浒传》与万历三十九年（1611 年）前后袁无涯刊一百二十回本《出像评点忠义水浒全传》，不论其评点人是李贽还是叶昼或是其他人，其使用回末总评的形式，已是黄纸黑字，不容置疑。而绣像本评点仅为眉批、夹批而未使用回评，似可说明其评点时间在此之前，至少也要在金圣叹评点《水浒传》与毛伦、毛宗岗父子评点《三国演义》之前（金批《水浒》与毛批《三国》均以回评为主体）。如此则词话本《金瓶梅》与绣像本《金瓶梅》成书与刊刻孰早孰晚，都有了可资参考的新的佐证。

李梁淑《〈金瓶梅〉铨评史研究》（台湾学生书局“金学丛书”第一辑，2014 年 9 月）：“崇祯本的评点者实是以审美眼光对《金瓶梅》进行全面批评的第一人，虽然总地来说颇为散漫、琐碎，却展现了敏锐的美学眼光与惊人的艺术洞察力，其中所蕴含的理论观点、美学韵味相当深刻而丰富，给予后来的评点家启益不少……综合上述，崇祯本评点不论是关于《金瓶梅》以世态人情为表现重点的描写，或者是市井俗人个性情态的品鉴、生活细节、俚言俗谚的审美，都不同程度地把《金瓶梅》带向‘世情小说’的阅读和审美，因此堪称为‘世情小说的美学’。”

应当承认，作为最早一次《金瓶梅》评点，绣像本的评点为其后张竹坡的评点，不仅开启了端绪，而且规整了方向。像《金瓶梅》的出现预示着中国古代长篇世情小说黄金时代即将到来一样，绣像本的评点也预告了《金瓶梅》的经典评点不久就要横空出世！

（四）张竹坡的评点

清康熙九年（1670 年）七月二十六日，在徐州户部山戏马台前彭城张氏家中，候选兵马司指挥张翃的妻子沙氏，做了一个奇怪的梦：一只斑斓猛虎闯入她的卧室，掀髯起立，化为一个黄衣黑冠、气宇轩昂的伟丈夫。惊觉后，生下一个男孩，这就是后来以评点《金瓶梅》而闻名于古今的张竹坡。

康熙三十四年（1695 年）正月，张竹坡 26 岁，“旬有余日”，完成了对《金瓶梅》的评点。大连图书馆藏本衙藏版本《第一奇书》所载《寓意说》，较《第一奇书》其他版本同篇，多出下面一段文字：“作者之意，曲如文螺，细如头发。不谓后古有一竹坡为之细细点出，作者于九泉下当滴泪以谢竹坡；竹坡又当酹酒以白天下锦绣才子：如我所说，岂非使作者之意，彰明较著也乎！竹坡，彭城人，十五而孤，于今十载，流离风尘，诸苦备历。游倦归来，向日所为密迩知交，今日皆成陌路。细思床头金尽之语，忽忽不乐。偶读《金》并起首云‘亲朋白眼，面目寒酸’，便是凌云志气，分外消磨，不禁为之泪落如豆。乃拍案曰：‘有是哉，冷热真假，不我欺也。’乃发心于乙亥正月人日批起，至本月二十七日告成。其中颇多草草，然予亦自信其眼照古人用意处，为传其金针大意云尔。缘作《寓意说》，以弁于前。”（关于此一版本与此段文字的发现参见本书王汝梅序）这段文字，王汝梅《王汝梅解读〈金瓶梅〉》（时代文艺出版社 2007 年 1 月）认为是张竹坡的夫子自道，刘辉《会评会校〈金瓶梅〉再版后记》（载《金瓶梅研究》第七辑，知识出版社 2002 年 9 月）认为是张道渊的附文。笔者赞同刘说。但不管是刘说、王说，对这段话的真伪，却均认为信实可靠。这就是说，张竹坡评点《金瓶梅》，是在康熙三十四年（1695 年）乙亥正月。《张氏族谱·仲兄竹坡传》：“（兄）曾向余曰：‘《金瓶》针线缜密，圣叹既殁，世鲜知者，吾将拈而出之。遂键户旬有余日而批成。’”《第一奇书·凡例》：“此书非有意刊行，偶因一时文兴，借此一试目力，且成于十数天内。”

张竹坡评本《金瓶梅》的卷首，有一篇题署名谢颐的序，作序的时间写得清清楚楚：时康熙岁次乙亥清明中浣。一般说，为某书作序应在全书毕稿之后，就是作者自序也是如此。前文讲到张竹坡评点《金瓶梅》在康熙乙亥正月，用时十数天，“遂付剞劂”。张评本《金瓶梅》初刻本似在张竹坡评点完成之后两个月杀青，这就是谢颐作序的“清明中浣”。

谢颐是张竹坡的化名。为张评本《金瓶梅》作序的“谢颐”，不少《金瓶梅》的研究者都怀疑不是真名。如［英］阿瑟·戴维·韦利（Arthur David Waley，1889—1966 年）在《〈金瓶梅〉引言》（据顾希春译文，载《河北大学学报》1981 年第 1 期）中就如此认为，译者即将“谢颐”译为“孝义”，但韦利没有说明谢颐是谁的化名。顾国瑞、刘辉《〈尺牍偶存〉〈友声〉及其中的戏曲史料》（载《文史》第 15 辑），也认为谢颐实无其人，但认为是张潮的托名。说“谢颐”为假名，是对的，说谢颐即张潮，笔者却不敢苟同。今辨正如下。顾、刘两位既然考证出张潮所编《友声》中竹坡的三封《与张山来》书，俱于康熙三十五年（1696 年）写于扬州（这考证是极为正确的），显而易见，他们据以立论的第三封信（据《友声》编例，此信较前二信晚出）中所提到的张潮的“佳序”，亦当作于竹坡写信前不久。据《张氏族谱》，康熙三十五年（1696 年）丙子八月，竹坡在南京第五次参加江南省的乡试。应试之前，他在南京住了半年，一方面准备时文，一方面推销《第一奇书》。只是在桂榜落第之后，他才先在扬州后在苏州一带，做了一年多的寓公。因此，他的三封《与张山来》书，可进一步考知写于康熙三十五年下半年。则张潮的所谓“佳序”，亦当作于此时。而《第一奇书》刊刻于康熙三十四年（1695年），题名谢颐的序，更早在康熙三十四年三月中旬。顾、刘两先生忽略了这前后一年多的时间差距。试想，张潮于三十五年下半年所作的“佳序”，怎么可能刻印在三十四年刊行的书上呢？而旅居扬州的张竹坡，又怎么能把张潮化名谢颐（姑如顾、刘两位所说）于一年半之前所作的序，写在这第三封信中，说“捧读佳序”之类的话呢？显然，张评本《金瓶梅》上谢颐的序，并不是张潮的作品。何况，张潮《尺牍偶存·答家渭滨》：“《拜月亭》传奇，虽前人极力推崇，然此等批评，惟金圣叹能之，即毛声山之评《琵琶记》、张竹坡之评《金瓶梅》，皆未免稍逊。”与谢颐序似不相类。笔者无意否定竹坡信中所说的张潮“佳序”的存在，但那是一篇给什么书所作的序，就很难说了。因为竹坡所评的书，并非《金瓶梅》一种。纵便是《金瓶梅》序，也断不是谢颐序，而是一篇虽令竹坡“没世铭刻”却未曾刊用的序。

有没有另外一种可能，即竹坡与张潮早已相识，张潮在“康熙乙亥清明中浣”的确曾化名谢颐为张评本写过一篇序？通观张竹坡三封《与张山来》书，这种可能也是不存在的。其第一封信云：“老叔台诚昭代之伟人，儒林之柱石。小侄何幸，一旦而识荆州。广陵一行，诚不虚矣。”语气如此生分客气，而且明白道出“广陵一行”、初“识荆州”。显然，竹坡与张潮康熙三十五年下半年在扬州系初次相识。

那么，“谢颐”究系谁氏的托名？张评本《金瓶梅》的书题全称是《皋鹤堂批评第一奇书金瓶梅》，而谢序题署：“秦中觉天者谢颐题于皋鹤堂”，这就露出了其中的机关。

有清一代，在社会上流行的《金瓶梅》，基本上都是张竹坡评本。其版本可约略分为早期刊本、中期刊本与晚期刊本三大类。早期刊本与中晚期刊本的版本特征有许多不同，其中一点突出的差异，是中晚期刊本在封面上增刻有“彭城张竹坡批评”字样，而正文书题则为《皋鹤堂批评第一奇书金瓶梅》。如在兹堂本，系早期覆刻本之一，封面书题《第一奇书》，正文书题《皋鹤堂批评第一奇书金瓶梅》。到了稍晚一点的影松轩本，封面书题增改为《彭城张竹坡批评金瓶梅第一奇书》，正文书题同在兹堂本。再晚一些的本衙藏板本，封面书题《彭城张竹坡批评全像金瓶梅第一奇书》，正文书题仍同在兹堂本。如此排比一下，便可看出其中的机窍。“皋鹤堂批评金瓶梅”与“张竹坡批评金瓶梅”，原来只是同一种含义的两种不同说法而已。有一种日本石印油光纸小字本，则干脆在扉页上径署“皋鹤堂第一奇书”。“皋鹤堂批评”的是《金瓶梅》，“张竹坡批评”的也是《金瓶梅》，而且晚清以前又仅有一种批评本《金瓶梅》，不言而喻，皋鹤堂是张竹坡的堂号。

《诗经·小雅·鹤鸣》：“鹤鸣于九皋。”这是皋鹤堂的语源出处。而自北宋张山人放鹤徐州云龙山，苏轼为作《放鹤亭记》以来，鹤常被看作彭城的象征。张竹坡以皋鹤堂作堂号，应该说是十分典贴高雅的。据笔者调查，张竹坡的故居，即在徐州云龙山北户部山南坡。在其故居凭轩观山，放鹤亭举首可见。竹坡或者是久睹合契，方才灵犀一点的吧？

《金瓶梅》是张竹坡批评的，皋鹤堂是张竹坡的堂号，则作序于皋鹤堂的这个“谢颐”，当即竹坡本人。《第一奇书·凡例》：“偶为当世同笔墨者闲中解颐。”序中说：“不特作者解颐而谢。”两相对应，当出一人之手，可为佐证。谢序系写刻，如果上述考证成立，则也可能我们得到了一篇张竹坡的手迹，而又发现了张竹坡的一个新号“秦中觉天者”。

张竹坡上承金圣叹，下启脂砚斋，通过对《金瓶梅》思想与艺术的评点，在很多方面把中国小说理论向前推进了一大步。

张竹坡评点《金瓶梅》的文字，总计约十几万字。其形式大致为书首专论，回首总评，和文间夹批、眉批、圈点等三大类。属于专论的，就有《竹坡闲话》《金瓶梅寓意说》《苦孝说》《第一奇书非淫书论》《冷热金针》《批评第一奇书金瓶梅读法》《杂录小引》等十几篇之多。明清小说评点中使用专论的形式，始于张竹坡。中国小说理论自此健全了自己的组织结构体系。从文学欣赏方面说，张竹坡的各篇专论以及108条《读法》，是《金瓶梅》全书的阅读指导大纲；而回评与句批则是该回与该段的赏析示范。

张竹坡的《金瓶梅》评点，或概括论述，或具体分析，或擘肌分理，或画龙点睛，对这部小说作了全面、系统、细微、深刻的评介，涉及题材、情节、结构、语言、思想内容、人物形象、艺术特点、创作方法等各个方面，其最有价值者为：

第一，系统提出“第一奇书非淫书论”，给《金瓶梅》以合法的社会地位，使其得以广泛流传。《金瓶梅词话》大约自明代中后叶问世以来，陆续有人在笔记丛谈中予以评论，有的更干脆目为“淫书”，急欲焚之而后快。这种观点蔓延到社会，在人们心理上造成一种错觉，贬低了该书的文学价值，影响了它的流传。张竹坡认为《金瓶梅》亦如“诗三百，一言以蔽之曰：思无邪”（《第一奇书非淫书论》）。他说：“《金瓶梅》……内虽包藏许多春色，却一朵一朵一瓣一瓣，费尽春工，当注之金瓶，流香芝宝，为千古锦绣才子作案头佳玩，断不可使村夫俗子作枕头物也。”（《读法·百六》）又说：“然则《金瓶梅》是不可看之书也，我又何以批之以误世哉？不知我正以《金瓶》为不可不看之妙文，……恐人自不知戒而反以是咎《金瓶梅》，故先言之，不肯使《金瓶》受过也。”（《读法·八十二》）又说：“今夫《金瓶》一书，作者亦是将《褰裳》

《风雨》《萚兮》《子衿》诸诗细为摹仿耳。夫微言之而文人知儆，显言之而流俗皆知。不意世之看者，不以为惩劝之韦弦，反以为行乐之符节，所以目为淫书。不知淫者自见其为淫耳。”（《第一奇书非淫书论》）他在《读法·五十三》中也说：“凡人谓《金瓶》是淫书者，想必伊止看其淫处也。若我看此书，纯是一部史公文字。”第七十一回“李瓶儿何家托梦，提刑官引奏朝仪”有一段写小厮在何太监宴请西门庆的席前唱了一套【正宫·端正好】，张竹坡批道：“又是宋朝，总见寓言也。”联系他在《金瓶梅寓意说》中所谓“稗官者，寓言也。其假捏一人，幻造一事，虽为风影之谈，亦必依山点石，借海扬波”的说法，则他的“史公文字”说便有了具体的内容。而看出小说有以宋喻明的一面，是很有见地的。所以他要“急欲批之请教”，以“悯作者之苦心，新同志之耳目”（《第一奇书非淫书论》）。《金瓶梅》中当然有一些淫秽的文字，张竹坡强调要从整体上把握其主导倾向，不要轻易被“淫书”二字瞒过。《读法·三十八》：“一百回是一回，必须放开眼作一回读，乃知其起尽处。”《读法·五十二》：“《金瓶梅》不可零星看。如零星，便止看其淫处也。故必尽数日之间，一气看完，方知作者起伏层次，贯通气脉，为一线穿下来也。”《读法·七十二》：“读《金瓶》必静坐三月方可，否则眼光模糊，不能激射得到。”经过他鞭辟入里的分析，虽然不能从官方的禁令中，但是从人们的观念上，将《金瓶梅》解放了出来。《金瓶梅》的刻板发行，在张竹坡评点之前，只有万历丁巳本与所谓崇祯本，印数也很少；在张竹坡评点之后，却出现了十几种刊本。带有张竹坡评语的《第一奇书》，成为流传最广、影响最大的《金瓶梅》，这不能不说是张竹坡评点《金瓶梅》的功绩。

第二，指出《金瓶梅》“独罪财色”，是泄愤之作，具体肯定了这部小说的思想性、倾向性。众所周知，《金瓶梅》描写了西门庆一家暴发与衰落的过程。张竹坡分析了该书“因一人写及全县”，由“一家”而及“天下国家”的写作方法，认为通过对西门庆的揭露，暴露了整个社会的问题。《读法·六十三》：“即千古算来，天之祸淫福善，颠倒权奸处，确乎如此。读之似有一人，亲曾执笔，在清河县前，西门家里，大大小小，前前后后，碟儿碗儿，……一一记之，似真有其事，不敢谓操笔伸纸做出来的。”他又说：“尝见一人批《金瓶梅》曰：‘此西门庆之大帐簿。’其两眼无珠，可发一笑。夫伊于甚年月日，见作者雇工于西门庆家写帐簿哉？”（《读法·八十二》）似有人记账，实无人记账，说明虽然小说描写细微逼真，但毕竟是小说不是账簿。张竹坡实际已感觉到创作中的“典型”问题，所以他说：“《金瓶梅》因西门庆一分人家，写好几分人家，如武大一家，花子虚一家，乔大户一家，陈洪一家，吴大舅一家，张大户一家，王招宣一家，应伯爵一家，周守备一家，何千户一家，夏提刑一家。他如翟云峰在东京不算，伙计家以及女眷不往来者不算，凡这几家，大约清河县官员大户屈指已遍，而因一人写及一县。”（《读法·八十四》）《金瓶梅》中写了很多地方贪官，市井恶霸，张竹坡认为“无非衬西门庆也”（第四十七回回评），然社会上“何止百千西门，而一西门之恶已如此，其一太师之恶为何如也”（第四十八回回评）。他在第七十四回“潘金莲香腮偎玉，薛姑子佛口谈经”回评中也写道：“今止言一家，不及天下国家，何以见怨之深，而不能忘哉！故此回历叙运艮峰之苦，无谓诸奸臣之贪位慕禄，以一发胸中之恨也。”这就是鲁迅说的“著此一家，即骂尽诸色”。张竹坡实际也感觉到艺术真实与生活真实的关系问题，他说：“便使一时半夜，人死喧闹，以及各人言语心事，并各人所做之事，一毫不差，历历如真有其事。即真事令一人提笔记之，亦不能全者，乃又曲曲折折，拉拉杂杂，无不写之”（第六十二回回评）。《竹坡闲话》：“《金瓶梅》，何为而有此书也哉？曰：此仁人志士孝子悌弟，不得于时，上不能问诸天，下不能告诸人，悲愤呜　，而作秽言以泄其愤也。”第三十四回“献芳樽内室乞恩，受私贿后庭说事”写西门庆贿赂蔡京当了山东提刑官之后，即贪赃枉法，竹坡在回评中批道：“提刑所，朝廷设此以平天下之不平，所以重民命也。看他朝廷以之为人事送太师，太师又以之为人事送百千奔走之市井小人，而百千市井小人之中，有一市井小人之西门庆，是太师特以一提刑送之者也。今看到任以来，未行一事，先以伯爵一帮闲之情，道国一伙计之分，将直作曲，妄入人罪，后即于我所欲入之人，又因以龙阳之情，混入内室之面，随出人罪，是西门庆又以提刑之刑为帮闲、淫妇、书童之人事，天下事至此尚忍言哉？作者提笔著此回时，必放声大哭也。”所以他说：“读《金瓶》必须列宝剑于右，或可划空泄愤”（《读法·九十五》）；“读《金瓶》必置大白于左，庶可痛饮以消此世情之恶”（《读法·九十七》）。不仅如此，张竹坡进一步将小说中的人和事放到冷、热、真、假的关系中考察，他在《竹坡闲话》中说：“将富贵而假者可真，贫贱而真者亦假。富贵，热也，热则无不真。贫贱，冷也，冷则无不假。不谓冷热二字，颠倒真假，一至于此。……因彼之假者，欲肆其趋承，使我之真者，皆遭其荼毒。”说明他认识到，《金瓶梅》并及揭露到人心世情、社会风尚、道德观念等社会意识形态。《读法·八十三》：“《金瓶》是两半截书，上半截热，下半截冷；上半热中有冷，下半冷中有热。”张竹坡把第一回文字就归结为“热结”“冷遇”，并说：“《金瓶》以冷热二字开讲，抑孰不知此二字，为一部之金钥乎？”（《冷热金针》）他的冷热说，在读法、回评与夹批中虽然时相抵牾，界说不明，其基本含义还是一贯的，这就是：“其起头热得可笑，后文一冷便冷到彻底，再不能热也。”（《读法·八十七》）“作者直欲使此清河县之西门氏冷到彻底并无一人，虽属寓言，然而其恨此等人，直使之千百年后永不复望一复燃之灰。”（《读法·八十八》）张竹坡还认为，《金瓶梅》之所以能够对社会生活与社会思想作出如此深刻广泛的暴露，是因为“作者必于世亦有大不得意之事，如史公之下蚕室，孙子之刖双足，乃一腔愤懑而作此书，……以为后有知心，当悲我之辱身屈志，而负才沦落于污泥也”（第七回回评）。张竹坡从创作意图到写作效果，将《金瓶梅》提到与《史记》《诗经》等同的地位，高度评价了小说的写实成就。

第三，紧紧把握住《金瓶梅》的美学风貌，以“市井文字”概括其艺术特色，从小说史的角度，充分肯定了这部小说在中国文学史中的地位。张竹坡之前论及《金瓶梅》艺术的文字无多，无论是称誉者还是贬抑者，都没有展开分析，甚至他们并没有读到该书全帙，而只是掩卷一过，“伏枕略观”，便下了结论。这当然是一种常见的读书方式、论书现象。对作家作品进行总体把握，然后以几句话甚或几个字高度概括其艺术旨趣、文学风貌，原是中国古代诗歌、散文评论的传统。明清两朝，这种文学评论传统被广泛引申到小说、戏曲领域。

“审丑”是反面的审美。“审丑”的作品的文学风貌与正面审美的作品的文学风貌自然大相径庭。《金瓶梅》是“审丑”的作品，它的文学风貌应该怎样概括，在张竹坡之前，尚无人一语破的。

在张竹坡的《金瓶梅》艺术评点中，最具学术价值的，则是“市井文字”说。《读法·八十》：“《金瓶梅》倘他当日发心，不做此一篇市井的文字，他必能另出韵笔，作花娇月媚，如《西厢》等文字也。”《金瓶梅》以前的中国长篇小说，如《水浒传》《三国演义》《西游记》等，写的是历史、英雄、神魔，着墨最多的是正面人物的刻画与传奇经历的描述。《金瓶梅》则不然，他的主要人物都是反面角色，他的情节多系家庭日常琐事。不同的社会生活面，不同的人物形象群，必然会产生不同的文学风貌。张竹坡看到了这种不同，并且超越前人，从理论上准确地给予了总结。“西门是混帐恶人，吴月娘是奸险好人，玉楼是乖人，金莲不是人，瓶儿是痴人，春梅是狂人，敬济是浮浪小人，娇儿是死人，雪娥是蠢人，宋蕙莲是不识高低的人，如意儿是顶缺之人。若王六儿与林太太等，直与李桂姐辈一流，总是不得叫做人。而伯爵、希大辈皆是没良心的人，兼之蔡太师、蔡状元、宋御史皆是枉为人也。”（《读法·三十二》）《金瓶梅》写的就是这些反面角色，这些反面角色又多是市井中人。“写西门自加官至此，深浅皆见，又热闹已极。盖市井至此，其福已不足当之矣。”（第七十回回评）“西门拜太师干子，王三官又拜西门干子，势力之于人宁有尽止？写千古英雄同声一哭，不为此一班市井小人哭也。”（第七十二回回评）而市井中人不论怎样发迹变泰，穿戴打扮，到底都有市井气。第七回“薛媒婆说娶孟三儿，杨姑娘气骂张四舅”有一段：“这西门庆头戴缠综大帽，一撒钓绦粉底皂靴”，张竹坡批道：“富贵气却是市井气。”（本回夹批）写这些人物的文字，“直是一派地狱文字”（第五回回评）。小说写的不是才子佳人、英雄侠女，所以不能用“韵笔”写成“花娇月媚”文字；小说写的是奸夫淫妇、土豪恶仆、帮闲娼妓这些市井小人，所以只能用俗笔写成“市井的文字”。

《金瓶梅》中的奸夫淫妇、贪官恶仆、帮闲娼妓各色人等，“不徒肖其貌，且并其神传之”（谢肇淛《金瓶梅跋》），靠的是什么呢？张竹坡认为“纯是白描追魂摄影之笔”（第一回回评）。张竹坡的“市井文字”说包含有一系列的表象，“白描”是其最主要的特征。《读法·六十四》：“读《金瓶梅》，当看其白描处。子弟能看其白描处，必能做出异样省力巧妙的文字来也。”第三十回写瓶儿临盆，“今看其止令月娘一忙，众人一齐在屋，金莲发话，雪娥慌去，儿段文字，下回接呱的一声，遂使生子已完，真是异样巧滑之文，而金莲妒口，又白描入骨也”（本回回评）。小说是怎样描写金莲的“妒口”的呢？先是写潘金莲对孟玉楼说：“爹喏喏！紧着热刺刺的，挤了一屋子的人，也不是养孩子，都看着下象胎哩！”又写潘金莲嘲弄孙雪娥说：“你看，献勤的小妇奴才！你慢慢走，慌怎的？抢命哩！黑影里绊倒了，磕了牙，也是钱。养下孩子来，明日赏你小妇一个纱帽戴？”这种白描文字，就如中国画的墨线勾挑，所以张竹坡又叫作“白描勾挑”（第一回夹批）。第九十四回“大酒楼刘二撒泼，酒家店雪娥为娼”有这样一段：却说春梅“走归房中，摘了冠儿，脱了绣服，便闷心挝被，声疼叫唤起来。……落后守备……也慌了，扯着他手儿问道：‘你心里怎的来？’也不言语。……守备道：‘不是我刚才打了你兄弟，你心内恼吗？’亦不应答。……大丫环月桂拿过药来：‘请奶奶吃药！’被春梅拿过来匹脸只一泼，骂道：‘贼浪奴才，你只顾拿这苦水来灌我怎的？我肚子里有甚么？’叫他跪在面前。”张竹坡批道：“内只用几个一推一泼，写春梅悍妒性急如画。”（本回回评）第六十七回“西门庆书房赏雪，李瓶儿梦诉幽情”写应伯爵得子向西门庆借钱：“伯爵进来，见西门庆唱喏，坐下。西门庆道：‘你连日怎的不来？’伯爵道：‘哥，恼的我要不得在这里。’西门庆问道：‘又怎的恼，你告我说。’伯爵道：‘紧自家中没钱，昨日俺房下那个平白又捅出个孩儿来，……’西门庆问：‘养个甚么？’应伯爵道：‘养了个小厮。’西门庆骂道：‘傻狗才，生了个儿子倒不好，如何反恼？’伯爵道：‘哥，你不知，冬寒时月，比不的你们有钱的人家，又有偌大前程，生个儿子，锦上添花，俺们连自家还多着个影儿哩，要他做什么！……明日洗三，嚷的人家知道了，到满月拿什么使！到那日我也不在家，信信拖拖，到那寺院里且住几日去罢。’西门庆笑道：‘你去了，好了和尚趁热被窝儿。你这狗才，到底占小便益儿。’又笑了一回，那应伯爵故意把嘴谷都着，不做声。”张竹坡此处夹批：“一路白描，曲尽借债人心事。”第一回回评：“描写伯爵处，纯是白描追魂摄影之笔。”

白描是美学范畴，将这一范畴引进《金瓶梅》评点，张竹坡是第一人。白描，是《金瓶梅》使用最为普通的手法，也是张竹坡反复评点之处。

中国古代小说批评，到明末清初形成气候，金圣叹，毛纶、毛宗岗父子，张竹坡等都出现在这一时期，如此集中，如此辉煌，空前绝后。毛纶、毛宗岗父子的《三国演义》评点侧重于思想内容分析，表现了封建正统观念与儒家民本思想，间或论及小说艺术，所概括的名目，多玄虚莫定，无所适从。金圣叹的《水浒传》评点，虽也沿用《文选》的一些术语，不少地方牵强附会，但艺术评论分量显著增多，其“灵心妙舌，开后人无限眼界，无限文心”（冯镇峦《读聊斋杂说》）。

张竹坡的《金瓶梅》评点，方式方法虽多渊源于毛氏父子、金圣叹，其艺术评点，至少有三点是他首创：其一，书首专论，中国小说理论自此健全了自己的组织结构体系。其二，新立了不少名目，总结了因《金瓶梅》出现所丰富了的小说艺术。其三，紧紧把握《金瓶梅》的美学风貌，以“市井文字”总括其成，在中国小说批评史上因此高枝独占。特别是第三点，前张竹坡的中国小说理论家均未如此入眼落笔。

《金瓶梅》的产生，使中国小说取材、构思、开路、谋篇扩及社会整个领域，写生活，写现实，写家庭，写社会众生相，成为小说家的基本思路，开创了中国古代小说创作的黄金时代。张竹坡“市井文字”说的提出，使中国小说理论摆脱了雕章琢句、随文立论的八股模式，全书立论，总体涵盖，显示了大家气度，奠定了中国古代小说美学的基本支柱。

第四，全面细微地点拨《金瓶梅》的章法技法，形成系统的《金瓶梅》艺术论，其中不少论述，今天仍有借鉴意义。譬如《金瓶梅》的结构，张竹坡在《竹坡闲话》中说：“然则《金瓶梅》，我又何以批之也哉？我喜其文之洋洋一百回，而千针万线，同出一丝，又千曲万折，不露一线。闲窗独坐，读史读诸家文，少假偶一观之，曰：如此妙文，不为之递出金针，不几辜负作者千秋苦心哉？久之心怛怯焉，不敢遽操管以从事，盖其书之细如牛毛，乃千万根共具一体，血脉贯通，藏针伏线，千里相牵，少有所见。”《金瓶梅》是怎样“千曲万折”又“血脉贯通”的呢？张竹坡说：“《金瓶梅》是一部《史记》。然而《史记》有独传，有合传，却是分开做的。《金瓶梅》却是一百回共成一传，而千百人总合一传内，却又断断续续各人自有一传。”（《读法·三十四》）《金瓶梅》一书写了几百个人，其有始有终的少说也有几十人，如此多人“总合一传”，岂不是头绪纷繁，读来模糊吗？张竹坡认为说来也简单：“劈空撰出金、瓶、梅三个人来，看其如何收拢一块，如何发放开去。看其前半部止做金、瓶，后半部止做春梅，前半人家的金、瓶，被他千方百计弄来，后半自己的梅花，却轻轻的被人夺去。”（《读法·一》）他认为第一回是全书的总纲：“开卷一部大书，乃用一律、一绝、三成语、一谚语尽之，而又入四句偈作证，则可云《金瓶梅》已告完矣。”（本回回评）第五十一回又是后半部的关键：“此书至五十回以后，便一节节冷了去。今看他此回，先把后五十回的大头绪，一一题清，如开首金莲两舌，伏后文官哥、瓶儿之死；李三、黄四谆谆借帐，伏后文赖帐之由；李桂姐伏王三官、林太太；来保、王六儿饮酒一段，伏后文二人结亲，拐财背主之故；郁大姐伏申二姐；品玉伏西门之死；而斗叶子伏敬济之飘零；二尼讲经，伏孝哥之幻化。盖此一回，又后五十回之枢纽也。”（本回回评）但实际读起小说来，却不可如此粗疏。对这一点，张竹坡在每回回评与夹批中随处都有提醒，如第一回回评：“一部一百回，乃于第一回中，如一缕头发，千丝万丝，要在头上一根绳儿扎住。又如一喷壶水，要在一提起来，即一线一线，同时喷出来。今看作者，惟西门庆一人是直说，他如出伯爵等人是带出，月娘、三房是直叙，别的如桂姐、玳安、玉箫、子虚、瓶儿、吴道官、天福、应宝、吴银儿、武松、武植、金莲、迎儿、敬济、来兴、来保、王婆诸色人等一齐皆出，如喷壶倾水，然却是说话做事，一路有意无意，东拉西扯，便皆叙出，并非另起锅灶，重新下米，真是龙门能事。”靠什么把这些千丝万缕的片断总合成一个有机的整体呢？张竹坡认为：“做文章不过是情理二字。今做此一篇百回长文，亦只是情理二字。于一个人的心中，讨出一个人的情理，则一个人的传得矣。虽前后夹杂众人的话，而此一人开口是此一人的情理。非其开口便得情理，由于讨出这一人的情理方开口耳。是故写十百千人皆如写一人，而遂洋洋乎有此一百回大书也。”（《读法·四十三》）

再如《金瓶梅》的人物塑造，与《水浒传》类型化手法不同，注重人物性格刻画，在个性化方面取得了很大进展。张竹坡在《金瓶梅》评点中很好地总结了小说这一方面的创作经验，他特别抓住了人物性格的发展，在第四十一回回评中写道：“上文生子后，方使金莲醋瓮开破泥头，瓶儿气包打开线口。盖金莲之刻薄尖酸，必如上文如许情节，自翡翠轩发源，一滴一点，以至于今，使瓶儿之心深惧，瓶儿之胆暗摄，方深深郁郁闷闷，守口如瓶，而不轻发一言，以与之争，虽瓶儿天性温厚，亦积威于渐以致之也。”小说是如何描写潘金莲醋瓮开瓶的呢？第二十二回回评：“此回方写蕙莲。夫写一金莲，已令观者发指，乃偏又写一似金莲。特特犯手，却无一相犯。而写此一金莲必受制于彼金莲者，见金莲之恶，已小试于蕙莲一人，而金莲恃宠为恶之胆，又渐起于治蕙莲之时。其后遂至陷死瓶儿母子，勾串敬济，药死西门，一纵而儿不可治者，皆小试于蕙莲之日。西门入其套中，不能以礼治之，以明察之，惟有纵其为恶之性耳。吾故曰：为金莲写肆恶之由，写一武大死；为金莲写争宠之由，乃写一蕙莲死也。”李瓶儿终于因此丧生，第六十二回“潘道士法遣黄巾士，西门庆大哭李瓶儿”写李瓶儿死时各人的言行，竹坡批道：“西门是痛，月娘是假，玉楼是淡，金莲是快。故西门之言，月娘便恼；西门之哭，玉楼不见；金莲之言，西门发怒也。情事如画。”（本回回评）

又如《金瓶梅》的写作手法，张竹坡做了很多概括，起了不少名目。如《读法·十四》：“《金瓶》有节节露破绽处。如窗内淫声，和尚偏听见；私琴童，雪娥偏知道。而裙带葫芦，更属险事。墙头密约，金莲偏看见；蕙莲偷期，金莲偏撞着。翡翠轩，自谓打听瓶儿；葡萄架，早已照入铁棍。才受赃，即动大巡之怒；才乞恩，便有平安之谗。……诸如此类，又不可胜数。总之，用险笔以写人情之可畏，而尤妙在既已露破，乃一语即解，绝不费力累赘。此所以为化笔也。”又如《读法·二十五》：“文章有加一倍写法。此书则善于加倍写也。如写西门之热，更写蔡、宋二御史，更写六黄太尉，更写蔡太师，更写朝房，此加一倍热也。如写西门之冷，则更写一敬济在冷铺中，更写蔡太师充军，更写徽钦北狩，真是加一倍冷。要之，加一倍热，更欲写西门之热者何限，而西门恃财肆恶；加一倍冷者，正欲写如西门之冷者何穷，而西门乃不早见机也。”再如《读法·四十四》：“《金瓶》每于极忙时，偏夹叙他事入内。如正未娶金莲，先插娶孟玉楼；娶孟玉楼时，即夹叙嫁大姐；生子时，即夹叙吴典恩借债；官哥临危时，乃有谢希大借银；瓶儿死时，乃入玉箫受约；择日出殡，乃有请六黄太尉等事。皆于百忙中，故作消闲之笔。非才富一石者何以能之？”

又如《金瓶梅》的细节描写，今传本《金瓶梅》内虽有不少前后抵牾之处，但“《金瓶梅》是大手笔，却是极细的心思做出来者”（《读法·百四》）。张竹坡特别称许小说的“细针密线”（谢颐序），《读法·四十八》：“写花子虚，即于开首十人中，何以不便出瓶儿哉？夫作者于提笔时，固先有一瓶儿在其意中也。先有一瓶儿在其意中，其后如何偷期，如何迎奸，如何另嫁竹山，如何转嫁西门，其着数俱已算就，然后想到其夫，当令何名，夫不过令其应名而已。则将来虽有如无，故名之曰子虚。瓶本为花而有，故即姓花。忽然于出笔时，乃想叙西门氏正传也。于叙西门传中，不出瓶儿，何以入此公案？特叙瓶儿，则叙西门起头时，何以说隔壁一家姓花名某，其妻姓李名某也？此无头绪之笔，必不能入也。然则俟金莲进门再叙何如？夫他小说便有一件件叙去另起头绪于中，惟《金瓶梅》纯是太史公笔法。夫龙门文字中，岂有于一篇特特着意写之人，且十分有八分写此人之人，而于开卷第一回中不总出枢纽，如衣之领，如花之蒂，而谓之太史公之文哉？……然则作者又不能自己另出头绪说，势必借结弟兄时入花子虚也。夫使无伯爵一班人，先与西门打热，则弟兄又何由而结？……故用写子虚为会外之人，今日拉其入会，而因其邻墙，乃用西门数语，李瓶儿已出。……今日自纯以神工鬼斧之笔行文，故曲曲折折，细详瓶儿，寂目而不令其窥彼金针之一度。”他认为第六十二回“最是难写”，但“内却前前后后，穿针递线，一丝不苟。……如写瓶儿，写西门，写伯爵，写潘道士，写吴银儿、王姑子，写冯妈妈，写如意儿，写花子由，其一时或闲笔插入，或忙笔正写，或关切，或不关切，疏略浅深，一时皆见。至于瓶儿遗嘱，又是王姑子、如意、迎春、绣春、老冯、月娘、西门、娇儿、玉楼、金莲、雪娥，不漏一人，而浅深恩怨皆出。其诸人之亲疏厚薄浅深，感触心事，又一笔不苟，层层描出，文至此亦可云至矣。看他偏有余力，又接手写其死后西门大哭一篇。且偏更于其本命灯绝后，预先写其一番哭泣，不特瓶儿、西门哭，直写至西门与月娘哭，岂不大奇？至其一死，独写西门一人大哭，真声泪俱出。又写月娘之哭，又写众人之哭，又接写西门之再哭，又接写月娘之不哭，又接写西门前厅哭，又写哭了又哭，然后将‘鸡都叫了’一句顿住，……我已为至矣尽矣，其才亦应少竭矣，乃偏又接写请徐先生，报花子由，报诸亲，又写黑书，又写取布搭棚，请画师，且夹写玳安哭，又夹写西门再哭，月娘恼，玉楼疏，金莲畅快，又接写伯爵做梦，咂嘴跌脚，再接写西门哭，伯爵劝，一篇文字方完。我亦并不知作者是神工，是鬼斧，但见其三段中，如千人万马，却一步不乱”（本回回评）。

张竹坡的《金瓶梅》艺术论，总结出三四十种名目，归纳起来，约可区分为以下三类。

一是大处着眼，总体立论。“《水浒传》圣叹批处，大抵皆腹中小批居多。予书刊数十回后，或以此为言。予笑曰：《水浒》是现成大段毕具的文字，如一百八人各有一传，虽有穿插，实次第分明，故圣叹止批其字句也。若《金瓶》，乃隐大段精采于琐碎之中，止分别字句，细心者皆可为，而反失其大段精采也。”（《第一奇书·凡例》）张竹坡不囿前法，别具只眼，提纲挈领，总揽全书，落笔不俗。如张竹坡说《金瓶梅》有“大关键处”“大照应处”“大间架处”。《读法·二》：“起以玉皇庙，终以来福寺，而一回中，已一齐说出，是大关键处。”《读法·三》：“先是吴神仙，总揽其盛；便是黄真人，少扶其衰；末是普净师，一洗其业，是此书大照应处。”《读法·十二》：“读《金瓶》须看其大间架处，其大间架处，则分金、梅在一处，分瓶儿在一处，又必合金、瓶、梅在前院一处。金、梅合而瓶儿孤，前院近而金、瓶妒，月娘远而敬济得以下手也。”其中一些术语，虽系借用前人，且往往界说不明，时相抵牾，其剖析得当之处，却也发人深省。

二是把握人物，寻绎规律。张竹坡的《金瓶梅》评点，用笔最多的是人物塑造。《金瓶梅》注重人物性格刻画，张竹坡很好地总结了小说这一方面的创作经验，特别抓住人物个性的展现，对《金瓶梅》的创作方法作了一些规律性的概括，如他的“犯笔”说：“《金瓶梅》妙在于善用犯笔而不犯也。如写一伯爵，更写一希大，然毕竟伯爵是伯爵，希大是希大，各人的身份，各人的谈吐，一丝不紊；写一金莲，更写一瓶儿，可谓犯矣，然又始终聚散，其言语举动又各各不紊一丝；写一王六儿，偏又写一贲四嫂；写一李桂姐，偏又写一吴银姐、郑月儿；写一王婆，偏又写一薛媒婆、一冯妈妈、一文嫂儿、一陶媒婆；写一薛姑子，偏又写一王姑子、刘姑子；诸如此类，皆妙在特特犯手，却又各各一款，绝不相同也。”（《读法・四十五》）小说是怎样做到“用犯笔而不犯”的呢？张竹坡说：“《金瓶梅》于西门庆不作一文笔，于月娘不作一显笔，于玉楼则纯用俏笔，于金莲不作一钝笔，于瓶儿不作一深笔，于春梅纯用傲笔，于敬济不作一韵笔，于大姐不作一秀笔，于伯爵不作一呆笔，于玳安不作一蠢笔，此所以各各皆到也。”（《读法・四十六》）。

三是随文点拨，因故立目。张竹坡为《金瓶梅》的写作手法所立的名目，还有如“两对法”“节节露破绽处”“草蛇灰线法”“对锁法”“开缺候官法”“十成补足法”“烘云托月法”“反射法”“趁窝和泥法”“衬叠法”“旁敲侧击法”“长蛇阵法”“十二分满足法”“连环钮扣法”等，虽然没有跳出明清评点派的窠臼，不免琐屑庞杂，其具体阐述，自有真知灼见。如第十三回回评：“写瓶儿春意，一用迎春眼中，再用金莲口中，再用手卷一影，金莲看手卷效尤一影，总是不用正笔，纯用烘云托月之法。”第四十二回回评：“此回侈言西门之盛也。四架烟火，既云门前逞放，看官眼底，谁不为好向西门庆门前看烟火也。看他偏藏过一架在狮子街，偏使门前三架毫无色相，止用棋童口中一点，而狮子街的一架，乃极力描写，遂使门前三架不言俱出。此文字旁敲侧击之法。”第七十六回“春梅娇撒西门庆，画童哭躲温葵轩”写西门庆在家宴宋御史、侯巡抚，“先是叫地吊队舞，撮弄百戏，十分齐整，然后才是海盐子弟上来磕头，呈上关目揭帖，侯公分付搬演《裴晋公还带记》”。张竹坡在此处有一段夹批：“又是《还带记》，与请太尉一样对照，作连环钮扣章法也。”此类点拨，随文皆是，用张竹坡的话说是“《金瓶梅》一书，于作文之法，无所不备”（《读法・五十》）。

张评本也透露有《金瓶梅》作者的信息。其早期刊本康熙乙亥本、在兹堂本书题右上方均署：“李笠翁先生著”，是为《金瓶梅》作者李渔说始作俑者。说李渔是《金瓶梅》的作者，当然是无稽之谈。但刻本如此托名，也并非没有来由。皋鹤草堂本《第一奇书》初售于金陵，立即“远近购求”，说明张竹坡的评点很快就得到了世人的首肯。覆刻《第一奇书》，只要原样照搬，或者挂上“彭城张竹坡批评”的招牌，不愁没有销路。而且，“目今旧板，现在金陵印刷，原本四处流行买卖”（《第一奇书非淫书论》）。原本流传既久且广，世人并不会相信“李笠翁先生著”这种伪托。就是说，康熙乙亥本、在兹堂本没有必要也不可能借用李渔的名义扩大销数，可是康熙乙亥本、在兹堂本偏偏如此做了。无独有偶。1983 年秋笔者在中央戏剧学院图书馆著录《合锦回文传》，见其亦题：笠翁先生原本。《合锦回文传》里并有竹坡与回道人的题赞。就这样，张竹坡与李渔之间便有了不容忽视的某种联系。实在李渔与张竹坡并不是一代人。张竹坡出生的时候，李渔已是花甲之年。李渔卒于康熙十九年（1680 年），其时张竹坡才 11 岁。但据《张氏族谱》所述，李渔与张竹坡家族却颇有渊源。李渔在张竹坡家中住了那么长的时间，与张𦐈应是非常合契，自然无话不谈。他改写或评点《金瓶梅》一事，当然也要向张𦐈夸述。李渔与父亲和家族的交往，张竹坡后来不可能不闻说。刘辉《金瓶梅成书与版本研究》考定李渔是所谓崇祯本《金瓶梅》的写定者和作评者，若果如此，则这一消息，张竹坡也不会不知道。因此，张竹坡这才在自己评点刊行的《第一奇书》封面镌上“李笠翁先生著”的字样，作为对这位前辈著作权的首肯。不过，李渔既然不愿在崇祯本上署名，康熙乙亥本、在兹堂本便属多此一举。后来的张评《金瓶梅》刊本，便又拿掉了这一多事而无益的伪托。

张竹坡化名谢颐序称：“《金瓶》一书，传为凤洲门人之作也，或云即凤洲手然。……的是挥《艳异》旧手而出之者，信乎为凤洲作无疑也。”《金瓶梅》作者王世贞说即滥觞于此。我们看张竹坡的《金瓶梅》批语、《幽梦影》批语以及他的诗文，无论话说得正确与否，尽管他有时好用豪壮之词，又时带酸辛之语，却无一例外地说的都是诚实话。那么，他在序中的提法，自亦不当认为是信口雌黄。张竹坡提出王世贞说的根据，似主要来源于张氏家族的世代相传。竹坡的祖父张垣极有气节，后来抗清殉国，是一位民族英雄。但他偎红赏月，依翠观花，落拓不羁，不拘小节。他的中年和壮年时期，正是《金瓶梅词话》和所谓崇祯本《金瓶梅》刊行，世议纷纭，毁誉不一的年代。不能说张垣没有见过《金瓶梅》，或者至少是听人议论过《金瓶梅》及其作者。张竹坡的父亲张𦐈“多蓄异书”，竹坡很早就得以阅读《金瓶梅》。不能说竹坡没有从他父亲那里听到过《金瓶梅》作者的传闻。张𦐈又“最重交游，尝结同声社，远近名流，闻声毕集。中州侯朝宗方域，时下负盛名；北谯吴玉林国缙，词坛宗匠，皆间关入社”（《张氏族谱·司城张公传》）。不能说竹坡没有从他的父执那里听到过关于《金瓶梅》

作者的议论。竹坡本人在评点《金瓶梅》之前，四下金陵，广交全省学子；北上京都，魁夺长安诗社。不能说他没有从他的朋友中间听到过《金瓶梅》作者的流言。总之，《金瓶梅》作者王世贞说，应当是当时普遍的议论，张竹坡只是第一次用文字记载下这种时议而已。实在张竹坡也并不是咬定王世贞说不放的。《读法·三十六》："传闻之说，大都穿凿，不可深信"，"彼既不著名于书，予何多赘"。

张竹坡评点《金瓶梅》还有一个很大的特点，喜欢把自己的家世遭遇情绪感触摆进去。唯其如此，加上时代局限与思想局限，张竹坡的《金瓶梅》评点中，也掺杂了一些主观臆断，阐发了不少封建纲常。张竹坡对贫富、财色、冷热、真假关系的解说也不够固定，并且说"以空结此财色二字也"（《读法·二十六》），在第六十一回的夹批中更进而说道："夫一梦一空，已全空矣。现一梦两空，天下安往非梦，亦安往非空。"《红楼梦》评论中的色空观念、说梦之谈，原来滥觞于此。张竹坡的《〈金瓶梅〉寓意说》更是一篇奇文，开了后来红学索隐派的先河。

因此，《歧路灯》作者李海观在其书自序中讥讽张竹坡是"三家村冬烘学究"，不能说全无道理。但近人朱星说，"崇祯本已有评点，张评本又加扩大，……《读法》共一百零八条，说'《金瓶梅》是一部《史记》'，这一句还可取，其余都是冬烘先生八股调，全不足取"（《金瓶梅考证》，百花文艺出版社 1980 年 10 月），便失之公允。平心而论，张竹坡的《金瓶梅》评点，虽然瑕瑜互见，毕竟瑕不掩瑜。崇祯本只有零散的眉批、夹批，张竹坡的评点则是一部系统的《金瓶梅》论，并不仅仅是"又加扩大"而已。何况张竹坡在他的《金瓶梅》论中，完备了古代小说评点的结构体系，对古代小说理论增添了一系列新的创造，开发了近代小说理论的先声。因此，黄霖等著《中国小说研究史》（浙江古籍出版社 2002 年 7 月）说："张竹坡在清代《金瓶梅》的研究史上成就突出，影响巨大，是一个最受人们注目的人物。他所评点的《第一奇书》也就成了清代最为流行的本子。"

（五）文龙的评点

在后张竹坡的《金瓶梅》评点中，绣乙本墨批计有眉批 3 条、夹批 14 条，总 17 条，未知何人所评，亦未知评于何时，观其文意，与绣像本评点无异，如第八十三回"秋菊含恨泄幽情，春梅寄柬谐佳会"写潘金莲怒打秋菊，绣乙本墨批于此有眉批曰："金莲此时不宜如此狠打，倘肯施小慧，小人之心反为我用矣，适有后日之败。"一副怜香惜玉口吻，欣赏多于批判。

关于徐州市图书馆藏《第一奇书》康熙乙亥本上的墨批，据其封面墨署“壬子暮春彭门钝叟订补”，墨批人即此彭门钝叟。而其所谓“壬子”，乃乾隆五十七年（1792年）、咸丰二年（1852年）、民国元年（1912年）三者之一，后两个年份的可能性要大一点。封面墨署后钤一阳文印“皇汉遗民”，显系彭门钝叟之另一称号，刘辉以为此乃张竹坡后人，系猜测之语，并无确证。这一墨批计有眉批13条、夹批48条，总61条，观其文意，与张竹坡评点相仿佛，而尤偏袒潘金莲。如第四回“赴巫山潘氏幽欢，闹茶坊郓哥义愤”在描写潘金莲的一首【沉醉东风】后墨批曰：“一路写来，写出妇人美媚娇容，足以动人魂魄，真是个天生尤物。”又如第七十五回“因抱恙玉姐含酸，为护短金莲泼醋”在吴月娘与潘金莲怄气而西门庆为安慰吴月娘百般辱骂潘金莲一段，墨批曰：“西门之对金莲，只是爱色，何尝有情之一字哉。金莲知之，必芳心碎矣。”再如第七十九回“西门庆贪欲丧命，吴月娘丧偶生儿”在潘金莲骑于西门庆病体上淫欲处，墨批曰：“妇人美哉，西门休矣。此全怪月娘，西门已得病而犹听在潘金莲房内，可谓月娘该死。不然，恐犹有救也。”

以上两款，均极为稀少简疏，可忽略不计。其当评议者，乃文龙对《金瓶梅》的评点。

文龙评点《金瓶梅》系已故原中国《金瓶梅》学会会长刘辉在北京图书馆读书时所发现。据其介绍，文龙，字禹门，汉军正蓝旗人，道咸光年间在世，附贡生，光绪五年至十二年间先后任安徽南陵、芜湖知县。

自光绪五年（1879年）五月十日至光绪八年（1882年）立冬前两日，文龙于光绪五年、六年、八年前后三次评点《金瓶梅》，用的底本都是在兹堂本《第一奇书》。文龙的评点有回评（缺第十五、十六、二十二、三十八、八十一、八十二6回）、眉批（2条）、夹批（46条）三种形式，约五六万言。

文龙评点的是《金瓶梅》小说，并非完全针对张竹坡的评点，但张评近在手头，观点相左之时，当然要弹出不同的音符。在其评点中，文龙24次点到“批书者”“批者”“阅者”，均指张竹坡。对于吴月娘、孟玉楼、庞春梅三人的评价，是他们之间的根本分歧。对于张竹坡贬吴扬孟安庞的观点，文龙大不以为然，其24处批评有21处为此。如第九十一回回评曰：“独是西门庆群妾中，李瓶儿先死无论矣，李娇儿归娼而嫁张二官，潘金莲偷人而守陈经济，孙雪娥盗财而随来旺儿，庞春梅勾奸而嫁周守备；此一回孟玉楼又大大方方、从从容容而嫁李衙内矣。固无一人心中、目中、口中有一西门庆，亦如批书者处处只贬吴月娘，而竟忘此书原为西门庆报应而作也，亦可谓不求之本矣。”又如第七十六回回评曰：“月娘之含嗔，金莲之泼醋，衅起于床笫间也。但金莲之霸占，未必无因，而月娘之牢骚，却非为己。平心而论，月娘理直于金莲。西门庆一生混帐，此次尚不糊涂。乃有糊涂甚于西门庆者，不知其是何心肠也。……批者何至痛恶月娘，而竟与金莲一鼻孔出气，岂真春梅之化身欤？”

不仅仅是《金瓶梅》人物论，于《金瓶梅》艺术论亦有不同见解。如第三回“定挨光王婆受贿，设圈套浪子私挑”，张竹坡批道：“妙绝十分光，却用九个‘便休’描写，而一毫不板，奇绝，妙绝！”而文龙批道：“挨光一回，有夸为绝妙文章者，余不觉哑然失笑。文字忌直，须用曲笔，文字忌率，须用活笔。挨光一层，早被王婆子全已说破，此一回不过就题敷演……若事前合盘托出，则下文仍是如此如此，又安得谓为绝妙文章哉！”

文龙甚至从根本上否定张竹坡的评点，如其第一百回回评云：“作者或有深意，批者并无会心，阅者当自具手眼，……作《金瓶梅》者，……自始至终，全为西门庆而作也，为非西门庆而类乎西门庆者作也。批者亦当时时、处处、事事有一西门庆，方是不离其本旨。奈何只与春梅掇臀、玉楼舐痔而与月娘作对头，犹诩诩然曰：此作者之深思也，吾得其间矣。嗟乎，妄甚！”又如第六十四回回评云：“作者口中月旦，已告人以低昂，何尝皮里阳秋，仍望人之推测。奈何爱而加诸膝，恶而坠诸渊，逞一己之私心，自诩读书得简，此不但非作者之知己，实为作者之罪人也。”

文龙对张竹坡《金瓶梅》评点的批评，属于文学批评方法论范畴。文龙认为文学批评应“就时论事，就事论人，不存喜怒于其心，自有情理定其案”（第三十二回回评）。所谓情理，文龙说：“理之当然，势之必然，事之常然，情之宜然”（第八十五回回评），要“凝神静坐，仔细寻思，静气平心，准情度理，不可少有偏向，故示翻新”（第八十九回回评），“夫批书当置身事外而设想局中，又当心入书中而神游象外”（第十八回回评），须“书自为我运化，我不为书捆缚”（第一百回回评），而不能“有成见而无定见，存爱恶而不酌情理”（第三十二回回评），文龙批评张竹坡没有做到这一点，而是“爱其人其人无一非，恶其人其人无一是”（同上）。

应当承认，文龙对张竹坡的批评并非全无道理，有的还相当准确和深刻，如《〈金瓶梅〉寓意说》乃张竹坡书首专论之最为长篇者，其所举寓意例证，虽亦颇通文意，牵强附会之处在所难免，文龙即在其后批评曰：“此批不必然，不必不然。在作者纯任其自然，批者欲求其所以然，遂未免强以为然。我谓有然有不然，不如视为莫知其然而然，斯统归于不期然而然，全付于天然，又何必争其然与不然哉！试起作者九原而问之，亦必哑然而笑，喟然而叹，悄然而悲，夷然不顾曰：其然岂其然乎？”

不过，文龙毕竟只是闲中消遣，只是对作品的赏析，而没有像张竹坡那样有意识地全方位进行文学评论，因而没能站在小说理论发展的高度去认识张竹坡，便不能不失之狭隘。

但文龙所做的也是较为系统的独立的《金瓶梅》评点，有必要对其作出全面的评介。首先，推进了《金瓶梅》非淫书这一重要命题。如前文所述，《金瓶梅》非淫书论，由绣像本《金瓶梅》肇始，经张竹坡深入演绎，已为广大读者所信奉。文龙对此命题亦直言不讳，其第十三回回评曰："皆谓此书为淫书，诚然，而又不然也。但观其事，只男女苟合四字而已。此等事处处有之，时时有之，彼花街柳巷中，个个皆潘金莲也，人人皆西门庆也。不为说破，各人心里明白。一经指出，阅历深者曰：果有此事；见识浅者曰：竟有此事。是书盖充量而言之耳，谓之非淫不可也。若能高一层着眼，深一层存心，远一层设想，世果有西门庆其人乎？方且痛恨之不暇，深恶之不暇，阳世之官府，将以斩立决待其人；阴间之阎罗，将以十八层置其人。世并无西门庆其人乎？举凡富贵有类乎西门，清闲有类乎西门，遭逢有类乎西门，皆当恐惧之不暇，防闲之不暇，一失足则杀其身，一纵意则绝其后。……生性淫，不观此书亦淫；性不淫，观此书可以止淫。然则书不淫，人自淫也；人不淫，书又何尝淫乎？"文龙又以《诗经》相比，说"见不贤而内自省，见不善如探汤，此《诗》之所以不删淫奔之词也"（第二十七回回评）。文龙因此于其开评第一段断然曰："《金瓶梅》淫书也，亦戒淫书也。……究其根源，实戒淫书也。"（第一回回评）

其次，确定《金瓶梅》的立意在"警世"（第十七回回评），故所写皆"性赌命换"（第二十九回回评）之徒，"书中无一中上人物"（第三十一回回评），而是"一个丧心病狂、任情纵欲匹夫，遇见一群寡廉鲜耻、卖俏迎奸妇女，又有邪财以济其恶，宵小以成其恶，于是无所不为，胆愈放而愈大，心益迷而益昏，势愈盛而愈张，罪益积而益重。闻之者切齿，见之者怒发。……人不得而诛之，雷将从而劈之矣；法不得而加之，鬼将从而啖之矣。"（第十八回回评）其第二十七回回评亦曰："看完此书而不生气者，非丈夫也。一群狠毒人物，一片奸险心肠，一个淫乱人家，致使朗朗乾坤变作昏昏世界，所恃者多有几个铜钱耳。钱之来处本不正，钱之用处更不端，是钱之为害甚于色之为灾。……天下事不慎之于始，必至鲜克有终；不及早回头，必至无所底止。"

复次，认为《金瓶梅》对典型人物形象的塑造极为成功。如其第七十九回回评曰："《水浒传》出，西门庆始在人口中；《金瓶梅》作，西门庆乃在人心中。《金瓶梅》盛行时，遂无人不有一西门庆在目中、意中焉。其为人不足道也，其事迹不足传也，而其名遂与日月同不朽，是何故乎？作《金瓶梅》者，人或不知其为谁，而但知为西门庆作也。批《金瓶梅》者，人或不知其为谁，而但知为西门庆批也。西门庆何幸，而得作者之形容，而得批者之唾骂。世界上恒河沙数之人，皆不知其为谁，反不如西门庆之在人口中、目中、心意中，是西门庆未死之时便该死，既死之后转不死，西门庆亦幸矣哉！”而对西门庆所生活的典型环境，其第七十四回回评曰：“此时西门家，自门外汉视之，莫不以为富贵皆全，繁华无比，兴隆景象，热闹光阴，清河县中有一无二矣。及观与其往来者，无非戏子、姑子、婊子、小优儿、媒婆子、糊涂亲戚、混帐朋友、忘八伙计。即或有显者来，大抵借地迎宾，摆酒请客，与主人毫无关涉，俨然一个大酒店、阔饭铺、体面窑子、众兴会馆。”文龙还认为庞春梅也是塑造得很为成功的典型形象，第九十回回评曰：“春梅在西门庆家中，并非不得时之人，亦非安本分之婢，固由于潘金莲之纵容，亦由于西门庆之宠爱。论其性情，骄而自负，傲而难驯；论其行为，淫等于金莲，狠同于桂姐。西门之奴仆，未敢怠慢；西门妻妾，未尝欺凌。”正因为其非主非奴、非妾非婢之特殊身份，才区别于一般小说戏曲中的丫鬟，而有成为守备夫人的后话，并与潘金莲、李瓶儿匹配为金、瓶、梅，作为该小说的书名。文龙对孟玉楼的剖析同样鞭辟入里，如其第九十一回回评曰：“孟玉楼，深心人也。嫁人之心，固不自今日始也，亦不自西门庆死后始盟此心。其未嫁西门庆之前，因寡思嫁，作者明白指出，固人人之所共知；既入西门之室，其悔嫁之心，隐忍而不漏，即其改嫁之心，凝结而益坚。盖玉楼心心做大，实不欲久居人之下也。其初尚有夺嫡之思，其后但有彼时之念”，“数年来之玉楼，含羞忍辱，怀忿蒙污，藏拙守愚，听天由命”，“其志其意，吴月娘、潘金莲等不能知，即同衾共枕以为合意同心之西门庆，亦非所知也”。

再次，文龙评点中的《金瓶梅》艺术论也相当可观。譬如，《金瓶梅》的结构，其第五十九回回评曰：“上一回与下一回，均是半苦半乐，一喜一忧。……正是消长机关，不似五十回前，得意顺心，逢凶化吉；从此六十回后，回光返照，乐极生悲。看《金瓶梅》者，当于此处留神，不可含糊看过也。”又说：“看前半部，须知有后半部；看后半部，休抛却前半部。今日之一人一事，皆昔日之所收罗埋伏，而发泄于一朝也。”（第九十五回回评）文龙的《金瓶梅》结构两分法，虽绍续于张竹坡的《金瓶梅》前后冷热论，但其在评点中不时提示，说明其对小说结构格外留意。如其第二十回回评曰：“李瓶儿传告竣。二十回内，月、娇、玉、雪、金、瓶与春梅，均已入门在室矣。此书之间架已成，所谓一小结束也。”又如其第九十五回回评曰：“此回已将西门庆家中诸妇女，除五妾四婢而外，如小玉、如意等，亦均还其一个下落。乃放笔描写寡妇孤儿之忍辱受气，屈己求人，耐一片凄凉，遭百种苦恼，奴仆叛于内，友朋哄于外，皆所以定西门庆罪案，并非为月娘述家常也。”

文龙评点《金瓶梅》的突出特点，除时时与张竹坡的评点相对应以外，就是格外留意人物形象，并且往往以对比手法分类描述。如其第二十三回回评云：“读《水浒传》者皆欲作宋江，读《红楼梦》者皆欲作宝玉，读《金瓶梅》者亦愿作西门庆乎？曰：愿而不敢也。敢问其不敢何也？曰：恐武大郎案犯也，恐花子虚鬼来也。既不敢又何以愿之乎？曰：若潘金莲之风流，李瓶儿之柔媚，与庞春梅之俏丽，得此三人，与共朝夕，岂非人生一快事乎？然则不敢非不敢也，但愿乐其乐而不愿受其祸耳。”又如其第二十五回回评云：“宋蕙莲，蟹也，一释手便横行无忌；潘金莲，蝎也，一挨手便调尾蛰人；西门庆，蛆也，无头无尾，翻上翻下，只知一味乱钻，仍是毫无知觉，此刻直如傀儡，任人撮弄。”又如第二十九回回评云：“金莲之妒，明而浅；玉楼之妒，隐而深。金莲之妒为固宠，玉楼之妒在摘嫡。……玉楼之妒月娘，有心而未成事，不似金莲之妒瓶儿，必死之而后已。”又如其第三十四回回评云：“此回写得韩道国可哂，应伯爵可耻，西门庆可恨，李瓶儿可疑，潘金莲可怕。可哂者，说嘴打嘴，现世现报。可耻者，火到猪头烂，钱到公事办。可恨者，一朝权在手，便把令来行。可疑者，若言有意全无意，道是无情却有情。可怕者，满怀心腹事，尽在不言中。”又如其第五十四回回评云：“十兄弟之中，惟伯爵与西门庆最密。而伯爵亦实有讨人喜欢处：语言便捷，小有才情，明暗奉承，深得意旨，此篾片中能干者也。妻与妾六人之内，惟瓶儿为西门庆最宠。而瓶儿亦实有令人怜惜处：情性和平，全无机诈，周旋忍让，不作猖狂，此妇女中温柔者也。应伯爵有时明取其财，有时暗受其惠，谢希大亦不能争，其他无论矣。李瓶儿银钱不自私，衣物不少吝，潘金莲尚不能间，其他可知矣。是二人者，虽非良朋，可称趣友；虽非正室，的是可人，不必西门庆为然也，遇之者亦孰不为之倾倒也哉？”又如其第九十七回回评云：“故金之淫以荡，瓶之淫以柔，梅之淫以纵，娇儿不能入其党，玉楼亦不可入其党，雪娥不配入其党，此三人故淫妇中之翘楚者也，李瓶儿死于色昏，潘金莲死于色杀，庞春梅死于色脱。好色者其鉴诸！贪淫者其鉴诸！”

另外，文龙评点《金瓶梅》时，不时结合时政，也是有为而作。如其第二十三回回评云：“夫蕙莲亦何足怪哉！吾甚怪夫今之所谓士大夫者，或十年窗下，或数载劳中，或报效情殷，捐输踊跃，一旦冷铜在手，上宪垂青，立刻气象全非，精神顿长，扬威跃武，眇视同僚，吹毛求疵，指驳前任，几若十手十目不足畏，三千大千不能容，当兴之利不知兴，应去之弊不能去，……此皆蕙莲之流也。”又如其第三十三回回评云："世上人未有不爱美妇人者，……群起仰慕而逢迎之，爱之如瑶草琪花，视之如奇珍异宝，奉之若神明父母，纵之如爱女娇儿，争之可以舍性命、破家财、忘忧焦、丧廉耻，到手则颠鸾倒凤，暮雨朝云，妇之不淫者，亦不觉勃然动情矣。如其愿则争妍献媚，拂其意则忍泪含嗔；一旦夺其所欢，失其旧宠，有不挟小嫌而成大恨，变巧笑而为娇啼者哉！遂使天下之美妇人，竟无不淫而且妒者。是亦如位高禄厚、权大威严，其初心颇爱声名，深知利害，且顾脸面，亦念子孙；无奈宵小希荣，诸公讨好，贺生辰，做满月，厚礼唯恐不肯收；拜老师，认世叔，手本唯恐不得上。望颜色唯唯听命，守规矩诺诺连声；发一言皆钦此钦遵，论一事必诚惶诚恐。直若其言可坊而行可表，遂无不亲若父而尊若神。相习成风，不觉庞然自大，人孰敢侮，予言莫违，是皆不自爱之人，群起而成全之也。"又如其第四十九回回评云："请巡抚，遇胡僧，皆西门庆平生极得意之事。虽告之曰请须破财，遇则丧命，不顾也。亦匪独西门庆为然，遍天下皆是也。官场之中，得大宪多与一言，多看一眼，便欣欣然有喜色，向人乐道之；而况入其门，登其堂，分庭抗礼，共席同杯，其荣幸何如？千金又何足惜哉！流俗之辈，买春药以媚内，服补药而宿娼，正自有人，姑且勿论。即现在鸦片烟一物，食之者多，大半皆以其壮阳助气，可以久战而食之。于是花街柳巷，无一不预备此物，而况一厘可御十女，一粒可尽五更，有不以为异宝奇珍者哉！"

（六）其他引录

明清两代语及《金瓶梅》的笔记杂言尚有一些，明代计有：袁宏道《袁宏道集笺校》（卷六、卷四十八、卷五十五）、袁中道《游居　录》（卷九・万历四十二年八月）、李日华《味水轩日记》（卷七）、沈德符《万历野获编》（卷二十五、补遗卷二）、徐树丕《识小录》（卷二）、屠本畯《山林经济籍》（《经部》卷八《燕史固书第十二》）、张岱《陶庵梦忆》（卷四）、尺蠖斋《东西两晋演义序》、张无咎《批评北宋三遂平妖传叙》、笑花主人《今古奇观序》、峥霄主人《魏忠贤小说斥奸书凡例》、薛冈《天爵堂笔余》（卷二）、听石居士《幽怪诗谭小引》、夏履先《禅真逸史凡例》、烟霞外史《韩湘子十二渡韩昌黎全传叙》、李渔《三国志演义序》等；清代计有：宋起凤《稗说》（卷三）、紫阳道人《续金瓶梅》（凡例，第一、二、二十三、三十一、三十三、三十四、四十三、四十五、六十四回）、申涵光《荆园小语》、蒲松龄《聊斋志异・夏雪》、张潮《幽梦影》及《尺牍偶存・答家渭滨》、佚名《满文本金瓶梅序》、刘廷玑《在园杂志》（卷二、三）、顾公燮《销夏闲记》（卷上）、李绿园《歧路灯自序》、《脂砚斋重评石头记》（庚辰本第十三、六十六回，甲戌本第二十八回）、闲斋老人《儒林外史序》、陶家鹤《绿野仙踪序》、宫伟镠《续庭闻州世说》（《春雨草堂别集》卷七）、昭　《啸亭续录》（卷一、二）、佚名《批本随园诗话批语》、紫髯狂客《豆棚闲话总评》（第十二则）、画舫中人《奇酸记传奇·楔子、凡例、缘起》、周春《阅红楼梦随笔》、小和山樵《红楼复梦凡例》、兰皋居士《绮楼重梦楔子》、袁照《袁石公遗事录》、戏笔主人《绣像忠烈传序》、麟䴊子《林兰香序》、佚名《跋金瓶梅后》（《韵鹤轩杂考》卷下）、诸联《红楼梦评》、王希廉《红楼梦总评》、张新之《红楼梦读法》、哈斯宝《新译红楼梦》（第九回回批）、陈其泰《桐花凤阁评红楼梦》（第七、二十一回眉批）、徐谦《桂宫梯》（卷四）、阮葵生《茶余客话》（第十八）、张地鹏《瑶华传序》、张其信《红楼梦偶评》、观鉴我斋《儿女英雄传序》、饼伧氏《闺艳秦声评》、闲云山人《第一奇书钟情传序》、郝培元《梅叟闲评》（卷三）、刘玉书《常谈》（卷一）等。

这些引录虽然谈不上研究《金瓶梅》，但涉及《金瓶梅》研究的诸多方面，给现代《金瓶梅》研究提供了史料，也开导着方向。譬如《金瓶梅》作者研究，屠本畯《山林经济籍》："相传嘉靖时，有人为陆都督炳诬奏，朝廷籍其家。其人沉冤，托之《金瓶梅》。"（《觞政·十之掌故》）谢肇　《金瓶梅跋》："不著作者名代，相传永陵中有金吾戚里……而其门客病之，采摭日逐行事，汇以成编，而托之西门庆也。"袁中道《游居　录》："旧时京师，有一西门千户，延一绍兴老儒于家。老儒无事，逐日记其家淫荡风月之事，以门庆影其主人，以余影其诸姬，琐碎中有无限烟波，亦非慧人不能。"（万历四十二年八月）沈德符《万历野获编》"闻此为嘉靖间大名士手笔，指斥时事，如蔡京父子则指分宜，林灵素则指陶之文，朱　则指陆炳，其他各有所属云。"（卷二十五）这四位，"传"也罢，"闻"也好，其"一致的意见"，都坚信《金瓶梅》为个人创作。只不过究为何人，他们不得而知，或者不愿说出，因此才有"有人""金吾戚里门客""绍兴老儒""大名士"等不同的传闻。

在《金瓶梅》作者研究史上，这是一个早期传闻阶段。

稍后，传世刻本《金瓶梅词话》的欣欣子序与廿公跋，是《金瓶梅》作者研究史上的第二个阶段，即由传闻到坐实的阶段。廿公《金瓶梅跋》所谓作者"为世庙时一巨公"，已非"传""闻"，而欣欣子《金瓶梅词话序》更直接坐实为"兰陵笑笑生""笑笑生"。

切不要小看这一次坐实，与"金吾戚里门客""绍兴老儒""大名士""巨公"这类泛指不同，“笑笑生”是确指，虽然这只是号，而无姓、名、字。

中国古代小说戏曲作者署名，隐去姓、名、字而仅用号者，举不胜举。小说如《浓情快史》题“嘉禾餐花主人”、《醋葫芦》题“西子湖伏雌教主”、《东汉演义评》题“珊城清远道人”等。戏曲如《投笔记》题“华山居士”、《还魂记》题“欣欣客”、《花萼楼》题“昭亭有情痴”等。小说戏曲（诗文亦然）这种以号署名的做法，一直延续到近现代，无异于今所谓笔名。

屠本畯《山林经济籍》中的一段按语与《万历野获编·补遗》“伪画致祸”条最早含蓄地透露出王世贞作《金瓶梅》的信息。宋起凤撰于康熙十二年的《稗说》（“世知《四部稿》为弇州先生著作，而不知《金瓶梅》一书亦先生中年笔也。”）与清初的《〈玉娇梨〉缘起》均指实为王世贞。其后《第一奇书谢颐序》以及清人的众多笔记（佚名《跋金瓶梅后》、画舫中人《奇酸记传奇·缘起》、顾公燮《销夏闲记·作〈金瓶梅〉缘起》、画舫中人《奇酸记传奇·楔子》、兰皋居士《绮楼重梦·楔子》、张地鹏《瑶华传序》、李慈铭《越缦堂读书记》、平步青《霞外捃屑》卷七、观鉴我斋《儿女英雄传序》）即陈陈相因，推波助澜，一时形成作者非王世贞莫属的舆论，竟至演化出“苦孝说”的一段公案（《寒花盦随笔》）。

当然亦有怀疑者，如杨椿《重与吴子瑞书》（《孟邻堂文钞》卷二）。亦有另作他说者，如谢颐《批评第一奇书金瓶梅序》：“《金瓶》一书，传为凤洲门人之作也。”画舫中人《奇酸记传奇缘起》亦曰：“《金瓶梅》一书，或曰凤洲门人作。”而佚名《满文本金瓶梅序》：“或曰是书乃明时逸儒卢楠所作，以讥刺严嵩、严世蕃父子者。”宫伟镠《续庭闻州世说》则曰：“《金瓶梅》相传为薛方山先生笔，盖为楚学政时以此维风俗，正人心。又云：赵侪鹤公所为。”（《春雨草堂别集》卷七）薛方山即薛应旗，赵侪鹤即赵南星。徐谦《桂宫梯》则曰：“孝廉某，嫉严世蕃之淫放，著《金瓶梅》一书。”（卷四引《劝戒类钞》）

又如对《金瓶梅》的毁誉，誉之者如：尺蠖斋《东西两晋演义序》（乾隆间周氏文光堂刊《东西两晋演义》卷首）：“《金瓶梅》之借事含讽”。楚黄张无咎《批评北宋三遂平妖传叙》（明末四卷本《批评北宋三遂平妖传》卷首）：“小说家以真为正，以幻为奇。……他如《玉娇梨》《金瓶梅》，另辟幽蹊，曲中奏雅，然一方之言，一家之政，可谓奇书，无当巨览，其《水浒》之亚乎！”听石居士《幽怪诗谭小引》（明崇祯己巳刻本《幽怪诗谭》卷首）：“不观李温陵赏《水浒》《西游》，汤临川赏《金瓶梅词话》乎？《水浒传》，一部《阴符》也；《西游记》，一部《黄庭》也；《金瓶梅》，一部《世说》也。”李渔《三国志演义序》（两衡堂刻本《三国志演义》卷首）：“尝闻吴郡冯子犹赏称宇内四大奇书，曰《三国》《水浒》《西游》及《金瓶梅》四种，余亦喜其赏称为近是。”张潮《幽梦影》、刘廷玑《在园杂志》、庚辰本《脂砚斋重评石头记》第十三回评语、陶家鹤《绿野仙踪序》、紫髯狂客《豆棚闲话总评》（卷末）、王希廉《红楼梦总评》、周永保《瑶华传跋》、吴道新《文论》（《龙眠古文》附卷）、饼伧氏《闺艳秦声评》、闲云山人《第一奇书钟情传序》等亦颇为称颂。

毁之者如：陇西张誉无咎《天许斋批点北宋三遂平妖传叙》（孙楷第《日本东京所见小说书目》引日本内阁文库藏明泰昌元年刻本）：“他如《玉娇丽》《金瓶梅》，如慧婢作夫人，只会记日用账簿，全不曾学得处分家政，效《水浒》而穷者也。”笑花主人《今古奇观序》（明刻本卷首）：“然《金瓶》书丽，贻讥于诲淫，……无关风化，奚取连篇。”薛冈《天爵堂笔余》（明崇祯刻本卷二）：“往在都门，友人关西文吉士以抄本不全《金瓶梅》见示，余略览数回，谓吉士曰：‘此虽有为之作，天地间岂容有此一种秽书，当急投秦火！’”烟霞外史《韩湘子十二渡韩昌黎全传叙》（明天启癸亥武林刻《新镌批评出相韩湘子》卷首）：“无《西游记》之谑虐，《金瓶梅》之亵淫。”四桥居士《隔帘花影序》：“但观西门平生所为，淫荡无节，蛮横已极，宜乎及身即受惨变，乃享厚福以终？至其报复，亦不过妻散财亡，家门零落而止，似乎天道悠远，所报不足以蔽其辜。”他如申涵光《荆园小语》、蒲松龄《聊斋志异·夏雪》、李绿园《歧路灯自序》、闲斋老人《儒林外史序》、昭　《啸亭续录》（卷二）、周春《红楼梦约评》（《红楼梦随笔》）、戏笔主人《绣像忠烈传序》、诸联《红楼梦评》、徐谦《桂宫梯》（卷四引《最乐编》）、余治《得一录》（卷五）、梁恭辰《劝戒录四编》、梦痴学人《梦痴说梦》、方浚《蕉轩随录》（卷二）、邹弢《三借庐笔谈》、林昌彝《砚绪录》（卷十二）、笠舫《文昌帝君谕禁淫书天律证注》、邱炜　《五百洞天挥麈》（光绪二十五年）等不一而足。

有所谓洁本、秽本一说，说《金瓶梅》原无秽语，俗本乃后世坊间所为。清初袁中郎三世孙袁照说：“《金瓶梅》一书，久已失传，后世坊间有一书袭取此名，其书鄙秽百端，不堪入目，非石公取作‘外典’之书也。”（《袁石公遗书录》）此为长者讳也。同袁照持同一观点的，还有晚清人王昙，他说：“曾闻前辈赵瓯北先生云，《金瓶》一书，为王元美所作：余尝见其原本（随园老人曾有此本），不似流传之俗本铺张床笫等秽语。”他还说，原本“本忠孝而作此书，而顾以淫书目之：此误予给本，而不观原本故也。”（《金瓶梅考证》）此想当然耳！其实，东吴弄珠客序说得再明白不过：“《金瓶梅》，秽书也。袁石公亟称之，亦自寄其牢骚耳，非有取于《金瓶梅》也。”至少，今存词话本、绣像本、第一奇书本、金瓶梅奇书本均有秽语。

自冯梦龙首倡"四大奇书"而李渔附议之后（李渔《三国志序》），清人响应者众，如佚名《满文本金瓶梅序》、刘廷玑《在园杂志》、李绿园《歧路灯自序》、闲斋老人《儒林外史序》、序嶙嵝子《林兰香序》、王希廉《红楼梦总评》、张地鹏《瑶华传序》、周永保《瑶华传跋》、佚名《续儿女英雄传序》等。亦有抽掉《三国演义》称为"三大奇书"者，如西湖钓叟《续金瓶梅集序》、紫阳道人《续金瓶梅凡例》。

有对《金瓶梅》的具体评议，涉及其思想、艺术诸多方面。如佚名《满文本金瓶梅序》："凡百回中以为百戒，每回无过结交朋党、钻营勾串、流连会饮、淫黩通奸、贪婪索取、强横欺凌、巧计诓骗、忿怒行凶、作乐无休、讹赖诬害、挑唆离间而已。……至西门庆以计力药杀武大，犹为武大之妻潘金莲服以春药而死，潘金莲以药毒二夫，又被武松白刃碎尸；如西门庆通奸于各人之妻，其妇婢于伊在时即被其婿与家童玷污。……至蔡京之徒，有负郡王信任，图行自私，二十年间，身谴子诛，朋党皆罹于罪。西门庆虑遂谋中，逞一时之巧，其势及至省垣，而死后尸未及寒，窃者窃，离者离，亡者亡，诈者诈，出者出，无不如灯销火灭之烬也。其附炎趋势之徒，亦皆陆续无不如花残木落之败也。其报应轻重之称，犹戥秤毫无高低之差池焉。……将陋习编为万世之戒，自常人之夫妇，以及僧道尼番、医巫星相、卜术乐人、歌妓杂耍之徒，自买卖以及水陆诸物，自服用器皿以及谑浪笑谈，于僻隅琐屑毫无遗漏，其周详备全，如亲身眼前熟视历经之彰也。诚可谓是书于四奇书之尤奇者矣。"对《金瓶梅》的寓意主旨，诠释甚为得体。如宋起凤《稗说》："其声容举止，饮食服用，以至杂俳戏 之细，无一非京师人语。书虽极意通俗，而其才开合排荡，变化神奇，于平常日用，机巧百出，晚代第一种文字也。……若夫《金瓶梅》全出一手，始终无懈气浪笔与牵强补凑之迹，行所当行，止所当止，奇巧幻变，媸妍、善恶、邪正、炎凉情态，至矣，尽矣。殆《四部稿》中最化最神文字，前乎此与后乎此谁耶？谓之一代才子，洵然！"（卷三）将《金瓶梅》的艺术特长，注解颇觉给力。刘廷玑《在园杂志》："若深切人情世务，无如《金瓶梅》，真称奇书，欲要止淫，以淫说法；欲要破迷，引迷入悟。其中家常日用，应酬世务，奸诈贪狡，诸恶皆作，果报昭然。而文心细如牛毛茧丝，凡写一人，始终口吻酷肖到底，掩卷读之，但道数语，便能默会为何人。结构铺张，针线缜密，一字不漏，又岂寻常笔墨可到者。"于题旨手法，亦可谓入木三分。紫阳道人《续金瓶梅》："单表这《金瓶梅》一部小说，原是替世人说法，画出那贪色图财、纵欲丧身、宣淫现报的一幅行乐图。……依言生于此门，死于此户，无一个好汉跳得出阎罗至网，倒把这西门庆像拜成师父一般。看到翡翠轩、葡萄架一折，就要动火，看到加官生子、烟火楼台、花攒锦簇、歌舞淫奢，也就不顾那鹘贤烈、油尽灯枯至病，反说是及时行乐。把那寡妇哭新坟、春梅游故馆一段冷落炎凉光景，看作平常，救不回那贪淫的色胆、纵欲的狂心。眼见得这部书反做了导欲宣淫话本，……把这做书的一片苦心，变成拔舌地狱，真是一番罪案。”从传播的角度，竟是一篇导读提纲。

《金瓶梅》在清代的传播，一是出版，据黄人《小说小话》，李渔芥子园曾刊印《四大奇书》，据孙楷第《中国通俗小说书目》，此丛书日本天文元年（翦伯赞主编《中外历史年表》为文元元年，乃清乾隆元年）《舶载书目》亦有著录，而日本松泽老泉编《汇刻书目外集》（日本文政三年即1820年庆元堂刻本）著录有乾隆四十六年（1781年）新镌本，今均佚，其《金瓶梅》未知究为何本（仅存《汇刻书目外集》云《金瓶梅》百回二十四卷）。

据胡文彬《金瓶梅书录》，有傅惜华原藏《绣像八才子词话》残本，现藏中国艺术研究院图书馆，乃顺治间刊本。另据韩南《〈金瓶梅〉版本考》，有傅惜华原藏陈思相《金瓶梅后跋》，惜语焉不详，且错漏百出，未知此跋是否附刊于《绣像八才子词话》。

所谓崇祯本《新刻绣像批评金瓶梅》，刘辉等认为系清初刊本，可备一说。

清代刊行的《金瓶梅》多为张竹坡评本《第一奇书》，可以说现存《第一奇书》本均为清刊本。

另外还有《新刻金瓶梅奇书》，刘复、李家瑞《宋元以来俗字谱》著录，系嘉庆二十一年（1816年）济水太素轩刊本，据胡文彬《金瓶梅书录》，该本似原藏天津市人民图书馆。此本徐州朱玉玲女士亦收藏一部（吴敢《金瓶梅奇书版本考评》，《明清小说研究》2011年第2期）。［日］鸟居久晴《〈金瓶梅〉版本考・异本》（《日本研究〈金瓶梅〉论文集》，黄霖、王国安编译，齐鲁书社1989年10月）亦著录一天理大学藏本，与此开本不同，似为此本覆刻本。另有六堂藏版本（胡文彬《金瓶梅书录》）。鸟居久晴《〈金瓶梅〉版本考订补・异本》另著录有东京大学东洋文化研究所藏大堂本，与六堂本开本不同，未知孰先孰误？该书正文系据《第一奇书》暨绣像本系统改写，韵语尽删，文字简略，分量大减（如第八十回，原作4855字，此本改写后仅存807字），但秽语未删。《新刻金瓶梅奇书》是《金瓶梅》改写本中刊刻最早的一个本子，启引着民初《真本金瓶梅》《古本金瓶梅》的出现。

《续金瓶梅》《隔帘花影》亦有多种版本印制。

二是翻译，有满文本《金瓶梅》，存康熙四十七年（1708年）刻本等多种，系据《第一奇书》本译出，传言为户曹郎中和素所译（昭梿《啸亭续录》卷一），或曰翻译人是徐蝶园（佚名《批本随园诗话批语》）。又曰翻译人是康熙的兄弟（Berthold Laufer编《满洲文学概论》1908年卷Ⅸ）。

又有日文翻译改作本，马琴（1767—1848 年）《新编金瓶梅》，似为日本最早的《金瓶梅》改编本。另据［日］泽田瑞穗《增修〈金瓶梅〉研究资料要览》，尚有有冈南闲乔译《金瓶梅译文》（写本）、《金瓶梅五集筱默桂三评》（写本）、柳水亭种清著《金瓶梅曾我赐定》（1860 年刊本）、松村操译《原本译解金瓶梅》（1882—1884 年东京鬼屋诚刊本，译出 9 回）四种。

另有西文译文两种：

片段译文有法文《武松与金莲的故事》（*Histoire de Wou-Sonq et de kin-lien*），［法］巴赞（A. P. L. Bazin，1799—1863 年）译，载《现代中国》（*La Chine Moderne*）1853 年第二版，据《金瓶梅》第 1—6 回译出。

全译本有德文《金瓶梅》，［德］康农 · 加布伦兹（Hans Conon v. d. Gabelentz，1840—1893 年）与乔治、阿尔波特父子三人 1862—1869 年间据满文本《金瓶梅》译出，父亲主译，两个儿子协译了第 13—16 回。该译仅有四个片段发表，即："第 100 回节选，见于《满文书籍》一文，作者乔治 · 加布伦兹，刊于德国莱比锡《东方社会研究》杂志 1862 年第 16 期第 543—546 页；第一回节选，见于《中国生活图像》一文，作者乔治 · 加布伦兹，刊于德国赫德堡豪森《环球》杂志，1863 年第 3 册第 29 篇第 143—146 页；第 33—35 回节选，见于《中国司法》一文，作者阿尔伯特 · 加布伦兹，刊于德国赫德堡豪森《环球》杂志 1865 年第 5 册第 348—350 页；第 13 回《一个杂货商的恋爱冒险》，翻译人乔治 · 加布伦兹，刊于法国巴黎《东方及美国》杂志 1879 年第 3 期第 169—197 页。""《金瓶梅》较为完整的德语译本主要有三个，即加布伦兹译本（1862—1869 年）、祁拔兄弟译本（1900—1925 年）以及后来流传甚广的库恩译本（1930 年）。比较这三个版本的德语译本可以看出，加布伦兹译本采用直译的方式，其翻译忠实于原文，几乎是词对词的翻译，同时对色情情节进行了较为灵活的处理，可以说是一个具有较高水准的全译本；祁拔本采用忠实于原著的意译，对原著内容的理解也是准确到位的；而库恩译本对原著情节改动较大，有些已经不是翻译，而是文学再创作了。相比由汉文本《金瓶梅》翻译过来的祁拔兄弟译本，加布伦兹译本在语言文字上更加忠实于原著，其所依据的满文本也是一个忠实、准确翻译了汉文本的高质量译本。……加布伦兹译本毫无疑问是欧洲最早的《金瓶梅》全译本，根据目前所掌握的材料来看，加布伦兹德文译本可以说是继满文本之后的第二个全译本，也是《金瓶梅》国外译本中的第一个全译本。"（以上引文俱见苗怀明、宋楠《国外首部〈金瓶梅〉全译本的发现与探析》未刊稿，见《第十一届国际〈金瓶梅〉学术讨论会论文集》）

三是续书，《金瓶梅》的续书，明代有《玉娇丽》（谢肇淛《金瓶梅跋》），已佚。清代有《续金瓶梅》，12卷64回，顺治原刊本，署名紫阳道人，实乃丁耀亢所作。其凡例开篇即曰“兹刻以因果为正论，借《金瓶梅》为戏谈”，正如西湖钓叟《续金瓶梅集序》所言：“遵今上圣明颁行《太上感应篇》，以《金瓶梅》为之注脚，本阴阳鬼神以为经，取生色货利以为纬，大而君臣家国，细而闺壶婢仆，兵火之离合，桑海之变迁，生死起灭，幻入风云，果因禅宗，语言褒昵，于是乎蔓理言而非腐，而其旨一归之劝世。此夫为隐言、显言、放言、正言，而以夸、以刺，无不备焉者也。以之翼圣也可，以之赞经也可。”《续金瓶梅》因时忌和诲淫遭禁毁后，有人（孙楷第《中国通俗小说书目》认为即序者四桥居士）删改易名为《隔帘花影》（全称《新镌古本批评三世报隔帘花影》），48回，湖南刊大字本，约刊行于康熙年间。该书对原书人物及情节，尤其是大量有关时政的叙述做了改动，而仍以因果轮回写世事之沧桑。四桥居士《隔帘花影序》誉之曰：“揆之福善祸淫之理，彰明较着，则是书也，不独深合于六经之旨，且有益于世道人心不小。”

四是戏曲，有郑小白《金瓶梅》传奇（《古本戏曲丛刊》三集）、画舫中人（李斗）《奇酸记》传奇、桂岩啸客（边汝元）《傲妻儿》杂剧等。苎樵山长《奇酸记传奇跋》：“是书也，采张竹坡之批评，补王凤洲之野史。孝为阴德，恒伏于无字句之中；酸视春时，尽发于有色之地。高僧古佛，皆知味之人；狗党狐朋，尽乞怜之辈。世上谁非酸瓮，人中悉是酰鸡。”据此可知传奇旨趣。而一如其所附防风馆客出评所言：“《奇酸记》便将原书扯拉之人，尽行演出”（第二折第一出出评），“作者一肚悲凉慷慨，发之声音，无一不令读者酸入爪哇”（第四折第三出出评），“是书全用讥讽，而一人一事一景一物，如乳赴水，如石引针”（第一折第五出出评），而“凌空结想，将金瓶二事，运实于虚，直在原书背后写影，为金瓶合传注脚”（第一折第三出出评）。防风馆客对《奇酸记》的编剧技法，亦多有赞赏：“原书画水，画澜，画火，画焰，《奇酸》直于澜上画酪，焰上画煤”（第二折第六出出评），“故不但南曲能比美元人，至于北曲套数，直造元人堂奥”（第二折第五出出评）。桂岩啸客《傲妻儿叙》：“观者其以余为揣摩世情也可，其以余为现身说法也可，其以余为茶前酒后藉以消遣睡魔，姑妄言之而妄听之也亦可。”由此可知作者创作意向。

另外尚有清唱北调《金瓶梅》（张岱《陶庵梦忆·卷四·不系园》）；弹词《富贵图》（阿英《小说三谈》谈到乾隆巾箱残本，题《东调古本金瓶梅》）；弹词《雅调秘本南词绣像金瓶梅传》，道光壬午（1822年）漱芳轩刊本，15卷16册100回（［日］泽田瑞穗《增修〈金瓶梅〉研究资料要览》）。俗曲（子弟书、新下河调、牌子曲、月调）《得钞傲妻》《哭官哥》《不垂别泪》《春梅旧家池馆》《永福寺》《挑帘定计》《葡萄架》《升官图》《借银续钞》《王婆说计》《潘金莲晒衣》《开吊杀嫂》《潘氏挑帘》（［日］泽田瑞穗《增修金瓶梅研究资料要览》）等，不一而足。

五是对《红楼梦》的影响，脂砚斋说："深得《金瓶》壸奥"（庚辰本第十三回眉批）；兰皋居士《绮楼重梦·楔子》："《红楼梦》一书……大略规仿……《金瓶梅》"；诸联《红楼梦评》："书本脱胎于《金瓶梅》"；张新之《红楼梦读法》："《红楼梦》……借径在《金瓶梅》，……是暗《金瓶梅》"；杨懋建《梦华琐簿》："《金瓶梅》极力摹绘市井小人，《红楼梦》反其意而师之，极力摹绘阀阅大家，如积薪然，后来居上矣"；张其信《红楼梦偶评》："此书从《金瓶梅》脱胎，妙在割头换像而出之，彼以话淫，此以意淫也"；天目山樵《儒林外史评》："《红楼梦》实出《金瓶梅》"等。

《金瓶梅》被清政府明令列为禁书，影响了该书的传播。出版商也有应变之术，有以《西门传》为《金瓶梅》书名者，见紫髯狂客《豆棚闲话总评》（卷末）。亦有以《钟情传》为《金瓶梅》书名者，有光绪二十五年（1899 年）香港石印本。另有以《多妻鉴》为《金瓶梅》书名者，有苏州刻本、四川刻本、香港旧小说社石印本等。《钟情传》《多妻鉴》均有删节。

有一件事值得一提，韩国许筠（1569—1618 年）《惺所覆瓿稿》云："传奇则《水浒传》《金瓶梅》为逸传，不熟此传者，保面瓮肠，非饮徒也。"此话出于袁宏道《觞政·十之掌故》，袁文作于明万历三十四年（1606 年），传世之《金瓶梅词话》刊行于万历四十五年（1617 年），也就是说，尚在《金瓶梅》刊本初行或抄本流传之际，就有韩国人言及此书。此后不久，1762 年（乾隆二十七年）至 1775 年（乾隆四十年）间，《金瓶梅》即传入韩国（参见金宰民《〈金瓶梅〉在韩国的流传、研究及影响》，《明清小说研究》2002 年第 4 期）。韩国各大学图书馆所藏《金瓶梅》，均为第一奇书本，可为佐证。

二、20 世纪的《金瓶梅》研究

20 世纪的《金瓶梅》研究史，约可区分为 1901—1923 年，1924—1949 年，1950—1963 年，1964—1978 年，1979—2000 年 5 个阶段。

（一）1901—1923 年

1901—1923 年是《金瓶梅》古典研究阶段即明清评点序跋琐谈阶段的终结，新的研究方式尚在探索，新的研究成果寥若晨星。其可指称者：

1.《金瓶梅》评议。报刊专栏说话与单篇论文语及《金瓶梅》者甚多，如静庵《金屋梦识语》："《西游》《金瓶》《水浒》，皆千载一遇之大文章也。……写尽世态炎凉，可作一般利欲熏心者当头棒喝，其功不在佛经下也。……其描摹人物，莫不须眉毕现，间发议论，又别出蹊径，独抒胸臆，畅所欲言，大有曼倩笑傲、东坡怒骂之概。点燃世态人情，悲欢离合，写来件件逼真，而不落寻常小说家窠臼。"又如平子《小说丛话》（《新小说》1904 年第八号）："《金瓶梅》一书，作者抱无穷冤抑，而又处黑暗之时代，无可与言，无从发泄，不得已藉小说以鸣之。其描写当时之社会情状，略见一斑。然与《水浒传》不同，《水浒》多正笔，《金瓶》多侧笔；《水浒》多明写，《金瓶》多暗刺；《水浒》多快语，《金瓶》多痛语；《水浒》明白畅快，《金瓶》隐抑凄恻；《水浒》抱奇愤，《金瓶》抱奇冤。……其中短简小曲，往往隽韵绝伦，有非宋词、元曲所能及者，又可以征当时小人女子之情状，人心思想之程度，真正一社会小说。"平子《小说新语》（《小说时报》1911 年第九号）另曰："吾国旧时小说，如《水浒》，如《西厢》，如《红楼》，如《金瓶》，皆极著名之作。……《金瓶》一书，不妙在用意，而妙在语句。吾谓《西厢》者，乃文字小说；《水浒》《红楼》，乃文字兼语言之小说；至《金瓶》，则纯乎语言之小说，文字积习，荡除净尽，读其文者，如见其人，如聆其语，不知此时为看小说，几疑身入其中矣。"又如梦生《小说丛话》（《雅言》1914 年第一卷第七期）："中国小说最佳者，曰《金瓶梅》，曰《水浒传》，曰《红楼梦》，……《金瓶梅》是异样妙文，《水浒》《红楼》亦是异样妙文，……能读此三书而能大彻大悟者，便是真能读小说书人，便是真能读一切书人。"另外如钝宦《满文金瓶梅》（《国粹学报》75 号，1911 年 1 月）、钱静方《金瓶梅演义考》（《小说丛考》，上海商务印书馆 1916 年 4 月）等，均有可观之词。

20 世纪开初 20 年，清朝覆灭，民国新起，西学东渐，新潮方兴，解除封建枷锁，倡导自由民主，小说《金瓶梅》，誉者颇众。如曼殊《小说丛话》（《新小说》1904 年第八号）、吴趼人《杂说》（《月月小说》1906 年第一卷）、黄人《中国文学史》、天生《中国三大家小说论赞》（《月月小说》1908 年第二卷第二期）、世（黄世仲）《小说风尚之进步以翻译说部为风气之先》（《中外小说林》1908年3月12日第二年第四期）、箸夫《论开智普及之法首以改良戏本为先》（《芝罘报》1915年第七期）、废物（王文濡）《小说谈》（《香艳杂志》1915年第九期）、邓狂言《红楼梦释真》（民权出版部1919年）、解弢《小说话》（中华书局1919年）等。自然贬之者亦伙，如叶小凤（楚伧）《小说杂论》（《小说杂考》新民图书馆1919年5月）、冥飞（张焘）《古今小说评林》（上海民权出版部1919年5月）、箸超（蒋子胜）《古今小说评林》（上海民权出版部1919年5月）等。盖民国亦以《金瓶梅》为禁书也（解弢《小说话》）。

誉贬双方可以陈独秀与胡适、钱玄同为代表，1917—1918年间，《新青年》发表有他们的通信（如陈独秀《答胡适》，载《新青年》1917年6月1日第三卷第四期；钱玄同《寄胡适之》，载《新青年》1917年8月1日第三卷第六号；胡适《答钱玄同》，载《新青年》1918年1月15日第四卷第一期等），陈独秀致胡适信说："足下及玄同盛称《水浒》《红楼》等古今说部第一，而均不及《金瓶梅》，何邪？此书描写恶社会，真如禹鼎铸奸，无微不至，《红楼梦》全脱胎于《金瓶梅》，而文章清健自然，远不及也。"胡适致钱玄同信说："先生与陈独秀所论《金瓶梅》诸语者，我殊不敢赞同。……今日一面正宜力排《金瓶梅》一类之书，一面积极译著高尚的言情之作，……此种书即以文学的眼光观之，亦殊无价值，何则？文学之一要素在于美感，请问先生读《金瓶梅》，作何美感？"两者针锋相对。钱玄同致胡适信说："《金瓶梅》一书断不可与一切专谈淫猥之书同日而语，此书为一种骄奢淫逸不知礼义廉耻之腐败写照。……语其作意，实与《红楼梦》相同。"又说："至于前书论《金瓶梅》诸语，我亦自知大有流弊。"观点依偎于两者之间。

在此时期内，《红楼梦》脱胎《金瓶梅》论、《金瓶梅》作者王世贞说，可谓众口一声。如别士（夏曾佑）《小说原理》（《绣像小说》1903年第三期）、包柚斧《答友索说部书》（《游戏杂志》1914年第五期）、鹓雏（姚锡钧）《稗乘谭隽》（《春声》1916年第一期）、蔡元培《石头记索隐》（《小说月报》1916年第一号）、陈独秀《答胡适》（《新青年》1917年6月1日第三卷第四期）、钱玄同《寄胡适之》（《新青年》1917年8月1日第三卷第六号）、解弢《小说话》等，均持《红楼梦》脱胎《金瓶梅》论。而黄人《小说小话》（《小说林》1907—1908年第1—9卷）、天 生《中国三大家小说论赞》、披发生（罗普）《红泪影序》（1908年）、佚名《笔记》（《小说月报》1910年第一期）、废物（王文濡）《小说谈》、鹓雏《稗乘谭隽》、钱静方《〈金瓶梅〉演义考》、佚名《寒花 随笔》（蒋瑞藻《小说考证》，上海商务印书馆1916年4月）、蒋瑞藻《金瓶梅考证》（《小说考证》）等，均主《金瓶梅》作者王世贞说。然亦有他说，如鹅雏《稗乘谭隽》“是书实出明兵部主事吴人某之子”，王昙《金瓶梅考证》：“或云李卓吾所作，卓吾即无行，何至留此秽言？大约明季浮浪文人之作伪。”

王昙《金瓶梅考证》还提到金圣叹评点《金瓶梅》：“今本每回后有圣叹长批，大半俗不可耐，或亦是后人伪托。”《香艳杂志》载弁山樵子《红楼梦发微绪言》：“然清初有圣叹金氏者，以善评小说著闻，《三国》也，《水浒》也，《西厢》也，《金瓶梅》也，目之为才子，尊之为奇书。”

2. 本书的删改出版。有《绘图真本金瓶梅》，上海存宝斋 1916 年 5 月排印本（1920 年再版），精装二册，托名王元美著，上册附绘图真本金瓶梅提要、蒋敦艮同治三年序、王昙乾隆五十九年撰《金瓶梅考证》，均乃无稽之谈，实为《第一奇书》删改本，即删改掉全部淫词，改写了二、三、四回文字。有《古本金瓶梅》，上海卿云图书公司 1926 年 6 月排印本，删去《真本金瓶梅》的评注和引首诗词，韵文、赞词、联语亦多有删除，文字则作有润饰，颇有可读性。该本畅销一时，1929 年已出至四版，有将序改成嘉靖三十七年观海道人，另增乾隆四十六年袁枚跋者，显系伪托。该本后经襟霞阁主重编，上海中央书店 1930 年出版。

3. 续书的删改出版。有静庵《金屋梦》，60 回，系据《续金瓶梅》并参照《隔帘花影》删改而成，1915 年 2 月起连载于孙静庵、胡无闷编辑之《莺花杂志》。该书后即由莺花杂志社 1915—1916 年抽印出版单行。另有翻新（拟旧）小说《新金瓶梅》，一为慧珠女士作，天绣楼侍史编辑，16 回，上海新新小说社 1910 年版；一为隐逸生著，振声译书社 1913 年版。

4. 少许文学史章节。如［日］盐谷温《金瓶梅》（载《中国文学概论讲话》，东京大日本雄辩会刊 1919 年 5 月）等。

5. 个别辞典条目。如［日］久保天随《明代小说》（载《文艺百科全书》，东京隆文馆 1909 年 12 月）、［日］宫琦《金瓶梅》（载《日本百科大辞典》，东京三省堂书店 1910 年 3 月）等。

6.《金瓶梅》的外文翻译。继 18—19 世纪之后，多仍处于片段译文、节译和改写状态，如法文节译本《金莲》（*Lotus d，ór，Roman adapte du chinois*），乔治·苏利埃·德·莫朗（George Soulie de Morant）译，法国巴黎夏庞蒂埃与法斯凯尔出版社（Paris：char pentier et Fasguelle）1912 年、日文译本《金瓶梅》（井上红梅译，上海日本堂书店 1923 年，译出 79 回，全三册，第一册前附有《金瓶梅与中国的社会状态》一文）等。满文译本《金瓶梅》曾被转译为蒙文，蒙古国家图书馆藏有多个蒙文《金瓶梅》的抄本，其中一部有明确标示 1910 年译自满文本。

此外不复可见。本阶段的《金瓶梅》研究像几点火花，在中国、日本和法国闪了几闪。

（二）1924—1949 年

1924 年 6 月，鲁迅《中国小说史略》由北新书局印出全书。其第 19 篇《明之人情小说》（上），便是《金瓶梅》专章（并此论及《玉娇丽》《续金瓶梅》《隔帘花影》），曰："诸世情书中，《金瓶梅》最有名。……作者之于世情，盖诚极洞达，凡所形容，或条畅，或曲折，或刻露而尽相，或幽伏而含讥，或一时并写两面，使之相形，变幻之情，随在显见，同时说部，无以上之。故世以为非王世贞不能作。至谓此书之作，专以写市井间淫夫荡妇，则与本文殊不符，缘西门庆故称世家，为搢绅，不惟交通权贵，即士类亦与周旋，著此一家，即骂尽诸色，盖非独描摹下流言行，加以笔伐而已。……故就文辞与意象以观《金瓶梅》，则不外描写世情，尽其情伪，又缘衰世，万事不纲，爰发苦言，每极峻急，然亦时涉隐曲，猥黩者多。后或略其他文，专注此点，因予恶谥，谓之淫书；而在当时，实亦时尚。"

20 世纪初叶，中国古代各体文学史竞相比效，著书立说。辛亥革命次年，王国维《宋元戏曲考》成篇。又十年，鲁迅《中国小说史略》脱稿。复十年，始有《中国诗史》《中国散文史》问世。鲁迅的小说史直至今日，仍可谓高标独帜，究其原因，发前人所未发也。即如《金瓶梅》，鲁迅不仅以文学家而且以思想家的眼力，不仅以旧文学而且以新小说的观点，于思想、艺术两端，语出空前，博大深湛，鲜活允当，小说文本研究，无过于此矣。1922—1935 年间，鲁迅在《反对"含泪"的批评家》《中国小说史略》《中国小说的历史的变迁》《〈中国小说史略〉日译本序》《论讽刺》等论著中均谈到过《金瓶梅》，虽因未曾见到《金瓶梅词话》偶有差误，但瑕不掩瑜，而尤以《中国小说史略》为标志，开创了《金瓶梅》的现代研究阶段。

这一时期，累计出版编著 1 种、原著 6 种，发表论文三四十篇，终使《金瓶梅》走出图书馆，走进学者书斋。

1. 出版了一部专门研究《金瓶梅》的著作，虽然只是编著，或者说是汇编，但是毕竟填补了一项空白，是一个突破。以专著研究中国古代小说，以《红楼梦》为最早，咸同间红学已蔚然而成大观。而《金瓶梅》研究，此阶段以前，一直是零打碎敲，不成气候。这本编著就是姚灵犀的《瓶外卮言》，天津书局 1940 年 8 月一版，平装，一册，260 页。1967 年香港重印，改名《金瓶梅研究论集》。该书除序文题词外，收有 9 篇作品，其中姚氏本人 5 篇，吴晗、郑振铎、痴云、阚铎各 1 篇。这 9 篇作品中，有 5 篇论文、1 篇随感、1 篇词语汇释、2 篇资料汇编。该书所收论文，吴、郑二公以外，多系索隐蹈袭；而姚氏所作，以《金瓶小札》最具文献价值。《金瓶小札》约 1870 条，涉及名物、行止、习尚，钩稽稗语，评检史乘，不失为一部有参考价值的工具书。

关于姚灵犀和曹涵美，曹亚瑟《烟花春梦——〈金瓶梅〉中的爱与性》有一段评议："这两个都是《金瓶梅》研究史、传播史上的奇人，一个曾写下《金瓶梅》研究史上的第一部专著，名《瓶外卮言》，于 1940 年 8 月在天津出版，前无来者；一个曾画出堪称杰作的《金瓶梅百图》，500 幅图画称绝一时，于 1942 年在上海出版，名震沪上。这两个人，一个叫姚灵犀，一个叫曹涵美。这一南一北两个人，如果仅仅都是因《金瓶梅》而暴得大名，也还就罢了；我一直在想，他们两个是否相遇过呢？幸运的是，终于在曹涵美的《金瓶梅百图》第三册中，看到了姚灵犀写的序。哈哈，他们两个曾有过交集，而且还是因为《金瓶梅》。"

2. 发现了《金瓶梅》的较早刻本《金瓶梅词话》，并且出版了 6 种原著。参见本书中编"十二文献"。

3. 这一阶段所发表的关于《金瓶梅》研究的论文，数量虽然不多，质量一般都比较高，内容涉及作者、成书年代、版本、渊源、本事、背景、人物、思想、艺术、语言、文献等方面。这一阶段出版的几乎所有中国文学史、中国小说史都辟有专门章节叙议《金瓶梅》。可以说，《金瓶梅》研究的几乎所有问题，在这一阶段都有人留目，并且大多能够一空依傍，垂示来者。其最著名者为：

（1）阚铎《红楼梦抉微》（民国十四年天津大公报馆排印本）对《红楼梦》《金瓶梅》从两书叙事章法、警幻曲二三两支、可卿寿木与瓶儿寿木、可卿丧事与瓶儿丧事、照风月鉴与磨镜、琴棋书画四丫头、魇魔法等方面作出多方比照，可说是第一篇《红楼梦》《金瓶梅》比较研究论文。本文也可认为是一部专著，只是篇幅短小，算得上一个读书笔记。

（2）1931 年 12 月—1934 年 1 月，吴晗连续发表 3 篇论文，尤其是《〈金瓶梅〉的著作时代及其社会背景》一文（载《文学季刊》创刊号，1934 年 1 月），成为本阶段的重头文章。吴晗的主要学术观点是：

1）关于《金瓶梅》的作者，明清两代传统认为王世贞作。吴晗用史学考证方法，否定了《清明上河图》与王世贞家族的联系，认为王世贞著书报仇纯属子虚乌有，从而扫除了牵强附会的"寓意说""苦孝说""嘉靖间大名士说"，结论是"《金瓶梅》非王世贞作”。

2）关于《金瓶梅》的成书年代，吴晗通过对明代一些典章器物的考证，支持郑振铎的“万历说”，并认为“大约是在万历十年到三十年这20年（1582—1602年）中。即使退一步说，最早也不能过隆庆二年（1568年），最晚也不能后于万历三十四年（1606年）”。

3）关于《金瓶梅》的创作方法和产生的社会背景，吴晗指出：“《金瓶梅》是一部现实主义小说，它所写的是万历中期的社会情形……透过西门庆的个人生活，由一个破落户而土豪、乡绅而官僚的逐步发展，通过西门庆的社会联系，告诉了我们当时封建统治阶级的丑恶面貌，和这个阶级的必然没落。”认为“这样的一个时代，这样的一个社会，才会产生《金瓶梅》这样的一个作品”。

（3）1927年4月上海商务印书馆出版了郑振铎的《文学大纲》，其论及《金瓶梅》说：“此书叙写家庭琐事、妇人性格以及人情世态，莫不刻画至肖。”1932年12月郑振铎《插图本中国文学史》由北平朴社出版，其对《金瓶梅》的论述更进一步：“《金瓶梅》的出现，可谓中国小说发展的极峰。……只有《金瓶梅》却彻头彻尾是一部近代期的产品，不论其思想、其事实以及描写方法，全都是近代的。在始终未尽超脱过古旧的中世传奇式的许多小说中，《金瓶梅》实是一部可诧异的伟大的写实小说。它不是一部传奇，实是一部名不愧实的最合于现代意义的小说。……《金瓶梅》的特长，尤在描写市井人情及平常人的心理，费语不多，而活泼如见。其行文措语，可谓雄悍横恣之至。”1933年7月1日，郑振铎在《文学》第1卷第1号又发表《谈〈金瓶梅词话〉》一文，13000余字，分《〈金瓶梅〉所表现的社会》《西门庆的一生》《〈金瓶梅〉为什么成为一部秽书?》《〈真本金瓶梅〉〈金瓶梅词话〉及其他》《〈金瓶梅词话〉作者及时代的推测》5个部分，主要从反映社会现象与人物塑造两个方面，比较研究《金瓶梅》与《三国演义》《水浒传》等小说的异同，认为《金瓶梅》“是一部很伟大的写实小说，赤裸裸地毫无忌惮地表现着中国社会的病态，表现着‘世纪末’的最荒唐的一个堕落的社会景象。……西门庆一生发迹的历程，代表了中国社会里——古与今的——一般流氓，或土豪阶级的发迹的历程。”并对《金瓶梅》的各种版本的真伪优劣作有检讨，提出“《金瓶梅词话》才是原本的本来面目”、作者非王世贞说和成书万历说。本文与前述吴文堪称中国早期《金瓶梅》研究的双璧，至今仍为《金瓶梅》研究者所重视。

周钧韬《鲁迅〈金瓶梅〉研究的成就与失误》《吴晗〈金瓶梅〉研究的成就与失误》《郑振铎〈金瓶梅〉研究的成就与失误》（《周钧韬〈金瓶梅〉研究精选集》）可

供参考。

（4）1933年3月，孙楷第《中国通俗小说书目》出版，其卷四“明清小说部乙”开篇就是《金瓶梅》，对词话本、绣像本、第一奇书本多有著录，间作考证，实为《金瓶梅》版本研究的先声。1935年，孙楷第致胡适信说：“《金瓶梅》的作者，我可以大胆假设是李开先。”（《胡适遗稿及秘藏书信》，黄山书社1994年）此论得到胡适的支持：“《金瓶梅》的作者，似孙子书的猜测最为近理。”（同上，1944年，胡适致王重民）

（5）林语堂在《谈劳伦斯》（《人间世》第19期，1935年1月5日）中说：“我不是要贬抑《金瓶梅》，《金瓶梅》有大胆，有技巧，但与劳伦斯不同——我自然是在讲他的《查泰莱夫人的情人》。劳伦斯也有大胆，也有技巧，但是不同的技巧。《金瓶梅》是客观的写法，劳伦斯是主观的写法。《金瓶梅》以淫为淫，劳伦斯不是以淫为淫。这淫字别有所解，用来总不大合适。……《金瓶梅》描写性交只当性交，劳伦斯描写性交却是另一回事，把人的心灵全解剖了。在于他灵与肉复合为一，劳伦斯可说是一反俗高僧、吃肉和尚吧。因有此不同，故他全书的结构就以这一点意义为主，而性交之描写遂成为全书艺术之中点，虽然没有像《金瓶梅》之普遍，只有五六处，但是前后脉络都贯串包括其中，因此而饱含意义。而且写来比《金瓶梅》细腻透彻。《金瓶梅》所体会不到的，他都体会到了。在于劳伦斯，性交是含着一种主义的。这是劳伦斯与《金瓶梅》之不同。”1934年郁达夫在《读劳伦斯的小说——〈查泰莱夫人的情人〉》一文中也有类似的观点。

（6）孟超《金瓶梅人物小论》，1948年9月9日—11月7日在香港《文汇报》连载，论及《金瓶梅》27位人物，文图并茂，是当时难得的普及读物。阿英、周越然、赵景深、冯沅君等也各有《金瓶梅》研究的文章发表，其中，周越然《〈金瓶梅〉版本考》、赵景深《〈金瓶梅词话〉与曲子》、冯沅君《〈金瓶梅词话〉中的文学史料》等，均甚可观。马廉搜集《铜山县志》等史料，提出张竹坡“生于清康熙初年”，“卒于清康熙三十四年至五十一年之十七年间”（《马隅卿小说戏曲论集》，中华书局2006年8月）。另外，经前一阶段启引，自本阶段起，文学类、百科类词典与文学史、小说史章节，一般均有《金瓶梅》的介绍和评议。

这一阶段，日本又陆续推出多种《金瓶梅》译本。夏金畏、山田秋人合译之《全译金瓶梅》，东京光林堂书店、文正书店1925年11月出版，仅译出22回。泉修一郎译本《金瓶梅词话》，东京美珠书店1948年1月出版，仅10回。尾坂德司（Tokuji OZAKA）以第一奇书本为底本的《全译金瓶梅》在东京东西出版社1948—1949年出版。

几乎同时，小野忍（Shinobu ONO，1906—1981 年）和千田九一（Kuichi CHIDA，1912—1965 年）据《金瓶梅词话》合译的《金瓶梅》前 40 回，由东京东方书局 1948—1949 年出版，至 1959 年完成全部翻译后出版全译本，很快便取代了尾坂德司的译本。这个译本分别纳入河出书房的《世界风流文学全集》，平凡社的《中国古典文学全集》《中国古典文学大系》，劲草书房的《中国之名著》，岩波书店的《岩波文库》，一版再版，至 1974 年已出版 6 版，成为最受欢迎的日译本。平凡社的版本第一册之末附有小野忍撰写的“解说”，论及《金瓶梅》的成书背景、版本、特质、素材、词话本和崇祯本的差异、欧洲译本，并简略介绍了自己的翻译情况。小野忍还撰有译后记，名为《〈金瓶梅〉批判研究》。冈本隆三（R. OKAMOTO）的《完译金瓶梅》（讲谈社，1971—1974 年）亦据词话本译出，分成四卷，每卷均有译者所拟的标题，第一卷之末附有“解说”一篇。该译无删节。

另外，20 世纪三四十年代日本学者批量性涌现出二三十篇论文，以及一本类似论文集的《金瓶梅·附录》，收文 14 篇，由东京东方书局 1948 年 8 月—1949 年 5 月出版。该书共 4 册，第一册为石田千之助《闻〈金瓶梅〉新译本的刊行》、千田九一《向密林挑战的精神》、荒正人《色情和文学》、小野忍《〈查泰莱夫人的情人〉与〈金瓶梅〉》，第二册为仁井田升《〈金瓶梅〉和社会的制约》、佐佐木基一《彻底性的胜利》、小野忍《〈金瓶梅〉的色情描写》、千田九一《译语》，第三册为长泽规矩也《〈金瓶梅〉的版本》、饭冢浩二《〈金瓶梅〉的一个断面》、武田泰淳《肉体的问题》，第四册为本多秋五《门外短想》、福田恒存《随笔》、长泽规矩也《〈金瓶梅〉与明末的淫荡生活》。其他如井上红梅《〈金瓶梅〉与〈红楼梦〉》（载《中国万华镜》，东京改造社 1938 年 10 月）、山中鹰夫《〈金瓶梅〉的作者》（载《日本》第 6 卷第 5 号，1943 年 5 月）、武田泰淳《淫女与豪杰——〈金瓶梅〉与〈水浒传〉》（载《象征》第 2 号，1947 年 5 月）等均可观览。

因此，在中国和日本形成《金瓶梅》研究的东方热点。

本阶段西文译本渐成规模，多有可观，有以下三种情况：

1. 片断译文，其知名者有：

（1）［德］冯·埃·察赫（Von E. Zach）翻译的德文《金瓶梅》几首诗，载于《德国卫报》(*Deutsche Waccht*) 1932—1933 年 3—8 月号合订本。

（2）［法］吴益泰（Oultai）翻译的法文《金瓶梅》片段，载于《中国小说概论》(*Sur le Roman Chinois*)，巴黎韦加出版社 1933 年版。

（3）［德］H. 鲁德斯贝格（H. Rudelsberger）翻译的《金瓶梅》第十三回，题为

《西门之艳遇》（*Die Liebesabenteuer des Hsi-Men*），载于德国出版的《小说》（Novellen Ⅱ）。

2. 节译本，其著名者有：

（1）据《第一奇书》的英文节译本《金瓶梅：西门庆的故事》（*Chin Ping Mei: The Adventures of Hsi Men Ching*），译者 Chu Tsui-Jen，由纽约 The Library of facetious lore 出版于 1927 年。该译共 19 章，215 页，有女画家 CIara Tice 所画黑白插图 8 幅，只印行 750 本，内部编号发行。该译无意展示原书的叙事结构和艺术技巧，而突出西门庆的艳遇，给《金瓶梅》在英语世界打上色情读物的烙印。

（2）［德］弗朗茨·库恩（Franz Kuhn，1884—1961 年）据《第一奇书》的德文节译本《金瓶梅：西门与其六妻妾奇情史》（*Kin Ping Meh: oder, Die Abenteuerliche Geschichte von His Men und seinen sechs Frauen*），1930 年莱比锡岛社（Leipzig: lnsel-Verlag）一版，1954 年、1955 年、1961 年、1970 年等相继再版，1954 年以后的版本由德国威斯巴登岛社（Wiesbaden: Insel-Verlag）出版。库恩也曾翻译《红楼梦》《水浒传》《隔帘花影》等中国名著，很受欧美推崇。但他的《金瓶梅》译本根据出版社的要求不得超过一定的页数，所以，库恩把与西门庆和六个女人之外的故事一概删掉，只留下一条西门庆和女人的主线。这个译本在德国书店里一直被放在淫秽小说类书架之上。因此，这个译本就给欧洲人留下一个错误的印象：《金瓶梅》不过就是一部淫秽小说。1944 年 5 月，库恩译本获得解禁。很多西文译本均由库恩译本转译，除下文（3）和（4）中两个英文、法文转译本外，尚有：荷兰文译本（1940 年）、比利时文译本（1946 年）、捷克文译本（1948 年）、瑞典文译本（1950 年）、意大利文译本（1955 年）与匈牙利文译本、芬兰文译本等。

（3）［英］伯纳德·米奥尔（Bernard Miall）《金瓶梅：西门与其六妻妾奇情史》（*Chin Ping Mei: The Adventurous History of His-men And Six Wives*），据库恩德文本转译成英文，1939 年伦敦约翰·莱恩出版社（John Lane）与 1940 年纽约 G. P. 普特南父子公司（N. Y: G. P. Putnam's Sons）分别出版，卷首有阿瑟·韦利（Arthur Waley，1889—1966 年）的导言。该节译本还有 1953、1958、1960、1962、2008 年版。1953 年版是米奥尔译本的节译本，由环球出版发行公司（Universal Publishing and Distributing Corporation）出版；1958 年版是米奥尔译本的节译本，由奥林匹亚出版社（Olympia Press）出版，书名《逍遥窟》（*Houses of Joy*）；1960、1962 年版均由纽约卡普利科恩图书公司（Capricorn Books）出版；2008 年版同 1953 年版，由丝绸塔（Silk Pagoda）出版，书名《金瓶梅》（*Jin Ping Mei*）。

（4）［法］让·皮埃尔·波雷（Jeah-Pierre Porret）《金瓶梅：西门与其六妻妾奇情

史》(*Kin Ping Mei：ou la fin de la merveilleuse histoire de His Men avec ses six femmes*)，据库恩德文本转译成法文，巴黎居伊勒·普拉出版社（Paris：Guy le prat）1949年出版第一卷（1953年修订再版），后因法国官方查禁，直至1979年后才出齐后两卷。

3. 全译本有：

(1)［德］奥托·祁拔（Otto Kibat，1880—1956年）、阿尔图尔·祁拔（Arthur Kibat，1876—1960年）兄弟据《第一奇书》合译之德文全译本《金瓶梅》(*Djin Ping Meh，Unter Weitgehender*)，恩格哈德—赖赫出版社（Gotha：Engelhard Reyher Verlag）1928年第一卷，1932年第二卷，仅译至原书第二十三回。当时曾预告翌年出版第三卷，后因为希特勒实行文化专制主义而未果。祁拔兄弟的翻译并没有因此停顿，1946年他们终于完成了全书的翻译与注释。瑞士天平出版社接受了这部译稿的出版，1967年出版了第一卷，1983年出版了最后一卷（第六卷）。遗憾的是，该译本出版之前，祁拔兄弟均已谢世。该书六卷，长达3155页，前五卷是小说正文一百回，包括诗词，一字不漏地全部译出；第六卷是译者写的序言和注释，这些注释不但帮助读者了解书中涉及的中国文化传统和风俗习惯，而且也反映了译者几十年艰辛的劳动过程和严谨的治学态度。第一卷前面有德国汉学家赫伯特·弗朗克撰写的前言，他在前言中概述了中国小说的发展，指出《金瓶梅》在中国文学史上的地位，同时高度评价了祁拔兄弟的译文。祁拔兄弟译本出齐之后，《德国之声》中国编辑部的编辑安德里亚斯·多纳特撰写了半小时的广播稿，题为《〈金瓶梅〉：中国的一部四百年的小说仍具有现实意义》。多纳特指出：被称为“第一奇书”的一百回《金瓶梅》在文字数量上超过托尔斯泰的《战争与和平》和托马斯·曼的《魔山》，语言上充满了中国的诗词典故以及对外国人来说更加困难的地区方言，仅此两方面就决定了翻译此书的难度。没有毕生为之奋斗的决心和坚韧不拔的毅力是难以想象的。祁拔兄弟的译文确立了他们作为大翻译家的地位。祁拔兄弟的译本将在西方恢复这部巨著的本来面目，被库恩的译本歪曲了的这部作品的形象将会得到纠正。多纳特肯定了这部书的价值及其现实意义，指出：“如果说这个在明朝还那么光辉灿烂的中央帝国突然崩溃不是历史的不幸，那么，《金瓶梅》这部小说已经揭露了明朝社会生活中后来没落的根源并使之清晰可见。《金瓶梅》是一部杰出的社会批判小说，它也使欧洲的读者清楚地认识到，为什么中国在最近几个世纪中落到欧洲人的后面。我们只要观察一下西门庆这个人物就够了。他被刻画成一个生气勃勃的业主，在他所在的小城中，他是一个暴发户。他经营生药买卖，但他对自己经营的东西却不感兴趣。他不是一个药物学家，不搞药物研究，相反，他却被一个和尚引诱，买下他的春药奇丸，既不开处方，也不对药丸进行分析，以便自已进行大量生产。他有一群酒肉朋友，但却不喜欢和医生及药剂师来往，也不在开处方和出售药物的人中间保持并扩大药材的销路。他将自己的大部分财产都投入与本行不相干的地方去了：他用钱买了一个提刑职位，他压根儿就不具备这方面的常识，但他却敢公然接受贿赂，以从未有过的方式扩大自己的财富。在那里，权力与法律不是被当作一种公共的准则，而是被当成用来投机的商品。这就是没落的萌芽，在中国富裕而繁华的明代它就已经产生了。到如今，这株毒苗是否已被铲除，抑或仍在发挥作用，《金瓶梅》的每一位读者读完这部小说以后，亲自考察一下这个人民共和国，都能作出自己的判断。在《金瓶梅》问世四百周年以后的今天，它仍然是一部现实的作品。"祁拔兄弟的《金瓶梅》全译本给德国人的第一个印象竟是这样准确，最初的评论竟是这样中肯。值得一提的是，奥托·祁拔因为军职和贸易曾在中国居住了18年，又对中国文学很有兴趣，中文自然不错；而他的哥哥阿尔图尔·祁拔为了支持弟弟，是在德国自学的中文。（参见李士勋《关于〈金瓶梅〉德文全译本译者祁拔兄弟及其他》，台北《文讯》杂志1991年第6、第7两期）

（2）［英］克莱门特·厄杰顿（Clement Egerton）《金莲》（*The Golden Lotus*），英文，据第一奇书本翻译，与老舍合作完成，颇觉完美，故译者在卷首题词曰："献给舒庆春，我的朋友。"1939年7月10日伦敦G. 劳特莱基出版社（London：G. Routledge）一版，1954年纽约格罗夫出版社（N. Y. Grove Press）修订再版，1972年纽约Paragon Book Gallery三版。该译本2011年重印，出版社是Charles E. Tuttle. 此版中，专有名词（人名等）改用汉语拼音，卷首有Robert Hegel新撰的导言，为读者简介与《金瓶梅》相关的基本知识，并描述了克莱门特·厄杰顿的生平事迹。该译性描写文字用拉丁文译出。后有人将拉丁文转译为英文，名《〈金莲〉的秘密》单行流传。2008年，被改编成人民文学出版社《大中华文库·金瓶梅》汉英对照本（笑笑生撰，克莱门特·厄杰顿译：《金瓶梅/ *The Golden Lotus*》，人民文学出版社2008年）的，就是这个译本。

库恩为其译本所作跋、韦利为伯纳德·米奥尔译本所作导言、保罗·拉维涅（Paul Lavigne）为波雷译本所作导言，以及一些对诸译本的评介文章，也可看作此一阶段德、英、法的《金瓶梅》研究。库恩跋涉及《金瓶梅》思想、艺术、版本等方面，认为《金瓶梅》"手法是现实主义的，……是不可多得的明代文献。谈到它的艺术性，那无可争辩的是属于最好的作品。"韦利的导言，虽然关于《金瓶梅》的作者、评点者都说了一些凭空猜测的话，但其牵涉到《金瓶梅》的时代背景、创作情况、文学价值、作者、版本、评点，可说是西方第一篇《金瓶梅》专题论文。

（三）1950—1963 年

这是一个热后冷却的阶段。1924—1949 年的东方《金瓶梅》研究热，比起云起波涌的“新红学”已是大相逊色，更是后劲乏力。1950—1963 年 14 年间，《金瓶梅》研究总计出版专著 2 部、发表论文 60 余篇（其中日本学者的论文 40 余篇）。像前一阶段一样，研究的重镇仍然是中国大陆和日本。台、港开始有少量文章发表，并且出现《金瓶梅》的影印风尚。韩国也开始有人翻译《金瓶梅》。

1. 中国大陆的《金瓶梅》研究

中国大陆的《金瓶梅》研究，在沉寂之中，亦有少许争辩与阐发，主要是：

（1）中华人民共和国成立后，不少学人试图运用苏联文艺理论认识文学现象，引起诸如《金瓶梅》是现实主义还是自然主义的争论。李长之《现实主义与中国现实主义的形成》（载 1957 年 3 月《文艺报》第 3 期）是本阶段重要的论文。李长之给“严格的现实主义”下了一个定义，认为《金瓶梅》与非“严格的现实主义”的《三国演义》《水浒传》不同，是“严格意义的现实主义的开山祖”。文章说：“在《金瓶梅》里，……才开始以一个家庭为中心的故事而写出了一百回的长篇，才开始触及了那么广阔的社会面，才开始以一个人的创造经营而不是凭借民间传统的积累而写出了一部统一风格的巨著，才开始有了鲜明的不同于浪漫主义作风的踏踏实实的力透纸背的现实主义作品。在这部长篇巨著中对现实不存在任何幻想，不加任何粉饰，而是忠实大胆地在揭露现实。”又说：“《金瓶梅》是现实主义在中国质变的标志，……广泛的现实主义开始于《诗经》，严格的现实主义始于《金瓶梅》，而严格的现实主义的准备阶段始于中唐。”李长之对《金瓶梅》的社会意义的引发，至今仍有参考作用。

（2）颇能引人深思的是李希凡《〈水浒〉和〈金瓶梅〉在我国现实主义文学发展中的地位》（载 1957 年 3 月《文艺报》第 38 期）对李长之的批评。批评认为李长之的文章归纳起来是两个问题：现实主义人物创造问题、反映时代的范围问题，指出“《水浒》里的突出而鲜明的典型性格，无论就质和量上来看，都是《金瓶梅》所不及的”，“《水浒》虽然没有完全反映出像《金瓶梅》那样的特定的社会生活面，但是，《水浒》的现实主义的艺术描写和人物创造，不仅广泛地概括了历代农民起义的特征，同时也分明具有宋徽宗时代的具体的历史特点”，批评李长之“这种机械地给现实主义下定义的结果，是只能造成社会概念和文学创作方法概念的极端混乱，模糊了人们对于现实主义的理解”。李希凡认为“与其说从《金瓶梅》开始是严格现实主义的标志，不如说，中国古典小说发展到《金瓶梅》时代，正在经历着深刻的分化过程”，《金瓶梅》“一方面是使现实主义向前发展了……为现实主义文学出现像《红楼梦》那样的伟大杰作作了准备”；一方面“却在文学的基本倾向上，离开了现实主义，走向了客观主义”。李希凡更推崇《水浒传》，说“《金瓶梅》虽然在艺术描写上自有其不可抹杀的成就，却在文学的基本倾向上，离开了现实主义，走向了客观主义，以致使它无法抢夺《水浒》这个光辉牢固的开拓者的地位”。这个争论对于如何理解现实主义和如何评价《金瓶梅》具有积极意义，遗憾的是这一争辩没能持续下去。

（3）本阶段还有一场争辩同样引人注目。关于《金瓶梅》的成书方式，一为个人创作说，一为世代累积说。自从《金瓶梅》问世，便一直是个人创作一说，只不过作者为谁，虽然王世贞呼声为最高，却也是众说纷纭而已。特别是一些文学史、小说史，由鲁迅引领，基本都认为是第一部文人创作的中国长篇小说，吴晗、郑振铎又共同否认王世贞作之后，个人创作说几成盖棺定论。不料潘开沛《〈金瓶梅〉的产生和作者》（1954 年 8 月 29 日《光明日报·文学遗产》）提出集体创作说：“它不是哪一个‘大名士’、大文学家独自在书斋里创作出来的，而是在同一时间或不同时间里的许多艺人集体创造出来的，是一部集体的创作，只不过最后经过了文人的润色和加工而已。”并列出五点理由：平话体裁，戏曲曲艺的大量引录，行文的重复矛盾，一边讲一边编的结构，淫词秽语的说书习惯。徐梦湘《关于〈金瓶梅〉的作者——潘开沛〈金瓶梅的产生和作者〉读后感》（1955 年 4 月 17 日《光明日报·文学遗产》）则提出异议，认为不论平话体裁还是戏曲曲艺的引录，都是文人的拟作，并且举出四条理由证明《金瓶梅》是“有计划的个人创作”。这场争辩潜留下后来关于《金瓶梅》成书过程、作者、写定者的波及海内外的大论争的基因。

（4）另外，李西成《〈金瓶梅〉的社会意义及其艺术成就》（《山西师院学报》1957 年第 1 期）、张鸿勋《谈谈〈金瓶梅〉的作者、时代、取材》（《兰州大学社会科学论文集》1957 年 1 月）、任访秋《论〈金瓶梅〉中的人物形象及其艺术成就》（《开封师院学报》1962 年第 2 期）、龙传仕《〈金瓶梅〉创作时代考索——兼与吴晗同志商榷〈金瓶梅〉著作时代问题》（《湖南师院学报》1962 年第 4 期）、赵景深《谈〈金瓶梅词话〉》（收入《中国小说丛考》）等论文亦颇见胆识与功力。如李西成说：“《金瓶梅》是我国古典文学中一部现实主义的艺术巨制，它以生动细腻的白描手法，塑造了明代市井社会各色各样的人物典型，通过他们的活动，揭露了封建统治阶级荒淫无耻的罪恶生活以及豪门权贵为非作恶的事实，从而反映了整个封建社会制度的腐朽本质和它必然崩溃的前景。”“《金瓶梅》的人物多至百人以上，……作者主要刻画的是市井社会的一些人物，而这人物又根据其各人的社会基础，展现了他们各自的特点和共同的特点，因此能够绘声绘色，使人如见其人，如闻其声。”“各色各样的人，出现在各色各样的事件中，而事件又互相交织着，影响着，事件扣紧人物而发展，人物又随着事件而变化，脉络清晰，形象突出，从一人引出一事，从一事引出另外的人，整个作品结构是那么严密，情节演进又是那么自然”，“《金瓶梅》是一部有着丰富社会内容、鲜明的反封建倾向和艺术成就极高的作品”。

（5）相对于民间的冷寂，毛泽东主席高瞻远瞩，既通过谈话给《金瓶梅》以深刻、高度的评价，又促使了《金瓶梅词话》的影印出版。毛泽东一生五评《金瓶梅》，均出现在这一时期：第一次是 1956 年 2 月 20 日，毛泽东在会议上听取国家建筑工业委员会和建筑工业部汇报时，一上来，就问当时参加汇报会的万里是什么地方人，万里回答说：是山东人。毛泽东接着又问：“你看过《水浒》和《金瓶梅》没有?”万里答：“没有看过。”毛泽东说：“《水浒》是反映当时政治情况，《金瓶梅》是反映当时经济情况的，是《红楼梦》的老祖宗，不可不看。”

第二次是在 1957 年，毛泽东说：“《金瓶梅》可供参考，就是书中污辱妇女的情节不好。各省省委书记可以看看。”于是，以“文学古籍刊行社”的名义，按 1933 年 10 月“北京古佚小说刊行会”影印的《新刻金瓶梅词话》，放大如原书重新影印了 2000 部。其发行对象是各省省委书记、副书记以及同一级别的各部正副部长，还有少量高校和科研单位知名正教授。所有的购书者均登记在册，并且编了号码。

第三次是 1959 年 12 月至 1960 年 2 月，毛泽东在读苏联《政治经济学教科书》的一次谈话中，将《金瓶梅》与《东周列国志》加以对比。他说后者只“写了当时上层建筑方面的复杂尖锐的斗争，缺点是没有写当时的经济基础”，而《金瓶梅》却更深刻，“在揭露封建社会经济生活的矛盾，揭露统治者与被压迫者的矛盾方面，《金瓶梅》是写得很细致的”。

第四次是 1961 年 12 月 20 日，毛泽东在中共中央政治局常委和中央局第一书记会议上说：“中国小说写社会历史的只有三部：《红楼梦》《聊斋志异》《金瓶梅》。你们看过《金瓶梅》没有？我推荐你们看一看，这部书写了明朝的真正历史，暴露了封建统治，揭露统治和被压迫的矛盾，也有一部分写得很细致。《金瓶梅》是《红楼梦》的祖宗，没有《金瓶梅》就写不出《红楼梦》。《红楼梦》写的是很仔细很精细的历史。但是《金瓶梅》的作者不尊重女性，《红楼梦》《聊斋志异》是尊重的。”

第五次是 1962 年 8 月 11 日，毛泽东在中央工作会议核心小组会上说：“有些小说如《官场现形记》等，是光写黑暗的，鲁迅称之为谴责小说。只揭露黑暗，人们不喜欢看，不如《红楼梦》《西游记》使人爱看。《金瓶梅》没有传开，不只是因为它淫秽，主要是它只暴露、只写黑暗，虽然写得不错，但人们不爱看。《红楼梦》就不同，写得有点希望嘛。”

遗憾的是，因为种种原因，毛泽东的热情，并没有唤起国人的勇气。

2. 港、台的《金瓶梅》研究

作家作品研究一般总是从文献研究入手的。中国的《金瓶梅》研究是如此，20 世纪 30 年代初北图本《金瓶梅词话》的发现与出版，导引出一个阶段可资存鉴的研究成果。日本的《金瓶梅》研究是如此，如果没有 20 世纪上半叶《金瓶梅》的搜求确认、翻译出版，便没有 1950—1963 年《金瓶梅》研究的火爆。自本阶段起，台、港也开始飞动《金瓶梅》旋风，并且这一风头也是《金瓶梅》的出版（参见本书中编“十二文献”）。

1952 年香港文苑书店出版了一本南宫生著、张光宇画《〈金瓶梅〉画传》，1961 年香港大源书局出版了一本南宫生著《〈金瓶梅〉简说》，算是台、港《金瓶梅》研究的先声。“南宫生”显系笔名，取名于明代高启的散文《南宫生传》，很可能是一宋姓人氏，待考。这两本书（尤其是后者），全面介绍《金瓶梅》，也可说是《金瓶梅》的一篇导读。

此间港台亦有几篇文章研究《金瓶梅》，均属于绍介性质。

3. 日本的《金瓶梅》研究

日本的《金瓶梅》研究，如果说在前一阶段与中国的《金瓶梅》研究是前呼后继，而理论阐述相对不足的话，那么本阶段至少已是齐头并进，并且开始不但在论文数量而且部分研究课题上领先。例如：

（1）《金瓶梅》版本研究，本阶段经过一批日本学人的努力，如长泽规矩也《〈金瓶梅〉的版本》，1949 年东京东方书局版《金瓶梅 · 附录》；小野忍《关于〈金瓶梅〉的版本》，1950 年 12 月《东京支那学会报》第 7 号；鸟居久晴《关于京都大学藏〈金瓶梅词话〉残本》，1955 年 4 月《中国语学》第 37 号；鸟居久晴《〈金瓶梅〉版本考》，1955 年 10 月《天理大学学报》；鸟居久晴《〈金瓶梅〉版本考订补》，1956 年 8 月《天理大学学报》；鸟居久晴《关于〈绣像金瓶梅〉》，1956 年 8 月《天理大学学报》；鸟居久晴《〈金瓶梅〉版本考再补》，1961 年 2—3 月东京《大安》第 7 卷第 2—3 号（总第 64—65 号）；长泽规矩也《〈金瓶梅词话〉影印经过》，1963 年 5 月《大安》第 9 卷第 5 号；上村幸次《关于毛利本〈金瓶梅词话〉》，1963 年 5 月《大安》第 9 卷第 5 号；饭田吉郎《关于大安本〈金瓶梅词话〉的价值》，1963 年 5 月《大安》

第9卷第5号；太田辰夫《关于〈金瓶梅词话〉北京影印本的注记》，1963年5月《大安》第9卷第5号；鸟居久晴《〈金瓶梅词话〉版本考补说》，1963年7月《大安》第9卷第7号等，取得全方位进展和成绩。《金瓶梅》的版本，约有抄本、词话本、绣像本、第一奇书本、改写本五类。关于绣像本（日本习称小说本）、第一奇书本、改写本（日本又称异本、缩约本），可以说鸟居久晴一人几毕其功。关于词话本，长泽规矩也、小野忍导夫前路，鸟居久晴、上村幸次、饭田吉郎、太田辰夫等多面探引，以大安株式会社1963年4—8月以慈眼堂本、栖息堂本"两部补配完整"影印出版《新刻金瓶梅词话》为终结，也可说是眉目清晰。大安本以栖息堂本为主，配用慈眼堂本496个单面页，九十四回又采用北图本两个单面页，是个百衲本。关于抄本，亦多有涉及。

（2）《金瓶梅》文献研究，日本在本阶段同样成绩斐然。泽田瑞穗一马当先，著有《关于〈金瓶梅词话〉所引的宝卷》（载1956年10月京都大学《中国文学报》第5册）、《〈金瓶梅〉书目稿》（1959年5月油印）、《金瓶梅研究资料要览》（载1961年6月名古屋采华书林刊《天山系列丛书》第1卷）等，特别是后者，经过增修，于1981年10月1日由早稻田大学中国文学会出版，一时成为金学研究不可或缺的工具书。该书遍搜1981年3月以前中日文献，资料丰瞻，排列有序，为资料汇编类开山之作。1963年5月《大安》第9卷第5号是《金瓶梅特集》专号，收有9篇论文：长泽规矩也《〈金瓶梅词话〉影印的经过》、上村幸次《论毛利本〈金瓶梅词话〉》、饭田吉郎《论大安本〈金瓶梅词话〉的价值》、太田辰夫《〈金瓶梅词话〉北京影印本评注》、鸟居久晴《〈金瓶梅词话〉年代记》、饭田吉郎《〈金瓶梅〉研究小史》、瓢仙外史《〈金瓶梅〉概要》、小野忍《〈金瓶梅词话〉译本后记》、奥野幸太郎《〈金瓶梅〉备忘录》，成为继《瓶外卮言》《金瓶梅·附录》之后又一部论文选集，集中展现了60年代日本研究《金瓶梅》的概况与成就。其中，饭田吉郎《〈金瓶梅〉研究小史》一文，虽然比较粗疏，却是金学史的鼻祖。

（3）附刊在小野忍与千田九一合译本《金瓶梅》书后之小野忍《〈金瓶梅〉解说》，该文分《金瓶梅》的初版、《金瓶梅》的版本、《金瓶梅》的特质、《金瓶梅》的素材、词话本与新刻本的差别、《金瓶梅》的欧译六部分，颇多创见。如认为《金瓶梅词话》为《金瓶梅》的初版，问世在万历四十五年以后；还说"作者有意识地排除了传奇的因素而彻底写实……在写出西门家兴亡史的同时，更广泛地显示了清河县乃至中国的缩影。……从这方面上说，这部作品在中国文学史上具有划时代的意义。"

4. 韩国的《金瓶梅》翻译

有金龙济的译文，据第一奇书本，1955—1957年连载于《自由新闻》，计614篇，并由汉城正音出版社 1956 年出版，100 回，5 卷，有插图，1962 年再版。又李周洪的译文，1962—1964 年连载于《国际新闻》，计 552 篇，后由汉城语文阁出版。还有若干节译本。

5. 这一时期，欧美的《金瓶梅》研究也是由文本文献而评论，西文《金瓶梅》的翻译出版，早在 19 世纪就已出现，一直延续到本阶段及其以后。本阶段计有：

（1）［德］马里奥·舒伯特（Mario Schubert）据《第一奇书》的德文节译本《西门与其六妻妾奇情史》(*Episoden aus dem Leben His Mens und seiner sechs Frauen*)，苏黎世维尔纳·克拉森出版社（Zürich：W. Ciassen）1950 年出版。

（2）美国 Chai Chu 与 Winbery Chai 翻译的《金瓶梅》第 1 回，英文，载 1956 年美国阿普尔顿-世纪出版社《中国文学宝库》一书。

（3）［法］约瑟夫·马丹鲍尔（Joseph-Martin Bauer）与赫尔曼·海斯（Hermann Hesse）等《金瓶梅》(*Chin Ping Mei*，*Femmes derriere un voile*)，据库恩德文本转译成法文，巴黎卡尔曼-莱维（Calmann-Lévy）出版社 1962 年出版。

本阶段欧美的《金瓶梅》研究也已启动。最有成绩的是美国的韩南（Patrick Hanan，1927—2014 年)，1960 年以《〈金瓶梅〉成书及其素材来源研究》为博士论文，获得英国伦敦大学中国古代文学博士学位。仅 1961—1964 年，便连续发表 4 篇重要文章（《中国小说的里程碑》，收入道格拉斯·格兰特与麦克卢尔·米勒合编《远东：中国与日本》，多伦多大学出版社 1961 年；《〈金瓶梅〉版本考》，载 1962 年《大亚细亚》新九卷第一辑；《〈金瓶梅〉探源》，载 1963 年《大亚细亚》新十卷第一辑；《小说与戏曲的发展》，收入雷蒙德·道森编辑的《中国遗产》，牛津大学出版社 1964 年)，其中，在其博士论文基础之上增订之《〈金瓶梅〉的版本及其他》(*The Text of The Chin Ping Mei*) 与《〈金瓶梅〉探源》(*Sources of The Chin Ping Mei*) 尤具学术价值。这两篇文章广征博求，精审明辨，直至今日，仍是数以千计的《金瓶梅》论文中的上乘之作。

另［美］海托华（James R. Hightower）《中国文学在世界文学中的地位》(*Ch inese Literature in The Context of World Literature*，载 *Comparative Literature*V，1953 年）认为“中国的《金瓶梅》与《红楼梦》二书，描写范围之广，情节之复杂，人物刻画之细致入微，均可与西方最伟大的小说相比美。……中国小说在质的方面，凭着上述两部名著,足可以同欧洲小说并驾齐驱，争一日之长短。”诚可谓极具眼力。

（四）1964—1978年

本阶段中国大陆的《金瓶梅》研究一片空白，而台港、欧美和日本则形成三个《金瓶梅》研究中心。

1. 台港的《金瓶梅》研究

本阶段台港约出版2部专著、2本论文集，发表论文40余篇。其知名者为：

（1）东郭先生《闲话〈金瓶梅〉》，1977年1月台北石室出版公司出版，1978年2月二版。台湾宋氏照远出版社1996年5月再版，更名为《金瓶梅研究》，署名刘师古。据一版作者自序，东郭先生即刘师古，连同照远版宋文明序，知其执教席，自号北国才子，1995年底辞世，享年70岁。据石室二版作者自序，该书畅销，三年间照远连出三版，得到江石江、孙家骥、于还素、陈定山、苏雪林、孙述宇等推许，石室二版与照远再版都附录有孙家骥、于还素、江石江的推介文字。该书用十余万言，对《金瓶梅》的社会背景、思想内容、文学体裁、艺术特点、人物形象、文化色彩、方言语汇、源流传播等作有广泛论述，文笔生动活泼，是台湾第一部《金瓶梅》研究专著。惜乎作者生平不详，幸知者补之。台湾河洛图书出版社1970年2月出版《金瓶梅》时附录有一篇王孝廉的《金瓶梅研究》，对《金瓶梅》的作者、写作年代、评价、写作思想、版本、时代背景等作有介绍，是一篇较早的综述性导读文章。

（2）孙述宇《〈金瓶梅〉的艺术》，1978年2月台北时报文化出版公司出版，从小说主题到人物塑造，从创作手法到结构布局，以形象体系探索作品思想内涵，是《金瓶梅》艺术论的开山之作。孙述宇认为"《金瓶梅》是一本质和量都惊人的巨构，……《金瓶梅》的成就，是写实艺术的成就。……作者想要用小说艺术来阐明人生的真理。……把'人应当怎样生活'当作一个中心课题，这种态度，在中国文学里是很需要树立起来的。"全书收文15篇，均曾在《中国时报》发表。作者分析人物时有新得，唯以人性作立论之本，似觉偏狭。孙述宇系香港中文大学教授，本文亦可认为香港《金瓶梅》研究的重头之作。此前1967年香港华夏出版社有一册《金瓶梅研究论集》，实为姚灵犀《瓶外卮言》的翻版。该书改头换面后亦为香港南天事业公司与台北河洛图书出版社出版发行。

（3）最著名的莫过于魏子云。魏子云自1972年9月24—28日在《联合报》发表《〈金瓶梅〉作者是谁》系列论文，至在《徐州教育学院学报》2002年第1期发表《读

〈金瓶梅解隐〉一书》封笔，在金学园地辛勤耕耘30年，发表论文七八十篇，出版专著16部，另有编著1部、长篇小说2部、抽印本1部，累计数百万言，在全球首屈一指。其主要研究内容与学术观点是：

1）认为《金瓶梅》是一部影射明朝万历时事的政治讽喻小说。在《〈金瓶梅〉编年说》中指出，小说第七十至七十一回的纪年就是隐指万历四十八年或泰昌、天启元年。这一旧红学惯用的索隐方法，遭到郑培凯的批评。《金瓶梅》以宋喻明是学术界公认的结论，因此大陆学人的商榷意见，持论比较公允。

2）挖掘、整理、注释《金瓶梅》史料。他在《明代〈金瓶梅〉史料注释·绪说》中说："我这二十年来的《金瓶梅》研究，诸多探索所得，无非为研究《金瓶梅》的同道友朋，提供了一件件史料，作为参考而已。"他申发义理说，认为"集字成辞，集辞成语，集语成句，集句成段，集段成章……无不由义理成之"。

3）关于《金瓶梅》的成书和版本，主张小说分作抄本与刻本两个时期，而每个时期又可分作前期、后期两段，认为前期抄本成书在万历二十二三年前后，后期抄本则在万历三十四年之后，现存《金瓶梅词话》即《金瓶梅》的最早刻本，系天启初年改写、天启年间刻成，而后出之绣像本则刻于崇祯年间。考定马仲良榷吴关的时间在万历四十一年，而李日华于万历四十三年在沈德符处看到的《金瓶梅》尚是抄本，说明至少在万历四十三年前无有刻本，从而彻底否认了长期以来误认为《金瓶梅》刊于万历三十八年的说法。

4）注重《金瓶梅》人物形象分析，曾计划写作《〈金瓶梅〉人物论》《〈金瓶梅〉艺术论》，并依据原著线索，以现代小说手法创作了《潘金莲》《吴月娘》两部新小说。

5）为《金瓶梅词话》注释凡40余万言，所注虽不无可商榷之处，却是众多的《金瓶梅》语言研究专著中较早的也较有影响的一部。

6）关于《金瓶梅》的作者，说抄本《金瓶梅》、刻本《金瓶梅词话》、绣像本《金瓶梅》的作者不一定相同，"认为这部书的作者，不一定是山东人，……可能是一位籍隶江南吴越某地而长于北地的宦家之子"（《〈金瓶梅词话〉的作者》）。所以他一人就提出沈德符、冯梦龙、屠隆等若干候选人。

魏子云对自己的《金瓶梅》研究历程与成绩有着清醒的认识，1984年1月10日他写给赵韫慧的信说："《〈金瓶梅〉探原》是我《金瓶梅》研究的萌芽，《〈金瓶梅〉的问世与演变》是我此一研究的盘根错节，《〈金瓶梅〉札记》则是此一研究的枝叶丛生与花朵。那么，我正在写作中的《〈金瓶梅〉原貌探索》，则是此一研究的果实。这部书完成，我所推演的《金瓶梅词话》乃天启年或万历年的改写本，便大功告成，谁也休想推翻。再进一步，就要从事作者究竟是谁的研究。”（见黄霖《金学史上的一座里程碑——追念魏子云先生》）

2. 欧美的《金瓶梅》研究

本阶段欧美发表论文20多篇，研究者主要是美国、苏联、法国的学者。其著名者有：

（1）不少欧美学人选《金瓶梅》研究为博士论文，如詹姆斯·沃恩的《〈金瓶梅〉的版本与校勘》，1964年发表于纽黑文耶鲁大学；马努辛的《社会揭露小说〈金瓶梅〉——从传统到革新》（副博士论文），1964年发表于莫斯科大学；弗劳克·法斯滕瑙的《〈金瓶梅〉的人物形象与〈玉环记〉：中国小说理论试析》，1971年发表于慕尼黑路德维格-马克西迷连大学；保罗·马丁森的《报应和赎罪：从〈金瓶梅〉观察中国宗教和社会》，1973年发表于芝加哥大学；彼得·罗斯顿的《〈金瓶梅〉的叙事形式》，1979年发表于斯坦福大学；柯丽德的《戏剧在〈金瓶梅〉里的作用：从小说与戏剧的关系看一部中国16世纪的小说》，1978年发表于芝加哥大学（以此博士论文为基础，柯丽德后来出有专著《〈金瓶梅〉的修辞》，印第安纳大学出版社1986年出版，乃第一部《金瓶梅》英语研究专著）等。

（2）对《金瓶梅》评点家张竹坡的研究引起美国学人的兴趣。戴维·特·罗依（芮效卫）《张竹坡对〈金瓶梅〉的评论》（载浦安迪主编之《中国的叙事文学》，乃1974年普林斯顿大学中国古典文学讨论会论文汇编，1978年普林斯顿大学出版社出版），认为张竹坡对《金瓶梅》的评论是中国古代小说传统评点中最重要的作品之一，在中国文学批评史上应该给张竹坡一个重要地位；指出“张竹坡的《金瓶梅》评点强调艺术结构的整体评论，而不是微言大义的阐发”，因而“是很光辉的文学批评”。该文发表时，张竹坡家世生平尚未揭晓，所以作者错认为张竹坡是张潮的侄子，张竹坡评点《金瓶梅》的时间也给提前了十年。芮效卫《张竹坡对〈金瓶梅〉的评论》以及阿瑟·戴维·韦利的《〈金瓶梅〉引言》同为张竹坡研究的早期重要论文。芮效卫后来将张竹坡的《〈金瓶梅〉读法》译成英文，发表在陆大伟主编的《中国小说读法》（普林斯顿大学出版社1990年）。另外，台湾潘寿康《张竹坡评〈金瓶梅〉》（载1973年12月台北《黎明文丛》18《话本与小说》）也留意到此一选题。

（3）1968年由美国哥伦比亚大学出版社出版的夏志清《中国古典小说导论》，其第五章专题研究《金瓶梅》。但夏志清对《金瓶梅》的评价说得很委婉，他说：“就题材而言，《金瓶梅》无疑是中国小说发展史上的一个里程碑，它开始摆脱历史和传奇的影响，去独立处理一个属于自己的创造世界，里面的人物均是世俗男女，生活在一个真正的毫无英雄主义和崇高气息的中产阶级的环境里。虽然色情小说早已有人写过，但它那种耐心地描写一个中国家庭卑俗而肮脏的日常琐事，实在是一种革命性的改进，而在以后中国小说的发展中也后无来者。不过，它虽给小说开辟了一个新的领域，其表现方法却又是另一码事。比之《水浒》，《金瓶梅》这部作品是远为有意识地为迎合习惯于各种口头娱乐的听众而设计的。它包括许许多多的词曲和笑话、世俗故事、佛教故事，它们经常损害了作品的自然主义叙述的结构组织。因此从文体和结构的角度来看，它当被看作是至今为止我们所讨论的小说中最令人失望的一部。……在所有共同导致这部小说写实不彻底、道德意义含糊的各种因素得到承认以后，我们如能集中在只涉及主要人物——特别是西门庆、金莲、瓶儿、月娘——的各种主要情节上，不为其所有穿插的讽刺滑稽文字、轻浮的喜剧和一本正经的说教所扰，则《金瓶梅》可以被看成一部可怕的道德现实主义作品。”作为英语世界第一次对《金瓶梅》作文本评议，其启导作用不容低估。

（4）苏联的《金瓶梅》研究同样引人瞩目。用力最勤的是马努辛。他在《关于长篇小说〈金瓶梅〉的作者》一文中推测“兰陵”二字应是“酒徒”的意思，因为兰陵这个地名使人很容易想起李白的诗句“兰陵美酒郁金香”。因此，“应当将兰陵笑笑生看成一位嘻嘻哈哈的喝醉了酒的人，一位经常喝得醉醺醺的家伙”，而这位“兰陵醉汉便是一位敢于去揭露社会溃疡的人物”。作为假设，他推测可能是李贽、徐渭、袁宏道、冯梦龙等人。更见理论功力的是他的《金瓶梅》人物论。他在《长篇小说〈金瓶梅〉中的人物描写手法》中说：“《金瓶梅》是中国文学中第一部取材于作者当代社会生活的小说。作者在当时社会经济和政治生活的背景之上描写暴发户西门庆，把他看作典型环境下活动的时代主人公的典型社会形象。这在中国文学史上是一个创造。”“把平凡的现实生活作为艺术创作的对象，这一创造要求作者有新的表现手法”。他认为“小说中的形象，按表现的原则可分为两类：一类是用传统的方法表现的，另一类结合了传统的和新创的方法。第一类形象是人数众多的媒婆，招摇撞骗的庸医，不学无术的冬烘，测字算命的先生，以及和尚、尼姑等。……《金瓶梅》中描写人物的传统手法……一般用于塑造次要的或者插曲式的人物形象。……但一当书中出现西门庆、李瓶儿、吴月娘时”，“故事的叙述者竭力退居一边，让人物自己去进行活动，通过他自己的言语和行动来表现他自己。……在《金瓶梅》里，通过语言来表现性格成了典型化的一个主要手段”。他说《金瓶梅》“标志着现实主义的发展，即从细节的真实过渡到形象的典型化和情节的典型化”。马努辛对金学的最大贡献是用毕生精力和心血译成俄文版《金瓶梅》。该书印制考究，装帧精美，由莫斯科国家文学出版社 1977 年一版，印行 50000 套；1986 年二版，又印行 75000 套。该书据《金瓶梅词话》节译，虽然篇幅大约只有原作的五分之二，但删选比较得当。该书由马努辛主译，舍契夫、雅罗斯拉夫、李福清、小野忍等润色帮助，所以译本质量较高，是《金瓶梅》外文译本最好的几种之一。马努辛未及其俄文译本《金瓶梅》最后译完出版，便英年早逝。译本的序言《兰陵笑笑生及其小说〈金瓶梅〉》和注释由李福清撰写，李福清在序言中对《金瓶梅》的作者、版本、成书过程、思想内容等作有评介，着重阐明了各类象征和隐喻的含义，简明分析了西门庆、潘金莲、李瓶儿、春梅等人物形象，指出了说唱文学以及儒家、佛教、道教对小说的影响，认为“把主要的笔墨集中用于描写主人公的私生活”和“花了很大篇幅去描写中国妇女的生活”是作者的两个创举，说“这部长篇小说宛如中国整个封建社会危机四伏时期的一面镜子”。娥尔嘉·费舒曼《论〈金瓶梅〉》（载作者著《中国讽刺小说》，莫斯科科学出版社 1966 年版）说：“从表面看，这是一个家庭的兴衰史。实际上展现在读者面前的却是整个中国社会的腐败图景——社会生活的腐败和私人生活的糜烂。”因此，她不同意有人对《金瓶梅》客观主义、自然主义、没有正面人物、没有光明前景、没有作者理想的指责。她还认为《金瓶梅》从写作技巧、结构方式、讽刺艺术等方面对《红楼梦》《儒林外史》等产生了深远影响。该文立论平稳而要言不烦，不失为一篇简洁明了的评论文章。

3. 日韩的《金瓶梅》研究

日本学人对《金瓶梅》的研究热情经久不衰，本阶段又出版有一部编著《金瓶梅》，见大阪市立大学中国文学研究室编《中国八大小说》，日本东京平凡社 1965 年 6 月出版，收有论文 5 篇。还有一部工具书《金瓶梅词话语汇索引》，日本明清文学语言研究会饭田吉郎、鸟居久晴、太田辰夫等编辑，1968 年油印。另外发表论文 30 余篇。其可资存鉴者有：

（1）探讨《金瓶梅》与《水浒传》的关系，引起日本汉学界的兴趣。小野忍《〈金瓶梅〉的文学》（《中国的八大小说》，日本东京平凡社 1965 年 6 月 15 日一版）认为“从现成的作品中构思或者取材，是明代以及明代以前的长篇小说中司空见惯的事情”，因为《水浒传》中西门庆、潘金莲故事情节有趣，《金瓶梅》便按照惯例借用了《水浒传》。大内田三郎《〈水浒传〉与〈金瓶梅〉》（《天理大学学报》1973 年 3 月第 85 辑）则通过大安影印本《金瓶梅词话》、百回本《水浒传》、百二十回本《水浒传》的比勘，认为《金瓶梅》借用《水浒传》使用的是百回本系统的版本；又通过大安影印本《金瓶梅词话》、天都外臣本《水浒传》、容与堂本《水浒传》的比勘，认为

《金瓶梅》抄写的是天都外臣本。当然，作者认为因为《金瓶梅》只是化用《水浒传》而另自结构成书，所以抄用天都外臣本时作了一定的情节的改写与字句的增删。上野惠司《从〈水浒传〉到〈金瓶梅〉》（《关西大学中国文学会纪要》1970 年 3 月第 3 号）则具体考察了《金瓶梅》借用《水浒传》的文字差异，认为不管是发音相同或相近的改写，语素排列顺序的颠倒，还是音节变化的化用，都说明《金瓶梅》的文字“经过了很好的整理”，可以作为《金瓶梅》个人创作说的支持。该文还通过若干语言的考察，认为《金瓶梅》的语汇并不属于山东方言系统。

（2）老一辈《金瓶梅》研究者老当益壮，不减当年。如鸟居久晴，其《〈金瓶梅〉作者试探》列举小说七个方面的差错矛盾，说“难以认为这篇作品是某个个人根据创作意识有计划地执笔的”，而支持潘开沛集体成书说；其《〈金瓶梅〉的语言》认为将近一千条谚语、歇后语的运用，构成了作品的庶民性，形成小说的语言风格，“可以说这部作品展示了明代市民语言记录的顶点”。泽田瑞穗也不甘落后，其《〈金瓶梅〉的研究与资料》（《中国的八大小说》）认为金学肇始于 1932 年《金瓶梅词话》的发现，或者“更严密一点说，是此书由北平古佚小说刊行会主持影印一百部的民国 22 年 3 月开始的”。该文与饭田吉郎的《〈金瓶梅〉研究小史》并为金学史的开山之作。其《随笔〈金瓶梅〉》（《中文研究》1969 年 12 月第 10 号），对西门家的传说、木偶戏《金瓶梅》、张竹坡的“读法”、满文《金瓶梅》、《金瓶梅》传奇、俗曲的潘金莲、明治译本《金瓶梅》、尾崎红叶的《三人妻》（其主人公余五郎即日本的西门庆）等介绍甚详，走的仍是“述而不作”的路子。

（3）本阶段日本出现了一些新的《金瓶梅》研究者，如清水茂、后藤基巳、寺村政男、中野美代子、池本义男等。如寺村政男《〈金瓶梅〉从词话本到改订本的转变》（载 1978 年 6 月早稻田大学中国古典研究会编《中国古典研究》第 23 号），从回目、冒头诗、正文细部等 3 个方面，探讨了改订者与作者“意识上的区别，或者从词话到小说的过渡过程和读者要求的相互关系等问题”，结论是“改订本不仅只是改正词话本的错误而进行的单纯性的工作，而且还试图从《水浒传》中超脱出来，进一步尽量除去说唱故事的因素，使之更加独立化。因此，我敢于说它是进行了向近代小说推进一步的工作，理所当然地起了过渡到清代小说的桥梁作用吧！”寺村政男在《〈金瓶梅词话〉中的作者介入文——“看官听说”考》（载 1976 年 12 月《中国文学研究》第 2 期）中说：“《金瓶梅词话》由小野忍、千田丸一共同译成。有了这一良好的基础，可以说不能不进入细部研究的时期了。”“看官听说”考就是他说的细部研究之一，他通过对《金瓶梅词话》全书 45 处“看官听说”的分布、形式和内容的分析，认为：“一般能分成两个部分，那就是一部分是‘说明文字’，另一部分为‘批判文字’……它的所谓批判性是缺乏的，但这丝毫也没有降低这部小说的评价。《金瓶梅》的作者虽然大致是使用了所谓惩恶的中国小说的常套来结尾的，但这部小说描写得最生动的地方是那些作为善人畏惧的恶的部分。”又如后藤基巳《〈金瓶梅〉的时代背景》（《中国的八大小说》）认为“《金瓶梅》里所写的年代和写作《金瓶梅》的年代是非常接近的，……《金瓶梅》的作者借用了西门庆这个人物成功而又出色地浮雕了明末新兴商人阶级富有特征的生活状态”，文章说：“让我们把这部小说作为坦率地、细致地讴歌了16世纪的中国全社会向着新的风气、新的方向开始转化运动的时代精神，以及在这个经济伦理观、道德伦理观的基础之上，人们的非常开阔而旺盛的思想和行动的市民文学的杰作来品读一下吧。”

韩国的《金瓶梅》研究也已起步。1969年，金东成译本由乙酉文化史出版社出版，3册，120回，据第一奇书本译出，未删节，对于性描写文字，只引录汉文，而翻译诗词曲歌时，先引录汉文，括号内加上韩文译文，正文需要时文中加双行小注。1971年，赵诚出译本由三省出版社出版，据词话本译出，偶见译者率意删削原著，该书1993年再版。1976年李相翊用比较文学的观点研究《艳情小说与〈金瓶梅〉》（收录于李相翊《韩中小说的比较文学的研究》，三英社1983年），讨论了朝鲜时期《金瓶梅》对韩国文学的影响。

《金瓶梅》越南文译本，1969—1970年由昭阳出版社出版，阮国雄翻译，全12集，2700多页，据《古本金瓶梅》翻译。这个译本一直流传至今，未见再译。1989年1月河内社会科学出版社二版刊行，变化无几。在东亚文化圈中，越南是最后一个翻译《金瓶梅》的国家；在东南亚文化圈中，越南是唯一一个翻译《金瓶梅》的国家。

20世纪的《金瓶梅》研究，自1901年至1978年，以1924年鲁迅《中国小说史略》出版，标志着古典阶段的结束和现代阶段的开始；以1933年北京古佚小说刊行会影印发行《金瓶梅词话》，标志着现代阶段的正式启动；以中国大陆、台港和日本、欧美（美、苏、法、英）四大研究圈的形成，标志着现代阶段的全面推进；以版本、写作年代、成书过程、作者、思想内容、艺术特色、语言风格、文学地位、理论批评、资料汇编、翻译出版等课题的形成与展开，标志着现代阶段的研究水平。至此应当说，《金瓶梅》研究具有十分厚实的根基和无比开阔的前景。中国大陆的研究一度消歇之后，其巨大的潜力即将奔突洋溢。可以想见，一个《金瓶梅》研究的火红黄金时代就要到来，一门新的“显学”正在催生。

（四）1979—2000 年

20 世纪是人类历史上可足称道的一个百年。对中国人来说，在这一个百年中，产生了惊天动地的四件大事：1911 年封建王朝的终结，1919 年“五四”新文化运动的兴起，1949 年新中国的诞生，1978 年大陆新时期的开始。如果说辛亥革命是封建制度的终结，“五四”运动便是封建文化的检讨；如果说开国大典是制度的开创，改革开放才带来了文化的新生。中国人心里存留有丰富的传统，中国人背上也负载着厚重的担当。变革传统文化，呼唤当代文明，这一除旧布新的文化使命，在中国用了 60 年的时间。思想文化的进程与历史的自然时序往往并不同步，观念意识的更新、研究方法的转变、思维方式的超越、科学格局的营设一旦萌发形成，便产生着广泛的影响，具有划时代的意义。《金瓶梅》研究就是其中一例。仅据中国研究成果粗略统计，这一阶段出版专著近 200 部，发表论文 2000 多篇。1901—1978 年全世界出版专著不到 10 部，发表论文不足 300 篇。20 世纪后 20 年是前 80 年的 20 倍。

1. 中国的《金瓶梅》研究

（1）1979—1984 年的《金瓶梅》研究

1979—1984 年，是中国大陆新时期《金瓶梅》研究前行者重新点燃星火并且辛勤耕耘的几年，也是中国港台《金瓶梅》研究宿将不懈努力并且继续开拓的几年。朱星是中国大陆新时期名副其实的一颗启明星，他在 1979—1980 年连续发表有 7 篇论文，并于 1980 年 10 月由百花文艺出版社结集出版了中国大陆《金瓶梅》研究的第一部专著《金瓶梅考证》。朱星的研究结论不一定都能经得住学术的检验，朱星继鲁迅、吴晗、郑振铎、李长之等人之后，重新点燃并高举起这一支学术火炬，结束了沉寂 15 年之久的局面，这一历史功绩，却已经并将继续经得起时间的检验。在 1979 年发表有《金瓶梅》研究论文的，还有黄霖、郑逸梅、张友鸾等人，尤以与朱星商榷的黄霖《〈金瓶梅〉原本无秽语说质疑》（《复旦学报》1979 年第 5 期）一文最有影响。1980 年便随后涌现出一批《金瓶梅》研究者，如徐朔方、刘子骧、戴不凡、王丽娜、孙逊、陈诏、冀振武、赵景深、刘世南、张远芬等，1981 年新有蔡国梁、支冲、王汝梅、张俊、杜维沫、刘辉、顾国瑞、王强、白维国、夏闳等加入，1982 年又有朱捷、陈昌恒、戴鸿森、李锦山、曦钟、邕人等加入，1983 年另有晓京、林家治、李时人、李开、徐建华、章培恒、王永生、刘绍智、徐铭延、傅憎享等加入，1984 年复有李新祥、曾远闻、聂绀弩、宁宗一、吴敢、郭豫适、卢兴基、张玄平、王良惠、朱眉叔、胡文彬、赵富平、王煦、李思敬、何根生、章舟、王达津、于盛庭等加入。这个四五十人的阵容，如果连同治文学史、文学批评史、小说史、小说批评史、文献学等涉及《金瓶梅》的其他学科领域的学人，已经是一支不容忽视的集团军。而且一些地方出现《金瓶梅》的研究群体，如徐州、聊城等。其间台湾的魏子云、高阳、刘心皇等十几位研究者也发表有30多篇论文，对《金瓶梅》的作者、成书过程、著作年代、版本、人物、史料等，均时有创见。

（2）1985—1994年的《金瓶梅》研究

1985—1994年，是中国（大陆与港台一体）《金瓶梅》研究如火如荼的十年，是继“红学”之后又一门显学——“金学”形成的十年，是中国《金瓶梅》学会创建的十年，是几乎一年一会金学同人聚首面商、团结合作的十年。1985年6月，首届全国《金瓶梅》学术讨论会在江苏徐州召开，由此拉开中国《金瓶梅》研究高温热潮的帷幕。1989年6月，首届国际《金瓶梅》学术讨论会在江苏徐州召开，中国《金瓶梅》学会同时成立，从此形成大陆与港台一体的金学同盟，从此形成国际金学同人阶段性晤谈交流的局面。中国《金瓶梅》学会虽然迟至1989年方始成立，但学会的主要工作人员如第一届学会（1989—1993年）的刘辉、吴敢、黄霖、王汝梅、周钧韬、张远芬、卜键、及巨涛等，第二届学会（1993—2003年）的刘辉、吴敢、黄霖、卜键、及巨涛等，自1985年发起组织全国首届《金瓶梅》学术讨论会时便已出现。所以，中国《金瓶梅》学会是中国金学十年高潮的“弄潮儿”。用定期召开会议的方式，对金学进行阶段性总结和启导，是一种行之有效地推进学术的方式。中国《金瓶梅》学会责无旁贷地担起了这一历史的重任。这一阶段几乎每年都出版有10部以上的金学专著，1990—1992年每年出版的金学专著竟有近20部之多。这一阶段每年发表的论文也都在100篇左右。此间累计出版金学专著120余部，发表金学论文1100余篇。中国发表有《金瓶梅》研究成果的研究者有三四百人之众。

（3）1995—2000年的《金瓶梅》研究

如果说20世纪最后20年的《金瓶梅》研究，1979—1984年是凤头，1985—1994年是虎背熊腰，那么1995—2000年便是豹尾。徐朔方说：“研究工作最需要的是冷静的探索”，“太冷，只有很少几个人能把研究工作坚持下去；太热，则会招引很多指指点点看热闹的人……太热了，书可能会出得滥，文章可能多产，而质量难说。”（张梦华《春日访徐朔方谈〈金瓶梅〉研究》）这一阶段就称得上是金学“冷静的探索”的时期。本阶段保持着每年出版金学专著近10部的势头，每年发表论文百篇左右的规模。这看似一种余绪，其实是一种积蓄。1979—1985 年间的金学专著，基本都是资料汇编、论文选集、作者考证，为其后十几年金学的兴旺繁荣铺垫下厚实的基础；1986—1994 年间的金学专著，除继续进行资料汇编、作者考证以外，考证的范围扩大到几乎所有的领域，评析思想内容、艺术特色、文化影响的作品渐趋多数，其中尤以人物与语言研究出现批量性成果；1995—2000 年间的金学专著，汇编、考证已不多见，思想与艺术研究也已转平，语言虽然仍有不少研究者留目，“金瓶文化”与金学传播形成新的热点，社会风俗、时代精神、文化层面、士子心态等越来越进入金学同人视野，而世纪之交令人产生难解的历史情结，一些研究者试图从不同角度对金学进行阐释和总结，回顾、思考、展望成为当时的思维定式。

一批金学新人涌现。台湾的陈益源是其中佼佼者。在中国古代小说研究方面，他十年之间连续出版有《〈剪灯新话〉与〈传奇漫录〉之比较研究》（台湾学生书局 1990 年 7 月一版）、《从〈娇红记〉到〈红楼梦〉》（辽宁古籍出版社 1996 年 7 月一版）、《元明中篇传奇小说研究》（香港学峰文化事业公司 1997 年 12 月一版）、《古代小说述论》（线装书局 1999 年 12 月一版）、《小说与艳情》（学林出版社 2000 年 8 月一版）等论著，并参与“域外汉文小说”诸项研究计划，以扎实的态度和创新的风格，博得海峡两岸学人一致好评。其关于《怀春雅集》提供《金瓶梅》写作素材、《金瓶梅》的民间传说及其意义、《金瓶梅》研究在越南、《水浒传》与《金瓶梅》之间的源流、《金瓶梅》与艳情小说的关系等论述，颇见功力与思路。

1997 年 5 月 18—20 日，由山东省社会科学院、诸城市人民政府联合主办之“海峡两岸丁耀亢研讨会”在山东省诸城市召开，主题是丁耀亢与《续金瓶梅》的研讨。1999 年中州古籍出版社出版李增坡、张清吉校点之《丁耀亢全集》，当因这次会议所推进而印行。

其间在中国大陆召开了 6 次全国会议与 4 次国际会议，即 1985 年 6 月在徐州召开的第一届全国《金瓶梅》学术讨论会、1986 年 10 月在徐州召开的第二届全国《金瓶梅》学术讨论会、1988 年 11 月在扬州召开的第三届全国《金瓶梅》学术讨论会、1989 年 6 月在徐州召开的第一届国际《金瓶梅》学术讨论会、1990 年 10 月在临清召开的第四届全国《金瓶梅》学术讨论会、1991 年 8 月在长春召开的第五届全国《金瓶梅》学术讨论会、1992 年 6 月在枣庄召开的第二届国际《金瓶梅》学术讨论会、1993 年在鄞县召开的第六届全国《金瓶梅》学术讨论会、1997 年 7 月在大同召开的第三届国际《金瓶梅》学术讨论会、2000 年 10 月在五莲召开的第四届国际《金瓶梅》学术讨论会，极大地堆动了《金瓶梅》的研究。

中国《金瓶梅》学会1989年6月编印1本《金瓶梅学刊》(创刊号),献给首届国际《金瓶梅》学术讨论会,后改名《金瓶梅研究》,1990年9月正式出版,其间累计出版《金瓶梅研究》6期、《国际金瓶梅研究集刊》1期,另山东省民俗学会《金瓶梅》文化委员会编辑出版《金瓶梅文化研究》3期,此均为《金瓶梅》研究成果的集中发表园地。(以上两节参见笔者编著《金学索引》,台湾学生书局“金学丛书”第二辑,2015年6月)

中国的魏子云、孙述宇、朱星、徐朔方、梅节、宁宗一、蔡国梁、陈诏、卢兴基、傅憎享、杜维沫、刘辉、黄霖、王汝梅、叶朗、张远芬、周钧韬、周中明、王启忠、陈昌恒、孙逊、石昌渝、罗德荣、鲁歌、马征、田秉锷、张鸿魁、郑庆山、叶桂桐、卜键、陈益源、李时人、陈东有、许建平、王平、赵兴勤、孟昭连、何香久、潘承玉、霍现俊、张进德、石钟扬等,辨章学术,考镜源流,营造了一座辉煌的金学宝塔,可谓源远流长。中国的《金瓶梅》研究,经过80年漫长的历程,终于在20世纪的最后20年登堂入室,当仁不让也当之无愧地走在了国际金学的前列。

2. 国外的《金瓶梅》研究

(1) 日韩的《金瓶梅》研究

这一时期,日本《金瓶梅》研究的热情相对减弱,但仍有不少汉学家接流步武,如日下翠、大冢秀高、荒木猛、阿部泰记、铃木阳一等。其中阿部泰记关于《金瓶梅词话》叙述混乱原因的分析,以及由此得出的“万历本《金瓶梅词话》是某一特定的作者在构思还没有完全统一的阶段的作品化了的读物”的结论(《论〈金瓶梅词话〉叙述之混乱》,日本《人文研究》1979年7月第58辑);日下翠关于吴晗《金瓶梅》成书万历说的批判,以及对《金瓶梅》成书嘉靖说的支持(《金瓶梅成书年代考》,日本1984年1月《东方》),关于《金瓶梅》是李开先个人创作而非整理的考证(《金瓶梅作者考证》,《明清小说论丛》,春风文艺出版社1985年6月);大冢秀高关于《金瓶梅》构思既受《水浒传》影响,又受《封神演义》《三国演义》影响的推断(《金瓶梅的构思》,《明清小说研究》1996年第4期),关于《金瓶梅》的构造从玉皇庙到永福寺的分析(《续金瓶梅的构造》,1999年3月《东洋文化研究所纪要》第137册),已经引起国际金学界的注意。荒木猛最为活跃,他虽然还不像大冢秀高那样成为中国古代小说研究的多面手,但其关于崇祯本出版的书坊为杭州鲁重民、刊行年代在崇祯十三年之后不久;关于词话本与崇祯本的不同,特别是篇头诗词的不同,以及崇祯本篇头诗词出自《草堂诗余》;关于从小说中的干支纪日推算《金瓶梅》成书于嘉靖四十年到隆庆六年之间的观点,都说明他是20世纪晚期日本《金瓶梅》研究者中的佼佼者。

黄霖说："其实，除了日下、荒木两位之外，在上世纪后20年中，还是有一些值得重视的文章。比如，大冢先生您写的《金瓶梅的构思》《续金瓶梅的构造》，都是很有创见的文章。在您以前，如大内田三郎、上野惠司等先生很注意《金瓶梅》与《水浒传》的比较，而您认为《金瓶梅》不仅受《水浒传》的影响，而且还受《封神演义》《三国演义》等影响；再从玉皇庙到永福寺来分析《金瓶梅》的结构，也有新意。无独有偶，铃木先生您也研究了《金瓶梅》与《水浒传》的重复部分，探讨了《关于金瓶梅的描写方法》，注意在艺术表现方面寻求一些规律性的东西，也很有启发性。此外，如寺村政男、阿部泰记等先生的有关论文分析《金瓶梅》中介入的'看官听说'与叙次混乱等问题，也有独到的见解。所以，我认为贵国在这几年中的研究也是有成绩的。"（《中国与日本：〈金瓶梅〉研究三人谈》，《文艺研究》2006年第6期）

韩国本阶段出版了改编本《小说金瓶梅》，1990年内外出版社第一版，其后记说："《金瓶梅》全篇暴露嘉靖末年至万历中期社会的腐败及买卖少女的底层庶民生活，并反映了商品经济初步发展的明朝世态及市民阶层的意识形态。《金瓶梅》中，精细的描写与魅力四溢的文章结构，以及对众多人物性格的准确的描写，对以后的长篇小说创作产生了很大的影响。"

朴秀镇的《完译金瓶梅》也于1991—1993年由汉城青年社出版。朴译6册（后4册朴正阳参译），据词话本译出，偶有删节，卷末附录康泰权的《金瓶梅解说》。朴秀镇在该译本跋中说："《金瓶梅》反映的基本上是明末统治阶级、封建家庭及市民民众黑暗腐败的内幕，是一部现实主义的写实作品。这部小说写了土豪恶霸西门庆除有一妻二妾外，还不断纳妾的过程中的淫荡狡猾的生活。西门庆在突然暴富，想求官职却四处碰壁的过程中，他广泛联络朝廷官员、阿谀奉承的小人、地头蛇、妻妾、侍女、妓女等，这些描写深刻地暴露了当时社会阴暗面，生动形象地刻画了统治阶级、剥削阶级、淫乱者的丑恶嘴脸。""从艺术的角度看，这部小说明朗清晰的有机结构，出色的场面安排，生动的语言，成功的细节描写，主要人物的典型个性的刻画，都是具有极高的艺术成就。"

随着安重源的硕士论文《〈金瓶梅〉研究》（庆北大学，1988年）的发表，韩国出现批量性研究成果。安文分析了《金瓶梅》的版本、作者、源流、传播，认为《金瓶梅》是社会讽刺小说，乃写实主义文学大作。康泰权的博士论文《〈金瓶梅〉研究》（延世大学，1992年）和金兑坤的博士论文《〈金瓶梅〉明清两代评论研究》（韩国外国语大学，1993年），对韩国学界产生了较大的影响。康泰权的研究主要针对背景论、作家论、作品论进行辨析，其中论证作品的内容、人物、技巧与语言、价值与影响的作品论部分占全部论文的四分之三，成为中心论题。金兑坤的研究则以历代评论文字为对象，分析作者、版本、主题、人物、结构、语言等各部分的内容，涉及绣像本评点、张竹坡评点、文龙评点等。这两篇博士论文之后，又出现赵美媛的硕士论文《〈金瓶梅词话〉的现实认识——以欲望与伦理的对立世界为中心》（延世大学，1993年）、金宰民的硕士论文《论张竹坡对于〈金瓶梅〉的批评》（复旦大学，1996年）、李无尽的硕士论文《〈金瓶梅〉的两面性考察》（高丽大学，1997年）和权希正的硕士论文《〈金瓶梅〉的性文化研究》（东国大学，1999年）等。单篇论文则有金宰民的《〈金瓶梅〉在韩国》（《金瓶梅研究》第5辑，1993年），康泰权的《〈金瓶梅〉中的性》（1994年）、《〈续金瓶梅〉研究》（1995年）、《〈金瓶梅〉中的妓女研究》（1996年）、《〈金瓶梅〉中的女性研究》（1997年），金兑坤的《〈金瓶梅〉性欲描写的意义》（1995年）、《〈金瓶梅〉的现实认识》（1996年）、《〈金瓶梅〉人物描写技法研究》（1997年）等。崔溶澈最为热情，几乎参加了此间在中国大陆召开的所有《金瓶梅》研讨会议，并都有具备相当水平的学术成果交流。其论文《〈金瓶梅〉对〈红楼梦〉的影响研究》（1992年）、《中国禁毁小说在韩国》（《东方论丛》，1998年第3期）等均颇有见地。

（2）欧美的《金瓶梅》研究

20世纪80年代以来欧美的《金瓶梅》研究人员主要集中在美国和法国，尤以美国最富光彩。美国有一支豪华的《金瓶梅》研究阵容，如夏志清、韩南、芮效卫、柯丽德、浦安迪、马幼垣、马泰来、郑培凯、杨沂、陆大伟等，足令国际金学界钦羡。这支队伍虽然在人数上无法与中国相比，但在影响上却可以与中国相伯仲。芮效卫《汤显祖创作〈金瓶梅〉考》（本小节以下未注出处者均见徐朔方编《金瓶梅西方论文集》）以小说内容与版本为内证，以汤显祖生平著述为外证，两相对照，首创《金瓶梅》作者汤显祖说。他的《金瓶梅》英文全译本，1988年开始出版以来，虽然此时期尚在运作之中，也已经受到西方读者的欢迎。柯丽德《金瓶梅中的双关语和隐语》从儒家传统出发，以张竹坡"冷热"论为据，重点剖析了小说第二十七回，认为书中到处可见的文字游戏表明作者高度自觉地提出了医治社会弊病的传统疗法，颇具见地，但强调这一回正是打开全书题旨钥匙的观点，尚可斟酌；其《金瓶梅的修辞》（印第安纳大学出版社1986年）是一部力作，计分《金瓶梅》的文学世界、《金瓶梅》的结构与主题、《金瓶梅》里的宗教、词语组合与叙述结构、戏剧和歌曲、传统语言与传统的破坏、《金瓶梅》的结论七个部分，如关于《金瓶梅》以家喻国隐射的解读，认为"西门庆是明王朝的一个缩影"；关于《金瓶梅》性与自我意识的剖析，认为"性行为的描写便于深化小说中家国并置式的社会内在批判”等，均颇觉警策。浦安迪《瑕中之瑜——论崇祯本〈金瓶梅〉的评注》即小见大，由近及远，重在探索崇祯本的评注，认为它反映了“李贽名下评注本所共有的论点”，甚至远溯到《金瓶梅》成书之时，抑或有李贽评点的可能；另外在本文中，他据谢肇　《小草斋文集·金瓶梅跋》，认为20卷本早于10卷本；在本文中还有他关于张竹坡的评论：“张竹坡的首席传统评注家地位无人可与之竞争，同时张竹坡的《第一奇书》在清代的大部分时期一直作为标准版本流传”；其《金瓶梅非“集体创作”》（《金瓶梅研究》1991年7月第2辑）针对徐朔方、刘辉《金瓶梅》成书“集体累积说”，从小说的整体结构、行文中的冗赘重复、全书内容不外讲一“乱”（乱心、乱意、乱身、乱家、乱国、乱天下）字等几方面分析，得出“呈现了一种成熟的小说文体形式及明末文人成就”的不同结论。浦安迪1987年出版的《明代四大奇书》（Plaks，Andrew *The Four Masterworks of Ming Fiction*：Ssu-tach'i-shu，Princeton University Press，1987；该书1993年由中国和平出版社出版，沈亨寿等译，书名《明代小说四大奇书》），与其1990年出版的《中国叙事学》（Plaks，Andrew. *How to Read the Chinese Novel*，Princeton University Press，1990；该书1996年由北京大学出版社出版），前后呼应，对《金瓶梅》思想主题、文本结构、叙事手法、艺术成就进行了较为全面的分析，如认为《金瓶梅》可划分为每10回一个单元的结构构件，反映了作者自觉的个人创作，是为文人小说，而“不修其身不齐其家”乃其主题。马幼垣、马泰来、郑培凯，对《金瓶梅》也情有独钟。他们三位或在香港求学，或在台湾读书，都有负笈美国的留学经历，其后都在美国、香港或台湾任教任职，有着相似的人生历程。马幼垣发表在《中国古典小说研究专集》一期、二期（台北联经出版事业公司1979年8月、1980年5月）上的两篇文章《研究〈金瓶梅〉的一条新资料》《论〈金瓶梅〉谢跋书》可为一组，既公布了其弟马泰来从谢肇　《小草斋文集》中新发现的《〈金瓶梅〉跋》，又针对魏子云的相关文章，引申论述了《金瓶梅》的抄本流传与丘志充其人，虽出言谨慎，却语含批评。关于这则新资料，马泰来也有文章《谢肇　的〈金瓶梅〉跋》（《中华文史论丛》，1980年第4辑）和《有关〈金瓶梅〉早期传播的一条资料》（《光明日报》，1984年8月14日）发表。马泰来在《中华文史论丛》（1982年第1辑）上发表的《麻城刘家和〈金瓶梅〉》一文，文章主旨有三：一是《金瓶梅》作者可能为“梅国桢门客”或“锦衣卫都督刘守有的门客”；二是《金瓶梅》可能是诋毁梅国桢之作；三是《金瓶梅》成书于万历十一年（1583年）。其在《中华文史论丛》（1984年第3辑）上发表的《诸城丘家与〈金瓶梅〉》，认为丘志充曾拥有《金瓶梅》《玉娇丽》的抄本，其子丘石常与丁耀亢为好友，因而提示了《玉娇丽》与《续金瓶梅》的关系。郑培凯专攻明代文史，是美籍华人的可畏后生，其《〈金瓶梅词话〉与明人饮酒风尚》对《金瓶梅》中的酒作出数理统计，考证明代饮酒习俗，并通过排比分析，把酒的描写与人物塑造联系起来，且根据嘉靖间崇尚金华酒、万历间风行三白酒这种当时饮酒风尚，对《金瓶梅》的成书年代和地域提供了旁证；其姊妹篇《酒色财气与〈金瓶梅词话〉的开头》（台湾1984年5月《中州文学》）针对魏子云《四贪词》讽刺万历朝政、开场词与解说影射万历宠爱郑妃而打算废嫡立庶的观点，广征博引，像前文一样，着重从中国文化的背景来考察小说的思想内容，正如论文副标题所写，是"兼评《金瓶梅》研究'索引派'"的。陆大伟发表了一批《金瓶梅》研究论文，如《张竹坡大骂吴月娘来龙去脉初探》（1986年中国第二届《金瓶梅》学术讨论会交流论文）、《金瓶梅评点及小说理论论文目录》（同上）、《〈金瓶梅〉与〈林兰香〉》（《明清小说论丛》第5辑，春风文艺出版社1987年9月一版）、《金瓶梅与公案文学》（1992年6月《金瓶梅研究》第3辑）、《中国传统小说中说唱文学的非写实性引用——〈金瓶梅词话〉的模型及其影响》（1993年7月《金瓶梅研究》第4辑）等，与杨沂、史梅蕊等是美国金学的希望。

1983年5月，美国印第安纳大学与金赛研究所联合举办了一个国际《金瓶梅》研讨会。这是全世界第一个《金瓶梅》研究学术会议，不仅是对美国当时《金瓶梅》研究成果的检阅，也开引着国外《金瓶梅》研究的方向。

《金瓶梅》文化研究，如社会研究、宗教研究、习俗研究等，也成为美国金学的主体方向之一，性别与性研究尤其呈现出鲜明的学理特色。即以其为博士论文的，就有简瑛瑛的《妇女争权：东西方小说代表作比较研究》（维拉诺瓦大学，1987年）、吕童琳的《玫瑰与莲花：中法叙事文学中有关欲望的描写》（芝加哥大学，1988年）、田爱竹的《〈金瓶梅词话〉开场诗研究》（芝加哥大学，1989年）、赫希·玛丽艾伦的《〈金瓶梅〉和〈红楼梦〉对妇女的描绘》（俄勒冈大学，1991年）、丁乃非的《秽物：〈金瓶梅〉里性的政治学》（加州大学伯克利分校，1992年）等，后者并由杜克大学出版社2002年出版。

法国的《金瓶梅》研究者远没有美国为多，不过雷威安、艾金布勒、李治华、陈庆浩等人，屈指可数，但雷威安（André Lévy）却是海外最好的金学家之一。雷威安1979年发表的《〈金瓶梅〉初刻本年代商榷》《最近论〈金瓶梅〉的中文著述——评介〈金瓶梅探源〉》（原载台北市时报文化出版事业有限公司1981年8月版魏子云《金瓶梅的问世与演变》）与发表在1984年第10期《文学研究动态》上的《评〈金瓶梅的艺术〉》就已经使人刮目相看，1989年他提供给首届国际《金瓶梅》学术讨论会的论文《〈金瓶梅词话〉第53、54回的秘密》(《国际金瓶梅研究集刊》第1集，成都出版社1991年7月)，1992年他提供给第二届国际《金瓶梅》学术讨论会的论文《〈金瓶梅〉和〈聊斋志异〉》，更使金学同人感知到他读书的精细与见解的独到；最能使雷威安在《金瓶梅》研究界享有盛誉的，是他于1985年4月作为“七叶丛书”之一据词话本翻译出版的法译本《金瓶梅》[*André Lévy*, *Fleur En Fiole D'or* (Paris: Gallimard, 1985)]。雷威安翻译时把小说分成10部分，每部分拟出1个标题，每个标题涵盖原书10个回目，依次为金莲、瓶儿、惠莲、王六儿、渎职、少爷之死、枕边的幻想、西门庆暴死、善有善报恶有恶报、土崩瓦解，他并为全书写有导言(长达31页，其导言与艾金布勒的前言均载《金瓶梅西方论文集》)，着重论述了《金瓶梅》在中国文学史上的地位，并对《金瓶梅》在欧洲翻译出版和各方评论的情况，作了概要的介绍。正文每回附有绣像本插图2幅总200幅，卷末附有注释。雷威安翻译时也有删节，但未删去原著的性描写。

波兰文译本《金瓶梅》于1994年由波兰缪斯出版社出版，胡佩方(波籍华裔女作家，波兰名字伊莱娜·斯瓦文斯卡)、赫米耶莱夫斯基、霍奇沃夫斯基合译，底本为词话本，译至第七十九回。

邓绍基、史铁良主编《20世纪中国文学研究·明代文学研究》(北京出版社2001年12月)：“20世纪对《金瓶梅》的研究，虽然在很多重要问题上仍存在着分歧，如作者、成书、主题等，但经过讨论，对某些重大问题取得了基本的共识：①就创作方法看，《金瓶梅》是一部现实主义作品，而非自然主义小说。②它不是‘淫书’，但学者也批评书中性描写的肆意渲染，重复雷同。③在中国小说史上，它有多方面的独创性，如开拓题材，塑造复杂性格，细节描写的逼真细腻等，它是里程碑式的作品，是《红楼梦》的先导。④由于它内容丰富，涉及面广，与《红楼梦》一样具有百科全书式的性质。因此，对它的研究应当是多方面、多元的、多学科的，且应以文学本体性研究为主。⑤《金瓶梅》的主要版本，一是词话本(万历本)，一是说散本(崇祯本)以及由说散本派生的‘奇书’本(张评本)。”

三、近年的《金瓶梅》研究

20世纪八九十年代以来，欧美的《金瓶梅》研究，除少数人仍在坚持不懈并颇有建树之外，其整体研究状况，远没有20世纪中期可观；日韩的《金瓶梅》研究，虽仍有相当的阵容，不少研究者广有影响，但成绩亦不容乐观；中国大陆与台湾、香港的《金瓶梅》研究，却是如日中天。台湾在魏子云先生的带引下，一大批中青年研究者加入金学队伍，研究成果别开生面；中国大陆以中国《金瓶梅》学会与中国《金瓶梅》研究会（筹）为中心形成的主力团队，进入21世纪之后，面对彷徨，决意中兴。

（一）21世纪初的彷徨

虽然1985年6月首届全国《金瓶梅》学术讨论会便已在徐州召开，其后又连年接续召开了两届全国会议，《金瓶梅》研究界也有不少动议成立中国《金瓶梅》学会者，但并未真正付诸实施。直至1989年筹办首届国际《金瓶梅》学术讨论会，按当时国家规定，必须由群团申办，这才将筹建中国《金瓶梅》学会事宜，与筹办会议同步进行。1988年5月11日在徐州召开了首届国际《金瓶梅》学术讨论会筹备委员会第一次会议，与会代表形成一个《关于组成中国〈金瓶梅〉学会筹备委员会的意见》，以徐朔方、刘辉、吴敢、黄霖、孙逊、彭飞、周钧韬、蔡敦勇、李荣德、袁世硕、孙言诚、宁宗一、邱思达、沈天佑、张俊、卜健、石昌渝、王汝梅、林辰、周中明、吴红、张远芬、及巨涛、阎志强为筹委会委员，吴敢为总联络人。

1989年6月14日，首届国际《金瓶梅》学术讨论会开幕前夕，中国《金瓶梅》学会在江苏省徐州市召开第一次会员代表大会，选举学会工作人员，宣布成立，并通过章程。中国《金瓶梅》学会挂靠在中国社会科学院，经中华人民共和国民政部社证字第1167号《社会团体登记证》批准，准予注册登记，社团代码为50001165-4，在《人民日报》1992年12月10日第8版公告。

中国《金瓶梅》学会第一届理事会有理事25名：卜键、及巨涛、王汝梅、卢兴基、宁宗一、田秉锷、孙逊、孙言诚、刘辉、吴敢、邱鸣皋、沈天佑、林辰、罗德荣、陈诏、陈昌恒、周中明、周钧韬、徐彻、袁世硕、张远芬、张荣楷、黄霖、彭飞、蔡敦勇，选举刘辉为会长，吴敢、黄霖、周钧韬、王汝梅、张远芬为副会长，吴敢兼秘书长，卜键、及巨涛为副秘书长，聘请王利器、冯其庸、吴组缃、吴晓铃、徐朔方为顾问。

1990年10月20日，借第四届全国《金瓶梅》学术讨论会在山东临清召开之际，中国《金瓶梅》学会召开第一届理事会第二次会议，会议决定增补张荣楷为理事。

1992 年 6 月借第二届国际《金瓶梅》学术讨论会在山东枣庄召开之际，中国《金瓶梅》学会先是召开会长碰头会，接着召开第一届理事会第三次会议，号召学会会员共襄盛举。

1993 年 9 月 16 日，借第六届全国《金瓶梅》学术讨论会在浙江鄞县召开之际，中国《金瓶梅》学会召开第一届理事会第四次会议，并接着召开第二次会员代表大会，换届选举学会第二届理事会理事 31 名：卜键、及巨涛、王汝梅、王启忠、卢兴基、宁宗一、白维国、孙逊、刘辉、吕红、吴敢、沈天佑、李鲁歌、张远芬、张荣楷、林辰、罗德荣、陈诏、陈东有、陈昌恒、周中明、周钧韬、周晶、苗壮、赵兴勤、徐徊、袁世硕、黄霖、萧欣桥、彭飞、蔡敦勇，选举刘辉为会长，吴敢、黄霖为副会长，吴敢兼秘书长，卜键、及巨涛为副秘书长。随即召开第二届理事会第一次会议。

1997 年 8 月 2 日，借第三届（大同）国际《金瓶梅》学术讨论会在山西大同召开之际，中国《金瓶梅》学会召开第二届理事会第二次会议，会议决定增补孔凡涛为副秘书长。

2000 年 10 月 22 日，借第四届（五莲）国际《金瓶梅》学术讨论会在山东五莲召开之际，中国《金瓶梅》学会召开第二届理事会第三次会议，会议决定进行会员重新登记，并扩大征集《金瓶梅》研究资料，举办《金瓶梅》优秀研究成果评奖。

中国《金瓶梅》学会成立以后，成功地举办了 4 次国际《金瓶梅》学术讨论会、3 次全国《金瓶梅》学术讨论会，学会机关刊物《金瓶梅研究》连同《金瓶梅学刊》（试刊号）出版了 8 辑。

中国《金瓶梅》学会 1989—1995 年依托在吴敢任局长的徐州市文化局，1995—2003 年依托在吴敢任院长的徐州教育学院。

中国《金瓶梅》学会有会员近 300 人，是工作比较规范、活动比较正常、成效比较突出的学术类国家一级学会。

2002 年 4 月 30 日，学会秘书处发出《中国〈金瓶梅〉学会工作简报》，向会员通报第四届（五莲）国际《金瓶梅》学术讨论会以来工作情况。

2002 年 5 月 9—11 日，中国《金瓶梅》学会、山东省邮政局、临沂市政府在临沂市召开“《金瓶梅》邮票选题论证会”，徐朔方、袁世硕、程毅中、宁宗一、沈天佑、刘辉、吴敢、王汝梅、杜维沫、王丽娜、杨扬、王平、孙秋克、王汝涛、孔凡涛作为专家出席会议，国家邮政局邮资票品管理司发行处处长邓慧国、山东省邮政局局长徐建洲、临沂市市长李群等近五十人与会。会议就《金瓶梅》邮票选题可行性召开论证，初步确定了 1 套 14 枚邮票的表现内容，其具体篇目为：兰陵笑笑生画像，《金瓶梅》

书名的由来，《金瓶梅》中的戏曲演出，《金瓶梅》中的宴饮场面（以上第一组）；杨姑娘气骂张四舅，武都头误打李皂隶，吴月娘春昼荡秋千，潘金莲雪夜弄琵琶（以上第二组）；逞豪华门前放烟火，常峙节得钞傲妻儿，西门庆痛哭李瓶儿，春梅姐游旧家池馆（以上第三组）；运河文化带，狮子楼一条街（以上小型张）。与会专家联合签署了一份《关于2003年发行〈金瓶梅〉题材邮票的建议书》，会同有关文件上报国家邮政局。该邮票后来虽暂未获批准，但不失为一次《金瓶梅》美术活动的有益尝试。

2000年10月第四届（五莲）国际《金瓶梅》学术讨论会之后，中国《金瓶梅》学会即与云南昆明、山西太原、江苏徐州、上海等方面联系，计划于2003年召开第五届国际《金瓶梅》学术讨论会。

昆明师专中文系、云南民族学院文学与新闻传播学院、玉溪师院中文系与中国《金瓶梅》学会最后达成协议，拟共同举办该次会议。2003年4月1日，中国《金瓶梅》学会发出"关于召开第五届（昆明）国际《金瓶梅》学术讨论会的预备通知"，确定于2003年10月11—14日召开该次会议。因为"非典"，经刘辉、黄霖、吴敢、孙秋克、曾庆雨等电话协商决定，会议延期至2004年适当时间召开，并以学会名义发出第二次预备通知。（参见《金学索引》，台湾学生书局"金学丛书"第二辑）

2002年下半年，学会接到国家民政部通知，要求在2003年上半年完成社团重新登记。学会原挂靠单位（中国社会科学院）因为学会主要负责人均非该单位人员，以及其他社会性原因，不能出具证明。按民政部要求，挂靠单位必须是部级单位。于是刘辉向其主管部门——新闻出版署申请挂靠。因为刘辉重病在身，吴敢、黄霖又因为"非典"不能进京，此事遂遭搁置。

不料，2003年6月6日，民政部发出41号公告，宣布取消中国《金瓶梅》学会等63个社团开展活动的资格。这无异于一声闷雷，一时各新闻媒体争相报道。按民政部的公告，中国《金瓶梅》学会只是排在63个社团的中间，几乎所有的新闻报道却都以中国《金瓶梅》学会打头，在学会内部以及社会上引起强烈的反响。

2003年7月，原中国《金瓶梅》学会常务副会长兼秘书长吴敢因为年龄原因从徐州教育学院院长岗位退居二线，2004年1月16日原中国《金瓶梅》学会会长刘辉因病不幸逝世，祸不单行，雪上加霜。

《金瓶梅》怎么了？中国《金瓶梅》学会怎么了？中国《金瓶梅》学会负责人怎么了？一时众说纷纭。学会没有了，会议开不成，依托单位没有了，活动经费成了问题，中国大陆的《金瓶梅》研究，真是"山重水复疑无路"。

尽管《金瓶梅》研究从学术表面上看并没有完全停顿，如中国的金学论文，2001

年有77篇，2002年有88篇，2003年有148篇（如果去掉《金瓶梅文化研究》第四辑上的46篇，有102篇），2004年有99篇，2005年有79篇，比起2000年的152篇（如果去掉《金瓶梅文化研究》第三辑上的44篇，有108篇），1999年的128篇（如果去掉《金瓶梅文化研究》第二辑上的42篇，有86篇），尚有学术惯性，相去似觉未远。但受到严重的影响，已是不言而喻。如中国大陆的金学专著，2001年有4部，2002年有4部，2003年有10部（其中2部为旧著新出、1部为境外著作），2004年有4部（其中1部为旧著新出），比起2000年的9部，1999年的15部，已觉逊色。

20世纪后20年金学迅猛发展的步伐遭到遏制，一门新兴的显学受到损伤，金学同人合力构建的金学宝塔面临考验，几乎所有的《金瓶梅》研究者与爱好者面对现实，都在检视学问，思考对策。

平心而论，金学存在有两个严重的不相应：一是专家认识与民众认识严重不相应。一方面，金学同人在金学圈内津津乐道，高度评价；另一方面，广大民众在社会上谈金色变，好奇有余，知解甚少。二是学术地位与文化地位严重不相应。一方面，《金瓶梅》研究与其他学科分支一样，在学术界实际拥有同等的地位；另一方面，《金瓶梅》的出版发行、影视制作等，又受到诸多限制。这种专家认识与民众认识的脱节、学术地位与文化地位的失衡，固然有诸多社会原因，非金学界所能左右，但金学同人如果尽力去做一些可以缝合专家认识与民众认识、沟通学术地位与文化地位的工作，必然会众志成城，有所作为。

（二）对金学的质疑与辩证

陈大康《〈金瓶梅〉作者如何考证》（2004年2月9日《文汇读书周报》）批评“目前《金瓶梅》作者考证整体现状”，说“考证前提的可靠性得不到证实”，因此认为“考证方法不科学”，“目前并不具备考证的必要条件”，“《金瓶梅》作者考证本身恰是一个甚可存疑的课题”。

陈大康发了一通被刘世德引为知己的宏论，刘世德2007年2月9日在北京现代文学馆的演讲《〈金瓶梅〉作者之谜》（后收入线装书局2007年12月一版《明清小说——刘世德学术演讲录》），嘲弄金学为“非常可笑的”“笑学”，说与“秦学”“无独有偶”。陈文说《金瓶梅》作者研究“不科学”，刘讲更进一步说是“伪科学”。

对《金瓶梅》研究的批评，以刘世德、陈大康两位最为激烈。他们的批评，多哗众取宠之嫌，少实事求是之意，自然要遭到金学界的批驳。

黄霖在《金瓶梅文化研究》第五辑序言中说："面对着否定者的调子越唱越高，我反过来觉得在批评《金瓶梅》作者研究中的不良倾向的同时，也要正确估计《金瓶梅》作者研究中的成绩，要保护《金瓶梅》作者研究中的健康的热情与可贵的精神"，"本来，科学研究不排斥合理的推测。……那么，在探究《金瓶梅》作者的过程中，难道就绝对地不应该有合理的推测吗？欣欣子《金瓶梅词话序》在没有确凿的证据能证明它是后来的伪作的话，为什么不能从'兰陵笑笑生'出发来考证他是谁呢？既然说是'兰陵'人，为什么不能从山东峄城、江苏武进那里寻找合适的对象呢？既然小说中写到了那么多的金华酒等南方的酒，有那么多的南方的习俗与语言，为什么不能推测作者是南方人呢？诸如此类，多数的推测都不是空穴来风，都是从一定的材料出发的。"

笔者在《与陈大康先生讨论〈金瓶梅〉作者说》（《金瓶梅研究》第八辑，中国文史出版社2005年）说："《金瓶梅》作者研究的主流应该得到充分肯定，其广有影响的几说，如王世贞、贾三近、屠隆、李开先、徐渭、王稚登等，对金学事业均有创造性的贡献。《金瓶梅》作者研究是金学的主要支撑之一。《金瓶梅》作者研究又与《金瓶梅》成书年代、成书过程、成书方式等研究，还与《金瓶梅》文化、语言、内容、艺术、人物等研究密切关联。金学首先要热起来，才能谈到发展。从这一角度说，《金瓶梅》作者研究对金学的影响，远远超过其具体课题本身。……不进入金学圈中，隔岸观火，隔靴搔痒，是很难切中肯綮的。"

笔者在《将〈金瓶梅〉研究推向新的层面——在第七届（清河）国际〈金瓶梅〉学术讨论会闭幕式上的会议小结》（徐州工程学院学报，2010年第6期）又说："《金瓶梅》作者研究是最为难解的命题，也是众说纷纭的命题，更是备受争议的命题。我在此前两次会议上所批评的刘世德、陈大康两位先生对《金瓶梅》作者研究的偏见，他们固然言过其实，有哗众取宠之嫌，但作者诸说中标新立异、弄虚作假、东搭西凑、望文生义者，确亦时见其例。宁宗一先生在大会发言中再次呼吁回归文本，卢兴基先生在大会发言中强调理论突破，均所言极是，将给与会人员以启发。但《金瓶梅》研究中的所有课题均不宜搁置等待（如陈大康连宁宗一先生说的"兰陵笑笑生是文化符号"都不承认，竟然主张停止《金瓶梅》作者研究）。《金瓶梅》作者研究既不能因噎废食，更不能信口开河，要坚守学术规范。我主张继续大力展开《金瓶梅》作者的科学研究（哪怕偶然产生附会与难免出现弯路），拨乱反正，正本清源，集腋成裘，曲径通幽，笼罩在《金瓶梅》作者上的神秘面纱将会逐层剥落，《金瓶梅》作者研究必将会出现一个令人满意的结果，并且由此知人论书，必将会对《金瓶梅》作出更为贴切的解读。”

欧阳健《无能为者的伪科学——评刘世德〈金瓶梅作者之谜〉》（和讯、新浪博客，2011年4月28日）说：“由于年代久远，资料散佚，《金瓶梅》作者悬而未决的问题很多，但相关的信息仍是异常丰富的，绝不如刘世德所言，只有那兰陵笑笑生五个字是可靠的，别的都是没有‘正面的、直接的、确凿可靠的证据’的伪科学。什么叫科学？达尔文的定义是：‘科学就是整理事实，从中发现规律，作出结论。’科学不是墨守成规的遁词，发现人未知的事实，才是科学的真谛。刘世德只相信眼睛看到的存在，不相信眼睛看不到的存在，不懂得那种存在，是要用心去体察，去捕捉的。对刑侦人员来说，一根毛发，一个烟蒂，都是破案的线索，通过目击者口述模拟画像，更是有效的手段。它们不符合刘世德‘正面的、直接的、确凿可靠的证据’的标准，却完全符合科学的精神。针对《金瓶梅》作者的所有探索，都应该给予积极评价。《金瓶梅》作者未弄清，本身就是一个学术课题，一个学术项目。有人愿意攻他，又不对他人造成妨碍，何必出来阻拦？更没有理由加以嘲笑。错误是难免的，但错误是正确的先导，错误与正确相比较而存在。真正的《金瓶梅》作者，可能在七十个候选人中，也可能在七十个候选人外。即使最后判定，这七十个候选人都不是真正的《金瓶梅》作者，但人们的劳动并没有白费。弄清了王世贞、屠隆、徐渭、王稚登、丁惟宁，甚至蔡荣名、白悦，弄清了历史沿革、方言土语、民俗风情，岂不是意外的收获，又有什么不好呢？”

孙秋克《批评的态度与态度的批评——读刘世德先生〈金瓶梅作者之谜〉有感》（徐州工程学院学报，2007年第7期）说刘世德“从对‘金学’这一指称的嘲弄，到对《金瓶梅》作者研究方法的批判，从对‘世代累积型集体创作说’的否定，到对一些具体问题的种种指责，所涉甚广，似有把这部小说及其研究成果一笔抹倒的态势。《金瓶梅》作者和成书方式之研究存在的重要性和必要性，受到空前严重的挑战”。认为“批评的态度，向来有主观与客观的不同，真诚和嘲弄的区别。批评的出发点不同，批评的态度也就两样。而批评的态度一旦于客观、真诚有所偏离，就必然导致批评的结果于事实有所背离，甚至令人觉得批评者在有意遮蔽某些事实”。

杜贵晨《〈金瓶梅〉研究不妨有一个“笑学”》（《古典文学知识》，2009年第6期）认为可以移花接木，就将《金瓶梅》作者“兰陵笑笑生”研究光明正大地叫作“笑学”，亦如“曹学”，甚至“金学”“红学”一样堂而皇之，“当然不是‘可笑’的‘笑学’”。

（三）金学的中兴

经黄霖、吴敢协商，仿社会通列，2004 年 2 月 26 日以原中国《金瓶梅》学会秘书处名义，发函给各位理事，建议以“中国《金瓶梅》研究会（筹）”名义暂行工作，并由黄霖任筹委会主任、吴敢任筹委会副主任兼秘书长。该建议获得原学会第二届理事会的一致同意。

经过努力，复旦大学同意作为中国《金瓶梅》研究会的挂靠单位，并于 2004 年 4 月 8 日以复旦文〔2004〕2 号文件，上报民政部。民政部接文后坚持要教育部签署意见。黄霖、吴敢因此于 2004 年 7 月 16 日在北京会齐，先后去教育部、民政部汇报。目前中国《金瓶梅》研究会正在申办登记的过程之中，在未准予登记之前，暂以筹备委员会名义开展工作。

关于第五届国际《金瓶梅》学术讨论会，因为昆明方面院校调整与人事变动，已不再可能承办会议。经黄霖与河南大学有关人员联系，该次会议遂决定改在开封召开。2005 年 1 月 13 日，黄霖、吴敢、陈维昭专程前去开封，会同河南大学关爱和、张进德等，落实会议筹办相关事宜，决定会议由河南大学、复旦大学、徐州师范大学、中国《金瓶梅》研究会（筹）共同举办。

2005 年 9 月 16—19 日第五届国际《金瓶梅》学术讨论会在河南大学如期召开，与会 60 余人，提交论文 40 多篇。

2005 年 9 月 17 日晚，中国《金瓶梅》研究会筹备委员会召开了第一次全体委员会议，决心继承中国《金瓶梅》学会和全体金学同人共同开创的金学事业，把《金瓶梅》研究推向一个新的境界和层面。

第一次全委会决定，聘冯其庸、徐朔方、魏子云、梅节、宁宗一、卢兴基、沈天佑、袁世硕、杜维沫、林辰、陈诏、王汝梅、许继善、傅憎享等 14 人为顾问，以卜键、马征、王平、白维国、叶桂桐、孙逊、孙秋克、许建平、何香久、吴敢、李鲁歌、张远芬、张鸿魁、张进德、张蕊青、杨绪容、杜明德、罗德荣、陈东有、陈昌恒、陈维昭、陈益源、周中明、周晶、苗壮、赵兴勤、黄霖、曾庆雨、萧欣桥、翟纲绪、潘承玉、霍现俊等 31 人为筹委会委员（即以后中国《金瓶梅》研究会理事），黄霖为主任委员（即会长），吴敢、王平、陈东有、何香久为副主任委员（即副会长），吴敢为秘书长（兼），陈维昭为副秘书长。

2007 年 5 月 11—13 日，由中国《金瓶梅》研究会（筹）与山东省《金瓶梅》文化委员会、枣庄市峄城区人民政府联合主办的第七届（峄城）全国《金瓶梅》学术讨论会，在枣庄市贵泉大酒店召开。与会 80 余人，提交论文 50 多篇。

2007 年 5 月 12 日晚，中国《金瓶梅》研究会（筹）召开了第一届理事会第二次会议。会议梳理内困，审视外扰，求同存异，集思广益，使中国金学界达到了空前的团结与振奋。会议决定第六届国际《金瓶梅》学术讨论会于 2008 年 7 月在山东省临清市举办。

2008 年 3 月 31 日黄霖、吴敢、王平应潘志义（苟洞）之邀，参加黄山市三涵《金瓶梅》研究所揭牌仪式暨《金瓶梅》与徽文化座谈会，会间，黄、吴、王代表中国《金瓶梅》研究会（筹），与黄山市徽州区、黄山市社联协商，计划于 2009 年春夏间，在黄山召开第七届国际《金瓶梅》学术讨论会，后因故未果。

2008 年 7 月 10—14 日，由中国《金瓶梅》研究会（筹）与山东省临清市政协联合主办的第六届（临清）国际《金瓶梅》学术讨论会，在临清市临清宾馆召开。与会 120 余人，提交论文近百篇。

2008 年 7 月 10 日晚，中国《金瓶梅》研究会（筹）召开了第一届理事会第三次会议。会议呼吁更多的青年学者参加到金学队伍中来，培育新的研究视角，熔锻新的研究方法，大力发展《金瓶梅》文化与传播的研究和应用，高度重视金学的宣传普及，坚持和维护学术规范，开创金学的新时代。

2010 年 8 月 20—22 日，由中国《金瓶梅》研究会（筹）与河北省清河县政协联合主办的第七届（清河）国际《金瓶梅》学术讨论会，在清河县清河宾馆召开。与会 120 余人，提交论文近百篇。

2010 年 8 月 20 日晚，中国《金瓶梅》研究会（筹）召开了第一届理事会第四次会议。会议决定增补卜键、陈益源、陈维昭、许建平、张进德、霍现俊为副会长，洪涛、赵杰、石钟扬、孟昭连、胡金望、王枝忠、董国炎、杜贵晨、王立、王进驹、傅承洲、吴波、张文德、史小军、杨国玉、徐永斌、黄强为理事，霍现俊为副秘书长（兼）。

2011 年 9 月 7 日，由中国《金瓶梅》研究会（筹）与台儿庄古城管委会联合主办的“台儿庄古城《金瓶梅》文化研究座谈会”在台儿庄召开，黄霖、吴敢、王平、何香久、陈维昭、张进德、王汝梅、许志强、王广金、王兆海等与会，会议决定将国际《金瓶梅》资料中心暂存台儿庄古城，用供参展。

2012 年 8 月 24—27 日，由成功大学人文社会科学中心主办，台湾国家图书馆汉学研究中心、台湾师范大学国文系、中正大学图书馆、复旦大学中国古代文学研究中心合办，中正大学文学院中文系、成功大学文学院中文系、中国《金瓶梅》研究会（筹）协办之“《金瓶梅》国际学术讨论会”（第八届国际《金瓶梅》学术讨论会）在台北国家图书馆隆重开幕，并中转嘉义中正大学，至台南成功大学闭幕。与会人员先后达四五百人，提交论文近50篇。

2012年8月24日晚，中国《金瓶梅》研究会（筹）在台北市剑潭海外青年活动中心召开了第一届理事会第五次会议，讨论了2013年在中国大陆台儿庄或开封或上海召开第九届国际《金瓶梅》学术讨论会相关事宜。

2013年5月11—14日，由中国《金瓶梅》研究会（筹）与五莲县与山东省《金瓶梅》文化委员会主办、五莲山旅游风景区管委会协办的第九届（五莲）国际《金瓶梅》学术讨论会，在五莲县飞天宾馆召开。与会130余人，提交论文80多篇。

2013年5月11日晚，中国《金瓶梅》研究会（筹）召开了第一届理事会第六次会议。会议决定增补徐志平、胡衍南、李志宏、范丽敏、李志刚、张传生、王昊、高淮生、谢定均、齐慧源、程小青、王增斌、冯子礼、张弦生、高振中、甘振波、褚半农为理事。如此则中国《金瓶梅》研究会（筹）现有会长1人、副会长10人、理事66人、顾问11人。

2014年11月14—16日，由中国《金瓶梅》研究会（筹）与山东省兰陵县政协主办的第十届国际《金瓶梅》学术讨论会在兰陵县兰陵大酒店召开。与会60余人，提交论文50篇。

中国《金瓶梅》研究会（筹）成立后，先后编辑出版了《金瓶梅研究》第8—11辑。

现在总结一下中国召开的全国与国际《金瓶梅》学术会议：

1985年6月在徐州，1986年10月在徐州，1988年11月在扬州，1989年6月在徐州，1990年10月在临清，1991年8月在长春，1992年6月在枣庄，1993年9月在鄞县，1997年7月在大同，2000年10月在五莲，2005年9月在开封，2007年5月在峄城，2008年7月在临清，2010年8月在清河，2012年8月在台湾，2013年5月在五莲，2014年11月在兰陵，中国已经召开了17次《金瓶梅》学术讨论会。其中全国会议7次，国际会议10次。而1985年首届全国会议，1989年首届国际会议，1992年第二届国际会议，1993年第六届全国会议，2000年第四届国际会议，2005年第五届国际会议，2010年第七届国际会议，2012年第八届国际会议，是意义非常的会议。1985年会议筚路蓝缕，1989年会议推广扩展，1992年会议名副其实，1993年会议换届选举，

2000年会议回顾思考，2005年会议中兴重起，2010年会议发展壮大，2012年会议两岸合办，均令人感慨万千，记忆犹新。

同时也总结一下金学园地编辑出版情况：

中国《金瓶梅》学会与中国《金瓶梅》研究会（筹）的机关刊物《金瓶梅学刊》《金瓶梅研究》，自1989年6月—2011年7月，22年间，编辑出版11辑，发文259篇。另《金瓶梅研究》第11辑（总12辑）正在编印之中，即将由复旦大学出版社出版。

中国《金瓶梅》学会与国际《金瓶梅》资料中心还编辑有一集《国际金瓶梅研究集刊》，该刊由成都出版社于1991年7月出版，共发表8个国家（地区）学者的论文30篇。

此外，山东省民俗学会《金瓶梅》文化委员会的机关刊物《金瓶梅文化研究》已出版6辑，发文216篇。山东省聊城《水浒》《金瓶梅》研究学会编有《金瓶梅作者之谜——金瓶梅考论第一辑》《李先芳与金瓶梅——金瓶梅考论第二辑》，由宁夏人民出版社于1988年5月出版。前者收入聊城地区10位学人的论文22篇，后者由叶桂桐、阎增山撰。另山东省聊城地区社会科学联合会机关刊物《光岳论坛》1990年第4期即为"《金瓶梅》《水浒》研究专辑"，实际是《金瓶梅》研究专辑，发表论文25篇。《徐州教育学院学报》1989年第2期为"《金瓶梅》研究专号"，发表论文10篇。河北省清河县中国《金瓶梅》文化研究基地主办之《〈金瓶梅〉论坛》（试刊号），2010年8月出版，为第七届国际《金瓶梅》学术讨论会专辑，发表论文13篇。

还有一些报刊办有专栏、专版，譬如《徐州工程学院学报》开设"《金瓶梅》研究"专栏，吴敢主编，自2007年第3期至2010年第6期，共10个专栏，发表论文31篇。《环渤海作家报》（《环渤海文化报》）开设"《金瓶梅》研究专版"，黄霖主编，何香久主办，自2007年8月以来，共开30个专版，发表论文100篇。

中国《金瓶梅》学会获得新生，金学得到中兴，近年来，《金瓶梅》研究呈现一派兴旺景象。如金学论文，2007年有147篇，2008年有183篇，2009年有111篇，2010年有148篇，2011年有113篇，2012年有112篇，2013年有237篇，是每年百篇以上的状况。又如金学论著，2005年有11部，2006年有11部，2007年有13部，2008年有11部，2009年有8部，2010年有11部，2011年有13部，2012年有10部，2013年有9部，基本保持着每年10部以上的势头。尤其是中国《金瓶梅》研究会（筹）成立之初的三年，所发表的论文与所出版的论著，均更为可观。

顺便说一下《金瓶梅》研究的地方组织：

山东省民俗学会于1999年4月内设有一个《金瓶梅》文化委员会，该委员会实际上是山东省《金瓶梅》学会，该会成立前后已成功举办了两届山东省《金瓶梅》文化研讨会。该会还参与筹办了第四届（五莲）国际《金瓶梅》学术讨论会，联合主办了第七届（峄城）全国《金瓶梅》学术讨论会，并编辑出版了6辑《金瓶梅文化研究》。山东省聊城地区1987年7月15日成立有《水浒》与《金瓶梅》研究学会，1990年9月17日在原学会基础之上，分开成立了东昌《金瓶梅》学会与聊城地区《水浒》学会。东昌《金瓶梅》学会成立同时，召开有一次聊城地区《金瓶梅》学术讨论会，随后即参与组织召开了第四届全国《金瓶梅》学术讨论会和第二届山东省《金瓶梅》文化研讨会。山东省临清市也成立有《金瓶梅》研究会，该会具体承办了第四届全国《金瓶梅》学术讨论会。山西省亦拟组建山西省《金瓶梅》学会，并于1993年4月成立筹委会，当时刘辉曾代表中国《金瓶梅》学会前去祝贺。安徽省黄山市潘志义（苟洞）所组建之三涵《金瓶梅》研究所于2008年3月31日揭牌，黄霖、吴敢、王应平应邀出席揭版仪式暨《金瓶梅》与徽文化座谈会。山东省兰陵县2014年9月4日成立了“兰陵《金瓶梅》研究会”，李明军为会长，王健学为秘书长。中国《金瓶梅》学会按照国家规定不设分会，但上述学会、研究所与中国《金瓶梅》学会和中国《金瓶梅》研究会（筹）均保持有良好的合作关系。

以《金瓶梅》研究作为选题的博硕士论文开始批量出现。最早以《金瓶梅》研究为博士论文者，是美国的韩南，1960年他以《〈金瓶梅〉成书及其来源研究》为博士论文获得英国伦敦大学中国古代文学博士学位。中国的博硕士论文，以《金瓶梅》研究为题者，最早为梁操雅，1979年以《从〈金瓶梅〉及〈三言〉〈二拍〉看明中叶江南地区之经济发展》为硕士论文获得香港大学哲学硕士学位。中国大陆最早以《金瓶梅》研究为硕士论文者，是陈昌恒（孙子威、周伟民、彭立勋指导），1982年以《论张竹坡关于文学典型的摹神说》获得华中师范大学文艺学硕士学位。中国大陆最早以《金瓶梅》研究为博士论文者，是叶桂桐（蒋和森指导），1985年以《〈金瓶梅〉研究》为博士论文获得中国社会科学院中国古代文学博士学位。

以下一组数字很能说明问题：1979—2013年，中国约有博硕士论文228篇，其中博士论文15篇，硕士论文213篇。如果以年计，1979年、1980年、1982年均为硕士论文1篇；1985年博士论文1篇，硕士论文1篇；1991年硕士论文1篇；1995年博士论文1篇，硕士论文4篇；1997年硕士论文2篇；1998年硕士论文1篇；1999年博士论文1篇，硕士论文3篇；2000年博士论文1篇，硕士论文4篇；2001年博士论文1篇，硕士论文2篇；2002年博士论文1篇，硕士论文3篇；2003年博士论文1篇，硕士论文6篇；2004年博士论文1篇，硕士论文9篇；2005年博士论文1篇，硕士论文

10篇；2006年硕士论文23篇；2007年博士论文1篇，硕士论文18篇；2008年硕士论文17篇；2009年博士论文3篇，硕士论文19篇；2010年博士论文2篇，硕士论文29篇；2011年硕士论文18篇；2012年硕士论文26篇；2013年硕士论文14篇。显然，自2005年起，博硕士论文总数每年基本都在10篇以上。其中，2006年、2009年、2010年、2012年均为每年二三十篇的规模。

这些博硕士论文涉及的学科有古代文学，汉语言文字学，汉语史，外国语言文学，美学，文艺学，哲学，伦理学，民俗学，宗教学，音乐学，影视与戏剧戏曲学，中国古代史，思想政治教育等十几个之多，可见《金瓶梅》研究已经形成多学科齐头并进的局面。

不少高校与科研机构成为金学培养基地。以《金瓶梅》为选题培养博士的高校与科研机构有13所，其中，大陆8所，台湾4所，香港1所，而台湾大学、台湾清华大学各有2篇。以《金瓶梅》选题培养硕士的高校与科研机构有90所，其中，大陆62所，台湾26所，香港2所，而山东师范大学15篇，山东大学8篇，台湾中山大学、台湾师范大学、政治大学各6篇，东北师范大学、四川师范大学、西南科技大学、苏州大学、北京师范大学、华东师范大学、上海师范大学、湖南师范大学、河南大学各4篇，华中师范大学、西南师范大学、彰化师范大学、南开大学、青岛大学、中兴大学、玄奘大学、陕西师范大学、黑龙江大学、内蒙古大学、云林科技大学各3篇。因为《金瓶梅词话》的作者被认为是兰陵笑笑生，而山东兰陵久负盛名，吸引着山东学人积极加入金学队伍，故山东师范大学与山东大学成为金学博硕士论文最集中的两所高校。

很多博硕士导师贡献出高度的学术热情。台湾师范大学胡衍南指导6篇，台湾中山大学龚显宗、山东师范大学李海英各指导5篇，占据前三位。台湾清华大学胡万川、西南科技大学郑剑平每人指导4篇（胡万川指导的有2篇为博士论文），紧随其后。指导3篇的有：山东师范大学杜贵晨、王恒展，南开大学孟昭连，彰化师范大学王年双。（以上参见《金学索引》，台湾学生书局“金学丛书”第二辑）

撰写博硕士论文者后来有一部分成为金学大家，而大多数正在逐步成长为金学的主力军。譬如，陈昌恒，毕业以后留校工作，中国《金瓶梅》学会理事，有金学专著2部、编著1部、论文一二十篇，在张竹坡与《金瓶梅》评点研究、《金瓶梅》作者研究方面成绩显著；叶桂桐，现为鲁东大学教授，中国《金瓶梅》研究会（筹）理事，有金学专著1部、编著2部、论文一二十篇，在《金瓶梅》成书、版本、作者、主题、艺术、人物诸多领域皆有可观的成果；洪涛，2000年以《四大奇书变容考析》（黄兆杰指导）获香港大学博士学位，现为中国《金瓶梅》研究会（筹）理事，有金学论文一二十篇，对《金瓶梅》英译、语言、文化、源流、成书、传播等课题，颇有心得；胡衍南，2001年以《食、色交欢的文本——〈金瓶梅〉饮食文化与性爱文化研究》（胡万川指导）获台湾清华大学博士学位，现为台湾师范大学教授，中国《金瓶梅》研究会（筹）理事，有两部金学专著与一二十篇论文，在《金瓶梅》版本、续书、主旨属性、饮食情色、《金瓶梅》《红楼梦》比较等方向，均有建树；曹炜，2002年以《〈金瓶梅词话〉语法研究》（蔡镜浩指导）获上海师范大学博士学位，现为苏州大学教授，博士生导师，有金学专著2部、论文近10篇，其《〈金瓶梅词话〉语法研究》与郑剑平《〈金瓶梅〉语法研究》（巴蜀书社2003年5月）、许仰民《〈金瓶梅词话〉语法研究》（中华书局2006年11月）乃21世纪《金瓶梅》语法研究的代表作；霍现俊，2004年以《〈金瓶梅〉艺术论要》（张燕瑾指导）获首都师范大学博士学位，现为河北师范大学教授、博士生导师，中国《金瓶梅》研究会（筹）副会长兼副秘书长，有3部金学专著、二三十篇论文，在《金瓶梅》主旨、源流、成书、作者、艺术、人物、政治寓意、地理背景等学科皆有独到之处；其他如2000年以《〈金瓶梅〉女性服饰文化研究》（陈锦钊指导）获政治大学硕士学位的张金兰、2005年以《张竹坡、文龙〈金瓶梅〉人物批评比较研究》（阙真指导）获广西师范大学硕士学位的贺根民、2006年以《齐鲁文化视野下的〈金瓶梅〉》（杜贵晨指导）获山东师范大学硕士学位的刘洪强、2010年以《〈金瓶梅〉叙事形态研究》（张锦池指导）获哈尔滨师范大学博士学位的孙志刚、2011年以《〈金瓶梅〉美学研究》（孟昭连指导）获南开大学硕士学位的傅善明等，均勤奋好学，思维前卫，后生可畏，将以有为。

除了《金瓶梅研究》《金瓶梅文化研究》准学刊性质的专题不定期刊物之外，一些学报、期刊开设有《金瓶梅》研究专栏，现将标出专栏且每栏三篇以上者开列如下：

《新小说》，创刊号（1935年2月，3篇）；《文学思潮》，1979年第5期（3篇）；《江苏师范大学（徐州师范学院、徐州师范大学）学报》，1983年第3期（3篇）、1985年第4期（3篇）、1986年第1期（4篇）、1987年第3期（14篇），1989年第1期（8篇）、1990年第4期（9篇）、1991年第4期（3篇）、1992年第1期（11篇）、1993年第2期（6篇）、1994年第2期（5篇）、1995年第2期（6篇）、1996年第3期（5篇）、1997年第1期（3篇）、1998年第1期（4篇）、1999年第1期（4篇）；《明清小说论丛》，第1辑（1984年5月，3篇）、第5辑（1987年6月，3篇）；《文艺界》，1985年第2期（4篇）；《上海师范大学学报》，1985年第3期（3篇）；《吉林大学学报》，1985年第5期（3篇）、1987年第1期（5篇）、1988年第1期（5篇）、1989年第2期（3篇）、1991年第6期（4篇）、1992年第5期（3篇）；《中国古典文学鉴赏》，1985年第4期（4篇）；《复旦学报》，1986年第1期（5篇）、1992年第2期（3篇）；《中国语文》，1986年第3期（3篇）；《明清小说研究》，第4辑（1986年12月，3篇）、第5辑（1987年6月，3篇）、1989年第2期（8篇）、1990年第3—4期（8篇）、1992年第1期（5篇）、1992年第3—4期（3篇）、1993年第1期（4篇）、1998年第1期（3篇）、1999年第1期（3篇）、2000年第2期（3篇）、2002年第3期（3篇）、2002年第4期（3篇）、2007年第1期（3篇）、2008年第3期（3篇）、2009年第1期（3篇）、2011年第2期（3篇）、2013年第3期（5篇）；《文学遗产》，1990年第4期（3篇）；香港《焦点文化》，1990年第5辑（5篇）；《大庆师专学报》，1992年第1期（3篇）；《枣庄师专学报》，1992年第1期（3篇）、1992年第3期（3篇）、1993年第1期（3篇）、1995年第3期（3篇）、1998年第2期（3篇）、1999年第1期（3篇）、2000年第4期（3篇）；《徐州工程学院（徐州教育学院）学报》，1992年第1期（3篇）、1998年第1期（3篇）、2000年第1期（3篇）、2002年第1期（4篇）、2007年第3期（3篇）、2007年第7期（3篇）、2007年第9期（3篇）、2008年第1期（3篇）、2008年第5期（3篇）、2009年第1期（3篇）、2009年第3期（3篇）、2010年第2期（2篇）、2010年第5期（3篇）、2010年第6期（3篇）；《宁波师院学报》，1993年第3期（3篇）；《欧华学报》，1993年第3期（3篇）；《中国文化研究》，1994年（秋之卷，3篇）；《中国饮食文化基金会会刊》，1999年第3期（3篇）；《美食天下》，1999年第93期（4篇）；《保定师专学报》，2000年第1期（3篇）、2001年第1期（3篇）；《文教资料》，2000年第5期（4篇）、2007年第34期（3篇）；《古典文学知识》，2002年第5期（8篇）；《水浒争鸣》，第7辑（2002年，3篇）；《泰山学院学报》，2004年第2期（3篇）；《河南大学学报》，2006年第1期（5篇）、2007年第6期（4篇）；《文艺研究》，2008年第7期（3篇）；《河南理工大学学报》，2013年第2期（4篇）、2013年第3期（3篇）等。

由上可以看出，这些专栏所发表的论文达339篇，成为名副其实的金学园地。自1935年至2013年，以专栏形式宣扬金学，可谓源远流长。尤其是江苏师范大学学报、吉林大学学报、明清小说研究、枣庄师专学报、徐州工程学院学报，是金学成果展示的重镇。特别是江苏师范大学学报开设专栏达15个，发表论文88篇；明清小说研究开设专栏16个，发表论文63篇；徐州工程学院学报开设专栏14个，发表论文42篇，他们有的二三十年如一日，其历任主编是何等的眼光与魄力，真是可钦可赞！

三个最著名的金学园地都出现在江苏，这三个金学园地，也正是首届全国《金瓶梅》学术讨论会的发起单位之一。这三个中有两个（江苏师范大学学报与徐州工程学院学报）都在徐州也不奇怪，徐州是中国大陆金学早期形成的《金瓶梅》研究基地与中心。以下几组数据或许可以说明问题：原中国《金瓶梅》学会第一届理事会有理事25人，其中8位是徐州人；会长6人，其中3人是徐州人；秘书长3人，全是徐州人。第二届理事会有理事31人，其中7人是徐州人；会长3人，其中2人是徐州人；秘书长4人，全是徐州人。学刊《金瓶梅研究》有编委20人，其中7人是徐州人；主编3人，其中2人是徐州人。王利器主编的《金瓶梅词典》，是第一部《金瓶梅》词典，其3位副主编中有2位是徐州人，23位撰稿人中有11位是徐州人。发表论文与出版专著的徐州人和徐州籍人士多达35人，其中不乏知名学者，如刘辉、吴敢、张远芬、李时人、卜键、蔡敦勇、孟昭连、鲍延毅、李申、赵兴勤、孔繁华、田秉锷、冯子礼、魏崇新等。在徐州工作与徐州籍学人截至2013年年底，出版论著32部，发表论文300篇。徐州是中国《金瓶梅》学会所在地，中国《金瓶梅》研究会（筹）秘书处所在地。物换星移，阴差阳错，徐州与《金瓶梅》结下不解之缘。康熙年间张竹坡在徐州户部山评点《金瓶梅》，以及20世纪80年代以来作为金学基地与中心，徐州已两次成为金学热土。徐州与江苏为金学事业作出了卓越的贡献。

当代评点《金瓶梅》者，台北魏子云与徐州吴琼（天宝）入手最早。魏子云整理1975—1983年的读《金》卡片而成《金瓶梅札记》，巨流图书公司1983年12月出版。“在写作的体式上，采取的是‘诗话荟说’与‘才子书’的‘批评’方式着墨的，一回回的札记出来的。共551页近40万字”（《金瓶梅研究二十年》，台湾商务印书馆1993年10月）吴琼锲而不舍，集腋成裘，自20世纪80年代中期以迄21世纪初，近二十年如一日，耄耋之年，终于付梓，可钦可贺。是评有总评1篇，回评100篇，评点文字达15万言，其立旨用意，颇可观瞻。近年来，新增《金瓶梅注评》，毛德彪、朱俊亭评注（广西人民出版社1990年11月）、田晓菲《秋水堂论金瓶梅》（天津人民出版社2003年1月）、卜键《双舸榭重校评批金瓶梅》（作家出版社2010年1月）、王夕河《〈金瓶梅〉原版文字揭秘》（漓江出版社2012年2月）、刘心武《刘心武评点金瓶梅》（漓江出版社2012年11月）5家，其仁山智水，各有千秋。以评点方式研究《金瓶梅》，成为当代金学的最新一支。

譬如，卜键的评点，一如张竹坡评《金瓶梅》，回评与眉批并重。其在《摇落的风情》（人民文学出版社2011年1月）序中说：“《金瓶梅》是一部奇书，又是一部哀书。作者把生民和社会写得嘘弹如生，书中随处可见人性之恶的畅行无阻，可见善与恶的交缠杂糅，亦随处可体悟到一种悲天悯人的情怀。他将悲悯哀矜洒向所处时代的芸芸众生，也洒向巍巍庙堂赫赫官门，洒向西门庆和潘金莲这样的丑类。这里有一个作家对时政家园最深沉的爱憎，有其对生命价值和生存形态的痛苦思索，也有文人墨客那与世浮沉的放旷亵玩。这就是兰陵笑笑生，玄黄错杂，异色成彩，和盘托出了明代社会的风物世情。”这一段话，被宁宗一看作卜键评点的纲领，“是凭依着他的小说文体意识，又根据自己的审美体验，对《金》书做出真正属于小说美学的评批”。“在自觉的文本意识引领下，使他的《金瓶梅》评点显示出新的特色，为构建崭新的小说批评提供了一个很值得参考的范式。”（所引宁文均见《〈金瓶梅〉评点的新范式——读卜键〈双舸榭重校评批金瓶梅〉》，载《书城》2013 年第 12 期）王汝梅亦撰文评议卜键评点，并为其总结出四个新特点：“潜心细读文本，把握整体形象，百回全部在胸，把一百回当成一回读；……巧妙地寓评论于叙述中，有感情投入，有独特体会见解，有激情，不枯燥，不烦琐，不冷漠；……对《金瓶梅》的定位，对主要人物性格的定位，准确科学，对全书定位为‘宋朝的故事，明代的人物，恒久鲜活的世情’；……引用历史史料时简洁恰当，足以启发读者想象，引发思考。”认为“双舸榭评本继承了明清三家评的成果，又超越了前人，有诸多新特征新观点新探索，对《金瓶梅》的传播与研究，做出了重要贡献”。（《〈金瓶梅〉评点第四家赞——纪念〈金瓶梅词话〉发现八十周年》，《明清小说研究》2011 年第 2 期）

田晓菲，美籍华人，1989 年北京大学英语系本科毕业，1991 年获得内布拉斯加州州立大学英国文学硕士，1998 年获得哈佛大学比较文学博士学位，先后任教于柯盖德大学、康奈尔大学、哈佛大学。田晓菲的评点，既有中土的根基，又有异域的色彩，虽仅为回评，却颇见反响。田评贯串着一个学术主题，即认为“不是有一部《金瓶梅》，而是有两部《金瓶梅》。……词话本谆谆告诫读者如何应付生命中的‘万象’，而绣像本却意在唤醒读者对生命本体的自觉，给读者看到包围了、环绕着人生万事的‘无常’。……《金瓶梅》——尤其是绣像本《金瓶梅》——就不是一部简单的因果报应小说。……除了在结构安排上十分不同之外，词话本和绣像本最突出的差异便表现在对西门庆和潘金莲二人形象的塑造上。”因此，其评点努力的目标是“对《金瓶梅》两大版本的文字差异所做的比较和分析”（以上引文俱见《秋水堂论金瓶梅》）。

刘心武的评点，少见回评，多为眉批。其序曰：“读过《金瓶梅》后，我一方面得知《红楼梦》在艺术技法上深受它的影响；另一方面，却又深刻认识到，这两部巨著有着重大的区别，……《红楼梦》的创作者在叙述文本中充满了焦虑，贯穿着努力从‘生活原态’里升华出哲思的‘形而上’痛苦，整部书笼罩着浓郁的悲剧情怀和浪漫色彩。……《金瓶梅》的文本却全然异趣，它固然也用了一些诸如‘因果报应’‘恶有恶报’之类的‘思想’包装，但究其实，它却基本上没有什么‘形而上’的追求，因此，体现于叙述风格，便是非常之平静，没有焦虑和沉重，没有痛苦和浪漫。……为什么在那个理想暗淡、政治腐败、特务横行、法制虚设、拜金如狂、人欲横流、道德沦丧、人际疏离、炎凉成俗、背叛成风、雅萎俗胀、寡廉鲜耻、万物标价、无不可售的人文环境里，此书的作者不是采用拍案而起、义愤填膺、'替天行道''复归正宗'等叙述调式，更不是以理想主义、浪漫情怀、升华哲思、魔幻语言的叙述方略，而是用一种几乎是彻底冷静的'无是无非'的纯粹'作壁上观'的松弛而随意的笔触，来娓娓地展现一幕幕的人间黑暗和世态奇观。"作者如此解读《金瓶梅》，其眉批可想而知。虽然刘氏也说"在新的世纪里，我们有可能悟出其文本构成的深层机制，以及时代与文学、环境与作家间互制互动的某种复杂而可寻的规律，从而由衷地发出理解与谅解的喟叹！"（以上引文俱见《刘心武评点金瓶梅》）

王夕河的评点，专力于语言文字，旨在破解《金瓶梅》的文字密码，该书毛峰序说："《金瓶梅》就是中华古典文明限于近代困境的一面镜子。由于作者地方方言的大量使用，造成许多错解与误读，而伴随王夕河先生大作的问世，这面宝镜上的积垢，就被功力深厚的学术研究的清水所清洗而焕然一新了。"（以上引文俱见《〈金瓶梅〉原版文字揭秘》）《金瓶梅》里的方言俗语，并非仅限山东一地，《金瓶梅》语言研究更是名家辈出，毛序还有待进一步检验。

毛德彪、朱俊亭的评点，则对《张竹坡批评第一奇书金瓶梅》逐回做出评论、注释。

当今，金学与红学，相互映照，学术声闻，广及海内外。有机会、有兴趣读到当代评点诸书的读者朋友，游弋于古今《金瓶梅》评点之海，是非篇章，臧否人物，激扬文字，驰骋意象，上下求索，寄托哲思，不亦宜乎？

关于当代评点，徐大军《我们现在需要怎样的评点——检读〈刘心武评点金瓶梅〉》（上）（2014 年 12 月 4 日《文学报》）："不论我们用何种方式阐述它的价值和意义，都应该注意它所处的小说发展脉线和评价坐标。……我们现在还需要这种古老的评点方式吗，我们现在又需要怎样的评点呢？因为对于现代的读者来说，评点是一种非常传统的文学批评方式，虽然它在历史上曾颇为流行，对明清时期小说的意义阐释、社会传播、理论建构等方面做过重要贡献，但那种眉批、夹批、侧批、回前评、回末评等散片式的批点方式是否还能为现代读者接受？当然，形式的老旧并不是问题的关键，而要看我们能否把古人崇尚的'通作者之意，开览者之心'宗旨发扬光大。对于那些古代小说，我们现在有着古人没有的生活经验、历史观念、理论视野，总不会只是此处好彼处妙地感悟、感叹一番，而应该展示出现代人的思考与见解吧。得有点现代意识，否则仍是善恶报应、因果轮回地评论一通，淫女荡妇、忠孝节义地说教一番，还不如读古人的评点呢。得有点历史意识，否则只是站在时间的制高点上，腾云驾雾地总结一通，没有切近人物所处时代、环境的理解和体会，如果换个评说对象仍然大致不错，那还有什么针对性呢。得有点学术史的眼光、视野，否则只是与前后作品做一些简单、表面的类比，狠求关联，刻意拉扯，进而硬解强解，或者对它的一些表现手法、叙事特征不问来路，不明就里，又怎么能够看得到问题的实质，说得清现象的涵义呢。”

金学的火热吸引着报刊的眼球，五花八门的报刊皆成为金学文章发表的园地。兹以1985—2013年中国大陆刊物为例（略以发表时间为先后），非学报甚至非文学、非学术者计有：《文化广场》《文艺界》《青年评论家》《陕西金融》《风流一代》《小说界》《环球》《我的大学》《成人教育》《烹调者之友》《中国食品》《真善美》《中文自修》《管理与教学》《时代》《东南文化》《写作》《知识窗》《中国服饰文化》《传统文化与现代化》《装饰》《家具与生活》《茶报》《书屋》《寻根》《中外鞋业》《农业考古》《美术之友》《东方食疗与保健》《收藏界》《改革与战略》《花炮科技与市场》《散文百家》《党史文苑》《科学24小时》《小康》《医药与保健》《法制与社会》《林区教学》《今日湖北》《今传媒》《海燕》《政府法制》《中医药文化》《消费导刊》《文学教育》《中国金融家》《纪实》《电影评介》《希望月报》《电影文学》《兰台世界》《文学港》《法律与生活》《考试周刊》《大舞台》《营养与食品卫生》《新闻爱好者》《各界》《法制博览》《茶叶通讯》《时尚》《牡丹》《餐饮世界》《卫生职业教育》《沧桑》《才智》《美食》《阅读与写作》《养生大世界》《大众文艺》《社区》《魅力中国》《长城》《神州》《当代小说》《食品与健康》《价值工程》《收藏》《记者观察》《现代语文》《走向世界》《科教文汇》《青春岁月》《新课程导学》《创作评谭》《芒种》《美苑》《八小时以外》《湘潮》《美文》《江苏商论》《丝绸之路》《杂文月刊》《艺术设计研究》《民办高等教育研究》《小作家选刊》《海外英语》《市场周刊》《课外阅读》《书城》《西江月》《南北桥》《青春岁月》《中国总会计师》《同舟共进》《龙门阵》《西部皮革》《婚育与健康》等，可谓林林总总，令人眼花缭乱。我没有统计过发表红学文章的刊物，可能是金学创造了此一记录。拥有众多报刊的青睐，自然是金学的骄傲，但金学通俗化、大众化的同时，也要警惕金学的庸俗化与“碎片化”。宁宗一在《天津红学会重生建言》中说：“尊重红学的微观研究，但质疑《红楼梦》研究中的‘被’碎片化。……我们有必要呼唤红学研究的大气象格局，如此才可匹配《红楼梦》文本的气韵之生动、天纵之神思、幽光之狂慧。”这一番话同样适用于金学。

其中，亦有颇可指称者，如《金瓶梅》建筑研究，早在1989年首届国际《金瓶梅》学术讨论会上，同济大学建筑系副教授路秉杰所提交的论文，即为《〈金瓶梅〉所反映的园林建筑、家具特征及地方性》。2012年中国美术学院上海设计学院李辉提交给第九届（五莲）国际《金瓶梅》学术讨论会的论文《西门庆宅院的建筑空间结构》（《金瓶梅与五莲》，中国文史出版社2013年12月）对宅院的规模、布局、主要交通流线、仪门、角门分别作出解析，认为“小说《金瓶梅》对于西门庆住宅有着最精细的描述，不论从纯文学的层次还是以建筑的眼光来看，都有着丰富的文化内涵。”封建华、封立华兄弟的论文《〈金瓶梅〉西门宅院之图解》（未刊稿），根据小说文意和布置合理性原则推定，采取沙盘推演方法建立框架，并依照两次楼上观花的实景描述和景物透视的几何原理，经整体考虑、综合比较权衡后，绘制出花园及宅院平面图，计西门庆宅院宽长约为34米×136米，花园宽长约为71米×85米，总面积达16亩，房屋百余间。

2007年4月5日，中央电视台10套《探索·发现》栏目播放电视科教片《金瓶梅与王世贞》，虽然仅就金学作者研究王世贞说作出介绍，《金瓶梅》题材的制作在央视播放，也算得一个突破。

据笔者不完全统计，发表金学论文10篇以上者有54人（以第一篇发表时间先后为序）：魏子云（70篇）、黄霖（64篇）、徐朔方（30篇）、陈诏（24篇）、张远芬（27篇）、蔡国梁（10篇）、王汝梅（58篇）、陈昌恒（11篇）、李时人（10篇）、傅憎享（34篇）、宁宗一（34篇）、吴敢（63篇）、刘辉（26篇）、孔繁华（18篇）、周钧韬（37篇）、罗德荣（14篇）、赵兴勤（24篇）、卜键（14篇）、周中明（11篇）、陈辽（13篇）、田秉锷（16篇）、陈东有（41篇）、张进德（25篇）、张鸿魁（21篇）、魏崇新（10篇）、鲁歌（28篇）、马征（11篇）、梅节（11篇）、叶桂桐（11篇）、孟昭连（23篇）、王启忠（23篇）、李志刚（13篇）、冯子礼（13篇）、许建平（26篇）、许仰民（20篇）、许志强（22篇）、种衍璋（13篇）、宋培宪（12篇）、潘承玉（24篇）、鲍延毅（11篇）、黄强（20篇）、曹炜（10篇）、霍现俊（33篇）、王平（16篇）、洪涛（10篇）、石钟扬（15篇）、姜志信（10篇）、余岢（10篇）、胡衍南（12篇）、杜明德（10篇）、孙秋克（11篇）、贺根民（13篇）、刘洪强（10篇）、杨国玉（15篇）等。这54人奉献金学论文1161篇，是金学园地辛勤的耕耘者。

而出版金学专著、编著3部以上者有23人（以第一部发表时间先后为序，不含两种学刊《金瓶梅研究》《金瓶梅文化研究》）：魏子云（17部）、孙逊（5部）、陈诏（3部）、蔡国梁（4部）、王汝梅（7部）、石昌渝（3部）、陈昌恒（3部）、刘辉（4部）、徐朔方（3部）、黄霖（10部）、周钧韬（7部）、吴敢（6部）、叶桂桐（6部）、卜键（4部）、鲁歌（4部）、马征（6部）、陈东有（3部）、宁宗一（6部）、傅憎享（4部）、何香久（3部）、霍现俊（3部）、许建平（4部）、曹炜（3部），出版2部者尚有二三十人之众。

不少师友不但发表论文，出版专著、编著，还对《金瓶梅》原著作有校订、注释、辑录，计有魏子云、梅节、王汝梅、宁宗一、刘辉、黄霖、陈诏、吴敢、白维国、卜键、何香久，达十数人之多。这些人无一不在金学第一梯队之中，因其勤奋多产，被誉为金学全能。

不少著名的学者和作家也来金学园地一显身手，如：冯沅君、赵景深、傅惜华、孟超、张友鸾、郑逸梅、郭豫适、周绍良、张俊、朱德熙、胡文彬、王达津、朱一玄、马泰来、郑培凯、袁世硕、吴晓铃、王利器、冯其庸、沈天佑、侯忠义、欧阳健、宋谋　、王星琦、顾国瑞、蒋星煜、章培恒、沈伯俊、王永健、蒋礼鸿、俞为民、何满子、胡小伟、田青、陈大康、刘世德、李治华、孙崇涛、赵逵夫、徐恭时、朱恒夫、周先慎、聂绀弩、杨义、张锦池、孙犁、刘心武、车锡伦、邓绍基、马瑞芳、吴组缃、徐扶明、陈毓罴、程毅中、陈美林、郭英德、萧相恺、段启明、王进珊、郑云波、邓星雨等。这五六十人的阵容，放在任何一个课题方向上，都足以使其绽放出绚丽的光彩。

台湾学生书局编辑出版了一套“金学丛书”（第一辑2014年9月出版，第二辑2015年6月出版），暂分为两辑，笔者作为主编之一，为第二辑所撰前言曰：“本丛书暂分两辑，第一辑为台湾学人的金学著述，由魏子云领衔，包括胡衍南、李志宏、李梁淑、郑媛元、林伟淑、傅想容、林玉惠、曾钰婷、李欣伦、李晓萍、张金兰、沈心洁、郑淑梅，可说是以老带青；第二辑为中国大陆20世纪80年代以来学人的《金瓶梅》研究精选集，计由徐朔方、宁宗一、刘辉、王汝梅、黄霖、吴敢、周中明、张远芬、周钧韬、傅憎享、鲁歌、陈昌恒、张鸿魁、叶桂桐、冯子礼、李时人、赵兴勤、王平、孟昭连、卜键、陈东有、何香久、许建平、张进德、霍现俊、石钟扬、孙秋克、曾庆雨、洪涛、潘承玉、杨国玉诸位先生的大作组成，凡31人28册（其中徐朔方、孙秋克，傅憎享、杨国玉，王平、赵兴勤，因字数两人合装一册），每册25万字左右。第二辑连同第一辑14人16册总计所入选的此45人45册（另一册为《金学索引》），已经是中国当代金学队伍的主力阵容，反映着当代金学的全面风貌，涵盖了金学的所有课题方向，代表了当代金学的最高水平。台湾学生书局高瞻远瞩，运筹帷幄，以战略家的大眼光，以谋略家的大手笔，决计编撰出版‘金学丛书’，实金学之幸，学术之福。主编同人视本丛书为金学史长编，精心策划，倾心编审。各位入选师友打造精品，共襄盛举。本丛书的编选，既是对过往的总结，也是对未来的期盼。本丛书诸体皆备，雅俗共赏，可以预测，将为金学做出新的贡献。”

葛永海《营建“金学”巴比塔——域外〈金瓶梅〉研究的学术理路与发展走向》(《文艺研究》2008年第7期)：“21世纪以来，尽管中国内地的《金瓶梅》研究似乎热潮退去，但是，域外学者对于《金瓶梅》研究的热情并未因此冷却。”对形势作出如此判断，不知所据为何？

21世纪初的《金瓶梅》研究，并非中国一枝独秀，美欧、日韩亦有可观的人物与成绩。美国芝加哥大学（University of Chicago）教授芮效卫（David Tod Roy），自1982年至2012年，30年如一日，英译《金瓶梅词话》（*The Plum in the Golden Vase*），计达3890页，有4400个尾注（仅欣欣子序，芮氏就作了42条注），导论，笺注，索引，一应俱全，土话俚语，诗词曲唱，照译不误。该译5卷，均由普林斯顿大学出版社（Princeton University Press）出版，第一卷1993年，第二卷2001年，第三卷2006年，第四卷2011年，第五卷2013年。第五卷出版时，芮氏已经是耄耋之年。一个外国人（虽然他出生于中土并在中国度过其童年和青少年）以毕生精力翻译中国一书，其精神可嘉。芮译为直译，译者努力使译本呈现出中文原有的结构感和层次感。芮效卫的博学多识让读者肃然起敬，他几乎对原著中所有文学典故和文化细节都做了注释。芮注可分三类：词源类，典故类，考证类。尤其是后者，极见译者学术功力。芮氏之翻译融语言与研究为一体，树立了中国文学翻译史上新的里程碑。如果说《金瓶梅》“同时说部，无以上之”（鲁迅《中国小说史略》），则芮译《金瓶梅》，亦可说“同时译部，无以上之”。芮译在欧美一时好评如潮，实乃实至名归。

胡令毅是加籍华人，多伦多大学东亚研究系博士，曾任教于中外多所大学。其《金瓶梅》研究可谓别开生面，曾在中文期刊及金学会议论文集中发表《金瓶梅》论文13篇，多为《金瓶梅》人物原型之考证，旨在解决作者问题。因西门庆是关键，故首撰《论西门庆的原型》，考证小说主人公西门庆为真实历史人物嘉靖朝兵部尚书胡宗宪；而《〈金瓶梅〉里的应俗之文》则补充其为大官僚之证据。考西门庆乃为《金瓶梅》作者徐渭说作铺垫，故考证西门庆之后，即考徐氏与胡氏及《金瓶梅》之关系。《论徐渭和〈金瓶梅〉》即主要分析徐于胡之门客关系，并同时说明《金瓶梅》之撰写，始于徐客幕时期。徐在小说中有自我描述，假托于温秀才，常时节和水秀才为其分身。遂又再考温秀才，《温秀才》上、中、下三篇均为其考证之文，上篇考分身常时节，中篇主要论述李瓶儿之原型——即胡氏正妻章氏，以确定温（徐）之入幕年月，下篇考《金瓶梅》之于《歌代啸》及有关人事之共同点，为徐温之相似提供进一步佐证。因作者之谜众论纷纭，而屠隆一说，尤具影响，难以回避，遂由作者原型徐渭而论及屠隆，专析《别头巾文》，从内容及年月推论，证其为徐之作品，非屠所撰。后再拓展，考及应伯爵，证明其原型为嘉靖朝另一相似之名士且同为幕僚之沈明臣，以此而屏其于作者可能之候选人外。集体说亦曾一度颇受青睐，信徒不少，《黄太尉还是六黄太尉?》即为此说之驳论，举“黄”与“六黄”为例，以证其表面上所谓的矛盾错误，实际并非陋儒之粗制滥造或集体创作所致，而是作者为遮盖真相故意而设。有感于盛鸿郎《萧鸣凤与〈金瓶梅〉》一书索隐之牵强，作《论孟玉楼》，否定孟为萧氏心仪之姑娘，亦非商人妇，而是巡抚大官李天宠之姬。以上诸篇之撰述，固受惠于沈德符原型说之启迪，亦离不开对徐渭作品的研究。结论是《金瓶梅》为 Roman a clef（真人真事之影射小说）。作者以史论文，不步时贤之后尘，倚重于外部资料，而细读研考文本，由内及外，再返之于内，一切以内证为旨归。后胡氏因病半途辍笔，未能完成全帙，故其论至今未获共鸣。

日本的《金瓶梅》研究，相对 20 世纪，有渐趋衰落之势。在 20 世纪最后一二十年由日下翠、荒木猛支撑下来的日本金学，随着日下翠的逝世，荒木猛也是独木难支。但也有新人出现，并且有人开始崭露头角。譬如京都府立大学小松谦的《〈金瓶梅〉成立与流布的背景》（《和汉语文研究》2003 年创刊号）即有可观之词。铃木阳一说：“的确，像小松谦的《〈金瓶梅〉成立与流布的背景》一文就很有特色。他对与《金瓶梅》流传过程中有关的人士逐个加以探讨，最后得出这样的结论：‘《金瓶梅》本来在跟锦衣卫有关的人士之间诞生的，由中间的刘氏父子传开来，经过李卓吾周围的人传播到江南，终于在江南出版、流传。’小松这几年来一直研究‘武人的文学’，这一成果是他对《金瓶梅》研究的理所当然的归结，确实给金学界输送了新鲜空气。”

又如田中智行，大冢秀高说：“田中智行的《〈金瓶梅〉的快乐观——比较词话本和崇祯本的开头部分》（《东京大学中国语中国文学研究室纪要》，2004 年 7 月）一文，使我感到日本的《金瓶梅》研究也进入到了这一方面的研究（敢按指版本）。但是从内容上看，田中的分析还不够，还应该指出更多的例子，作多方面的剖析。”

又如高桥文治，大冢秀高说：“高桥文治有一篇题目很奇特的论文：《另一篇〈金瓶梅〉论》。它的内容较新，是从‘文章结构中的心理因素’和‘伏笔’等来解读《金瓶梅》中的戏谑与讽刺，很有见解。这篇论文只有元曲的专家高桥才能写出来的。不过他的解释不一定都符合事实。”（以上引文俱见《中国与日本：〈金瓶梅〉研究三人谈》，《文艺研究》2006 年第 6 期）

川岛优子是被日本金学界看好的一位新人，《中国与日本：〈金瓶梅〉研究三人谈》

（《文艺研究》2006年第6期）说：“大冢：在日本继日下之后第二个由《金瓶梅》研究获得博士学位的是川岛优子，她可望成为日下以后第二个《金瓶梅》研究的带头人吧！黄霖：川岛优子我也熟悉。她曾作为公费留学生，也到复旦来进修过两年。或许是她作为一个女性，更关注女性形象的塑造。她的研究女性形象的系列论文，与一般有点不一样，不是注重在文本‘写了什么’，而是努力探索作者是‘怎样写的’。……川岛认为，《金瓶梅》是中国文学史上——特别描写女性的文学史上——的一个转折点。这个结论前人已经接触过，但她的论证路径及其细腻性还是很有特点的。大冢：川岛研究的另一个特点是很注意结构的分析。她在《〈金瓶梅〉的构思——从〈水浒传〉到〈金瓶梅〉》（《日本中国学会报》56、2004）一文中，曾把《金瓶梅》的结构分成三个部分：〔1〕1—29回‘西门庆与女人们的交往’，〔2〕30—88回‘西门庆的成功故事’与‘潘金莲的爱憎故事’，〔3〕89—100回‘西门一族的结局’。她更把〔1〕部分又详细地分成三个：1—12回‘潘金莲的故事’，13—21回‘李瓶儿的故事’，22—29回‘宋惠莲的故事’。从而指出《金瓶梅》和《水浒传》都有一样的结构特点：（1）个人的传记→（2）齐聚梁山泊或西门府→（3）集团化以后的故事（一时荣华，最后衰败）。这就说明《金瓶梅》是有意地模仿《水浒传》的结构，而从‘英雄’到‘淫妇’，有意地对《水浒传》进行了颠覆。对结论本身而言，也有点儿旧事重提之感。但是她指出的传记部分〔1〕没有《金瓶梅》的‘梅’——春梅的故事，却有宋惠莲的故事，这一点很值得注目。可是她曾经探讨过潘金莲、李瓶儿、春梅和吴月娘等几个女性，却就是没有关于宋惠莲的专论，这不知何故？我期待着以后她能对宋惠莲对插入‘潘金莲的故事’中的孟玉楼，以及春梅为什么原为吴月娘房丫头等问题作进一步的探讨。我还有一件要求，如果她把研究重点放在人物形象的话，我希望她把某些人物形象中所见到的矛盾与成书问题的研究联系起来，更精密地展开论述。因为《金瓶梅》《红楼梦》等原作未完成的作品里，人物形象一定是首尾不一贯的。黄霖：关于这一点，我倒觉得她在论述李瓶儿性格前后不一致时，解释得很有创见。早在50年代，李希凡就指出过李瓶儿性格的前后矛盾。对此，有各种各样的解释，现在较多的是认为：‘这是因为李瓶儿嫁给西门庆后，作为女性，她的欲望得到了满足’；也有人说：‘这种复杂性格是符合生活逻辑的，高度真实的。’而如今，川岛通过分析小说结构与成书问题来探求其性格的前后不一致。她认为，李瓶儿的形象可以分成三个部分，而且在各个部分李瓶儿扮演的角色是不一样的：1. 淫妇传记‘李瓶儿的故事’中的主角→一个狠毒的淫妇的形象；2. ‘宋惠莲的故事’中的很小角色→几乎没有她的描写；3. ‘潘金莲的爱憎故事’中的配角→与潘金莲相反的形象。她形象中所看到的矛盾就与《金瓶梅》的结构有密切的关系。这种现象在先前其他长篇小说里也常见，具有一定共同性。譬如，唐三藏、宋江等性格都有一些矛盾，而这些矛盾并不是他们成长或改变主意的结果，而是与各个作品的成书过程有关系。《金瓶梅》即使是由一个作者创作的，也毕竟不是‘现代小说’，它是承袭了《三国演义》《水浒传》等先行前说的写作方法——几个小故事串联而成立，所以并不太重视整个形象的一贯性、必然性，因此有些人物的形象出了矛盾。反过来说，人物形象中的有些矛盾就表示各个小故事的主题是什么，《金瓶梅》怎样成书等问题。”

韩国康泰权译《完译金瓶梅：天下第一奇书》，2002 年由松树出版社出版，10 册，以《新刻金瓶梅词话》《新刻绣像批评金瓶梅》的合本为底本。崔溶澈有一文《〈金瓶梅〉韩文本的翻译底本及翻译现状》（《2012 台湾金瓶梅国际学术研讨会论文集》，里仁书局 2013 年 4 月）全面评介了《金瓶梅》的韩文翻译，说“韩国对《金瓶梅》的研究，尚未盛行，所藏研究资料也不多，但社会对此书的兴趣，颇为浓厚。……《金瓶梅》的真正价值和艺术成就，尚待继续研钻，笔者希望能够有内容更准确、文体更流畅、版本更完整的新版韩文翻译《金瓶梅》出现于世，以飨读者”。该文系在崔氏《20 世纪韩国〈金瓶梅〉翻译及传播》（《金瓶梅研究》第 10 辑，北京艺术与科学电子出版社 2011 年 7 月）一文基础上的扩写。韩国水原大学中文系教授宋真荣发表在《金瓶梅研究》第 10 辑上的《论韩国梨花女子大学所藏〈皋鹤堂批评第一奇书金瓶梅〉》，可为韩国学人研究《金瓶梅》版本的力作，该文与目前中国、日本所知第一奇书各相关版本详加比勘，又经与韩国所藏第一奇书仔细比对，认为该书与“大连图书馆所藏的第一奇书基本一致。特别从《寓意说》末尾 227 字完全保存下来这一点来说，该书……可断定是和大连图书馆所藏的本衙藏版翻刻必究本是同一版本翻刻的或是以此版本为基础继承下来，后世又翻刻的版本。但又从与大连图书馆本附录排列顺序不同，以及没有回评部分这一点来说，分明不是原样按照大连图书馆本翻刻的，……还有从五针眼装订这点来说，可以看出该书是从中国印刷以后流传到韩国，又重新装订的。”

1998 年，德国科隆大学、慕尼黑大学教授嵇穆（Martin Gimm，1930—）发现了［德］康农·加布伦兹《金瓶梅》译稿的手稿，随即进入手稿的整理和初步的研究。2005 年至 2013 年，其整理稿陆续由柏林国家图书馆刊行。嵇穆教授同时出版了一本研究专著《加布伦兹与金瓶梅》，德国哈拉索维兹出版社 2005 年版。

据 2013 年 4 月 22 日《燕赵都市报》报道，丹麦汉学家易德波（易伯克·卡尔达娜）女士正在翻译《金瓶梅》丹麦文本，计划用几年时间完成，继瑞典文、芬兰文后，以将《金瓶梅》推介给北欧。

另外，还有捷克布拉格查理士大学中文系主任奥·克拉尔（Oldrich Kral，中文名字王和达）的捷克文译本《金瓶梅》、日本土屋英明（1935—?）的《金瓶梅》（德间书店2007年，只有性描写才完全译成日语，其他情节则未必全译）等。

越南国家大学东方学系中华学部前主任阮南的《鱼龙混杂——文化翻译学与越南流传的〈金瓶梅〉》（《2012台湾金瓶梅国际学术研讨会论文集》）考察《金瓶梅》在越南的传播，探讨"政治、文化、社会等条件如何影响《金瓶梅》翻译版本的选择、译本的文学批评以及作品的读者反映"，结论是"根据近于'伪作'的底本并重新删节，越译本的思想内容和艺术形式两方面上都有一定的限制。因此，此译本不能作为研究的基础。越南《金瓶梅》的研究者并不多，研究方向主要是运用20世纪50年代苏联和中国大陆的批判现实主义来分析该书的写实等方面。……越南《金瓶梅》研究当然还站在开发不充分的基地上，目前急切的工作正是基于合适的版本重新翻译这部小说。"

关于《金瓶梅》研究，最早引入小说史的是王钟麒《中国历代小说史论》（1907年），最早纳入文学史的是黄人的《中国文学史》（1909年），两者虽很简略，但均给予了较高的评价。20世纪60年代前后出版的几部中国文学史，譬如刘大杰著之《中国文学发展史》，中国社会科学院文学研究所编著之《中国文学史》，游国恩、王起、萧涤非、季镇淮、费振刚主编之《中国文学史》，受到时代的局限，对《金瓶梅》的评议不但篇幅短小，而且几乎千篇一律，在对其给予相当评价（语气也是尽量保持分寸）以后，总要用不少文字指出其缺乏批判精神，带有严重的缺点（当然文学史要全面客观地评介作家作品）。20世纪八九十年代以来出版的文学史，譬如袁行霈主编之《中国文学史》，郭预衡主编之《中国古代文学史》，李修生、赵义山主编之《中国分体文学史（小说卷）》，章培恒、骆玉明主编之《中国文学史》等，尽管均增加了相当篇幅，也较为准确地介绍了新的研究成果，但对《金瓶梅》的讨论，仍觉过于平允（当然上述文学史基本都是高校教材也只能如此）。

相对而言，小说史对于《金瓶梅》的评议，要高出文学史一筹，但也有一个曲折的过程。受鲁迅、吴晗、郑振铎的影响，1936年上海书店出版之郭箴一《中国小说史》说："在中国一切的旧小说中，《金瓶梅》是一部最能表现时代，最含有社会性的小说。……如果除净了一切的秽亵的章节，它仍不失为一部第一流的小说，其伟大似更过于《水浒》《西游》《三国》之流。"1978年人民文学出版社出版之北京大学中文系著《中国小说史》对《金瓶梅》却保留了浓厚的时代痕迹，其在论述"《金瓶梅》对黑暗现实的暴露及其艺术特色"之后，专列一节述说"《金瓶梅》中的反动落后思想”。1979 年人民文学出版社出版之南开大学中文系《中国小说史简编》与 1981 年吉林人民出版社出版之吉林大学中文系编《中国古典小说讲话》更干脆没有《金瓶梅》的一席之地。1990 年南京大学出版社出版之杨子坚著《中国古代小说史》虽然也讲到“《金瓶梅》的缺陷”，如色情描写、女人祸水论、封建迷信等，但对《金瓶梅》思想与艺术的评价已经没有顾虑：“《金瓶梅》是一部具有深刻思想内容的现实主义小说，它以真实而细腻的笔触，描绘了我国明代后期的一个商人家庭，通过主人公西门庆以及其家庭的兴衰变化，反映了社会的腐朽与黑暗，暴露出当时的官僚制度、奴婢制度、家庭婚姻制度的种种罪恶。又由于它描写得特别工细、具体，广阔地展示出了那个特定时代的社会风貌，可以说是明代后期的风俗史、众生相、世情图。”1992 年湖北教育出版社出版之李悔吾著《中国小说史漫稿》在说“《金瓶梅》关于两性生活的描写，不少地方是太露骨了，太放肆了”同时，也说“《金瓶梅》的性生活描写，是不可忽视的内容。……不应把《金瓶梅》所描写的所有的床笫生活一概视为‘淫乱’，也不应把所有妇女的欲求一概视为‘邪念’”，明显吸纳了时人关于《金瓶梅》性描写的研究。正如其对《金瓶梅》的整体评价所言：“《金瓶梅》问世以后数百年来，一直毁誉参半。近十年来，学术界对《金瓶梅》的研究取得了突破性进展，使它固有的价值获得了公正的认识，成为与《三国演义》《水浒传》《西游记》《儒林外史》《红楼梦》相提并论的中国小说史上六大长篇小说名著之一。”1998 年浙江古籍出版社出版之向楷著《世情小说史》就干脆抛开《金瓶梅》的性描写不谈，而对《金瓶梅》和《金瓶梅》研究作出评判。

21 世纪初出版的几本中国文学（小说）研究史或研究概论，如邓绍基、史铁良主编之《20 世纪中国文学研究·明代文学研究》（北京出版社 2001 年 12 月），黄霖等主编之《中国小说研究史》（浙江古籍出版社 2002 年 7 月），黄霖、许建平著《20 世纪中国古代文学研究史·小说卷》（东方出版中心 2006 年 1 月）等，则更进一步对《金瓶梅》的研究史做了全面细致到位的评介，而尤以邓绍基、史铁良主编《20 世纪中国文学研究·明代文学研究》更为出色。

张翠丽、张进德《〈金瓶梅〉研究的现状与面临的问题》（《金瓶梅与临清》，齐鲁书社 2008 年 6 月）：“综观近年来的金学领域，取得的成绩有目共睹，研究的视域日益扩大，对一些问题的探讨也日渐深入。但就整体而言，还存在一些亟待解决的问题。譬如，要肯定一部小说的成就与价值，只有将其放在整个小说史乃至于文学发展史的链条上，才能使其贡献得以突出。而在这个方面，宏观研究且有重大突破的成果凤毛麟角。其次，选题重复、论述平庸的垃圾文章大量存在，造成了研究中的泡沫现象。

另外，《金瓶梅》的价值，固然表现在它对明代社会生活的全面反映，但它在小说史上的价值与地位在很大程度上是取决于其艺术成就，而恰恰在对《金瓶梅》艺术成就的探讨方面，还有相当大的研究空间。尽管目前《金瓶梅》的研究全面开花，但步履蹒跚，还有待大的突破。”

中编　金学专题

《金瓶梅》研究有很多方向，因而形成一些研究专题。譬如成书年代、成书方式、作者、版本、张竹坡与《金瓶梅》评点、源流传播、思想主旨、艺术、语言、人物、文化、文献、美学等。有研究者提出瓶内学、瓶外学、瓶下学、瓶上学概念，意即思想主旨、艺术、语言、人物为瓶内学，成书年代、成书方式、作者、版本、评点、源流、文献为瓶外学，瓶内学与瓶外学合称瓶下学，文化、美学为瓶上学。瓶内学多考据之作，瓶外学均评论之作，瓶上学则兼而有之。当然，这只是相对而言，研究成就没有内外上下之别，只是因人而异，专业与兴趣不同而已。兹分述如次。

一、成书年代

《金瓶梅》研究有一些迄无结论、悬而难决的焦点问题，成书年代即为其中之一。主要有“嘉靖说”“万历说”两种意见。

明人首倡“嘉靖说”。屠本畯《山林经济籍》传言于前，沈德符《万历野获编》、谢肇　《小草斋文集》、廿公《金瓶梅跋》等呼应于后，终明一代，无有二议。清人多从“嘉靖说”，据吴晗统计，竟有“二说十二类”之多。直到近人蒋瑞藻《小说考证》还认定不疑。其后“万历说”渐成众议（参见下文）。冯沅君《〈金瓶梅词话〉中的文学史料》通过对小说中清唱的清理，推论“《金瓶梅词话》跋称此书是‘世庙时一钜公寓言’，此说大约是可信的”。1962年龙传仕《〈金瓶梅〉创作时代考索》（《湖南师范学院学报》1962年第4期）明确地对“万历说”提出挑战，1979年朱星重申“嘉靖说”，日下翠、刘辉、徐扶明、卜键、陈诏、郑培凯、李忠明、王尧、盛鸿郎、杨国玉等附议。“嘉靖说”的主要论据，一是明人笔记的明确记载，认为除非另有明确记载为非嘉靖朝成书，而不能轻易推翻；二是小说中的一系列内证，如《如意君传》的刊刻年代，佛教的兴衰，道教的活动，海盐腔、弦索调与山坡羊、锁南枝等声腔小令的流行，以及太仆寺马价银、太监、皇庄、皇木、女番子、金华酒、书帕等，均是嘉靖朝的象征。卜键《〈金瓶梅〉作者李开先考》根据小说写的都是嘉靖时事，小说中的戏曲演出无万历剧目、声腔无昆曲判断"《金瓶梅词话》的写作在嘉靖末年并基本完成于这一时期"。《卜键〈金瓶梅〉研究精选集》（台湾学生书局"金学丛书"第二辑）说："笔者认为该书当成书于嘉靖二十七年至隆庆元年约二十年之间。"杨国玉《〈金瓶梅〉叙事时序中"舛误"干支揭秘》则具体认为"第1—30回写于嘉靖二十三至二十七年"，"第52—80回应写于嘉靖四十年至隆庆六年"，"全书的最后完成时间总要晚一些，最早也在万历初年"。其《〈金瓶梅〉人物命词索隐》更认为"嘉靖二十三年应大致可确定为《金瓶梅》的始作之年"。刘铭在《〈金瓶梅〉成书年代小考》（《阿坝师范高等专科学校学报》2010年第2期）中说："《金瓶梅》中西门庆家搬演海盐腔戏曲的场景与文献记载的万历初期以前的情况非常相似，因此可证，《金瓶梅》应成书于万历初期以前，不会在万历中期以后。"

清人始有"万历说"。宫伟镠《春雨草堂别集》卷七《续廷闻州世说》主《金瓶梅》作者赵南星说，赵南星是万历朝人物，自然《金瓶梅》成书于万历时期。此说在当时"嘉靖说"的强大舆论压力下影响甚微。20世纪30年代，郑振铎、吴晗先后呼应，力主"万历说"，遂后来居上，取"嘉靖说"而代之，一时成为不可移易之论。如郑振铎《插图本中国文学史》（人民文学出版社1963年）："欣欣子和笑笑生为友辈，序上曾称引邱浚、周静轩等而称他为'前代骚人'，又有其所引歌曲看来，皆可信其为万历间而非嘉靖间所作。"吴晗在《金瓶梅的著作时代及其社会背景》（《文学季刊》创刊号，1934年）中的结论是："《金瓶梅》的成书年代大约是万历十年到三十年（1582—1602）。"1936年郭箴一《中国小说史》、1957年赵景深《谈〈金瓶梅词话〉》延续此说。20世纪80年代黄霖最早重申"万历说"，其《〈金瓶梅〉成书三考》提出五条证据：一是小说第35回所引李日华"残红水上漂"等曲流行于万历年间；二是屠隆《别头巾文》载于万历年间的《开卷一笑》；三是万历十七年雒于仁上"四箴"书劝皇帝戒除酒色财气与书中出现"陈四箴"的关系；四是小说第65回出现的凌云翼死于万历十五年以后，只有在其身后才有可能为小说所引；五是"海盐子弟"演戏乃万历习俗。并有一段著名的论断："只要《金瓶梅词话》中存在着万历时期的痕迹，就可以断定它不是嘉靖年间的作品。"黄霖并且推断《金瓶梅》成书确切时间"当在万历十七年至二十四年间"。顾国瑞《屠本畯和金瓶梅》（《北京大学学报》1985年第4期）考证屠本畯、董其昌见到抄本《金瓶梅》的时间在万历二十年左右。陈毓罴《金瓶梅抄本的流传、付刻与作者问题新探》（《河北师范学院学报》1986年第3期）认为《金瓶梅》成书不晚于万历二十三年四月。梅节《〈金瓶梅〉成书的上限》（《金瓶梅研究》第一辑）推定在万历五年至十年。马泰来《麻城刘家和〈金瓶梅〉》认为成书于万历十一年之前。鲁歌、马征《〈金瓶梅〉作者王稚登考》认为在万历十九年至二十五年间。李洪政《〈金瓶梅〉书中有作者署名》则判断在万历二十一年至三十二年间，其"写作地点就在徐州"。许建平《"金学"考论》集其大成，从凌云翼总督河漕的时间，何太监的衣冠服饰的朝代，巡按与来往官吏、地方官吏间宴请的铺张，申二姐所唱小调【挂真儿】等的兴起时间，"书童""小唱"风行的时间，海盐腔的时尚时间，佛教的兴衰时间等七个方面，论证《金瓶梅》成书在万历六年至万历十一年之间。其《金瓶梅成书新证》又说《金瓶梅》"写于万历九年至十一年，书成于万历十一年至十七年间"（《河北师范大学学报》2001年第3期）。刘洪强《〈金瓶梅词话〉成书于万历年间新证——兼论〈金瓶梅词话〉借鉴〈西游记〉》："《金瓶梅词话》中出现了'猪八戒'，经考证这些都来自于小说《西游记》而不是杂剧《西游记》或其他，《金瓶梅词话》中还出现了一副对联及一句俗语，也极可能来源于小说《西游记》。小说《西游记》现存最早的刊本为万历二十年（1592年），则受小说《西游记》影响的《金瓶梅词话》不太可能早于此年，由此可得出《金瓶梅词话》当成书于万历年间。"（《滨州学院学报》2011年第4期）李锦山、冯传海《从〈金瓶梅〉干支推论其成书年代》（《枣庄师范专科学校学报》2002年第1期）"通过对书中出现的许多干支纪年、纪月及纪日进行推算和考证，认为《金瓶梅》应成书于万历中期以后"。鲁歌的最新观点是：《金瓶梅词话》抄本于万历十九年冬到二十五年写于江苏；《金瓶梅词话》于万历四十五年冬付刻，天启元年刻成于苏州；《金瓶梅》说散本付刻于万历末年，刻成于崇祯元年。（《鲁歌〈金瓶梅〉研究精选集》，台湾学生书局"金学丛书"第二辑）章培恒《论金瓶梅词话》（《复旦学报》1983年第4期）力主万历说。徐朔方《〈金瓶梅〉成书新探》、朱建明《也谈金瓶梅的作者》（《复旦学报》1986年第1期）等则对"万历说"给予驳议。

魏子云亦是非"嘉靖说"的主力阵容成员。魏子云将成书区分为抄本前期（未完成本）与抄本后期（完全本）两个时段，认为前期抄本完成于万历二十三年前后，而后期抄本完成于万历三十四年秋之后（《金瓶梅的幽隐探照》）。不过他认为西门庆影射万历皇帝，小说第一回废嫡立庶事影射万历帝宠爱郑贵妃与其子福王常洵，对这种类似"旧红学"的"影射说""编年说"，徐朔方、郑培凯、陈诏、刘辉等均提出过批评。

调和“嘉靖说”与“万历说”的观点也几乎可以鼎足而立。张鸿勋《试谈〈金瓶梅〉的作者、时代、题材》(《文学遗产增刊》1958年第6辑)“认为这两个说法没有多大的出入，既然确切的年代无法知道，那么它大约的年代就在16世纪上叶，再具体地说，是在嘉靖与万历之间”。杜维沫《谈谈〈金瓶梅词话〉的成书及其他》、徐扶明《〈金瓶梅〉写作时代初探》等后来又从不同角度阐扬这个观点，徐扶明《〈金瓶梅〉与明代戏曲》(《戏剧艺术》1987年第2期)认为“《金瓶梅》大约写于明代嘉靖末年到万历初年”。石艳梅《〈金瓶梅〉与〈群音类选〉》(《金瓶梅研究》第九辑)支持徐说。徐朔方在《明代文学史》中对他的《金瓶梅》成书说最后修订为：“现存的版本最早的《金瓶梅词话》刻于1617年(万历四十五年)，它的写定当在1547年(嘉靖二十六年)之后，1573年(万历元年)之前。上限不可能再提早，下限则可修正为1589年(万历十七年)。”潘承玉《金瓶梅新证》通过对小说文本全面细致的分析，区别分析小说创作的客体与主体，在其《佛、道教的描写：有关金瓶梅成书时代的新启示》一节中，得出“《金瓶梅》一书所写的时代，是佛教由长期失势转而得势，道教由长期得势转失势的时代。……换句话说，《金瓶梅》反映的不仅是嘉靖朝的历史或万历朝的历史，而是从嘉靖中期至万历前期这一时间跨度大得多的历史，……《金瓶梅》从开头至西门庆死前后的情节，创作于崇道抑佛的嘉靖朝；西门庆死后的情节，创作于崇佛抑道的万历朝。……小说最后定稿于万历十七年以后”的结论。

另外，周钧韬的“隆庆说”(《金瓶梅新探》)，赵兴勤的“隆庆至万历初年说”(《也谈〈金瓶梅〉的作者及其成书时间》)等，附此备考。周钧韬的成书年代隆庆说与时代背景嘉靖说，可以说是“嘉靖说”的发展。欧阳健《“笑学”“曹学”的观念与方向》说：“周钧韬先生尝试着将两种‘笑笑生观’融合起来，提出了时代背景嘉靖说，成书年代隆庆说，初刻本问世年代万历末年说，就将年代问题统一起来了。”

关于时代背景，薛洪绩《〈金瓶梅〉的年代背景之谜》一文中也说：“今见本《金瓶梅》的故事编年，表面上用的是宋代政和纪年系统，同时又暗含着一个宋代宣和纪年系统，后者又影指明代的嘉靖纪年。《金瓶梅》早稿用的是宣和纪年系统，晚稿用的是政和纪年系统。由于作者未能最后统一修改定稿，因而这两种纪年系统都留存在今见本《金瓶梅》中。从《金瓶梅》文本的年代背景的矛盾状况中，可以鉴别出百回本《金瓶梅》，哪些部分是作者原稿，哪些部分是他人的补作、续作。”(《吉林大学学报》2007年第6期)

刘辉因为主张《金瓶梅》“集体累积说”，所以其断定的成书年代要宽泛得多：“具体到成书年代，其上限应在正德末年，《金瓶梅词话》在不少回中借用和抄录了小说《如意君传》可证，而现存活字本《如意君传》为正德十五年所刻，也是确凿无疑的。其成书下限，又不得晚于隆庆末年，其时社会上已经有抄本出现，王宇泰出重资购得的抄本二帙《金瓶梅》，就在斯时可证。”（《金瓶梅论集》）

王平在《〈金瓶梅〉的早期传播及其成书时间与作者问题》一文中说：“《金瓶梅》的成书时间与作者问题是‘金学’中的两个重要问题，同时也是两个长期争论不休的问题。研究者们之所以歧见迭出，一方面固然是由于资料缺乏，另一方面也是由于对同样的材料产生了不同的见解。如果客观地分析其早期传播的有关情况，综合分析各种因素，便能够对这两个问题有一个更为接近真实的认识。”（《东岳论丛》2004 年第 3 期）

此一课题方向近年鲜有人论及。

二、成书方式

这也是一个《金瓶梅》研究中的焦点问题，主要有两说：

一是“个人创作说”。明清两代均主此说。20 世纪更一度成为定论，鲁迅以后的众多文学史、小说史因此称《金瓶梅》为我国第一部由文人独立创作一次完成的长篇白话小说。20 世纪八九十年代亦得到朱星、杜维沫、黄霖、周钧韬、李时人、鲁歌、浦安迪、日下翠以及所有提出某作者说的论者的支持，仍是压倒的优势。此说的主要根据有三：其一，如果《金瓶梅词话》是“话本”，为什么至今未见类似作品流传？其二，明代一些著名文人对《金瓶梅》的反应均是刚刚出现而非世代累积。其三，《金瓶梅》具有完整的艺术结构、一以贯之的思想、统一的文学风貌。卜键是《金瓶梅》作者李开先说的集大成者，其关于《金瓶梅》成书过程，说：“李开先是《金瓶梅词话》最早的作者。如果说有一个创作集体的话，则李开先是其中的核心人物，是这部作品最基本、最主要的创作者，是他为整个作品设计了主题、主要人物和主要情节，所以说，他也就是作者。李开先不可能是写定者，若是，则书中大量的错谬就无从释解。我们说他是最早的作者，还在于他辞世时书未能完稿。……开先逝世之后，这部《金瓶梅词话》的‘未成稿’就流播世间，其辗转传抄的过程，也就是被删改补足的过程。这就使该书的面貌更加扑朔迷离，这就给我们的考证带来了更多的困难。现在已无法去分辨哪些是原稿中的，哪些是传抄者删削或加添的了。但这部书的主体工程，它的主要人物和情节，应都是由李开先奠定的。这就是我对《金瓶梅词话》成书过程的推想。”（《卜键〈金瓶梅〉研究精选集》，台湾学生书局“金学丛书”第二辑）支冲《〈金瓶梅〉评价新议》（《上海师范学院学报》1981年第2期）、吴小如《我对〈金瓶梅〉及其研究的几点看法》（《上海师范学院学报》1981年第2期）、傅憎享《金瓶梅用字流俗：是俚人耳录而非文人创作》（载《学习与研究》1988年第6期）、陈辽《金瓶梅成书三阶段说》（《东岳论丛》1989年第4期）等均持异议。

二是“集体累积说”。刘辉认为此说在丁耀亢《续金瓶梅·凡例》中初露端倪（《金瓶梅论集》）。20世纪40年代赵景深《〈金瓶梅词话〉与曲子》（《银字儿》）、冯沅君《〈金瓶梅词话〉中的文学史料》（《古剧说汇》）等都曾透露出《金瓶梅》非一人之力所为的想法。50年代又出现潘开沛与徐梦湘的一次争辩（参见前文）。80年代初，徐朔方对此说集中展开论述，提出十条例证：每回前均有韵文唱词，大部回目以韵语作结束，正文若干处保留有说唱者的语气，吴月娘、孟玉楼、春梅、玉簪儿祭奠诉苦唱《山坡羊》，几乎没有一回不插入诗、词、散曲，不少地方与宋元小说戏曲雷同，全书对勾栏用语、民间谚语的熟练运用，行文的粗疏重复，《金瓶梅》与《水浒传》的关系，《金瓶梅》与《志诚张主管》的关系等，并概括为“世代累积型集体创作”（《论汤显祖及其他》《论金瓶梅的成书及其他》）。“世代累积型集体创作”是徐朔方关于古代小说戏曲成书的理论基石，包含两个观点：小说戏曲同生共长，相当多的作品是在世代流传后由某一文人改编写定，而《金瓶梅》的成书是其最为重要的个案。孙逊、陈诏《金瓶梅作者非“大名士”说》，邓瑞琼、吴敢《从“来保押送生辰担”看〈金瓶梅词话〉的成书》，陈辽《〈金瓶梅〉原是评话说》，傅憎享《〈金瓶梅〉用字流俗是俚人耳录而非文人创作》，陈益源、傅想容《〈金瓶梅词话〉征引诗词考辨》（《金瓶梅研究》第十辑）等复为此说提供了若干“内证”。魏子云、王利器、支冲、蔡国梁、吴小如、程毅中、蔡敦勇、周中明、吴红、胡邦炜、鸟居久晴、尾上兼英等亦附和此说。刘辉《金瓶梅论集》更从《金瓶梅词话》保留的可唱韵文之多，采录、抄袭他人作品之多，讹误、错乱、重复处之多等方面，继徐朔方之后，再次为此说集其大成。陈诏《〈金瓶梅词话〉是一种扬州评话》更具体指出了评话的品种。张鸿勋《试谈金瓶梅的作者、时代、取材》（《文学遗产增刊》1958年第6辑）、杜维沫《谈金瓶梅词话成书及其他》（《文献》1980年3月）、黄霖《金瓶梅成书三考》（《复旦学报》1985年第4期）、浦安迪《瑕中之瑜》、李时人《关于金瓶梅的创作成书问题》、何满子《金瓶梅的思想与艺术·序》（巴蜀书社1987年10月）、马积高《宋明理学与文学》（湖南师范大学出版社1989年）、刘孔伏等《金瓶梅是累积型作品说驳论》、刘振农《金瓶梅“累积型集体创作说”质疑》（《中国人民警察大学学报》1995年第2期）等则对“集体累积说”提出商榷。胡令毅《黄太尉还是六黄太尉?》（参见前文）举“黄”与“六黄”为例，以证其表面上所谓的矛盾错误，实际并非陋儒之粗制滥造或集体创作所致，而是作者为遮盖真相故意而设。

周钧韬《金瓶梅：我国第一部拟话本长篇小说》认为，《金瓶梅》既是一部划时代的文人开山之作，又不是一部完全独立的无所依傍的文人创作，而是一部从艺人集体创作向完全独立的文人创作发展的过渡型作品，标志着整理加工式的创作的终结和文人直面社会创作的开始，对两说来了个折中。2011年《周钧韬金瓶梅研究文集》出版时，将此观点概括为《金瓶梅》成书方式“过渡说”。周钧韬《重论〈金瓶梅〉成书方式“过渡说”》（《内江师范学院学报》2012年第9期）又对“过渡说”进行哲学思考，用“扬弃”这一概念研究古代长篇小说发展的三个阶段，提出《金瓶梅》是一部从艺人集体创作（《水浒传》）向“无所依傍的独立的文人创作”（《红楼梦》）发展的“有所依傍的非独立的文人创作”。“过渡形态”乃是《金瓶梅》成书方式的本质特征。这是作者对《金瓶梅》成书方式“过渡说”的最新阐述。霍现俊《金瓶梅新解》支持此说。

主张“集体累积说”者，同时认为有一位加工写定者的存在。徐朔方认为李开先或他的崇信者是这一写定者。早在1964年，徐朔方就撰文（《金瓶梅的写定者是李开先》）提出这一观点。此文20年后才在《杭州大学学报》1980年第1期发出。该文从四个方面（李开先符合“嘉靖间大名士”的传统说法、李开先符合作为小说作者的基本条件、小说大量直接引用李开先《宝剑记》和其他作品、小说与《宝剑记》有不少相同之处）证明李开先是《金瓶梅》的写定者。徐朔方后来在《金瓶梅成书新探》一文中将这一观点修改为“《金瓶梅》的写定者或写定者之一是李开先或他的崇信者”，而“写定者的籍贯则在今山东省中西部及江苏北部，即黄河以南、淮河以北一带”，并认为“一、如果改定者是李开先的崇信者，他的文化修养不会太高，根本不是‘大名士’；二、如果是李开先本人，那他只是出主意或主持印制而已，并未自始至终进行认真的修订”。刘辉认为李渔是崇祯本的作评者、写定者。其证据有五：一是首都图书馆藏本卷首有一页回道人的题记，而回道人即李渔；二是第一奇书的康熙乙亥本、在兹堂本署名为“李笠翁先生著”；三是小说所用方言有眉评所不解处与评语所用方言有李渔所熟知者；四是李渔在眉评中径称《金瓶梅》为“予书”；五是李渔《三国志演义序》对《金瓶梅》的评价与评语观点完全吻合。吴敢《张竹坡评本〈金瓶梅〉琐考》（《徐州师专学报》1987年第1期）根据李渔与彭城张氏的交往，亦推测“或者张评本的祖本即崇祯刊本《新刻绣像批评金瓶梅》，系李笠翁由说唱本改定为说散本的吧”？此说滥觞于郑振铎，他在《谈金瓶梅词话》中曾说：“我们可以断定的是，崇祯本确是经过一位不知名的杭州（?）文人的大笔削过的。”戴不凡亦认为其写定者为浙江兰溪一带人。沈新林《李渔评点〈新刻绣像批评金瓶梅〉考》支持此说，并多有补益。黄霖《关于〈金瓶梅〉崇祯本的若干问题》对“李渔说”提出质疑，认为首图本系翻刻本，回道人的题词有可能是书贾的后补；绣像本刻于崇祯间无疑，而李渔不可能在此间作评；李渔把《金瓶梅》列为奇书第四种而非“第一奇书”，且“第一奇书”与李渔称《三国》为“第一才子书”相左；张竹坡评语对崇祯本评语多有大不敬之处，不符合对其父执的态度等，“总之，说李渔是崇祯本初刻的改定作评者，是难以成立的”。鲁歌、马征《〈金瓶梅〉及其作者探秘》亦否认李渔是崇祯本的评者和改写者。黄霖在《〈新刻绣像批评金瓶梅〉评点初探》一文中推测评改者为冯梦龙。魏子云、陈毓罴、陈昌恒等也对冯梦龙与《金瓶梅词话》的关系作有探讨。吴红、胡邦炜《金瓶梅的思想和艺术》坐实为冯梦龙，该书认为要解开《金瓶梅》作者之谜，必须从“嘉靖间”“山东人”“大名士”这三个框子中跳出来，而建立在“集体积累型”、万历丁巳本系初刻本这两个前提下；然后从外证、内证两个方面展开分析，结论是“‘东吴弄珠客’即是冯梦龙”，“《金瓶梅》的整理写定者是冯梦龙”。王汝梅则认为绣像本的改写者是谢肇　。

傅承洲《〈金瓶梅〉文人集体创作说》（《明清小说研究》2005年第1期）提出“文人集体创作说”，对此，大冢秀高评议说：“他所说的‘集体创作说’跟以前的‘集体创作说’的确有所不同。以前的是所谓世代累积型的集体创作说，就是我在前面第四点提到过的。支持者都是从《金瓶梅》本来是民间艺人的说唱‘底本’出发的。相反，傅承洲先生主张词话本由嘉靖末期的下层文人创作了60回、谢肇　等文人加工了20回、东吴弄珠客又续作20回而成，崇祯本就是对这个词话本进行修改而成立的。也就是说，他认为《金瓶梅》是下层文人和上层文人接力写成的作品，而把这样的成书过程叫做‘集体创作’。我想，也许有这种可能，我也没有资料来否定他的看法。但我觉得他的看法还是有点儿勉强。特别是，如果要主张谢肇　等文人从事写作《金瓶梅》的话，还需要更可靠的证据。另外，我对他说的‘集体创作’这个名词也有不合适的感觉。”（《中国与日本：〈金瓶梅〉研究三人谈》，《文艺研究》2006年第6期）

张同胜、杜贵晨《论〈金瓶梅〉成书的“集撰”式创作性质》（《明清小说研究》2008年第1期）最新提出“集撰式说”，认为“这种创作方式确实不同于一般所谓的‘文人独立创作’，但也决不如‘世代累积成书’说所意味的缺乏作家个人特点的连缀编撰，而是一种介于二者之间实偏重于‘文人独立创作’的形态，是中国章回小说早期创作的一种特殊路径，或说是那一时期章回小说创作的民族特色”。不过，张、杜二位对“世代累积型集体创作”说的理解有所偏差。因为，主张“集体累积说”者，同时认为有一位加工写定者的存在。

除此之外，这一课题方向近年少见人说。

三、作者

这是《金瓶梅》研究中的第一焦点问题，有人称为金学中的“哥德巴赫猜想”，向为海内外研究者所关注，吸引了众多的学人，发表了几百篇论文，提出了众多的人选，其广有影响者为：

（1）王世贞说。屠本畯《山林经济籍》中的一段按语与《万历野获编·补遗》“伪画致祸”条最早含蓄地透露出王世贞作《金瓶梅》的信息。宋起凤撰于康熙十二年的《稗说》与清初的《〈玉娇梨〉缘起》均指实为王世贞。其后《第一奇书》谢颐序以及清人的众多笔记即陈陈相因，推波助澜，一时形成作者非王世贞莫属的舆论，竟至演化出“苦孝说”的一段公案（《寒花盦随笔》）。此说20世纪30年代遭到鲁迅、吴晗、郑振铎、王采石、姚灵犀、赵景深、郭箴一等人的严重打击。1979年朱星列举十条理由，重倡此说。周钧韬、吴聿明、霍现俊、李保雄等支持此说。李福清、黄霖、徐朔方、赵景深、张远芬、顾国瑞、吴红、胡邦炜等则很快撰文与之商榷，“王世贞说”重又混入诸说林立的迷茫之中。许建平《“金学”考论》继朱星、周钧韬之后再次举起“王世贞说”的大旗，从外证、内证两方面，重新全面予以论证。如其内证有三：一是写入小说的明代官吏如狄斯彬、韩邦奇、凌云翼、王烨、曹禾等都是王世贞的同乡同年或熟知的朋友；二是小说指斥的对象正是严嵩父子、陆炳、陶仲文一类嘉靖后期的权奸，与沈德符、屠本畯、廿公诸人所言“寄意于时俗”“盖有所刺”甚为吻合；三是王世贞好吃“鞋杯酒”，小说中西门庆亦吃“鞋杯酒”。许建平甚至认为“新时期的人选，无一能取代王世贞的地位”，“21世纪《金瓶梅》研究应从王世贞研究作为新的突破口和起点”。

又有王世贞门人说，见《〈玉娇梨〉缘起》、《第一奇书》谢颐序。戴不凡支持此说。又有王世贞、王世懋兄弟合写说，见朱星《金瓶梅考证》。周钧韬《金瓶梅新探》

更演变为王世贞及其门人联合创作说。因为卢楠、屠隆等都是王世贞的门人，故此说事实上已融几说于一炉。

（2）贾三近说。这是20世纪80年代《金瓶梅》作者新人第一说。倡论者为张远芬，其《金瓶梅新证》（齐鲁书社1984年1月）从以下十个方面进行论证：一是“兰陵”即山东峄县，“明贤里”也指峄县，“金华酒”即兰陵酒，而贾三近是峄县人；二是他有资格被称为“嘉靖间大名士”；三是小说的成书年代与贾三近的生活时代正相契合；四是他是谏官，以“指斥时事”为业，且官至正三品，其阅历足可创作小说；五是小说中有大量峄县、北京、华北方言，贾三近分别在这些地区长期居住过；六是小说中有几篇文字水平极高的奏章，贾三近正精于此道；七是小说中有些人物事件类似贾三近；八是小说多有戏曲描写，贾三近有这方面的生活积累；九是他先后三次共十年在家中闲居，有创作小说的充分保证；十是他写过小说。郑庆山《金瓶梅论稿》对此说有所补发。冯传海《〈金瓶梅〉作者贾三近》，高念卿《贾三近是〈金瓶梅〉的作者》《贾三近说新证》，王冠才《贾三近与〈金瓶梅〉》，马森《〈金瓶梅〉的作者呼之欲出》（《台湾与海外文摘》1985年10月），程冠军《名臣大儒贾三近》（《金瓶梅文化研究》第五辑）等表示支持。王冠才而且认为此说“目前最称完备”，马森则认为“兰陵的贾三近实在是最接近兰陵笑笑生的一个人物”。李锦山《对“金瓶梅作者即贾三近”的异议》，李时人《金瓶梅中的“金华酒”非“兰陵酒”考辨》《贾三近作金瓶梅说不能成立》，徐建华《“金华酒”确为浙江金华产补证》，郑培凯《〈金瓶梅词话〉与明人饮酒风尚》，李锦山、齐沛《贾三近不是金瓶梅作者》，宁源伟《金瓶梅作者贾三近质疑》，孟宪章《论金瓶梅语言模式与山东方言说》，鲁歌《〈金瓶梅〉作者漫议》等则提出异议，尤其李时人的后一篇文章全面否定了张远芬的论据，并对其考证方法提出批评（郑培凯亦有批评之词）。刘辉《金瓶梅研究十年》、许建平《新时期金瓶梅研究述评》亦持不同意见，认为“兰陵”有二，一为山东峄县，一为江苏武进，以地理与方言定人，其科学性值得怀疑。

（3）屠隆说。黄霖首倡。黄霖是中国《金瓶梅》学会副会长、中国《金瓶梅》研究会（筹）会长。他出版有4本专著、7本编译，审定注释了2种原著，发表论文64篇。关于屠隆说，他发表了一组近10篇文章，提出七点理由：一是小说第56回的《哀头巾诗》《祭头巾文》，出自笑话集《开卷一笑》，其题署“笑笑先生”“哈哈道士”等都是屠隆；二是小说流露出不少浙江方言，与屠隆籍贯相合；三是屠隆祖籍武进，古名“兰陵”；四是万历二十年前后，屠隆罢官潦倒，潜心佛道，其思想与小说创作宗旨一致；五是屠隆以“淫纵”罢官，并认为文学作品可以“善恶并存，淫雅杂陈”，此情欲观正是小说一个特殊的思想基础；六是屠隆具备创作《金瓶梅》的多种生活基础和文学素养；七是屠隆与刘承禧、王世贞关系密切，而此两人均持有全部《金瓶梅》稿本，当为屠隆所赠。魏子云《屠隆是金瓶梅作者》《金瓶梅作者屠隆考补证》首先响应，又著文《论屠隆罢官及其雕虫罪尤》讨论“屠隆可能写作《金瓶梅》的动机”，进一步考证后，再发表一文《为金瓶梅作者画句点》。刘孔伏、潘良炽《从〈金瓶梅〉抄本之流传情况谈作者问题》、李燃青《金瓶梅作者屠隆说考释》、吕珏《屠隆与屠本畯：笑笑生与欣欣子》、李燃青等《屠隆与文学解放思潮》继而支持。郑闰则出版《金瓶梅和屠隆》一书，进一步从屠隆曾任清河县令、写过小说如《征播奏捷传》等出发，坐实兰陵笑笑生即屠隆，并认为屠隆草成《金瓶梅》全书的时间是万历十七年夏。所不同的是他认为“哈哈道士”是屠本畯，其所著《笑词》即《开卷一笑》，而自署“欣子”的屠本畯即为《金瓶梅》作序的“欣欣子”。郑闰是黄霖倡立屠隆说后，用全力鼓吹此说的第一人。张惠英《从谢在杭〈金瓶梅跋〉说起》（《第十届（兰陵）国际〈金瓶梅〉学术研讨会论文集》）为此说做有补证。徐朔方《〈金瓶梅作者屠隆考〉质疑》《〈金瓶梅作者屠隆考〉质疑之二》《〈别头巾文〉不能证明〈金瓶梅〉作者是屠隆》等文，认为《开卷一笑》即《山中一夕话》是清初的作品，其作者是徐述夔，这类笑话东拼西凑，不能当作可信的史料。这对于屠隆说无异于釜底抽薪，当然引起与黄霖的一场讨论。徐朔方还认为“笑笑先生”不等于“笑笑生”，“参阅者”不等于编者，更不是作者。张远芬《也谈金瓶梅中的一诗一文》指出小说第56回在“陋儒补以入刻”的第53—57回之中，屠隆充其量是这五回的作者，而不是全书的作者。顾国瑞《屠本畯和〈金瓶梅〉》亦认为“作者屠隆说，同样也难以成立的”。刘辉《金瓶梅研究十年》认为屠本畯与屠隆同里同宗，关系亲密，屠隆如作《金瓶梅》，屠本畯不会不知道，他不必跑到金坛王宇泰那里看抄本，更不会在《山林经济籍》中说出“相传为嘉靖时有人……托之《金瓶梅》”这样的话来。郑庆山《金瓶梅新考》认为小说中所引所谓屠隆作品是补作词话本第53—57回的人抄进去的。张庆善《“兰陵笑笑生”与“笑笑先生”——〈金瓶梅作者屠隆考〉质疑》、宋谋　《略论〈金瓶梅〉评论中的溢美倾向》等亦提出讨论。围绕此说的争议虽然比较热闹，但此说仍是近年论据较为有力、推断较合情理、影响较大的一种。又有屠大年说，见郑闰《欣欣子屠本畯考释》。鲁歌《欣欣子不是屠本畯，笑笑生不是屠隆、屠大年》则对此表示怀疑。

（4）李开先说。此说始于孙楷第，有孙楷第致胡适信可证（《胡适遗稿及秘藏书信》）。中国社会科学院文学研究所《中国文学史》1962年一版有一条脚注，是存疑的语气，1979年重印时便把“李开先的可能性较大”一句删除了。据说这一条脚注系吴晓铃所加，云“有人曾经推测”。此“有人”即当为孙楷第。吴晓铃 1982 年 6 月在美国印第安纳大学发表《金瓶梅作者新考》讲演时重申此说（参见《〈金瓶梅〉的作者是李开先——吴晓铃在美讲学时提出的新见解》，香港《大公报》1982 年 6 月 12—14 日），他在日本、印度、加拿大、辽宁大学、中国文化书院讲演时也说过同样的话。吴晓铃指出李开先说的六条线索：其一，据沈德符、袁宏道说，小说所载史实，小说所征引作品判断，作者为嘉靖间人。其二，据小说使用山东方言、兰陵在山东峄县、小说中的大量山东风情判断，作者是山东人。其三，据小说中出现的北京地名、风俗、俗谚判断，作者熟悉北京。其四，据小说所写北京官场判断，作者在北京做过官。其五，据小说指斥蔡京与出语激愤判断，作者做官时与首辅不谐。其六，作者对非正统文学熟谙。徐朔方则从李开先的资质以及小说引用《宝剑记》并与《宝剑记》有诸多相同分析，主张李开先是《金瓶梅》的写定者（后又把观点修正为“《金瓶梅》的写定者或写定者之一是李开先或他的崇信者”）。王利器《〈金瓶梅〉的改定者是谁》（《社会科学战线》1993 年第 6 期）、赵景深《〈金瓶梅考证与研究〉序》支持徐说。杜维沫《谈谈〈金瓶梅词话〉成书及其他》则支持吴说。日下翠《金瓶梅作者考证》对李开先说提出两点新见（对李开先与《金瓶梅》关系的“三点补充”，西门庆身上有李开先的“自我投影”）。朱星、郑庆山、王辉斌等排斥李开先说。卜键觅踪章城，访书南都，发现《李氏族谱》，考察李开先的行实宦踪，并进而探查《金瓶梅》作者，著成《金瓶梅作者李开先考》一书，从《宝剑记》与《金瓶梅》、李开先与西门庆、清河寓意、兰陵意旨等诸多小说内证方面，以及个人素质、作文风格、交游类群等一些作者资质方面，集李开先说为大成。关于兰陵笑笑生，《卜键〈金瓶梅〉研究精选集》说：“兰陵在词义上具有难以论定的特点，我们应该从荀卿的‘废死兰陵’上去体味‘兰陵’一词深层的意蕴，亦应从李白诗意中来把握其词意的外延。我认为‘兰陵笑笑生’当为李开先的一个鲜为人知的署号，他的生活经历和生活环境，他的思想基础和思想倾向，他的文学作品和文字习惯，都证明他有很大的选用这一署号的可能。‘兰陵笑笑生’当是他戏谑脾性的雅号，当是他嫉世衷肠的饰像，当是他诗酒生涯的缩影。”（台湾学生书局“金学丛书”第二辑）刘辉为该书作序说“这是我近年来读到的最有说服力的一篇论证《金瓶梅》作者的文章”，但也认为书过细密，难免穿凿，“清河”就是章丘，即为一例。许建平《新时期金瓶梅研究述评》对此说表示怀疑：“《金瓶梅》抄引化用的文字作品不单是戏曲，还有大量的话本、诗文，不单是李开先的作品，还有许多他人的作品，若要证明作者是李开先，必须将其他作品的作者也具有创作写定《金瓶梅》的可能性排除掉。”

（5）徐渭说。最早透露这一消息的当是袁中道《游居　录》。1939 年韦利在英译本《金瓶梅引言》中首倡此说。不期 60 年后，潘承玉《金瓶梅新证》却完成了此说较为全面的学术论证。该书首先通过对小说中佛、道教描写的分析，把《金瓶梅》的作者定位为“一位生平跨嘉、隆、万三朝，而主要活动在嘉靖朝的人物”。接着“指出小说作者同时又是资料丰赡的戏曲学者、技巧纯熟的戏曲作家、素养全面的画家与擅长应用文写作的幕客”；“作者应该有边关甚或御敌的生活阅历”，“具有较强烈的民族忧患意识和御敌卫国意识”；“作者有强烈的方言俗语爱好”；“作者必有以上各方言区（敢按指绍兴、山东、北京、苏州、山西、福建、广东等）的生活经验”；“有著书藏名于谜的爱好”。并通过《〈金瓶梅〉地理原型考》《〈金瓶梅〉中的绍兴酒及其他绍兴风物》《〈金瓶梅〉中的绍兴民俗》《〈金瓶梅〉中的绍兴方言》等考证，“证明小说作者必为绍兴人”。然后逐一论证“徐渭符合《金瓶梅》作者的一切条件”。潘承玉还把小说诸谜如“廿公”“徐姓官员”“清河县”“兰陵”“笑笑生”等破解为“浙东绍兴府山阴县徐渭”，归结到“绍兴老儒说”。潘承玉还考索了《金瓶梅》的抄本，认为董其昌是流传线索中的中心人物，而陶望龄是传递抄本的关键人物，而“陶望龄手上的《金瓶梅》来自徐渭，而且极可能就是徐渭的原稿”。潘承玉还做有《金瓶梅文本与徐渭文字相关性比较》，“得出一个简单的结论：徐渭文字是徐渭所写，《词话》也是徐渭所写”。潘承玉进而论证“绍兴士人与严嵩”“沈錬与严嵩父子”“徐渭与沈錬”，在《缘何泄愤为谁冤》一节中，认为“徐渭因感于乡风并激于沈錬的死而写《金瓶梅》，而他握以行文的这支笔，则同时饱蘸了他一生的全部不幸”。严格地说，潘承玉才是徐渭说的创立者。正如严云受《金瓶梅新证序》所说，“无论你是否接受作者的论断，你都不能不被他提出的大量的文本材料和相关资料所吸引，因而觉得颇受启迪”。全亮《论〈金瓶梅〉的作者是王世贞的仇家》（《商情》2009 年第 1 期）赞同潘说。蒋辰《金瓶梅作者“徐渭说”辨》（《金瓶梅与清河》）认为“《金瓶梅》的地理原型不是绍兴”，“《金瓶梅》的作者不能确指为徐渭”，“潘承玉先生对《金瓶梅》的研究颇多穿凿”。胡令毅、邢慧玲近年再掀此说高潮，认为西门庆即胡宗宪，李瓶儿即胡的正妻章氏，应伯爵即沈明臣，《别头巾文》非屠隆所作，乃徐渭作品，徐渭撰写《金瓶梅》，即始于徐客幕时期。（参见前文）潘承玉关于徐渭说与黄霖关于屠隆说、卜键关于李开先说、许建平关于王世贞说，在当今《金瓶梅》作者研究成果中，可以并称为四大说。

（6）王稚登说。见鲁歌、马征《〈金瓶梅〉及其作者探秘》。主要证据有十三条：一是王稚登最先有《金瓶梅》抄本，而且是有抄本者之中唯一具有作者资格的人；二是他是古称“兰陵”的武进人；三是他对屠隆人品不满，因选其《哀头巾诗》《祭头巾文》入小说，以示讥讽；四是小说中的诗词曲与王稚登所辑《吴骚集》语句、意境相同或相似；五是王稚登《全德记》中的某些内容、用语与《金瓶梅》中的写法相同或相似；六是他的诗文与小说中所写亦一脉相通；七是小说中有吴语、北京话、山东话、山西话，王稚登的经历使他熟悉这些方言；八是他与小说均鄙视南方人，具有中原正统观念；九是他符合“嘉靖间大名士”“世庙时一巨公”；十是他是王世贞门客，故以小说“指斥时事”，为王世贞之父报仇；十一是王招宣一家是王稚登家“族豪”丑类之原型的艺术再现；十二是小说三次引用他感触甚深的诗句“侯门一入深如海，从此萧郎是路人”；十三是小说反映出的作者模样正与他的情况若相符节。孙逊《漫话金瓶梅》认为此说是影响较大的五大说之一，“其可能性当不在贾三近、屠隆说之下”。此说曾被《报刊文摘》《文教资料》《新闻出版报》等报刊摘要报道。王汝涛《王稚登作〈金瓶梅〉说献疑》（《山东科技大学学报》2000年第2期）则予以批驳。近年鲁歌观点有了很大的变化，认为作者是江苏“兰陵”（武进）民间才人，第五十三回至第五十七回的5回中，有“兰陵”（武进）人王稚登写的一少部分文字。（《鲁歌〈金瓶梅〉研究精选集》）

其他颇经论证者为：

（7）汤显祖说。见芮效卫《汤显祖创作金瓶梅考》。芮效卫胪列了30条小说原文，论述其与汤显祖的关系；并就《金瓶梅》早期流传情况与汤显祖的生平行谊相考察，得出汤显祖在遂昌知县任期内创作了《金瓶梅》的结论。徐朔方《〈汤显祖创作金瓶梅考〉的简介和质疑》对芮文30条中的10余条提出驳论，认为其“对某些人事的叙述和判断往往脱离事实，违背原意”。芮效卫《对批评〈汤显祖创作金瓶梅〉的答复》对此申辩说“他虽然指出我立论中有不妥之处，但我认为我的建筑大体仍然屹立无恙”。

（8）冯梦龙说。陈毓罴《〈金瓶梅〉抄本的流传付梓与作者问题新探》与魏子云《冯梦龙与金瓶梅》不谋而合，算是此说的先声。在此之前，姚灵犀《瓶外卮言》、小野忍《金瓶梅解说》等即怀疑为《金瓶梅》作序的“东吴弄珠客”是冯梦龙。其后陈昌恒《金瓶梅作者冯梦龙考述》《金瓶梅作者冯梦龙考补》《冯梦龙·金瓶梅·张竹坡》进一步肯定“《金瓶梅》的作者应为冯梦龙”。魏子云认为《开卷一笑》的编者系冯梦龙，他和陈昌恒均认为“东吴弄珠客”“兰陵笑笑生”“欣欣子”都是冯梦龙的化名，陈昌恒还具体论证了冯梦龙创作《金瓶梅》的生活基础、思想基础、文学基础和三个阶段。朱传誉《明清传播媒介研究——以金瓶梅为例》（《金瓶梅研究》第一辑）与吴红、胡邦炜《金瓶梅的思想与艺术》亦力挺冯梦龙。赵伯英《冯梦龙是〈金瓶梅词话〉的补足者》则缩小了冯梦龙的作用。王辉斌《冯梦龙非金瓶梅作者辩说》，鲁歌、马征《〈金瓶梅〉及其作者探秘》等则提出商榷。

（9）李先芳说。见聊城《水浒》《金瓶梅》研究会编《金瓶梅作者之谜》《李先芳与金瓶梅》，叶桂桐、阎增三倡论。其证据有六：一是李先芳符合“嘉靖间大名士”；二是李先芳具备创作《金瓶梅》的思想基础；三是李先芳“家故多资”，颇类西门庆；四是李先芳“广蓄声伎”，熟悉艺术；五是李先芳熟悉山东和南方方言；六是小说中人物凌云翼、曹禾、狄斯彬与李先芳同年，陈文昭与李先芳同乡。陈诏《〈金瓶梅〉趣话：作者是谁又一新说》曾对此说予以披露。叶桂桐近年观点有变，参见下文。

（10）沈德符说。见魏子云《金瓶梅的问世与演变》。该书根据《万历野获编》推测：其一，《金瓶梅》的前半部稿本，可能是沈德符的父亲沈自邠所作；其二，对万历二十六年后的《金瓶梅》，袁中郎兄弟与沈德符等人有过改写的构想，后完成于万历四十一二年间；三其，“词话本”乃三次改写本，天启初年成书，主要作者是沈德符。魏子云提出的也是一种“集体创作说”，他在此说中开列的成员名单，前述者外，还有陶望龄、陶奭龄、李贽、丘志充、冯梦龙等。魏子云后又提出原作者为屠隆，改写者为冯梦龙。

（11）丁惟宁说。见张清吉《金瓶梅作者丁惟宁考》（《东岳论丛》1998 年第 6 期）。张弦生、张传生、王平、刘洪强、王清东等均有颇见学术功力的专著与论文支持该说。王平《谈谈金瓶梅的作者》（《山东大学报》2005 年 9 月 13 日）：“丁惟宁说应当是目前最具说服力的观点。”张传生《纵论金瓶梅之谜》，从研究地方方言、土语入手，着力分析乡土文献，排列组合，文史互证，广征博引，为丁维宁说提供了有力的支撑。

又有丁纯、丁惟宁父子创作说，见杨国玉《金瓶梅研究的新起点》（《河北建筑科技学院学报》2001 年第 1 期）。杨国玉后又撰文《金瓶梅的谜底在诸城丁家——丁纯、丁惟宁父子创作金瓶梅考》（《金瓶梅与临清》）对其父子创作《金瓶梅》的过程概括为：“大约在嘉靖二十三年，丁纯开始写作《金瓶梅》，从嘉靖四十一年到隆庆四年间，因就学国子监及出任巨鹿训导、长垣教谕之职而长期搁笔，卸任后，才得以继续撰作。到万历四年写完第九十一回，丁纯即不幸去世，留下一部未完的‘遗书’。丁惟宁在万历十五年郧阳兵变后辞官归里，继承其父未竟之志，又续写了后九回。或许对前九十一回也作了某些增删改易，方最终足成全书。”陈金锁《关于金瓶梅作者“赵南星说”的一点线索》（《金瓶梅与五莲》）亦支持此说。

又丁纯、丁惟宁、丁耀亢祖孙创作说，见丁奇伟、金亮鹏《三降尘世之谜——金瓶梅作者小考》(《金瓶梅文化研究》第四辑)。房文斋《〈金瓶梅〉作者考》(《光明日报》2005 年 6 月 24 日)支持此说。

(12)汪道昆说。见荀洞《兰陵笑笑生考》(《徽州社会科学》2007 年第 8 期)。“有充分的论据证明《金瓶梅》此书在徽州,是明代徽州人曾任兵部左侍郎的汪道昆晚年在编撰好百回繁本《水浒传》后接续创作的。……《金瓶梅》作者塑造的新兴商人阶级人物西门庆是徽州富商大贾的典型代表,西门庆的生活原型就是明代徽州歙县西溪南的大盐商吴天行。……徽州在五代的时候曾称兰陵郡,……《金瓶梅》作者为了达到隐姓埋名的目的,挂了个真地名假字号”(《〈金瓶梅〉与徽文化概论》,载《金瓶梅与临清》)。

(13)翟銮说。见叶桂桐、叶茜《关于金瓶梅作者:明代人都说过些什么?——明人传闻中的金瓶梅作者聚焦》(《金瓶梅与五莲》)。该文认为:“需要改换思路,应该把明人关于《金瓶梅》的作者诸说当做一个体系,通盘加以考虑,取他们的最大‘公约数’,或者说要搞清楚明人关于《金瓶梅》作者诸说的聚焦点”,“采用这种新的思路和新的方法来重新审视以往关于《金瓶梅》作者考证中的全部材料,……翟銮比以往人们所考证出来的《金瓶梅》作者,更符合明人传闻中的《金瓶梅》作者的条件。”

(14)白悦说。见徐永明《金瓶梅词话为武进作家白悦续考》(《昆明学院学报》2010 年第 2 期)等文。这一组文章从海外收藏的小说集《一见赏心编》与《金瓶梅》的关系及白悦的家世、姓氏、里第、生平、白氏石园、白氏创作情爱文学的传统、《金瓶梅》内证、白悦与曲家的交往、徐阶为白悦撰写墓志铭、白悦的家庭生活等出发,而得出结论。

其略有稽考者为:

(15)李渔说。见康熙乙亥本与在兹堂本《第一奇书》。刘辉、吴敢认为李渔是崇祯本的作评者与写定者。现在看来,此说应修正为:李渔是崇祯本的作评者与第一奇书本的写定者。参见吴敢《李笠翁与彭城张氏》(1984 年 11 月 4 日《徐州日报》)与《张竹坡评本〈金瓶梅〉琐考》。

(16)赵南星说。见宫伟镠《春雨草堂别集》卷七《续廷闻州世说》。王勉《赵南星与明代俗文学兼论〈金瓶梅〉作者问题》(《中华文史论丛》1985 年第 4 期)提出“《金瓶梅》很可能是赵南星在他一班朋友如吴昌期、徐新周、王义华等人协助下完成”的观点。陈金锁《关于金瓶梅作者“赵南星说”的一点线索》(《金瓶梅与五莲》)亦支持此说。

(17)卢楠说。见《金瓶梅》满文译本序。王汝梅《谈满文本金瓶梅》“考察了卢楠的生平著述，卢楠与王世贞、李开先的关系，认为卢楠堪称李开先的崇信者，王世贞家藏完好的本子，可能是卢楠在王世贞支持与参与下，在民间流传的素材基础上创作加工而成书”，着力申扬此说。

（18）李贽说。见《绘图真本金瓶梅》附王昙《金瓶梅考证》。姚灵犀亦用存疑的口气提出李贽说。魏子云亦曾有此看法。

（19）冯惟敏说。见朱星《金瓶梅考证》。据说是孙楷第的说法。吴组缃《论〈金瓶梅〉》、赵兴勤《也谈金瓶梅的作者及其成书时间》亦赞同此说。

（20）谢榛说。见王连洲《〈金瓶梅词话〉作者兰陵笑笑生即谢榛考辨》。余力文《金瓶梅作者补证》附议。又谢榛、郑若庸、朱厚煜三人合作说，见王萤、王连洲《金瓶梅作者之谜》。全亮《论〈金瓶梅〉的作者是王世贞的仇家》（《商情》2009年第1期）赞同此说。

（21）贾梦龙说。见许志强《金瓶梅作者是贾梦龙》、李芳元《揭开金瓶梅作者之谜——金瓶梅作者为贾梦龙》。鲁歌《金瓶梅作者是贾梦龙吗?》既否定贾梦龙，又否定其子贾三近的作者资格。

（22）蔡荣名说。见陈明达《金瓶梅与蔡荣名》（《金瓶梅与清河》）。

其指有姓名者有：

（23）薛应旗说。见宫伟镠《春雨草堂别集》卷七《续廷闻州世说》。

（24）刘九（修亭）说。见戴鸿森《我心目中〈金瓶梅词话〉的作者》。卜键认为刘九无著书可能。（《卜键〈金瓶梅〉研究精选集》）

（25）臧晋叔说。见张惠英《〈金瓶梅词话〉的语言和作者》。

（26）丁耀亢、丘志充、丘石常说，见马泰来《诸城丘家与〈金瓶梅〉》。

（27）金圣叹说。见高明诚《金瓶梅与金圣叹》。

（28）田艺蘅作。见周维衍《关于金瓶梅的几个问题》。

（29）王采说。见李洪政《金瓶梅解隐》。张文德、吕靖波《惊人的发现，还是心造的幻影——〈金瓶梅〉作者“王采说”不可信》（《金瓶梅研究》第八辑）予以驳辩。

（30）唐寅说。见朱恒夫《金瓶梅作者唐寅初考》。

（31）李攀龙说。见姬乃军《关于金瓶梅作者的再思考》。

（32）萧鸣凤说。见盛鸿郎《试解金瓶梅诸谜》（《绍兴文理学院学报》1996年第4期）。

（33）胡忠说。见毛德彪《金瓶梅作者应是胡忠》。

（34）金吾戚里门客说。见谢肇　《小草斋文集》。马泰来《麻城刘家与〈金瓶梅〉》（《中华文史论丛》1982 年第 1 期）认为此“金吾戚里门客”系指“刘承禧父亲刘守有的中表和儿女姻梅国桢”。

（35）山东阳谷刘元白（承禧）说。见刘彦博《也谈金瓶梅的作者与故事发生地》（《金瓶梅文化研究》第四辑）。

（36）谢肇 说。见《〈金瓶梅〉作者兰陵笑笑生是长乐人》（《厦门日报》2008 年 1 月 14 日）。

（37）傅光宅说。见皇极海《金瓶梅与聊城傅光宅有很大关系》（明清小说研究网）。

（38）孙禄、孙一脉祖孙说。见孙晋玺、孙晋太《〈金瓶梅〉与兰陵孙氏家族》（《第十届（兰陵）国际〈金瓶梅〉学术研讨会论文集》）

其笼统称之者有：

（39）兰陵笑笑生说。见欣欣子《金瓶梅词话序》。张鸿勋《试析〈金瓶梅〉的作者、时代、取材》（《兰州大学学生科学论文集（人文）》1957 年 1 月；《文学遗产增刊》第 6 辑，1958 年 5 月）支持此说。对于兰陵，一种观点认为是地名，主贾三近说者指为山东峄县，主王稚登说者指为江苏武进，倡丁惟宁说者说是拟化的山名，指诸城九仙山；另一种观点如马努辛认为不是地名，乃指“美酒”。对于笑笑生，郑闰《金瓶梅和屠隆》认为《花营锦阵》第 23 图题词者“笑笑生”即为《金瓶梅词话》的作者“兰陵笑笑生”；马努辛则认为是一爱酒之人。张庆善、鲁歌等怀疑“兰陵笑笑生”作《金瓶梅》的真实性，洪城等《金瓶梅的作者不是“兰陵笑笑生”》认为此说系书贾杜撰，叶桂桐《金瓶梅版本与作者新论》（《金瓶梅文化研究》第三辑）更认为：“说兰陵笑笑生是《金瓶梅》的作者，这不过是三百年前《新刻金瓶梅词话》刻印者搞的一个大骗局。”

（40）被陆炳诬害者说。见屠本畯《山林经济籍》。

（41）绍兴老儒说。见袁中道《游居 录》。

（42）金吾戚里门客说。见谢肇 《金瓶梅跋》。

（43）嘉靖间大名士说。见沈德符《万历野获编》。此说影响较大，成为王世贞说、贾三近说、李先芳说、王稚登说的主要根据之一。

（44）世庙时一巨公说。见廿公《金瓶梅跋》。

（45）某孝廉说。见徐谦《桂宫梯》卷四引《劝诫类钞》。

（46）被唐荆川害死者之子说。见《缺名笔记》。

（47）才人说。见《绘图真本金瓶梅》附王昙《金瓶梅考证》。

（48）明季浮浪文人说。见《绘图真本金瓶梅》附王昙《金瓶梅考证》。

（49）观海道人说。见《古本金瓶梅·观海道人序》。

（50）钱谦益辈说。见废物（王文濡）《小说谈》。

（51）明兵部主事吴人某之子说。见姚锡钧《稗乘谭隽》（1916 年《春声》第一集）。

（52）孝子说。见佚名《寒花　随笔》。

（53）吴侬说。见戴不凡《小说见闻录》，又说“此书当经一不得志老名士之手”，“或是尝住于苏州一带之兰溪人亦未可知”。

（54）书会中人说。见王利器《金瓶梅词话成书新证》（杜维沫、刘辉编《金瓶梅研究集》，齐鲁书社 1988 年 1 月）。该文认为“欣欣子”即袁无涯，兰陵笑笑生与嘉靖间大名士云云，均其伪造，而第 52—57 回却系其所补。

（55）书会才人一类中下层知识分子说。见梅节《从套用窜改〈怀春雅集〉诗文看〈金瓶梅词话〉的作者》（《金瓶梅研究》第五辑）、齐裕焜《明代小说史》。

（56）东鲁落落生说。见刘辉《〈金瓶梅〉与〈玉闺红〉》。

（57）追随罗汝芳的文士或熟悉罗汝芳行谊并受其影响的人说。见赵兴勤《考察金瓶梅作者的新途径——金瓶梅作者与罗汝芳的哲学思想》。

（58）河北籍人说。见王强《小议金瓶梅的作者是河北籍人》。

（59）淮间人或生活于淮间之人作。见靳青万《金瓶梅作者新探》。

（60）刘承禧门客、刘承禧、冯梦龙等人先后完成说。见刘巽达、冯沛龄《金瓶梅外传》。

（61）河北某张公子说。见《金瓶梅外传》。

（62）清河县某人说。见《金瓶梅外传》。

（63）谢茂才说。见《金瓶梅外传》。

（64）清河某孔先生初稿、某落魄书生添枝加叶而成说。见《金瓶梅外传》。

（65）山东兰陵萧笑生说。见《金瓶梅外传》。

（66）兰陵才子萧筱生说。见《金瓶梅外传》。

（67）万历时苏州某大文人将杜阿福弹唱的《潘金莲》加工整理而成说。见《金瓶梅外传》。

（68）太监著书说。见丁朗《金瓶梅与北京》（中国社会出版社 1996 年）。丁朗又有《金瓶梅里那些人那些事儿》（团结出版社 2010 年）。他认定：《金瓶梅》的原作者是说书艺人，且与北京城的太监有特殊关系。

（69）湖南平江县东乡人说。见彭见明《〈金瓶梅〉作者新考》（《书屋》1999 年第 1 期）。

（70）山东各地说唱人所用底本的汇合后由一个并非大名士改称笑笑生的人说。见王汝涛、刘家骥《也谈金瓶梅的作者（上）》（《金瓶梅文化研究》第三辑）。

（71）河东人或在河东生活过的人说。见高坤让《〈金瓶梅〉作者与河东有缘》（《运城高等专科学校学报》2000 年第 2 期）。

（72）陈继儒手下编书的老儒说。见张同胜《陈继儒与金瓶梅的作者》《再论陈继儒与金瓶梅的作者》（《金瓶梅与清河》）。

（73）长期生活在浙江的下层知识分子说。见刘晓玲、马道远《金瓶梅的文本与金瓶梅的作者》（《金瓶梅文化研究》第四辑）。

（74）明万历年间较长时期生活在运河临清一带的普通文人说。见王平《〈金瓶梅〉的早期传播及其成书时间与作者问题》（《东岳论丛》2004 年第 3 期）。

（75）著录者甲乙丙集体作业合成说。见孟子敏、增野仁《从文字的使用看金瓶梅词话的著录者》（《金瓶梅与临清》）。

（76）在瓦子里说书的江湖艺人说。见潘慎《张竹坡批评〈金瓶梅〉第一奇书中一些诗词的出处及其谬误》（《金瓶梅与清河》）。又表述为“几个说唱艺人分头写成”，见陈诏《金瓶梅六十题》（上海书店 1993 年 12 月）。

（77）饱读通俗文学的人说。见陈益源、傅想容《〈金瓶梅词话〉征引诗词考辨》（《金瓶梅研究》第十辑）。

（78）黄立极说。见阎沛东《金瓶梅作者是大名县人黄立极》（百度贴吧之大名吧）。

（79）兰陵人说。见刘明才《〈金瓶梅〉根在兰陵》（《第十届（兰陵）国际〈金瓶梅〉学术研讨会论文集》）。

（80）沂州学人说。见宋庆力、张朝栋《明代沂州兰陵与琅邪文社》（《第十届（兰陵）国际〈金瓶梅〉学术研讨会论文集》）。

针对波澜壮阔的《金瓶梅》作者研究热潮，吴小如《我对〈金瓶梅〉及其研究的几点看法》“主张在一部作品的作者问题无法彻底解决的情况下，我们应当把气力用在作品的研究分析上，而不宜只在那些一时无法得出结论的牛角尖里兜圈子”。陈大康《论〈金瓶梅〉作者考证热》呼吁作者考证缓行。潘承玉《近年〈金瓶梅〉作者研究新说四种检讨》认为：“整个 90 年代的《金瓶梅》作者研究，从主张个人独立创作说这个大的角度去看，较之 80 年代，基本没有什么实质性的进展。其中暴露的种种问题，十分值得我们深思。”刘世德更将《金瓶梅》作者研究嘲笑为“笑学”。

尽管如此，《金瓶梅》作者研究仍是21世纪以来广为关注的研究方向。

四、版本

这又是一个《金瓶梅》研究中的焦点问题。日本的长泽规矩也、小野忍、鸟居久晴，美国的韩南，台湾的魏子云，中国大陆的孙楷第、周越然、梅节、刘辉、王汝梅、黄霖、胡文彬、周钧韬、鲁歌、叶桂桐、许建平、潘承玉、杨国玉等在这一研究领域用力甚勤，其中刘辉承前启后，成就最著，可与鸟居久晴、韩南鼎足而立。

《金瓶梅》的版本主要有四类：

1. 抄本

今已失传，但最早透露《金瓶梅》抄本传世信息的，是袁宏道《锦帆集·致董思白书》。袁宏道的信写于万历二十四年十月（一说万历二十三年深秋）。而据考证，万历十七年，王肯堂“以重资购抄本二帙”（《山林经济籍》）；万历二十年（一说在万历二十至二十一年间，一说在万历二十五年以后），屠本畯在王肯堂家和王稚登家读到《金瓶梅》各2帙（《山林经济籍》）；万历二十二年秋至二十三年十月（一说万历二十四年）董其昌与袁中道谈及《金瓶梅》（《游居柿录》）；万历二十六至二十七年间袁宏道只“见此书之半”（《游居柿录》）；万历三十四年袁宏道对沈德符谈到《金瓶梅》的作者，认“为嘉靖间大名士手笔”（《觞政》）；同年，袁宏道向谢肇　索书（《与谢在杭书》）；万历三十五年屠本畯为《金瓶梅》写跋（《万历野获编》）；万历三十七年“小修上公车，已携有其书”（《万历野获编》）。如果说万历四十五年丁巳是《金瓶梅词话》初版的时间，那么《金瓶梅》抄本流传的过程，至少可以说，自万历十七年至万历四十五年，有28年之久。

最初藏有《金瓶梅》抄本的有王世贞（《山林经济籍》）、刘承禧（《万历野获编》）、徐阶（《万历野获编》）、董其昌（《万历野获编》）、袁宏道（《与谢在杭书》）、袁中道（《万历野获编》）、沈德符（《万历野获编》）、文在兹（《天爵堂笔余》）、王肯堂（《山林经济籍》）、王稚登（《山林经济籍》）、丘志充（《金瓶梅跋》）、谢肇　（《金瓶梅跋》）等12家。

这12家中拥有全本的是王世贞（《山林经济籍》《金瓶梅跋》）、徐阶、刘承禧、袁中道、沈德符（以上《万历野获编》）；握有部分的是文在兹（《天爵堂笔余》）、屠本畯（《山林经济籍》）、谢肇 、丘志充（以上《金瓶梅跋》）、王肯堂（《山林经济籍》）、董其昌、袁宏道（以上《锦帆集·致董思白书》）、王稚登（《山林经济籍》），其中王肯堂、王稚登确为2帙。

手稿在明季的流传可以列成下图：

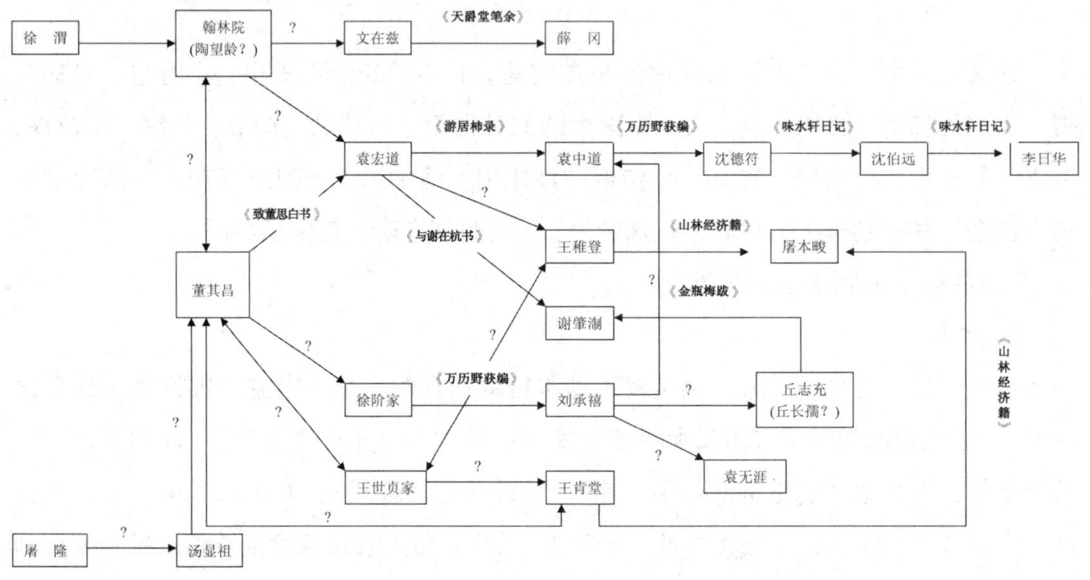

这张图中打问号的均系今人的考证猜测，迄今的研究只能进行到这个程度，至少有8个问题值得今后继续探讨：王世贞家的全本来自何处？徐阶家的全本来自何处？袁中道的全本来自何处？董其昌的二帙来自何处？王稚登的二帙来自何处？王肯堂的二帙来自何处？丘志充的半部来自何处？文在兹的半部来自何处？

一般说，《金瓶梅》抄本当有一个同一的出处。目前可以考知的，抄本曾先后在北京、江苏（松江、苏州、金坛）、湖北（麻城）等地收藏。但这个同一的出处在哪里，目前不得而知。从这一同一出处传出后，又分作几条流传路线，目前不得而知。抄本在这几条路线上传来传去，面目各自发生了多大的变化，目前不得而知。后来的刻本《金瓶梅词话》采用的是哪条路线上的抄本，目前不得而知。

小说在抄本阶段书名为《金瓶梅》（《锦帆集·致董思白书》《山林经济籍》《游居柿录》《金瓶梅跋》《万历野获编》《天爵堂笔余》《味水轩日记》），据薛冈《天爵堂笔余》，书前有东吴弄珠客序。据沈德符《万历野获编》，“原本实少五十三回至五十七回，遍觅不得”。

《山林经济籍》:“按《金瓶梅》流传海内甚少，书帙与《水浒传》相埒。”在屠本畯写作《山林经济籍》的年代，《水浒传》不论繁本、简本中的100回、102回、115回、120回、124回，后来的分卷一般在10—20卷之间，似以20卷本为多。《金瓶梅》书帙既与《水浒传》“相埒”，亦当有10—20卷的分量与分法。谢肇 《金瓶梅跋》“书凡数百万言，为卷二十”，记载的正是这一事实。《新刻金瓶梅词话》分为100回，而抄本“实少53回至57回”，当亦是这种分量与分法。因此，其拥有抄本全部者，当有1—52、58—100回，实缺第11卷第53、54回，第12卷第55—57回。

据袁宏道《致董思白书》，袁宏道只有抄本的前段。这一部分按谢肇 《金瓶梅跋》的说法“得其十三”，则袁宏道手中的应是第1—6卷（全书以20卷计），如果以《金瓶梅词话》为据，小说故事刚演到“西门庆生子加官”。所以万历三十四年袁宏道尚说“第睹数卷”（《万历野获编》）。至于袁中道从中郎真州“见此书之半”（《游居柿录》）云，只是约略言之而已。

谢肇 《金瓶梅跋》“于丘诸城得其十五”。此“丘诸城”手中的抄本，当在第7—20卷之间（自然无第53—57回）。而谢肇 “稍为厘正，而阙所未备”的抄本，则已有十分之八的分量（除去第53—57回，当时传世的抄本，谢氏实已拥有近十分之八点五）。

屠本畯《山林经济籍》说王肯堂、王稚登各有2帙，此一“帙”有几“卷”，虽然无考，其既非全稿，又非大部分稿，却可想见，所以屠氏说“恨不得睹其全”。

这里有一个很重要的线索，也可以做出这样的推断：谢肇 分析他手中的抄本分量用的是十分法，这说明他的抄本（也可说是董其昌、袁宏道、丘诸城的抄本）是10卷本而非20卷本，就是说不是他一般性描述《金瓶梅》抄本时所说的“为卷二十”的那种本子。如果这种推断能够成立，则后来的10卷《新刻金瓶梅词话》，用的是与谢肇 手中抄本同一个路线上的本子，极有可能就是谢氏藏本，在付梓时他还写了一篇《金瓶梅跋》，不知为何没有印在书上。

王停军、李俊瑶《〈金瓶梅〉早期抄本流传与陶望龄》（《徐州工程学院学报》2009年第1期）:“在《金瓶梅》作者‘徐渭说’中，陶望龄是个关键人物，但陶望龄和《金瓶梅》之间的直接资料几乎没有，只有通过研究《金瓶梅》抄本收藏者和陶望龄的交往，才能找到陶望龄和《金瓶梅》早期传抄的关系。文章在潘承玉《金瓶梅新证》的基础上，通过追寻陶望龄和徐阶、王肯堂、文在兹的关系，探讨陶望龄在《金瓶梅》早期抄本流传中作为非作者总源头的可能性。”

2. 词话本

又被称作万历本、说唱本、10 卷本等。关于《金瓶梅》刻本研究，有几个迄今众说纷纭的问题。

一是初刻本问题。鲁迅《中国小说史略》误读《万历野获编》有关记录，提出万历三十八年庚戌（1610 年）说。孙楷第最早觉察其中有误，但未作辨正。1932 年郑振铎《插图本中国文学史》一改 1927 年《文学大纲》附议庚戌说的观点，猜测“最早的一本，可能便是北方所刻的《金瓶梅词话》”，1933 年他在《谈金瓶梅词话》中却又说此词话本非初刻本。庚戌说影响了半个世纪，1955 年 4 月鸟居久晴《金瓶梅版本考》亦用此说，直至 1980 年版《中国小说史》仍持此说，1979 年朱星还据此提出“洁本”“秽本”概念，认为庚戌本“本无淫秽语，本非淫书……到吴中再刻本大加伪撰，改名为‘词话’成为淫书”。韩南《金瓶梅版本及素材来源研究》没有明说庚戌本，但认为初刻本当在万历三十八九年。1934 年吴晗《金瓶梅的著作时代及其社会背景》虽然没有沿用庚戌说，但他说：“万历丁巳本并不是《金瓶梅》第一次的刻本，在这刻本以前，已经有过几个苏州或杭州的刻本行世。”而吴晓铃“始终认为现存的《新刻金瓶梅词话》是这部长篇小说的最早刊本，亦即第一个刊本，在明神宗万历四十五年丁巳（1617 年）‘吴中悬之国门’的那个本子”（《〈金瓶梅词话〉最初刊本问题》）。长泽规矩也《金瓶梅的版本》、马泰来《有关金瓶梅早期传播的一条资料》、黄霖《金瓶梅大辞典》等与吴晓铃所见略同。魏子云《金瓶梅探原》据《吴县志》考定马仲良主榷吴县浒墅钞关时间在万历四十一年，具体否定了庚戌本的存在。刘辉《〈金瓶梅〉成书与版本研究》、周钧韬《关于金瓶梅初刻本的考证》另据《浒墅关志》证实了魏说。李时人《〈谈金瓶梅的初刻本〉补证》还具体推断初刻时间在万历四十五年冬至万历四十七年之间。小野忍《金瓶梅解说》“认为《金瓶梅》初版问世在万历四十五年以后，或者更大胆一些推测，将《金瓶梅词话》作为《金瓶梅》的初版也未尝不可”。刘辉《金瓶梅版本考》，认为“沈德符和薛冈……目睹的《金瓶梅》最早刻本，所指皆为（已经失传的）万历四十五年东吴弄珠客序刊本”，即“《金瓶梅》最早刻于万历四十五年”。雷威安《金瓶梅初刻本年代商榷》亦认为初刻以万历四十五年较为可信。刘孔伏、潘良炽《金瓶梅研究三题》亦认为“万历四十五年刻本即初刻本”。鲁歌《关于金瓶梅的抄本、刻本、作者问题》据“《万历野获编》全书完成于万历四十七年新秋”，判断“初刻本必发行于万历四十七年新秋以前”，“初刻本名为《金瓶梅》，而不是《金瓶梅词话》”。许建平《金学考论》亦认为“《金瓶梅》可能是原刻的书名”，其初刻时间则“在万历四十二至四十三年期间”。另外，关于初刻的时间，张远芬《金瓶梅新证》主张万历四十一年，邓瑞琼《再论〈金瓶梅词话〉的成书》主张万历四十二年。关于初刻本的付刻人，张远芬《新发现的金瓶梅研究资料初探》，刘孔伏、潘良炽《金瓶梅研究三题》认为是刘承禧；陈毓罴《金瓶梅抄本的流传、付刻与作者问题新探》则认为是冯梦龙。

二是一刻、二刻、三刻问题。吴晓铃、马泰来、魏子云、雷威安、黄霖、苟洞、杨国玉等主一刻说，即今存新刻《金瓶梅词话》就此一版。但对刊刻时间，吴晓铃、马泰来、雷威安认为是万历四十五年。而杨国玉《〈金瓶梅〉第五十三至五十七回"赝作"勘疑》（《金瓶梅与清河》）："现存万历本即是《金瓶梅》的初刻本，也是这一系统的惟一（版）刊本。主要理由如此：首先，迄今为止，我们在明代文献中没有找到万历本曾经二次刊刻的任何记载，也从未发现与现存万历本行款不同的另外一个本子。其次，现存万历本在第四十八回十二页反面及第八十六回第三页正反两面、第七页反面计有墨钉 4 处。……似现存万历本这般墨钉灿然，版本学家以为正是'极初印'（黄裳先生语）本的重要表征之一。再次，现存万历本中讹误衍夺甚多，几至不堪卒读的程度，也正是初刻本所具有的粗糙朴拙的原始面貌。……最后，据上文（敢按专就语言特征）所证，现存万历本第五十三至五十七回确系'赝作'，这与沈德符对万历初刻本的记述是相吻合的。"杨国玉《明代帝讳与〈新刻金瓶梅词话〉刊本的讳字问题》（《2012 台湾金瓶梅国际学术研讨会论文集》）更将《金瓶梅词话》的刊刻年代限定为"万历四十五年十二月至四十七年七月"。石昌渝《〈金瓶梅〉五十三回至五十七回辨——〈金瓶梅〉版本系统再认识》（盛源、北婴选编《名家解读〈金瓶梅〉》，山东人民出版社 1998 年）则认为："由于《新刻金瓶梅词话》保留着原本的五十三回和五十四回，它是比沈德符所见的初刻本更接近原作的本子。"苟洞认为："已知《金瓶梅词话》是从天都外臣序《水浒传》中抄出，那么，我们就可以断定它的成书上限在万历十七年（1589 年）。"（《〈金瓶梅〉与徽文化概论》，载《金瓶梅与临清》）黄霖《〈金瓶梅词话〉本与崇祯本刊印的几个问题》（《河南大学学报》2006 年第 1 期）："结论当是：这部《新刻金瓶梅词话》即是初刊本，刊成于天启年间。这是因为：（一）刊印于天启丙寅（1626 年）的《小草斋集》中的《金瓶梅跋》明说'此书向无镂版'。（二）今存此书避天启而不避崇祯之讳，即说明它刊于天启年间。（三）初刊于天启年间的结论与沈德符、薛冈的说法也相吻合。（四）'花子由'之名的前后不同的情况即反映了一种呈'初刊'状的原始面貌；反之，假如是'重刻'的话，当一律避讳，且在前面的'花子由'会首先引起注意而改去。（五）目前未见《新刻金瓶梅词话》之前有原刊（假如有的话）的文本，也未见有相关的纪录，全凭推测不足据。"魏子云赞同天启说。

鲁迅、沈雁冰、郑振铎、韩南、刘辉、周钧韬、鲁歌、邓瑞琼、郑庆山等主二刻说，但说法又有不同。郑振铎、周钧韬认为是有东吴弄珠客序的沈德符所谓“吴中”本与今存《新刻金瓶梅词话》本二刻；韩南认为是万历三十八九年刻本与今存词话本二刻，而“现存的最早版本是1616年之后的一段时间问世的”；鲁迅、沈雁冰《中国文学内的性欲描写》认为是庚戌本与丁巳本二刻；刘辉认为“现存《新刻金瓶梅词话》就是万历四十五年原刊本的翻刻本”，“是词话本的第二个刻本”，“这一刻本大约刊于天启元年”；鲁歌认为是刊于万历四十七年以前的《金瓶梅》与今存词话本二刻，并据小说第14—61回的“花子由”到“第62、63、77、78、80回中，一连13次将这一名字改刻为‘花子油’”，判断“今存《金瓶梅词话》……全书刻完当在1621年，即天启元年”；邓瑞琼认为是万历四十二年的初刻本与今存《新刻金瓶梅词话》二刻。

朱星最早提出三刻说，认为庚戌本与丁巳本中间必然还有一次续刻本，正是这次续刻，“贪财图利的书贾延请文理不通的文人大加伪造，改写题目，又加了回前的诗曰词曰，又加了淫秽的大描大绘”。陈昌恒《张竹坡评点金瓶梅辑录》亦主三刻说。许建平力主三刻说，其《金学考论》单辟一章专论版本，把崇祯本以前的刻本依次称为甲刻本、乙刻本、丙刻本。所谓甲刻本即初刻本，名为《金瓶梅》；所谓乙刻本“名叫《金瓶梅传》”，“刊刻的时间为万历四十七年前后，薛冈见到的包岩叟寄给他的‘刻本全书’就是这个乙刻本”；所谓丙刻本即存世的《新刻金瓶梅词话》，它“除了名字改换外，其他不过是对《金瓶梅传》的照印”，“这一刻本翻印的时间必在……万历四十八年之后”。

另外，吴晗主多刻说，如前述不赘。魏子云又有三次成书说，认为抄本《金瓶梅》“是一部有关政治讽喻的小说”，不修改不能出版，沈德符等人于万历三十四至四十三年修改成功，《新刻金瓶梅词话》“是第二次改写本”，“所谓崇祯本又改自《金瓶梅词话》”等。

三是序跋问题。今存《新刻金瓶梅词话》前有三篇序跋：欣欣子序、廿公跋、东吴弄珠客序（慈眼堂本无廿公跋，后来的崇祯本、第一奇书本无欣欣子序）。许建平认为甲刻本《金瓶梅》无任何序跋，乙刻本《金瓶梅传》始有此三篇序跋。周钧韬、鲁歌认为初刻本有东吴弄珠客序，而无法断定是否有其他序跋。刘辉则明确认为初刻本有东吴弄珠客序而无其他序跋，“现存《新刻金瓶梅词话》……翻刻时加上了欣欣子序和廿公跋”。黄霖《金瓶梅原本无秽语说质疑》认为三篇序跋均为《金瓶梅词话》而作。邓瑞琼《再论〈金瓶梅词话〉的成书》却认为初刻本就有欣欣子序、廿公跋，《新刻金瓶梅词话》是其翻刻本，翻刻时加上了东吴弄珠客序。王利器《〈金瓶梅词话〉成书新证》认为是袁无涯初刻的《金瓶梅词话》，他在初刻时加上欣欣子序、廿公跋，所谓欣欣子、兰陵笑笑生等，均是袁无涯的化名，而廿公则是僧无念。徐恭时《白衣秀才在平湖》（《上海师范大学学报》1990年第2期）则认为东吴弄珠客乃董其昌。刘孔伏、潘良炽《金瓶梅研究三题》认为东吴弄珠客是刘承禧。叶桂桐《〈金瓶梅〉版本研究商榷——兼致梅节先生》（《明清小说研究》2007年第3期）认为廿公跋在《金瓶梅》研究中至关重要，而廿公是鲁重民或其友人。他即以有无廿公跋作为崇祯本的分类标准，并认为“弄珠客序作于万历四十五年，廿公跋作于崇祯十四至十六年，而欣欣子序则作于清初”。

四是第53—57回问题。沈德符《万历野获编》：“然原本实少五十三回至五十七回，遍觅不得，有陋儒补以入刻。无论肤浅鄙俚，时作吴语，即前后血脉，亦绝不贯串，一见知其赝作矣。”韩南《金瓶梅版本与素材来源研究》认为沈氏提出了两个问题：一是“看叙事之中是否有任何令人瞩目的不协调之处”，二是“比较一下一二个常用词在这些章回中的用法是否与这部小说其余章回中的用法相吻合”，而这两个问题便是判断第53—57回是否如沈氏所说的标准。韩南下了相当大功夫也用了相当大篇幅检讨了这两个问题，结果关于第一个问题“证明第53—57回是补写的”；关于第二个问题，“在A版（敢按即词话本）的第55—57回中，或者在B版（敢按即崇祯本）的第53—57回中，迄今尚未发现任何可以考证的苏州方言，或者至少没有任何将使这些章回与作品的其余部分显得截然不同的方言”。韩南认为最早的A版只重写了53、54回，最早的B版全书经删节、订正，其第一回经窜改。他因此假设一个第53—57回系补写的版本，“这个‘假设的版本’似乎有可能就是沈德符所说的那个版本，要不就是从它直接派生而来的版本”。刘辉《从词话本到说散本》“拿这五回与全书相较，或依样照描，或矛盾抵牾，俯拾皆是”，结论是“确系补以入刻”。王汝梅《金瓶梅探索》却认为：“词话本第53—54回与前后文脉络基本贯通，语言风格也较一致。而崇祯本第53—54回在语言风格上与前后文不相一致，描写粗疏……如果沈德符所云‘陋儒补以入刻’的话写在崇祯初年，这补入的文字，可能指20卷本之第53—54回，而不是指10卷本《金瓶梅词话》。”魏子云《沈德符论金瓶梅隐喻与暗示探微》异曲同工，得出与王汝梅同样的结论。马征《金瓶梅中的悬案》认为“沈德符所见到的初刻本《金瓶梅》今已失传，其第53—57回有可能是‘赝作’；沈德符未见到的《新刻金瓶梅词话》中的这5回，不能说是‘赝作’”。邓瑞琼《再论〈金瓶梅词话〉的成书》“发现这五回并非一人所为，亦非一时之为”，其“第53、54两回可以连贯，而与其前后不贯串”，“第55、56、57三回各不连贯，且各与书中有关情节有出入”便是证明，她认为“《金瓶梅词话》是一部抄本汇集本，书的各‘部分’间，只有来源之别，而无‘赝’正之分”，她否认“原本实少第53回至57回”，也否认有所谓“陋儒”临时将“赝作”“补以入刻”。许建平《金学考论》第五章为《第53—57回探原》，他详尽考察了这五回与原书的差异以及这五回之间的差异，结论是“小说第53—57回的确如沈德符所言，是由他人补入的”，但“绝非出自一人之手。大体说来第54回‘应伯爵郊园会诸友’为一人所写，第54回后半回‘任医官豪家看病症’则为原作者手笔，第53、第55、第56、第57共四回为一人所写”。

潘承玉《金瓶梅新证》开首一章就是《〈金瓶梅〉第53—57回真伪论》，其通过全面考察表明“五回脱离了词话本使用方言词的惯性系统”，“五回的艺术描写水平远逊于词话本的整体水平”，“五回的情节与生活逻辑和词话本的情节逻辑相抵触”，“五回的人物刻画背离了词话本的性格逻辑”，结论是“词话本第53—57回确为陋儒补作；陋儒有两个，一个补作了第53、54回，另一个补作了第55—57回”，“第二个陋儒为了弥合补作与原作的缝隙，又在59、60、61诸回中插入了不少文字”。郑庆山《金瓶梅新考》“主要结论是：一、《金瓶梅》第53—57回为后人补作，53、54两回为一人，55—57回为另一人；二、南方陋儒据书前原著总目补撰，但与前后各回原著乖违不协，疏漏脱节”。王利器《〈金瓶梅词话〉成书新论》认为补写这5回的是袁无涯。

杨国玉《〈金瓶梅〉第五十三至五十七回“赝作”勘疑》（《金瓶梅与清河》）认为这五回还有词话本与绣像本的差别，也不容忽视：“这两个版本在第五十三至五十七回的最大区别在于第五十三、五十四回两回的文字全然不同；另外，崇祯本的第五十五回有描写李智、黄四借银子以及来保自东京回来汇报为李桂姐说人情之事的近1500字为万历本所无。”并且认为：“崇祯本第五十三、五十四回保留了万历本的原作。”石昌渝《〈金瓶梅〉五十三回至五十七回辨——〈金瓶梅〉版本系统再认识》（盛源、北婴选编《名家解读〈金瓶梅〉》，山东人民出版社1998年）则认为现存万历本的第五十三、五十四回实为原作，而“补以入刻”的是从崇祯本挖移过来的第五十五至五十七回。

五是存世《新刻金瓶梅词话》版本分析问题。词话本目前计有四个本子传世：原北平图书馆藏本（北图本）、日本日光山轮王寺慈眼堂藏本（慈眼堂本）、日本德山毛利氏栖息堂藏本（栖息堂本）、日本京都大学图书馆藏本（京大本）。北图本有墨改痕迹，系保管者或阅读人随手的校订，并缺失第52回的第7、8两页；慈眼堂本除无廿公跋外余均完整无缺，然文旁圈点与北图本有异；栖息堂本略有缺页，其第5回末页异版，有10行文字明显不同，总少5行97字，又卷首的廿公跋与“四贪词”次序颠倒；

京大本残存 23 回。关于京大本，鸟居久晴《金瓶梅版本考》："从行格、字样来看，被推定为北京图书馆藏本的后印本（崇祯间？）"，韩南《金瓶梅版本考》："此散落不全之版本，显系甲版本之一（北图本）之翻版"，黄霖《金瓶梅漫话》同此。丰田穰《某山法库观书录》则说："（慈眼堂本）京都市京大支那研究室存有残本。"一说是北图本的复刻本，一说是慈眼堂本的同版本。魏子云《金瓶梅的传抄、付梓与流行》亦认为："藏于京都大学的残本，也证明了它是（北图藏）词话本的同版。"吴敢《〈金瓶梅〉版本拾遗》以京大本与北图本相校，赞同魏说。其余三本虽然行格、字体基本相同，但其版式、内容均有差异，当为不同版本。对这一点，长泽规矩也、韩南、刘辉、黄霖等认识比较一致，但对孰早孰晚，则见仁见智：长泽规矩也《〈金瓶梅词话〉影印的经过》说："慈眼堂所藏本大概是稍稍早印的版本"；韩南《金瓶梅的版本及其他》说："版本一（北图本）显为最早之刻本"；刘辉《金瓶梅版本考》说："栖息堂本的文字更接近《水浒传》……如果承认《金瓶梅》故事来自《水浒传》……揆之常理，栖息堂本更接近《金瓶梅词话》的原貌。"黄霖《金瓶梅漫话》则认为北图本最早，慈眼堂本虽与北图本同版而次之，栖息堂本最迟，"词话本至少印过两次"。

六是古佚小说刊行会影印本的印数与印次问题。北图本 1931 年冬在山西介休发现，后为北京图书馆收藏，1933 年 3 月古佚小说刊行会据以影印，距今不到 70 年，却已有不少不太容易说清的事项。鸟居久晴《金瓶梅版本考》："北京古佚小说刊行会，是志趣相同的人们的聚结。他们依靠共同出资影印了北京图书馆藏本，分给有志研究者。由于所印部数不超过 100 部（或说 200 部），一般知道的人很少。"长泽规矩也《〈金瓶梅词话〉影印的经过》："于是北平的学者们集资自愿影印 100 部。"泽田瑞穗《增修〈金瓶梅〉研究资料要览》："1933 年 3 月，据说北京古佚小说刊行会只影印了 100 部。"韩南《金瓶梅的版本及其他》："1933 年且以平版照相翻印 100 本售于坊间。"朱星《金瓶梅考证》："用古佚小说刊行会名义把这部书影印 100 部。"谭正璧、谭寻《古本稀见小说汇考》："1933 年由马廉集资，以'古佚小说刊行会'名义影印百部出售。"陈昌恒《张竹坡评点金瓶梅辑录》："影印本，一百本。"刘辉《金瓶梅成书与版本研究》："以'古佚小说刊行会'名义，影印了 120 部。"胡文彬《金瓶梅书录》："北京古佚小说刊行会 1933 年 3 月影印本，120 部。"黄霖《金瓶梅漫话》："用'古佚小说刊行会'的名义影印了 120 部。"江苏省社会科学院明清小说研究中心《中国通俗小说总目提要》："是书……以'古佚小说刊行会'名义，影印 120 部。"梅节《全校本〈金瓶梅词话〉前言》："马廉以古佚小说刊行会名义，醵资将中土本影印 120 套。"

一说 100 部，一说 120 部，一说 200 部，古佚小说刊行会当年到底影印多少部？

1995 年 11—12 月，笔者应邀去法国东方语言学院讲学，曾遍访中国古籍，于巴黎法兰西学院汉学研究所图书馆，得见此本。封面书题《新刻金瓶梅词话百回　绘图》。小本，盖影印时缩小也。书末朱色钤印古佚小说刊行会会章，又朱色铅印一行：本书限印一百零四部之第　部，空格处楷书墨填：拾伍。其第一册图第一页第一图钤印两枚，一阴文一阳文，阴文为：人生到此，阳文为：双莲花庵，当为书主所为。据此，则古佚小说刊行会当年影印部数为 104 部。

无独有偶。1999 年 2—3 月，笔者受教育部派遣去日本京都大学访学，亦于京都大学人文科学研究所图书馆，得见此本又一部。此部原为东方文化学院京都研究所藏书，末册末页亦有朱色铅印一行：本书限印一百零四部之第　部，空格处楷书墨填：陆拾陆。如此看来，古佚小说刊行会当年影印 104 部已可证实。

更有说服力的是，胡颂平《胡适之先生晚年谈话录》记载有胡适 1961 年 6 月 12 日的一次谈话："这部《金瓶梅词话》当初只卖五六块银元，一转手就卖三百块，再转手到琉璃厂索古堂书店，就要一千元了。当时徐森玉一班人怕这书会被日本人买去，决定要北平图书馆收买下来。大概是在'九一八'之后抗战之前的几年内。那一天夜里，已经九点了，他们要我同到索古堂去买。索古堂老板看见我去了，削价五十元，就以九百五十元买来了。那时北平图书馆用九百五十元收买一部大淫书是无法报销的。于是我们——好像是二十个人——出资预约，影印一百零四部，照编号分给预约的人。我记不起预约五部或十部，只记得陶孟和向我要，我送他一部。也就在这时候，这书被人盗印，流行出去了。"胡适是当事人，他的记忆当没有错误。

小野忍《〈金瓶梅〉解说》："（古佚小说刊行会影印本）接着又有影印本的影印本。"鸟居久晴《〈金瓶梅〉版本考》："北京古佚小说刊行会刊本……后来更有影印本的复影本问世。"长泽规矩也《〈金瓶梅词话〉影印的经过》："因为这个影印本（古佚小说刊行会影印本）的传本不多，所以之后据此又出版了影印本，但字面粗劣。另外，翻印本也出现了，但未能传留原貌。"韩南《〈金瓶梅〉版本考》："其后又续有翻版。"原来还有影影印本与翻印本的存在。

影影印本又印出多少部呢？饭田吉郎《关于大安本〈金瓶梅词话〉的价值》："影影印本在日本出版，关于发行部数，据说影印本 100 部，影影印本 300 部。"据此，则当年古佚小说刊行会影印本当为 104 部，其后的影影印本约为 300 部。

还有一个问题。韩南《金瓶梅的版本及其他》："1933 年之平版照相及续出之翻版，均采用王孝慈所藏残本之插图，……第 52 回之七八两页，则用北大图书馆藏崇祯本抄配。"刘辉《金瓶梅成书与版本研究》："图为后补，系通州王氏据《新刻绣像批评金瓶梅》本提供……第52回所缺两页，亦以《新刻绣像批评金瓶梅》抄补。”黄霖《金瓶梅漫话》：“古佚小说刊行会影印时，配以通州王氏收藏的‘崇祯本’所附插图100页200幅……第52回缺页用‘崇祯本’抄配。”事实并非完全如此。泽田瑞穗《增修〈金瓶梅〉研究资料要览》：“因为影印的是北京图书馆本，所以缺第52回的第7、8页，……其后于第二次影印之际，用崇祯本来补充了缺页部分。”饭田吉郎《关于大安本〈金瓶梅词话〉的价值》：“北京图书馆本并不是完全本，似乎第52回第7、8页是缺页（共计缺4面），随之影印的本子在这里只有有行格的白纸而缺正文，影影印本在这里据他本抄补。”原来影印本与影影印本不一样。影印本未补第52回的缺页，影影印本始补所缺，看来韩南、刘辉、黄霖的描述均有误置。由此似可得出如下结论：如果有编号的104部为影印本，则当缺第52回之第7、8两页；如果无编号的为影影印本，则当不缺第52回之第7、8两页。法兰西学院汉学研究所图书馆所藏影印本（即104部之第15部）与京都大学人文科学研究所图书馆所藏影印本（即104部之第66部）确无第52回之第7、8两页。京都大学文学部图书馆所藏影影印本，末页钤有古佚小说刊行会会章，无编号，有据崇祯本抄补的第52回之第7、8两页，款式诚如泽田瑞穗氏与饭田吉郎氏所言，可为证明。鲁歌《简说金瓶梅的几种版本》对这两种本子亦有较为详细的叙录：“1933年北平‘古佚小说刊行会’影印本在第1回题目和首行正文下端，印有一竖式长方形红色的篆体‘古佚小说刊行会章’。第100回末尾下方也印有同样的红色印章。末页印有一竖式长方形‘本书限印一百零四部’等等字样的红色印章。第52回补入了原书所缺的七、八两页，但只有格子和中缝处的‘金瓶梅词话’字样，而未抄补小说文字。这一本子现已很少，西北大学图书馆藏有完整的一部，陕西省图书馆藏有残本。大约1934年或稍后有一种翻印本，去掉了第1回处的红色印章，仅在第100回末尾保留了所印的‘古佚小说刊行会章’，然翻印为黑色。去掉了末页的‘本书限印一百零四部……’字样的图章。第52回七、八两页中缝处下端分别添加了‘第五十二回　七’、‘第五十二回　八’，旁边均注明‘本页据明刊本金瓶梅钞补’，两页据崇祯本抄补了小说文字。此种翻印本较为多见，陕西师范大学图书馆、四川师范大学图书馆均有藏。”

但事情没有这么简单。北京大学图书馆所藏一部，无编号，无古佚小说刊行会会章，即应为影影印本，但亦无第52回之第7、8两页。鸟居久晴《金瓶梅版本考》：“这个影印本的第52回的第7、8页有行格而缺正文……复影印本的这二页，补有书写体的文字，……是根据崇祯本等增补的。……复影印本中有一本模刻了附图的第一、三、五回的3页6面，它为什么仅插入这稚拙的3页，就难以推测了。”谭正璧、谭寻

《古本稀见小说汇考》："抗日战争期间，襟亚阁主人在上海又以'古佚小说刊行会'影印本为底本，重印若干部，流传较广。"看来品种不少。这就是说，古佚小说刊行会本《新刻金瓶梅词话》至少影印了两次，而且可能是在日本影印或翻印了至少两次，在中国也影印了至少两次。前文所谓影影印本300部之数，只是日本第二次影印的数量；如果加上日本翻印的与中国第二次影印的数字，总数应当还要大出许多。

据笔者所知，古佚小说刊行会本《新刻金瓶梅词话》至少有下列四种版式：一是钤有朱色古佚小说刊行会会章（卷首、卷尾各一枚）与朱色"本书限印一百零四部之第　部"字样（卷尾），小本，有插图，但无第52回第7、8两页正文；二是仅钤有墨色古佚小说刊行会会章（卷尾），小本，有插图，没有限印字样，亦无编号，第52回第7、8两页据绣像本抄补；三是无古佚小说刊行会会章，小本，有插图，无编号，亦无第52回第7、8两页；四是插图只有一、三、五回六幅者。

事情应该是这样的：1933年3月古佚小说刊行会在北京影印104部，小本，有插图200幅，卷首、卷尾均有朱色会章，末页另有朱色"本书限印一百零四部之第　部"字样，第52回第7、8两页无正文；随后在日本影影印300部，小本，有插图200幅，卷尾钤有墨色会章，无编号，第52回第7、8两页正文据绣像本（天理本）抄补；在日本影影印前后，在中国上海也影影印了若干部，小本，有插图200幅，无会章，无编号，无第52回第7、8两页正文；再其后不知在何处（可能是日本）影影印或翻印出一种插图仅6幅的本子。

3. 绣像本

又被称作崇祯本、说散本、20卷本、评改本、明代小说本等。目前存世的约有十几个本子，各互有异同，均可认为不同的版本。大概通州王孝慈藏本（即古佚小说刊行会影印《金瓶梅词话》时所选插图的那个本子，今下落不明）为初刻本，上海图书馆所藏甲本，马廉旧藏、今北京大学图书馆藏本，盐谷温旧藏、今天理大学图书馆藏本，周越然旧藏本，本衙藏板本（残存四十七回），吴晓铃藏抄本等是一个系统上的本子；上海图书馆所藏乙本、天津图书馆藏本另是一个系统上的本子；日本内阁文库藏本，长泽规矩也旧藏、今东京大学东洋文化研究所藏本，首都图书馆藏本又是一个系统上的本子。这些本子都是王氏藏本的后刻本。王汝梅《读天津图书馆藏〈金瓶梅〉崇祯本札记》（《金瓶梅与五莲》）："崇祯本流变过程十分清晰——第一代：王孝慈藏本；第二代：天图本、上图乙本，北大本、上图甲本，吴藏抄本，残存四十七回本；第三代：内阁本、东大本，首图本。"黄霖《关于〈金瓶梅〉崇祯本的若干问题》（日本《中国古典小说研究动态》第2期）："崇祯本系统中，二字行眉批本当为最先刊出；

三字行眉批内阁本，四字行眉批北大本、天理本、上图甲本及混合型眉批上图乙本、天津本三类分别从二字行眉批本出；无眉批的首图本则从内阁本出。至于四字行眉批本中的北大本、天理本、上图甲本也非同版，它们之间的关系有待于进一步研究。”杨彬《崇祯本〈金瓶梅〉研究》（文物出版社 2011 年 10 月）：“通过以上多方面比较异同，诸本之系统，于是可大致判别如下：一、现存之‘崇祯本’，最早刊刻于崇祯年间，但它们都非原刻。其祖本的刊刻年代则要早得多，它是从词话本修订而来，大概刊刻于词话本后不久或稍晚。插图是为较早的刊本（或许即其祖本）所有。二、王氏本的刊刻时间较早，但不易与他本比较，很难明确其与北大本、上甲本之先后，它们无疑都处在前列。现存崇祯本的共同祖本，是某种混合行格眉批（基本为四字行）的刊本。三、诸本之间，大体可分为二大系统、三类有着密切联系的版本群。大体还是以行格的不同来划分，即王氏本——天津本——上乙本的二字行版本群，内阁本（东洋本）——首图本的三字行版本群，以及北大本——上甲本的四字行版本群。第一、三版本群可归入同一系统。除了最后一组为同版外，前二者或许都为‘父子关系’。……四、批注（眉批、旁批）非成于一人之手，每次刊刻，都会对其批评有所改动，或增或减，也因修订而招致不少讹误。”梅节《〈金瓶梅词话〉的版本与文本——〈金瓶梅词话校读记〉序》（《明清小说研究》2004 年第 1 期）：“仅仅根据眉批字行来区分崇祯本版本系统，不够周全。也许分为两大系统更合适。一为北大、天理本，上图乙、天图本属于这个系统：有弄珠客序、无廿公跋；二百幅图，眉批四字行为主，开本行格较阔大，有一至两个‘词话’的卷题。一为内阁、东洋本，首图本属于这个系统：有弄珠客序、廿公跋，图百幅，眉批三字行为主，开本行格较紧缩，卷题‘金瓶梅’。凡两系内容文字相异之处，内阁系趋同词话，北大系趋同竹坡本。上图甲本其他均同北大本，独内容文字多同内阁本。”另有一种《绣像八才子词话》（一名《绣刻古本八才子词话》），傅惜华原藏，今下落不明，韩南《金瓶梅的版本及其他》列入绣像本系统。

对于绣像本的研究，鸟居久晴、韩南、魏子云、王汝梅、刘辉、黄霖、梅节、叶桂桐、杨彬、周文业等论述颇多，尤以王汝梅、黄霖最富成树。王汝梅出版有 4 本论著、3 本编著，校点注释了 3 种原著，编辑摄制了 4 集电视专题片，发表论文 60 篇，在原著校注、资料汇录、绣像本研究、张竹坡研究、作者研究、源流研究、人权与主题研究、语言研究等几乎所有金学领域都有探讨与成就。

关于绣像本，亦有几个至今莫衷一是的问题：

一是刊刻年限问题。孙楷第《中国通俗小说书目》称为“崇祯本”；郑振铎《谈

〈金瓶梅词话〉》"可见这部《金瓶梅》也当是杭州版，其刊行年代，则当在崇祯间"；鸟居久晴《金瓶梅版本考》、韩南《金瓶梅的版本及其他》、王汝梅《金瓶梅探索》、鲁歌《简论金瓶梅的几种版本》等随后附议。王汝梅则具体分析王氏藏本、北大本刊刻在崇祯间，而其他翻刻本均刊行在清初。长泽规矩也《金瓶梅的版本》据其版式断定为天启年间所刊。陈昌恒《张竹坡评点金瓶梅辑录》认定在"天启元年前后"。刘辉《金瓶梅版本考》认为"绝不可能刊刻于崇祯年间，而应当是清初，最早不能超过顺治十五年"。黄霖《〈新刻绣像批评金瓶梅〉评点初探》"认为此书刊行本于天崇年间"。

二是作评写定者问题。刘辉《金瓶梅版本考》等认为是李渔，黄霖《金瓶梅考论》等主张为冯梦龙，当然他们用的都是推测的口气。顾国瑞《屠本畯与〈金瓶梅〉》则说"如果承认《金瓶梅》在成书以后仍经过一些人的润饰、加工，那么，王肯堂很可能是其中的一个"。

三是绣像本与词话本的关系问题。鸟居久晴《金瓶梅版本考》："（绣像本）是修改词话本而成，大体上是确实的。"小野忍《金瓶梅解说》（黄霖、王国安编译《日本研究金瓶梅论文集》）也说："不得不认为新刻本是词话本的修订本。"吴组缃《论〈金瓶梅〉》（《北京大学学报》2011 年第 5 期）、徐志平《〈金瓶梅词话〉与崇祯本〈金瓶梅〉叙事者之比较》（《2012 台湾金瓶梅国际学术研讨会论文集》）亦持此说。黄霖《〈金瓶梅〉词话本与崇祯本刊印的几个问题》（《河南大学学报》2006 年第 1 期）："目前所见的崇祯本必据目前所见的《新刻金瓶梅词话》修改后成书，故词话本不可能根据尚未问世的崇祯本来校改。理由之一，还是从避讳来看。词话本不避崇祯之讳，而崇祯本在'花子由'的避与不避的问题上全照抄词话本（只是后半部将'油'换成'繇'），后面又避崇祯之讳。这清楚地说明了崇祯本后出，且留下了修改词话本而成书的痕迹，而不是源自所谓'第一代'尚未刊印的 20 卷抄本。理由之二，还是我曾经强调过的卷题问题。1988 年《金瓶梅研究》第一辑载拙文《关于〈金瓶梅〉崇祯本的若干问题》中的一段话，有必要重新引录一下：众所周知，今存崇祯本都为五回一卷，共二十卷。每卷前一般都题'新刻绣像批评金瓶梅卷之×'。此题名与全书目录前题名相同。然而，其中有几卷的题名较为特殊。今以上图甲本为例，情况如下：卷六题：新镌绣像批评金瓶梅卷之六；卷七题：新刻金瓶梅词话卷之七；卷八题：新刻绣像评点金瓶梅卷之八；卷九题：新刻绣像批点金瓶梅词话卷之九；卷十题：新刻绣像批评金瓶梅之九；卷十四题：新刻绣像批点金瓶梅卷之十四；卷十五题：新刻绣像批点金瓶梅卷之十五；卷十六题：新刻绣像批评金瓶梅卷之十。令人吃惊的是，与上图甲本大有出入的上图乙本、天津本，除了卷十六题作'新刻绣像批评金瓶梅卷之十五（按：

‘十五’亦误）’之外，其他与此全部相同。不但如此，北大本除卷七题‘新刻绣像批评金瓶梅卷之七’外，其余悉同。以此类推，天理本，乃至王氏本估计都是如此。于此，我们可以清楚地看到以下三点：（一）卷七、卷九两处多出‘词话’两字，特别是卷七的题名，竟与词话本完全相同，这无疑是修改词话本时不慎留下的痕迹。假如崇祯本与词话本是平行发展的两种本子，甚至先有崇祯本，后出词话本的话，就决不可能两处凭空加上这‘词话’两字。（二）当为卷十处的卷号却题作‘卷之九’，卷十六处上图甲本缺‘六’字，上图乙本作‘十五’。这些纰漏都说明此崇祯本的‘二十卷’是据词话本临时仓促编排而成，并非来自经过辗转传抄的原有的二十卷本。（三）从一会儿冒出‘新镌’，一会儿又冒出‘批点’‘评点’来看，也都可以看出临时修改、添加的混乱情况，不像据原本刊成。”［日］荒木猛《关于崇祯本〈金瓶梅〉的补笔》（《徐州师范大学学报》2008年第3期）：“本文在‘崇祯本’为‘词话本’之改订本的前提下进行讨论。为此，特将把‘词话本’修改为‘崇祯本’的作者，称为‘补笔者’。以往对这两种版本的比较仅指出：‘词话本’的第1、53、54回在‘崇祯本’中被大幅度修改，‘词话本’中与情节无直接关系的章节在‘崇祯本’中基本被删除。然而，经过这次再比勘又发现：‘崇祯本’中有对‘词话本’进行加笔的部分——虽然为数不多；更重要的是：通过对加笔部分的分析，表明《金瓶梅》由‘词话本’向‘崇祯本’衍进的方向性，并且可以用‘合理化’一词来概括。”刘辉《从词话本到说散本》更具体分析了这一成书过程：“（说散本）对词话本的修订，大致分为两个方面：删削与刊落，修改与增饰，……应当说，删削与刊落大于修改与增饰。”

韩南《金瓶梅的版本及其他》认为两者之间无直接关系，只是绣像本改写自另一接近词话本的“极类似”版本。魏子云《金瓶梅的幽隐探照》认为两者均有传抄本，是平行关系，而词话本刊刻在前，“推想20卷本在付梓之前，曾参酌10卷本的刻本，又加过一番功夫。也许，20卷本的底本在付刻时，仍有欠缺，不得不以10卷本予以抵补。”梅节《全校本金瓶梅词话前言》亦认为两者各自有其传抄本，但绣像本刊刻在前，“20卷本面世后风行一时，书林人士见到有利可图，乃梓行10卷本”。浦安迪《明代小说四大奇书》则认为两者刊本均非原本面貌，还有早于两种基本版本的文本。王汝梅《金瓶梅探索》说：“崇祯本刊印在后，词话本刊印在前。崇祯本以《新刻金瓶梅词话》为底本进行改写评点，它与词话本之间是母子关系，而不是兄弟姐妹关系……按合理的推测是，设计刊刻10卷词话本与统筹改写20卷本，大约是同步进行的。有可能在刊印词话本前后，即在进行部分的改写。在词话本刊印之后，接着继续进行改写与评点，以刊印的词话本为底本最后完成评改，于崇祯初年刊印《新刻绣像批评金瓶梅》。”杨彬《崇祯本〈金瓶梅〉研究》（文物出版社 2011 年 10 月）：“《金瓶梅》的初刻时间，就是今天所见之卷首有万历丁巳年欣欣子序的《金瓶梅词话》，崇祯本是在此基础之上经过修订、加工而成的。可能这一工作在抄本阶段就已开始，但其刊行，却在词话本之后了。”

梅节与叶桂桐有一共同认识，与上述均有差异：“（一）认为现存所谓‘万历本’《金瓶梅词话》晚于日本内阁文库藏‘崇祯本’《新刻绣像批评金瓶梅》。（二）‘崇祯本’虽然是根据《金瓶梅词话》本改写的，但却不是依据现存本《新刻金瓶梅词话》改写的；相反，《新刻金瓶梅词话》依据日本内阁文库藏‘崇祯本’《新刻绣像批评金瓶梅》校改过。”叶桂桐还讲到他与梅节的不同之处：“（一）梅节先生认为‘万历末天启初刊行的’《金瓶梅》是‘文人改编、有丁巳弄珠客序和廿公跋、名为《金瓶梅》的第一代说散本，我认为这个《金瓶梅》的初刻本是词话本，而且所使用的底本就是刘承禧的缺了 53—57 回的所谓‘全抄本’。（二）梅节先生认为上述这一《金瓶梅》初刻本卷端有丁巳弄珠客序与廿公跋；我认为这一刻本只有弄珠客序，没有廿公跋。（三）梅节先生既然认为上述万历末天启初刻本《金瓶梅》卷端有廿公跋，那就是说他认为廿公跋的写作时间不晚于万历末天启初；而我认为廿公跋的写作时间为‘崇祯’十四至十六年。（四）梅节先生认为《新刻金瓶梅词话》刻于明代；我认为它刻于清初。”（以上引文俱见叶桂桐《〈金瓶梅〉版本研究商榷——兼致梅节先生》，《明清小说研究》2007 年第 3 期）

持词话本在前绣像本改写在后观点者，也认为两个版本的创作意图不同。如阿部泰记《论〈金瓶梅词话〉叙述之混乱》（黄霖、王国安编译《日本研究金瓶梅论文集》）：“（崇祯本）并没有沿承万历本的创作意图。”王汝梅《金瓶梅探索》：“改写者对《金瓶梅》有自己的评价。”胡衍南《金瓶梅到红楼梦——明清长篇世情小说研究》：“各有不同美学趣味的书写特色。”徐志平《〈金瓶梅词话〉与崇祯本〈金瓶梅〉叙事者之比较》（《2012 台湾金瓶梅国际学术研讨会论文集》）“首先在形式上，从故事内及故事外叙事者的角度，观察二者在叙事者运用上的不同；其次，在‘叙事者干预’的部分，主要以‘看官听说’的内容加以比较，尝试就二者的差异加以分析，来分辨二位叙事者之间在思想观念上的异同”，“本文虽然透过‘叙事者’的角度进行比较，证明无论在叙事者的多元运用，或在叙事者思想观念方面，崇祯本都要比词话本更胜一筹，但绝不敢否定词话本的价值。词话本也好，崇祯本也好，应是各具擅场，两种版本都是中国小说史上值得珍惜的瑰宝。”

张杰《〈金瓶梅〉版本关系新论》（《人文杂志》2001 年第 6 期）：“我以为，认定词话本与崇祯本（更进一步为崇祯本的原刻本）是血缘近亲，就会使此项问题的研究向前推进一步。”

四是一刻二刻问题。梅节主张二刻说：“第一代说散本书名《金瓶梅》，有廿公跋、东吴弄珠客丁巳序，一百回，分二十卷，有简单眉批，无讳字，无图。第一代说散本最显著的特点是去词话化，大量删去与内容无关、纯为演唱娱众的词曲。……第一个说散本刊行在吴中（苏州），可能就是沈德符带回的本子，书商后来找人补上原缺的53—57回。文人本比艺人本好读，所以受到出版界、读书界的欢迎。……机灵的出版商马上组织人加评、刻图、改文（包括帝讳），在崇祯初年推出第二代说散本《新刻绣像批评金瓶梅》，就是我们现在所见到的崇祯本。”（《〈金瓶梅词话〉的版本与文本——〈金瓶梅词话校读记〉序》，《明清小说研究》2004年第1期）

五是“两部金书”说。陈辽曾经提出“两部《金瓶梅》，两部文学”的看法（参见吉林大学中国文化研究所编《金瓶梅艺术世界》，吉林大学出版社1991年），田晓菲也提出“世间两部《金瓶梅》”的说法（《秋水堂论金瓶梅·前言》，天津人民出版社2003年），胡衍南进一步提出“两部《金瓶梅》，两种世情书写”（《两部〈金瓶梅〉——词话本与绣像本对照研究》，《中国学术年刊》第29期，2007年），均颇具卓识。李志宏更进一步分析说：“由于以往论者的比较分析，一般多将论述焦点置于两者的俗、雅艺术表现的差异之上，不免忽略了两种版本写定者可能基于世情关注取向的不同，使得两个版本在实际编创方面和艺术形式的经营上因而产生了耐人寻味的差别。……不论从寓意、解释或结构等角度来看，词话本《金瓶梅》和说散本《金瓶梅》的开头模式，事实上都各自树立了基本的表达方式和书写惯例，因而体现出不同的美学意义和思想价值，不能简单混为一谈。整体而言，词话本和说散本《金瓶梅》的素材使用、语言风格和回目设计都呈现出不同的美学考虑和写作意图。”（《〈金瓶梅〉演义——儒学视野下的寓言阐释》，台湾学生书局2014年9月）

4. 第一奇书本

又称张评本。小野忍、鸟居久晴、戴不凡、韩南、王汝梅、刘辉、黄霖、吴敢、王辉斌等对此均有研究。普遍认为第一奇书以绣像本为底本，王汝梅《金瓶梅探索》更明确主张“北大藏本这种绣像本才是张评本的底本”，鲁歌《简说金瓶梅的几种版本》“认为张竹坡只读过崇祯本而未见到过词话本”。第一奇书本目前存世几十种，其主要版本流传过程，朱星《金瓶梅考证》分为“有图无图二种”，目前则一般将其区分为有回评与无回评两个系列：无回评者有康熙乙亥本、在兹堂本、皋鹤草堂本、本衙藏板乙本、六堂本等，有回评者有本衙藏板翻刻必究本、本衙藏板甲本、影松轩本、崇经堂本、11 行 25 字本、四大奇书第四种本、玩花书屋本、目睹堂本、福建如是山房本、金阊书业堂本等。这两个系列还有几个大体共同的现象：有回评者均缺《凡例》《第一奇书非淫书论》（四大奇书第四种本另缺《冷热金针》），无回评者不缺；有回评者有图，无回评者无图；均有也仅有谢颐序（目睹堂本却仅有东吴弄珠客序）。

关于第一奇书本，也有两个颇有争议的问题：

一是原刻本问题。孙楷第《中国通俗小说书目》谓“原本未见”。鸟居久晴《金瓶梅版本考》《金瓶梅版本考再补》均认为是康熙乙亥年的皋鹤堂刊本，“但它的下落不明”。韩南《金瓶梅的版本及其他》据陈思相《金瓶梅后跋》推测原刻本“应在1684 年康熙二十三年之前不久版行”。戴不凡《小说见闻录》认为是在兹堂本。刘辉《金瓶梅主要版本所见录》认为在兹堂本只是“第一奇书之早期刻本”，其“第一奇书之原刻本”应为康熙乙亥本。王汝梅《关于〈金瓶梅〉张评本的新发现》（《金瓶梅文化研究》第 4 辑）：“大连图书馆藏本为张竹坡 1695 年刊印的初刻本……吉林大学图书馆藏本为据张评初刻本复制，行款、版式、书名页、序与初刻本相同，但对评语有文字加工与删减，对小说的正文文字上有改动。大连图书馆藏本可简称张评甲本，吉大图藏本可简称张评乙本。……张评乙本的加工刊刻者是谁？经考证，初步判定为张竹坡的弟弟张道渊。”大连图书馆藏本和吉林大学图书馆藏本均为“本衙藏版翻刻必究”本，大连本《寓意说》内有 227 字为第一奇书其余版本所无，系加拿大多伦多大学东亚学系米列娜发现，由王汝梅发布。此 227 字对研究张竹坡生平行谊至关重要。其《金瓶梅探索》说“本衙藏板乙本……只是在装订时未装入各回的回前评语”，他同样认为“本衙藏板翻刻必究本”所少的《凡例》《第一奇书非淫书论》亦系漏装，“如果是有意不装入此两篇，则可能有政治上的原因”，其理由是“张评本回前评语与总评各篇、眉批、旁批、夹批是同一时期同一写作过程中的产品，而不可能分两阶段：先写总评、眉批、旁批、夹批，刊印为‘康熙乙亥年’本（即在兹堂本或无牌记本），过了一个时期，再刊印补写回评的本衙藏板甲本”，并举例“说明写回评在前，写眉批在后”。刘辉《〈金瓶梅〉版本考》认为“此说纯系误解。……现在看来，附录部分，文内夹批、旁批，是张竹坡于康熙乙亥年三月最先完成的，随后拿去付刻。而所有回评，则系以后所补评，故第一奇书最早刊本，皆无回评”。至于鸟居久晴所说“这些回评成于何人之手不清楚”（《金瓶梅版本考》），王汝梅和刘辉对此观点却非常一致，均主张其著作权非张竹坡莫属。黄霖《金瓶梅考论》与刘辉、王汝梅的认识均不一样，他列举 9 条理由之后说：“目前一般所见的在兹堂本及无‘在兹堂’三字的‘康熙乙亥本’并不是张竹坡批评《金瓶梅》的原本。原本未见，很可能是已佚的芥子园所刊的四大奇书第四种本。……目前所见乾隆丁卯本、影松轩本等还是比较接近原本的。”并认为《凡例》《第一奇书非淫书论》《冷热金针》乃书商所为。吴敢《张竹坡评本〈金瓶梅〉琐考》则认为“皋鹤堂是张竹坡的堂号……皋鹤草堂本是徐州自刊本……而且是原刊本，……至于皋鹤草堂本封面刻有‘姑苏原板’字样，当系张竹坡的伪托。”王辉斌《张评本金瓶梅成书年代辩说》认为“现存的康熙乙亥本与在兹堂本，均为张竹坡评本的二刻本，……张评本的首刊本，是没有我们今天所见到的包括康熙乙亥本、在兹堂本在内所附的上述三篇文章（敢按指《凡例》《第一奇书非淫书论》、谢颐序）……首刻则当在康熙三十二年张竹坡‘客长安’之前”。

二是谢颐是谁的问题。韦利《金瓶梅引言》认为谢颐不是真名，顾希春译为中文时便干脆译成“孝义”。顾国瑞、刘辉《〈尺牍偶存〉〈友声〉及其中的戏曲史料》认为是张潮的化名。黄霖《张竹坡及其金瓶梅评本》亦认为谢颐即张潮。吴敢《张竹坡评本金瓶梅琐考》对顾、刘二位观点作有辨正，结论是“《金瓶梅》是张竹坡批评的，皋鹤堂是张竹坡的堂号，则作序于皋鹤堂的这个‘谢颐’，当即竹坡本人。《第一奇书·凡例》：‘偶为当世同笔墨者闲中解颐’；序中说：‘不特作者解颐而谢’。两相对应，当出一人之手，可为佐证”。王辉斌《张评本金瓶梅成书年代辩说》则表示了不同意见。

版本问题实际是成书过程与传播过程问题。如刘辉《从词话本到说散本》分析“词话本究竟是一部什么样的书”，就是从成书与传播角度立论：“《金瓶梅词话》未成书以前，已有不同抄本在不同地区流传，它未经严肃认真的加工整理，而是由不同抄本拼凑一起付刻的。”鲁歌《关于金瓶梅抄本、刻本、作者问题》有更大胆的推想：“如果说《金瓶梅》有两个系统的话，那么我认为第一系统是《金瓶梅》抄本、初刻本、崇祯本、康熙间张竹坡评本；第二系统是《金瓶梅词话》稿本与刻本。”将这一过程说得相对完整的是梅节，其《〈金瓶梅词话〉的版本与文本——〈金瓶梅词话校读记〉序》（《明清小说研究》2004 年第 1 期）：“《金瓶梅词话》和先前几部中国古典长篇白话小说《三国演义》《水浒传》《西游记》一样，原是‘说话’，明朝嘉靖、隆庆、万历间流行于运河区的新兴大众消费性说唱文学。以平话为主，配合演唱流行曲。起初叫《金瓶梅传》，编撰者为书会才人一类中下层知识分子，可能与源流久远的‘罗公（贯中）有关’。听众则为河上工商、市井小民。由于这个接枝《水浒》的新段子贴近生活，语言鲜活，骂皇帝，骂贪官，出文人洋相，又穿插故事，唱曲子，有声有色，受到下层群众欢迎，不久就进入上层社会文人圈子。起初是些不足本，所以就有袁中郎等一班文人的传抄与收集。在辗转抄录过程中，有人将说与听的艺人场子演出本，改编为案头阅读的说部，就是‘为卷二十’的说散本。笔者就其人文属性称之为文人本。《金瓶梅》在成书阶段，就出现艺人本和文人本两个版本系统。艺人词话本虽是母本，文人说散本改编自艺人本，但万历末天启初刊行的是文人改编、有丁巳弄珠客序和廿公跋、名为《金瓶梅》的第一代说散本。文人改编本市场反应甚佳。书林有人不久又找到另一本有欣欣子序的《金瓶梅传》，因讹误严重，并有破失，拟据文人改编本《金瓶梅》校补刊行。后来发现工程太大，只好中辍。只把文人本《金瓶梅》的53—57回拿来补缺，录入该本弄珠客序、廿公跋以作招徕。为有别于先出的说散本《金瓶梅》，更名为《新刻金瓶梅词话》。十卷本词话在天启末崇祯初刊出后，因为讹误太多，可读性不高，始终若存若亡，入清不久近湮没。可幸沉埋三百年后，却重现人间。文人改编的第一代说散本虽没有流传下来，但第二代说散本《新刻绣像批评金瓶梅》却流传下来了。根据这两个本子，我们大致可以弄清《金瓶梅》的成书经过和版本系统。”

叶桂桐总结自己的《金瓶梅》版本研究说：“《金瓶梅》共有四种最有代表性的刻本（据崇祯本修改过的‘张评本’不计）：初刻本《金瓶梅词话》，崇祯本《新刻绣像批评金瓶梅》甲系（现以北京大学图书馆藏本为代表），崇祯本《新刻绣像批评金瓶梅》乙系（以日本内阁文库藏本为代表），《新刻金瓶梅词话》。刻印于上述四种《金瓶梅》刻本上的序跋共有三篇：东吴弄珠客序、廿公跋、欣欣子序。这三篇序跋的写作时间为：东吴弄珠客序作于明万历四十五年（1617年），廿公跋作于崇祯十四至十六年（1641—1643年），欣欣子序作于清初。这三种序跋在四种《金瓶梅》刻本中的刻印情况为：初刻本《金瓶梅词话》开端有东吴弄珠客序，这有薛冈《天爵堂文集笔余》为证；崇祯本甲系也在卷末收录了东吴弄珠客序；崇祯本乙系不仅收录了弄珠客序，又在其上加了廿公跋；《新刻金瓶梅词话》不仅沿袭了崇祯本乙系，收录了廿公跋、弄珠客序，又加上了欣欣子序（这是台湾藏本的顺序，日本栖息堂本顺序不同）。上述四种《金瓶梅》刻本的序跋出现的顺序、分布以及四种刻本刻印之先后顺序昭然若揭，除了初刻本《金瓶梅词话》有薛冈的记述之外，其余都有版本上的依据。”（《中国文学史上的大骗局、大闹剧、大悲剧——〈金瓶梅〉版本作者研究质疑》，《烟台师范学院学报》2002年第2期）

此一课题与作者研究一样，仍是21世纪以来广受关注并续有新说的热点之一。

五、张竹坡及其《金瓶梅》评点

这是一个《金瓶梅》研究中的热点问题。围绕这一专题，20 世纪金学界出版有 10 部专著，另有 70 多位研究者发表了 120 多篇论文。马廉、潘寿康、芮效卫、叶朗、刘辉、王汝梅、陈昌恒、黄霖、吴敢、蔡国梁、胡文彬、俞为民、米列娜、王辉斌、陈金泉、蔡一鹏、贺根民等用力甚勤，而芮效卫、叶朗、刘辉、王汝梅、陈昌恒、黄霖、吴敢、贺根民等均颇有建树。

张竹坡（1670—1698 年），名道深，字自得，号竹坡，以号行世。张竹坡于康熙三十四年（1695 年）正月 26 岁时完成了对《金瓶梅》的评点。

张竹坡在他评点《金瓶梅》的当时，即随着《第一奇书》的“远近购求”而“才名益振”（《仲兄竹坡传》）。刘廷玑自序于康熙五十四年（1715 年）的《在园杂志》卷二，在谈到《金瓶梅》时说：“彭城张竹坡为之先总大纲，次则逐卷逐段分注批点，可以继武圣叹，是惩是劝，一目了然。惜其年不永，殁后将刊报偿夙逋于汪苍孚，苍孚举火焚之，故海内传者甚少。”这一段话写于康熙壬辰冬（1712 年），可为一证。真正高度而又公正地评价张竹坡的《金瓶梅》评点，翔实而又准确地披露张竹坡评点《金瓶梅》过程的，是张竹坡的胞弟张道渊。张道渊修撰《张氏族谱》时，写于康熙六十年的《仲兄竹坡传》，表达了他们之间兄弟加知己的不同寻常的关系。《仲兄竹坡传》：“兄一生负才拓落，五困棘围，而不能搏一第，赍志以殁，何其　哉！然著书立说，已留身后之名，千百世后，凭吊之者，咸知竹坡其人。是兄虽死，而有不死者在也。”在张竹坡一生中，如果说家族内给他直接影响的是父亲张𦐁和二伯父张铎的话，则家族中始终理解他、支持他的人，便是其三弟张道渊。可以说，张道渊是张竹坡和张竹坡《金瓶梅》评点的第一个全面而充分的肯定者。张竹坡在批评《幽梦影》时曾说“求知己于兄弟尤难”，这当不是无端的感慨。

有清一代流传的《金瓶梅》版本，基本都是“彭城张竹坡批评”的第一奇书本。这似乎足以说明张评本的影响，以及世人对张竹坡与张评本的认同。即在其家乡彭城，张竹坡便是名闻遐迩。道光二十九年稿本《清毅先生谱稿·赠言》录阎圻《前初到徐，有客来云，张竹坡先生将枉顾。闻先生名久矣，尚未投一刺，仍乃先及之。因感其意，得诗四章》，又《再辱竹坡先生将赠诗谬许，颇愧不敢当。不谓先生意中，乃亦知此时此地有阎子也。用是狂感，漫为放歌一首》。阎圻是“明末二遗民”之一阎尔梅之长孙，康熙已丑科二甲第41名进士，官工科掌印给事中。阎诗前题为七律四首，其第三首颈联为“凭陵六代穷何病，赏鉴千秋刻不妨”，则该诗当作于康熙三十四年张竹坡评点《金瓶梅》之后。阎圻作诗当时虽系布衣，亦有诗名，对竹坡推许如此，可见竹坡影响。只有李海观笼统地批评张竹坡为“三家村冬烘学究”（《歧路灯》自序），算是一个例外。

其后半个世纪，未见涉及张竹坡及其评点者。孙楷第《中国通俗小说书目》（国立北平图书馆中国大辞典编纂处1933年初版）“明清小说部乙·烟粉第一·一人情”首列《金瓶梅词话》，第三题即为《张竹坡评〈金瓶梅〉》，其题解说：“竹坡名未详。刘廷玑《在园杂志》称彭城张竹坡，盖徐州府人。曾见张山来《幽梦影》有张竹坡评，则顺康时人也。”“明清小说部乙·烟粉第一·五猥亵”《东游记》题解：“每章后附‘竹坡评’，末附‘尾谈’一卷，……竹坡不知即张竹坡否？”此可为20世纪语及张竹坡与《金瓶梅》的第一例。

光绪十七年编刊的《徐州诗征·铜山卷》中，选了张道深诗二首，注云：“道深，字竹坡，著有《十一草》。”竹坡的这两首诗亦见载于《晚晴　诗汇》卷四十。1926年官修《铜山县志》，于其《艺文考》中曰：“张道深《十一草》，道深字竹坡。”1935年张伯英编刊《徐州续诗征》，徐东桥为绘《张氏诗谱》，于道深名下注云：“翃子。”此乃首次公开归竹坡于彭城张氏世家。《徐州续诗征》编刊前后，马廉收集《铜山县志》《第一奇书》《在园杂志》《友声后集》关于张竹坡的载录，判断竹坡“生于清康熙初年”，“卒于清康熙三十四至五十一年之十七年间”（北京大学图书馆藏稿本《隅卿杂抄》）。应该说，张竹坡与《金瓶梅》这一研究方向，在现代，是由孙楷第和马廉首开其端绪的。

日本汉学家在《金瓶梅》版本研究方面得天独厚。长泽规矩也《〈金瓶梅〉的版本》（1949年1月东京·东方书局刊《金瓶梅》附录）、小野忍《关于〈金瓶梅〉的版本》（1950年12月《东京支那学会报》第7号）导夫前路，鸟居久晴《〈金瓶梅〉版本考》（1955年10月《天理大学学报》第21辑）、《〈金瓶梅〉版本考再补（上）（下）》（1961年2—3月东京·大安刊《大安》第7卷第2、3号）集其大成，泽田瑞穗的《金瓶梅研究资料要览》（1961年6月名古屋·采华书林刊《天山系列丛书》第1卷，该书后经寺村政男、崛诚两人修补为《增修〈金瓶梅〉研究资料要览》，1981年8月出版）后续有为。第一奇书本包含其中，得到一次集中清理。

［英］阿瑟·戴维·韦利（Arthur David Waley，1889—1966年）在为1939—1940

年伦敦约翰 G. P 普特南父子公司出版的《金瓶梅》英文节译本所写的《引言》中说："《金瓶梅》是三四本最受群众欢迎的小说之一，世界是不愿意没有它而存在下去的。在 1695 年一位苏州的出版商重印了此书，并提供了一系列精细推敲的序言和注释，其目的是证明此书宣扬的是中国最受尊崇的道德——孝道，他的文章是被一位孝子利用来谋杀杀父仇人的工具。一篇序言一位使用'孝义'的假名（序言本身已说清楚这不是真名）的人提出此书不是王世贞所著就是他的学生所写。张子保（毫无疑问这也是假名）在序言和注释中，特别是在最后一章，也认为此书是一本孝子报家仇的赞美书。"（据顾希春译《金瓶梅引言》，载《河北大学学报》1991 年第 1 期）韦利虽然认为张竹坡是一位苏州出版商的假名，但对张竹坡化名谢颐为《第一奇书》所写的序，给予了较好的评价。

1956 年 10 月 25 日，《新民晚报》发表一丁《评〈金瓶梅〉之张竹坡》一文，算是 20 世纪第一篇研究张竹坡的专文，尽管因为体例，该文只是一个简介。

［美］韩南（Patrick Hanan，1927—2014）在《〈金瓶梅〉版本考》中说："陈思相在《金瓶梅后跋》中写的一段话，证明了谢颐版并非第一个 C 版（敢按即第一奇书本），这篇文字是鲜为人知的，其序文的日期为 1684 年。陈思相说《金瓶梅》在由张竹坡批点之前被人忽视和误解了一百多年。他提及张竹坡有关作者是谁的论述，以及他称这部小说为'第一奇书'，就表明那是他所谈论的第一个 C 版。因而，张竹坡的版本是在 1684 年之前的一段时间刊印的。从张竹坡的引言可以看出，他是金圣叹的一位门徒，……然而，他与金圣叹有不同之处，金圣叹可以毫无顾忌地窜改《水浒传》的文本，以使其适合自己的偏见，而张竹坡则满足于撰写批注和引言，仅对他用作底本的 B 版（敢按即绣像本）略加改动而已。"（载包振南等编选《〈金瓶梅〉及其他》，吉林文史出版社 1991 年 3 月）显然，韩南并没有展开研究张竹坡及其评点，还弄错了张竹坡评点《金瓶梅》的时间。

［澳］柳存仁《伦敦所见中国小说书目提要》1962 年英文版曾对本衙藏板本《第一奇书》有所叙录，"关于张竹坡……他当是康熙九年（1670 年）生人。至于他的营生，……大约也是书贾或替书坊办理一些文墨的读书人"。柳氏考定张竹坡的生年，是对张竹坡研究的一个贡献。惜该书中文版 1982 年 12 月始为发行，其时国内张竹坡研究，已经有了一个较大的发展。

［日］泽田瑞穗《随笔〈金瓶梅〉》（《中文研究》1969 年 12 月第 10 号）："《第一奇书》的改作者是谁呢？一说是李笠翁，但没有确证。而评者张竹坡的本名也不清楚，仅仅知道他是徐州人，大约生活在清代顺治、康熙年间。……张竹坡本卷首载有叫作

‘批评第一奇书金瓶梅读法’的评论，长长短短总共 108 则，是关于作品中人物的批评、原作者创作意图的推测，还有读者心得的论述。当然这不是近代意味的作品论，也没有对这部小说的本质发表突出的见解。但不管怎样，评者使这部一度落入‘淫书’之列的《金瓶梅》能公开阅读的苦心应该认为是良好的。”其评价很为一般。

潘寿康《张竹坡评〈金瓶梅〉》（1973 年 12 月台北《黎明文丛》18）则是台湾学者关于张竹坡研究的最早一篇文章。

称得上第一篇研究张竹坡现代学术论文的，是［美］戴维·特·罗依（Davin Tod Roy，中文名字芮效卫）的《张竹坡对〈金瓶梅〉的评论》。该文见浦安迪主编的《中国的叙事文学》，美国普林斯顿大学 1974 年出版。关于张竹坡的家世生平，以及其评点《金瓶梅》的时间，该文说了不少错话；但关于张竹坡的《金瓶梅》评点，该文从文学批评史和小说理论的高度，给予了最内行的肯定和较有力度的阐释。文章说：“这些被忽视的传统评点中最重要的作品之一就是张竹坡对《金瓶梅》的评论。……竹坡评点的主旨是要说明《金瓶梅》整部作品是一个有机的整体，是精心结构而成的。每一个细节，虽然本身微不足道，却都是不可缺少的。……这足以说明竹坡评论的性质和重要性。……他对《金瓶梅》的评论总的说来，是很光辉的文学批评，他的分析是有相当深度的。……竹坡的评点就不仅仅是对《金瓶梅》最好的评论研究和中国小说理论的宝藏，而且对堪称中国传统叙事文学顶峰的《红楼梦》的创作作出了重要贡献。我希望当这部被忽视的评点作品得到公正的评价时，张竹坡也将在中国文学批评史上赢得一个重要的位置。”

芮效卫的预言，很快便得到了证实。20 世纪 80 年代初，王汝梅、刘辉、陈昌恒、叶朗、蔡国梁、黄霖等蜂拥而起，几乎同时而又相对独立地倾注于此一专题。他们先后发表了近二十篇论文，事实上形成集体集中攻坚的局面，破天荒第一次出现系列性成果，极大地推动和推进了张竹坡与《金瓶梅》的研究。

从公开发表的时间上看，王汝梅《评张竹坡的〈金瓶梅〉评点》（《文艺理论研究》1981 年第 2 期）可为中国大陆第一篇张竹坡研究专题学术论文。该文及其后作者展开阐释的《张竹坡与〈金瓶梅〉评点考论》（《吉林大学学报》1985 年第 1 期）、《张竹坡在小说理论上的贡献》（《明清小说研究》第三辑，春风文艺出版社 1985 年 6 月）等可为一组。在这组论文中，关于张竹坡，根据张竹坡评本《金瓶梅》《在园杂志》《幽梦影》《中国通俗小说书目》，“我们知道，张竹坡，徐州府人，是康熙初年一位重视通俗小说，热心评刻《金瓶梅》，‘其年不永’的文学评论家”。关于张竹坡的《金瓶梅》评点：“（一）继承和运用发愤而作，不愤不作的进步文学思想来评价《金瓶梅》，认为它是一部泄愤的世情书，是一部史公文字，而不是淫书。”“（二）从对文学作品与历史的区别中，提出文学真实性观点，加深了对文学本质的认识。”“（三）总结《金瓶梅》刻画人物性格的艺术特点，提出在‘抗衡’与‘危机相依’中塑造人物形象的方法。”“（四）总结《金瓶梅》‘千百人总合一传’的结构特点，给《红楼梦》网状结构的创新开辟了道路。”“除了以上四点以外，竹坡从艺术形象实际出发，对作品进行细致的艺术分析的方法，也值得肯定。”同时指出“仅就他的《金瓶梅》评论看，谈艺时，他是一个很有见地的文学批评家，提出了现实主义文学真实观，是进步的；离开文学形象，从封建伦理观念出发，抽象地说孝道论寓意时，是迂腐的，保守的。张竹坡其人就是这样一个政治上保守艺术上进步的有矛盾的人物。他给我们留下的这宗古典小说评论遗产是精华和糟粕杂糅”（以上引文俱见《评张竹坡的〈金瓶梅〉评点》）。

几乎同时，刘辉写于1981年5月1日的《张竹坡及其〈金瓶梅评本〉》（《中国古典小说戏曲论集》，上海古籍出版社1985年6月），及其稍后撰写的《〈尺牍偶存〉〈友声〉及其中的戏曲史料》（《文史》第15期，中华书局1982年）、《再谈张竹坡的家世、生平及其评〈金瓶梅〉的年代》（《文学遗产增刊》第17辑，1983年6月）、《〈金瓶梅〉张竹坡评本“谢颐序”的作者及其影响》（写于1983年9月，载《艺谭》1985年第2期），可为一组。这组论文对张竹坡的家世生平，有进一步的追踪发掘；对张竹坡的《金瓶梅》评点，也有概要的评议。关于张竹坡，另根据《友声》《铜山县志》《徐州诗征》《徐州续诗征》等，将张竹坡归入彭城张氏世家，并绘制了一张简明的张氏宗谱，认为“张竹坡生于康熙九年（1670年），卒于康熙四十七年（1708年）”，“张竹坡评《金瓶梅》……时间在康熙三十四年乙亥（1695年），地点扬州”，“肯定谢颐序的作者是张潮”；关于张竹坡的《金瓶梅》评点，“张竹坡评本对《金瓶梅》的艺术成就有不少细致的、中肯的分析，并且对艺术创作的若干理论问题有所探讨，提出了有价值的见解；对作品思想内容的看法虽存谬误，但也颇有可取之处”。

陈昌恒1979—1982年在华中师范大学攻读文学硕士学位，其硕士论文《论张竹坡关于文学典型的摹神说》（该文的提要载《华中师范学院学报》1983年第1期），与其《“西门典型尚在”——张竹坡的文学典型理论概述兼与朱星先生商榷》（《华中师范学院研究生学报》1982年第3、4期）、《张竹坡评〈金瓶梅〉理论拾慧》（《中南民族学院学报》1986年第2期）、《概述张竹坡的文学典型论》（《张竹坡评点金瓶梅辑录》，华中师范大学出版社1986年8月）亦为一组。以张竹坡的小说理论作为硕士论文，陈昌恒当为世界第一人。陈昌恒的研究重点是文艺理论，所以他对张竹坡的《金瓶梅》

评点，有更为深刻的论述。陈昌恒认为“张竹坡在他的评语中破天荒地提出了典型这个概念，并且准确无误地直接用在对《金瓶梅》中的主要人物西门庆、陈经济身上，……在我国古代文论中，在小说理论的发展史上，无疑都具有独创的意义”。“对于典型概念的内涵，……首先，张竹坡看到了典型形象应该具有一定的代表性，应能反映出社会生活中某些人的某些共同性来。其次，……并没有仅仅留在人物的普遍性、共同性、一般性上面，而且还看到了典型人物的个别性、特殊性、差异性。”陈昌恒还认为“张竹坡在他对《金瓶梅》的全部批评中，充分注意到了典型性格的塑造，并且就典型性格的个性化，提出了很好的理论见解”，接着他具体分析了“因人用笔说”“抗衡说”“犯笔而不犯说”三种典型个性化的手法，“张竹坡自己用了一句极为精当的话，总结为‘为众角色摹神’”。陈昌恒更认为“张竹坡的‘并恶及出身之处’的见解，指的是典型人物所生活、行动的社会环境，……而这种社会环境与人物性格是一致的，是同时并存的，是再现典型人物性格所不可缺少的客观依据，这就涉及典型性格与典型环境这一典型理论的重要命题”。陈昌恒进一步认为张竹坡的“足完鞋子神理”，是“看到细节描写的真实性、典型性，指出细节的描写要围绕典型环境中的典型性格来进行”；认为张竹坡的“入世最深，方能为众角色摹神”，是“看到了作家熟悉生活的重要性，而且对世情小说的作者深入生活、了解社会、观察人生提出了更高更具体的要求”；认为“张竹坡所提出的‘假捏一人’‘幻造一事’，正是指的在为典型人物摹神中的人物性格与故事情节的艺术虚构”，指出“张竹坡关于典型情节的艺术虚构的三点要求：一、典型情节的艺术虚构与典型性的艺术虚构的统一。……二、每一个典型情节的艺术虚构，都应该……全面地、有机地、清晰地展示出典型环境中典型性格发展的逻辑。……三、还要求情节的虚构应有诱惑性，能引人入胜”；认为“张竹坡的‘因一人写及一县’的小说理论，指的是由中心典型人物的性格刻画，与典型家庭的日常琐事的描写来实现的”；认为张竹坡的“千百人总合一传”，是对“《金瓶梅》网状结构理论的最好发挥”。陈昌恒总结说：“张竹坡是第一部长篇世情小说的批评家，他根据《金瓶梅》的创作实践所提出的‘而因一人写及一县’的世情小说理论，在古代小说理论发展史上无疑是开创性的”（以上引文俱见《概述张竹坡的文学典型论》）。

黄霖的《张竹坡及其〈金瓶梅〉评本》（《中国古典文学丛考》第一辑，复旦大学出版社1985年7月）发表虽然稍晚，但观其文意，写作当不晚于1983年。关于张竹坡，黄霖在《晚晴　诗汇》卷四十中发现一则张竹坡的简介及其诗二首，进而追踪《徐州诗征》《徐州续诗征》《铜山县志》《尺牍友声集》等，认为这个张竹坡正是评点《金瓶梅》的张竹坡，“他评点《金瓶梅》曾得到了张潮的启发、支持和赞扬”，“世态炎凉，人情冷暖，其时他肯定受到了一些刺激，这也就是他批评《金瓶梅》的一个重要的思想基础”，认为“张氏家藏的诗稿和家谱到1933年时尚属完好，……估计今天还存于世，……敬请海内外有心和有力于此事者进一步探索”。该文在孙楷第、柳存仁、戴不凡、朱星、王汝梅等人研究的基础之上，针对张评《金瓶梅》的原本，可说是《金瓶梅》张评本版本研究的第一篇专题论文，认为“张评本《金瓶梅》有两种系统：一种是多《凡例》《冷热金针》《第一奇书非淫书论》三篇附论而无回评，另一种是有回评而少三篇附论”，而“有回评系统的本子（目前所见乾隆丁卯本、影松轩本等）还是比较接近原本的”。

蔡国梁与前面四位不同，他的张竹坡与《金瓶梅》研究，着眼点在中国小说批评史。他写于1982年12月的《明人清人今人评〈金瓶梅〉》（《社会科学战线》1983年第四期），连同其后的《张竹坡评点〈金瓶梅〉辑评》（《金瓶梅考证与研究》，陕西人民出版社1984年7月）、《清评点派论人物描写》（《明清小说探幽》，浙江文艺出版社1985年12月）亦为一组。蔡国梁认为张竹坡的评点“虽然瑕瑜互见，然其抉微搜隐，自成系统，有利于后人掌握全书的主旨、构思、运笔与脉络”，“张竹坡的‘以空结此财色二字’和‘苦孝说’，给后来评论《红楼梦》的各家以直接的影响”。

孙逊的《我国古典小说评点派的传统美学观》（《文学遗产》1981年第4期），则是以美学的角度来审视中国古代小说的评点。其实，以上几位在研究张竹坡时，都有详略不等的美学审视，有意无意间，一门新的学科已经粗具蓝图。而全力建设这门小说美学学科的，要数叶朗写于1981年的《中国小说美学》（北京大学出版社1985年12月）。该书第五章为“张竹坡的小说美学”专章。此前有李贽、叶昼、冯梦龙（第二章）、金圣叹（第三章）、毛宗岗（第四章），其后有脂砚斋（第六章）、梁启超（第七章）。该章以十节篇幅展开讨论张竹坡的《金瓶梅》评点，指出张竹坡的“独罪财色”，表现在“张竹坡所说的‘泄愤’，包含了三层意思：对于现实生活黑暗面的批判，对于社会道德风尚的批判，与作者本人的遭遇有关”，“张竹坡对于小说艺术批判性的看法，比金圣叹又有所发展”；张竹坡的“因一人而写及全县”，被鲁迅说成“著此一家，即骂尽诸色”（《中国小说史略》），张竹坡指出的《金瓶梅》的这个叙事方法的特点，就是“由‘一家’而及‘天下国家’”；张竹坡的“市井文字”，是“对于《金瓶梅》这种美学风貌的概括和肯定”，“显示出我国古典小说向近代小说转变的趋向，也显示出我国古典美学向近代美学转变的趋向”；张竹坡的“从一个人心中讨出一个人的情理”，概括了“《金瓶梅》塑造人物的特点和成就，强调人物描写的个性化就是要写出每个人的‘心事’，而讨出每个人‘心中的情理’，要‘曲尽人情’，这对于塑造人物的理论是一个很大的发展”；张竹坡“让丑角作‘点睛之笔’，乃小说中化隐为显的一种手法”；张竹坡的“小小博浪鼓”和“小小金扇”，是看到了“小道具在小说中的作用”；张竹坡的“纯是白描追魂摄影之笔”，“扩大和丰富了‘白描’这个概念的内涵，从而使它成为中国小说美学的一个重要范畴”；张竹坡的“百忙中故作消闲之笔”，“富贵气却是市井气”，“实际上是对审美描写和非审美描写作了区分”；张竹坡的“特特错乱其年谱”，“认为这是作者的神妙之笔”。叶朗总结说：“张竹坡的评点中有不少陈腐的说教和烦琐的文字游戏，但是透过这些陈腐的、烦琐的议论，它却给当时的读者吹来了一股新鲜的气息。就像《金瓶梅》这部小说要比《三国演义》《水浒传》等小说要接近于近代小说的概念一样，张竹坡的小说美学也要比金圣叹、毛宗岗等人的小说美学更接近于近代美学的概念”，“张竹坡对于小说美学确有真知灼见，在理论上做出了新的贡献”。

这是一个张竹坡研究的突飞猛进阶段。这是一场虽系个人选题，累积下来却形似集体攻坚的科研。这是一例随着思想解放而开辟新的学术领域的典型。经过以上几位师友的努力，张竹坡研究，已经不是朱星那样简单武断的否定（《金瓶梅考证》，百花文艺出版社 1980 年 10 月），也不是戴不凡那样著录式的肯定（《金瓶梅零札六题》，载《小说见闻录》，浙江人民出版社 1980 年 2 月），而是形成一定阵容，打开一个局面，出现一批成果，做出引人深入的考证，发表了令人信服的宏论。尤其是张竹坡与《金瓶梅》研究，已经粗具规模，接近结题。20 世纪 80 年代初期研究张竹坡的这几位师友，不久都成为在国内外广有影响的著名金学家。

不过，张竹坡研究还有空白。张竹坡家世生平的短缺，严重影响着中国小说美学与《金瓶梅》研究这两门学科的建设。

1984 年 3 月，笔者出席武汉中国古典小说理论讨论会，触及张竹坡与《金瓶梅》研究方向。返徐以后，得到业师郑云波的鼓励和吉林大学王汝梅的督促，遂全力投入彭城张氏家谱和家藏故集的访求。

彭城张氏是徐州望族，其后裔遍布市区与铜山、萧县等地，十二世张伯英更是近现代地方名人。伯英先生的金石考古很有功力。他的书法，更将汉隶、魏碑融进楷书，端庄润劲，自成格势，独步一时。笔者调查彭城张氏的家乘遗集，即从张伯英一支后人入手。五月中下旬，在很多师友的惠助下，辗转寻访到张伯英的从弟张尚志。张尚志年近古稀，精神矍铄，确切告知铜山县罗岗村尚有一部族谱存世，并具函绍介于其侄、族谱保存者张伯吹。

5 月 29 日晨，笔者遂骑自行车前去罗岗。原来张竹坡的从兄张道瑞，六传一支兄弟两人，长曰介，次曰达，达即张伯英的祖父，罗岗所居乃介之后人。罗岗在徐州市南15公里，属今汉王镇管辖。时值双夏，张伯吹正在麦地点种玉米。接谈之后，即于地头摊解笔者据调查结果并地方志乘所编制之《彭城张氏世系表》。伯吹以手指表，侃侃而谈，某人熟知，某人闻名，某人某某事，某人某某村云。忽戛然停语，执手而起，曰：客至不恭，歉歉，请屈尊舍下一观。笔者一向认为风尘中通脱达观者所在定多，而伯吹慷慨有识，早已心许。伯吹自房内梁上取下包袱一只，掸去灰尘，悉令观览。一面自谦道：我识字无多，不知价值，请自取用。笔者早已解袱取书，蹲地开阅。谱名《张氏族谱》，一函，函封系借用，其签条书题《有正味斋全集》，乃张道渊纂修，张璐增订，乾隆四十二年刊本。伯吹自一旁曰：先君爱读书，重文物，动乱之年，"四旧"人俱焚之，独秘藏梁端，易箦之时，尚叮嘱再三。伯吹摩挲族谱，怅然往忆。笔者亦陷入沉思：竹坡家世生平湮没三百余年，人莫能详知，而今即将见世，当是含笑欣慰于九泉的吧？

后来，七八月间，在铜山县第二人民医院院长张信和等人的协助下，笔者又访见康熙六十年刊残本《张氏族谱》与道光五年张协鼎重修刊本《彭城张氏族谱》各一部，以及其他一些抄本张氏先人诗文集。9月中旬，徐州师范学院图书馆时有恒捐献书目编制告竣，也发现有一部康熙六十年刊残本《张氏族谱》与一部晚清抄本《清毅先生谱稿》。

在这些新发现的张氏家谱中，以乾隆四十二年刊本《张氏族谱》最具文献价值。该谱辑录有关张竹坡的资料最多、最全，计：《族名录》中一篇175字的竹坡小传，《传述》中张道渊撰写的一篇997字的《仲兄竹坡传》，《藏稿》中张竹坡的诗集《十一草》，《杂著藏稿》中张竹坡的一篇770字的政论散文《治道》、一篇368字的抒情散文《乌思记》，以及其他一些与竹坡生平行谊有关的文字。

《张氏族谱》发现以后，张竹坡家世生平全面揭晓，张竹坡与《金瓶梅》研究，因而有了一个较大的突破。

围绕张竹坡与《金瓶梅》研究，笔者先后发表《张竹坡生平述略》（《徐州师范学院学报》1984年第3期）、《张竹坡年谱简编》（《徐州师范学院学报》1985年第1期）、《张竹坡扬州行谊小考》（《扬州师范学院学报》1985年第2期）、《张竹坡家世概述》《张竹坡〈十一草〉考评》（以上《明清小说研究》第2辑，中国文联出版公司1985年12月）、《乾隆四十二年刊本〈张氏族谱〉述考》（《文献》1985年第3期）等20多篇论文，结集成《金瓶梅评点家张竹坡年谱》（辽宁人民出版社1987年7月）、《张竹坡与金瓶梅》（百花文艺出版社1987年9月）2部专著。

这一组文章的发表和2部专著的出版，正如许建平《新时期金瓶梅研究述评》所说：“刘辉在《〈金瓶梅〉研究十年》中对此作了如此评价：‘如果说国内学者在《金瓶梅》研究中不少问题正处于探索阶段，只是取得了一些进展的话，那么，在《金瓶梅》重要批评家张竹坡的家世生平研究上，则有了明显的突破，完全处于领先地位。’这个评价是客观而恰当的。”

张竹坡家世生平的全面知解，极大地推动着张竹坡《金瓶梅》评点的研究。王汝梅《论张竹坡批评〈金瓶梅〉康熙本》（《吉林大学学报》1987年第1期）、吴敢《张评本〈金瓶梅〉琐考》（《徐州师范专科学校学报》1987年第1期）、王辉斌《张评本〈金瓶梅〉成书年代辩说》（《徐州师范学院学报》1995年第2期）、王汝梅《关于〈金瓶梅〉张评本的新发现》（《吉林大学学报》1997年第3期）等将第一奇书版本研究引向深入。

张竹坡《金瓶梅》评点整体研究亦有新篇，吴敢《张竹坡〈金瓶梅〉评点概论》（《徐州师范学院学报》1987年第3期）、徐朔方《论张竹坡〈金瓶梅〉批评》（《文艺理论研究》1987年第6期）、［加］米列娜《张竹坡的文学批评理论体系》（首届国际《金瓶梅》学术讨论会交流论文，提要载《国际金瓶梅研究集刊》第1集，成都出版社1991年7月）等均有系统客观的论述。徐朔方肯定“在《金瓶梅》，则是张竹坡作了开创性的探索”的同时，也指出张竹坡的“寓意说”“苦孝说”“没有任何书内或书外的事实作为依据，却把外来的封建伦常观念强加在作品身上”。徐朔方强调“研究工作最需要的是冷静的探索”（张梦华《春日访徐朔方谈金瓶梅研究》，见《国际金瓶梅研究集刊》第1集），此即为一例。米列娜则通过“张竹坡论作者的创作与读者的接受”“张竹坡论《金瓶梅》的有机统一性”“张竹坡论《金瓶梅》的浅层意义到象征意义的转化”的论述，“证实张竹坡的评点是一个完整的理论体系，……是中国17世纪新的学术思想、新的潮流的体现”。

张竹坡《金瓶梅》评点专题研究更为多见。俞为民《张竹坡的〈金瓶梅〉人物论》（《金瓶梅学刊》创刊号，1989年6月）、周书文《张竹坡论〈金瓶梅〉的人物系统刻画》（《固原师专学报》1994年第3期）等为张竹坡《金瓶梅》人物研究一组；俞为民《张竹坡的〈金瓶梅〉结构论》（《金瓶梅研究》第二辑）、周书文《张竹坡论〈金瓶梅〉的艺术结构特色》（《洛阳师专学报》1994年第1期）、王平《评张竹坡的叙事理论》（《金瓶梅文化研究》第三辑）等为张竹坡《金瓶梅》结构研究一组；另外，吴敢《〈金瓶梅〉的文学风貌与张竹坡的“市井文字”说》（《金瓶梅研究》第一辑）研究的是张竹坡的小说美学风貌；蔡一鹏《论张竹坡评点〈金瓶梅〉的道德理性思维方式》（《文学遗产》1994 年第 5 期）研究的是张竹坡的小说批评思维方式；崔晓西《张竹坡在〈金瓶梅〉评点中的“清理”范畴及其在小说批评史上的地位》（《浙江师大学报》1996 年第 3 期）研究的是张竹坡的情理说；王庆华、任明华《略论张竹坡对〈金瓶梅〉的结构形态的解读》（《金瓶梅文化研究》第四辑）、孙秋克《张竹坡评点〈金瓶梅〉之史稗比较刍议》（《2012 台湾金瓶梅国际学术研讨会论文集》）研究的是史稗比较研究如何进入评点家的视野，前者说：“（张竹坡）把握《金瓶梅》的结构形态，其中隐含着这样一种思维方式和批评方法：以史传之记事体为理论框架分析小说文本的叙事结构。这种批评方法并非张竹坡的独创，早在金圣叹的批评文字中就已鲜明地表现出来，只是金圣叹偏重于人物纪传体，而张竹坡则人、事并重，对该批评方法，做了进一步发展。当然，这种发展与张竹坡面对的文本的复杂性密不可分，是《金瓶梅》文本结构的复杂性和创新性引发了张氏批评的理论创造性。”后者认为，“张竹坡继承金圣叹的史稗比较理论，以《史记》为对照文本对《金瓶梅》所进行的批评，虽然和金圣叹的《水浒传》批评一样，并未完全摆脱评点派的一般缺陷，但他们前后相继的史稗比较研究，在叙事艺术、人物塑造、创作题材、创作方法等问题上，基本厘清了史传——小说的联系和区别，不论是对古代小说特质和艺术的总结，还是对今天文学批评的发展，都具有重要的理论意义和现实意义”；董国炎《吴月娘孟玉楼公案》（《金瓶梅文化研究》第五辑）注意到张竹坡极端痛恨吴月娘而高度赞誉孟玉楼（甚至认为是作者自喻）这种如此强烈的褒贬反差，认为“张竹坡在《金瓶梅读法》中说孟玉楼的特点在于‘高才被屈，满肚牢骚’，……这八个字的评语，既是孟玉楼的特点，也是作者的特点，其实还是张竹坡的自我观照。……作品人物、作者、评点者具有三位一体的共同特点，在这样的基础上，评点当中浮想联翩，心潮澎湃，激情洋溢，褒贬强烈，常常有一些大幅度的跳跃，有作品内外浑然一体的联想，形成一种文学批评特色”；陈维昭《张竹坡小说批评与生命化文论》（《金瓶梅文化研究》第五辑）对冷热呼应、入笋、冰鉴、文字掩映之法、犯笔考察之后说：“张竹坡的小说批评涉及《金瓶梅》的伦理价值观念、叙事方法、情节线索和人物关系，而其中最为引人注目而且与传统形式文论最具内在联系的，则是他的小说批评所蕴含的生命化观念”；赵莎莎《张竹坡数理批评浅论》（《〈金瓶梅〉与临清》）用杜贵晨的“文学数理批评”法研究张竹坡的《金瓶梅》评点，认为：“张评中处处皆‘数’，他对《金瓶梅》的数理现象做了近乎全面的评点与分析，举凡命意、结构、情节、语言、人物等等，皆有倚数。甚至，张竹坡有些评点文字本身就是一种倚数之作，……开创了《金瓶梅》数理批评之先河”；王昊《“苦孝说”发微》：“张竹坡通过对《金瓶梅》‘作者必遭史公之厄’

的强调，对传统的‘王世贞著书复仇说’予以取神遗貌的淡化和置换，从而为其‘苦孝说’内涵的赋予，奠定了一个再释的前提。在此基础上，张竹坡完成了一个‘苦孝人’对《金瓶梅》的再接受、再阐释。”（《金瓶梅研究》第十辑）王进驹《谈张竹坡批评〈金瓶梅〉的孟玉楼为作者“自喻”说》（《金瓶梅研究》第十辑）在厘清此说的基本思路、理论方法之后，认为此说“体现出明末清初白话小说创作和批评的新趋势，也是张竹坡痛感于身世际遇，把创作化为批评的一种特殊表达，……把原为一种创作思维与表现方法的‘自喻’，变成了《金瓶梅》的一种解读方法”；贺根民《张竹坡〈金瓶梅〉评点的绘画之思》（《〈金瓶梅〉与五莲》）研究的是“出入传统文化之间的张竹坡，触类旁通，援引绘画之思来导引读者的审美品鉴，展现中国古代文论的诗性智慧和会通色彩”等；侯忠义、王汝梅编《金瓶梅资料汇编》（北京大学出版社1985年12月）更可谓张竹坡资料专集，所有这些均标志着张竹坡研究的全面展开。

张竹坡研究的成果影响到中国文学批评史、中国小说理论史、中国评点文学史、中国文学研究史、中国文学通论、中国小说学等多门学科的建设。如中国文学批评史，20世纪80年代以前，郭绍虞、朱东润等人的经典通史，均未涉及张竹坡；而王运熙、顾易生主编之七卷本《中国文学批评通史》（上海古籍出版社1996年12月）之《清代文学批评史》即专列一节“张道深评《金瓶梅》”。新兴学科如中国小说理论史，无一例外均有张竹坡专章，见陈谦豫《中国小说理论批评史》（华中师范大学出版社1989年10月），方正耀《中国小说批评史略》（中国社会科学出版社1990年7月），王汝梅、张羽《中国小说理论史》（浙江古籍出版社2001年1月）等；又如中国评点文学史，亦给张竹坡以相当的篇幅，见孙琴安《中国评点文学史》（上海社会科学院出版社1999年6月）、谭帆《中国小说评点研究》（华东师范大学出版社2001年4月）等；又如中国文学研究史，不止在一章一处讲到张竹坡，见黄霖《中国小说研究史》（浙江古籍出版社2002年7月）、黄霖主编之七卷本《20世纪中国古代文学研究史》（东方出版中心2006年1月）等；又如宁宗一主编《中国小说学通论》（安徽教育出版社1995年12月），傅璇琮、蒋寅总主编之七卷本《中国古代文学通论》（辽宁人民出版社2005年5月）等均有对张竹坡的专门评论。

张竹坡研究的争议之处，已经不是张竹坡的生平行谊，甚至不是对张竹坡《金瓶梅》评点的理论分析，而是张评本《金瓶梅》的评价与版本问题。

关于张竹坡评点《金瓶梅》的评价，20世纪80年代以来，几乎众口一声，给予了充分的肯定，而且越到后来，评价越高，这才有前文徐朔方先生的持平之论。横空出世的《金瓶梅》，破天荒第一次打破帝王将相、英雄豪杰、妖魔神怪为主体的叙事内容，以家庭为社会单元，采取网状树形结构方式，极尽描摹之能事，从平常中见真奇，被誉为明代社会的众生相、世情图与百科全书。得益于此，《金瓶梅》的评点评议也水涨船高，为有识者所重视。而张竹坡的评点在《金瓶梅》所有的评点评议中最为出色。随着世界思想解放的浩荡潮流，随着新时期中国百家争鸣的和煦春风，随着新学科、新课题的层出不穷，《金瓶梅》研究被尊为“金学”，中国小说理论史、中国评点文学史被视为热点，张竹坡研究不但成为金学，而且成为中国小说理论史、中国评点文学史、中国文学批评史的重要分支。张竹坡之受到重视，张竹坡的《金瓶梅》评点之得到赞誉，大势所趋。给张竹坡的《金瓶梅》评点以公正相当的评价，给张竹坡在中国文学批评史、中国文学评点史，尤其是中国小说理论史中以恰当应有的地位，是社会发展的必然，是学术进步的必然。同时，也不必掩盖，张竹坡的小说评点，也着实说了不少迂腐的话，写下一些牵强附会的文字。另外，他从金圣叹、李渔那里得到不少启发，他的评点中留存着众多的金、李的痕迹。幸运的是，张竹坡之后的中国小说评点家，相形见绌，这才使张竹坡脱颖而出，高标独帜。张竹坡毕竟只是17世纪的一位青年才俊，不必抑低，也不要拔高。

综上所述，张竹坡与《金瓶梅》的研究可分为古代与现代两个时期。古代时期主要是刘廷玑、张道渊、文龙的简明评议。现代时期又可分作六个阶段：20世纪30年代孙楷第、马廉、韦利的资料收集与简单考证；20世纪50年代长泽规矩也、小野忍、鸟居久晴、泽田瑞穗的《金瓶梅》版本考证；20世纪六七十年代柳存仁、芮效卫关于张竹坡生年的准确推断与关于张竹坡《金瓶梅》评点的高度评价；20世纪80年代初王汝梅、刘辉、叶朗、陈昌恒、蔡国梁、黄霖等对张竹坡身世的进一步追踪与对张竹坡《金瓶梅》评点的详细评论；紧随其后吴敢访得《张氏族谱》，张竹坡家世生平全面揭晓；其后20年张竹坡的《金瓶梅》评点研究全面展开。

21世纪以来，有30多位研究者发表了50多篇论文。另有3部专著：吴敢《张竹坡与〈金瓶梅〉研究》（文物出版社2009年2月），贺根民《〈金瓶梅〉评点美学》（中国戏剧出版社2011年6月），杨彬《崇祯本〈金瓶梅〉研究》（文物出版社2011年10月）。说明此一课题仍是广受关注并续有新说的热点之一。

《金瓶梅》评点的最新成果是李梁淑的《〈金瓶梅〉铨评史研究》（台湾学生书局“金学丛书”第一辑）。该著关于张竹坡论述尤详，说：“张竹坡从创作到阅读，以及关于主题寓意、章法结构、人物形象的艺术分析，不但将读者引向‘妙文’的鉴赏角度，从思想内容上彻底改造了原书的形象，使《金瓶梅》摆脱了淫书的罪名，为《金瓶梅》的合法流传做出了贡献。……张竹坡评点有着高尚的目的、严肃的态度，与最深刻的情感上的共鸣，这就决定了他评点风格的与众不同，既有关于小说艺术形式美的揭示，亦有他对世态炎凉、冷热真假的人际关系的批判，以及个人不加矫饰的真情流露，从而形成他个人独具一格的评点。……张竹坡的阅读策略基本上以‘妙文’与‘史公文字’为导向，因此评点中对艺术技巧的分析尤详，希望读者把注意力转移到艺术表现的层次之上，欣赏作者用笔之妙，但只专注形式而不看‘事实’的阅读实际上又难以实现，张竹坡似乎意识到这点，因此他十分注重作品道德和劝惩性意义的阐释，以便读者掌握作者在淫欲表相背后所欲传达的微言大义，期使从形式与意义两方面彻底消解‘淫情艳语’带来的直接冲击，避免‘第喜其淫逸’的错误阅读。……作品在张竹坡的读解中被赋予新义，此种阅读过程中的再创造应被肯定，况且张竹坡关注的焦点始终围绕在生命与道德的寓意，与索隐派红学专主猜度政治主题、历史本事的影射不同，因之张竹坡的索隐作为一种批评模式，实已超出了文字游戏的本身而具备了审美的特征。……

“不论是思想内容或是艺术形式的探求，张竹坡都自觉地把评点视为一种艺术再创造活动，所谓‘我自做我之金瓶梅’，正意味着他要以再创作的精神评点《金瓶梅》。而这种以批评代创作的评点，既有出于排遣闷怀的需要，又有‘喜其文’，不愿才子之文被埋没、误解为淫书，发心要替作者度出金针，使‘天下人共赏文字之美’的美学目的，因此一方面通过对主题意旨的解释，使《金瓶梅》脱胎换骨，在旨趣上成为宣扬孝悌、性理、道德教化的‘理书’，彻底瓦解了‘淫词秽语’的存在，使其符合伦理化美学的目的。一方面通过艺术技巧的分析，向世人揭示《金瓶梅》的审美价值所在，达到共赏‘文字之美’的目的。同时，在改造《金瓶梅》淫书形象同时，也借着批评畅抒了自己的情怀、寄托自己的社会理想，将自己的身世感触、世态人情的体验投射其中，形成他自成一格的评点。……《金瓶梅》提供给张竹坡一个抒情写愤的文本，借着《金瓶梅》的情节、人物，抒发了自己的社会理想、人格理想，以及怀才不遇、饱受世态炎凉的人生郁积和感慨。然而当他以自己坚守的儒家道德价值、人格理想解读《金瓶梅》的淫欲世界，不仅削弱了该书的反传统倾向，也阉割了人性的深度，不若崇祯本来得灵活有深度。”

此一研究方向仍是近年的热门话题。

六、源流

“长篇小说的作者，在致力创作的时候，常是有意的或无意的把他们所处的时代和社会的种种动态巧妙而忠实地织在他们的云锦里。……《金瓶梅词话》所供给的文学史料实比其他各书为多”（冯沅君《〈金瓶梅词话〉中的文学史料》）。最先注意到这一点的是三行《金瓶梅》、郑振铎《〈金史·后妃传〉与〈金主亮荒淫〉》以及吴晗《金瓶梅的著作时代及其社会背景》。专文研究此题的是涩斋《〈金瓶梅词话〉里的戏剧史料》，文分5节，分叙院本、散出、堂会、衣箱、十番。专著研究此题的是姚灵犀《瓶外卮言》。傅惜华《明代小说与子弟书》亦有此意。赵景深《〈金瓶梅词话〉与曲子》则分别指出吴晗与涩斋的失误或不足，重加厘定，统计为小曲27支、小令59支、词8首、联套20套。吴晓铃在其重刊《古今小说》评论中指出《金瓶梅》抄录有3种白话短篇小说（见下文韩南指出的第三、五、七种）。截至20世纪40年代，最为空前启后的是冯沅君《〈金瓶梅词话〉中的文学史料》及其跋语：其中第一节“俗讲的推测”指出小说有4处是描写讲说佛曲的；第二节“小说蜕变的遗迹”归纳为两点，“一、书中人每以韵语代替普通语言，二、每回的回目常不整饬”；第四节“笑乐院本的一个实例”指出小说有4处提到院本，其中3处明言为笑乐院本，并举《王勃院本》为例；第五节“演剧描写的启示”认为小说提到10种剧曲，其中2种为杂剧（《韩湘子度陈半街升仙会杂剧》《小天香半夜朝元》）、6种为传奇（《韩湘子升仙记》《韦皋玉箫女两世姻缘玉环记》《刘知远红袍记》《裴晋公还带记》《四节记》《双忠记》）、2种存疑（《西厢记》《留鞋记》）；第六节“清唱的曲辞与唱法”指出小说讲到清唱的有百余处，可考的曲子有88条，其中见于《雍熙乐府》者60条，见于《词林摘艳》者46条，其中由剧曲（《抱妆盒》《香囊记》《玉环记》《西厢记》《流红叶》等）摘唱的凡十余条。50年代涉及这一领域的有泽田瑞穗《关于〈金瓶梅词话〉所引的宝卷》、毕晓普《金瓶梅中的白话短篇小说》、小野忍《金瓶梅日译本》、周贻白《中国戏剧史》、叶德均《宋元明讲唱文学》。60年代有韩南《金瓶梅探源》，其分门别类指出小说有关内容的出处，可谓空前绝后的集大成之作。其中第一节“长篇小说《水浒传》”认为“《金瓶梅》所用的《水浒传》版本现已失传，同它最接近的现存版本是……天都外臣序一百回本”；第二节“白话短篇小说”指出有7种为话本或拟话本（《刎颈鸳鸯会》《志诚张主管》《戒指儿记》《西山一窟鬼》《五威禅师私红莲记》《杨温拦路虎传》《新桥市韩五卖春情》），有1种为《新刊京本通俗演义全像百家公案全传·港口渔翁》；第三节为“文言色情短篇小说《如意君传》；第五节“戏曲”指出“小说写到14本戏曲的上演”，认为“有两本戏曲同小说有着与众不同的关系，它们是《玉环记》和《宝剑记》”，尤其《宝剑记》“比所有别的戏曲更为重要，……《金瓶梅》4处采用此剧5个片断”；第六节“清曲”指出“不包括只引曲牌名或首句的曲子，全文引录的曲文多达20组套曲、120支散曲”，套曲中有14组分别见于《盛世新声》《词林摘艳》《雍熙乐府》《吴　萃雅》，散曲中有45支分别见于《盛世新声》《词林摘艳》《雍熙乐府》《新编南九宫谱》《荡气回肠曲》；第七节“说唱文学”指出小说引用了三种宝卷（《五祖黄梅宝卷》《金刚科仪》《黄氏女宝卷》）。韩南在前文中有一个著名的观点：“重要的不是引用本身，而是它的性质和目的。”他正是从小说修辞学与创作心理学的角度，为了有助于对《金瓶梅》成书的理解，才下大功夫“探究它们怎样和为什么这样被运用”的。此后魏子云《金瓶梅编年说》、戴不凡《明清小说中的戏曲史料》、吴晓铃《〈金瓶梅词话〉引用宋元平话的探索》、王利器《〈金瓶梅词话〉与宝卷》以及《〈金瓶梅〉之蓝本为〈水浒传〉》、徐朔方《金瓶梅成书新探》、刘辉《从词话本到说散本》、蔡国梁《金瓶梅抄引他书琐述》、徐扶明《金瓶梅写作时代初探》、陈诏《金瓶梅小考》等，或对冯沅君文，或对韩南文，因文用例，各取所需，又分别有所申扬。

蔡敦勇《金瓶梅剧曲品探》、周钧韬《金瓶梅素材来源》可为新时期继往开来的代表作。蔡著分为三大部分：一是“《金瓶梅词话》中戏曲研究”，又分成五部分：(1) 演唱剧目本事源流考述，冯沅君所列10剧以外，又新辑录15个剧目（《彩楼记》《琵琶记》《陈琳抱妆盒》《度金童玉女》《宝剑记》《韩文公雪拥兰关》《香囊记》《子母冤家》《倩女离魂》《月下老定世间配偶》《南西厢》《杀狗劝夫》《唐伯亨因祸致福》《林招得》）；(2) 步戏摭谈，从古代的踏歌，至宋元的转踏、踏爨，作了全面的考查；(3)《西厢记》，冯沅君当年以存疑的态度，估计《金瓶梅词话》中剧曲与清曲《西厢记》是南西厢，本书则考定为北西厢；(4) 第65回“十节目”浅探，除“天王降地水风火”待查外，余均非戏曲而为“百戏”；(5) 曲艺资料辑释，如门词、平话、道情、货郎儿等均有所辑录阐释。二是“《金瓶梅词话》中词曲笺校”，清理出单曲140首、套曲50套，并对128首词曲做出笺校。三是“《金瓶梅词话》中部分韵文笺校”，韩南当时列出《金瓶梅词话》与《水浒传》相同的诗词23条22首，黄霖后来列举出54条，本书则统计出70余首，加上与其他话本小说相同的诗和韵文，约有八九十条，并对其中83条做出笺校。正如刘辉为该书作序所说：“考核精细，严谨不苟”，

"作了一次有意义的集大成工作"。梅节《从套用窜改〈怀春雅集〉诗文看〈金瓶梅词话〉的作者》(《金瓶梅研究》第五辑)与陈益源《〈怀春雅集〉考》(《金瓶梅研究》第五辑)前后相继,考证"合计《怀春雅集》至少有20首诗词,提供《金瓶梅》22处20首完整诗篇作为写作的素材"。周钧韬则用30万字,考证了250个问题,分为宋明史实、《水浒传》、话本拟话本、戏剧剧本、民间散曲小调等5类,对韩南《金瓶梅探源》作了全面的发挥,其考录全面,论析独到,与蔡著以及孟昭连《金瓶梅诗词解析》可同为《金瓶梅》溯源的压台之作。

萧相恺《从〈金瓶梅〉到〈姑妄言〉〈红楼梦〉》(《点评金瓶梅》,山东画报出版社2007年9月):"《金瓶梅》的确是一部杰出的世情小说,它既是以前世情小说作家阅世经验、创作经验的积累,文化的历史积淀的结果,又是后世世情小说创作的先导、样本。就像《三国演义》引出一大批的讲史小说,《水浒传》引出一大批英雄传奇小说,《西游记》又引出一大批的神魔小说一样,《金瓶梅》一出,世情小说迅速繁荣起来。虽然在此后的百余年间,并无超过甚或没有能与它比肩的作品出现,但这期间,此类作品的数量激增,流派繁多,却是前此从未出现过的局面。经流派而言,《金瓶梅》出来以后,受它的影响,至少产生了三个流派:一派是直接续仿《金瓶梅》而作的,如《续金瓶梅》《醒世姻缘传》等世情小说,另外又有由它滋生出来的两股异流——艳情小说和才子佳人小说。这三个流派从明代的末期到清代的前期分流前行,但又相互交融,相互影响,相互激荡,而后又慢慢汇合,出现了《林兰香》《姑妄言》,最后终于出现了《红楼梦》。"

《金瓶梅》对明末清初人情小说的影响,特别是对《红楼梦》的影响;《金瓶梅》作为近代小说的先声,对有清一代中国古代小说创作的影响;《金瓶梅》的续书;《金瓶梅》的翻译、改编与传播等问题自然也是源流问题,即如《金瓶梅》与《红楼梦》的关系,研究成果著名者有阚铎《红楼梦抉微》,姚灵犀《〈金〉〈红〉脞语》,痴云《〈金瓶梅〉与〈水浒传〉〈红楼梦〉之衍变》,孙逊、陈诏《红楼梦与金瓶梅》,沈天佑《金瓶梅红楼梦纵横谈》,冯子礼《金瓶梅与红楼梦人物比较》,张庆善、于景祥《红楼梦与金瓶梅之关系》,以及蔡国梁、卢兴基、祁和晖、王平、梅新林、葛永海等人的《金》《红》比较论文等,此处从略。

《金瓶梅》的源流极为宽泛,近年又有不少新的发现。譬如《金瓶梅词话》第九十三回陈经济晏公庙出家故事对成书于明代正德、嘉靖年间的由陶辅编著的《花影集》的借鉴,就由程毅中发现(《花影集》前言,中华书局2008年),赵兴勤《〈金瓶梅词话〉对〈花影集〉的借鉴——由陈经济栖身晏公庙故事说起》(《2012台湾金瓶梅国际学术研讨会论文集》）则给予展开论析，认为："《金瓶梅词话》在创作过程中，不仅吸纳并改造了《水浒传》乃至宋元话本的许多情节，还从同时代的小说中采撷素材，且对其所蕴含的价值指向、哲学思想多所接纳。"又如杨国玉《新见〈金瓶梅〉抄借〈百家公案〉素材述略》（《中国小说论丛》，韩国2009年9月）指出抄借达四回公案、三个故事，其《新见〈金瓶梅〉抄引明文言小说素材考略——兼谈周礼〈秉烛清谈〉〈湖海奇闻〉的佚文》（《〈金瓶梅〉与五莲》）又指出抄引明代文言短篇小说《严威误宿天妃宫》两首诗，《野庙花神记》一首诗，《游会稽山记》两首诗，《金钏记》一首诗。陈益源、傅想容《〈金瓶梅词话〉征引诗词考辨》（《金瓶梅研究》第十辑）"先呈现目前《金瓶梅词话》征引诗词的研究现状，并就诗词征引做搜罗考证工作，接着对这些征引诗词的抄录状况加以说明，再就诗词征引统整出其规律性，期能对《金瓶梅》成书过程提出若干值得注意的现象。""经过《金瓶梅词话》征引诗词的考辨，这类诗词分别源自《水浒传》、宋元话本、元明文言小说、元明戏曲，及散见于各朝各代的诗词。本文统计其数量分别为引自《水浒传》65首、宋元话本28首、元明文言小说28首、宋元戏曲21首。其抄录状况以直录、增添、减句为主，而在重复抄录的例子中，却见其引用之紊乱。这些征引诗词的文类引用呈现集中状况，其引用的水平确实不怎么高明，而且似乎留有集体创作的特征。"周中明也认为："它反映了《金瓶梅》作者是在通俗小说、话本、戏曲和说唱文学的哺育下成长起来的作家，他的小说艺术还带有不成熟性，表现了从集体创作向文人个人创作过渡的特征。即在以日常的现实生活题材为主体的同时，却又采录了不少他人的现成之作，使两者显得有点生硬、别扭，很不协调，损害了他的小说艺术的统一性和完整性。"（《周中明〈金瓶梅〉研究精选集》，台湾学生书局"金学丛书"第二辑）

徐志平《人情小说的杂语现象——从〈金瓶梅〉到〈跻春台〉》（《〈金瓶梅〉与五莲》，中国文史出版社2013年12月）："以《金瓶梅》为始，雅俗文化不断在人情小说中交会，经历了数百年的发展，最后在《跻春台》这里做了一个差强人意的结束。"

绣像本《金瓶梅》与《金瓶梅词话》相较，其中一项就是更新原本的诗词，而更新代旧的新作，很多亦非自创，仍是套用前人之作。荒木猛《关于崇祯本〈金瓶梅〉各回的片头诗词》指出有92回两本相异，并考证出36首诗词的出处和作者。孟昭连《崇祯本〈金瓶梅〉诗词来源新考》（《金瓶梅文化研究》第五辑）另稽得38首（其中两条与荒木猛重复）。邢永川、赵国安《崇祯本〈金瓶梅〉诗词来源补考》（《金瓶梅文化研究》第五辑）又稽得31首。

傅想容《〈金瓶梅词话〉之诗词研究》（台湾学生书局"金学丛书"第一辑）："就

《金瓶梅词话》的诗词而言，……可谓文备众体。它们分别征引自《水浒传》、宋元话本、元明中篇传奇小说、元明戏曲及历代诗词，这种多面性地移植虽然使诗词的风格因之丰富，但是除了部分诗词的改动能够青出于蓝外，还是有不少诗词呈现‘削足适履’的情况，使全书的风格因而呈现出生硬、不协调的情况，损害了作品的完整性和统一性。”

此研究方向近年仍有人留意，时有新例补充。

七、主旨

如果说“瓶外学”（作者、评者、成书、版本研究等）是百家争鸣，那么“瓶内学”（主旨、艺术、人物、语言研究等）便是百花齐放。关于《金瓶梅》的主旨，传统的说法有寓意说（欣欣子《金瓶梅词话》序：“寄意于时俗，盖有谓也。”）、世戒说（东吴弄珠客《金瓶梅词话》序：“然作者亦自有意，盖为世戒，非为世劝也。”谢颐《批评第一奇书金瓶梅叙》：“而弄珠客教人生怜悯畏惧心，今后看官睹西门庆等各色幻物，弄影行间，能不怜悯，能不畏惧乎！”佚名《满文本金瓶梅序》：“观是书者，将此百回以为百戒，夔然栗，悫然思，知返诸己而恐有如是者，斯可谓不负是书之意也。”刘廷玑《在园杂志》：“若深切人情世务，无如《金瓶梅》，真称奇书，欲要止淫，以淫说法，欲要破迷，引迷入悟。”）、讽劝说（袁宏道《董思白》：“胜于枚生《七发》多矣。”廿公《金瓶梅》跋：“为世庙时一巨公寓言，盖有所刺也。”尺蠖斋《东西两晋演义序》：“《金瓶梅》之借事含讽。”薛冈《天爵堂笔余》：“见荒淫之人皆不得其死，而独吴月娘以善终，颇得劝惩之法。”）、诲淫说（袁中道《游居柿录》：“此书诲淫，有名教之思者，何必务为新奇？”笑花主人《今古奇观序》：“然《金瓶》书丽，贻讥于诲淫。”烟霞外史《韩湘子十二渡韩昌黎全传叙》：“《金瓶梅》之亵淫。”）、复仇说（沈德符《万历野获编》、屠本畯《山林经济籍》、宋起凤《王弇洲著作》、顾公燮《销夏闲记》、佚名《寒花盦随笔》、佚名《秋水轩笔记》）、苦孝说（张竹坡《苦孝说》）、财色说（张竹坡《竹坡闲话》）等。

20世纪以来对传统的说法均有所检讨，并提出一些新见，如世情说（鲁迅、卜键等），写实说（郑振铎、李辰冬等），劝诫说（冯汉镛、郑培凯、田秉锷、魏崇新、周永祥、张进德等），宣扬儒教说（阿丁、李志宏等），封建说（包遵信、宋谋玚、周中明等)，**暴露说**(吴晗、阿丁、黄霖、孙逊、宁宗一、袁世硕、郭豫适等)，**情色说**(高罗佩、刘达临、杜贵晨等)，**影射讽喻说**(魏子云、黄霖、霍现俊、许志强等)，**性恶说**(芮效卫等)，**贪、嗔、痴说**(孙述宇等)，**变形说**(侯健等)，**新兴商人悲剧说**(吴晗、卢兴基、跃进、李时人、王汝梅、何香久、楚爱华等)，**政治历史小说说**(吴组缃等)，**自然主义说**(刘大杰、吴小如、戴鸿森、郭豫适等)，**讽刺说**(李福清、胡衍南等)，**商人社会写照说**(叶桂桐、于承武等)，**市民写照说**(吴红、胡邦炜等)，**人生欲望说**(张兵、王启忠、李永昶、刘连庚、刘相雨等)，**纵欲亡身说**(卜键、周续赓等)，**精神危机说**(田秉锷、孟昭连等)，**新思想信息与旧意识体系杂陈说**(吴红、胡邦炜等)，**黑色小说说**(宁宗一、何香久等)，**愤世嫉俗说**(刘辉等)，**人性复归说**(朱邦国等)，**人格自由说**(池本义男等)，**反腐败说**(黄霖、鲁歌、邓全施等)，**人欲人性说**(齐裕焜等)，**性自由悲剧说**(王志武等)，**探讨人生说**(许建平、曾庆雨、蔚然等)，**文化悲凉说**(王彪等)，**金钱批判说**(宋培宪等)，**揭示国民性弱点说**(兰翠等)，**性小说说**(沈雁冰、周钧韬、桑哲、宋阜森等)，**悲天悯人说**(谭楚子等)，等等。

兹略举数端。孙述宇《〈金瓶梅〉的艺术》："写死亡是《金瓶梅》的特色。一般人道听途说，以为这本书的特色是床笫闲事，不知床笫是晚明文学的家常，死亡才是《金瓶梅》作者独特关心的事。……中国小说家中，关心死亡所反映的人生终极意义的，只有本书作者一人。……佛家说世间罪孽的根源是人心里的'贪嗔痴'三毒，我们细看《金瓶梅》，知道这也就是小说的主题。……李瓶儿的故事，突出表现的是'痴'。……潘金莲所突出表现的是'嗔'。……作者拿书中男主角来表现三毒之首。"

黄霖《我国暴露文学的杰构〈金瓶梅〉》(徐朔方、刘辉编《金瓶梅论集》，人民文学出版社 1986 年)："在我国文学史上，《金瓶梅词话》的最大特色是什么？曰：暴露。它第一次全心全意地致力于撕破笼罩在现实世界上的种种真美善的纱幕，把上上下下、内内外外的人间丑恶，相当集中、全面、深刻地暴露于光天化日之下，因而不但能使当时的读者感到震惊，起来诅咒和希望改变这样的现实，而且在相当长的历史时期内，它仍不失为人们认识社会的一面镜子。"

卢兴基《十六世纪一个新兴商人的悲剧故事——金瓶梅主题研究》(杜维沫、刘辉编《金瓶梅研究集》，齐鲁书社 1988 年 1 月)："《金瓶梅》到底写了一些什么呢？原来它为我们写了一个新兴的商人西门庆及其家庭的兴衰，他的广阔的社会网络和私生活，他是如何暴发致富，又是如何纵欲身亡的历史，这是一出人生的悲剧。"

张锦池《论〈金瓶梅〉的结构方式与思想层面》："《金瓶梅》写故事的由来和结局，是以'悌'起、以'孝'结，反映了作者用以'讽世'的主要思想武器是'仁'

和‘天理’，属小说的哲理层面；其写西门氏的兴衰过程，是以‘金’兴、以‘瓶’盛、以‘梅’衰，从而‘著此一家，即骂尽诸色’，属小说的社会层面；其用以结构情节的主要线索，是以西门氏的盛衰为明线、以权奸们的荣辱为暗线，旨在说明‘富贵必因奸巧得，功名全仗邓通成’的结果，是于国则破，于家则亡，于个人则难以逃脱自我毁灭的命运，属小说的政治层面。因此，《金瓶梅》是以写财色交易之罪恶为表、钱权交易之罪恶为里的社会文学，乃举世鲜匹的‘人间喜剧’。”

蔚然《走出人生困境的不同选择——〈金瓶梅〉与〈红楼梦〉终极关怀之比较》（《金瓶梅文化研究》第三辑）：“书中全面展现了失去理性、人欲泛滥的市井人生，借以表现市民感受到人生价值的虚妄，便在无度的纵欲追欢中实现生命价值的社会现实。”

刘相雨《〈金瓶梅〉中的夫妻关系与儒家的家庭伦理》（《金瓶梅文化研究》第四辑）：“《金瓶梅》的作者一方面对西门庆家庭中的伦理失序进行了批判，另一方面也对李瓶儿等人的情欲追求表示了同情和理解。”

楚爱华《张扬与沉沦：〈金瓶梅〉父亲缺失的二律背反》（《金瓶梅文化研究》第四辑）：“新旧杂陈的时代文化困惑着兰陵笑笑生，于是他把自己的主人公意味深长地设计成新兴的商人身份，给他安置了一个斩断文化传承的无父家庭，借主人公在‘无父’状态下的张扬与沉沦来彰显‘父亲’缺失的二律背反，以表达自己对于封建传统伦理文化与时代危机的忧虑，同时也泄露了末世狂欢的表象下人们心灵深处真正的绝望。”

谭楚子《神圣信仰永恒失语下的彼岸仰望——男权视域中的〈金瓶梅〉欲望世界与兰陵笑笑生之悲悯情怀》（《金瓶梅文化研究》第四辑）：“生命终归要走向死寂，性爱迷狂毕竟无以欢愉无限，历之永久，达于永恒，超越苦难——兰陵笑笑生悲天悯人之宗教情怀遂弥漫〈金瓶梅〉整部通篇。……他仰望彼岸，祈盼灵魂的救赎。”谭楚子《肉欲与救赎张力场中的生命终极意义追问——宗教哲学视野下的〈金瓶梅〉本本解读》（《〈金瓶梅〉与临清》）：“凭借着《金瓶梅》这一朴拙恢宏、气韵浑厚、大音希声、大象无形的中国十六世纪风俗长卷的传神描绘和精妙展示，终于成就了作者对其历史时代及其文化生存空间的超越——在一个缺失终极价值临在的信仰语境中，将肉欲与救赎张力场中的生命终极意义追问这一人类文明进程中的永恒主题及其思考，永远地凝铸横亘在中国小说史上！”谭楚子《孰更疏离女性主义视角：〈金瓶梅〉乎？〈红楼梦〉乎？》（《金瓶梅研究》第九辑）：“《金瓶梅》通过对现实的真实摹写，表现着作者的人生体验和生命思考。这种小说创作向生活回归、与生活同步的写实主义的美学风格在某种程度上标志着小说家主体意识的觉醒，表明中国小说创作长足的进步，而这种进步有些时候是需要以牺牲此前传统审美情景中的高雅恬淡的审美理想和审美情趣之期待为代价的。”

许建平《〈金瓶梅〉的文化反思：因何经济崛起而文化衰微》（《金瓶梅研究》第十辑）：“作者用犀利的反讽之笔所描绘出的令人目眩心乱的文字，正是对十六世纪明王朝经济发达区域乃至整个民族发展的反思和忧虑：因何经济崛起而文化衰微，文化衰微而致家族败落。”

李志宏《〈金瓶梅词话〉的情色书写及其寓言建构》（《〈金瓶梅〉与临清》：“《金瓶梅词话》乃是通过另类历史演义的转义话语进行叙事建构，在‘不删郑卫’之旨中首揭‘情色’主题进行寓言创造，并在情色书写中描写人物因纵情私欲而终致迈向死亡结局的情形，可谓充分了天道循环和因果报应的后设命题，从而在家与国的同构中创造出一种特殊的寓言结构。总体而言，《金瓶梅词话》的主题寓意，即表现在‘寡欲’与‘戒贪’兼存的深层愿望之上，在仿真嘲讽的叙事创造中讲求‘克己’以‘复礼’的思想表现，深切地反映了作者对于齐家治国的根本追求。”

杜贵晨《关于“伟大的色情小说〈金瓶梅〉——从高罗佩如是说谈起》（《〈金瓶梅〉与临清》）：“如果我们承认人类的生存与发展即不断解放的过程，不过是努力创造更好的外部条件，以最大限度满足每一个体身心的需要，也就是不断在更高层次上实现人性的回归，那么，本着人的解放和实事求是的精神，我们就应该抛弃以‘色’与‘情’为耻辱之落后的偏见，承认色情文学包括色情小说不仅是可以存在的，而且可以并应该有伟大的作品！”

在探讨《金瓶梅》主旨时，自然绕不开小说中的性描写。关于《金瓶梅》中的性描写，持认同观点的有池本义男、章培恒、王汝梅、黄霖、雷威安、柯丽德、张兵、张国星、及巨涛、卢兴基、卜键、高越峰、许建平、赵庆元、孟昭连、周琳、石钟扬、霍现俊、杜贵晨、孙琴安、王军明、张弦生、刘淑娟、胡吉星、张廷兴等，持保留意见的有胡适、陈辽、徐朔方、刘辉、周中明、田耒、徐柏荣、吴小如、傅憎享、马征、于承武、付善明等，认为有其客观成因但毕竟为玉中之瑕的有鲁迅、沈雁冰、郑振铎、三行、阿丁、宁宗一、马美信、李永昶、刘连庚、张明远等。

譬如，刘辉《〈金瓶梅〉研究十年》（《中国社会科学》1990年第1期）：“肯定《金瓶梅》不是一部淫书，不等于说《金瓶梅》中就没有淫秽描写；辨析淫书与非淫书之分界，丝毫也不意味着把《金瓶梅》的性描写说成是成功之笔。恰恰相反，总起来看，它正是《金瓶梅》的败笔所在。”

张国星《性·人物·审美——〈金瓶梅〉谈片》（张国星主编《中国古代小说中的性描写》，百花文艺出版社1993年）：“《金瓶梅》中的性描写，是笑笑生刻画人物性格心理、构架人物命运、完成其艺术目的的重要之笔，反映着作家的文化—艺术观念，是小说不可分割的有机成分。……《金瓶梅》——且不论它的价值尺度如何——把性作为揭示人物性格心理、昭示其命运的重要艺术尺度，这本身就是古代文学史上的一个重大的美学进步，一种突破性的贡献。”

王汝梅《缅铃的文化蕴含——〈金瓶梅〉校读札记》（《金瓶梅研究》第八辑）：“《金瓶梅》这部伟大的写实主义长篇小说，生动形象地描写了人物的性行为性心理，是晚明市民生活的艺术反映。作者是大手笔，对生活对世情有敏锐地观察，作品融入了他的切身感受体验。作者写性，把自然性与社会性联系，不掩饰不回避，发现女人，探索人生，比同时期其他小说深刻丰富，达到了时代的高峰。《金瓶梅》中的性描写，触及广阔的生活领域，蕴含了作者的悲悯、仁爱与宽容，作者通过写西门庆因纵欲而遭到自我毁灭，劝诫世人节制情欲，从而企望人类追求适度健康美好的性生活。”

李时人《论〈金瓶梅〉的“性描写”》（张国星主编《中国古代小说中的性描写》，百花文艺出版社1993年）：“（一）性描写是《金瓶梅》一个绕不过去的问题，这个问题不是单纯的道德和审美问题，而是一个复杂的文化问题，本文的宗旨即试图从一个较为宽广的文化视野对其进行观照和审视。（二）基于性欲的两性关系是人类、人类文化赖以生存和发展的基本形式之一，性欲对人类不仅有生理意义，也是审美意识的源泉和永恒的审美对象；《金瓶梅》作者着重‘财色’，尤其是性的描写切入晚明社会生活，从而揭示了这个社会的本质特点，是作为小说家无可指责的选择。（三）性欲是人类生命力量的一种表现，中国的‘礼教禁欲主义’和西方‘宗教禁欲主义’都是对人的本性的异化；由于东西方文化的差异，晚明对禁欲主义的反动是在一个特殊历史时代和采用极端的方式进行的，再现对象及其思想文化的特质影响了《金瓶梅》性描写的形态。（四）性描写是《金瓶梅》有机的不可忽视的组成部分；性描写是《金瓶梅》对小说艺术的开拓，也是《金瓶梅》重要的表现手段；《金瓶梅》性描写的问题不全在客观展示，而主要在于主观态度，其种种偏差产生的重要原因在于作者受时代限定的性意识。当然，这绝不是说《金瓶梅》的性描写是完全成功的，恰恰相反，那些对《金瓶梅》的存在价值具有重要意义的性描写，无论在意识上，还是在叙述方式上都有严重的畸形和病态的成分。对《金瓶梅》这种叙述上关连难分、意识上渗透全书的性描写，实在不是文字上逐一分割、判断艺术优劣加以删略的方法所能解决问题的，对研究来说，站在新的时代文化高度对其作整体的审视关照也许是最首要的任务。要而言之，站在新的时代文化的高度看问题，《金瓶梅》性描写种种偏差的要害是作者受时代制约的性意识。当性意识还停留在较低层次上——不管其是否对以往的历史表现出进步的意义——要想在文学上达到叙述的完美几乎是不可能的事。这对我们来说实在具有深刻的垂诫意义。”

张进德《〈金瓶梅〉人欲描写新论——兼与张兵先生商榷》（《明清小说研究》1994 年第 4 期）：“评价《金瓶梅》的人欲描写，我们反对只用道德的标尺。它所描写的人欲，摆脱了人对神的依托以及精神对理的屈从，也即摆脱了程朱理学对人的主体意识的异化，使人返璞归真，回归了人的生命原欲，但正因为这种回归是建立在畸形的商品经济的基础之上，酝酿于人欲横流的背景之下，故而处处显示出畸形的文化特征。在这种回归中，忽略了人的社会属性，使性由社会的自律行为倒退为原始的个体本能行为；在客观上对群体意识束缚的反拨中陷入了人性向兽性倒退的误区。这固然是作者所处的时代思想禁锢严酷、人性猝醒后矫枉所必有的过正，但这种人欲所体现的腐朽的人生观是应当给予批判的，给作品带来的缺憾（如对两性生活不厌其烦的八股式的描写等）也是应当记取的。”

霍现俊《〈金瓶梅〉性描写的超越与失误》（《古典文学知识》2003 年第 5 期）：“作者的心灵深处是在有意识地把加在‘性’外部的种种禁忌、特别是附加在‘性’上的伦理关系彻底剥落，把它还原为纯粹的个人色彩和天然的男女两性愉悦，这在一定意义上肯定了情（欲）的正当性和不可抑制性，强调了人的自然天性是不可抗拒的，无疑地，这对礼教禁欲主义是一个不小的冲击和否定，对打破婚姻的种种桎梏，提高男女在婚姻中的主体地位，打破传统婚姻文化的规范，都具有相当的历史和文化意义。由于《金瓶梅》的性描写超越了传统‘性文化’关于两性的伦理、道德、社会的义务和责任，所以，它在价值的趋向上便有了审美意义。这样，《金瓶梅》的性描写就并非可有可无，而是小说整体的有机而不可分割的组成部分。除了部分韵文游离主题，属于文人无聊的陈词滥套，似可删汰外，大部分性欲文字，对于刻画人物形象，塑造人物性格，揭示人物的深层心理，深化主题，推进情节的发展，展示作者的心态和时代的社会心理，都有不可或缺的重要作用。”

张明远《〈金瓶梅〉情欲描写的文学价值批判》（《金瓶梅研究》第八辑）：“《金瓶梅》的情欲描写，真正做到了立体化、多角度、全视域。”该文因此总结了其情欲描写的八点文学价值：注意遣词造句，形象贴切传神；惯用叠词排比，语言温软优美；运用多变句式，行文腾挪有致；引入诗词对偶，描写工整雅致；铺陈大段白描，气势酣畅淋漓；更新每次用笔，内容纷呈多彩；叙写前后对照，一事同中有异；借用无关之语，暗写人物风流。

石钟扬《流氓的性战》（《〈金瓶梅〉与临清》）：“晚明性文化实则有两个潮流。一是以李贽为代表的进步知识分子所传播的，以个性解放为基础的人文主义思潮。……另一个是以腐败的封建当局为代表掀起的纵欲主义的浊流。……有人说：性是生命之光。晚明的两股潮流都未离开性这个命题，但前者是曙光，后者是夜光；前者引入升华，后者诱人沉沦。……16 世纪末的中国，既不是‘治世’，也不是‘乱世’，而是‘末世’，是‘浊世’。这是将死的死而不僵，方生的未能发展的时代，死的抓住了活的。两股潮流相生相克，浊流时而盖住清流，夜光时而淹没曙光，腐败时而侵蚀着诗情。……在中国人的伦理观念中，‘万恶淫为首’。因而作者淋漓尽致地写西门庆的性事（变态性心理与性行为），正是从人类生活的一个本质方面揭示封建末世官僚阶级万劫不复的没落和腐败。”

张弦生《是颠覆而不是继承》（《〈金瓶梅〉与清河》）：“《金瓶梅》中的情色描写在一定意义上代表了启蒙思想对封建正统的冲决，代表了市民文学对程朱理学的突破。……《金瓶梅》中的性事描述，也有过滥的倾向，但其实质是在揭露西门庆的霸道和丑恶的行径。有西门庆这样荒淫无耻的封建官商，才有书中这些纵欲肆志的丑行。如果对此加以袒护、掩盖，那反倒是对西门庆之流的丑陋本质的回护，甚至美化。”

刘淑娟《父权凝视下的女性情欲——〈金瓶梅〉中潘金莲之媚道再诠释》（《2012台湾金瓶梅国际学术研讨会论文集》）：“西门家族中，妻妾争宠，权力倾轧，全然系之于与西门庆的性事关系上。潘金莲唯一能够凭藉的资产与权力就是‘身体’，在父权的凝视下，潘金莲极尽所能的施展情欲以讨西门庆的欢心，直至西门庆油枯灯尽。……综观潘金莲在西门家族的性事关系，除了以性固宠之外，不论是与西门庆本人或与琴童、陈经济等，充斥着挑衅、抗争意味。……潘金莲为了拴住西门庆，将‘身体’权力媒介向度发挥到极致，当其取悦西门庆的同时，也用以安慰自己空虚的心灵。……随着西门庆官位的节节高升与得胡僧春药，潘金莲之于西门庆，仿如是提供性欲满足的性事服务员与劳动者；西门庆之于潘金莲，是一己泼天富贵与把揽官司的父权展示者、征服者。小说中两人惊世骇俗的最后一幕，潘金莲的确是以一个胜利者的姿态，然而这其中饱含着长期以来的矛盾、冲突、压抑、焦虑与支配。西门庆的死，正是被自己永不满足的欲求所害，他的死，潘金莲只是临门一脚。”

胡吉星《〈金瓶梅〉：一场身体狂欢的大戏》（《〈金瓶梅〉与五莲》）：“在《金瓶梅》中纵欲与死亡、解放与毁灭并存。一方面‘身体的狂欢’突破了道德束缚，历数了封建礼教的文化罪责；另一方面也陷入了欲望的滥觞，把颠覆扩大化，直至失去了目标，空留下无尽的困惑。”

张廷兴《〈金瓶梅〉性爱描写的典型意义》（《金瓶梅与五莲》）：“《金瓶梅》的性爱描写在中国古代艳情小说史上具有非同寻常的典型性，达到了艳情小说性爱描写的最高水平。”

这一研究方向，近年仍颇受关注。

八、艺术

对《金瓶梅》的艺术价值，持否定意见的，有夏志清《金瓶梅新论》、包遵信《色情的温床和爱情的土壤》等。而绝大多数研究者则充分肯定其艺术成就，不少学人更以专著对《金瓶梅》的艺术特色展开分析，如孙述宇《金瓶梅的艺术》，周中明《金瓶梅艺术论》，张业敏《金瓶梅的艺术美》，曹炜、宁宗——《金瓶梅的艺术世界》等。

关于《金瓶梅》的艺术构思，周中明《更新观念，独创奇格——论〈金瓶梅〉作者的艺术构思》（《金瓶梅学刊》创刊号）：“《金瓶梅》被称为‘第一奇书’。它既不是奇在故事情节的紧张曲折、荒诞离奇上，也不是奇在艺术形象为英雄豪杰、神魔鬼怪上，而是奇在作家对当时的社会现实生活有自己的独特发现，奇在它以逼真的写实手法，写出了以新兴市民为主体的新的人物和新的生活。《金瓶梅》不愧为我国小说史上杰出的艺术创新之作。……《金瓶梅》作者正是以急剧变异的社会生活本身为原动力，突破封建传统思想观念的桎梏，从现实生活的底层去吸取新思想，不是停留于人物外在的行动，而是向人物内在的灵魂深处发掘，写出具有某种新思想的新人物。这是《金瓶梅》作者艺术构思的一个独特的创造。……正因为《金瓶梅》作者的艺术构思是着力于刻画真实的普通人，赋予普通人的形象以深广的社会典型意义，因此，他就不是把他笔下的人物加以神化，不是把目光集中在西门庆一个人身上，而是力求面对现实，使他的目光四射，左顾右盼，由此及彼，由小见大，在广泛的社会关系之中，既突出了西门庆这一个主人公，又通过再现环绕西门庆的众生相，揭露了整个封建社会。”

关于《金瓶梅》的叙事结构，许建平《家庭叙事结构的原创性》（《许建平〈金瓶梅〉研究精选集》，台湾学生书局“金学丛书”第二辑）：“《金瓶梅》以西门庆为结构中心，与他交往的人物形成家庭群体、市民群体、官场群体三个人物系列，三个群体主要人物的活动构成贯穿全书的性爱生活线索、官场活动线索和商场活动线索。三条线索由西门庆及其意志的体现者、执行者的活动穿引起来，此起彼伏，纵横交错，定向运动，表现出自然和谐的节奏，走完了一个首尾相连，因果互系的圆形轨道，形成相对集中，由点及面，多线环绕交错的波放态环式网状结构。”

张远芬《论兰陵笑笑生》（《徐州教育学院学报》1989 年第 2 期）：“从整体结构来看，三个人的死是全书的大关节，把整部书分成了四个部分：蝉蜕、聚合、裂变和虚化。李外传之死，使情节由《水浒传》转入《金瓶梅》，这是蝉蜕。《水浒传》让西门庆死了，笑笑生却让他活了下来，再以他为核心，调动各种人物向他辐辏过来，这是聚合。西门庆一死，所有聚合过来的人物，死的死，嫁的嫁，逃的逃，纷纷跳槽，这是裂变。春梅死后，全书简单交代完韩爱姐的下落，便以最后半回书的篇幅，荐拔由西门庆转生的孝哥，这是虚化。”

张俊《〈金瓶梅〉与〈红楼梦〉漫议》（《点评金瓶梅》，山东画报出版社 2007 年 9 月）：“其情节结构，是一个有机整体。全书首尾相连，血脉贯通，难以分割。故事主体，是写西门庆家发迹和败亡的过程，以及家庭中妻妾的矛盾和争斗。故事主要是以西门庆的一生串起来的，而以西门庆的死为‘书眼’——就是关节点，西门庆死前主要写发家，西门庆死后写败亡。这是《金瓶梅》在结构上与其他三部奇书的最大不同。”

霍现俊《论〈金瓶梅〉圆形网状结构的特点》（《霍现俊〈金瓶梅〉研究精选集》，台湾学生书局“金学丛书”第二辑）：“《金瓶梅》的出现，其结构形式则是在《三国演义》扇形网状结构的基础上，采用了全方位的结网方式。它以西门庆的家庭为圆心，形成一种圆形网状结构。这种圆形网状结构的最大特点，是克服了像《三国演义》那种扇形网状结构仅仅只能反映社会的某些侧面的缺陷。它所反映的，是当时整个社会生活的方方面面。它的圆心是西门氏家庭，这个家庭与社会上的种种关系，这个家庭内部人与人之间的各种关系，都被网络在这个圆内。也就是说，它已不再像《水浒传》《西游记》那样，随着人物活动的转移，场所也在不断变换。它所描写的场所已基本上固定在西门氏宅邸，因而复现率很高。全书一百回，宅邸复现率计 82 回。复现最多的人物——西门氏家族的主子，西门庆 96 回，吴月娘 87 回，孟玉楼 67 回，潘金莲 83 回，李瓶儿 70 回，庞春梅 63 回，总平均超过 70 回以上。这种结构的圆心，是社会最基本的细胞——家庭，因而，整部《金瓶梅》描写这个家庭最多的关系就是家族关系，最多的事就是家庭琐事，并涉及这个家庭与社会的种种关系。人们称之为晚明社会的百科全书，良非虚言。……《金瓶梅》这种圆形网状结构是将各种人物（上至皇帝，下至乞丐)、各种关系（家庭内部以及家庭与社会）都网罗在这个圆内，所以，它描写的重心不再以编撰故事情节为中心，而是转换为以刻画人物性格为中心。”

陈东有《〈金瓶梅词话〉结构特征及其文化信息》（《陈东有〈金瓶梅〉研究精选集》，台湾学生书局“金学丛书”第二辑）：“《金瓶梅词话》全书的总体布局可以这样概括：以西门庆的家庭为结构核心，以西门庆的活动为结构线索，构成板块连接的结构形式。之所以说西门庆的家庭是全书的结构核心，而不是全书的结构框架，因为全书所写的内容并不仅仅局限在西门庆的家庭中。在空间上，作品描写了朝廷和妓院，描写了好几个高、中层官僚的家庭。但是我们又同时看到，作品中所描写的任何一个处所，任何一种关系，都与西门庆的家庭有着各种各样直接或间接的、复杂或简单的关系。……。打个比方，西门庆的家庭犹如车毂，而全书所再现的社会各个阶层、各种人物犹如车辋，西门庆的家庭与这些阶层、人物的关系如同车辐。小说情节的发展如同这种车轮的运转一样。……作者在再现现实世界各种、各层人物的时候，以西门庆的家庭为结构核心，作者在叙述复杂而又高潮层出的故事时，以西门庆的活动为主要的结构线索；全书依时间顺序将故事依其规律自然地发展，又在有艺术选择的前提下，注意突出主要人物之间的关系及其性格发展的阶段性，使全部的故事形成了各具高潮的十个构造块，这些构造块前呼后应，前伏后出，有机地相互勾连，而这些构造块的这些特点和联系，使全部的故事在发展中由人物命运和现实矛盾所决定，出现了三大高潮：一是西门庆生子加官之时（第三构造块），二是瓶儿之死及安葬之时（第七构造块），三是西门庆病死之时（第八构造块）。”

郭英德《〈金瓶梅〉的叙事艺术》（《点评金瓶梅》，山东画报出版社2007年9月）在从外在形态的“十进位”法、百回小说的整体图式、双构思维的空间设置、时令变换与回目对称、纵横交错的网状结构五个方面探讨《金瓶梅》的叙事结构后说：“叙事结构是大处着眼的，叙事手法主要是小处着手。《金瓶梅》叙事所采用的叙事手法是丰富多彩的，应该加以很好的总结。这里我主要举例说明五种叙事手法，即‘影写’叙事、白描叙事、细节叙事、修辞叙事、俗语叙事。……总之，中国古代小说的叙事艺术，发展到《金瓶梅》，出现了一个质的飞跃。”

关于意象叙事，孙秋克《论〈金瓶梅〉的意象群叙事结构》（《第十届国际〈金瓶梅〉学术讨论会论文集》）：“《金瓶梅》以五大意象群为其叙事结构的基础：宗教意象群具有形而上的地位，统摄了小说劝世意图与叙事结构的对称效应；心理意象群具有张本作用，预示了人物命运的大体走向；时间意象群具有推进作用，形成了人物和家庭命运发展的大致时序；空间意象群具有写实意义，呈现了人物关系和场景发生的典型环境；人物意象群具有核心地位，承载了主人公及其家庭由暴发至没落的完整过程。《金瓶梅》的叙事完全打破了此前中国长篇小说的单线型结构模式，构建了《金瓶梅》的综合立体叙事结构，充分表现了家庭生活和社会生活以及人物性格的生成和发展。”

关于小说美学，李时人《中国古代小说的美学风貌——谈〈金瓶梅〉的艺术创造》（《河北师范大学学报》1994年第3期）：“《金瓶梅》的作者，不再像《三国》作者那样，倾心描绘乃至由衷赞赏封建政治家、军事家叱咤风云的业绩；不再像《水浒》作者那样，对啸聚山林的伟大强盗们持以神往而又叹惋的情怀；也不像《西游》的作者那样，把现实生活和自己的人生感受通过一种夸张和变形的形式表现出来。而是用惊讶的眼光审视现实人生，如实地写出他的观察和理解。虽然他并没有完全摆脱传统的意识观念，强行将他的故事纳入一个道德的、宗教的模式之内，却自觉不自觉地以某种愉悦的心情去描写那种铜臭刺鼻、道德沦丧的世俗生活和喧嚣尘世的碌碌众生。这种由历史到现实，由超人到常人，不仅是题材内容的改变、审美领域的拓展，在某种意义上，甚至可以认为是中国古代长篇小说美学观念的革命。”

关于叙事建构，曾庆雨《论〈金瓶梅〉叙事建构的思维特征》（《金瓶梅研究》第九辑）：“纵观《金瓶梅》整部文本，创作主体在叙事构思上具有几个方面的突出特征：对人物的描写采用对比互称的方式；对故事的情节组合采用点面浸染，以点带面的方式；对叙事背景的建构采用时空推移，纵横双向描写的方式。通过这样三个维度的思维构思，显见出主体诗学思维的属性和转换张力，也决定了《金瓶梅》的叙事方式只能是因人设事，以人物的行为和心理活动来带动情节的推进。以人物描写和刻画为文本的最大目的叙事方式，与之前绝大多数叙事文本中因事设人，以情节引人入胜的叙事方式，显示出相当的不同，可谓耳目一新。”

关于叙事时间，郑铁生《〈金瓶梅〉叙事时间第五年的张力结构》（《金瓶梅研究》第九辑）：“《金瓶梅》叙事时间第五年是一个非常独特的现象，以一年之时间跨度，承载40个章回的叙事内容的密度，凸显了小说家主体性的打造，在整部作品中具有极其重大的意义。……《金瓶梅》展现了西门大宅由盛到衰，由聚到散，由热到冷，由欢到悲的变化过程。其中那爆发一时，正是小说家着力突出的第五年叙事。第39—78回将第五年细细切分，极写西门大宅之盛，此40回为全书的叙事高潮和内容核心，集中展现了短暂生命所能爆发出的全部的善与恶。”

关于空间结构，韩晓《论〈金瓶梅〉的空间结构》（《金瓶梅文化研究》第五辑）：“《金瓶梅》的叙事空间包括了现实空间和超现实空间两个空间。《金瓶梅》的叙事空间主要由现实空间构成，现实空间的结构方式也就代表了整部小说的空间结构方式。

从整体上来看，《金瓶梅》的空间结构是属于重叠套盒式的。……《金瓶梅》充分吸收了《三国演义》《水浒传》《西游记》等以平行板块式的空间结构为主的小说作品在处理开放空间的优长，同时更着力于不同层级的封闭空间的内部构造。《金瓶梅》第一次奠定了以一个家庭为重心来展示社会生活的叙事脉络，在空间设置上也首次将对一个家庭的建构和描绘列为关乎小说情节发展和故事敷演的重要内容。小说在空间建构上实现了以西门庆家为舞台焦点，以清河县为主要活动区域来演述故事的建构模式，多个故事在同一空间内回环往复或者重合交叉地展开，从而打破了主要依靠人物的线性流动和空间的板块更替的叙事模式，叙事空间具有集中、稳定和故事密集等特点。……可以说，《金瓶梅》的叙事空间设置不仅标志着古代小说空间结构方式的成熟，也大大推动了古代小说理论中有关空间理论的发展。……除了构筑现实空间，《金瓶梅》也设置了超现实空间。所谓超现实空间，是一个与现实空间如影随形的异度空间，那里活跃着神鬼妖魅。超现实空间与现实空间并立共存且关系密切，二者共同负载故事情节的编排组合。《金瓶梅》没有全方位地描绘出一个超现实世界，但却巧妙选取了超现实空间与现实空间交叉重合的几个瞬间，作为故事段落的拴束。”

关于叙事节奏，林伟淑《〈金瓶梅〉的时间叙事与空间隐喻》（台湾学生书局“金学丛书”第一辑）：“《金瓶梅》的叙事是以年系月，以月系日的写实笔法，时间的进行是一日一日地推移，表现出时间的流逝。小说情节在‘年—月—日’中被推进，也使得时间恍若可以暂停、重来、拼贴，时间的精细描写亦加深作品的可信度，给予读者身历其境之感。……《金瓶梅》在前3/4写西门家的繁盛，后1/4写西门人亡家破，家业四散的凄凉，……如果再细分，我们可以看到小说里的大事记，开合皱褶如一把扇子——《金瓶梅》的重要大事记：第一回——二十九回——四十九回——五十九回——七十九回——一百回。在第二十九回吴神仙为西门庆及妻妾、丫头春梅相命，预示了西门庆家人的未来。第四十九回则是全书的关键，在此时西门庆的声势与政商关系达到巅峰，这一回里胡僧赐壮阳药给西门庆，使西门庆性能力也达到顶点，性和权力、性和政治，再一次完美结合。西门庆的家业声势权贵，直到第五十九回官哥儿死去，西门庆所拥有的一切渐渐失去，接着是为他带来财富、儿子的李瓶儿也将死去。到了第七十九回西门庆死，西门庆所聚敛的一切，将要消散。从上述来看，《金瓶梅》大约每二十回左右便有一个影响全文发展的大事记，或者是情节发展的重要转折点，形成小说自身的节奏旋律。”

关于叙事特征，郑媛元《〈金瓶梅〉叙事艺术》（台湾学生书局“金学丛书”第一辑）：“《金瓶梅》虽然大致以顺时叙事讲述故事，但当作者巧妙地运用轮叙、追叙、预叙等叙事笔法制造错时，重新组织包罗万象的现实生活之后，叙事时间及故事时间之间便因而产生对比，不但具有相互映照或延宕悬念的效果，也能涵容同一叙事时间内的诸多叙事线索。此外，藉由‘穿针引线’‘金针暗度’‘伏脉’‘对比’等串接不同片段的叙事笔法，《金瓶梅》中的人物及事件之间会产生紧密的联系，各个人物及事件之间也经常得以呼应对比。这不只构成结构上‘接续无痕’及‘回返往复’的叙事特征，也构成各个事件之间互为因果，错综影响的关系。……《金瓶梅》藉‘细节描述’达成‘如实描写’或‘意涵衍生’之效：前者能延展叙事，创造逼真感人韵味，建构阅读时可想象的时空氛围；后者则以小说中的时空环境暗示读者，在极短的篇幅内传达言外之意，或意繁文简地传递讯息，以压缩叙事的方式，提供读者解读小说的途径。……《金瓶梅》将过去、未来皆压缩于当下的叙述之中，赋予‘此时此地’多重含义；不但能连接小说人物一生的遭遇，也能使读者将书中情境推及真实人生，化阅读体验为哲理思考。……分析种种叙事特征后可知，由于《金瓶梅》讲述关于暴力情色、社会黑暗、心性放纵、道德崩坏等从前小说鲜少深入挖掘的议题，因此虽然小说沿用部分旧有的讲述格套，但作者、说书人、听众、评点者、读者及书中人物之间的种种关系，已然出现了新的张力。”

除此之外，阿丁《金瓶梅之意识及技巧》（《天地人》1936 年第 4 期）、李西成《金瓶梅的社会意义及其艺术成就》（《山西师范学院学报》1957 年第 1 期）、任访秋《略论金瓶梅中的人物形象及其艺术成就》（《开封师范学院学报》1962 年第 2 期）、罗德荣《金瓶梅时空观念的美学贡献》（《天津社会科学》1986 年第 4 期）、魏崇新《金瓶梅艺术简论》（《徐州师范学院学报》1988 年第 1 期）、贺信民《孽海之花，丑恶之花——也谈金瓶梅的美学价值》（《汉中师范学院学报》1988 年第 4 期）、孟昭连《从历史走向现实——金瓶梅对古代小说审美领域的拓展》（《南开学报》1988 年第 5 期）、吕红《一个罕见的女性世界——兼及金瓶梅的道德与美学思考》（《上海文论》1989 年第 2 期）、宁宗一《金瓶梅思辨录》（《南开学报》1989 年第 3 期）、许建平《试论金瓶梅的艺术结构在中国长篇小说发展史上的意义》（《河北师范大学学报》1990 年第 2 期）、萧宿荣《金瓶梅的辐射式环靶结构》（《争鸣》1990 年第 6 期）等均有可观之词。

关于《金瓶梅》的艺术成就，鲁迅《中国小说史略》：“真正作者之于世情，盖诚极洞达，凡所形容，或条畅，或曲折，或刻露而尽相，或幽伏而含讥，或一时并写两面，使之相形，变幻之情，随在显见，同时说部，无以上之。”郭豫适《论金瓶梅》（《华东师范大学学报》1984 年第 6 期）也说：“《金瓶梅》艺术上是有颇高成就的。……通部结构谨严，故事情节颇多波澜，而笔锋恣肆，写人叙事均有可观。”

关于《金瓶梅》艺术研究，宁宗一《睁大瞳孔找出〈金瓶梅〉的艺术》（《金瓶梅与五莲》）说："不要'走出文学'，不要'离开经典'，让我们深信，《金瓶梅》的审美研究有着广阔的空间。这个领域时时刻刻检验我们的耐性和真功夫。我们可以大展身手的领域可能就是最有魅力的小说艺术，让我们睁大眼睛找出《金瓶梅》的艺术！"

《金瓶梅》艺术研究将是金学的常设课题。

九、人物

人物形象研究，是金学同人讨论较为充分、著述格外丰富的一个研究方向。此一领域亦可谓著述如林，仅专著就有孟超《金瓶梅人物论》，石昌渝、尹恭弘《金瓶梅人物谱》，高越峰《金瓶梅人物艺术论》，刘烈《西门庆与潘金莲——〈金瓶梅词话〉主人公及其他》，孔繁华《金瓶梅人物掠影》，鲁歌、马征《金瓶梅人物大全》，孔繁华《金瓶梅的女性世界》，叶桂桐、宋培宪《金瓶梅人物正传》，罗德荣《金瓶梅三女性透视》，王志武《金瓶梅人物悲剧论》，冯子礼《金瓶梅与红楼梦人物比较》，王汝梅等《金瓶梅女性世界》，陈桂声《金瓶梅人物世界探论》，魏崇新《说不尽的潘金莲——潘金莲形象的嬗变》，晨曦、婧妍《金瓶梅中的男人与女人》，曾庆雨、许建平《商风俗韵——〈金瓶梅〉中的女人们》，程自信《〈金瓶梅〉人物新论》，王志武《小说三论：红楼梦人物冲突论、三国演义人物竞争论、金瓶梅人物悲剧论》，石钟扬《致命的狂欢——石钟扬说〈金瓶梅〉：品读潘金莲与西门庆》，刘心武评、戴敦邦绘《刘心武评〈金瓶梅〉人物谱》，陈清华《〈金瓶梅〉中的情色男女》等21部之多。

张俊《历史性的贡献——简论〈金瓶梅〉在中国小说史上的地位》（徐朔方、刘辉编《金瓶梅论集》，人民文学出版社1986年11月）从六个方面讨论《金瓶梅》在人物塑造上的成就：（1）注意人物个性与社会生活的关系，写出了人物性格的现实性。（2）注意人物性格的丰富性，揭示了人物性格的复杂性。（3）注意人物外在形态与内心世界的关系，突出了人物性格的独特性。（4）注意人物性格塑造与环境描写的关系，利用室内陈设陪衬人物的性格。（5）注意生活中琐事细节描写与人物性格刻画的关系，使人物形象贴切自然。（6）注意白描与传神的结合，勾画出了人物的动态与神韵。

西门庆作为《金瓶梅》男一号，自然受到研究者更多的关顾。首先是西门庆的身份定性，有土豪劣绅（郑振铎），污吏土豪（阿丁），地主、商人、官僚三位一体（任访秋)，地霸、酷吏、巨商三位一体（张俊)，商人、恶霸、官僚三位一体（蔡国梁、沈天佑)，巨商地主（赵景深)，富商、官僚两位一体（魏崇新)，新兴商人（吴晗、蔡国梁、卢兴基、李时人)，商业资本家（孟昭连)，商业实业家（周克良)，混账恶人（朱继琢、何焕群)，全景流氓（石钟扬）等，大抵以商人、恶霸、官僚三位一体说和新兴商人说为学界基本接受。兹略举数端。

孟超《金瓶梅人物》:“一部《金瓶梅》所写的大大小小的人物，在各种情事底下反映出的卑鄙无耻，荒淫悖乱，一切都是为了衬托西门庆而设的。西门庆是《金瓶梅》中的主干，没有西门庆不能集一切罪恶之大成，没有西门庆看不到《金瓶梅》的全貌。然而，我们也不能说西门庆就是一个人而存在着的，有了《金瓶梅》的社会，才能产生出这样的一代‘活宝’。……秦始皇是多大的势力，他想让他的天下历万代而不断，但哪知二世而亡！在论《金瓶梅》人物之后，我不想说别的，只有冷呼一声：‘西门庆万岁！’‘西门家世，永固无疆’了！”

沈天佑《论西门庆形象的典型意义》（徐朔方、刘辉编《金瓶梅论集》，人民文学出版社 1986 年 11 月)：“西门庆这个‘三位一体’的人物正是明代中叶后商品经济极大发展、资本主义新的生产关系开始萌芽、而封建顽固腐朽势力又不肯轻易退出舞台仍在做垂死挣扎的历史产物。……像西门庆这样一个商人、恶霸、官僚‘三位一体’，具有复杂而丰富的内容的人物形象，在以往的反面形象中几乎没有出现过，……西门庆的性格是在那些传统的反面形象性格基础上的一个新的发展，这就使这个形象成了我国文学史上一个别具一格的不朽的反面典型，它充实和丰富了我国人物形象的艺术宝库。”

霍现俊《西门庆形象新探》（《明清小说研究》1998 年第 1 期)：“大体说来，对西门庆形象的认识总归有四种意见：一是以游国恩《中国文学史》为代表的集‘地主、恶霸、商人’三位一体形象说；二是以卢兴基为代表的新兴商人形象说；三是以陈诏为代表的官商形象说；四是以孙逊为代表的官商和新兴商人混合形象说。综观这四种意见，他们有一个共同点，即都认为西门庆形象的主要内涵是一个商人，他的全部活动是以经商为基础，官僚身份不过是屏障辅助而已，这些结论都未免偏颇。……更确切地说，他应是 16 世纪晚明资本主义萌芽时期官僚资本家的典型。”

许建平《许建平〈金瓶梅〉研究精选集》:“《金瓶梅》中的西门庆绝非《水浒传》中的西门庆，他是中国文学史上一位崭新的艺术形象：一位靠经商开路，金钱创业，实现自己人生理想的商人形象；一位讲人情，重实际，轻儒道，不信神佛，只信自我的现实主义者；一位爱财、好色、能干、能挣、会花、能玩的享乐主义者；一位深谙社会、藉势利己、雄心勃勃、既具有破坏力又具创建性的一代商界奸雄！《金瓶梅》的价值就在于它第一次以如实模仿的笔法活现出西门庆这样一位封建市场文化培育出来的具有原汁原味的商人原型，从而显示出它在中国文学史乃至文化史上崭新的时代意义。”

石钟扬《石钟扬〈金瓶梅〉研究精选集》：“《金瓶梅》中的西门庆乃一个全景型的流氓。其为市井细民时，就是个横行里巷的流氓团伙的首领；经商时是个坑害同行、偷税漏税的不法商贩；从政时是个行贿受贿、贪赃枉法的官僚。即使是居家、嫖娼以至在床笫，他也是个无恶不作的流氓。也就是说他的行为方式，他的思维方式，他的举止装扮，他的语言谈吐，他的生活方方面面，无不充斥、弥漫着浓烈的流氓习气、流氓作风、流氓做派。西门庆在他生活的王国里俨然成了不可一世的‘当代英雄’。塑造出这么个流氓的典型形象，是《金瓶梅》对中国文学史乃至文化史的重大贡献。因为有他，就能透视出古今一切流氓的灵魂与身影；因为舍此，在中国文学史上或许就再也找不到如此形象、如此生动、如此典型的流氓。……西门庆则全面刷新了中国流氓的功能，他对封建社会的官制、法制、税法、礼教等方方面面都有着瓦解与破坏作用，简直是创造了流氓的神话。……兰陵笑笑生不愧为讽喻圣手，他让西门庆这个流氓以不可思议的手段，不可思议的速度，登上了不可思议的‘光辉’顶峰，然后又以不可思议的方式让他忽地跌入死亡的深渊。西门庆不是死于任何外力，而是在欲海狂澜中自我损耗、自我毁灭的。……兰陵笑笑生以一个真正的喜剧艺术家的勇气和良知写了丑，他既不是为丑而丑，也不是以丑写丑，更不是以丑为美，而是以美的立场与角度出发去撕破丑、嘲弄丑、鞭挞丑。在《金瓶梅》的艺术世界里，几乎没有一线光明，一丝希望，一点理想，但兰陵笑笑生本身就是美与光明的使者，他那如椽巨笔就是美与光明的象征。”

宋培宪《西门庆之于〈金瓶梅〉的作用及意义》（《〈金瓶梅〉与清河》）：“《金瓶梅》一书以西门庆为第一主角，以他与妻妾奴婢间的联系和瓜葛所构成的家庭、婚姻生活为重点，建构了‘金瓶梅世界’的家庭婚姻生活圈；但这种家庭婚姻生活并不是孤立存在的，它同时还要与外界世俗社会进行物质和精神方面的交流，与世俗社会中各种人物进行这样或那样的交往，从而使他们与广大世俗社会和宗教世界有了密切关系，这样，西门庆及其妻妾即又与诸如亲戚、邻居、商贾、帮闲、地痞、无赖、牙婆、娼妓、和尚、道士，等等之间，自然而然地发生着广泛的联系，从而构成‘金瓶梅世界’中的社会经济生活圈。”

潘金莲作为《金瓶梅》的女一号，更备受研究者选取。如罗德荣说：“她的全部生命，既是一个相互联系的过程的复合体，同时也是一个多色素、多色调的生动的集合体。从寻找自己的另一半，到踏上谋杀亲夫的邪恶之路；从逆向选择式的抗争，到肉欲狂嗜欲成性的堕落；从追求个体的人身权利，到骨肉相残你争我斗的亲戚争宠，其间，她的性格，始终都呈现出自身的全部生动性、复杂性与丰富性。……从潘金莲命运轨迹的追求中，可以清楚地看到：她的一生，对人性的追求，伴随着践踏人性的罪孽；对自我的高扬，包蕴着反自我的人格失落；对夫权的抗争，潜藏着对男性统治的依附；憧憬、渴求，掺杂着邪念与污浊；凶残、泼悍，交织着怯懦与屈辱；得宠和喜乐，掩盖着自卑、失意与孤独。……总之，这确是一个活生生的真切的具有魅力的性格，是一个复杂的、变动不拘的、多样化的性格元素、心理元素有机整合的真实人物，是一个难以对其善恶是非美丑正误一言以蔽之的生动形象。”（《金瓶梅三女性透视》，天津大学出版社1992年4月）

孙秋克《时曲与潘金莲形象》（《金瓶梅研究》第七辑）：“潘金莲进入西门大院前，时曲弹唱呈现出一个满怀相思、娇俏伶俐的弃妇形象，但在其进入西门大院后，则呈现出一个满腹愤懑和怅恨妒忌的怨妇形象。词话本采用时曲来刻画潘金莲嫁入西门大院前后寂寞空房的种种情怀，把握了在特定社会和家庭环境中形成的人物个性，这样，潘金莲狠毒放荡性情的发展，就有了社会历史的底蕴，潘金莲的形象，也因而被赋予了不同于《水浒传》原型的时代和个性特点。……在西门大院的罪恶环境中，潘金莲人性中恶的一面日益突出——众多妻妾只能在西门大院这个冷宫之中，逆来顺受一夫多妻窝里斗的命运，并将西门庆四处寻花问柳的行为视为理所当然，她却偏偏不认这个命也不认这个理，以通奸乱伦的行为来表现对西门庆纵欲行为的不满，这才有了勾引琴童，接着是与陈经济乱伦的插曲。然而作品对潘金莲淫乱行为的大肆渲染，终使弹唱时曲的潘金莲或许曾在读者那里获得的一些同情，很快就被厌恶所取代，同时使作品采用时曲对人物进行心理描写所带来的潘金莲非淫妇的有限效果，也几乎被全面抵消。……潘金莲性格发展的一条明显轨迹——一个曾经‘美玉无瑕’的少女，被行将就木的张大户‘一朝损坏’，即不可遏制地被命运一步步带向罪恶的深渊：因对婚姻的不满而导致她与西门庆通奸，并最终沦为毒杀亲夫的同谋和凶手；因一夫多妻而导致她在西门宅院中争宠、固宠，‘专会咬群儿’，进而逼杀与西门庆有染的宋蕙莲，更以毒辣的手段谋杀了对其专宠地位造成最大威胁的李瓶儿母子；因西门庆这个罪恶之家的深度腐蚀，使其性情和行为变得更加淫乱荒唐，在西门庆死后被正妻吴月娘撵出家门，最终被武松所杀。这些典型事例，由于词话本中时曲对潘金莲心理的集中刻画，积淀了较为深厚的社会生活底蕴。因此，潘金莲这天下第一淫妇的形象，在《金瓶梅》问世后变得比《水浒传》中的原型个性更鲜明、更复杂，内涵也更具体、更充实。……总之，时曲以深刻的心理描写，为潘金莲不断发展的淫荡毒辣个性提供了丰富的依据。无论是进入西门家前的通奸杀夫，还是进入西门家后的通奸乱伦，时曲都揭示了这个反面女主角秽乱市井家宅等行为的内在逻辑——前一种状况从她身不由己开始，后一种状况是西门庆家这个罪恶的大染缸使她彻底堕落——在这样的情况下指责其为淫妇是失之片面的。《金瓶梅》使潘金莲从早先人性要求的合理性出发，让她逐步走向以极端变态行为戕害他人、最终以悲剧收场的罪恶深渊，表现了当时社会的重重黑暗。”

笔者也有一文对比《水浒传》《金瓶梅》的潘金莲：“《水浒传》中的潘金莲，一个出身低微，颇具姿色，也有理想，不甘低贱，但不能自主，被嫁非人，心存不满，钟情武松，戏叔遭斥，转意西门，被西门算计，入王婆圈套，鸩杀武大，孤注一掷，获得短暂的感情与生理的满足，落个身首异处和遗臭万年的淫妇；一个为自己活着，被他人利用，嫁人与偷情为其生命全部的悲惨女人；一个附衬武松主传，没被充分展开，留下若干思考，尚可二度创造的文学形象。《水浒传》的潘金莲，尚只是勾奸夫害本夫一类丑恶社会现象的代表，还算不上不朽的艺术典型。……完成潘金莲典型形象塑造的，是《金瓶梅》。《金瓶梅》里的潘金莲，是做了五娘、变成主子、有了身份的潘金莲，与寻求般配情侣的《水浒传》中的潘金莲不同，争宠求欢成为其生活主体，是一个‘做张做致，乔模乔样’的潘金莲。”（《说〈水浒传〉中的潘金莲——〈话说四个潘金莲〉之一》，《昆明学院学报》2009年第1期）

周先慎《潘金莲形象的悲剧意义》（《点评金瓶梅》，山东画报出版社2007年9月）：“《金瓶梅》开辟了一个妇女成群结队进入长篇小说艺术殿堂的新纪元，……在《金瓶梅》所描写的众多女性形象中，潘金莲具有独特的意义，是这部小说中最具生命活力，同时也是思想性格比较复杂的一个人物，……潘金莲的一生是悲剧性的一生，她的悲剧是一个追求者的悲剧。……潘金莲是由恶社会所造成而又被恶社会所毁掉的一个恶女人，是一个封建社会以男性为中心的一夫多妻制度下产生的具有独特个性的悲剧人物。……她是在西门庆所统治的以男权为中心的一个黑暗王国里在充满罪恶、污秽的环境中开出的一朵恶之花。从潘金莲一生的恶行恶德中，我们看到了女性所经历的灵魂的躁动和痛苦，也看到了《金瓶梅》的写实精神和写实风格。”

关于潘金莲与宋蕙莲，黄锦珠《〈金瓶梅〉的女性人物及其处境：以二‘莲’为例》（《2012台湾金瓶梅国际学术研讨会论文集》）：“《金瓶梅》写了两个同名‘金莲’的女子，一个耗费庞大篇幅，细细描摹其波澜起伏的一生，一个则集中于四个回目里面，精简扼要的叙述其一生。无论或繁或简，小说都利用人物与周围环境的交叉互涉，刻画出鲜活灵动的人物性格。……潘金莲以性爱需求为中心，由不满现实、积极争取慢慢变成心机深沉、阴险毒辣的人，屡屡藉机排挤具有威胁性的其他女人，乃至精心算计、加害无辜小儿，但欲求不满与劣势处境其实才是她一辈子摆脱不掉的厄运，经历过起伏百状的人生，最后还是一头栽进自己的厄运。……宋蕙莲私会西门庆以后，轻浮张狂的个性开始彰显。……《金瓶梅》所写细腻逼真的世情百态，充分展示两位金莲与其处境之间的互动，以及由此互动而形成的性格与命运。"

史小军《论潘金莲形象的悲剧意蕴》(《金瓶梅文化研究》第五辑)："如果说缺乏人身自由和婚姻自由使潘金莲走向堕落的话，那么，推行性自由却使她直接走向毁灭。前者属于社会悲剧，而后者属于人性悲剧。《金瓶梅》的作者正是以他敏锐的洞察力和深刻的识见精心勾画了潘金莲这个人物的方方面面，从而揭示了人生与社会、道德与人性之间存在的巨大张力和潜在危机，对晚明社会提出了深刻而又形象的反思。因此，我们说潘金莲不仅是一个恶物、尤物，更是一个千古悲剧人物。"

贺根民《虐恋·妒宠·恐弃：潘金莲形象的异化分析》(《金瓶梅评点美学》，中国戏剧出版社 2011 年 6 月)："虐恋、妒宠、恐弃是潘金莲异化心理三个侧面。虐恋是恐弃的工具和手段；妒宠则是虐恋、恐弃的物质表现和精神显示；恐弃才是其虐恋、妒宠最深层的原因与根底。潘金莲的人生之旅在家庭的冲突和纠缠中得到了充分的体现，她害怕失宠以及由此滋生的扭曲了的悲哀与痛苦都可在恐弃心理上找到某种原因。"

叶桂桐将潘金莲与李瓶儿、孟玉楼做有一比："潘金莲、李瓶儿、孟玉楼三人之性格，金莲是锋芒毕露，凶悍泼辣，面带杀机；李瓶儿则是软弱、退缩；孟玉楼则是表面温柔，软中有硬，柔中有刚，暗藏杀机，这只要看看她如何致陈经济于死地就不难明白。潘金莲是害世，李瓶儿是恋世，孟玉楼是欺世。害世者想把这个世界毁灭，却首先毁灭了自己；恋世者对这个世界有着过多的爱恋，结果是玉焚心碎；欺世者却欺骗了整个《金瓶梅》世界中的所有的人，包括聪明的潘金莲、好心的李瓶儿、愚笨的吴月娘、不知死活的陈经济，欺骗了著名的《金瓶梅》评论家张竹坡。好一个孟三姐，迄今还在骗着世人!"(《叶桂桐〈金瓶梅〉研究精选集》，台湾学生书局"金学丛书"第二辑)

李瓶儿、庞春梅也是引人注意的人物。如陈东有《瓶儿这个女人——金瓶梅人物论之三》(《江西大学研究生学报》1988 年第 1 期)："如果说，潘金莲是一个以鲜明个性去反对传统而谋求自己生活目标的女人，那么，恰恰相反，李瓶儿更多的则是尽量把自己的个性淹没在传统的、大家庭需要的共性之中去顺从环境，而谋求自己生活目标的女人。如果说，潘金莲的死是社会共性和人物个性因素之和；那么李瓶儿的死便是传统文化的积淀和现实共性因素之和。这真是一个既特殊又一般的女人，她的生是一般的，她的死却是特殊的。她出现在《金瓶梅》这部现实主义的杰作之中，她的生活历程、性格变化、命运归宿构成了那个时代在她这种人物身上表现出来的文化传统断面。……通观李瓶儿的四次婚姻，我们可以看到：少女在婚姻上的无权造成了她和梁中书的无知之婚姻，妇女在家庭关系中的附庸地位造成了她和花子虚的无情之婚姻，绝望的困境造成了她和蒋竹山的被迫之婚姻，对自己生活目标的追求造成了她和西门庆的希望之婚姻。前三次婚姻是这个没有丝毫地位的女人在以男人特权为前提的封建婚姻制度的泥坑中被践踏或痛苦挣扎的结果，它不仅构成了她性格发展变化的纵向图形，也形成了她进入西门庆家之后更加以传统的道德规范要求自己来服从社会（家庭）的需要的基本指导思想。”

曾庆雨《金瓶梅女性人物论》（《曾庆雨〈金瓶梅〉研究精选集》，台湾学生书局“金学丛书”第二辑）：“笑笑生笔下的庞春梅是个具有矛盾和复杂心理的人物。她的个性行为十分对立却又很统一。重情和宽容，并不是庞春梅个性的全部。她对潘金莲重情重义，对西门庆忠心不二，对陈经济情深意切，显得是一个性情中人。虽有过于率直与激烈，但不乏古道热肠，痴心一片。然而，进了守备府后，她却是刚愎自用，待人苛刻。……在情感上，她无法摆脱潘金莲、西门庆乃至整个西门府留在她心灵深处的浓重阴影。……庞春梅之所以要苦寻陈经济，并把陈经济留在身边，也是因为在陈经济身上，她能感到潘金莲的气息，能看到西门庆的影子。每当她与陈经济发生性关系，或者与陈经济一起喝酒下棋时，庞春梅仿佛又回到她与西门庆、潘金莲在一起的生活。……庞春梅因所具有的多重性格心理特征，使得该人物成为我国古典小说中少有的立体形象，从而成功地反映出了人性的复杂性和多极性。这一人物形象，为我国文学的人物的创作，特别是个性突出的婢女形象，提供了一个可资借鉴的精彩雏形。”

谭楚子《孰更疏离女性主义视角：〈金瓶梅〉乎?〈红楼梦〉乎?》（《金瓶梅研究》第九辑）：“在颠覆男权世界道德准则方面，庞春梅则是一个比潘金莲和李瓶儿都更为复杂的艺术形象，她表面上有时非常‘正经’，骨子里却比潘金莲更加淫荡无度；她的复仇手段，或直截了当而且残酷至极，或曲折隐蔽如软刀割心；她对西门庆女婿陈经济的追求，怪异而执着，变态而宽容，折射出那个颓靡且疯狂的时代文化生态底层市井女性对男权礼教的公然蔑视与无情解构！”

据石昌渝《金瓶梅人物表》（《金瓶梅人物谱》，江苏古籍出版社 1988 年 8 月）统计，《金瓶梅词话》有名有姓的人物达477人，分成18类，仅西门庆家就有69人。《金瓶梅》书中的各色人等，几乎均有研究者留意。从《金学索引·论文索引》（“金学丛书”第二辑，台湾学生书局2015年6月）可以看到，属于人物研究的论文达575篇，约占全部金学论文的15%强，可见人物研究之分量。这575篇人物论文中，研究潘金莲的136篇，研究西门庆的102篇，研究李瓶儿的45篇，研究庞春梅的16篇。研究此4人的论文即达299篇，占人物研究论文的52%，约占全部金学论文的8%。

《金瓶梅》人物研究亦将是金学的常设课题。

十、语言

语言是《金瓶梅》研究中快马先鞭、异军突起的一个研究领域。如果说成书年代、成书方式、作者、版本等是金学的焦点，则评点、人物、语言、文化等便是金学的热点。如果说金学在国外某些时期、某些课题一度领先，则评点研究与语言研究在国内却具有绝对的优势。如果说评点研究在中国大陆得天时地利之便，则语言研究在海峡两岸因地利人和而然。如果说人物研究以飘逸的才情涂绘了五彩缤纷的天空，则语言研究以深厚的功力铺垫下坚实凝重的大地。不要说风起云涌般的作者辩论几乎都涉及语言问题，不要说单篇发表的语言论文有数百篇之多，不要说一些专业词典一般都收有《金瓶梅》语言的例证，即专著便有魏子云《金瓶梅词话注释》，李布青《金瓶梅俚语俗谚》，王利器等《金瓶梅词典》，毛德彪、朱俊亭《金瓶梅注评》，白维国《金瓶梅词典》，蔡敦勇《金瓶梅剧曲品探》，孟昭连《金瓶梅诗词解析》，陈东有《金瓶梅诗词文化鉴析》，李申《金瓶梅方言俗语汇释》，舟挥帆《译注评析金瓶梅诗选》，张惠英《金瓶梅俚俗难词解》，傅憎享《金瓶梅隐语揭秘》，鲍延毅《金瓶梅语词溯源》，张鸿魁《金瓶梅语音研究》，潘攀《金瓶梅语言研究》，曹炜《金瓶梅文学语言研究》，章一鸣《金瓶梅词话和明代口语词汇语法研究》，张鸿魁《金瓶梅字典》，陈诏《金瓶梅小考》，傅憎享《金瓶梅妙语》，周中明《〈金瓶梅〉的语言艺术》，吴锡根《〈金瓶梅词话〉特殊句式研究》，曹之翕《〈金瓶梅〉诗谚考释》，郑剑平《〈金瓶梅〉语法研究》，梅节《〈金瓶梅词话〉校读记》，褚半农《〈金瓶梅〉中的上海方言研究》，许超《〈金瓶梅〉清河方言考》，许仰民《〈金瓶梅词话〉语法研究》，刘敬林《〈金瓶梅〉方俗难词辨释》，曹炜《〈金瓶梅词话〉虚词计量研究》，王夕河《〈金瓶梅〉原版文字揭秘》等31部。

狄平子《小说新语》如此高度评价《金瓶梅》的语言："或谓《金瓶》有何佳处，而亦与《水浒》《红楼》并列？不知《金瓶》一书不妙在用意，而妙在语句，吾谓《西厢》者乃文字小说，《水浒》《红楼》乃文字兼语言之小说。至《金瓶》则纯乎语言之小说。"

关于《金瓶梅》语言研究的价值，张鸿魁说："《金瓶梅》是一部划时代的文学巨著，也是一个空前规模的语言数据宝库。文学史家看重它的艺术成就。它是传世的最早的长篇小说之一，是反映平民生活的风俗画卷，而且是构思完整、描绘细致的作家独立创作的真正艺术品。对于同一种现象，从另一个角度去看，也应该高度评价。汉语史家从'风俗画卷'看到了语言材料的丰富多彩，从'独立创作'看到了语言数据的统一均匀。一部百万字的鸿篇巨制，写到了八百多各色各样人物的言谈举止，而且主要人物都属于市井细民，衣食住行，百态毕具。语言数据，特别是口语数据的丰富，是前此任何文献都无法比拟的。……《金瓶梅词话》反映的是什么时代什么地域的语言呢？在时代上没有太大的疑问。尽管对小说的创作时间有各种推测，但都不出明代嘉靖、隆庆、万历三朝近百年的范围。可以肯定地说，它反映了明代中后期的一种语言的面貌。在地域上认识也渐趋一致，是一种北方话，只是词汇方面吸取了当时吴语的某些成分。……但是文学史家和语音史家都不肯就此为止，因为'北方话'太笼统了，包括了大半个中国。要缩小所指的范围，争论就又大了。势力较强的一派，应该是'山东话'说。……语音、词汇、语法的发展是相伴相生的，三方面的研究也是相互促进、共同发展的。但就目下而论，语音研究的薄弱，已在一定程度上成为词汇语法研究深入发展的障碍。对一个时代、一部书语音面貌的模糊认识，常导致词语、语法认识的失误。……我们说的《金瓶梅》的语音系统，大致是指其作者的方言音系。……把《金瓶梅》的语言研究，只用来小心求证作者，是大材小用。即使方法对头，也是一种失误。作为历史上的语言记录，《金瓶梅》是不可多得的材料。研究《金瓶梅》的语言，对于明代语言面貌的描写，对于汉语发展规律的探讨，对于现代汉语一些现象的研究，都有重要的意义，应该引起语言学家的高度重视。"（《张鸿魁〈金瓶梅〉研究精选集》，台湾学生书局"金学丛书"第二辑）

张鸿魁建议："用现代方言去考释《金瓶梅》词语，是一种科学研究工作，应该有严肃认真的态度。认真态度之一，切忌以偏概全。以自己熟悉的方言去解释《金瓶梅》中的某个疑难词语，是正当的探索（成功不成功是另一个问题）。但如果说，只有你那里才懂，或只有你的那一解，才是'正根儿'，就未必。再进一步说'别的地方都不说’，这就很主观了。如果，更进一步说，《金瓶梅》就是用你那里的方言写的，作者就是你那里的人，就难以服人了。……认真态度之二，要注意方言读音。方言最明显的差别在语音。具体词语的覆盖面是很广的。”（同上）

关于《金瓶梅》语言研究的关键，杨国玉《〈金瓶梅〉行用方言探原——兼谈近古方言语词研究的方法论问题》（《金瓶梅研究》第八辑）：“从某种意义上说，《金瓶梅》的方言问题已经成了《金瓶梅》研究的一个顽固的壁垒、一个沉重的包袱。……迄今为止，有关《金瓶梅》方言问题的各种观点，可谓林林总总，不胜枚举。但大而言之，可以概括为两类：一类是‘单一方言说’，认为该书是由一种方言即山东方言写成的；一类是‘复合方言说’，认为书中除了山东方言以外，还存在着一种甚至多种其他方言的成分。……从目前的资料看，较早明确提出‘单一方言说’亦即‘山东方言说’的是清末的黄人，他指出：‘至《金瓶梅》始尽用鲁语。’此后，先后有胡适、吴晗、郑振铎、鲁迅等前贤也都认为该书用的是山东方言，并据此否定了世传已久的王世贞（江苏太仓人）的作者资格。由此，‘山东方言说’逐步被人们广泛接受，近乎成为定论。这几位大学者都是南方人，他们的结论是通过对该书语言的整体印象得出的，并未做具体论证。当然，所谓‘山东方言’，和其他任何一种方言一样，只是一个笼统的说法，其行用范围并没有一条明确的地域界限，不能简单等同于行政区划。……‘复合方言说’或称‘混合方言说’，一般并不否认《金瓶梅》方言的主体或部分属山东方言，只是认为还有其他的方言成分。这类观点当数‘吴语说’影响最大、提出也最早。……近年来，除了被论者例举的‘吴语’语词数量越来越多外，其他异类方言的种类也越来越广，什么‘山西方言’‘东北方言’‘内蒙西部方言’‘清河方言’‘正定方言’‘湖南平江方言’‘徽州话’等等，不一而足，从地域上看，已经囊括了除少数民族地区之外的大半个中国。……纵观《金瓶梅》方言问题的争论，可以看到，论者在论定《金瓶梅》的方言属性（地域归属）时，一般是例举若干条据称属于某种方言的语词。……其做法是：如果《金瓶梅》中的某个或某些语词在自己熟悉的某种现代方言（通常是论者的母语）中仍在使用，即宣称其必属该方言。这种方法姑且称为以今推古法。另有一些论者则从某位已知籍贯的明清作家的作品中找到一些与《金瓶梅》相同的用例，即据以断定这些语词也为该地方言。这种方法可称为有限求同举证法。……《金瓶梅》方言研究中采用的方法，以今推古也好，求同举证也罢，实际上都不免简单化，尤以前者为甚。……要保证结论的可信度，必须要从根本上摈弃以往各种不科学的做法，而代之以一种更具严密性的论证方法，可称之为‘历史文献普查法’。……总之，只有从历史实际出发，求证于古人，才能使我们超越一管之见，避免主观武断，更大限度地接近事实和真理。”

张竹坡、陈思相、冥飞（张燕）、鲁迅、胡适、郑振铎、吴晗、李西成、张鸿勋、吴晓铃、赵景深、吴组缃、袁世硕、张远芬、张士魁、张清吉、许志强、赵炯、刘钧杰、罗福腾、张廷兴等，以及中国社会科学院文学研究所编著之《中国文学史》，游国恩、王起、萧涤非、季镇淮、费振刚主编之《中国文学史》，刘大杰著《中国文学发展史》，北京大学中文系著《中国小说史》等均主张《金瓶梅》语言“山东方言”说。姚灵犀最早提出质疑。朱星《金瓶梅的词汇、语汇札记》（《河北大学学报》1982 年第 1 期）：“《金瓶梅》中的词汇、语汇是古典文学小说中最为丰富的，也是大家希望看到的，但一般人对它有一种误解，说《金瓶梅》是用山东方言写的。这话既不符合事实，又没有科学分析。《金瓶梅》基本上是用北方官话写的。”张惠英《〈金瓶梅〉用的是山东话吗?》亦有不同的见解：“《金瓶梅》的语言是在北方话的基础上，吸收了其他方言，其中，吴方言特别是浙江吴语显得比较集中。我们不妨称之为南北混合的官话。”黄霖、潘慎等附议。

傅憎享《〈金瓶梅〉美语发微》（《金瓶梅研究》第五辑）提出语美学概念：“本文以《金瓶梅词话》中的语词作为美语的实证，这当然不意味着美语为《金瓶梅》所创始、所独有。……《金瓶梅》美语造语手法灵活而多变，技法颇为繁多，可说是万法皆备。包括：音序颠倒的反切、字序颠倒的回文、违常悖逆的抵牾、偷移换置的错位，以及离合拆字、谐音偶仗、藏头歇后等方式之种种。……对《金瓶梅词话》的语义研究，除论文之外，尚有多部词典。……这些词典的缺憾是：望文生义，只注不释；释义也只回答是什么，而不回答为什么；只指认语义，而避开语因。由于美语符号组合方式与通语不同，便是相同的符号或是深文隐蔚，或是曲致幽回，便不再是符号的字面义，也便不再是通语的一般义。……《金瓶梅词话》是贮存宏富的语言宝库，《金瓶梅词话》语言学的价值，特别是语美学的价值须要认真地予以评估。”

关于《金瓶梅》的语言风格，霍现俊《论金瓶梅语言的多层寓意》（《商丘师范学院学报》2007 年第 10 期）：“《金瓶梅》‘借宋写明、借世情写政治、借家庭写国家’，这种特殊的多层故事结构，必然决定了它在语言的运用上也具有多层寓意。一方面，作品的大多数人物表面上都是市井俗人和下层社会女子，他（她）们的语言绝不能太典雅庄重，所以，作者使用了大量的方言、口语和俗谚，这非常贴合他们的身份，语言风格显得十分活泼酣畅。另一方面，作者又要在‘风情故事’的背后揭示重大的社会政治主题，故作者只能采用‘太史公笔法’，以隐笔、曲笔的形式，达到‘指桑骂槐’的目的。这两种语言风格，在《金瓶梅》中达到了高度的和谐统一。”

徐志平《人情小说的杂语现象——从〈金瓶梅〉到〈跻春台〉》，（《金瓶梅与五莲》，中国文史出版社 2013 年 12 月）：“《金瓶梅》一书真可以称得上是杂语体小说的集大成者，标准语和方言俗语交织，民间语言和庙堂文词杂陈，雅、俗、庄、谐风格皆具。”

关于小说语言的变迁，叶桂桐《论〈金瓶梅〉在中国小说人物语言演进史上的贡献》（《叶桂桐〈金瓶梅〉研究精选集》，台湾学生书局“金学丛书”第二辑）：“从宏观的历史演进的角度来看，我以为中国古代小说人物的语言大致上主要经历过四次较大的转折：一、从书面语到口语的转折，这一转折是由宋元说话艺术完成的。二、从间接引语到直接引语的转折，这一转折始于唐人传奇，到宋元话本基本完成，到元末明初长篇小说成熟又有了进一步的发展。三、人物对话的增多，这一转折是在元末明初的长篇小说中最终完成的。四、人物语言的方言化，开始于《金瓶梅词话》，《醒世姻缘传》继之，《红楼梦》既有所承袭，也有所变化。……《金瓶梅》人物语言采用方言，这是作者的伟大创举，它标志着中国古代长篇小说人物语言已经达到了一个新的阶段。这一伟大创举，在其后的中国长篇小说创作中产生了巨大的影响。……《金瓶梅词话》把方言引入小说的语言之中，特别是人物语言之中，对于人物形象的刻画与塑造，起到了多么巨大的作用。”

张鸿魁、白维国、李申可为《金瓶梅》语言研究老三家。张鸿魁的代表作之一《金瓶梅字典》是国家社会科学基金项目“金瓶梅用字研究”的最终成果，1996 年通过鉴定。其鉴定结论说：“本《字典》体例谨严，释义简明扼要，例证精当。其对原著讹错字形的辩证分析尤见功力。作者根据《金瓶梅》时代的语音系统和近代汉语方言的研究成果，并多方面参照其他资料，因而能融汇字形、字音及字义（词义）三方面情况，避免望文生训或拘守旧注的弊端，得出令人信服的结论。这对古籍用字的整理研究提供了很有价值的经验。《金瓶梅字典》是近代汉字演变研究中首部以专书为对象的字典，为汉字形体演变提供了一个截面的丰富而可信的材料，达到了原定研究目标。其资料丰富翔实，研究方法科学合理，在很多方面具有开创意义，学术水平高，洵为《金瓶梅》研究和近代汉字研究的一项重要创获。”

张鸿魁的《金瓶梅语音研究》更为经典。王汝梅为该书所作序说：“《金瓶梅语音研究》以艰难的语音研究为重点，从《金瓶梅词话》开掘语言材料：谐音名称 21 例，谐音故事 8 例，谐音歇后语 33 例，新造形声字 38 例，异形词 112 例，同音替代字 100 例，诗词曲用韵 370 例，文谣用韵约 120 例。在丰富的材料基础上，从韵、声、调、轻化、儿化方面对《金瓶梅词话》语音系统进行分析。从《金瓶梅词话》语音系统的客观事实出发找出特点、规律，从而得出结论：《金瓶梅词话》的语言反映了当时鲁西方言的特点，判定《金瓶梅词话》作者即使不是山东人，也应长期在山东生活，熟悉山东特别是鲁西临清一带的语言。这一结论不是直感的印象式的，而是经过严密地科学地论证后得出的，因而具有很强的说服力。”李行杰为该书所作序说：“确切地讲，这是一部专书音韵研究。书中的具体结论，自然颇多精彩之处，窃以为更有意义的倒在于作者为近代语音研究开辟了一条新路。”

白维国为其编著的《金瓶梅词典》所写后记说：“《金瓶梅》写作时间比较确定，口语程度高，是研究近代汉语的极有价值的材料。但作品内容丰富，五花八门，涉及社会生活各方面。书中又使用了大量的方言土语，市井切口，熟语民谚，乃至歇后语、俏皮话等等。以单人独力治之，实难胜任，其间甘苦，寸心自知。”该书 1991 年 3 月出版，颇受欢迎，很快加印了两次。2005 年 11 月线装书局再版，白维国所写前言说：“线装书局欲出丝绸本影印原故宫博物院藏朱墨二色《金瓶梅词话》，承书局老总厚爱，欲将拙著一并发行。丝绸本《金瓶梅词话》以天机云锦陪惊世奇书，必成亘代典藏，传之久远。拙著得以附庸典丽，幸莫大焉，敢不从命！这样，已经出版了十四年的《金瓶梅词典》得到了一次珍贵的改版修订的机会。”

李申的《金瓶梅方言俗语汇释》是《金瓶梅》语言研究的重头著作，王学奇为该书所作序称：“《金瓶梅》的语言，虽属白话，但底子却是方言。书中使用了大量的方言俗语，包括相当数量的俚谚、歇后语以及市井隐语等特殊语汇。其中不少词语，或则字面晦涩，难以索解，或系就音定字，无义理可寻，因造成研读上的诸多障碍。故欲深入研究《金瓶梅》，实不能不首先攻克语言关。《汇释》便为我们提供了这样一把开启该书语言关键的钥匙。……专门系统全面地考释《金瓶梅》方言俗语的著作，在国内，《汇释》尚属第一部。它填补了该研究领域中的一项空白。并且就其学术性来说，亦属于高质量的语言学专著，称得上是近代汉语词汇研究的一项重要成果。它的作用，当然不仅限于帮助广大读者辨疑解惑和推动《金瓶梅》研究深入开展一个方面，即对于方言学、民俗学、近代汉语史的研究等各个方面无疑也都有着重要的参考价值。”

此老三家加上傅憎享、张惠英、鲍延毅，亦可称为老六家。进入 21 世纪以后，出版了 11 部《金瓶梅》语言研究专著，说明语言研究仍是金学的重头研究方向。曹炜《〈金瓶梅〉文学语言研究》、郑剑平《〈金瓶梅〉语法研究》、许仰民《〈金瓶梅词话〉语法研究》可为金学语言研究新三家。

十一、文化

金学不仅是文学研究，而且是历史、地理、政治、经济、社会、民族、风俗、伦理、宗教、艺术、服饰、饮食、医药、建筑、游艺、器皿等多学科的研究，通常将文学以外的其他学科研究统称为文化研究。文化研究是近20年来金学园林的一道新的景观，是《金瓶梅》研究传统方法的突破与扩大。

陈东有《金瓶梅——中国文化发展的一个断面》一马当先，正如该书出版说明所言："本书是'金学'的新成果。作者力图跳出传统的道德评价的樊篱，把《金瓶梅》这部名著放到大文化的背景里去掂一掂分量，把它放回到文学的园地里去品评其价值，从历史、地理、政治、经济、哲学、宗教、文学、艺术、科技、民俗和性等方面对它进行了交叉式的研究……可说是《金瓶梅》研究中的一部拓荒之作。"瓶下学的研究对象是文本的具象，这是感性的积淀；瓶上学的研究对象是文化的抽象，这是理性的升华。

其后，王启忠《金瓶梅价值论》，石景琳、徐 《金瓶梅中的佛踪道影》，邵万宽、章国超《金瓶梅饮食大观》，宁宗一、罗德荣《金瓶梅对小说美学的贡献》，田秉锷《金瓶梅与中国文化》，跃进《金瓶梅中商人形象透视》，何香久《金瓶梅与中国文化》，邱绍雄《金瓶梅与经商管理艺术》，胡德荣、张仁庆《金瓶梅饭食谱》，田秉锷《金瓶梅人性论》，王宜庭《红颜祸水——〈水浒传〉〈金瓶梅〉女性形象的文化思考》，南矩容《金瓶梅与晚明社会经济》，余岢、解庆兰《金瓶梅与佛道》，赵建民、李志刚《金瓶梅酒食文化研究》，霍现俊《金瓶梅新解》，阎增山、杨春忠《〈金瓶梅〉女性文化导论》，李家雄、李志刚《〈金瓶梅〉的四季养生》，张金兰《〈金瓶梅〉女性服饰文化》，牛贵琥《〈金瓶梅〉与封建文化》，孟庆田《〈红楼梦〉和〈金瓶梅〉中的建筑》，蔡国梁《〈金瓶梅〉社会风俗》，何良昊《世情儿女：〈金瓶梅〉与民俗文化》，钟国兴等《读〈金瓶梅〉谈经营之道：西门庆的经营管理法则》，冯成略《管理向西门庆学习——破解〈金瓶梅〉密码》，黄强《另一只眼看〈金瓶梅〉》，李子剑《〈金瓶梅〉商学院》，邵万宽、章国超《〈金瓶梅〉饮食谱》，陈家桢、周淑芳《金学视点：情感与亚文化》，侯会《食货〈金瓶梅〉：从吃饭穿衣看晚明人性》，王祥林《〈金瓶梅〉与民俗》，杨子华《〈金瓶梅〉文化新解》，程良胜《〈金瓶梅〉封建官场文化解读》，李汉举《〈金瓶梅〉与兰陵文化研究》等仅专著就有33部，可说是构建了一座金学的“世界奇观”。

这些著述一般都能脱离评点式或印象式或考据式或单一式的传统，而从宏观的背景，采用多侧面、全方位的研究视角，造成多角度多学科研究的格局，往往观点新颖，令人喜出望外。王启忠与霍现俊前后呼应，锻造扣接成这一条发人深思的“金瓶文化”的链条。王启忠认为“《金瓶梅》是一个特殊存在，一种难以比拟的特殊的文学现象，……应是一部真正的政治小说、经济小说、文化小说，一部全面描写人的生命现象的小说，也是一部蕴含着丰富厚实的变革形态、具有里程碑意义的小说”，所以他从价值的角度入手，侧重分析《金瓶梅》“地位的特殊、存在的特殊、流传状况与接受方式的特殊”，以及由“上述诸种特殊形态综合之力构成”的“特殊的‘金瓶梅现象’”。霍现俊认为“西门庆是一个整合形象，……是16世纪晚明资本主义萌芽时期官僚资本家的典型”，而不是商人。《金瓶梅新解》勇于探索之处，正如张俊在其序言中所说：“《词话》是中晚明资本主义萌芽这一历史巨变过程发生、发展以致最后灭亡的形象反映。这是《新解》一书用力最勤之处。”全力吹响“金瓶文化”号角，振臂一呼，应者云集的是宁宗一，他在《金瓶梅对小说美学的贡献·导言》中说：“《金瓶梅》也许是最让那种善贴标签的研究者头疼的一部小说了”，“要重建阅读空间，必须打破单向的线性阅读方式，开辟多元多层次的思维格局，培育建设性的文化性格”，“把《金瓶梅》研究从狭窄的视野中解放出来，在不同的层次上对它进行审美的观照和哲学的领悟”。他与罗德荣主编的这部书集结了这一研究网络中的10员大将（其余8位是卜键、刘绍智、田秉锷、吕红、李时人、孟昭连、张国星、罗小东），可谓行当齐全、阵容整齐。

陈昌恒《略论〈金瓶梅词话〉小说文化学的研究》（《金瓶梅研究》第三辑）：“小说文化学同其他艺术文化学一样，是一门在文化场中研究小说场效应的学科。所谓小说的文化场，即指小说所产生的整个丰富复杂的、处于运动过程中的文化背景，以此来探讨小说的外部结构，即研究小说与整个社会文化的相关性。《金瓶梅词话》的文化场的涵盖面极为广泛，……其文化学的研究，……有两点值得我们注意：一是要仔细研读《金瓶梅词话》这个小说文本，因为这是我们研究的主要对象，是我们一切结论产生的基础。小说一经问世，便是一个不以人们意志为转移的客观文本，至于再现了什么样的客观现实，塑造了什么样的人物，具有什么性质的倾向性，表明了作者什么样的思想感情，运用了什么样的创作方法与创作技巧，这诸多的结论都储存于客观文本之中。二是要广泛地涉猎当时有关政治、经济、宗教、民俗、语言、饮食、服饰、娼妓、民间文学的资料，因为《金瓶梅词话》作为明末一部百科全书式的巨著，以再现明末社会缩影的叙事模式，采用了全知视角的叙述方法。”以审美思考建立小说文化学，陈昌恒是首创，而《金瓶梅》文化学，显系其分支之一。

牛贵琥《〈金瓶梅〉与封建文化》自序：“只批现象失之肤浅，简单比附失之轻率。随着研究的不断深入，迫使我们不得不放宽眼界从文化的角度，特别是封建文化发展的角度，对《金瓶梅》的现象进行考查。因为任何社会现象都不是孤立的，都是社会文化的产物，都和本民族的历史有着千丝万缕的联系。……正是封建文化导致了《金瓶梅》中现象的发生，对《金瓶梅》的研究可以更深层次理解封建文化。笔者正是抱着这样的目的研究《金瓶梅》，力求在封建文化中找出形成《金瓶梅》诸多现象的原因和质素，希望通过这一典型，能对认识中国的封建社会有所裨益。”

何良昊《世情儿女：〈金瓶梅〉与民俗文化》“引子”：“《金瓶梅》是按照生活流方式表现人生的，情节进展仿佛人们日常生活的流动，没有刀光剑影的紧张气氛，没有变幻莫测的神怪精灵，也没有杀富济贫的风尘侠客。小说不厌其烦地讲述一日三餐的酒菜、早晚的梳妆打扮、客人的来来去去、小心眼女人之间的磕磕绊绊，等等。……商人西门庆是作者选来做典型的角色，城市中一切的现象都借西门庆和他周围的人反映出来。……西门庆是城市中的一个商人，交往对象大量是青楼女子、城市混儿和南北商客。西门庆身上反映的风俗是一种市井风俗。”

侯会《〈金瓶梅〉：一部晚明社会的“食货志”》（《点评金瓶梅》，山东画报出版社 2007 年 9 月）讨论了《金瓶梅》中的货币与物价，以及食货与人性两个问题，关于西门庆花钱，文章说：“西门庆花钱，一部分花在个人的享受上面，但用得不多。对待妻妾，甚至可以用吝啬来形容。他的钱主要用来投资，一是经济上的投资，开店铺，扩大经营范围和规模，花钱是为了赚更多的钱。再一方面是政治投资，有时这比经济投资获利还要多、还要快。此外还有一些花销，像资助结拜兄弟等，也是一种社会投资，是实现自我价值的需要。另有一些投资，例如刻印佛经等等，其实是寻求一种心理上的慰藉，希望冥冥之中有神佛保佑。”

《金瓶梅》文化研究是最容易“碎片化”和误入歧途的领域，冯子礼《“梅”开“瓶”外淆香臭，“金”囿“塔”内赏孤芳——〈金瓶梅〉研究中的一个问题》（《金瓶梅与五莲》）：“论古代小说与现实的贴近，没有能够超过《金瓶梅》的了。……近年来，一个以西门庆和潘金莲为中心关注点的‘金瓶梅热’正方兴未艾。……《金瓶梅》审美接受中对‘传统’的颠覆，有点令人瞠目结舌：潘金莲日益成为青年一代的大众情人与青春偶像，西门庆也成了成功人士的代称。研究《金瓶梅》，对这一文化现象不应熟视无睹。”

轰轰烈烈的金学使《金瓶梅》成为文化品牌，其文化传播已经引起媒体的关注。如1984年，吉林省京剧院上演了由齐铁雄编剧的京剧《金瓶梅》。1985年，由魏明伦编剧的荒诞川剧《潘金莲》上演，并陆续在全国公演。1985年，李翰祥编导的《金瓶梅三部曲》由香港奔马出版社出版，收入《金瓶双艳》《武松》《惠莲》三个电影文学剧本。1986年，“中国古典名著《金瓶梅》40集电视文学剧本创作座谈会”在长春召开，朱一玄、王汝梅、李少白等与会。1989年，学术电视片《金瓶梅：天下第一奇书》摄制完成，由吉林省教育音像出版社发行。1989—1991年，江苏省梆子剧团上演了周长钟编剧的徐州梆子戏《李瓶儿》。1989年6月15日，江苏省梆子剧团为首届国际《金瓶梅》学术讨论会专场演出移植荒诞川剧《潘金莲》。1989年6月16日，徐州市京剧团为首届国际《金瓶梅》学术讨论会专场演出新编京剧《金瓶二莲》。1989年，中国社会福利基金会科教文中心影视部计划摄制电视连续剧《金瓶梅》（因1989年4月广电部290号文件而作罢）。1992年，吉林省文化厅上报广电部，申请电视连续剧《金瓶梅》的拍摄获准，成立《金瓶梅》摄制组，陈家林执导，齐铁雄、符季君编剧（1993年文化部签发1112号文件，叫停电视连续剧《金瓶梅》）。1993年，豫剧《金瓶梅》（演出时改名为《西门风月》）由河南省豫剧院三团上演。2006年说书人梁军50回评书《金瓶梅》完成录制。上海越剧院计划排演《西门庆与来旺嫂》。浙江越剧团计划改编《金瓶梅》等。20世纪60年代以来，《金瓶梅》题材影视在香港遍地开花。如1960年的电影《潘金莲》（周诗禄导演，张仲文、张冲、洪薇、白云主演）、1964年的电影《金瓶梅》、1974年的电影《金瓶双艳》、1982年的电影《武松》、1989年的电影《潘金莲之前世今生》（罗卓瑶导演）、1991年的电影《金瓶风月》（李翰祥导演）、1991年的电影《聊斋金瓶梅》（李柏翰导演）、1993年的电影《少女潘金莲》（李翰祥导演）、1994年的20集电视连续剧《恨锁金瓶》（李艳芳导演，温碧霞饰潘金莲，郭可盈饰李瓶儿，单立文饰西门庆，香港TVB电视台摄制，台湾年代影视公司也发行了该剧录像带）、1995年的电影《金瓶梅》（单立文、杨思敏、叶仙儿主演）、2003年的电影《水浒无间道》、2008年9月的电影《金瓶梅》（钱文锜导演，林伟健饰西门庆，早川濑里奈饰潘金莲，梁敏仪饰春梅，号称“香港20年来最劲爆情欲片”）、2008年的电影《新版金瓶梅》等，还有集锦片《风流韵事》、3D静态电影《新金瓶梅》（龚玥菲饰潘金莲）等，不一而足。香港的《金瓶梅》影视，荒诞与色情相伴，剧情游离，制作随意，使《金瓶梅》的传播走入歧途。

《金瓶梅》题材的美术创作，由来已久，至今不辍，古今相映，成绩斐然。兹简述如下。

在《金瓶梅》五大版本系统中，最早附印绘图的是所谓崇祯本，故而又被称为绣像本。通州王孝慈所藏绣像本即有绣像200幅，每回两幅，正反两页，因该本下落不明，未知其图是分刊于每回还是集中分册于卷首。其他绣像本与有清一代的第一奇书本《金瓶梅》大多附刊此图，且多分刊于每回回首。民国年间改编出版之《真本金瓶梅》《古本金瓶梅》亦有附刊此图者。古佚小说刊行会1933年影印《金瓶梅词话》时所选插图，亦为此图。后来影印出版之《金瓶梅》各版本均多附印此图。另有一种《绣像八才子词话》，傅惜华原藏，未得寓目，［美］韩南《金瓶梅的版本及其他》列入绣像本系统，未知其图是否绣像本原图。

清宫珍宝　美图，200幅，无名氏绘制，未见原本，1920年由富晋书社影印出版，全5册，以崇祯本回目为题，略有更易。该书扉页钤有“太上皇帝之宝”等阳文印三枚，疑系伪托。该图后经奇珍共赏社影印，全二册，魏子云收藏，魏藏本1987年1月复经天一出版社影印，分软皮精装32开本一册与硬封精装8开本一册两种。台湾中经社2005年6月一版一刷，书名为《金瓶梅清宫珍宝　美图》。田晓菲《秋水堂论金瓶梅》第11回所附图即为清宫珍宝　美图所有，田注云：“此画现藏于美国密苏里州堪萨斯市尼尔逊-阿特金斯博物馆”，未知该图是原本还是影印本。

1933年张光宇创作了单幅画《紫石街之春》，徐悲鸿极为欣赏，曾带此画到莫斯科参加国际画展。1948年9月9日—11月7日孟超在香港《文汇报》发表系列论文《金瓶梅人物小论》，张光宇为画插图数十幅，图文并茂，一时纸贵。

《金瓶梅》全图，全称《第一奇书金瓶梅全图》，张光宇胞弟曹涵美（1902—1975年）绘制，全500幅，并附删略而成的原作相关文字，相得益彰。曹氏所画《金瓶梅》分早期与后期两种。早期画作分三部分发表：1934年2月《时代漫画》自第一卷起开始连载其画作，名《金瓶梅》。1936年6月上海时代图书公司结集出版其第一、二集，第一集收图34幅，卷首有邵洵美、贺天健序，卷末有作者跋，其广告词曰：“文固奇书，画亦佳作。曹画而无《金瓶梅》原文，便不显曹画之能；《金瓶梅》原文而无曹画，便不能穷《金瓶梅》原文之妙。读曹画，不读原文则可，因已传神得一目了然；不读曹画，读原文则不可，好比瘾没过足也。”《时代漫画》1937年8月停刊，连载与结集出版遂告终止。这是第一部分。第二部分名《李瓶儿》，1935年8月载于《独立漫画》。第三部分名《春梅》，1936年载于《漫画界》。后两部分后来均依次插入《金瓶梅全图》。后期画作经黄敬斋绍介，胡兰成同意，1942年又开始连载于《国民新闻》，随即由国民新闻图书印刷公司结集出版，总计十集。胡兰成为第二集作序，“有

《金瓶梅》存在，就有曹先生的画存在，而曹先生的画之同时可以单独存在，则是曹先生的画之艺术成就，迴非旧时的绣像或恶俗的连环画可比的缘故”云云。分集作序、题词者还有包天笑、姚灵犀、董天野、万籁鸣等著名人士。总其全集，虽多达500幅，相对《金瓶梅》小说，也只画到第三十六回。上海书店出版社2003年7月再印，陈诏为序，书名《金瓶梅画集》，署：兰陵笑笑生原著、曹涵美绘画。

1963年4—8月，日本大安株式会社以慈眼堂本、栖息堂本“两部补配完整”影印出版《新刻金瓶梅词话》，6册，第5册末附有《日光本采用表》，第6册为《清宫珍宝　美图》。

1989年6月首届国际《金瓶梅》学术讨论会在江苏省徐州市召开期间，举办有逯彤“泥人张《金瓶梅》彩塑展”、吴以徐“《金瓶梅》百图选展”、宋德安“《金瓶梅》人物画展”、李天池“《金瓶梅》印章选展”等美术活动。逯彤的《〈金瓶梅〉彩塑》先由大地文化企业有限公司内部印行，后于2009年1月由国际文化出版公司出版；吴以徐的《〈金瓶梅〉百图》1992年4月由香江出版有限公司出版，并且分别在国内外展出。1988年10月第四届全国《金瓶梅》学术讨论会在山东省临清市召开期间，也举办过张建忠、王滨、邢高山、陈默、孙秀峰、许学敏六人“金瓶梅金石书画展”。另据《亚洲周刊》12卷16期江迅文介绍有胡永凯画《金瓶梅百图》。

2005年9月第五届国际《金瓶梅》学术讨论会在河南省开封市召开期间，举办有王国栋“《金瓶梅》人物百图”展览，该展览连同作者的《〈水浒传〉人物百图》，作为《麒麟书院藏书画作品集》，由河北教育出版社2006年3月出版。2008年7月第六届国际《金瓶梅》学术讨论会在山东省临清市召开期间，除举办“《金瓶梅》书画展”外，在临清棉纺厂运河文化展览室，还展出了部分《金瓶梅》人物面塑和《金瓶梅》情节沙盘。2008年上海中国画院女画师马小涓历时2年，完成了100幅《金瓶梅》国画插图，既在细节上相当考究，又充分体现了水墨写意的韵味和自己独特的艺术风格，用画家的话说“我不想画成赤裸裸的春宫图，也不想全部删成‘洁本’”，可能正因为此，该图至今尚未出版。（据博宝艺术网 http：//news. artxun. com 林明杰文）

另有民初关山美绘《金瓶梅全图》；纪诗文、郭同绘连环画《潘金莲》，61幅，上海千秋出版社1935年9月出版；1947—1948年胡也佛的设色绢画《金瓶梅秘戏图》；［日］原田维夫的木刻版画《金瓶梅》；［日］高泽专一绘《绘物语金瓶梅》，一册，镜书房1948年印行；［美］塞缪尔巴克文、［中国香港］关山美绘《中国唐璜：〈金瓶梅〉中的一段孽恋》，99页，美国塔托出版公司（Charles E. Tuttle Co.）1960年发行；戴恩辰文、石树宗画连环画《〈金瓶梅〉警世俗语》，72幅，冀出内准字［2010］第

AX013 号，2010 年 8 月出版；刘心武评《金瓶梅》人物谱，戴敦邦绘、刘心武评，作家出版社 2006 年。山东刘文嫡女士有《画说〈金瓶梅〉》500 幅，已用为第十届（兰陵）国际《金瓶梅》学术讨论会专题画展。另外还有 2002 年 5 月召开之“《金瓶梅》邮票选题论证会”，参见前文。

用美术解读经典，以书画光大学术，散文、诗歌、戏曲、小说，依次递增，而《金瓶梅》可谓首屈一指，实为典范。

《金瓶梅》饮食研究也是久盛不衰的话题。即专著就达 8 部：《〈金瓶梅〉饮食谱》，胡德荣等编，经济日报出版社 1995 年 9 月；《〈金瓶梅〉之佳肴与美色》，郑丞杰等著，九思出版社 1998 年 8 月；《〈金瓶梅〉酒食文化研究》，赵建民、李志刚主编，山东文化音像出版社 1998 年 9 月；《细说〈金瓶梅〉——饮食男女》，九思出版社 1999 年；《〈金瓶梅〉的四季养生》，李家雄、李志刚合著，九思出版社 1999 年 8 月；《饮食情色〈金瓶梅〉》，胡衍南著，里仁书局 2004 年 4 月；《〈金瓶梅〉饮食谱》，邵万宽、章国超著，山东画报出版社 2007 年 2 月；《食货〈金瓶梅〉：从吃饭穿衣看晚明人性》，侯会著，广西师范大学出版社 2007 年 8 月。徐州、济南、临清等地都推出了《金瓶梅》菜系，并开有《金瓶梅》酒店，且均产生了设计、制作《金瓶梅》菜的大师级厨师，如徐州的胡德荣、济南的李志刚、临清的王宝玉等。

“饮食男女，人之大欲存焉。”（《礼记》）“食色，性也。”（《孟子·告子上》）将《金瓶梅》中饮食男女综合论述较为精辟的是胡衍南《〈金瓶梅〉饮食男女》（台湾学生书局“金学丛书”第一辑，2014 年 9 月）：“在那个‘世风以侈靡相高，人情以放荡为快’的时代，《金瓶梅》的食、色场景一面让人看了大快朵颐，一面令人为之脸红心跳。当然，小说中的饮食内容需要整理爬梳，以还原出那个时代的侈靡风华；就好像小说中的性爱描写也该分析讨论，以拼贴出那个时代的放荡情貌。不过，研究目光不能仅限于他们‘吃了什么’，而是要探究他们究竟‘怎么吃’？就如同不能只注意他们‘做了什么’，而是要思考他们究竟‘怎么做’‘为什么做’？很显然，西门庆的饮食排场意在卖弄富贵，好向外人展现他的泼天威风；同样的，西门庆的性爱飨宴意在逞弄精神，好向妇人展现他的男性家长权威。若把西门庆视为晚明暴发商人的一个典型，从他的饮食动向和性交习惯入手，当然可以比较清楚地捕捉到那个新兴阶层的志得意满。……所以，饮食与性交两种行为，俨然为小说创造出‘交欢’的快乐和激情。换句话讲，食和性不但是构成这部小说的基本原料，在整部小说里两者甚至互为纠缠，饮食心得和性爱经历一直不停地在进行交互作用。”

黄强《金瓶梅研究中的新思维》（《金瓶梅研究》第九辑）：“《金瓶梅》研究现在

进入了一个注重新材料、注重理性思维、注重文化蕴涵的新阶段。不同学科的学者加入金学研究队伍，为金学研究开辟了新气象。而作家、艺术家的热心借鉴、改编、再创造，又使《金瓶梅》化生出奇异的当代文化色彩。”

进入21世纪以后，出版了18部《金瓶梅》文化研究专著，说明文化研究越来越成为金学的重大课题。

十二、文献

兹先将20世纪30年代以来中国的《金瓶梅》原著的整理与出版梳理如次：

1931年冬，北平琉璃厂文有堂太原分号河北深县书商张修德在山西介休发现一部明万历丁巳刻本《新刻金瓶梅词话》，后于北京琉璃厂文有堂（一说索古堂）求售，经胡适、徐森玉、赵万里、孙楷第等中介，以950银元为北平图书馆收购。1933年3月，北京孔德学校图书馆马廉（隅卿）偕鲁迅、胡适、徐森玉、赵万里、郑振铎、孙楷第、长泽规矩也等20人集资，以古佚小说刊行会名义缩为小本影印104部，补图1册200幅，系通州王孝慈据《新刻绣像批评金瓶梅》提供；后以影印本在日本再次影印，原书第52回所缺第7、8两页，亦以绣像本抄补（参见本书中编“四版本”）。1947年原书与北平图书馆珍本书部其他珍本书一起被寄存于美国国会图书馆，1975年归还台湾，现藏台北故宫博物院。这一发现和出版，在当时引起轰动，并迅速引起人们的兴趣。

泽田瑞穗《金瓶梅的研究与资料》（《中国八大小说》，东京平凡社1965年6月）：“《金瓶梅》研究的历史，始于民国二十一年（1932年），即载有明万历四十五年（1617年）序的《新刻金瓶梅词话》的百回刻本被发现，并收归北京图书馆所有的一年。更严密一点说，是此书由北平古佚小说刊行会主持影印并发行了仅仅一百部的民国二十二年三月开始的。”《金瓶梅》研究的历史当然应该更早，但泽田氏如此说，可见当年这一发现的重要。

1941年7月，经丰田穰《某山法库观书录》（《书志学》第16卷第6号）披露，日本日光山轮王寺慈眼堂所藏明万历丁巳刻本《金瓶梅词话》得到确认。连同1962年由上村幸次发现的日本德山毛利家栖息堂藏明万历丁巳刻本《金瓶梅词话》，是迄今为止存世的《金瓶梅》版本中词话系统的所有3个较为完整的传本。

很快，陆续出版了5种原著：郑振铎校注删节本《金瓶梅词话》，上海生活书店1935年5月—1936年4月《世界文库》第1—7、9—12册，仅33回；施蛰存标点删节本《金瓶梅词话》，上海杂志公司1935年10月《中国文学珍本丛书》第1辑第7册，100回，上海扫叶山房1947年重印；1935年排印本《金瓶梅词话》，100回；襟霞阁主人删节重刊本《金瓶梅词话》，上海中央书店1936年2月《国学珍本文库》第1集，中央书店另刊有《金瓶梅删文补遗》1小册；新京艺文书房删节本《金瓶梅词话》，1942年12月出版，洋装20册。

这一阶段前后，当然都有《金瓶梅》版本的发现与整理出版，但在金学史上，这一阶段的发现与整理出版最为引人注目，最具有文献意义和学术价值。郑振铎《记一九三三年间的古籍发现》（《郑振铎文集》第六卷，人民文学出版社1988年）称该书是"近年来最大的一次收获"。

20世纪五六十年代，港台也掀起《金瓶梅》的出版风潮。如台湾增你智文化事业有限公司出版的全本《金瓶梅词话》，标点本，1950年初版；四维书局1955年5月版《金瓶梅词话》，100回，删节本；文友书店1956年5月版《金瓶梅词话》，删节本；文友书店1958年版《警世奇书金瓶梅》；启明书店1960年6月版《绘图古本金瓶梅词话》，100回，为世界文学大系之一；大中国图书公司1963年版《金瓶梅》；文源书局1974年版《大字足本金瓶梅》等。香港的《金瓶梅》出版，可查阅到光绪三十年（1904年）版《新镌绘图第一奇书钟情传金瓶梅词话》；会文堂书局1955年版《真本金瓶梅》；香港文海出版社1963年1月版《足本金瓶梅词话》，虞山沈亚公校订；香港上海杂志公司与光华书局还曾分别影印栖息堂本《金瓶梅词话》等。

20世纪80年代以来，《金瓶梅》原著的出版已蔚为大观。仅中国大陆就多达15种：如《金瓶梅词话》（删节排印本），戴鸿森校点，人民文学出版社1985年5月一版；《张竹坡批评第一奇书金瓶梅》（删节排印本），王汝梅、李昭恂、于凤树校点，齐鲁书社1987年1月一版，1988年3月修订重印，1991年10月收入该社《明代四大奇书》；《金瓶梅词话》（影印本），文学古籍刊行社1988年4月据1957年影印本重印，内部发行；《新刻绣像批评金瓶梅》（影印本），北京大学出版社，1988年12月内部发行；《新刻绣像批评金瓶梅》（排印本），齐烟、汝梅校点，齐鲁书社1989年6月一版，1990年11月与香港三联书店合出海外版；《新刻绣像批评金瓶梅》（删节排印本），收录于《李渔全集》，张兵、顾越点校，黄霖审定，浙江古籍出版社1992年10月一版；《皋鹤堂批评第一奇书金瓶梅》（删节排印本），王汝梅校注，吉林大学出版社1994年10月一版；《金瓶梅词话校注》（删节排印本），白维国、卜键校注，冯其庸顾问，岳麓书社 1995 年 8 月一版；《新刻绣像批评金瓶梅》（删节排印本），收录于《笠翁文集》，温京华、田军点校，光明日报出版社 1997 年 10 月一版；《金瓶梅会评会校本》（删节排印本），秦修容整理，中华书局 1998 年 3 月一版；《金瓶梅词话》（删节排印本），陶慕宁校注，宁宗一审定，人民文学出版社 2000 年 10 月一版；《汉英对照金瓶梅》（汉文删节，译文不删），大中华文库本，人民文学出版社 2008 年 10 月；《双舸榭重校评批金瓶梅》（删节排印本），卜键点评，作家出版社 2010 年 1 月；《新刻绣像批评金瓶梅》，影印天图本，线装书局 2012 年 5 月；刘心武评点《金瓶梅》（删节排印本），漓江出版社 2012 年 11 月等。

《金瓶梅》的续书也有多种版本出版，如《金屋梦》，春风文艺出版社 1988 年 4 月一版，甘肃人民出版社 1988 年 6 月一版等，尤以北京大学出版社 1988 年 12 月影印出版之《三续金瓶梅》，与齐鲁书社 1988 年 8 月出版之排印本《金瓶梅续书三种》，最为完整。

香港的出版更如风助火势，太平（中华）书局一马当先（《金瓶梅词话》，1982 年 8 月初版，底本为文学古籍刊行社复印北京古佚小说刊行会本），文海出版社、光华书局、星海文化出版有限公司、天地图书有限公司等争先恐后，成为书肆一道风景线。如由刘辉、吴敢辑校的《会评会校金瓶梅》，天地图书有限公司 1994 年一版，1998 年二版，2001 年三版，2014 年三版二刷。而香港梦梅馆主梅节可谓《金瓶梅》校注出版的大家，1987 年由香港星海文化出版有限公司出版《全校本金瓶梅词话》；1993 年由梅节校订，陈诏、黄霖注释，香港梦梅馆出版《重校本金瓶梅词话》（该本后由台湾里仁书局 2007 年 11 月初版，2009 年 2 月修订一版，2013 年 2 月修订一版八刷）；1999 年梅节再为校订，陈少卿抄写，香港梦梅馆出版《梦梅馆校定本金瓶梅词话》。该书以日本大安株式会社 1963 年影印本为底本，参考台湾联经出版事业公司 1978 年影印本和文学古籍出版社 1957 年影印本，并以多个版本与校本为参校本，前后三次合共校正词话原本讹错衍夺七千多处，成为可读性较好的一个本子。梅节由校书而研究，关于《金瓶梅》作者、流传、成书、故事发生地点等问题的认识，亦时有新见。

台湾也不示弱。文源书局 1974 年刊行《大字足本金瓶梅》。天一出版社继 1975 年 7 月影印《金瓶梅词话》后，1975 年 7 月作为政治大学古典小说研究中心主编之“明清善本小说丛刊初编·第十辑烟粉小说·人情类”之二，又据日本内阁文库本影印出版了《新刻绣像批评原本金瓶梅》。联经出版事业公司据傅斯年所藏 1933 年北京古佚小说刊行会影印本《新刻金瓶梅词话》影印，朱墨两色套印，放大如原本，1978 年出版，所缺五十二回两页则用日本大安本补上，后又有复印本。1979 年山人出版社出版

《金瓶梅》全校本。三民书局1980年3月出版《金瓶梅》，刘本栋校订，缪天华校阅，系“中国古典名著”本。增你智文化事业有限公司1980年再版《金瓶梅词话》，卷首有侯健《金瓶梅论》、毛子水《金瓶梅词话序》、魏子云《论金瓶梅这部书——导读》，卷末附魏子云《金瓶梅编年记事》《古（俗）今字对照表》《金瓶梅词话注释》。里仁书局1981年以在兹堂本为底本影印出版《皋鹤堂批评金瓶梅》。广文书局1981年出版《皋鹤堂批评明代第一奇书金瓶梅读法》。学生书局据东京大学东洋文化研究所所长泽规矩也之双红堂文库本为底本影印《新刻绣像批评金瓶梅》，附《清宫珍宝　美图》一册，2011年7月初版。

1988年6月10日，新闻出版署发出《关于整理出版〈金瓶梅〉及其研究资料的通知》，带来北京大学出版社影印与齐鲁书社校订出版崇祯本，及其其后的《金瓶梅》相关版本的整理出版。中国大陆初始发行犹多顾虑，影印原本者（甚至删节本）限量内部发行，后来公开发行的则为删节排印本。再后竟至无店（书店）不备（多系盗版本），且无删节，又多品种，成为通俗读物，使《金瓶梅》拥有着数以万计的爱好者。

自1933年至此80年，一本书的出版，物换星移，柳暗花明，居然如此繁复，世事艰辛，于此可见一斑。

随着《金瓶梅》研究的蓬勃发展，新发现的研究资料日益增多，新的研究成果蜂拥出现，分门别类将这些材料整理编辑汇总出版，成为一个专项学问。计有：《金瓶梅资料汇编》，朱一玄编，南开大学出版社1985年10月一版，2002年6月新一版。该书为编者“中国古典小说名著资料丛刊”七册之第四册。侯忠义、王汝梅编《金瓶梅资料汇编》，北京大学出版社1985年12月一版，1986年9月重印。该书以张竹坡的《金瓶梅》评点为主编辑，为北京大学出版社“中国古典小说戏曲研究资料丛书”之一。《张竹坡评点〈金瓶梅〉辑录》，陈昌恒整理，华中师范大学出版社1986年3月一版。《金瓶梅资料汇录》，方铭编，黄山书社1986年9月一版。《金瓶梅书录》，胡文彬编著，辽宁人民出版社1986年10月一版。该书是辽宁人民出版社“金瓶梅研究丛书”五部之一。《金瓶梅研究资料汇编》（上编），魏子云主编，天一出版社1987年1月一版。该书是天一出版社“中国古典小说戏曲研究丛刊”之一。《金瓶梅资料汇编》，黄霖编，中华书局1987年3月一版。该书为中华书局“古典文学研究资料汇编”丛书之一。短短两三年时间，就出版了七部《金瓶梅》资料的全面或专题汇编，可见当时金学的火热，实属空前绝后。

此前，尚有《瓶外卮言》，姚灵犀编著，天津书局1940年8月一版。《笑笑生传记资料》，朱传誉主编，天一出版社1981年12月一版。

另外，还有《金瓶梅》百科辞典的编撰。如《金瓶梅鉴赏辞典》，石昌渝主编，北京师范大学出版社 1989 年 5 月一版。《金瓶梅鉴赏辞典》，上海市红楼梦学会、上海师范大学文学研究所主编，上海古籍出版社 1990 年 1 月一版。《金瓶梅大辞典》，黄霖主编，巴蜀书社 1991 年 10 月一版。《金瓶梅鉴赏辞典》，孙逊主编，汉语大词典出版社 2005 年 5 月一版。《金瓶梅鉴赏辞典》，黄霖、张兵、杨彬编著，上海辞书出版社 2008 年 8 月一版。

还有几套《金瓶梅》研究丛书的编辑出版。最早一套是辽宁人民出版社 1986—1989 年出版的"《金瓶梅》研究丛书"，由 5 部论著组成：刘辉《金瓶梅成书与版本研究》、胡文彬《金瓶梅书录》、吴敢《金瓶梅评点家张竹坡年谱》、郑庆山《金瓶梅论稿》、黄霖《金瓶梅考论》。第二套是聊城《水浒》《金瓶梅》研究学会编辑，叶桂桐主编，阎增山、刘中光副主编，宁夏人民出版社 1988 年 5 月出版的"《金瓶梅》考论丛书"，由《〈金瓶梅〉作者之谜》《李先芳与〈金瓶梅〉》组成。第三套是文化艺术出版社 1991 年起印行的"《金瓶梅》小百科丛书"，宁宗一主编，弥松颐、刘国辉副主编，有王景琳、徐　《金瓶梅中佛踪道影》，郑天刚《金瓶梅探心录》，陶慕宁《金瓶梅中的青楼与妓女》，跃进《金瓶梅中商人形象透视》等。将产生重大影响的是台湾学生书局出版之"金学丛书"，该丛书由第一辑台湾学人 16 部论著（2014 年 9 月出版）和第二辑大陆学人 31 部精选集（2015 年 6 月出版）总 47 部组成，外加《金学索引》上下册，计达 48 部之众，可谓煌煌巨编。

《金瓶梅》研究论文选编也是编者与出版社感兴趣的出版物，《金瓶梅研究》《金瓶梅文化研究》之外，计有：《金瓶梅研究论集》，吴晗等著，华夏出版社 1967 年；《金瓶梅研究》，《复旦学报》编辑部编，复旦大学出版社 1984 年 12 月；《论金瓶梅》，吴晗、郑振铎等著，胡文彬、张庆善选编，文化艺术出版社 1984 年 12 月；《明清小说探幽——明人、清人、今人评〈金瓶梅〉》，蔡国梁著，浙江文艺出版社 1985 年 12 月；《台港〈金瓶梅〉研究论文选》，石昌渝、尹恭弘编，江苏古籍出版社 1986 年 1 月；《金瓶梅评注》，蔡国梁选编，漓江出版社 1986 年 8 月；《金瓶梅论集》，徐朔方、刘辉编，人民文学出版社 1986 年 11 月；《金瓶梅的世界》，胡文彬编，北方文艺出版社 1987 年 2 月；《金瓶梅西方论文集》，徐朔方编选校阅，沈亨寿等翻译，上海古籍出版社 1987 年 7 月；《金瓶梅研究集》，杜维沫、刘辉编，齐鲁书社 1988 年 1 月；《〈金瓶梅〉作者之谜——〈金瓶梅考论〉第一辑》，叶桂桐等著，聊城《水浒》《金瓶梅》研究学会编，宁夏人民出版社 1988 年 5 月；《日本研究〈金瓶梅〉论文集》，黄霖、王国安编译，齐鲁书社 1989 年 10 月；《金瓶梅资料续编（1919—1949）》，周钧韬编，北京大学出版社 1991 年 1 月；《金瓶梅艺术世界》，吉林大学中国文化研究所编，吉林大学出版社 1991 年 7 月；《我与〈金瓶梅〉——海峡两岸学人自述》，周钧韬、鲁歌主编，成都出版社 1991 年 7 月；《国际金瓶梅研究集刊》（第一集），王利器主编，成都出版社 1991 年 7 月；《金瓶梅女性世界》，王汝梅、李文焕、仲怀民主编，北方妇女儿童出版社 1994 年 10 月；《名家解读金瓶梅》，盛源、北婴选编，山东人民出版社 1998 年 1 月一版，2001 年 2 月二版，2009 年三版；《金瓶梅研究序跋精选》，孟进厚编，武汉出版社 1998 年 8 月；《丁耀亢研究——海峡两岸丁耀亢学术研讨会论文集》，李增坡主编，中州古籍出版社 1998 年 10 月；《金瓶梅说》，张兵、张振华选编，江西教育出版社 1999 年 1 月；《鲁迅、胡适等解读〈金瓶梅〉》，张国星编，辽海出版社 2002 年 6 月；《名家眼中的〈金瓶梅〉》，鲁迅、郑振铎等著，文化艺术出版社 2006 年 9 月；《插图本点评〈金瓶梅〉》，傅光明主编，山东画报出版社 2007 年 9 月；《〈金瓶梅〉与临清：第六届国际〈金瓶梅〉学术讨论会论文集》，黄霖、杜明德主编，齐鲁书社 2008 年 6 月；《〈金瓶梅〉与清河：第七届国际〈金瓶梅〉学术讨论会论文集》，黄霖、吴敢、赵杰主编，吉林大学出版社 2010 年 7 月；《〈金瓶梅〉学术档案》，王炜编著，武汉大学出版社 2012 年 12 月；《2012 台湾〈金瓶梅〉国际学术研讨会论文集》，陈益源主编，里仁书局 2013 年 4 月；《〈金瓶梅〉与五莲——第九届（五莲）国际〈金瓶梅〉学术研讨会论文集》，王平主编，中国文史出版社 2013 年 12 月等。30 年时间，29 部论文选集，几乎一年一部。其中，1986—1991 年 5 年之内，就有 12 部选集，更是一年两部。1991 年竟是一年四部。这一数字，也可能空前绝后。这些论文集的出版，对《金瓶梅》研究起到极大的推动作用。

苗怀明《二十世纪〈金瓶梅〉文献研究述略》（《金瓶梅与临清》）："《金瓶梅》研究能后来居上，在中国古代小说研究中占有重要地位，这与相关文献的搜集、整理及研究推动是分不开的。"

《金瓶梅》的续书，存世者有：《续金瓶梅》《隔帘花影》《三续金瓶梅》《金屋梦》。其中，出自原创的是《续金瓶梅》和《三续金瓶梅》。《续金瓶梅》被认为寄寓了作者的黍离之悲而备受瞩目，《三续金瓶梅》则是继《续金瓶梅》与《隔帘花影》之后的续作。《隔帘花影》与《金屋梦》系据《续金瓶梅》删改而成，亦有其独立之价值。

关于《金瓶梅》续书整体研究，专著有郑淑梅《后设现象：〈金瓶梅〉续书书写研究》（台湾学生书局"金学丛书"第一辑），硕士论文有《〈续金瓶梅〉研究》（东海大学硕士论文，林雅铃著，1992 年）、《伤时劝世　生新续奇——〈续金瓶梅〉价值重估》（山东师范大学硕士论文，张振国著，2003 年）、《〈续金瓶梅〉研究》（湖南师范大学硕士论文，陈小林著，2005 年）等，也是近年来颇受关注的课题。

其研究成果，可以郑淑梅《后设现象：〈金瓶梅〉续书书写研究》为代表："本书即是逐一观察清初康熙年间的《续金瓶梅》《隔帘花影》，以及清中叶的《三续金瓶梅》，乃至于清末民初的《金屋梦》，发现这批横跨有清一代的《金瓶梅》续书，一方面各以不同叙事策略来接续、演绎《金瓶梅》的人物和情节；另一方面又在书写中涵化时代色彩与社会风气，对于《金瓶梅》各有其接受心理，而呈现迥别的阅读情境、批评方式。丁耀亢在《续金瓶梅》中虽着力在历史思维、易代背景之下，强调劝世意旨，暗含颠覆意图，可是却又不时地设想读者可能抱持与原著参照的心态，于是其于书写上每每游走于情欲与道德、止淫与诲淫之间，透过突显原著力道不足之处，以彰显续书所长。至于讷音居士的《三续金瓶梅》则是循声附会清代中叶续衍《红楼梦》的风潮，以读者乐天精神为依归，透过游戏式的戏拟、拼凑等书写策略，意图解构《金瓶梅》所刻画的世态炎凉及盛极而衰的世情图景。而当《金瓶梅》在传播与禁毁的矛盾冲突之下，不断地更迭文本的传播方式，扩大传播的范围，逐渐确立其'经典''典范'的文学地位，《金瓶梅》续书的传播同样也受限于历史、社会语境，遂而造就了两部《续金瓶梅》的删改本——《隔帘花影》与《金屋梦》，删改本作者是以增益、删削甚至是易名的方式来自我形塑，虽然没有大张旗鼓地昭著其创作、批评意识，但是从其增删与留存的内容观之，则可勾牵出作者对小说本质的思索、对时代的回应、对原著《金瓶梅》的关注以及对《续金瓶梅》幽微的评议，从而可知新的文本所包含对前作的超越、竞争之心理，亦不下于自创一个意义世界以解释或是颠覆、转化前作的《续金瓶梅》及《三续金瓶梅》，确实展现了续书立足于原著及其他续书之上，不断地透过各种书写策略以自我脉络化的特殊现象。综观这些《金瓶梅》续书，若单就其各自的续衍方式与创作意图而言，无一不是独立自足，特色鲜明，《续金瓶梅》紧接百回本奇书结局而写，亦以'奇'自诩，试图透过彼此交互参照、比较，以彰显自身，而《三续金瓶梅》以'小补'完成半身美人图，藉由续衍以转化《金瓶梅》的衰颓结局及悲剧色彩，《隔帘花影》是以匿名与增删的方式，断绝对照与联系，聚焦文本本身的力量，重思小说本质，至于《金屋梦》则是在新旧思潮浸染之下，主要仍据其承袭自传统小说美学的观点进行增删，但同时又融通西方的分类观点，以此回应原著及时代思潮。然而，就作为《金瓶梅》的续书群以观，这些作者透过续书这个幻设的文学空间，融合阅读、创作、批评、传播、阐释于一体，在后设的思维之下，各自形成驳杂不一的书写现象。"

此一课题也是金学的常设课题。

下编　金学学案

在国际金学团队中，可以并应该立传的金学家，何止百人。本编仅从当代学人中选取徐朔方、陈诏、宁宗一、傅憎享、卢兴基、蔡国梁、周中明、王汝梅、刘辉、蔡敦勇、张远芬、周钧韬、鲁歌、孔繁华、冯子礼、黄霖、叶桂桐、张鸿魁、陈昌恒、石钟扬、王平、李时人、赵兴勤、孟昭连、陈东有、孙秋克、卜键、何香久、许建平、张进德、霍现俊、曾庆雨、黄强、杨国玉、潘承玉、谭楚子（以上中国大陆），梅节、洪涛、孙述宇（以上中国香港），魏子云、陈益源、胡衍南、李志宏（以上中国台湾），日下翠、荒木猛、铃木阳一（以上日本），崔溶澈（韩国），韩南、芮效卫、浦安迪、陆大伟（以上美国），胡令毅（加拿大），雷威安（法国），马努辛、李福清（以上俄罗斯）等55人（以国别、地区、年齿为序），尽其所能，撰其学案。他如鲁迅、郑振铎、吴晗、姚灵犀、朱星、杜维沫、王启忠、郑庆山、鲍延毅、罗德荣、石昌渝、白维国、马征、李申、田秉锷（以上中国），鸟居久晴、泽田瑞穗、小野忍、大冢秀高（以上日本），康泰权（韩国），夏志清、马泰来、郑培凯、田晓菲（以上美国），陈庆浩（法国）等，或因体例所限，或因资料难寻，或因联系匪易，或因时代久远，未能入案，是为遗憾。好在前述55人的《金瓶梅》研究成果，足可代表当代最好水平，亦为金学的主体内容。

一、徐朔方（1923年12月1日—2007年2月17日），原名徐步奎，浙江东阳人。1947年毕业于浙江大学师范学院英文系，曾在温州中学、温州师范学校任教。1954年调入浙江师范学院（1958年改组为杭州大学，1998年合并入浙江大学），先后任讲师、副教授、教授，饮誉海内外学术界。曾担任中国多个学术机构与群众团体顾问和会长，多次荣获国家级、教育部、浙江省优秀学术成果奖。1984年以来先后应邀到美国、日本、台湾等国家和地区的大学和学术研究机构讲学。

近六十年间，徐朔方潜心从事中国古代文学，特别是古代小说和戏曲、明代文学的教学与研究，发表出版了大量文字、著述：校注有《牡丹亭》《长生殿》《沈璟集》

《汤显祖全集》；专著有《戏曲杂记》《元曲选家臧晋叔》《汤显祖评传》《史汉论稿》《论金瓶梅的成书及其它》《晚明曲家年谱》《小说考信编》《徐朔方说戏曲》《明代文学史》；编著有《金瓶梅论集》《金瓶梅西方论文集》《20 世纪学术文存 · 南戏与传奇研究》；创作有散文集《美欧游踪》、诗集《似水流年》。

徐朔方学养深厚，学贯中西，才华横溢，奖掖后进，具有鲜明的个性。作为学者，他治学以文献研究和考辨为基础，敢于突破成说，富于创新精神，在文献整理和理论总结上均卓有建树；作为教师，他师德高尚，教风严谨，言传身教，精益求精，造就了大批人才，获得学生的广泛爱戴。

徐朔方长于辩证，善于论争，既辨明了真理，又广交了朋友。譬如其关于《金瓶梅》作者屠隆说与黄霖的辩论，关于《金瓶梅》的寓意与魏子云的辩论，关于《金瓶梅》作者汤显祖说与芮效卫的辩论等，均为金学史上著名的辩论。

徐朔方是打通中外、串联古今而融会贯通的金学家，是中国当代首席金学家，长期担任中国《金瓶梅》学会、中国《金瓶梅》研究会（筹）与《金瓶梅》学刊顾问，为金学事业做出了卓越贡献。

徐朔方的《金瓶梅》研究成果，计有专著 1 部、编著 2 部、论文 30 篇，内容涉及成书、作者、评点、源流、文本、文化等领域，尤以其成书研究，备受关注。

其高足孙秋克在《徐朔方先生的〈金瓶梅〉研究》（《孙秋克〈金瓶梅〉研究精选集》，台湾学生书局“金学丛书”第二辑）一文中说：

> 在徐朔方先生的学术生涯中，《金瓶梅》是其用力甚勤的研究对象之一，也是他在学术上不断探索、完善自我的典型。在徐先生的最后一本自选集《小说考信编》中，《金瓶梅》研究的论文占了全书字数的近五分之二。……徐先生一直强调的三个重要观点：小说和戏曲同生共长，这是中国古代小说发展与西方不同的特点，必须对此给予足够的重视；相当多的作品是在世代流传后由某一文人改编写定的，而非某一文人作家的天才创造；世代累积型集体创作是中国小说戏曲史上带有规律性的重要现象。上述三点，可谓徐先生对中国小说戏曲世代累积型集体创作说的主要概括。……
>
> 在把世代累积型集体创作说系统化并上升为中国小说史上带有规律性的现象这一过程中，徐先生把“四大奇书”作为中国古代早期长篇小说的代表，把《金瓶梅》作为最重要的实证，认定在它们之后中国小说界才推出个人创作的长篇小说，《金瓶梅》是中国古代长篇小说世代累积型集体创作的终结，而非文人个人创作的开始。……

徐先生以前辈学者的研究为起点，从对《金瓶梅》的写定者和成书之考证入手，进而揭示其世代累积型集体创作的真实面目。……徐先生说："后来我以1980、1981年两篇旧作为基础写成《金瓶梅成书新探》，它被评论家看作（按李时人《关于金瓶梅的创作成书问题》）'实集当前《金瓶梅》集体创作说观点之大成'，其实问题的许多方面还有待深入。"（《小说考信编》，上海古籍出版社1997年）

"其实问题的许多方面还有待深入"，这并不是徐先生的客气话或无谓的谦虚，而是他对《金瓶梅》在中国小说史上呈现出来的复杂状况的清醒认识。在《金瓶梅的写定者是李开先》和《金瓶梅成书补证》这个姊妹篇中，徐先生虽然重申了《金瓶梅》是世代累积型集体创作，并把李开先作为写定者而非作者，但仍然迷信沈德符在《万历野获编》中提出的"嘉靖大名士手笔"说，故对文人写定者作用的估计过高。随着对《金瓶梅》探索和认识的深化，他摆脱了旧说的影响，在几年后把上面两篇旧作改写成《金瓶梅成书新探》，这篇文章是其进一步深入研究后形成的代表作，对文章主要观点的改变及意义可作如下概括：《金瓶梅》是世代累积型集体创作，它的写定者是李开先或他的崇信者。在该文中，"世代累积型集体创作"的结论确定无疑，"写定者是李开先"则被订正为"写定者是李开先或他的崇信者"。徐先生自述："最主要的改动不在于写定者由李开先改为他或他的崇信者，而在于我以前对写定者所起的作用错误地估计过高。"正确地估计写定者的作用，可以看到"这就包含两个可能：一、如果改定者是李开先的崇信者，他的文化修养不会太高，根本不是'大名士'；二、如果是李开先本人，那他只是出主意或主持印制而已，并未自始至终进行认真的修订。根据这样的观点，写定者无论对本书的成就和缺陷都不起太大的作用。"（《论金瓶梅的成书及其它·前言》，齐鲁书社1988年）可见，只有把"《金瓶梅》是世代累积型集体创作"和"它的写定者是李开先或他的崇信者"二者结合起来，才能较为完整地把握徐先生通过这个实证研究所阐述的世代累积型集体创作说的基本内涵，把这两个方面抽去其中的任何一个，或把二者割裂开来，都难免产生曲解和误导。徐先生在《论金瓶梅的成书及其它》及最后的自选集《小说考信编》中，都舍弃了《〈金瓶梅〉的写定者是李开先》和《〈金瓶梅〉成书补正》，更为明确地表明了自己对修订后观点的坚持。为了论述的方便，有时他即便将二者分而论之，其内在的逻辑关系也是显而易见的。他表明随着考察和认识的深化，徐先生的世代累积型集体创作说既不否定写定者的功绩，同时也不过高地估价某一个人在其中的作用，进而夯实了世代累积型集体创作说的理论基础。徐先生的这一改变，是对前人和自己此前论述的发展。

此评可谓深得乃师真谛。

二、陈　诏，男，1928年生于浙江宁波，1951年毕业于上海民治新闻专科学校，解放日报社主任记者，曾任中国《红楼梦》学会理事、上海《红楼梦》学会副会长、中国《金瓶梅》学会理事，现任中国《金瓶梅》研究会（筹）顾问、《金瓶梅研究》编委。陈诏的《金瓶梅》研究成果，出版成了3部专著（《红楼梦与金瓶梅》，与孙逊合著，宁夏人民出版社1982年8月；《〈金瓶梅〉六十题》，上海书店出版社1993年12月；《金瓶梅小考》，上海书店出版社1999年12月），发表了18篇论文，还与黄霖一起为香港梦梅馆出版之梅节《重校本金瓶梅词话》注释。陈诏早在1980年就发表《金瓶梅》研究论文，1982年又与孙逊合著《金瓶梅》研究论著，是20世纪80年代以来中国大陆第一批《金瓶梅》研究者，也是一位资深金学家。

陈诏在《金瓶梅小考·后记》中说："这十几年来，我就是通过对《金瓶梅》中一些具体的细小问题的考证，写了十余篇论文，逐步形成自己的系列观点，主要可以归纳为以下几点：一、我认为，《金瓶梅》是一部影射嘉靖时期的朝政，全面揭露讥刺皇帝、权臣、特务、宦官、官商的黑暗统治的奇书。二、《金瓶梅》虽然写成于万历十年左右，但它反映的却主要是嘉靖朝的现实，它的市井生活的民俗描写具有明显的时代性，也具有很高的审美价值和史料价值。三、《金瓶梅》的原始形态极可能是说唱材料，但它不是世代积累和流传很广的，最后经过文人拼凑、整理、改写而成的小说，这部书的产生地点可能在江南。四、《金瓶梅》作者，实际上是写定者，可能是书会中人，或出版商，或卖文为生的落魄文人。他可能当过中小官吏，在北京生活过，熟悉运河沿线城市，有一定的正义感，又心怀不满，文化程度不高，生活放浪不检。"在《半路出家者说》（载《我与金瓶梅》，成都出版社1991年7月）中，陈诏对自己的学术观点有更详细的介绍。

陈诏擅长考证，颇见功力，而文笔流畅，立意独到，曾出版有一部《红楼梦小考》（上海书店出版社1985年），学界反映甚好。他因此又有写作《金瓶梅小考》的打算，他在《〈金瓶梅〉六十题·后记》中说："考虑到当今'辞书热'中，光是金瓶梅辞典就已经出了六本，《小考》是否还有出的必要就值得怀疑了。但在读书过程中，在学术研讨中，在与友人的通信联系中，常常发现些新材料、新问题，有些新感触、新体会。这些点滴收获如果不及时记录下来，就像涓涓细流一样，很容易流失。所以我从1987

年开始，陆陆续续写些有关《金瓶梅》的笔札式的千字短文，供报纸副刊补白。或评论、或赏析、或考证、或注释、或校勘、或杂谈、或纪事、或写人、或提供信息、或答辩质疑，总之，五花八门，内容庞杂，这是我的《金瓶梅》研究的副产品，也是我业余生活的一个小小的窗口。”他断断续续写了12年，终于在1999年结集出版。陈诏在《金瓶梅小考·后记》中说：“我研究小说的习惯，比较注重考证，务求言必有据，不尚空谈。所以每篇论文中都引据资料，联系史实，实际上仍保持《小考》的特色。换言之，论文是《小考》的载体和综合，《小考》是论文的基石和灵魂。读者既可以从论文中了解我的观点，又可以从《小考》中获得具体的知识。”

多年以来，陈诏已不再出席金学会议，也很少与金学界联系。2013年台湾学生书局计划编辑出版“金学丛书”第二辑，陈诏是邀请名单中当然人选。可惜交流中断而失选，留下遗憾。

三、宁宗一，男，1931年生，北京市人，满族。1954年毕业于南开大学中文系，后留校任教于中文系，1987年转入东方艺术系任教。主要研究方向为中国文学史、戏曲美学与小说美学。现为中国《金瓶梅》研究会（筹）顾问、中国武侠小说研究会会长。出版专著有：《中国古典小说戏曲探艺录》《说不尽的金瓶梅》《宁宗一讲金瓶梅》《金瓶梅可以这样读》《心灵文本》《倾听民间心灵回声》《心灵投影》《名著重读》《宁宗一小说戏剧研究自选集》《走进困惑》《文章之美》《世情图卷》《文馨篇》《教书人手记》等。与友人合作之专著有《金瓶梅的艺术世界》《金瓶梅百问》《中国小说艺术史》等。主编的专著有《中国小说学通论》《金瓶梅对小说美学的贡献》《金瓶梅小百科丛书》《元杂剧研究概述》《明代戏剧研究概述》《古典小说精言妙语》等。校注有《喻世明言》《错斩崔宁》等。

宁宗一是当代老一辈金学家的代表人物之一，以其思维敏捷、意气风发、才华横溢、文笔俏丽享誉小说、戏曲研究界。尤其是21世纪以来，几乎参加了所有的国际与全国金学会议，而且几乎每次会议的开幕式上都是他代表金学大家致辞，并且几乎每次致辞都有引领时尚、振聋发聩的创见。他的经典名句“说不尽的《金瓶梅》”，成为金学的旗帜。

宁宗一的《金瓶梅》研究成果有专著5部（其中2部为合著）、主编2部、审定原著1部、论文34篇，内容涉及主旨、文本、人物、艺术、文学地位等金学多个领域，尤以审美观照最见睿智。

譬如，关于《金瓶梅》研究，宁宗一说：

严格地说，研究《金瓶梅》，我起步较晚，其时，“金学”已经开始热闹起来，老树新花，各逞风采，我投身其间，难免战战兢兢。跌跌撞撞走了几步，有欢乐和兴奋，也有困惑和烦恼，有时还有一种难言的寂寞和孤独。……

《金瓶梅》不应成为人们比较研究的陪衬和反衬的垫脚石。把它置于“反面教材”的位置上进行的任何比较，都是不公平的。……

我不是没有怀疑过自己要为《金瓶梅》辩护这一命题的必要性。因为《金瓶梅》的“行情”一直看涨，而且大有压倒其他几部大书之势。至于对于一部书的评价，那是一个永远不会取得完全一致意见的事。

不过，我始终认为方法虽然很重要，而且方法的改进，无疑会给古代小说研究增加生机，但却不可能从根本上提高古代小说研究的社会价值。方法有助于达到目的，但方法却不能代替对目的的追求，与时代精神同步合拍，应是古代小说也是《金瓶梅》研究追求的目的，只有与今天的文艺创作和评论衔接，才能使古代小说研究升值。联系到我的《金》书研究，在最准确意义上来说也只是《金瓶梅》美学随想。如果上帝赐我以时日，我真的想再努力一把，书写真正属于《金瓶梅》小说美学建构的文字，在思想和理论的深度和方法论的更新上都能有些突破，从而为现今的小说创作提供一点点参照。……

我深深感激先贤和时彦的理论文字对我的正面影响。不是出于偏爱，而是深切感到作家与文本研究如果不上升到思想理论层面，不追求“意义”或“意味”，那就仅是第一层次的研究。仅就古典文学的研究，就应该考虑三个转换：一是从微观的考据向宏观的把握的转换；二是从表象的观察向深层的透视的转换；三是从事实的描述向意义的阐发转换。一句话，我企盼的和追求的是由“史实”与“学术”层面向“义理”与“思想”层面转换，并由此形成一种新的解读和研究模式。也许这就是王元化先生生前提出的“有思想的学术和有学术的思想”的内涵吧！

（《宁宗一〈金瓶梅〉研究精选集·后记》）

再如，关于《金瓶梅》的主旨，宁宗一说：

笑笑生之所以伟大，正在于他根本没有用通用的目光、通用的感觉感知生活。《金瓶梅》的艺术世界之所以别具一格，就在于笑笑生为自己找到了一个不同于一般的审视生活和反思生活以及呈现生活的视点和叙事方式。是的，笑笑生深入到了人类的罪恶中去，到那盛开着“恶之花”的地方去探险，那地方不是别处，正是人的灵魂深处，他远离了美与善，而对丑与罪恶发生兴趣；他以有力而冷静的笔触描绘了一具身首异处的“女尸”，创造出一种充满变态心理的触目惊心的氛围。笑笑生在罪恶之国漫游，得到的是绝望、死亡，其中也包括他对沉沦的厌恶。总之，笑笑生的世界是一个阴暗的世界，一个充满着灵魂搏斗的世界，他的恶之花园是一个惨淡的花园，一个豺狼虎豹出没其间的花园。小说家面对理想中的美却无力达到，那是因为他身在地狱，心向天堂，悲愤忧郁之中，有理想在呼唤。然而在那残酷的社会里，诗意是没有立足之地的。愚以为这一切才是《金瓶梅》独特的小说美学色素，它无法被人代替，它也无法与人混淆。

我读《金瓶梅》，愿意把它看作是一个有许多窗口的房间。从不同窗口望去，看到的是不同的天地，有不同的人物在其中活动。这些小天地有道路相通，而这道路是由金钱和肉体铺就的，于是在我们面前出现了一个完整的世界——封建晚期的明代社会。

从一个窗口望去，我们看到了一个破落户出身的西门庆发迹变泰的历史，看到了他占有女人、占有金钱、占有权势的全过程，看到了一个市井恶棍怎样从暴发到纵欲身亡的全过程；

从这个窗口，我们看到了西门庆家族的日常生活，妻妾的争风吃醋，帮闲的吃喝玩乐，看到了一幅市井社会的风俗画；

换一个窗口，我们看到了卖官鬻爵、贪赃枉法的当朝太师蔡京等市侩化了的官僚群的种种丑态；

再换一个窗口，我们看到了……不，在所有的窗户外面，我们几乎都看到了潘金莲的身影。她是《金瓶梅》的特殊人物：一方面，她完全充当了作者的眼睛，迈动一双三寸金莲奔波于几个小天地之间，用她的观察、分析、体验，将其连接成一个真实的世界。她又是一个发展中的人物，开头她被西门庆占有，而后西门庆的生命终点又是她制造的。因此，潘金莲这个形象在一定意义上又比西门庆更显得突出。

总之，《金瓶梅》的许多窗口是朝着这些“丑恶”敞开着，读者置身其中，各种污秽、卑鄙、残忍、悲剧、惨剧、闹剧，无不历历在目，尽收眼底。于是我从整体上把握了这样一部小说的内涵：《金瓶梅》是一部人物辐辏、场景开阔、布局繁杂的巨幅写真，腕底春秋，展示出明代社会的横断面和纵剖面。

（《宁宗一〈金瓶梅〉研究精选集·题记》）

四、傅憎享，男，1931 年 7 月 6 日生于黑龙江省阿城县，中共党员，辽宁社会科学院研究员。原《社会科学辑刊》副总编辑。中国《金瓶梅》研究会（筹）顾问，中国《红楼梦》学会理事。1947 年参加东北民主联军，后经历过东北、华北、中南、海南战役。锦州战役立过战功。抗美援朝时，任志愿军后勤文工团创作组长，从事专业创作。1951 年入东北鲁迅文艺学院创作研究班学习。1957 年至 1979 年因众所周知的原因弃笔从农、从工 22 年。1979 年任辽宁社会科学院研究员、享受国务院特殊津贴。现任辽宁省作家协会会员、大连明清小说研究中心特约研究员。著作有《红楼梦艺术技巧论》《金瓶梅书话》《金瓶梅隐语揭秘》《金瓶梅妙语》《中国文学史书·金瓶梅分卷》。

傅憎享的《金瓶梅》研究成果，计有论著 4 部、论文 29 篇，内容涉及主旨、语言、人物、源流、文化等领域，尤以语言研究最具光彩。

傅憎享是中国当代老一辈金学家之一，一生坎坷而坚持不懈，勤奋执着且先人后己，21 世纪以来因为健康原因未能出席金学会议，此前的金学会议均踊跃参加，并不时给学会提出建议，还主动担任学刊《金瓶梅研究》的责任编辑，乃金学界的热心好人。

关于《金瓶梅》的成书与作者，傅憎享说：

今天所看到的《金瓶梅词话》万历刻本，当然不是原初的话本了。经过传抄，坊刻市利而成。坊刻又从阅读出发，做了删订加工。值得庆幸的是这是粗加工，保留下来许多说话的话本内证。证明着原初是话本，是说话人讲述，艺徒强记的忠实耳录。经过书坊的粗加工，走上阅读的案头。又经过崇祯本文人的精加工，便泯没了说唱的特征，遂产生了文人独立创作的误解。……

“常言道”与“正是”，是依常理的生活哲理，作为判词证明。《金瓶梅词话》因是说话，信口呼出的俗谚，未必符合特定的情节；“正是”反而不能证是。说话人只为了书场的“立时”效应，来不及斟酌，听众也没有咀嚼的余裕；只接纳了同一的，而过滤掉抵牾的。显例是第八十六回王婆与金莲“对嘴”，选用了一长串俗谚，当然对完成人物的机辩是必要的，然而不是人物逞辩，而是说话人所追求类似“贯口”堆栈俗谚、口若悬河的书场效应。……崇祯本把“正是”领起的许多俗谚，予以删除；既是因其矛盾，又是厌恶俗谚之俗。《金瓶梅词话》采录的俗谚，保留着俗文化的原生态，而文人删定的崇祯本却向文人形态归化。据此可知：《金瓶梅词话》为说话人的话本而不是文人之作。

关于《水浒传》《金瓶梅词话》与绣像本《金瓶梅》的关系，傅憎享说：

中国续书之风颇盛，《水浒传》续作甚多。《金瓶梅》也可谓续书，或是续书形式之一种。创作有所依傍与另起炉灶是大不相同的。《水浒传》有如砧木，《金瓶梅》便是移花接木的节外新枝了。植根其上，嫁李接桃便具有双向的性质：既须与《水浒传》亲合，又要变异。把早出的万历《金瓶梅词话》与晚出的天启、崇祯间《新刻绣像批评金瓶梅》加以比较，便很容易发现：万历本向着《水浒传》亲合，崇祯本则竭力与《水浒传》离异。崇祯本对万历本采自《水浒传》的，不当者删除，不当其所者挪移，文字也有删削厘剔。使《金瓶梅》进入一个新阶段，在艺术上更趋完美。……

《金瓶梅》词话本是说话人述录的，是向说听的话本归化，呈俗文化形态；而子本崇祯本是经过文人加工，向阅看的读本异化，呈文人文化形态。俗与文分化流向歧异，呈两条不相交的两种文化线；两个版本，充斥着俗与文两种文化的激烈冲突。从而显露了删定者为正统文人，一是对俗文化的隔膜，一是对俗文化的鄙夷。斧伐前人之作，已成中国文人之积习。文人以阿私所好，强加给词话本。删损之处则以为低俗，增易之处必以为高雅。进入文人书案阅读之日，便是说话人说听话本僵化之时。值得庆幸的是，词话本版行存世，否则子本崇祯本仅存，人们便无从见到失却的俗文化的真面目。

关于《金瓶梅》中李瓶儿前后的性格差异，傅憎享说：

《金瓶梅》之前的说部，如《三国》《水浒》，人物基本上是静止不变的。从登场到结束，一生至一死，一成不变。成了人物性格恒常的定式，也影响与形成了审美的恒常定势。这导因于中国人积久的“江山易改，禀性难移”的观念。……出于“江山易改，禀性难移”的守恒定势，人们只习惯于李瓶儿应该如何如何，而不顾及她只能如何，由之便生出了性格裂变之说。人的变化，既有自我的因素，更有环境的因素。李瓶儿的裂变性格是环境造成的。环境的改变，导致人的改变；看似突然，实则必然。套用一句成语，是谓“人随境迁”。她在花家傲岸，因为对手是花子虚；对弱的对手，她是强项的。到了西门庆家，逆转过来，由优势降而为劣势。惧强凌弱、欺软怕硬，何止李瓶儿，人盖莫能外。人，在不同的场合，呈现的是或一侧面。与其说李瓶儿裂变，莫如说西门庆谲变：隔墙密约，西门庆俯首帖耳；一当李瓶儿连同私蓄到手，先是拖而不娶，娶后三日不入其室，进新房而又扒光鞭打。人在矮檐下，焉敢不低头。桀骜的野马，一戴上笼头便驯服了。她只能这样，而不能不这样。……李瓶儿，进入全新的环境，在新的人际关系中，她不能不对过去重新审视与调整：左右不了新环境，受制于新环境，只好顺应。如俗语所说：是龙得蟠着，是虎得卧着。有威无处可施了。为适者生存律所迫，她不得不放弃旧我，寻求新的支点，以求得新的平衡。……

李瓶儿面对严峻的环境，无可奈何。西门庆之悍，潘金莲之妒，危机四伏。她只有消声敛气，以求偏安；笑脸求和，以求太平。旧的地位与性格，已为外力所不容；她必须重新找到稳定的位置。尽管她左右逢迎，仍然八方受敌。“树欲静而风不止”，在风暴中求静止是可能的么？她回天无力，只好听天由命；只好逆来顺受，退而求其次，仍不可得：避不及、甩不掉，病毙的道路是她合乎逻辑的性格与人生的轨迹。

（以上引文俱见傅憎享《〈金瓶梅〉研究精选集》，台湾学生书局“金学丛书”第二辑）

五、卢兴基，男，江苏无锡人，1933 年生。1956 年北京大学中文系毕业后，即分配至中国科学院文学研究所（今中国社会科学院文学研究所）工作。曾任《文学遗产》编辑部主任，编审。研究方向为明清文学和文化思潮，兼及元好问和金元文学。撰有关于《金瓶梅》、才子佳人小说、《红楼梦》以及元好问、顾炎武、龚自珍、顾太清等的论文近百篇。专著有《顾炎武》（上海古籍出版社，台北万卷楼图书有限公司）、《市井悲喜剧》（陕西教育出版社）、《顾太清词新释辑评》（中国书店，获 2005 年全国优秀古籍图书奖二等奖）、《失落的“文艺复兴”——中国近代文明的曙光》（社会科学文献出版社）。主编有《建国以来古代文学问题讨论举要》（齐鲁书社）、《红楼梦的语言艺术》（语文出版社）、《中国文学大辞典·明代文学卷》（上海辞书出版社）等。

卢兴基是中国《金瓶梅》学会理事、《金瓶梅研究》编委、中国《金瓶梅》研究会（筹）顾问，出席了前四届全国与国际《金瓶梅》学术讨论会中的两届会议（第二届全国《金瓶梅》学术讨论会与首届国际《金瓶梅》学术讨论会），是中国第一批《金瓶梅》研究骨干之一。2010 年 8 月他在第七届（清河）国际《金瓶梅》学术讨论会上，还提醒金学同人加强理论修养，实现理论突破。近年的金学会议虽然因为年事已高、身体欠安未能出席，但依然不时打电话或写信询问行情，提出建议。

卢兴基所写金学文章不多，笔者查到的仅有 7 篇（见本节附录。其《失落的“文艺复兴”——中国近代文明的曙光》一书重点研究的当然也是《金瓶梅》）。不过，其《金瓶梅》主旨“新兴商人”说却广有影响。

卢兴基的“新兴商人”说质疑吴晗《〈金瓶梅〉的著作时代及其社会背景》一文说：“这里有一个模糊的地方：不知吴晗先生说的判断中，究竟是西门庆的‘社会关系’属于封建阶级，还是西门庆所属的‘新兴的商人阶级’应归属于封建阶级？前者不符合事实，后者自相矛盾。”

卢兴基接着说：“《金瓶梅》到底写了一些什么呢？原来它给我们写了一个新兴

的商人西门庆及其家庭的兴衰，他的广泛的社会网络和私生活，他是如何暴发致富，又是如何纵欲身亡的历史，这是一出人生的悲剧。……《金瓶梅》所描绘的，就是处在这种历史因变中的中国社会。它的主人公西门庆，也正是在朝向第一代商业资产阶级蜕变的父祖。他还没有发育成形，并且仍然带着他所生存的那个封建母胎的不纯性。可是他的不可一世的勃勃雄心，已表现着那种意图获得整个世界的野心和进取精神。同时，在他的贪婪，他对金钱、权势以至女性的占有欲的恶性基因中，混合着封建遗传的混血成分。这是在我国的封建末世出现的一个人物典型，具有巨大的历史破坏性。如果中国的历史继续按照自己的方向正常运转，他们就将是二千年封建社会的掘墓人。"

在证明西门庆是16世纪中国新兴商人和一个雄心兼有兽性的中心人物之后，卢兴基说："一个商人，用攫取一部分封建权力的方式来发展自己，这一奇特的方式，表现了16世纪中国资本主义发展的不纯性。……在《金瓶梅》里，我们看到，在西门庆权势所到的地方，一切封建的尊卑等级的严固秩序被破坏殆尽，代之以赤裸裸的利害关系和冷酷无情的'金钱交易'。他凭着自己的生辰担、金钱、女人，出入当朝太师府第，交结权门，并让自己这样一个不通文墨的商人穿上五品朝服，出入宫廷。他霸居一方，一大群大小官僚和太监都来向他巴结，过路的巡按、御史、状元都与他屈尊交往，身为皇亲的乔大户不惜来与西门庆攀亲。他妻妾成群，但这并不能满足他的无限的情欲，一切他看中的女人，他都必定达到占有的目的。在金钱这一恶魔的指挥下，这些形形色色的妇女可以抛弃一切廉耻，置宗法社会的伦理观念于不顾，投身到西门庆的怀中，在一夜之间的献身中，去填补西门庆的餍足。包括那个颇有身份和地位的'上等妇女'林太太，也愿以自己半衰的姿色去取得西门庆的欢心和自己的本能需要。封建制度下的道貌岸然，一切被'温情脉脉的纱幕'所掩盖的欲念和伪善，统统被这个混世魔王打得落花流水而现出原形。在《金瓶梅》里，没有以前许多小说几乎都有的君明臣良、父慈子孝的说教，商业社会的一切，就是人们行为的准则。这部作品的审美价值正在于此。"

在分析《金瓶梅》中的性描写以及当时性观念解放之后，卢兴基说："欧洲18世纪和19世纪资产阶级文学的成熟，出现了众多的文学巨匠和杰出的小说，是由深厚丰富的创作经验的积累和思想上的高屋建瓴两个条件构成的。像《金瓶梅》所描写的事件和题材，缺乏一定的审美理想，是难以达到一定的高度的。19世纪初，法国批判现实主义大师司汤达的《红与黑》里塑造了一个'多余人'典型于连，苏联无产阶级文学的奠基人高尔基在《阿尔达莫诺夫家的事业》中给我们塑造过俄国第一代资产阶级代表阿尔达莫诺夫。西门庆和他们应属于在不同历史时期和不同民族文学中出现的同一系列的典型。相比之下，西门庆这一形象缺乏本质的鲜明性，有时淹没在过多的放浪声色的繁琐描写中。但这只是就其某一点来说的，如果放在同一个时代看，16 世纪中叶在我国产生的这部《金瓶梅》，仍有其卓然特立的成就，置之于世界文学之林，它也是一部不可多得的杰作。"

卢兴基的"新兴商人"说，引发了与石钟扬的一番辩论。石钟扬商榷道："而'新兴商人'说，这显然是人们对《金瓶梅》研究实现新突破的可贵努力的产物，也就格外引人注目。然其离小说及其所反映的社会实际却更遥远，因而需花更大气力来分解。……可见这所谓新兴商人阶级既不改变封建社会的生产方式，也不将商业资本转化为产业资本，只是在利用封建国家的政策，以售其奸，一方面利用他们的地位和权势上下谋财，一方面利用手中的资财加上权力更加疯狂地剥削、压迫农民阶级。'新兴商人阶级'云云，其'新兴商人'，盖指明代中后期'这样的一个时代，这样的一个社会'的与官僚势力相结合的新型商人，他们或由商而官，或由官兼商，并非职业性商人，而是官商。"官商"首先是官，其次才是商。官是社会地位所在，商是致富的手段。其所经营的也只能是封建的商品经济。而这里的'阶级'，义同'阶层'。综而言之，'新兴商人阶级'即新型的官商阶层，其本为封建地主阶级结构中的一个层次，而决非独立于封建地主阶级之外的什么新的阶级。……有过经商历史的西门庆，一旦进入官场，就立即将自己变官商，将官场变为商场，为自己开辟广阔的'钱途'。正因为西门庆居官作宦，他才可能以权谋私，干着钱权交易的勾当，既能在官场卖法贪赃，又能在商场投机倒把，他才真正暴发起来。……论明了西门庆的阶级归属，更有利于把握这个典型形象的社会意义。西门庆实则是中国封建末世，朱明王朝末期，世纪末年，中国封建官僚制度下产生的新丑，而不是什么资产阶级的新秀。……《金瓶梅》研究中的'新兴商人'说与那种夸大明清时代资本主义萌芽的思潮是一脉相承的。而实际上它既不符合《金瓶梅》与十六世纪中国社会的实际，也有违吴晗先生之原意。"（《石钟扬〈金瓶梅〉研究精选集》，台湾学生书局"金学丛书"第二辑）

卢兴基后来有一答辩，他认为有没有资本主义萌芽是认识问题的一个关键，故在梳理明代中后期经济概貌之后肯定地说："明代 16 世纪，在东南沿海和其他经济发达的地区，已经出现了资本主义萌芽。"

卢兴基还认为西门庆经济的主体是否商品经济是认识的又一个关键，故在清理西门庆商业活动状况之后断然地说："商品生产，依赖于三个环节，即生产——流通——消费。生产者生产出产品，依赖于流通的渠道，销售到消费者手中，获得了盈利，以维持和扩大再生产。西门庆作为一名商人，从事的是连接两端的中介流通。两端连接着江南纺织业和清河一带的消费者，将我国东南沿海的纺织产品运销到北方，无一例外。……《金瓶梅》的作者不一定有意识地要写西门庆这样一位商人的经营性质，但他在对运河商业文明的客观发展中表现出了这位商人的全部特性。他在清河设店经营，与上述地区的生产者建立了固定的联系，利用长途货运的‘标船’，穿梭往返，成为清河的一名行商兼坐贾的富商。他还打算在南方‘立庄置货’，只是由于自己的去世才未能实现。所以，称他为‘新兴商人’并不为过。”

附录：(1)《在〈金瓶梅〉与〈红楼梦〉之间填补历史空白》，《明清小说论丛》第1辑，春风文艺出版社1984年5月；(2)《论〈金瓶梅〉——16世纪一个新兴商人的悲剧》，《中国社会科学》，1987年第3期；(3)《16世纪一个新兴商人的悲剧故事——〈金瓶梅〉主题研究》，《金瓶梅研究集》，齐鲁书社1988年1月；(4)《中国16世纪的社会与〈金瓶梅〉的悲剧主题——论〈金瓶梅〉之二》，《金瓶梅研究》第一辑；(5)《从〈金瓶梅〉到〈红楼梦〉——寻找小说史的一段轨迹》，《金瓶梅研究》第四辑；(6)《从安忱治河推断〈金瓶梅〉的成书与作者——兼与梅节先生商榷》，《金瓶梅研究》第五辑；(7)《不同凡响的艺术塑造——再论西门庆这个新兴商人》，《金瓶梅研究》第八辑。

六、蔡国梁，男，1933年生，浙江镇海人，自幼随父逃难到上海，1949年考取中国人民解放军某军校，1956年考入上海第一师范学院中文系，1960年毕业后先后在上海几所大学任教，后任上海音乐学院教授。

蔡国梁是中国第一批对《金瓶梅》产生兴趣并实质性进入研究的当代金学家，依靠20世纪60年代的读书笔记，20世纪80年代中期即很快出版了三部专著（见本节附录）。两年之间三部专著，而且是在全国科研刚刚起步的最初几年，这在《金瓶梅》研究史上可能会空前绝后，难怪徐中玉说“他是一位非常勤奋的同志”（《明清小说探幽》序），并受到马茂元、胡云翼、陈汝衡、赵景深等的好评。

蔡国梁在《清境苦读　幽蹊别探——蔡国梁自述》（《我与金瓶梅》，成都出版社1991年7月）中说：“在（20世纪）五六十年代要研究《金瓶梅》，这是要冒天下之大不韪的。从1959年春夏开始，到1965年春这段时间，我通过写读书笔记这一研究方式对这部天下‘第一奇书’所进行的探索思考，可以说是在清境中进行的。清境，系从柳宗元《至小丘西小石潭记》‘以其境过清’一句得来，原有寂静、不热闹之意，在此则兼指《金瓶梅》的研讨受到了冷落、冷遇。谁也不知道我在研究《金瓶梅》，我也没有把整理成的一篇篇论文公开过。这使我侥幸地在‘文革’中躲过了灾难，而我其他一些阅读明清小说包括《红楼梦》在内的，和欧美俄罗斯文学的笔迹，却被抄‘黑材料’的红卫兵和造反派们顺手牵走了，这是多少个灯下和假日的心血呵!”

20世纪80年代初期的社会环境也不容乐观，蔡国梁接着说：“1981年以来我在一些报刊上发表了一系列论文，予以‘正名’。当时，沿袭五六十年代旧评，‘自然主义’说与‘淫书’说仍有市场。北方一所大学的学报曾连续发表论述《金瓶梅》的论文，它的敢于冲破旧的习惯势力的识见与勇气，受到读者的赞誉与学界的注目。不久，一阵风刮来，该校领导说要把‘大胆’变为‘谨慎’，刚刚展开的重评便中止了。上海一所大学的学报，也曾发表有关新评，这时该校主持工作的领导也指令学报停发评价《金瓶梅》的文章。客观全面的评价尚未成气候，因而认定它是一部现实主义之作之论仍需顶风而出。”

关于《金瓶梅》的文学价值和其专著《金瓶梅考证与研究》所收文章的内容，蔡国梁接着说：“我在1958年后期决心研究《金瓶梅》，并不是因为它是一部被禁的‘淫书’，而是出之于被它那巨大而丰富的文化历史内涵，和百科全书式的包罗万象所吸引。《金瓶梅》问世至今三百多年来，政界学界之所以胶泥于它的性描写上，产生种种片面性乃至谬误，是因为他们所持的传统伦理道德观念与主观陈旧的思想方法，是因为历史知识与文化修养的局限，是因为缺乏历史的纵深感和未站在历史的高度上，而看不到它的贡献，看不到它那标志现实主义深化与圆熟的新路在中国小说史上所产生的久远的导向。《金瓶梅考证与研究》所收16篇论文中，第一篇就是要对小说做出基本的估价，就是要把三百年来这场打不清的笔墨官司给以明确的判定。……《金瓶梅》最突出的成就，是表现明中叶资本主义萌芽的新兴商人的崛起，形象地展示了商业资本积累的过程，但由于封建的自然经济与强权政治，不得不勾结、投靠于这一带有特定象征的历史。瑕不掩瑜。‘另辟幽径’，一个‘幽’字指出了它在创作路子上的创新。‘《金瓶梅》——一部现实主义小说’，这就是结论。……《明人评〈金瓶梅〉》《张竹坡评点〈金瓶梅〉辑评》《从〈水浒传〉到〈金瓶梅〉》《从〈金瓶梅〉到〈红楼梦〉》这组论文，从艺术上、小说史上总结了《金瓶梅》的特征、作用与地位。‘它那反映日常生活琐事的工笔细描，同《水浒传》表现英雄业绩的大笔勾勒，形成了现实主义创作的两种类型。《水浒传》有理想光彩，《金瓶梅》则拘泥于现实，《红楼梦》又具有新的进步理想。这个马鞍形，反映了中国小说创作思想和方法的痕迹。在中国小说史的发展过程中，《金瓶梅》起着上承《水浒传》，下开《红楼梦》的桥梁作用。也可以说《金瓶梅》和《红楼梦》是我国现实主义的文学荡旧濯新和渐入佳境的标志。专著中提出的以上这些深刻而精辟的见解，有力地纠正了在左的思想影响下对《金瓶梅》的贬低和歪曲；同时也拓展了《金瓶梅》研究的视野和境界。'（彭黎明《〈金瓶梅〉研究的新开拓——评蔡国梁著〈金瓶梅考证与研究〉》，《河北大学学报》1987年第4期）论者以张竹坡的《金瓶梅读法》的'色空'观念、'说梦'，谈到《红楼梦》与《金瓶梅》不仅在创作中，而且在评论上也存在着继承的关系。此外，《〈金瓶梅〉人物三题》就围绕西门庆家庭的市井间人物如媒婆尼姑、帮闲篾片、男奴女婢作了论述，指出它塑造形象的长处，揭示各类形象是商品经济发达的明中叶这一社会环境的产物。《〈金瓶梅〉细针密线例举》论述了它在谋篇布局上的铺张缜密，它围绕西门庆发迹与败亡这一主线，习用特有手法，串联大小数十百个故事，安排数十百个人物，形成矛盾冲突，表现具有特征性的嘉万时期的现实。专著摭拾《金瓶梅》的俗文学；考证宗教说唱艺术的宝卷五种；汇集它的194条谚语和115条歇后语，加以排比考述，为研究描写语言学与历史语言学提供素材，揭示明中叶后资本主义经济形态的萌芽所引起的中国社会尤其城市生活的发展变化对语言的直接影响；对明代技艺、风习的考述，展示《金瓶梅》反映明代生活的丰富多彩与保存的多方面的宝贵资料；所列的作品详示的十三大类数十项物价与高利贷的数据，可作为经济史、货币史的资料；这些侧面大多是人所罕及的。"

彭黎明在前述评论文章中说："这部专著可贵之处是力图开拓新的研究领域。一部专著的价值，不仅在纠正前人的偏颇，而且重要是开人所未言，发人所未思。在这方面，蔡国梁这部专著尤为突出。"自1978年孙述宇《金瓶梅的艺术》一书算起，蔡国梁《金瓶梅考证与研究》是第13部专著，而且其前的专著多为作者、版本、成书等考证，彭文说蔡著创新并不为过。

关于《金瓶梅》作者研究，徐朔方致蔡国梁信说："《金瓶梅》资料少，而又语焉不详，各说相持的局面将会长期不决，此也无伤大雅。"蔡国梁说："我有同感。这是打了三百多年的这桩无头官司，至今尚未获得突破性进展的重要原因。鉴于此，在没有找到确凿材料前，作品无疑是探求作者的有力内证。近来又在兴起的讨论作者积疑的争议，活跃了思想，开阔了思路，为学术的繁荣，对《金瓶梅》研究的推进，特别是扩大研究队伍是有利的。"徐、蔡二公的见解，至今仍有现实意义。

附录：（1）《〈金瓶梅〉考证与研究》，陕西人民出版社1984年7月；（2）《明清小说探幽——明人、清人、今人评〈金瓶梅〉》，浙江文艺出版社1985年12月；（3）《〈金瓶梅〉评注》，漓江出版社1986年8月；（4）《〈金瓶梅〉社会风俗》，百花文艺出版社2002年6月。

七、周中明，男，1934年4月出生，江苏省扬中市人。1961年毕业于北京大学中文系汉语言文学专业，此后一直在安徽大学中文系从事元明清文学的教学与研究。历任安徽大学教授，校学术委员会委员，省文联委员，中国红楼梦学会常务理事，《红楼梦学刊》编委，中国《金瓶梅》学会理事，《金瓶梅研究》编委，中国《金瓶梅》研究会（筹）理事等职。在教学上先后给本科生和研究生开过八门以上课程，参与主编并出版了《简明中国文学史》等教材。在科研方面先后于《文学评论》《红楼梦学刊》等刊物发表论文百余篇；出版专著《红楼梦的语言艺术》，分别在大陆和台湾三次再版，被美国哈佛大学韩南教授列为研究生必读参考书；《红楼梦——迷人的艺术世界》获安徽省社会科学优秀成果一等奖；《中国的小说艺术》获安徽省高校人文社会科学优秀成果一等奖；《金瓶梅艺术论》获安徽省哲学社会科学优秀成果二等奖；《桐城派研究》由钱仲联作序，赞其"持论精辟，史实可信"，"寿世可必"；《红楼梦的艺术创新》由李希凡作序，称其为"小说本体研究的力作"，"是目前《红楼梦》小说本体研究中不可多得的一本好书"；最近又由安徽大学出版社出版了他的《姚鼐研究》。此外他还出版有《子弟书丛钞》上下册，《西游记》新校注本上中下三册，《贾凫西木皮词校注》，《四声猿》附《歌代啸》校注，《聊斋志异精选》校点，《小说史话》，《寓言精华评析》，《姚鼐文选》选注评点，主编《中国历代民歌鉴赏辞典》等。1992年起被国务院授予政府特殊津贴，1995年被国家教委和人事部授予"全国优秀教师"称号。

周中明的《金瓶梅》研究，除专著1种之外，发表论文有17篇。其《周中明〈金瓶梅〉研究精选集·后记》说：

> 我对于《金瓶梅》的研究，可归结为"一个中心，两个立足点"。
>
> 我是以研究《金瓶梅》的艺术特色、艺术创新及其历史贡献为中心。愚以为这是《金瓶梅》在当今的主要价值所在，也是我研究的兴趣所在。至于《金瓶梅》的作者、版本、成书过程、时代背景、思想内容等诸多方面的研究课题，虽然都很有价值，也都很重要，对这些方面的研究成果，我极其尊重，给予高度关注，但是我的时间和精力、兴趣和知识都十分有限，我不能一心二用，只能把我的研究集中在我所选定的这一个中心上。
>
> 围绕这个中心如何着手从事研究，我抓住两个立足点：
>
> 一是立足于把《金瓶梅》放在中国小说发展的历史长河之中，看它有哪些新的艺术特色和成就，有哪些新的创造、发展和贡献。由此我发现《金瓶梅》前十回之所以从《水浒传》中的武松打虎和西门庆与潘金莲的故事写起，绝不是简单

地抄袭《水浒传》，而是通过使武松由《水浒传》中的主角之一变为《金瓶梅》中的配角，使西门庆、潘金莲由《水浒传》中的配角变为《金瓶梅》的主角，为我国古代小说创作另辟蹊径：由描写历史上的重大政治军事斗争和民间传说题材，变为直面残酷、黑暗的社会现实，写普通家庭日常生活等社会现实题材；由着力塑造和歌颂为民除害、救国救民的英雄人物，变为揭露社会的腐朽黑暗，迫使人们对英雄人物的幻想破灭，从而着力描写真实的普通的小人物；在创作方法上不再是追求理想、夸张的传奇性，而是赤裸裸地写实，以反映现实生活的真实性、生动性、丰富性和深刻性取胜。这个另辟蹊径绝不是偶然发生的，其价值和意义，绝不可等闲视之。它反映了明代的封建统治阶级更加腐朽堕落和市民经济的发展，市民阶层已经初步形成的新的时代要求和新的小说创作特色；它为小说艺术反映生动活泼、丰富复杂的社会现实生活，找到了真正取之不尽、用之不竭的创作源泉，为我国小说的健康发展开辟了充满生机、无限广阔的道路。

由于直面封建统治阶级的更加腐朽堕落和市民经济、市民阶层的新生活，所以作者才能在艺术构思上打破许多封建传统的价值观念；才会由歌颂美为主，变为着力赤裸裸地揭露丑；才能在人物形象塑造上创造出典型环境中的典型人物，使人物形象实现了由类型化到性格化的转变，从注重人物的行动描写，变为同时注意人物的心理描写，并从对人物一般的心理描写，变为对人物内心感情的充分抒发，从描写人物表层的正常心理，发展到写人物的潜意识和变态心理，从写受封建伦理道德规范的群体心理，发展到写超越封建规范的独特的个人心理；才能在创作方法上，开创了近代现实主义的新纪元，在讽刺笔法的运用上，则开启了《儒林外史》的先河；才能在语言艺术上，由粗略化变为细密化，由理性化变为感性化，由单一化变为多面化，由平面化变为立体化，使语言风格一反求文求雅的传统，而变为充分地口语化、市井化，完全以俗为美，给人以别开生面、耳目一新之感；也才能在艺术结构上，打破由单个故事或人物拼凑的短篇连环结构，变为以主要人物为中心，幅射上上下下社会各阶层人物的网状有机整体结构，使小说艺术反映社会生活的广度和深度都得到了空前的极大开拓。

笔者以无数事实说明，在中国小说发展史上，《金瓶梅》的艺术特色是崭新、鲜明的，其艺术创新是全面、系统的，其历史贡献是巨大、卓越的，具有划时代的伟大意义。它虽有导致色情淫秽小说泛滥的负面影响，但其积极影响却是主要的，它为《儒林外史》《红楼梦》的创作提供了极大的正能量。没有《金瓶梅》就不会有《红楼梦》，这几乎已成为人所周知的共识，尽管《红楼梦》的伟大成就远非《金瓶梅》所能比肩的。

二是立足于从《金瓶梅》的实际出发，以冷静、客观的科学态度，以一分为二、唯物辩证的方法，对其艺术特色和艺术创新做实事求是的具体分析，力求获得符合客观实际而非主观武断、全面而非片面的认识。例如有人指责《金瓶梅》是“自然主义的标本”（徐朔方《〈金瓶梅〉的成书以及对它的评价》，见《金瓶梅论集》，人民文学出版社1986年），笔者以大量事实予以批驳，论证《金瓶梅》是现实主义的杰作，同时又指出其确实存在某些自然主义的弊病；笔者虽然对《金瓶梅》的艺术特色和艺术创新予以高度评价，肯定其在许多方面打破了传统的价值观念和创作模式，表现出市民经济和市民阶层所特有的新观念和新模式，但是笔者又绝不赞同那种对《金瓶梅》恣意美化，把它捧上天，说它是“中国小说发展的极峰”，说“只有《金瓶梅》”才“彻头彻尾是一部近代期的产品，不论其思想，其事实，以及描写方法，全都是近代的”（阿丁《〈金瓶梅〉之意识及技巧》，见蔡国梁选编《金瓶梅评注》）。笔者认定《金瓶梅》作者的基本立场绝不是要推翻封建统治，而是从维护传统的封建统治秩序出发的，明显地带有封建阶级内部自我批判的性质。因此他不是把代表“近代的”市井商人西门庆，写成代表先进生产力的新兴市民阶层的典型，而是写他身上具有浓烈的封建腐朽性，写他的发迹不是靠商业竞争，而是靠勾结封建官吏，甚至通过买官，自己也当了封建官吏，面对同样也开生药店的蒋竹山，他不是通过竞争的手段来把人家挤垮，而是以雇佣流氓充当打手的封建暴力手段，迫使其关门歇业，写他的人生最大追求和最大乐趣，不是发展资本经营，而是不择手段地四处霸占人妻，千方百计地玩弄妇女，沉湎于荒淫无耻的性生活之中，直至为此而葬送了自己年轻的生命。《金瓶梅》的主人公西门庆就是这样一个市井商人与封建官僚、流氓恶棍、荒淫色鬼相统一的中国封建社会腐朽没落时期所产生的畸形儿，岂能把这一切说成“都是近代的”呢？与其说它是“近代的”，不如说它这个“近代的”是自觉自愿、积极主动地被封建腐朽势力扼杀于摇篮之中，其自身不只是封建腐朽势力的牺牲品，更是封建腐朽势力的代表者之一，因此其立身行事和荒淫夭亡的下场，令人感到不是同情和钦仰，而是可笑！可鄙！活该！

在《金瓶梅》中还大量引用了他人的词曲，甚至把词曲用于人物对话。这不仅与小说的叙事体裁很不协调，而且也有损于人物描写的真实性。还有不少段落和人物描写是抄自其他书上的，留下不少陈旧俗套的痕迹，说明作者自身独立创作的能力仍不足。在语言上也有一些前后重复的陈词滥调，有的则属于过分粗鄙的词语堆砌，却非表现人物性格所必需。在情节结构上，也有一些前后矛盾、不够严谨、甚至漏洞百出之处。这一切说明，《金瓶梅》不仅在过分沉湎于性描写方面存在严重的缺陷，而且在艺术构思、创作方法、人物形象塑造、创作素材、语言艺术、结构艺术等等各方面的艺术创新，也都是很不成熟、不完美的。它分明尚处于稚气未脱的起步阶段，岂能一步就登上"中国小说发展的极峰"？

笔者在充分肯定《金瓶梅》艺术成就的同时，一一指出其不足和缺陷，这对于我们全面、正确地认识和评价《金瓶梅》，充分吸取其成功的经验和失败的教训，是完全必要和有益的。

周中明是20世纪80年代以来中国著名金学家之一，《金瓶梅》艺术研究，由孙述宇肇始，几十年间高歌猛进，周中明《〈金瓶梅〉艺术论》全面周到，准确深刻，是此一课题的首席代表作。

八、王汝梅，男，1935年生，山东省兖州人，1959年毕业于吉林大学（原东北人民大学），吉林大学文学院教授。曾任中国《金瓶梅》学会副会长、《华夏文化论坛》副主编、吉林大学学术委员会委员。现任中国《金瓶梅》研究会（筹）顾问、中国古代文学理论学会常务理事、大连明清小说研究中心副理事长。获国务院颁发政府特殊津贴证书。荣获国家级、省部级社科优秀成果奖七项。获吉林大学颁发的老有所为奉献奖。编撰出版学术著作《金瓶梅探索》《王汝梅解读金瓶梅》《中国小说理论史》《中国文学批评史》等二十多种，发表学术论文百余篇。经国家新闻出版主管部门批准，校点本张竹坡批评《金瓶梅》、会校本《新刻绣像批评金瓶梅》（合作）、校注本张评《金瓶梅》，分别由山东齐鲁书社、香港三联书店、吉林大学出版社出版。

王汝梅的《金瓶梅》研究，有4部论著、4部编著（其中3部与人合编）、60篇论文，还有校点校注本3部（其中1部与人合作），并主持摄制了4集电视专题片《金瓶梅：天下第一奇书》，内容涉及思想、艺术、人物、语言、作者、版本、评点、文献、文化、传播（含翻译、续书）、金学史等诸多课题，可说是一位名副其实的金学全能。他"精于版本、目录、校勘及文献之学，不竞竞于名利，而矻矻于事功"（吴晓铃《〈金瓶梅探索〉序》），尤其是在原著校注、资料汇录、绣像本研究、张竹坡研究、源流研究、文化研究等方面，卓有成效。

王汝梅与宁宗一可为当今中国老一辈金学家的杰出代表，他们不但笔耕不辍，老当益壮，而且奖掖后进，关心金学。尤其是21世纪以来的金学会议与活动，他们都是尽可能的参加，均提交出高水平的论文，并奉献出启迪与会人员的即席发言。

兹以金学史为例，一斑窥豹：

可以根据《金瓶梅》研究史自身所存有着的质的规定性、阶段性和层次性，根据其所展示出的批评形态，而把时至今日的《金瓶梅》研究史划分为相互联系的三个时期，即古代批评时期、现代批评时期和当代批评时期，它们在历史特性、批评形态与研究的侧重点上，皆存有着明显的标志。

古代批评时期的《金瓶梅》批评与研究生成并运作于中国封建社会末世的明清时代。作为特定历史时代的产物，此时期的《金瓶梅》研究以序跋、书信、随笔、评点等多种批评形式负载着批评主体的有关文本解释与作者探索的多种努力和自身的局限性。其贡献主要体现在版本与文献的刊行和存留、文本的解读和重构等多方面；其局限主要体现为批评形式的非成熟性、非自觉性，体现为视小说为"小道"、视小说为封建教化之工具的文学观与文化观，体现为视小说为史之附庸的小说观等方面。这是金学的肇始阶段。

现代批评时期的《金瓶梅》批评与研究，指的是20世纪初期到40年代的有关《金瓶梅》的批评实践。之于此时期的批评与研究，是其理论、观念与方法之更新的一个重要时期，西方文论及其模式业已传入，传统的方法仍然存在，有关古典小说的新的批评模式还有待进一步成熟与完善，这一切皆深刻地影响着现代《金瓶梅》研究者，使他们的研究打上了独具的时代色彩。可以说，对《金瓶梅》进行真正科学的分析是从现代批评时期开始的。

当代批评时期的《金瓶梅》研究指的是运作于20世纪50年代至90年代的有关《金瓶梅》的批评实践。其间有历史延续，有断裂，亦有高潮。50—60年代可称之为延续期，"文革十年"可谓是断裂期，而"文革"结束，中国则随之进入一个改革开放的新时期，《金瓶梅》批评与研究亦随之进入了自身的繁荣期。……一般言之，新时期金学研究与批评的发展与繁荣主要体现在这样几方面：其一是出版行业的繁荣。排印、影印了《金瓶梅》的各种版本；整理出版了《金瓶梅》研究的各种资料；出版金学专著近百种，发表论文近千篇。其二是研究队伍的壮大。老、中、青三代人共同研读《金瓶梅》，硕果累累。其三是批评形态较之以前有所成熟与完备。这体现在《金瓶梅》批评与研究的理论、观念、方法及批评形式等方面。其四是研究较之以前亦更为深入与系统。新时期的金学研究的确得到了全方位、多侧面、多视角地展开，这不仅体现在对过往金学论题的梳理、开掘与深入的论证上，而且亦体现在新的金学论题的提出与解说上。其五，一个包括"瓶内学"与"瓶外学"的金学学科系统业已形式。……

新时期金学研究，其明显地存有着这样几种学术模式：其一是实证分析模式。这种研究模式有自身悠久的传统，在古典批评时期与现代批评时期皆得到了深入的发展，当代批评时期的金学研究在此种模式上正是对前两期的继承与发展。这一模式的研究意向与适应范围主要是对作者、序跋者的猜测与推证、版本的比对与考索、成书方式及其年代的论说、历史背景的考察、本事的探寻、地理背景的索解等方面。当代台湾著名金学家魏子云的金学研究正是此种模式的代表，……这种研究模式在寻求、梳理历史典籍中与《金瓶梅》相关的历史材料上的确有很大的学术贡献，但不可否认的是，这种模式仍存有着许多问题，它往往使金学研究远离了自我的本体与职责，流于琐屑繁杂，其极端常常陷于索隐的泥潭而不可自拔。可以说，作者、成书、版本等问题的考察并不能从根本上解决《金瓶梅》的问题，金学研究的中心仍然是《金瓶梅》文本的本体分析与评价。

其二是社会历史批评模式。此种批评模式的出现虽然与中国古典批评有一定的关系，但作为真正的科学批评形态的产生却依赖于西方文论中社会历史批评学派之理论方法的绍介与引入，这种批评模式在现代批评时期已得到自身的深化与发展，并产生了运用此种模式进行金学研究的大家，诸如鲁迅、郑振铎等。而在当代批评时期，这一模式更是得以完备化与系统化，以至于成为当代古典小说研究中的主要批评模式。这一点在新时期的金学研究中亦有着广泛而深刻的体现。可以说，在《金瓶梅》批评与研究中，学者们皆能自觉地运用社会历史批评的理论与方法对小说文本的主体创作、思想内容、人物性格及其行为、性描写、主体接受等方面的问题进行研究，亦取得了突出的成就。但运用此模式者，有的并未从深层次上把握住小说作为独特的文学样式的本体含义，而往往使自我的研究与分析流于机械论甚至庸俗社会学，这亦是《金瓶梅》分析与评价上所存有的一种倾向。

其三是文化分析模式。文学的文化分析模式无论在当代西方还是在东方文坛皆引起了人们足够的重视。……这种研究模式一方面将《金瓶梅》文本置于中国封建文化的大系统之中来进行分析，从而说明其生成及造成现实影响的文化原因；另一方面，又把《金瓶梅》文本的语言形式、意识结构与意义世界作为一种具有内在质的规定性的艺术文化现象来进行研究，从而在某种程度上达成了从小说文本内部来反观中国文化甚至整个人类文化的批评效应。综观文化分析模式及其方法在金学研究中的应用，虽然探讨了一系列《金瓶梅》文本内在的或相关的文化问题，诸如《金瓶梅》与运河文化，小说文本中的婚姻家庭形态、宗教与民俗形态问题，《金瓶梅》与宋明理学的关系问题等，但从整体上看，这种研究还只是刚刚起步，许多方面的研究还存有着明显的肤浅草率的痕迹，于理论与实践上还有待深化。

其四是文本本体分析模式。这是一种在西方20世纪开始的几种理论批评模式如俄国形式主义、英美新批评派、德国的文本内在含义派等的影响下而在中国批评界产生的一种批评倾向，但即使如此，在《金瓶梅》研究中已进行了初步的尝试，也取得了一些引人注目的成果，但有待研究的问题更是不少。可以说，这是新时期金学研究的最为薄弱的环节，亦是学术潜力最大的一环。……除了以上的四个主要模式外，语言批评、原型批评、心理批评、接受美学等理论模式与系统论、信息论、控制论等方法皆在金学研究中得到一定程度的运用，金学研究在研究模式与方法上的确存有着一个多元化的态势。但不可否认的是，运用这些方法与模式进行《金瓶梅》研究还仅是处于初级阶段，其所取得的成绩还甚少，亦未能得到金学界的充分注意和重视。……

综观金学研究现状及其发展趋势，对以下问题的研究会成为以后金学研究的热点，而对这些热点研究的深入，必然会构成为金学研究的新的突破点。这些新热点和突破点是：（1）对与《金瓶梅》作者相关的众多候选人作为一个特定的作家群来进行总体、系统的研究；（2）古典人学与《金瓶梅》的人学描绘——传统文化与人；（3）“金瓶梅世界”——《金瓶梅》文本艺术世界的泛文化批评；（4）《金瓶梅》文本的艺术形态；（5）《金瓶梅》文本的意识结构及其美学意义；（6）文化重建与“金瓶梅现象”，等等。应该指出的是，这些所谓热点仅是《金瓶梅》多元化研究的一些组成部分，它们并不能代替金学研究的全部。也只有以科学精神来全方位、多侧面地对《金瓶梅》进行分析研究，才能促进《金瓶梅》批评与研究的整体发展。

（《王汝梅〈金瓶梅〉研究精选集》，台湾学生书局“金学丛书”第二辑）

九、刘　辉（1938年—2004年1月16日），男，江苏省丰县人。笔名刘小营。1961年毕业于北京大学中文系。历任北京大学中文系助教、《中国大百科全书·戏曲卷》责任编辑、中国古代小说百科全书编委会副主任、中国大百科全书出版社编审、中国古代戏曲学会理事、江苏师范大学文学院客座教授。原中国《金瓶梅》学会会长、《金瓶梅研究》主编。金学著述之外，另有《小说戏曲论集》《洪　集笺校》《孔尚任佚文编年笺释》等。

事实证明，刘辉是很合适的中国《金瓶梅》学会的会长人选。关于《金瓶梅》研究，刘辉是一位金学全才。他有1部会评会校原著、2本专著、6本编著、30篇论文出版（发表），特别是其成书研究、版本研究、评点研究等，被国内外公认为权威性著述；关于学会工作，他出席了当年在中国召开的全部10次国际（内）《金瓶梅》学术研讨会，几乎每次会议他都自始至终参与了筹备与组织工作，并且以其粗犷、雄浑、刚正、机敏的风格，赢得绝大多数金学同人的信赖与拥戴，他生前被誉为中国金学的一面旗帜。

刘辉的金学成果，百分之九十都完成在1995年以前。以他的聪明才智、厚实的文史功底以及对金学的热爱，他本应对金学有更大的贡献。在他生命的最后十年，看来他的主要精力没有用在《金瓶梅》研究方面。

譬如，关于《金瓶梅》的成书经过，刘辉说：

> 我所以认定《金瓶梅》不是文人作家之作，不仅仅局限于这一部小说，而是立足于整个明代成书的长篇名著，来探讨它们共同的发展规律。不仅小说，还应旁及戏曲。宋元话本、评话不消说，宋元南戏、元杂剧前期之作，无一不是出自民间艺人、书会才人之手笔，徐朔方先生把这类作品概括为世代累积型集体之作，我是非常同意的。……明代长篇小说之成书，无一例外地都经历了一个词话发展阶段。根据不止一种明代记载，《水浒传》《平妖传》的成书过程，都有过一个词话阶段，只是早已失传不存了。唯有《金瓶梅词话》，可说是中国宋元明三代通俗小说发展中唯一现存的词话本，是长篇小说词话本仅存的活化石。
>
> 世代累积型集体之作的刊刻传布，必经文人作家的加工写定。从宋元民间集体的短篇、长篇小说，发展到文人作家独立创作的小说，必须有一个循序渐进的发展历程，其间必有个过渡。我把这个发展历程总结为：世代累积型集体创作——文人加工写定——作家文思独运。文人加工写定恰处于过渡环节，承上启下，不可或缺。然而现存《金瓶梅词话》之珍贵还在于它保存了集体创作的原貌，而未经文人作家的加工写定。它的刊刻，显系书贾射利，匆匆拼凑不同钞本而成，连钞本中的批语都误作正文入刻。至于大量采录、抄袭他人之作，行文粗疏，破绽百出，情节重复，前后照抄，讹误错乱，俯拾即是，更是有力的内证。它的加工写定，待《新刻绣像批评金瓶梅》出，方算完成。因为，我们所说的加工写定，不是指个别文字的圈点或修改，而是从回目、情节到人物、事件、结构，进行一次全面的加工、润色、删改、增补，只有《新刻绣像批评金瓶梅》，名副其实地完成了这项工作。……

其修改写定的工作大致包括两方面的内容：一为删削与刊落；一为修改与增饰，而且以前者为主。修改写定者的着眼点和立足点，主要是改变民间说唱“词话”这一特征，譬如，对词话本的可唱的韵文部分，几乎刊落了三分之二，就是最明显的例证。经过这样的删削之后，面目大为改观：浓厚的词话说唱气息大大的减弱了，冲淡了；无关紧要的人物也略去了；不必要的枝蔓亦砍掉了，使故事情节发展更为紧凑，行文愈加整洁，更加符合小说的美学要求。同时，对词话本的明显破绽作了修补，结构上也作了变动，特别是开头部分，变词话本依傍《水浒》而为独立成篇。

再如，关于绣像本的成书年代，刘辉说：

《新刻绣像批评金瓶梅》对词话本的删削固然很多，但文字亦有不加改动者，如第十七回“宇给事劾倒杨提督”中兵科给事中宇文虚所奏一本。（在这一段文字中）张竹坡把“虏”“夷狄”等字眼全部改过，实在是畏惧清廷的文字狱。然而《新刻绣像批评金瓶梅》却只字未动。说明此本很可能刊刻于明代，或满族封建统治者尚未在全国取代汉族而建立巩固政权之清初顺治年间。这应是此书刊刻年代之上限。此本刊刻年代的下限，也是有迹可寻的：一是张竹坡在康熙三十四年（1695 年）批评《金瓶梅》时，已经针对《新刻绣像批评金瓶梅》中的某些评语作评了。请看张竹坡在八十二回的这则评语：“原评谓此处插入春梅。予谓：自酒醉，春梅关在炕屋，已点明春梅心事矣。”这里所谓的“原评”，即是《新刻绣像批评金瓶梅》在此处所做的一则旁评：“趁势就插入春梅，妙甚。”故此书刊刻年代的下限，绝不能迟于康熙三十四年。二是高念东（康熙三十四年）为蒲松龄的《琴瑟乐曲》所作跋语中，也参照了《新刻绣像批评金瓶梅》的评语。……

如果说李渔之回道人化名，系由《十二楼》及《合锦回文传》里的回道人而来，那么，此书绝不可能刊刻于崇祯年间，而应当是清初，最早不能超过顺治十五年（1658 年）；《十二楼》有杜濬写于顺治十五年序在，可资证。《新刻绣像批评金瓶梅》此时才问世，难怪丁耀亢在作《续金瓶梅》时，对它一无所知了。

（以上引文俱见《刘辉〈金瓶梅〉研究精选集》，台湾学生书局“金学丛书”第二辑）

十、蔡敦勇，男，1938 年生，江苏沛县人，1960 年毕业于南京师范学院（今南京师范大学）中文系，先后在江苏省戏剧学校、南京艺术学院、江苏省昆剧院、《江苏戏曲》编辑部、江苏省戏剧研究所、《艺术百家》编辑部工作。原中国《金瓶梅》学会理事。多年的文化生活与工作性质，使他养成戏曲爱好，并有多篇戏曲研究论文发表。

蔡敦勇1986年回家乡参加全国第二届《金瓶梅》学术讨论会，开始接触金学。得到刘辉的怂恿、鼓励，始决定利用戏曲研究之长，专攻《金瓶梅》剧曲研究。1989年6月，论著《金瓶梅剧曲品探》即由江苏文艺出版社出版。作为《金瓶梅》的有机组成部分和重要源流，虽然早在20世纪40年代就有冯沅君、赵景深等开启此项研究，但该书乃金学此一专题的第一部专著，并立即得到魏子云、徐朔方、刘辉等小说、戏曲研究名家的好评。

蔡敦勇在该书前言中说："《金瓶梅词话》在中国小说发展史上，是一部具有重要意义的现实主义巨著，它不仅真实地反映了明代中叶的社会风貌，风俗人情，而且在这个'历史断层'中，积淀了那个时期的许多演出剧目和乐妓、小优弹唱的散套之曲。大约有25个剧目（包括南北《西厢记》）分布在25回之中，有的戏还反复出现在数回之中。词曲更为丰富，单曲约140首，套曲约50套。还有与《水浒传》及其他话本小说相同或相近的诗和韵文，约有八九十条。这部分内容不仅数量多，而且在刻画人物，贯串情节，推动故事的发展上，起到了重要作用。"

所以刘辉在该书序中给予了高度评价："从《金瓶梅》中，我们可以看到明代嘉靖及其之前的整个戏曲活动，举凡声腔、剧种、剧目、演出形式，无一不具有那个时代的鲜明烙印。这是任何历史文献所不能比拟和替代的，也是研究者最感兴趣的。从这个意义上说，一部小说史，就是一部活的戏曲史，我看是一点也不过分的。敦勇同志的《金瓶梅剧曲品探》，对收录在小说中的几十个剧目和一百多种套曲、单曲，一一寻根溯源，审慎甄别，做了一次有意义的集大成工作，使读者对这一部分剧目的来龙去脉，有了一个清晰的了解。这不仅给戏曲研究者以方便，同时，从剧曲这个侧面，也为研究《金瓶梅》的成书过程，提供了丰富有力的内证。"

刘辉对书中《〈金瓶梅〉中步戏摭谈》一文格外推许："敦勇同志的《〈金瓶梅〉中步戏摭谈》，则从古代的'踏歌'，至宋元时代的转踏、踏爨，做了全面的历史考查，材料翔实，功力深厚。"

刘辉对书中《〈金瓶梅词话〉与〈西厢记〉》一文亦颇有好评："敦勇同志是我多年的好友，为人忠厚、谦虚，为学认真、踏实。文如其人，他的新著《金瓶梅剧曲品探》考核精细，严谨不苟，在《〈金瓶梅词话〉与〈西厢记〉》一文中，表现得格外突出。"《金瓶梅词话》第58、61、74回中所采录的《西厢记》曲文，为《北西厢》《南西厢》所共有，蔡敦勇从小说所标曲牌判断，得出了该曲系选录自《北西厢》的正确结论，刘评至当。

他如考出第20回所引四个乐妓唱的"喜得功名遂"的曲牌和全曲，查出第73回西门庆用“忆吹箫”一曲换掉吴月娘所选“比翼成连理”的缘由，以及对姚灵犀《瓶外卮言》、冯沅君《金瓶梅词话中的文学史料》的纠正与补充，对第44回【十段锦·二十八半截儿】的查索与解读，对第74回所演唱《双忠记》曲辞“紫髯”出处的考定，对第31回所演《请王勃》院本收场诗的查考，对第14回两句诗“合欢核桃真堪笑，里许原来别有人”出于温庭筠【南歌子】的考证等，均可见蔡敦勇的学术功力。

蔡敦勇是中国《金瓶梅》学会机关刊物《金瓶梅研究》编委会成员，第四辑还是常务编委，为学刊的编辑出版做出了努力。

十一、张远芬，男，1939年出生于山东省枣庄市，1960年毕业于徐州师范学院，1999年退休于徐州教育学院。学术成果有：（1）提出了《金瓶梅》的作者为贾三近的新说（齐鲁书社1984年版《金瓶梅新证》）。（2）国内第一人对杨朔散文的虚假内容做出了批评（《徐州师院学报》1980年第3期《不真，美就失去了价值》）。（3）首次调查清楚了“五四”作家王思玷的家世生平，茅盾称其为“午夜彗星”（北京《新文学史料》1982年第3期《一个被历史淹没的作家——王思玷》）。（4）1998年在北京红旗出版社出版了与秦含章先生合编的《中国大酒典》，250万字。在“序”中，考证清楚了我国白酒在元代才开始生产。

张远芬是新时期最早一批进入金学的研究者之一，其《金瓶梅》作者“贾三近说”，是新时期《金瓶梅》作者新说第一说，曾经广有影响。只此一点，就可奠定其金学家的地位。只此一点，就可与新时期中国大陆第一位打出金学大旗的朱星“双峰并峙”。

张远芬的《金瓶梅》研究成果计有专著1部、编著1部、论文27篇，内容涉及作者、语言、成书等。张远芬的《金瓶梅》研究基本在1980—1986年间完成，其后兴趣转移，但仍一直关心着金学事业。张远芬调入徐州教育学院后，协同笔者筹备召开了在徐州举办的三次全国或国际《金瓶梅》学术会议，其当选中国《金瓶梅》学会副会长，也是实至名归。

譬如，其作者研究：

我们可以找到十条理由，初步推断贾三近就是《金瓶梅》的作者。

1. 我在前面已经证明，《金瓶梅》的作者肯定是峄县人。贾三近符合这一最重要的条件。贾家从远祖贾德真开始至贾三近，在峄县定居已整整六代，所以各种史书皆言贾三近是峄县人，那是绝对可靠的。

2. 沈德符在《万历野获编》中说：“闻此（《金瓶梅》）为嘉靖间大名士手

笔。”嘉靖历时四十五年，贾三近在其间生活了三十二年，而且在后八年中是“文声大起”的山东省……举人。因此，他是完全有资格被称为“嘉靖间大名士”的。

3. 吴晗先生认为，《金瓶梅》成书于隆庆二年至万历三十四年之间。徐朔方先生根据袁中郎给董其昌的信，对吴说加以补证，把成书时间的下限向上提了十年，认为是万历二十四年。我认为，照常理来看，《金瓶梅》写成之后不一定被立即传抄，在传抄过程中董其昌也不一定是第一人，再加抄一部百回大书亦殊非易事，因之，这下限还可以再向上提几年。也即是说，把《金瓶梅》的成书期限，定在隆庆二年至万历二十年间比较合适。贾三近恰是隆庆二年中进士，并于万历二十年去世。这正处在贾三近三十四岁至五十九岁的当口。事实上，也只有这样年龄的人，才能写出《金瓶梅》这样的书来。

4. 朱星先生认为，《金瓶梅》的作者“不单是大名士，还是大官僚，所以能写出许多官场大场面，如蔡太师做寿，西门庆朝见皇帝，六黄太尉到西门庆家接见大小官员，西门庆接待蔡状元、宋巡按等的一套礼节、随从、陈设等等，非大官僚不能有此阅历、见识和经验”。这个见解完全正确。贾三近，是皇帝近臣，官至兵部右侍郎，为正三品，他的“阅历、见识和经验”，无疑是足够写一部《金瓶梅》的。而在当时的峄县，再也找不出第二个人有如此经历。

5. 沈德符又说，《金瓶梅》是“指斥时事”之作。而贾三近身为谏官，几乎是以“指斥时事”为业。有人说，《金瓶梅》一书是影射严嵩的，这虽然不能说明全书的本质意义，但也并不是全无道理。不过，那影射的对象，我倒以为不是严嵩，而是高拱和张居正。《明史》编者对他们二人的评价是：“高拱才略自许，负气凌人”，张居正“威柄之操，几于震主，卒致祸发身后”。《贾三近墓志铭》又明确记载。贾三近与高拱和张居正都有极为尖锐的矛盾。贾三近前两次请告家居，正是这种矛盾激化的结果。景王曾手书“怀贤忠贞”四字，赐与高拱。高拱擅权时，贾三近坚决退隐，并把“忠贞”二字倒过来，给自己定了个“贞忠居士”的名号，以示讥刺和反抗。张居正当国之时，曾经“录子锦衣千户为指挥佥事”，而《金瓶梅》中的西门庆，因为成了蔡太师的义子，也被提拔为理刑副千户，这不是偶然的巧合。

6.《金瓶梅》中运用了大量的峄县方言、北京方言和华北方言。吴晗先生还说，作者异常熟悉北京的风土人情，很多描叙都是以北京做背景的。贾三近活了五十九年，其间在北京和华北生活了十五年，其余的时间都是在峄县度过的。因此，他必然是既能运用上述三种方言，又能对北京的风土人情“异常熟悉”。更加有趣的是，在后人续修的《峄县志》中，还特别为贾三近做出了“言不雅驯”的四字评价。

7. 在《金瓶梅》中，我们可以读到几篇文字水平极高的奏章。这说明笑笑生是精于此道的大手笔。而贾三近不但自己写过许多奏章，最后合成一集，名为《东掖奏草》刊行于世。而且，还编印过一部《皇明两朝疏钞》。根据我们已经读到的贾三近的部分奏折来看，他对明代上层官场的腐朽，地方官吏的贪酷，不但认识极为深刻，而且和《金瓶梅》用具体形象所描绘出的明代社会是完全一致的。《明史》编者，特别赞美他说：“贾三近陈时政，……深中积弊。”

8. 在《金瓶梅》一整部书中，只有两个正面官僚形象，一是第十七回“宇给事劾倒杨提督”里的宇文虚中，二是第四十八回“曾御史参劾提刑官”里的曾孝序。而贾三近既做过吏科给事中和户科都给事中，又做过都察院右佥都御史。更值得我们注意的是，在贾三近编的《滑耀传》中，也正好收录了一篇《石虚中传》。两相参照，我们有理由认为，宇文虚中劾曾孝序就是贾三近的自我形象。还有，《金瓶梅》第四十八回曾御史驳斥蔡京条陈的，关于更盐钞法等七件事的情节，又和贾三近驳中官温泰请尽输关税、盐课于内库的事件，十分相似。这就更值得我们深长思之了。

9. 冯沅君先生认为，《金瓶梅》一书保存了大量的戏曲史料，证明笑笑生十分熟悉元明戏曲。第一回，张妈妈对张大户说：“我叫媒人替你买两个使女，早晚习学弹唱，服侍你便了。”第二十四回，西门庆“叫李瓶儿兄弟乐工李铭来家教演习学弹唱”。这就是所谓“家乐”，留作大小筵宴，节日应景和迎宾酬友，弹唱助兴用的。贾三近有没有这方面的生活积累呢？有的。《贾三近墓志铭》中记载，1586 年贾三近请告家居之后，向父母“日进醴酏珍异，多置园亭花竹，征乐佐酒，以娱侍其意”。

10. 吴晗先生之所以认为王世贞不是《金瓶梅》的作者，除去山东方言这条重要理由之外，还指出他“身总繁剧”，因而无暇集中精力来完成这部一百回的大书。但贾三近却不同，从他入京做官到他死去，前后三次共十年的时间在家中闲居，物质生活和时间条件，都有充分的保证，让他写出《金瓶梅》来。

（《张远芬〈金瓶梅〉研究精选集》，台湾学生书局“金学丛书”第二辑）

十二、周钧韬，男，1940 年 12 月生，江苏无锡人，研究员。专事《金瓶梅》研究。1959 年于无锡县锡北中学（现江苏省怀仁中学）高中毕业后，就读于南京大学中文系新闻专业。毕业后分配到江苏青年报社任记者、编辑。1980 年调入江苏省社会科学院哲学研究所、文学研究所，从事美学和中国古代小说研究。历任文学研究所副所长、所长。1993 年评为研究员。同年调入深圳市文联任研究员、文艺理论研究处处长。

出版著作 10 部：（1）《美与生活》，黑龙江人民出版社 1983 年 4 月；（2）《金瓶梅新探》，百花文艺出版社 1987 年 4 月；（3）《金瓶梅探谜与艺术赏析》，吉林文史出版社 1990 年 8 月；（4）《金瓶梅鉴赏》，南京出版社 1990 年 9 月；（5）《金瓶梅素材来源》，中州古籍出版社 1991 年 2 月；（6）《金瓶梅资料续编（1919—1949 年）》（主编），北京大学出版社 1991 年 1 月；（7）《我与金瓶梅——海峡两岸学人自述》（主编），成都出版社 1991 年 7 月；（8）《中国通俗小说鉴赏辞典》（主编），南京大学出版社 1993 年 5 月；（9）《中国通俗小说家评传》（主编），中州古籍出版社 1993 年 9 月；（10）《周钧韬金瓶梅研究文集》（三卷本），吉林人民出版社 2010 年 8 月。

在徐州召开的全国首届与第二届金学会议，以及在扬州召开的全国第三届会议，发起单位都有由周钧韬主持工作的江苏省社会科学院文学研究所，他当选中国《金瓶梅》学会副会长，也是实至名归。

周钧韬的《金瓶梅》研究成果，计有论著 5 部、编著 2 部、论文 37 篇，内容涉及主旨、思想、艺术、作者、成书、源流、人物等，尤以其成书、源流研究，为学界所推举。

周钧韬在《周钧韬〈金瓶梅〉研究精选集·后记》中自我小结说：

> 在十个方面提出了自己的理论观点，取得了十个研究成果。
>
> 1. 提出《金瓶梅》传世的第一个信息，出现在万历二十三年。袁中郎致董思白书谈到了《金瓶梅》，这是目前可考的《金瓶梅》传世的第一个信息。美国学者韩南先生，中国台湾学者魏子云先生提出，此信写于明万历二十四年，即《金瓶梅》传世的第一个信息，出现在万历二十四年。不少研究者信从此说。我将陶石篑的《游洞庭山记》与袁中郎的《陶石篑兄弟远来见访，诗以别之》诗、《西洞庭》文，作了比较研究，论定袁中郎致董思白书写于万历二十三年秋，亦即《金瓶梅》传世的第一个信息出现在万历二十三年，而非万历二十四年。……袁小修见到半部《金瓶梅》的时间，是目前可考的《金瓶梅》传世的第二个信息。法国学者雷威安先生认为是万历二十六年。我根据袁中郎致华中翰书、致吴敦中书、致江进之书及袁小修《游居柿录》考定，这个《金瓶梅》传世的信息，出现在万历二十五年，而非二十六年。
>
> 2. 提出《金瓶梅》初刻本问世年代“万历末年说”。《金瓶梅》初刻本问世

年代，鲁迅认为是明万历庚戌（三十八年），此论影响甚大。魏子云先生根据1933年修的《吴县志》考定，万历四十一年“马仲良时榷吴关”，《金瓶梅》还未付刻，从而否定了鲁说。但魏先生的考证遭到质疑。法家学者雷威安提出：“我怀疑1933年修的《吴县志》也可能有疏忽和错误，还需要重加核对。”为此我作了进一步考证，查到清康熙十二年（1673年）的《浒墅关志》，确证魏说为是。我的考证还查明，浒墅关主事一年更代。万历四十年任是张铨，四十一年任是马仲良，四十二年任是李佺台。马仲良绝对不可能在万历三十八年就已任过主事（他在万历三十八年才中进士）。如此，鲁迅的《金瓶梅》“万历庚戌初刻本说”，才被彻底否定。我又根据袁小修的《游居柿录》、沈德符的《野获编》等，考出《金瓶梅》初刻本问世在万历四十五年冬到万历四十七年之间，提出了《金瓶梅》初刻本问世年代“万历末年说”。

3. 提出《金瓶梅》作者“王世贞及其门人联合创作说”。吴晗先生否定《金瓶梅》作者王世贞说，影响很大。我对吴晗的考证提出了驳论。并根据发现的新史料：清无名氏《玉娇梨·缘起》、清宋起凤《稗说·王弇洲著作》，确证《金瓶梅》是王世贞的“中年笔”；从《金瓶梅》“指斥时事”，《金瓶梅》的早期流传情况，小说的语言特征，王世贞的学识和交游等方面加以考察，提出王世贞极有可能是《金瓶梅》的作者。进而我又研究了《金瓶梅》中大名士与非大名士共同参与创作的内证，并以传奇《鸣凤记》为王世贞与门人联合创作为旁证，提出了《金瓶梅》作者“王世贞及其门人联合创作说”。……

4. 重申并论证了《金瓶梅》时代背景“嘉靖说”。吴晗先生著文，否定《金瓶梅》时代背景“嘉靖说”，并提出著名的“万历说”。此说信奉者甚多。我通过考证，否定了吴晗提出的“万历说”的全部证据。我又以《金瓶梅》为内证，探讨了蔡京专政与严嵩专政，太监的失势与得势，内忧与外患，佛道两教的盛衰等问题，提出了《金瓶梅》明写蔡京专政而实写严嵩专政，明写蔡京误国而实刺严嵩误国，《金瓶梅》写的是明代嘉靖朝严嵩专政时期的社会状况的观点。《金瓶梅》时代背景“嘉靖说”，古人早已提出，但他们没有论证，而仅据推测或传闻。……

5. 提出《金瓶梅》成书年代“隆庆说”。郑振铎、吴晗都认为，《金瓶梅》成书于明代万历中期，此为影响甚大的“万历中期说”。我对郑振铎、吴晗等先生提出“万历说”的十多条论据一一提出驳论。进而从宋起凤的王世贞“中年笔说”，《金瓶梅》创作目的是讥刺严嵩父子，徐阶的卒年等方面加以考证，提出了《金瓶梅》成书年代“隆庆说”，其上限不过嘉靖四十年，下限不过万历十一年。

6. 提出《金瓶梅》成书方式“过渡说”。我认为《金瓶梅》既不是艺人集体创作，也不是文人独立创作，而是从艺人集体创作向文人独立创作发展的过渡形态的作品。它带有拟话本的特征，是文人沿用艺人创作话本的传统手法创作出来的拟话本长篇小说。2012 年发表《重论金瓶梅成书方式“过渡说”》，用黑格尔的“扬弃”这一哲学概念作进一步研究，提出《金瓶梅》是一部从艺人集体创作（如《水浒传》）向“无所依傍的独立的文人创作”（如《红楼梦》）发展的“有所依傍的非独立的文人创作”的新观点。这是对“过渡说”的新发展，并为其奠定了理论基础。

7. 提出《金瓶梅》是一部“性小说”。2012 年发表论文《〈金瓶梅〉是一部性小说》，认为《金瓶梅》不是写社会黑暗、官场腐败的反封建反腐败的政治小说，也不是写新兴商人悲剧的经济小说。《金瓶梅》作者的创作命意是写性，全书用了 60%的篇幅写性，是全方位揭示晚明社会性纵欲风气的性小说。它在中国性文化史上，古代小说艺术发展史上，中国社会发展史上，具有非同凡响的四大价值。“性小说说”是在中国《金瓶梅》研究史上的创新之说。《金瓶梅》“淫书说”统治了我们几百年，金学界用几十年花了大力气，将其扫进了历史的垃圾堆。但我进行了 20 年的反思，重新提出“性小说说”，并指出其非同凡响的四大价值。……

8. 关于《金瓶梅》的内容。魏子云先生提出，早期的《金瓶梅》并不是写西门庆、潘金莲故事的人情小说，而是一部讽刺明代万历神宗皇帝宠幸郑贵妃，有废长立幼故事的政治讽喻小说，后迫于政治情势而经人改写成西门庆、潘金莲的故事，这就是现存的《金瓶梅词话》。魏先生的立论根据是，现存“词话本”的引词讽刺的是项羽刘邦宠幸事，入话故事还讲到刘邦宠幸戚夫人欲废嫡立庶事，而正文写的是市民西门庆故事，因此两者存在内在的矛盾。我在《金瓶梅探谜与艺术赏析》中分析了早期《金瓶梅》抄本目击者的说词，话本的引词入话与正话之间联系的种种方式，并研究了《金瓶梅词话》的入话与正文之间的一段过渡性文字，提出了八条根据确证早期的《金瓶梅》就是一部写西门庆、潘金莲故事的人情小说，而不是魏先生所推断的写帝王宠幸故事的政治讽喻小说，从而从根本上弄清是非，以正视听。

9. 关于《金瓶梅》的创作素材来源的考证。《金瓶梅》的创作素材来源，是个很复杂的问题。我在专著《金瓶梅素材来源》中，用 35 万字的篇幅加以专门研究。该书考证了 250 多个问题。其中，考证小说写及的宋明两代史事问题 40 多个，民俗问题10多个，抄改话本小说问题近20个，抄改戏曲剧本问题近20个，抄引散曲、时调小曲问题60多个，抄改《水浒传》问题60多个，抄用前人诗词问题近10个，其他问题20个。在这250个问题的考证中，有一半或属继承前辈和当代学者的研究成果而加以确证，或纠正前人、今人考证中的失误和偏颇，而另一半问题则是我研究的成果。……

10. 关于《金瓶梅》在艺术美学上的创新。拙著《金瓶梅鉴赏》集中探讨了这个问题，提出了如下一些理论观点：(1)《金瓶梅》开启了人情小说创作的先河，标志着中国小说艺术渐趋成熟和一个新的阶段的开始。(2)《金瓶梅》直接面对现实社会，真实而又形象地、广阔而又深刻地再现纷繁复杂的社会生活。这一小说艺术的独特功能，只有到了《金瓶梅》才得以充分发挥并日臻完善。(3)《金瓶梅》以塑造人物为主，故事情节则降之从属地位，情节服从人物。鲜明地刻画人物性格，多方面地塑造各色人物形象，这一小说艺术的独特功能，也只有到了《金瓶梅》才得以充分发挥并日臻完善。(4)《金瓶梅》中的人物，具有复杂的个性化的性格特征，从横向看由多种性格因素组成，呈现多元的多侧面的状态；从纵向看呈现多种层次结构。作者还善于写出人物性格的深层和表层、次表层之间的错位和矛盾。(5)《金瓶梅》作者善于将人物的善恶、美丑一起揭示出来，其人物形象具有善恶相兼、美丑兼容的特征。这是作者将生活中的善与恶、美与丑互相依存、互相渗透、互相转化的原理，应用于小说人物创造的一个重大贡献。(6)《金瓶梅》开始直接向人物的内心世界挺进，通过描写揭示人物复杂的心理奥秘。它写出了人物心态的复杂性，写出了心态的动态变化；它善于创造特定的生态环境来烘托、映照人物的心境，将抒情与动态情态描写结合起来，并通过对比、反衬来强化不同人物的特殊的心路历程。(7)《金瓶梅》在情节美学、结构美学、语言美学、艺术风格等多方面，都有许多开拓和创新。(8)《金瓶梅》的诞生标志着整理加工式的创作（如《水浒传》）的终结，和文人直接面对社会生活的创作的开始。

（《周钧韬〈金瓶梅〉研究精选集》，台湾学生书局“金学丛书”第二辑）

周钧韬的金学成果，基本都完成在1993年以前和2012年之后。1993—2012年，他大隐于市20年。后重出江湖，再操旧业，整理前著，续有新说。

十三、鲁　歌，全名李鲁歌，男，1940年生于西安市。西北大学文学院教授、研究生导师。曾任中国《金瓶梅》学会理事。现任中国《金瓶梅》研究会（筹）理事。

1957 年考入西北师院（今西北师大）中文系本科。1961 年毕业后分配到乌鲁木齐市工作。1964 年 1 月给毛泽东主席写信指出《毛主席诗词》中所附的“柳亚子原诗”“卡尔中山”一首是错的，应改正为“开天辟地”一首，后在 1964 年 9 月第 3 次印刷本中改正。曾研究毛主席诗词、鲁迅著作等，发表文章多篇。1978 年考上西北大学中文系硕士研究生。1981 年毕业后留校任教。开过鲁迅研究、郭沫若研究、《水浒传》研究、《金瓶梅》研究、《红楼梦》研究等课，出版有合著《中国现代杂文史》《金瓶梅及其作者探秘》《金瓶梅人物大全》《我与金瓶梅——海峡两岸学人自述》《金瓶梅纵横谈》，专著《红楼梦金瓶梅新探》《鲁迅郭沫若研究》。2001 年 1 月退休后发表红学、金学、鲁迅研究、曹操墓研究等文近百篇，署名有鲁歌、李鲁歌、李雪、李歌、李雪菲等。

鲁歌的《金瓶梅》研究成果，基本出版、发行于 20 世纪 80 年代后期至 20 世纪 90 年代后期 10 年之间。鲁歌质朴敦诚，勤奋务实，富于思考，长于辨析，于金学可谓情有独钟。

鲁歌的《金瓶梅》研究成果，计有专著 3 部、编著 3 篇、论文 28 篇，内容涉及版本、成书、作者、语言、源流等领域，以作者、成书研究最为金学界关注。

《鲁歌〈金瓶梅〉研究精选集·后记》说：

> 我是《金瓶梅》作者“王稚登说”的提出者，与合作者马征女士商议后，她同意我的详细考论，二人合著有《金瓶梅及其作者探秘》（1989 年）、《金瓶梅人物大全》（1991 年）、《金瓶梅纵横谈》（1992 年）几本书，二人还合作发表过金学论文多篇；我出版过专著《〈红楼梦〉〈金瓶梅〉新探》（1997 年）一书，也单独署名发表过金学拙文多篇。我和马征已有十多年无联系，不知她是否放弃了“王稚登说”。但我近十年来放弃了“王稚登说”，主要证据是王稚登的曾祖父名叫王洪，祖父名叫王景宣，父亲名叫王守愚，而《金瓶梅词话》中写的一些坏人名“洪”，或名中有“景”“宣”“守”者，或名“守愚”者，不避王稚登的曾祖父、祖父、父亲的名讳；一百个回目，至少有四十多个回目不对仗，甚至回目的上、下句字数不同，写的【鹧鸪天】根本就不合于【鹧鸪天】词牌，如此等等的常识性错误很多。作者不可能是嘉靖间大名士王稚登。所以我近十年来改变了学术观点，认为真正的作者是江苏“兰陵”（武进）民间才人。

对此，以及相关《金瓶梅》的成书、版本，鲁歌开列了一个时间表：

> 万历十九年冬季至二十年　公元 1591 年 11 月至 1592 年
>
> 《金瓶梅词话》抄本，简称《金瓶梅》抄本，开始创作，作者是江苏“兰陵”武

进民间才人，粗改者是江苏“兰陵”人王稚登。先完成一至十一回，线装为二帙（二册），暗中以高价卖给江苏金坛的富人王肯堂。屠本畯到王肯堂家中拜访，见到此抄本二帙，他在此前从未听说和未见过此小说，因问王肯堂，回答是“以重资购抄本二帙”，屠本畯在朋友王肯堂家中读完了此二册抄本。由王肯堂提供的线索，屠本畯到了老朋友王稚登苏州的家中，果然又见抄本二帙，是装订好的第三、四帙，是第十二回至二十二回，屠本畯读时，没有问清楚从何处而来、后文在何处，感叹“恨不得睹其全”！原作者兰陵民间才人、粗改者王稚登无疑抄有副本。

万历二十三年　公元 1595 年

作者兰陵民间才人至本年初已写到了四十六回；但读了万历二十二年末（公元 1595 年初）刻本《百家公案全传·第五十回公案·琴童代主人申冤》一回后，受到蒋天秀被杀害一案故事的启发，在《金瓶梅词话》第四十七、四十八回抄本中改写为苗天秀被杀害一案。本年写到了五十二回，装订为十帙。暗中以高价卖给了江苏华亭人富豪董其昌。由于抄本中淫秽描写甚多等原因，故嘱咐董其昌切勿对人说抄本来自何处。……

万历二十四年　公元 1596 年

袁宏道（字中郎）自董其昌处借得抄本十帙从第一回至五十二回，每十回为一卷，共五卷零二回，予以抄录，在致董其昌的信中说：“《金瓶梅》从何得来？伏枕略观，云霞满纸，胜于枚生《七发》多矣！后段在何处？抄竟当于何处倒换？幸一的示。”董其昌未回答他。董此时也没有五十二回以后的各回。袁宏道之弟袁中道（字小修）遇董其昌时，董对他说：“近有一小说，名《金瓶梅》，极佳！”可证《金瓶梅》是“近有一小说”，不是远在嘉靖间已有的小说。董其昌又说此书中淫秽文字甚多，“决当焚之！”后来袁中郎到真州（今属江苏），其弟袁小修在中郎处读到此抄本十帙，是全书二十帙之半前十帙，是第一回至五十二回。谢在杭从袁中郎处借抄《金瓶梅》抄本，只抄了六帙第一回至第三十一回，就离开了袁中郎。谢在杭没来得及借抄袁中郎处的抄本第七帙至第十帙第三十二回至第五十二回。

万历二十五年　公元 1597 年

《金瓶梅词话》作者兰陵民间才人已写完全书一百回，线装为二十帙，其中第十一帙第五十三回至五十七回的五回系王稚登所写，第五十六回中有嘲骂朋友屠隆作的一诗一文水平低劣，屠隆号赤水，该回中影射谩骂“水秀才”的“浑家专要偷汉”，影射谩骂“水秀才”和别人家的几个丫头、小厮“勾搭上了”而被逐出等等内容，屠赤水及其“浑家”本年还活着，所以这五回一帙抄本不便暗中卖出。遂将九十五回抄本以高价卖给了江苏华亭人大富豪徐阶之子。徐家的女婿刘承禧到徐家见之，抄得九十五回抄本。本年，词话本一百回抄本已完成，王稚登之友曹子念，字以新，化名“欣欣子”（“欣”谐音“新”）写了《金瓶梅词话序》，又化名“廿公”（“廿”音“念”，与“念”是通假字，“廿”与“念”音、义同）写了《跋》。……王世贞是曹子念之舅，王世贞死于万历十八年，即公元1590年，他死时《金瓶梅》尚未开始写作，所以王世贞绝非《金瓶梅》作者。他死后，曹子念长住在舅王世贞家，世传王世贞家藏有《金瓶梅》抄本全书，实非王世贞本人所藏，而是曹子念住在舅王世贞家所藏。……

万历二十六年　公元1598年

大约从本年起，王稚登把《金瓶梅词话》抄本改写为说散本抄本。做了很多修改增删。如在说散本一些回的前面增加了王稚登编的《吴骚集》中的词曲，包括王稚登自己作的一些词曲。……

万历二十九年至三十年　公元1601至1602年

说散本在改写中。词话本抄本、说散本抄本都在暗中以高价出售。文在兹以不全抄本“见示”于薛冈。

万历三十四年　公元1606年

沈德符到北京遇到袁中郎，问他曾有《金瓶梅》抄本全帙否？中郎回答说自己只睹过数卷，甚奇快！说刘承禧家有全本，盖从其妻的娘家徐阶家录得者。……词话本抄本每十回为一卷，袁中郎此时只读过前十帙，即第一回至五十二回，亦即前五卷又二回，所以他对沈德符说自己只睹过“数卷”。说散本修改为每五回为一卷，袁中郎读过前五十二回就应该说自己只睹过“十卷余”，……可证他此时看过的“数卷”必是词话本抄本，而不是“十卷余”的说散本抄本。说散本此时正在改写中。

万历三十七年　公元1609年

刘承禧客居江苏镇江，举人袁小修去拜访他，应是从刘承禧住处购得《金瓶梅词话》抄本九十五回，缺第五十三至五十七回的第十一帙的五回。袁小修忙于去北京见二哥袁中郎，应明年春在北京举行的考进士的科试大事，绝不可能在镇江花费很多的时间与精力向刘承禧借抄九十五回抄本，所以他只能是从刘承禧处以高价购买的，而不可能是借抄的。本年刘承禧敬请王稚登跋《快雪时晴帖》，述流传经过。刘承禧有可能从王稚登处购得词话本抄本共九十五回（第二次得到，第一次是从徐阶之子处借抄的)，并有可能得知王稚登处有说散本的抄本。本年九、十月间袁小修抵京，“已携有其书”九十五回抄本，“居中郎寓”。沈德符此时亦在京，从袁小修处借录此抄本共九十五回，此是词话本抄本，而非说散本抄本。

万历三十八年　公元1610年

袁小修春场考试完毕后不久，“随中郎南归”。中郎必从小修那里读过抄本第五十八回至一百回。在袁中郎、袁小修离开北京前后，沈德符带着借抄来的本子共九十五回到吴中，吴友冯梦龙见到九十五回抄本后“惊喜，怂恿书坊以重价购刻”，被沈德符拒绝。本年，袁中郎（1568—1610年）死。

万历四十年　公元1612年

王稚登至迟在本年把词话本抄本改写为说散本抄本完毕。……

万历四十一年　公元1613年

马仲良榷吴关，劝沈德符答应书坊以重价购刻九十五回抄本之求，“可以疗饥”。沈德符予以拒绝，说：“此等书必遂有人板行；但一刻则家传户到，坏人心术，他日阎罗究诘始祸，何辞置对？吾岂以刀锥博泥犁哉?”仲良大以为然，遂固箧之。本年农历十二月二十二日，公历1614年1月31日，王稚登死于苏州家中。

万历四十五年冬　公元1617年冬

《金瓶梅词话》抄本付刻于苏州。抄本一百回，连同“欣欣子”写的《金瓶梅词话序》、“廿公”写的《跋》，可能都是书坊以高价从王稚登家中购得的。王稚登虽已死，但他的儿子王留等人还活着。书坊应是从王稚登之子处购得而付刻的。由“东吴弄珠客”作了《金瓶梅序》，此序作于万历四十五年冬，刻在卷前的“欣欣子”《金瓶梅词话序》、“廿公”《跋》之后，为“简端”第三篇。

万历四十七年　公元1619年

说散本付刻于苏州。本年与次年（万历四十八年即1620年）春夏，可能不止一家书坊刻说散本，卷前刻有一百零一幅绣像或二百幅绣像，其中有一部分绣像是性交图，以“勾引”读者群购买。词话本中无绣像。

万历四十八年　公元1620年

词话本、说散本都在书坊刻板中。词话本第十回、十二回、十六回、二十回、二十二回等回中刻了个坏人“常时节”。第十四回中刻了个坏人“花子由”两次，另一次刻为“子由”，共刻了三次。都值得注意。说散本第一回中刻了坏人“常峙节”六次。第十四回中刻了坏人“花子由”三次。这些也都值得注意。本年七月二十一日（公历1620年8月18日）万历皇帝驾崩，其子朱常洛于同年八月初一

（公历 1620 年 8 月 28 日）登基，是为泰昌皇帝。……同年九月初六（公历 1620 年 10 月 1 日）朱由校即皇帝位，是为天启皇帝。……词话本第三十九回改刻为“花子油”，说散本从同回起改刻为“花子繇”，应都是公元 1620 年 10 月 1 日朱由校即皇帝位以后的事。

天启元年　公元 1621 年

……词话本第三十九回、六十二回、六十三回、七十七回、七十八回、八十回，改刻成了十四次“花子油”，把坏人“由”十四次改刻为“油”，显然是为了避天启皇帝朱由校的名讳“由”。说散本第三十九回、六十一回、六十二回、六十三回、七十七回、七十八回、八十回，把第十四回三次刻出的坏人“花子由”，一连十五次改刻为“花子繇”，也都与避天启皇帝朱由校名讳有关。……词话本应刻成于天启元年，即公元 1621 年。或刻成于前一年朱由校即皇帝位的九月初六日即公元 1620 年 10 月 1 日以后，至天启元年即公元 1621 年。此书刻行后，包岩叟寄给薛冈一部，薛冈在《天爵堂笔余》中说了此事……。

崇祯元年　公元 1628 年

说散本刻成。……天启皇帝朱由校于天启七年八月二十二日（1627 年 9 月 30 日）驾崩，遗诏以皇五弟朱由检嗣皇位，朱由检于同年八月二十四日（1627 年 10 月 2 日）登基，是为崇祯帝。词话本第九十五回、九十七回中刻了个忘恩负义的大坏人“吴典恩新升巡检”……“吴巡检那厮这等可恶”……把这个坏“巡检”刻了十多次，必刻于崇祯皇帝朱由检登基之前，不可能预知朱由检后来做皇帝，所以不可能预先避崇祯帝的名讳“检”。说散本在第九十五回、九十七回中则十多次把大坏人“吴巡检”改刻为“吴巡简”，以避崇祯皇帝的名讳“检”。这就证明了词话本必刻于崇祯皇帝朱由检登基以前的天启年间，而说散本必刻成于朱由检即皇帝位以后的崇祯年间，词话本必早于说散本。

（《鲁歌〈金瓶梅〉研究精选集》，台湾学生书局“金学丛书”第二辑）

十四、孔繁华，男，1940 年生于江苏省沛县，1964 年中国人民大学新闻系毕业后留系任教，“文革”中被调至清华大学做思想政治工作，1973 年调入徐州师范学院机关，1982 年任徐州师范学院学报编辑，负责古代文学类稿件。曾任《金瓶梅研究》编委。孔繁华的《金瓶梅》研究，出版了 2 部专著（《金瓶梅人物掠影》，中州古籍出版社 1990 年 6 月；《金瓶梅的女性世界》，中州古籍出版社 1991 年 8 月），发表了 16 篇论文，是《金瓶梅》人物研究主力成员。

孔繁华在《两易春秋未辞苦，甘为奇书传形神》（载《我与金瓶梅》，成都出版社1991年7月）中谈到他从编辑金学稿件到写作金学稿件的过程，说："我写《金瓶梅人物掠影》一书的事，还要从吴敢同志发现《金瓶梅》评点家张竹坡的《张氏族谱》，并对张竹坡进行研究的事说起。……我和吴敢同志当即约定在《徐州师范学院学报》上连续发表他的《张竹坡生平述略》等三篇论文，并约请中文系副教授郑云波先生写了评介推荐文章，在全国产生了一定的反响。……在这种研究氛围中，又由于我的工作需要，促使我加入了研究《金瓶梅》的行列。"

关于研究《金瓶梅》而选定研究人物尤其是女性人物，孔繁华接着说："古代评点家的共同弱点深受着时代和阶级的局限，评点时带着'女人是祸水'的顽固的偏见，夹杂着个人的好恶感情，因而对一些人的臧否带有主观任意性的色彩，偏颇之见屡有出现。对今人来说，'万恶淫为首'的观念，也影响着对书中人物的评价，往往简单地用一个淫字涵盖她们的一切思想和行为，忽视了客观环境对她们性格发展所起的制约作用，以及她们性格发展的内部矛盾运动。既然对《金瓶梅》中人物的评价存在着许多分歧，因此，深入地研讨《金瓶梅》人物，仍然很有必要。"

孔繁华的《金瓶梅》人物研究，用现代理论，解小说文本，多能别具只眼，入木三分，而尤以西门庆、潘金莲、孟玉楼、李瓶儿、吴月娘、宋惠莲、韩爱姐为代表。譬如其西门庆论，他接着说："尽管西门庆有着花花公子玩弄女性的灵魂，但他不是禽兽，他是一个活生生的有感情的人，淫荡并不是他唯一的属性。他有着人生的多种欲求，他是一个懂得财、权、势互为依赖，既有经济手段，又有政治头脑的暴发户，是明代中后期商品经济发展中的典型。淫荡只不过是他生活中的一部分内容，他首先追求的是财、权、势，而不是女人，而前者正是他淫荡的基础，他比王三官、陈经济等只知淫荡、坐吃山空的纨绔儿不知高出几许。应当说，他完成了对酒色财气的追求目标，满足了自己极端享受的欲望。作者又任他纵欲死亡，走上了他追求的反面，财色皆空，这其中寄寓了作者的劝惩观念。从西门庆身上，人们看到了明代中后期社会中私欲的膨胀，道德的沦丧，人性的失落。作者从多角度、多层次塑造了西门庆的形象，刻画了他复杂的内心世界，他在中国古代文学史上成为一个不朽的典型。"

又如其孟玉楼论，他接着说："对孟玉楼，我抓住她区别于其他女主子的地方，就是她的思想观念中的新素质。她的思想观念受明代新的经济现实的影响起了一系列的变化，这就决定了她的性格的独特性。她的新观念首先表现在她的婚姻观的变化。她没有从一而终的封建贞洁观念，她既不愿为前夫守节，也不愿为西门庆守寡，她有着追求自我幸福和生命价值的新观念，不愿做封建礼教的牺牲品。其次，她寻求配偶的条件也反映了她婚姻观念的变化。她要求的是夫妻恩爱，夫唱妇随，以‘不耽搁奴的青春，辜负了自己的年少’。她不愿做书香门第尚举人的夫人，自愿嫁给暴发户西门庆，这说明在孟玉楼的心目中，富商西门庆的地位要比封建士子尚举人优越得多，‘书香门第’‘仕途经济’在一些市民的眼中也不算最高尚的了。反映出在那个时代，封建的纲常名教已不那么受尊崇，可以说这是一种社会心理的反映，这正是孟玉楼与西门庆结合的时代特征。”

孔繁华接着说：“今后我打算从美学角度，对《金瓶梅》人物做进一步探讨，并准备从民俗文化方面对这部书加以研究。”后来他耳顺仙游，没能发表更多宏论，是为金学损失。

《徐州师范学院学报》（后更名为《徐州师范大学学报》《江苏师范大学学报》）是金学的主要园地之一，责编孔繁华与历任主编陈有根、阎志强、杨亦鸣贡献多多，已经载入金学史册。

十五、冯子礼，男，字宪之，1941 年生，江苏邳州人。中国《金瓶梅》研究会（筹）理事。执教于江苏省运河高等师范学校，担任文艺学、中国古代文学等课程教学。教学之余研究中国古代小说，论文之外，间有专著和论文结集问世，如《从美的角度审视大观园文化》《三国演义启示录》《〈金瓶梅〉与〈红楼梦〉人物比较》等。

冯子礼的金学成果，有专著 1 部、论文 13 篇。他说：“较之致力于作者、成书、版本等考证且成果煌煌的诸多师友，作者只不过就小说文本写点阅读心得，不足道也。然尺短寸长，一得之见，自有其可读之处。文本研究固易平庸空泛，但写出如王国维《红楼梦研究》、王昆仑《红楼梦人物论》、何其芳《论红楼梦》、蒋和森的《红楼梦论稿》那样见解卓越又文笔优美的文章，亦非易事。高山仰止，虽不能至，然心向往之。偶读《红学六十年：学术范式的演变及启示》和《红学六十年，必看的 50 本书》，拙作《〈金瓶梅〉与〈红楼梦〉人物比较》居然忝列其间，愧怍之余，亦差可自慰耳。”其自知之明，溢于言表。

冯子礼的《金瓶梅》研究，正如他自己所言，专在文本研究，兼及金学现状与世情关照。其文本研究，又专在《金瓶梅》和《红楼梦》之比较；其《金瓶梅》《红楼梦》比较，又专在人物。譬如，薛宝钗与孟玉楼之比较，作者从尊卑悬殊的社会身份、天差地别的文化教养、截然不同的价值取向、冰炭难容的伦理观念、颇为相近的处世哲学等五个方面展开分析，其结论为：

《红楼梦》的作者站在新旧交替的时代制高点上，他以前人所未有的眼光反顾过去，又以前人所不曾有的敏锐感受未来，他在历史的长河中反思旧文化时，既有哲悟，又有困惑；既有批判，又有留恋。当他把旧的文明以艺术的方式人格化到宝钗身上时，这一人物就具有了美、丑二重意义：作为古代文明的审美观照，她是美的；当她表现出这古老文明的无情之时，她又是丑的。宝钗不是小人或恶人，她的悲剧是历史的悲剧，而不是性格的悲剧。

《金瓶梅》的作者既有冬烘意识，又在自觉与不自觉地反映着市井观念。在他浓墨重彩地为我们描绘的众多的丑恶的女性形象时，孟玉楼是他用相反的色调为我们塑造的几乎是绝无仅有的美的形象，因而可以说孟玉楼是以美学的形式映照出了作者的部分理想。

孟玉楼和薛宝钗这两个性格的相似、相异和对立，正是封建阶级和刚刚兴起的市民阶级在文化上的对立、差异及相互渗透的审美表现。

（《冯子礼〈金瓶梅〉研究精选集》，台湾学生书局“金学丛书”第二辑）

又如春梅和晴雯之比较，作者以两个志大心高不同凡响的女奴，春梅以向西门庆售色邀宠而高攀、晴雯与宝玉是向知己处寻求认同，春梅与潘金莲是同恶相济、晴雯与林黛玉是同气相求，春梅傲视同类表现出奴才的狼性、晴雯傲视同类是鄙视奴才身上的贱骨，性格异中有同、结局似同实异等五点立论，结论为：

同样“心比天高，身为下贱”，晴雯和春梅走完了她们不同凡响的人生途程，分别以不同形式的毁灭结束了自己的一生。一个“风流灵巧招人怨”，“鸠鸩恶其高，鹰鸷翻遭罦罬；薋葹妒其臭，茝兰竟被芟钽”，她与那环境格格不入，结果被环境夺去了青春与生命；一个是“命运两济”，由得意奴才而得宠小妾而得志夫人，在志得意满之后因为纵欲而了结了自己的一生。晴雯的死是他杀，因反抗社会而被社会毁灭，是悲剧的毁灭，悲壮的毁灭；春梅的死是自杀，是在那社会获得了满足因满足过度而自我毁灭，是喜剧的毁灭，丑恶的毁灭。

（《冯子礼〈金瓶梅〉研究精选集》，台湾学生书局“金学丛书”第二辑）

冯子礼的《金瓶梅》研究能够跳出文本，广及当今的金学接受，他说：

红楼梦研究曾有个“红外线”说，金瓶梅研究也出现了“瓶外热”现象。真是，“梅”开“瓶”外，“金”光闪烁；“金”囿“塔”内，孤芳自赏。象牙塔内外，各热各的，两不相干也。

考证的目的何在？古代小说的研究到底为的是什么？

近几年，对古代名著的“水煮”“麻辣”成为热门，《水煮三国》《水煮西游》《麻辣西游》《孙悟空是个好员工》等等颇为走红，这也是一个颇为有趣的文化现象。……

不过《金瓶梅》却与此迥然不同。

《金瓶梅》审美接受中对“传统”的颠覆，有点令人瞠目结舌：潘金莲日益成为青年一代的大众情人与青春偶像，西门庆也成了成功人士的代称。

研究《金瓶梅》，对这一文化现象似不应熟视无睹。……

今天社会审视潘金莲和西门庆的话语，与往昔是不可同日而语了。作为一个文化符号，潘金莲已经实现了三级跳：淫妇——被扭曲的受侮辱损害者——当代价值观的代表之一。……

“嫁人就嫁西门庆！”

“娶妻要娶潘金莲！”……

孟超先生有一本《金瓶梅人物论》，治古代小说者都很熟悉。其压卷之篇曰《西门庆万岁》，写于1946年，原刊发在香港的报纸上，借古讽今的矛头是指向抗战中大发国难财和战后疯狂“劫收”的以四大家族为代表的豪强。鲁迅先生多次说过，希望自己针砭时弊的作品能够速朽，自然是出自深厚的仁者胸怀。如今，距孟超写作该文已经是60多年过去了，当事双方俱以风流云散，然而，如今的“西门庆大官人”，可“速朽”也未？

（《冯子礼〈金瓶梅〉研究精选集》，台湾学生书局“金学丛书”第二辑）

十六、黄　霖，男，1942年6月出生于现上海市嘉定区。1967年复旦大学中文系研究生毕业，后长期在复旦大学中国语言文学研究所工作，1995年任所长，2004年兼任教育部重点研究基地复旦大学中国古代文学研究中心主任至今。1989年中国《金瓶梅》学会成立时任副会长，2003年因故改名为中国《金瓶梅》研究会（筹）时任会长，同时兼任中国古代文学理论学会副会长、中国近代文学学会会长、中国明代文学学会会长和上海市古典文学会会长等。主要编著有《中国历代小说论著选》（合作）、《古小说论概观》、《中国文学批评史》（合作）、《近代文学批评史》、《中国古代文学理论体系》（主编）、《金瓶梅讲演录》、《20世纪中国文学研究史》（主编）、《中国分体文学史》（主编）等，曾获国家级及省部级奖多项。

黄霖的《金瓶梅》研究成果，有专著4部、编译9部、校注2部、论文64篇，内容涉及金学的主旨、成书、版本、作者、评点、艺术、续书，与刘辉、王汝梅一样，是名副其实的金学全能。其金学成果数量仅次于魏子云。黄霖受命于金学危难之机，创建了金学中兴之功，继刘辉之后，为中国金学的旗帜。

黄霖在《黄霖〈金瓶梅〉研究精选集·后记》中说：

如今选出的这些论文，我将它分成了5辑：

第一辑名"《金瓶梅》姓'金'"，是沿用了《黄霖说金瓶梅》中的一句话：我说自己"尽管姓黄，却未曾戴着黄色眼镜来读《金瓶梅》，倒是想：长期被人看作'不正经'的《金瓶梅》何时能使普天下都承认它名副其实地姓'金'"。我说《金瓶梅》姓'金'，就是说它具有奇特的、重要的社会价值与艺术价值。它之'奇特'，不仅仅在小说艺术表现史上有着全方位的创新，而更罕见的是，并没有一般地去描写世情、反映现实，歌颂真美善，而是难得地用犀利的解剖刀深度剖析了社会的假丑恶，痛砭了几百年来中国社会的痼疾，直刺了芸芸众生的人性痘痈，因此到今天，它仍然有撼人的警世醒世之力。它使人们深感到像西门庆乃至如高杨童蔡"四个奸臣"等在相当历史时期内是死不光、绝不了的。它能警醒国人如何去铲除腐败，创造美好的明天。这样的一部小说，不是中国文学史上十分难得的一块闪闪发光的金子吗？

第二辑是有关《金瓶梅》成书与问世的考证文字。这里虽然关涉到小说问世的年代与初刊的面貌等问题，但其重心是关于成书时间的探讨。我经过多方论证，认为这部小说约在万历二十年前后开笔写作，由一人为主，在仓促间完成的。这一论断是在郑振铎先生认为成书"大约是万历十年到三十年"的基础上，更缩小了范围。成书时间的论定，将直接关系到作者问题的考证，当然也影响到作品的评价。

第三辑是讨论版本问题。由于我是搞文学批评史出身的，所以首先关注的是有评点的张评本与崇祯本。当时"文革"刚结束，《金瓶梅》不容易借阅，张评本相对较多，比较好找，所以最初阅读了一些在兹堂本、康熙乙亥本、乾隆丁卯本、影松轩本及嘉庆以后的一些本子，只是发现了有回评与无回评的不同系统等，无多创获。后来关注了崇祯本，几乎遍阅了现存国图、北大、上海、天津及日本的各本，梳理了崇祯本各本之间的关系，认为二字行眉批本可能是最早的崇祯本，印有"原本金瓶梅"的日本内阁文库本与东洋文化研究本的三字行本，及由此而来的刻印粗劣的首图本均不可能是"原本"，其改评者也不可能是李渔而可能是冯梦龙。后来又与梅节先生等讨论了词话本与崇祯本两者的关系，力主两者是"父子关系"而不是"兄弟关系"。2011年后，有机会先后翻阅了半个世纪来无人一睹全貌的现存三部词话本中的二部，可知中土所藏台湾故宫博物院本为最佳。日本影印"大安本"的工作是认真的，但匆忙之中也有不少瑕疵。台湾联经本并非据台湾故宫原本所印，由于工作粗疏，随意增改，故其批语部分严重失真，然其正文部分还是强于本无批语的“大安本”。而联经本在套印批语时的缺漏、色差、移位等问题，实际上都是由于照搬了古佚小说刊印会本而造成的。由于受到20世纪30年代照相技术的限制，当时用黑白两色摄下的底片本来就是有许多地方模糊不清或根本没有成像。这就使研究者长期所用的词话本的老祖宗——古佚小说刊行会本与生以来就带着许多毛病，从而使以后大陆、香港、台湾据此影印的所有词话本都带上了这一胎里病。因此，当下真正用台湾故宫博物院藏本来影印就显得十分迫切而必要了。然而要管理理念滞后、设备又显陈旧的台湾故宫博物院拿出此本来影印，恐怕还要有待于时日。

第四部分是作者的考证。1983年，我在搜集小说批评资料的时候，发现了《开卷一笑》中的《祭头巾文》等，就此顺藤摸瓜，写下了《〈金瓶梅〉作者屠隆考》，吹皱了一池春水。否定者有之，赞成者也有之，甚至有人写成专著，维护我的“屠隆说”。我自信也比所有“作者说”高出一筹的是，不仅仅是找了一些书中的内证与作者生平特点等外证来推测作者是谁，而且是确实找到了证据说屠隆是“笑笑先生”，在内外证之间有一种联系。但是，“先生”尽管与“生”义相通，但毕竟并非完全一样。即使完全一样，要证明此笑笑生即是彼笑笑生也并非易事。所以，我自己也从未将它看成是铁论，认为目前也与各家一样，都缺少“临门一脚”，故开始时写了一些答疑文章，后来就决定在没有找到铁证之前再也不谈作者问题了。可是，树欲静而风不止。各种各样的作者新说还是层出不穷，且大都是以附会、想象为主。这就引起了一些专家的反感，认为《金瓶梅》作者的研究成为一门“笑学”，甚至对作者研究全盘否定。处于这样的两难之中，我认为对于探寻《金瓶梅》作者的热情还是应当支持，因为即使没有找到直接的确证，但只要研究者能自重，能慎言，多怀实事求是之心，力去哗众取宠之意，从真实的材料出发，经过合理的推测所得出的种种“可能”，也必然包含着或多或少的成绩，对于推动《金瓶梅》乃至中国古代小说与古代文学的研究还是有积极作用的，因此“笑学”不可笑。

第五部分仅收了两篇文章，前一篇是谈明清两代《金瓶梅》的研究形成了中国古代世情小说论的一些主要观点，没有《金瓶梅》就不可能产生这些比较充分、成熟的世情小说论；后一篇是简要地梳理了中外研究《金瓶梅》的历史，从中可见《金瓶梅》研究的一些基本问题与对这些问题的认识的不断深化。这与我的本行中国文学批评史有关。我一直说，我搞《金瓶梅》研究是业余的业余，我的本行是中国文学批评史。因搞小说批评才搞上了小说，搞小说而搞上了《金瓶梅》，因此，我最后还是归本，将《金瓶梅》的研究与中国小说批评史联系起来。实际上，我不但在搞《金瓶梅》研究中，而且在搞其他小说研究时，也大都是与小说批评的研究有着这样或那样的联系。

在以上的研究过程中，我所追求的是，不仅仅是去赞赏《金瓶梅》在中国小说艺术史上的全面创新，而是更致力于去张扬它对于世道人心的当世价值；我所追求的是，在每一个基本问题上都有自己的看法，且努力去用一些或自己发现，或首次引用，或亲自目验的材料来加以支撑；我所追求的是，关系到《金瓶梅》研究的诸多主要方面，相互联系，自成一统，而不是只抓一点，无限想象，自说自话；我所追求的是，论与考与史并用，内学与外学兼顾，不走华山一条路；我所追求的是，不媚俗，不附势，走自己的路，始终保持一个学者应有的风骨与治学的格调，特别是对待这样一部比较特殊的书。

十七、叶桂桐，男，1945 年 9 月生，山东省莱州市人，1969 年毕业于北京师范大学中文系。1987—1989 年在北京师范大学作国内访问学者，师从锺敬文、张紫晨先生学习民俗学与民间文艺学。后考入中国社会科学院，师从蒋和森先生研治明清小说，获文学博士学位。原为鲁东大学教授，鲁东大学胶东文化研究院研究员。现为山东外事翻译学院特聘教授，学科带头人。中国《金瓶梅》研究会（筹）理事。其研究领域为中国传统文化，主要研究方向为中国古代诗歌与中国古代小说。代表性专著为《中国诗律学》《中国古代小说概论》《中国古代小说戏曲诗歌的互动》《唐前歌舞》《论金瓶梅》。其公开发表的学术论文近百篇，其代表作《论〈公莫舞〉非演出剧本脚本考》刊于《文艺研究》1999 年第 6 期，该论文获 2000 年山东省优秀社科论文一等奖。

叶桂桐的《金瓶梅》研究成果，计有专著 1 部、编著 5 部、论文 11 篇，内容涉及成书、版本、作者、人物、语言、艺术、文化等领域，尤以成书、版本研究最为学界赞佩。

叶桂桐是中国第一位以《金瓶梅》研究为博士论文者，其博士论文《论金瓶梅》，指导导师是蒋和森，答辩委员会主席是邓绍基，论文评阅人是刘世德，2005 年 7 月由中州古籍出版社出版。叶桂桐的金学成果，主要出版、发表于 20 世纪 80 年代末与 21 世纪初。叶桂桐学力宏富，逻辑严谨，长于考据，勇于思辨，有一种执着劲头，带一丝逼人气势，生来该做学问，偏能卓见成效，是典型的古典派学人。

叶桂桐在《叶桂桐〈金瓶梅〉研究精选集 · 后记》中说：

谈到我与《金瓶梅》研究的关系，老实说，我自以为我的贡献首先在于我曾于1987年夏在山东组建了“山东聊城《水浒》《金瓶梅》研究学会”。由于学会诸同仁的共同努力，我们在《金瓶梅》方言研究，文化地理背景研究，作者研究，主题思想研究，书中历史人物研究等方面，都曾取得过令海内外的学者注目的成果。我们的学会在《金瓶梅》研究学界曾有过相当的影响，这是谁也抹煞不了的历史事实。……

我的研究是从“基础研究”开始的，因为我以为《金瓶梅》的“基础研究”比较薄弱，而这却正是深入研究必不可缺的基础工作。在《金瓶梅》“基础研究”方面，我的贡献大致有如下几个方面：

一、关于《金瓶梅》成书年代问题。我用比较确凿的材料论证《金瓶梅》成书于明万历九年至二十年（1581—1592年）之间。其中我所提供的材料比吴晗先生提供的材料更加具体，而且比吴晗先生所说的成书于“万历中期”的说法更加具体、明确。其中有些材料，是我首先介绍到《金瓶梅》研究中来的。

二、关于《金瓶梅》的版本问题。第一，我通过对现存典籍的综合考查，基本上弄清了当时各种抄本之间的内在关系，较早地得出了《金瓶梅》不存在所谓的“内容上有较大差异”的“南方抄本”与“北方抄本”；第二，现存《新刻金瓶梅词话》并非初刊本，也不是“万历本”，它是初刊本的翻刻本，大约刻于明天启年间；第三，《金瓶梅词话》使用的是刘承禧系统的抄本；第四，《新刻金瓶梅词话》即现存的所谓“万历本”词话与崇祯本《金瓶梅》关系很复杂，不单纯是“父子”或姊妹关系，大致说来，崇祯本作者在改写时参照过初刊本与天启本，乃至手抄本。

三、关于作者问题。这是《金瓶梅》研究中的热门话题，也是一个较为聚讼纷纭、比较混乱、令不少学者摇头厌烦的问题。这虽然有客观原因，但从根本上说，我以为是不少研究者的研究方法不够科学。其思路大致是：根据典籍记载先定出作者必须具备的若干条件，以此推论出作者，再找材料加以论证。1988年以后，我对这种方法进行了总结并予以摒弃，我为《金瓶梅》作者研究提出了一种新的途径：即从文学的传播过程来探求作者。

四、我对《金瓶梅》中的宋明历史人物的考证，对于人们深入研究《金瓶梅》提供了方便。其中有些材料是我首先介绍到《金瓶梅》研究学界中来的；有些材料，很有价值，比如陈文昭、宋乔年等人的材料。

关于《金瓶梅》一书的思想、人物及艺术特色的研究，我的见解主要有下列几点：

一、我对《金瓶梅》所描写的社会风俗，结合中国风俗史，进行了比较全面的考查，主要见解：

1.《金瓶梅》作者把书中人物的活动地点即所谓“清河”，设置在黄河与运河的交叉处，是有较深的用意的，这就把人物放在黄河文化与运河文化的大背景之上了。

2. 从文化史的角度来看，《金瓶梅》确实堪称16世纪中国的风俗画卷，民间传说把它与张择端的《清明上河图》联系在一起，《金瓶梅》与《清明上河图》确实都是中国封建时代的有代表性的社会风俗画卷，不过表现的物质手段不同罢了。

二、关于《金瓶梅》的思想及艺术特色的研究，我主要是从中国小说史乃至中国文化史的角度来考察《金瓶梅》的价值与地位的。

三、关于《金瓶梅》一书中的主要人物形象的研究，特别是关于潘金莲这一人物形象的研究，是有自己比较系统的见解的。

十八、张鸿魁，男，1945年10月19日生，文学硕士，山东社会科学院语言文学研究所研究员。学术兼职为：中国语言学会理事，全国汉语方言学会理事，中国《金瓶梅》研究会（筹）理事等。主要从事汉语方言音韵研究。先后主持国家社科基金项目两项，山东省社科基金项目两项，山东省古籍整理项目两项。已出版《临清方言志》《金瓶梅语音研究》《金瓶梅字典》《明清山东韵书研究》等著作多部，在《中国语文》《方言》《语文研究》《语言研究》《古汉语研究》《光明日报》等报刊上发表学术论文百余篇。

张鸿魁的《金瓶梅》研究成果，计有专著2部、论文21篇，内容涉及语言、文化、文本等领域，尤以其语言研究为金学界所称道。

张鸿魁的金学成果，基本出版、发表在20世纪90年代。近年身体有所不适，但《金瓶梅》研究没有间断，并且不时关心着金学事业。金学界研究语言的大家不少，张鸿魁是其杰出代表。

叶桂桐在《叶桂桐〈金瓶梅〉研究精选集·后记》中说：

吴晓铃先生充分肯定了张鸿魁先生的《金瓶梅》方言研究从语音入手的论文。之后，又反复叙述过如下的意见：

一、语言有三个要素，语音、词汇、语法。这三个方面，在《金瓶梅》方言研究中都要做。但是，如果要从方言的角度来判定《金瓶梅》作者的籍贯，在语言的这三个要素中，首先，最重要的是语音。因为《金瓶梅》作者只要一念《金瓶梅》，我们马上就可以判断出它的籍贯。但是，《金瓶梅》的语音研究，一定要准确地做出其语音系统，然后再进行历史地理语音系统比较，这样才可以。《金瓶梅》语音系统，用以对比的历史地理语音系统，做起来都很困难。

二、除了语音，在语言的三个要素中，比较固定、变化比较慢的是语法。

三、词汇在语言的三个要素中，是最活跃的。一个词汇，要准确判定其所属地域，比较麻烦，“说有容易，说无难”，因此单从词汇的角度来判定《金瓶梅》作者的籍贯，最不可靠。

当年“山东聊城《水浒》《金瓶梅》研究学会”的《金瓶梅》方言研究，正是根据吴晓铃先生的意见来进行的。

张鸿魁也说：“博学吴晓铃先生，向无造谒，见笔者涂鸦之作，即予谬赏；后贸然登门，多蒙指教，先生知有是稿，竟欣然应允为序，循循谆谆，声犹在耳。”（《张鸿魁〈金瓶梅〉研究精选集·后记》）他的《金瓶梅》语言研究，其涵盖之全面，功力之深厚，论述之谨严，创意之多见，实为当代一人。

譬如，其对专书语音研究意义之认识：

什么原因促使我们对《金瓶梅》的语音做专门的研究呢？主要有两方面：

第一，汉语史的研究近十余年有很大发展。特别是，对于专书语言研究这种基础工作的重要性，已渐形成共识。研究专书词汇、专书语法的论著已有很多。相比之下，专书语音研究文章却很少，对专书进行声韵调系统研究的论著，更有待于方来。

第二，语音、词汇、语法的发展是相伴相生的，三方面的研究也是相互促进、共同发展的。但就目下而论，语音研究的薄弱，已在一定程度上成为词汇语法研究深入发展的障碍。对一个时代、一部书语音面貌的模糊认识，常导致词语、语法认识的失误。

再如，其对《金瓶梅》语音研究可行性的表述：

跟其他近代文献资料相比，《金瓶梅》更适合于做语音研究对象。

第一，本身有可供研究的丰富材料。材料可分为三类。

1. 谐音双关材料，包括谐音姓名、谐音故事和谐音歇后语。它们可以准确地反映词语之间的同音关系。《金瓶梅》描写的是商业兴盛带来的城市风情和市民情趣，这类谐音材料随处可见。

2. 韵语。包括清唱词曲、证词600首以上，还有大量的活跃在人物口头上的押韵谣谚。它们可以集中地反映韵母系统，其中谣谚更能反映口语的语音情况。

3. 俗字。包括同音替代字和新造形声字。《金瓶梅》作为通俗文学作品，用字不求规范，同一词语常写作不同的字形。大量的俗字给考察词义带来了困难，也给考察字音带来了机会。只要根据语境或比照其他文献弄通了词义字义，就可以跟通用字形（本字、正字）比较，从同音字的选择、新字声符的选择考见音类的变化规律。

第二，校勘训诂成果相对丰富。跟其他近代文献相比，《金瓶梅》以其文学价值得到世人特别的青睐。问世以来就有赏析评论文字。20 世纪 30 年代词话本发现并刊布以后，尤其是 80 年代以来，对其做研究的日见其多。研究成果中包括不少校勘训诂内容，足资语音研究的参考。

第三，《金瓶梅》语言的时代地域比较确定，同期有各类字书辞书可作参照。像梅膺祚《字汇》对俗字的注音释义，毕拱辰《韵略汇通》对官话语音系统的分析，都可以提供切近的参考。又因为《金瓶梅》去今未远，现代北方方言，特别是鲁西临清一带的语音现状，也可以做重要的直观参照物。

又如，关于语言研究与作者研究：

据此我们认为，《金瓶梅》作者不可能是操吴语的南人。作者的方音发展到今天，尽管可能有相当大的变化，但绝不会再恢复浊音，恢复辅音韵尾，等等。就是说，不会发展为今天的吴语。当然，另一些特点确实像今天的吴语，如-en 韵和-eng 韵的混淆，萧豪韵和尤侯韵的混淆，歌戈韵和鱼模韵的混淆，z、c、s 和 zh、ch、sh 的混同（最后一条鲁西一些地方也有）。我们认为，这些可能只是传刻者的方音特点，因为它们缺少谐音的证据。用韵材料可能有一些是通押，用字材料则更肯定有相当部分是传抄、刻印中产生的。

《金瓶梅》首先是在吴中“悬之国门”的，万历本词话也是在吴中初刻的。既然《金瓶梅》的早期流传经过了众多吴人之手，出现一些吴音痕迹的错讹就不足为怪。如果进一步观察的话，《金瓶梅》的作者的方音更像今天的冀鲁官话，即河北和山东接界地区的方音。这主要根据入声字脱落辅音韵尾的韵类分化走向。如：“郝贤”谐指“好闲”，“鹤、学”和“桃”押韵，“脚”和“跑”押韵，“落”和“赵、叫”押韵，“犒劳”又写作“犒乐”。这种入声字读成-ao 韵母的特点在北方话中分布也不广。

当代相声大师侯宝林曾说过，他感觉《金瓶梅》的语言像是河北南部接近山东地区的话。我们不得不钦佩他的语言大师的敏锐直觉，这和语音研究的结果竟然如此相似！

（以上引文俱见《张鸿魁〈金瓶梅〉研究精选集》，台湾学生书局“金学丛书”第二辑）

梅节《〈金瓶梅词话〉校读记》：“许多语言学家如李申、张惠英、傅憎享、张鸿魁、鲍延毅等先生，对《金瓶梅词话》基本的研究，对《词话》某些关键词和难词的诠释，都做出贡献。其中张鸿魁的《金瓶梅语言研究》和《金瓶梅字典》，堪称巨著，是建设《金瓶梅词话》新文本的重要基石。”可谓至论。

十九、陈昌恒，男，1945 年生，湖北省汉阳县老世陈铁泉村（今武汉市蔡甸区参山镇）人，华中师范大学汉语言文学系 1964 级本科，华中师范大学文艺学 1979 级文学硕士，华中师范大学出版社编审，中国《金瓶梅》学会理事，中国《金瓶梅》研究会（筹）理事，中华全国美学学会会员，湖北省美学学会会员。除取得《金瓶梅》研究系列成果外，还主编《聊斋志异全本译赏》《三言二拍佳篇赏析》，参编《文学原理》《中国古代文论百家》《文学人物鉴赏辞典》《中国戏曲鉴赏辞典》。

1968 年本科毕业后，在鹤峰任教于中学和师范，后任师范学校副校长。研究生毕业后，在湖北省直机关工委工作两年。后调入中南民族大学教文学概论，任该教研室主任。后在华中师范大学出版社近 20 年的编辑工作中，先后担任过中文编辑室、文科编辑室主任，策划过邢福义教授主持的《华中语学论库》《语文知识精要》《文艺学系列教程》等多个重大图书工程，获奖图书 30 多本，5 本图书与台湾同人合作出版。

陈昌恒的《金瓶梅》研究成果，计有论著 2 部、编著 1 部、论文 12 篇，内容涉及成书、作者、评点、艺术、人物、传播等金学领域，尤以《金瓶梅》作者和评点研究负有盛名。

陈昌恒说：“沈德符的‘嘉靖大名士说’来自廿公的‘世庙巨公说’”，“《金瓶梅》词话本上的‘东吴弄珠客序’，是一篇认定《金瓶梅》最早刊刻本的重要序言。对于这篇序言的作者的真实姓名，日本的盐谷温氏认为是明末怪杰冯梦龙，台湾的魏子云先生与朱传誉先生亦同意盐谷氏的观点。我认为他们的说法颇有可取之处，只是语焉不详，因而较欠说服力”。（《陈昌恒〈金瓶梅〉研究精选集》，台湾学生书局“金学丛书”第二辑，下同）于是他广为论证，认定东吴弄珠客确系冯梦龙的化名，并进一步论证兰陵笑笑生、欣欣子也都是冯梦龙的化名。此可备一说，并且对《金瓶梅》的作者、成书、传播研究均有启示作用。

陈昌恒还具体论证了冯梦龙创作《金瓶梅》的三个阶段：“一、冯梦龙创作《金瓶梅》的第一阶段约为《金瓶梅传》的前三十回，其创作时间约为万历二十四年丙申

(1596年)左右。……二、冯梦龙创作《金瓶梅》的第二个阶段其起止时间约为万历二十四年丙申(1596年)至万历三十四年丙午(1606年),约10年时间。此时的《金瓶梅》约为八十回。……三、冯梦龙创作《金瓶梅》的第三个阶段时间约为万历四十一年癸丑至万历四十五年丁巳,即1613年至1617年之间。在这一阶段,他将八十回的《金瓶梅》扩充、定稿为百回本的《金瓶梅词话》。”如果冯梦龙是《金瓶梅》的作者,陈昌恒的三阶段说就一举解决了诸多悬而未决的问题。

陈昌恒是第一位以《金瓶梅》研究张竹坡课题为硕士论文的中国学位研究生,其《论张竹坡关于文学典型的摹神说》(陈昌恒著,孙子威、周伟民、彭立勋指导,华中师范大学1979级硕士论文)也是目前所知中国(含香港、台湾)第三篇金学硕士论文。陈昌恒是张竹坡研究早期主力团队成员,与王汝梅、刘辉、黄霖等齐名。陈昌恒获得的是文艺学硕士学位,所以其硕士论文偏重于文艺理论。研究张竹坡与《金瓶梅》的中国早期学人,王汝梅、刘辉、黄霖等均有筚路蓝缕之功,而陈昌恒的张竹坡评点美学研究与笔者的张竹坡家世生平研究,并为张竹坡与《金瓶梅》研究的两大标志性成果。

譬如,关于张竹坡的小说创作论,陈昌恒说:

> 张竹坡的网状结构理论是建立在《金瓶梅》的网状艺术体系上的。《金瓶梅》不仅与《水浒传》《三国演义》的结构不同,也与《儒林外史》《西游记》的结构迥然不同。……《金瓶梅》与它们相比,一是社会环境固定,即写西门庆的家庭。二是典型人物集中,主要典型人物是西门庆与一妻五妾、敬济、春梅、应伯爵。三是围绕西门庆家庭的兴衰的各种生活事件,各类典型人物的矛盾交错纵横,典型人物不变,地点不变,而生活事件与矛盾又瞬息万变,因而全书细针密线,网罗一体。这种圆圈式的体系,给张竹坡关于世情小说“千百人总合一传”的网状结构理论提供了坚实的基础,这也是文学创作的发展给文学理论所带来的同步变化。张竹坡的这种网状结构论,对《红楼梦》有探路作用,也对于当代作者用现实主义的笔触来反映当代的现实,有一定的借鉴意义。

关于张竹坡的小说批评观,陈昌恒说:

> 作为世情小说中艺术珍品的《金瓶梅》,它与神魔小说、传奇小说、历史演义小说的不同之点,是“借家家家中之事,写我一人手下之文”,描写同时代的普通人,反映现代人的实际生活,更加严格地遵循现实主义的创作方法,更加注重按照生活的本来面目来反映生活,这与其他小说相比,是一个质的不同。它把我国的文学创作引到了一个富于生活气息、更为人们所接近的现代生活的新领域之中,

这在我国小说发展史上是一个新的飞跃。由于《金瓶梅》的艺术成就要比《水浒传》《三国演义》高，这就客观上决定了张竹坡在批评《金瓶梅》中所表述的小说创作论和批评观，要比叶昼、金圣叹、毛宗岗等人的理论深刻得多、全面得多、完整得多，这是生活发展的必然趋势，时代前进的必然结果。

二十、石钟扬，男，1948 年腊八生。安徽宿松人，借名于东坡先生《石钟山记》。1976 年毕业于安徽大学中文系，即留校任教；1982—1983 年游学于南开大学朱一玄先生门下，1994 年获安徽省政府所授“有突出贡献的中青年专家”称号，1999 年破格晋升为教授。学生时代就有小文、小书问世，大学毕业以来有大大小小百余篇论文见诸海峡两岸报刊，出版学术著作有：《红楼梦诗词评注》（合作）、《性格的命运：中国古典小说审美论》、《致命的狂欢：石钟扬说金瓶梅》（再版题为《人性的倒影：金瓶梅人物与晚明中国》）、《神魔的魅力：西游记考论》、《文人陈独秀：启蒙的智慧》（再版）、《五四三人行：一个时代的路标》（再版题为《一个时代的路标：蔡元培、胡适、陈独秀》）、《天下第一刊：〈新青年〉研究》、《酒旗风暖少年狂：陈独秀与近代学人》、《戴名世论稿》（合作）、《绥拉菲莫维奇》（合作）等十余种。选编《戴名世散文选集》（合作）、点校《朱书集》（合作）、《方孝标文集》（合作）、《范当世选集》、《吴德旋集》等；主编《民国现场报导丛书》（四册）、《民国总统自叙丛书》（四册）、《迟到的纪念：纪念陈独秀诞辰 130 周年书画选》、《钟情独秀：石钟扬暨师友书画选》等。其学术研究，大抵为中国古典小说研究、桐城派研究、陈独秀研究三大类，且各有枝蔓。曾在安庆师院任教，现为南京财经大学新闻学院教授、中国《金瓶梅》研究会（筹）理事。

石钟扬自作小传中云：“生性散淡，几乎没申报什么课题与奖项，非淡泊名利，是不胜其劳，却偶趟进某个项目忙活一阵，也偶有某书获‘奖’，靠天收而已。同仁呼为‘最傻教授’，宛若阿 Q 兄弟不去理那‘傻’，单一个‘最’字就令其陶醉不已。”可见其人性情一斑。

石钟扬 20 世纪 90 年代后期进入金学领域，很快就有 2 部专著、15 篇论文。其研究内容涉及人物、源流、版本等，尤以其与卢兴基关于西门庆人物定性的论辩和西门庆、潘金莲的解析，为学界所推举。

譬如其对卢兴基“西门庆新兴商人”说的商榷：

> “新兴商人”说，是从吴晗文章中剥脱出来的。但此说提出者，却将吴晗观点割裂成自相矛盾的两个侧面，并自相设问：“不知吴晗先生的判断中究竟是西门

庆社会关系属于封建阶级，还是西门庆所属的新兴的商人阶级应归属于封建阶级？前者不符事实，后者自相矛盾。”

其实吴晗的观点是一个不可分裂的整体。在吴晗那里，所谓“新兴商人阶级”实为封建地主阶级的一部分。在谈到“商人阶级”兴起的原因时，吴晗说：“由于倭寇的肃清，商业和手工业的发达，海外贸易的扩展，国内市场的扩大，计亩征银的一条鞭赋税制度的实行，货币地租逐渐发展，高利贷和商业资本更加活跃，农产品商品化的过程加快了。商人阶级兴起了。”对这些原因略加分析不外两种情况：一为商品经济发展的环境，二为商品经济发展的政策。其环境如倭寇的肃清，国内外市场的扩展，则是封建国家的行为；其政策如一条鞭法，货币地租，亦为封建国家的法令。在封建国家所创造的经济环境与经济政策下发展起来的商品经济，归根到底只能是封建的商品经济。在封建商品经济中涌现出来的商人阶级，也只能是封建阶级的一部分。……

可见这所谓新兴商人阶级既不改变封建社会的生产方式，也不将商业资本转化为产业资本，只是在利用封建国家的政策，以售其奸，一方面利用他们的地位和权势上下谋财，一方面利用手中的资财加上权力更加疯狂地剥削、压迫农民阶级。

“新兴商人阶级”云云，其“新兴商人”，盖指明代中后期“这样的一个时代，这样的一个社会”的与官僚势力相结合的新型商人，他们或由商而官，或由官兼商，并非职业性商人，而是官商。“官商”首先是官，其次才是商。官是社会地位所在，商是致富的手段。其所经营的也只能是封建的商品经济。而这里的“阶级”，义同“阶层”。总而言之，“新兴商人阶级”即新型的官商阶层，其本为封建地主阶级结构中的一个层次，而决非独立于封建地主阶级之外的什么新的阶级。

吴晗勾勒的西门庆的历程，恰恰是这么个历程：“由一个破落户而土豪、乡绅而官僚的逐步发展”，官僚是西门庆的终极地位与身份。那么，封建官僚阶级就是西门庆的阶级归属，至于他曾为流氓或土豪或商人都不能改变这一点。如刘邦、朱元璋由流氓而皇帝，则决不能因其流氓出身而改变他们作为皇帝的地位与身份，以及由此所确定的阶级属性。……

有过经商历史的西门庆，一旦进入官场，就立即将自己变官商，将官场变为商场，为自己开辟广阔的“钱途”。

正因为西门庆居官作官，他才可能以权谋私，干着钱权交易的勾当，既能在官场卖法贪赃，又能在商场投机倒把，他才真正暴发起来。……

论明了西门庆的阶级归属，更有利于把握这个典型形象的社会意义。西门庆实则是中国封建末世，朱明王朝末期，世纪末年，中国封建官僚制度下产生的新丑，而不是什么资产阶级的新秀。

而“新兴商人”论者，实则是以两个“如果”作为论证的前提，一曰：“在明代中叶以前，我国还是一个开放的社会，经济发展的水平和西方还是同步的，如果不是后来历史的逆转，中国也将如马恩预料的那样，循着一条必然的方向前进（即“资产阶级从封建社会中产生，最后成为封建社会的掘墓人”）。”二曰：“（西门庆）是一个在我国封建末世出现的一个典型，具有巨大的历史破坏性。如果中国的历史继续按照自己的方向正常运转，他们就将是二千年封建社会的掘墓人。”

其实这两个“如果”恰恰反映了一个不可逆转的事实：明代中后期的中国社会不以人们意志为转移地还在封建主义的轨道上运行，在此环境中产生的西门庆还不是资产阶级，更谈不上成为“封建社会的掘墓人”。但论者在埋怨这历史事实之“不正常”，不合“马恩预料”之余，则干脆将封建商品经济与资本主义商品经济混为一谈，以封建商品经济去冒充资本主义商品经济，说所谓“逐末游食，相率成风”和“逐末营利”中的“末”就是指商业，它成了社会变化的经济根源。顾炎武说的“出贾既多，土田不重”概括了封建经济解体，新兴的具有资本主义萌芽性质的商业兴起二者地位的交替。这里的“末”是指商业，但这“末”不是资本主义商业，而是封建主义商业。……

只有少数人积累的商业资本（货币财富）投入或转化为产业资本，并出现一批失去生产数据并具有一定人身自由的劳动者时，才算出现了资本主义生产方式的萌芽。资本主义生产方式或商品经济的显著特点，是生产资料占有者支配着雇佣劳动者为其生产，其生产和出卖商品不像封建商品经济是为取得其他商品以满足自己的需要，而是为取得剩余价值，使资本增值。西门庆积聚起巨额商业资本，纯粹以封建阶级的方式投向商业、高利贷、买取官位和个人消耗的恶性膨胀等方面，而根本不投向产业资本，甚至也不投向土地。“田连阡陌”云云，只是文嫂信口开河之言，西门庆似乎不拥有土地，连祖坟要扩大一点，还得向他人买。因而在西门庆那里根本看不到什么资本主义萌芽的痕迹。

（《石钟扬〈金瓶梅〉研究精选集》，台湾学生书局“金学丛书”第二辑）

二十一、王　平，男，1949 年 1 月 7 日生，文学博士，现为山东大学文学与新闻传播学院教授、博士生导师。学术兼职为：中国水浒学会副会长、中国《金瓶梅》研究会（筹）副会长、中国《三国演义》学会理事、中国《西游记》研究会理事、中国《红楼梦》学会常务理事、山东省《金瓶梅》文化委员会会长、山东省古典文学学会副会长等。主要从事中国古代小说与元明清文学研究。先后承担国家社科基金项目两项，教育部人文社会科学基金项目、山东省社科基金项目及山东省古籍整理项目各一项。已出版《聊斋创作心理研究》《中国古代小说文化研究》《中国古代小说叙事研究》《兰陵笑笑生与金瓶梅》《明清小说传播研究》《古典小说与古代文化讲演录》等著作多部，主编《金瓶梅文化研究》（2—6 辑），在《文学评论》《文艺研究》《文学遗产》《文史哲》《光明日报》等报纸杂志发表学术论文百余篇。

王平进入金学领域虽然较晚（1996 年始发表论文），但近 20 年来，一直笔耕不辍，出版专著 1 部、编著 5 部，发表论文 16 篇，内容涉及作者、成书、评点、传播、思想、艺术、语言、人物、文化诸多课题，多有创见。譬如《金瓶梅》文化和人物研究，其《〈金瓶梅〉：文化裂变孕育的畸形儿》（《山东大学学报》1996 年第 1 期）说：

> 16 世纪的明代中叶是文化发生分化与裂变的时期，在两千多年的封建文化体系中，开始外化出某些新的文化因素。这些新的文化因素与旧有的文化体系发生了矛盾和冲突，对旧有的文化体系给予了一定的冲击。但是，一方面由于旧有文化体系的强大，另一方面由于新文化因素只发生在个别的领域，因此，新旧文化力量的对比仍然是悬殊的。在旧有文化体系的挤压下，新的文化因素便呈现出了扭曲、变形的情景。产生于这一时期的长篇小说《金瓶梅》从内容到表现手法都受到文化分化与裂变的深刻影响而表现出畸形状态：它所刻画的主要人物西门庆、潘金莲等是畸形的，它所描绘的社会环境是畸形的，它所运用的描写手法同样也是畸形的。……
>
> 明代中叶以王学左派为主的异端思潮有力地冲击了宋明理学，反对禁欲主义、要求个性解放成为强劲有力的时代思潮。与此同时，传统伦理道德观念并没有消除殆尽。妇女地位由于经济、政治、法律等条件的限制，也并没有真正得到提高。这一文化裂变造成了西门庆在婚姻和妇女问题上的畸形特征。西门庆不仅不受禁欲主义的束缚，而且走上了纵淫无度的极端。……
>
> 潘金莲这个在《金瓶梅》中地位仅次于西门庆的女人，是一个非常容易引起争议的人物。尽管作者从道德观念出发，有意把她写成一个歹毒的荡妇，但在无意中又时时流露出同情甚至欣赏。今天的人们在评论潘金莲时，也往往陷入两难的处境之中。究其原因，就是因为潘金莲本身便是一个具有畸形性格特征的人物形象。同样，个性解放的异端思潮、尊重妇女的先进思想并未能动摇男子为核心

的社会结构和一夫多妻的婚姻制度。潘金莲在做了西门庆的第四个小妾之后，被遗弃或遭失宠的危险接踵而来。她虽然对自己的才貌颇具信心，但残酷的现实却不断向她证明，这种危险时时存在。于是，她的性格向着更加畸形的方向发展：一方面为了取得西门庆的欢心，她心甘情愿成为西门庆的玩物，成为西门庆泄欲的工具。尽管有时她也表示反感，但更多的时候她欣然接受。她在获得自己性欲满足的同时，也付出了巨大的牺牲。另一方面，为了得到西门庆的专宠，她不惜折磨他人，甚至谋害无辜者的生命，李瓶儿、官哥、宋惠莲便先后成为她谋害的对象。她不想也不可能同西门庆进行正面的顶撞冒犯，因为西门庆是一家之主，是绝对的权威。但是她可暗地里向西门庆进行报复。当西门庆在外眠妓宿娼、数日不归时，当西门庆私通仆妇、冷落自己时，潘金莲便也以畸形的方式进行了报复。她与小厮琴童暗中私通，用她的话说："左右皮靴儿没番正，你要奴才老婆，奴才暗地里偷你的小娘子，彼此换着做。"西门庆贪欲丧命不久，潘金莲便与陈经济勾搭成奸，很快又在王婆之子王潮儿身上寻求满足。人性觉醒的社会思潮与僵死落后的规范文化极不和谐，从而造成了潘金莲的畸形性格。……

《金瓶梅》的创作实践向我们昭示了这样一个道理：文化发生分化与裂变的时期，往往会产生一些畸形的作品。尽管这些作品是畸形儿，却给文学领域注入了生机和活力。当然，如何使畸形儿发育正常完美，更是我们所必须要解决的课题。从文化整体上去寻求解决的方法，应当是一个正确的途径。

可谓出手不凡，先声夺人。

山东是金学的热土，中国召开的17次全国或国际《金瓶梅》学术讨论会，有7次是在山东省召开的（临清2次、枣庄2次、五莲2次、兰陵1次）。王平自2000年出席第四届（五莲）国际《金瓶梅》学术讨论会以后，出席了21世纪以来所有的金学会议，并且在第七届（枣庄）全国《金瓶梅》学术讨论会、第六届（临清）国际《金瓶梅》学术讨论会、第九届（五莲）国际《金瓶梅》学术讨论会、2011年9月枣庄市台儿庄古城"《金瓶梅》文化研究座谈会"、2014年6月枣庄市峄城区"电视连续剧《兰陵笑笑生传奇》剧本论证会"中，起到了不可或缺的无法替代的举足轻重的作用。山东省是全国唯一建立有省一级《金瓶梅》学会的省份，办有学会机关刊物《金瓶梅文化研究》，并且已经出版了6辑。王平是山东省《金瓶梅》文化委员会的主要负责人、中国《金瓶梅》研究会（筹）的主要负责人之一，通脱达观，敏捷干练，所有这些，使他成为当之无愧的中国金学家。

二十二、李时人，男，1949年农历三月生于辽宁锦州。1968年于江苏连云港市高中毕业。1980年由工厂工人破例录聘为徐州师范学院古代文学专业教师，从事本科教学，1986年越级晋升为副教授。1989年调入上海师范大学工作，1992年晋升教授，1995年被批准为博士研究生导师。现为上海师范大学人文学院教授兼文学研究所所长，中国古代文学博士点负责人。2013年起担任国家社科基金重大投标项目《明代作家分省人物志》首席专家。长期从事中国古代文学与文化的教学和研究工作，学术方向主要为中国古代小说与文化、明清文学。至2013年已经指导博士研究生36人、硕士研究生65人。出版有各类学术著述15部（其中主编4部），发表论文逾百篇。独立编校断代小说总集《全唐五代小说》五册出版，被誉为“文化积累工程”。最近十余年编撰完成的《中国文学家大辞典·明代卷》即将由中华书局出版。

李时人虽然在《金瓶梅》研究方向只有1部专著、12篇论文，而且只参加了首届全国《金瓶梅》学术讨论会与首届国际《金瓶梅》学术讨论会，但他既是金学第一梯队成员，也是金学主力团队成员。其研究内容涉及作者、版本、成书、思想、艺术、人物、文化、金学史等诸多领域，以其文献功底和思辨能力著称。

譬如，其文献功底，《〈谈金瓶梅的初刻本〉补证》（《文学遗产》1986年第4期），千字短文，可窥一斑：

> 拙作《谈〈金瓶梅〉的初刻本》有幸在《文学遗产》1985年2期刊出。拙文根据一些材料，初步论证了《金瓶梅》并没有前辈学者推断的万历庚戌（三十八年）刻本；万历丁巳（四十五年）本《金瓶梅词话》实际上就是《金瓶梅》的初刻本；丁巳本和明季流传的《金瓶梅》抄本内容基本是一致的。拙文写作时间较早，所论尚嫌粗疏，近来，笔者在进一步探索这些问题时，又陆续收集了一些能够说明问题的材料，现再借《文学遗产》一角，做一些补充，希望有助于问题的解决。
>
> 一、拙文论证马仲良“榷吴关”时间为万历四十一年的主要材料是民国二十二年修《吴县志》。据友人告，这则材料台湾省学者魏子云先生1977年曾经提出过（《论明代的〈金瓶梅〉》史料，载《中外文学》第6卷6期）。但民国《吴县志》纂修时间很晚，而早于它的明崇祯十五年和清乾隆十年修《吴县志》却均无此记载。所以，赞同“庚戌本”存在的学者如法国雷威安（Andre Levy）先生认为孤证不足凭信［*Andre Leny Recent Publications on the Chin Ping Mei*，*Chinese Literature*，*Essays*，*Articles and Reviews*. 3.1（1981年），P146］。未闻魏子云先生答辩。笔者找到道光七年序刊的《重修浒墅关志》，其卷六“榷使”在万历四十年任

张铨和万历四十二年任李佺台之间有："马之骏，字仲良，河南新野人，庚戌进士，四十一年任。"和民国《吴县志》记载一致，说明民国《吴县志》并非无所本。再进一步查康熙十二年的《浒墅关志》，其卷八"榷"部，也有马仲良万历四十一年榷吴关的记载："万历四十一年癸丑……马之骏，字仲良，河南新野人，庚戌进士。英才绮岁，盼睐生姿。游客如云，履綦盈座，征歌跋烛，击钵阄题，殆无虚夕。世方升平，盖一时东南之美也。所著有《妙远堂》《桐雨斋》等集。"如上数据证明马仲良榷吴关的时间无可怀疑是万历四十一年。据《万历野获编》"金瓶梅"条文意，在此之前，当然不会有所谓"庚戌刻本"了。

二、拙文论证沈德符《万历野获编》"金瓶梅"条写作时间是万历四十七年，主要是根据该条中"……去年抵辇下，从丘工部六区志充……丘旋出守去……"一段文字，结合沈德符生平及《野获编》成书时间推断出来的。前不久，马泰来先生据《汝宁府志》提出丘志充任汝宁知府是万历四十八年，因此《野获编》"金瓶梅"条只能写在晚于万历四十八年的"天启元年或二年"（《诸城丘家与〈金瓶梅〉》，《中华文史论丛》1984 年第 3 期）。其实，丘志充出任汝宁知府应是万历四十七年，这有《神宗实录》为证："万历四十七年三月……升淮安知府蔡侃为广东道提学副使；户部郎中王维章知浙江杭州；工部郎中丘志充知河南汝宁府。"（卷五八〇）无疑，沈德符是万历四十六年秋中举后，年底进京拜谒有关人等得晤丘志充，第二年春试毕，丘志充出知汝宁，沈落第归家续编《野获编》，写下此条文字。沈德符《野获编》"金瓶梅"条写作时间的确定，可以肯定在万历四十七年秋，沈已经见到"吴中初刻本"，这初刻本可能正是有"万历丁巳（四十五年）季冬"东吴弄珠客序的丁巳本《金瓶梅词话》。……

三、关于谢肇淛《金瓶梅跋》写作的时间，拙文说"大约写于（万历）三十五年左右"，失考。谢虽然在万历三十五年借到袁中郎的部分《金瓶梅》抄本，但谢向"丘诸城"借抄《金瓶梅》的时间要晚。此"丘诸城"当指《野获编》中的"丘工部"，亦即丘志充，丘为山东诸城人，且为谢肇淛的工部同僚，故有此称。谢为福建长乐人，万历壬辰（二十年）进士。但谢中进士后，先除湖州推官，量移东昌，又为南京刑、兵二部员。万历四十一年丘志充中进士，谢正在张秋治河，直至万历四十四年左右，谢方回北京与丘同在工部供职。而据《神宗实录》卷五七二，万历四十六年七月，谢升任云南参政，又出北京。故谢向丘借抄《金瓶梅》并写下《金瓶梅跋》的时间当在万历四十四年至四十六年之间（参见马泰来《诸城丘家与〈金瓶梅〉》）。谢肇淛生平材料见于钱谦益《列朝诗集小传》、谢著《五杂组》《小草斋文集》，至少不可能早于万历四十一年丘中进士之前。这更证明了在万历四十一年以前，乃至万历四十四年以前并无《金瓶梅》刻本问世。

综合各方面的情况，《金瓶梅》的初刻本问世时间当在万历四十五年至万历四十七年秋之间。

再如，对《金瓶梅》性描写的论析，其《论〈金瓶梅〉的“性描写”》（《李时人〈金瓶梅〉研究精选集》，台湾学生书局“金学丛书”第二辑），仅看其标题与结论：

（一）性描写是《金瓶梅》一个绕不过去的问题，这个问题不是单纯的道德和审美问题，而是一个复杂的文化问题，本文的宗旨即试图从一个较为宽广的文化视野对其进行观照和审视。

（二）基于性欲的两性关系是人类、人类文化赖以生存和发展的基本形式之一，性欲对人类不仅有生理意义，也是审美意识的源泉和永恒的审美对象；《金瓶梅》作者着重“财色”，尤其是性的描写切入晚明社会生活，从而揭示了这个社会的本质特点，是作为小说家无可指责的选择。

（三）性欲是人类生命力量的一种表现，中国的“礼教禁欲主义”和西方“宗教禁欲主义”都是对人的本性的异化；由于东西方文化的差异，晚明对禁欲主义的反动是在一个特殊历史时代和采用极端的方式进行的，再现对象及其思想文化的特质影响了《金瓶梅》性描写的形态。

（四）性描写是《金瓶梅》有机的不可忽视的组成部分；性描写是《金瓶梅》对小说艺术的开拓，也是《金瓶梅》重要的表现手段；《金瓶梅》性描写的问题不全在客观展示，而主要在于主观态度，其种种偏差产生的重要原因在于作者受时代限定的性意识。

当然，这绝不是说《金瓶梅》的性描写是完全成功的，恰恰相反，那些对《金瓶梅》的存在价值具有重要意义的性描写，无论在意识上，还是在叙述方式上都有严重的畸形和病态的成分。对《金瓶梅》这种叙述上关连难分、意识上渗透全书的性描写，实在不是文字上逐一分割、判断艺术优劣加以删略的方法所能解决问题的，对研究来说，站在新的时代文化高度对其作整体的审视关照也许是最首要的任务。

要而言之，站在新的时代文化的高度看问题，《金瓶梅》性描写种种偏差的要害是作者受时代制约的性意识。当性意识还停留在较低层次上——不管其是否对以往的历史表现出进步的意义——要想在文学上达到叙述的完美几乎是不可能的事。这对我们来说实在具有深刻的垂诫意义。

就能知道其思辨能力。

二十三、赵兴勤，男，汉族，1949 年 7 月生，江苏沛县人，江苏师范大学文学院教授，中国古代文学、戏剧戏曲学研究生导师。兼任中国元好问学会理事、中国《金瓶梅》研究会（筹）理事、江苏省明清小说研究会副会长、《西游记》研究分会常务理事、常州市赵翼研究会副会长等职。已出版的学术著作有《古代小说与伦理》、《明清小说论稿》、《赵翼评传》（南京大学版）、《中国古典戏曲小说考论》、《古代小说与传统伦理》、《赵翼评传》（江苏人民版）、《理学思潮与世情小说》、《元遗山研究》、《话说〈封神演义〉》、《赵翼年谱长编》（全五册）、《古典文学作品鉴赏集》、《赵翼研究资料汇编》（上、下册）、《清代散见戏曲史料汇编（诗词卷·初编）》（上、下册）、《中国早期戏曲生成史论》等 21 种，主编、参编《中国风俗大辞典》《中国古代戏曲名著鉴赏辞典》等 30 余种，在海峡两岸发表论文近 170 篇。近年独力承担国家社科基金项目 2 项，获教育部高等学校科学研究优秀成果奖（人文社会科学）、江苏省哲学社会科学优秀成果奖等市级以上科研、教学奖励近 30 项次。

赵兴勤虽然几乎参加了所有在中国召开的金学会议，但《金瓶梅》研究并不是他的主打方向。正像他做人的敦厚格正，他参加会议必交论文，就这样积累有 25 篇之多。赵兴勤的《金瓶梅》研究涉及思想、艺术、语言、人物、源流、版本、作者、评点等领域，不仅兴趣广泛，而且时有新见。譬如，关于《金瓶梅》艺术研究，其《奇书〈金瓶梅〉之“真”中见“奇”》（《徐州师范学院学报》1986 年第 1 期）说：

> 为了艺术地再现封建社会末期的生活图景，作者必然在“新”字上做文章。倘若再固守原有的格局，追求奇人、奇事、奇异的情节，那就很难完成剖露现实、抨击现实的主题，也不可能对现实人生各阶层人物如此精雕细刻，达到毛发毕现的艺术境界。为了追求艺术上的真实，作品在表述方法、构筑情节、选取素材诸方面，都表现出与其他几部奇书迥然不同的风格。
>
> 这一创作实践，正体现了我国传统文艺理论中的“小中见大”“以少总多”的观点。它虽然描写的是具体的、个别的，是一个小县城中的土豪家庭，但是，却具有一定的普遍性、代表性，能够透视出整个时代的风烟阴霾。……“小中见大”，此类创作方法，在诗歌中尽管多有体现，然而，运用到长篇小说创作中去，恐从《金瓶梅》始，这直接影响到《醒世姻缘传》《红楼梦》的产生，的确堪称之为“奇”。
>
> 由上述可见，“真”与“新”这对概念是互为依附的。一个则蕴含于作品之内

部，一个则呈现于作品的外部。“真”，凭藉新的表现手法、表现角度、艺术境域而展现；“新”，又依附于“真”而存在。而“真”与“新”，又构成“奇”这一艺术概念。正因为作家能在人物刻画、谋篇布局上“另辟幽蹊”，具有透视生活、概括生活的能力，故而才产生“奇”的艺术效果。

其《奇书〈金瓶梅〉之“平”中见“奇”》（《徐州师范学院学报》1987年第1期）说：

夺人心魄的情节，起伏跌宕的关目，固然是文学作品之“奇”的重要因素，但是，若以平淡闲净之笔，铺叙日常琐事，亦见其奇，则更为不易。《金瓶梅》正是凭藉对客观现实生活末节的生动叙述，由平淡中见其奇特，表现出独树一帜的艺术风格。

他把这一部分归结为“瓶内卮言”，收入其《赵兴勤〈金瓶梅〉研究精选集》。

再譬如，关于《金瓶梅》版本研究，其《王孝慈藏本〈金瓶梅〉木刻插图研究》（《〈金瓶梅〉与清河——第七届国际〈金瓶梅〉学术讨论会论文集》，吉林大学出版社2010年7月）说：

翻阅这些木刻插图，发现其艺术表现内容主要包括情色表现、世情表现、民俗表现以及市井表现。值得注意的是，刻工（画工）们除了借助情色表现招徕读者外，其实还隐含了对小说核心内容的攫取、世风丕变下的人情世态等在内的一个无声的叙事系统，呈现出独立的批评意义。从这个意义上讲，插图实在为小说叙事的有益补充。崇祯间《金瓶梅》插图的出现，在艺术学、诠释学、文献学、传播学等方面，都具有一定的意义。本文的研究，旨在通过引入插图这一特殊的符号系统，图文互证，为《金瓶梅》的传播研究、批评研究以及明季文化史研究提供一个特殊旁证。

笔者对这二百幅插图逐一检核，发现除了一定数量的情色表现外，图像所涉内容几乎涵盖了明代市民生活的方方面面，可视为一组与小说叙事系统相辅相成的风俗长卷。

综观王藏本《金瓶梅》木刻插图，可以得出如下的基本评价，即雕版精细，人物表现逼真，擅长与故事对应情景的再现以及具象反映小说人物的内在心理活动。而就其图像语言的叙事特点来说，大致有如下两点：“化虚为实”与“化实为虚”，……“全知视角”与“蒙太奇式”叙事，……当然，其所代表的视觉文化系统，只能作为一定时期历史本真的反映，即可以通过其回归到历史现场本身，而无法在欣赏和阅读中实现主体精神的超越和擢升。这是历史的病灶，恐怕也是不能回避也不容回避的事实。

该文另具只眼，别开生面。他把这一部分归结为“瓶外摭谈”，亦收入其《赵兴勤〈金瓶梅〉研究精选集》。

《金瓶梅》插图研究，尽管前人多有提及，只是泛泛而言。台湾师范大学胡衍南教授指导的2000届硕士研究生曾钰婷的硕士论文为《说图——崇祯本〈金瓶梅〉绣像研究》，可谓异曲同工。

赵兴勤尽管没有对《金瓶梅》研究投入更多的精力，他参加着金学活动，他感知着金学动态，他搜补着金学遗缺，他领悟着金学奥妙，一直处在《金瓶梅》研究第一层面，是中国金学主力团队成员之一。

二十四、孟昭连，男，江苏省沛县人，1950年生。太山庙小学毕业后入张寨中学，高一时遇“文革”爆发，后回乡务农。1978年入南开大学中文系读书。1984年随鲁德才先生读研究生，1987年毕业留校任教。现为南开大学文学院教授，古代文学专业博士生导师，中国《金瓶梅》研究会（筹）理事。曾在《中国社会科学》《中国语文》《文学遗产》等刊物上发表文章多篇。主要著作，除2部金学论著外，尚有：（1）《杜骗新书》校点整理，百花文艺出版社1992年；（2）《中国小说学通论》（合作），安徽教育出版社1995年；（3）《三国演义》校注，岳麓书社2002年；（4）《中国小说艺术史》（合著），浙江古籍出版社2003年；（5）毛宗岗批评本《三国演义》校注（合作），岳麓书社，2006年；（6）《蟋蟀秘谱》，天津古籍书店1992年；（7）《中国鸣虫与葫芦》，天津古籍书店1993年；（8）《中国虫文化》，天津人民出版社1993年；（9）《蟋蟀文化大典》，上海三联书店1997年；（10）《中国葫芦器与鸣虫》，东方出版社1998年；（11）《千年秋兴话蟋蟀》，山东教育出版社2000年；（12）《中国虫文化》（新版），天津人民出版社2004年；（13）《中国鸣虫》（修订版），百花文艺出版社2007年；（14）《中国葫芦器》（修订版），百花文艺出版社2010年。

孟昭连是《金瓶梅》研究队伍的第一批成员，其金学成果也基本出现在20世纪90年代，如果当时他集中精力，或者进入21世纪以来他继续涉足金学，以其文史功底、超人的悟性，和长于思辨的特点，他一定会有更多的创见。在其上述主要著作中，可以看到，他在研究《金瓶梅》的同时，着力进行着小说学和小说艺术史的探讨，并且更大的兴趣寄托在虫文化与葫芦器上。孟昭连是个玩家，他有着广泛的爱好，只是捎带着“玩”一下《金瓶梅》而已。

孟昭连的《金瓶梅》研究成果，计有论著2部、论文23篇，内容涉及主旨、思想、艺术、成书、源流、语言、人物、文学地位等领域，尤以文学地位分析与人物研究广受关注。

譬如他的“大小说”观念说：

> 《金瓶梅》中确实存在着一般所认为的“非小说因素”，有些章节甚至可以说是大量存在。这些因素包括：小说中夹带着大量诗词韵语，说书人口吻的明显存在，说书套语的重复运用，以曲代言的表现手法等。这些“非小说因素”既为《金瓶梅》增添了多姿多彩的艺术效果，也为认识《金瓶梅》的本来面目增加了困难。这些因素是怎样出现的？应该怎样认识它？它能说明什么问题，又不能说明什么问题？要解决这些问题，笔者认为不应该仅仅运用简单比附的方法，而应该从一个更为广阔的背景、更为宏观的角度上，追根溯源，去伪存真，在比较与联系中找出正确的答案。为此，本文提出“大小说”的概念，想从这个角度试解《金瓶梅》的“非小说因素”之“谜”。……中国古代的所谓“小说”，实际上是一种“大小说”，或曰“泛小说”，它的表现手法和形式实际上在某种意义上说是一种“综合艺术”，这一点与西方小说或中国现当代小说是有本质不同的。换一句话说，中国古代几乎没有现代意义上的“小说”。……
>
> 在这种情况下出现的被我们泛称为“小说”的东西，其面貌当然不会是一致的，所以刘斧的《青琐高议》是小说，《全相三国志平话》是小说，《大宋宣和遗事》是小说，《快嘴李翠莲》也是小说。……如果从古代小说的创作实际来看，“大小说”观念也许表现得更为明显。既然古代小说理论始终没有对“什么是小说”这样一个根本问题做出界定，那么在“小说应该写什么”（内容）和“小说应该如何写”（技法）这两个问题上当然也不会做出什么统一的规范。现在检看古代被称作“小说”的作品，无论内容还是写法，真可谓五花八门，美不胜收。即使删去那些以现代观念来看实在不能称作小说的作品，余下的所谓“真正的小说”，仍然呈现着多种多样的形态。……
>
> 综上所论，我们可以得到如下的结论：
>
> 1. 中国古代小说的概念在理论上是十分宽泛的，它除了在不同的时代有自己的特定内涵外，还具有丰富而广泛的外延内容。即使在明代长篇章回小说形成以后，“小说”仍不是一个含义十分固定的概念，与之相近的“评话”“词话”等均又可称为“小说”，因此中国古代小说观念是一种“大小说”或曰“泛小说”。
>
> 2. 中国古代小说的表现手法是多样的，文言小说包含着大量的史传写法，而白话小说则充满与说书艺术相似的表现技巧，并融合了相邻的市井艺术的表现手法。这种对邻近艺术表现手法的借鉴，深深地影响了后世的文人作家，以致中国

古代小说艺术，在某种意义上说是一种“综合艺术”，并因此而形成中国古代小说的独特形式的独特审美效果。……

既然笑笑生正处于一个小说观念剧烈变革的时代，既然他在“小说应该写什么”的问题上迈出了崭新的一步，表现出了自己的勇气，那么他在“小说应该怎样写”的问题上，同样不可能坐守前人成规，必然要有自己的创新和发展。事实上正是如此。众所周知，《金瓶梅》的素材来源极为丰富，既有文言，也有白话，既有小说，也有戏曲及其他诗词曲赋，乃至佛曲、俗唱，真是应有尽有，几乎囊括了古代的各种文体。……

我以为正确的结论是：以曲代言虽然原本是说唱、戏曲的基本艺术手段，但它早在宋元时期就已经被文人作家带进了案头小说话本之中；而后的文人作家创作的白话小说，既然都是说书体，都是对说书艺术的模仿，以曲代言的写法自然也被作为一种技巧加以运用，并成为小说表现程序之一。这就是中国古代小说出现这种“非小说因素”的根本原因。

再如其西门庆论：

读过《金瓶梅》的人总是骂西门庆是坏人。他为什么是“坏人”呢？可能首先与他占有的女人太多有关系。其次，他的所谓官、商、霸“三位一体”也是人们议论的口舌。这些自然都是对的。但是如果再进一步地细细探索一下，就会发现他不仅仅是一个“坏人”，他还有另外的东西。比如他的仗义疏财，比如他与食客们近乎平等的关系，比如他对女人的体贴周到，等等。这些当然都算不上什么了不起的美德，但起码可以说明，作者并非有意将西门庆写成一个单质的“坏人”，他是一个具有多种性格的复杂的人，所以他才如此栩栩如生，如此符合生活的真实。……

西门庆的性格虽然很复杂，但其核心则是女色。通观全书，作者在这一点上下的功夫最大，用笔最多，所以西门庆才被塑造成一个千古色魔的形象。……

西门庆是《金瓶梅》中的第一淫人，一生以女人为生命，最后也为女人而丧命。西门庆一辈子为了占有女人，为了能更多地占有女人，费尽心机，不惜钱财，可谓聪明极矣；然聪明反被聪明误，到头来不免命丧黄泉，可惜了那一群美色妻妾，偌大的产业！……

考西门庆的一生，他全在酒色财气中做活计，用尽心力，终于使自己由一个普通的店铺主人跃而为强者，不能说不是智者、勇者。但是最终，他又自己埋葬了自己，终生追求的女色成为置他于死地的“杀手”，这样看来他又是个愚者、弱者。西门庆就像一棵大树，多少人跟着他乘凉受惠；西门庆又像一座大山，多少人背靠着他得以生存。整个西门家族，就是以西门庆为中心支撑起来的，构成了一个小小的世界。而当这棵大树刹那间扑倒在地，这座大山突然冰消无踪时，马上便造成了一阵混乱和骚动，正常的秩序被打乱了，多少人和事突然间变了模样，世界就像是翻了一个个儿，一切都与平时不一样了。

（以上引文俱见《孟昭连〈金瓶梅〉研究精选集》，台湾学生书局“金学丛书”第二辑）

二十五、陈东有，男，1952年冬出生于江西省南昌市，祖籍江西省丰城市。现为南昌大学教授、博士生导师，中国《金瓶梅》研究会（筹）副会长。1969年下放农场工作；1980年考入江西大学中文系，1984年毕业留校，从事中国古代文学的研究和教学；1987年考上本校汉语史专业研究生，1990年获文学硕士；1994年考上厦门大学中国史研究生，1997年获史学博士。陈东有的《金瓶梅》研究成果计有专著5部、编著3部、论文41篇，内容涉及思想、艺术、文化、人物、源流等领域，尤以文化和人物研究为金学界所推赞。

陈东有自1987年开始研究《金瓶梅》，七八年间便有3部专著与3部编著出版，还有近30篇论文发表，可谓用力甚勤，成绩显著。在20世纪90年代，陈东有是中国青年金学家的杰出代表。虽然他后来担任党政要职，在专业上不可能投入更多的时间，但依然不绝如缕，细水长流，坚持学术不间断，终能集腋成裘。

譬如其潘金莲论：

人们对潘金莲在西门庆家做的一切恶事，进行了一番推理分析，归结到她那火一般的“妒心”上。于是，潘金莲又有了个令人们憎恶的称谓——“妒妇”。其实，作为一种人物分析的过程，这只走了一半路程。因为嫉妒并不是报复或破坏或竞争诸行动的本源。嫉妒也是另一种心理基源的产物，嫉妒只不过是人的内心情欲外化为行为的中转站。人性之中的情欲在未有外化之前就是相当复杂的，除了它的生理特征之外，还具有心理特征，而这种心理特征一旦以社会关系为条件，人的情欲便出现了一向与多向、集束与放射交合错综的现象。情欲中的爱一旦有了一向目标而集束施放，那么情欲中的恨便会产生多向目标而放射施放。……嫉妒是什么？嫉妒不仅仅是恨，嫉妒也不仅仅是爱，嫉妒正是爱和恨的关系之和的表现。从这个基础出发，我们去看西门庆家中的潘金莲，去看这个潘金莲身上的“嫉妒”，才有可能更准确地把握潘金莲与西门庆的关系，才有可能去了解中国文化发展中的有关问题。……

夫妻间和谐的性生活是发展夫妻恩爱关系的重要因素之一，但是若以性生活为手段来维系夫妻关系甚至“牢笼汉子之心”，足见夫妻关系之脆弱，也见潘金莲因忧虑而引起的心理变化已经到了何种严重的程度。……

只从道德层次去评价潘金莲其人，无论说她如何坏，或者反过来，说她如何好，都是远远不够的，甚至给这个人物来个三七开、四六开、对半开，也是不够的，由此去得出结论对于一部杰出的文学作品来讲，都是片面的，也是偏激的，它的致命错误就是往往会丢掉“人”这个文学的根本，而仅仅得到“道德的象征”。我们应该把潘金莲作为一个“人”，作为一个“女人”，在“人的文化”背景下去分析“文化的人”，在传统的文化和时代的文化旋流中去剖析这个“文化的女人”，我们才有可能真正把握这部文学杰作的价值，才有可能发现那个时代的“秘密”，也才有可能更好地认识今天的我们。潘金莲，一个貌美心灵的女子，却在传统文化中的妻妾制度、伦理规范和对女子摧残歧视的诸因素中被扭曲、变形，受摆弄，遭蹂躏，被遗弃，这才是她最悲惨的；她的性格和新出现的商品经济的大发展、商业小社会的形成而带来的新的文化因素构成一种“力场”，促使她的个性觉醒，鞭策她敢于执着地追求自己的情感和欲望。然而这一切在同传统文化和时代伦理的冲撞中并没有获得成功，后者的主根太深了，根系太广了，力量太强了，在潘金莲自己身上就盘绕着这些主根和根系，就积淀着这股力量。这就好像她一方面想挣脱那根又臭又长的裹脚布而自由地生活，可是却又因为经过长年累月的紧裹而成为的畸形必须依靠紧裹才能站立。她曾为解除自己的忧虑和痛苦千方百计去算计别人，最终却又被别人狠狠地算计了一着，这便是潘金莲悲剧的主要内容。……

明代中叶，新旧文化的撞击，“蹦”出了个“潘金莲”。而在潘金莲的一生与惨死的画面上，我们看到的则是人性（个性、本性）与社会性（道德规范）的激烈矛盾和斗争。可以这样说，16、17世纪，随着王阳明主观唯心主义学说的出现，随着泰州学派学说的盛行，在中国一些商品经济发展较快的城镇，以表现和追求人的个性、本性为主要特征的思想已经在市民中形成了一股不小的力量，由此而构成的新的文化正激烈地撞击着传统文化中否定人性的方面。《金瓶梅》的作者不可能是新文化、新思想的拥护者，但他已生活在这种环境之中；他以批判新思想的动机来再现具有新思想的种种人物，却极好地证明了新旧文化的这种撞击。

再如其《金瓶梅》性描写分析：

毫无疑问，《金瓶梅》的作者是以鲜明的封建伦理色彩来创作这部言情小说的。作者在进行性行为描写时，自然解脱不了封建伦理的框框，总是持否定态度。而对性行为进行批判的武器便是“三教合一”的思想。儒教的匆贪、匆滥、节欲、适度的中和思想，道教的寡欲、清静、节房事的养生之术，佛教的禁欲、从善、纵欲恶报的因果报应结成了一个完整的观念，出入在性行为甚至一般的调情显欲描写的字里行间。这些评判的言词前呼后喊，指责人欲，告诫人们，并且往往上升到伦理纲常的高度进行振聋发聩的批判和说教。……

作者持有这种对人的情欲、性行为的彻底批判态度，不可能在性行为描写中去把人的肉体感受向精神享受升华的过程写出来，更不可能把性行为作为美的创造和精神幸福的来源来描写。他既要表现这种“淫”“耻”“污”，又要批判它，只有客观地机械地再现它，将它拍摄出来抖落在读者面前，再加上他自己的批词判语，让人们知道它的淫邪和罪恶，达到批判的目的。但是，作者以“三教合一”的思想和伦理纲常作为武器对性行为的批判同样也产生了一种副作用，那就是他所描写的客观现象又成了最好的批判“三教合一”的思想和伦理纲常的实例。作者越是把性行为描写得客观、真实、细致，这种实例的作用便越大，尤其是具有单方玩弄、表现方式和特殊手段描写特征的性行为描写，它们所展示和渲染出来的人的情欲和性欲足以说明：再顽固的传统观念，再强大的理学思想，再严重的伦理纲常也难以压抑住人的情和欲，经济的发展，已经出现了一批不怕来世报应、只重现世享乐的人物，他们凭借自己的钱势同传统、同现实作对抗、唱反调。

（以上引文俱见《陈东有〈金瓶梅〉研究精选集》，台湾学生书局“金学丛书”第二辑）

正因为陈东有对《金瓶梅》的人物作有集中的精辟的解析，他又以《金瓶梅》为基础，用西门庆、潘金莲与李瓶儿、春梅为题写了三部现代小说。这三部小说由花山文艺出版社于1992—1994年出版，并很快于1998年、2003年修订再版，后又由百花洲文艺出版社2011年以“《金瓶梅》人物榜”出版了一套丛书，可见该书之影响。

二十六、孙秋克，女，1955年6月出生于云南昆明，原籍河南郏县。毕业于云南大学中文系，获研究生学历。现任昆明学院人文学院教授。学术兼职有中国《金瓶梅》研究会（筹）理事、云南省国学研究会理事、云南省高等院校古籍整理工作委员会委员。主要从事元明清文学和古代文论研究。1983年以来发表学术论文近七十篇，先后承担国家社会科学研究基金项目两项，云南省科学研究基金项目两项，参与完成国家出版项目一项。获得各级科研成果奖多项。已出版《中国古代文学原理八论》、《明代文学史》（第二作者）、《明代云南文学研究》、《苍雪大师评传》等著作。参撰《中国大百科全书》（第二版）戏曲部分词条，编辑《二十世纪中国学术文存·南戏与传奇研究》（第二编者），编著《李清照诗词选评注》《锦书云中来——古代尺牍小品赏读》，主编《中国古代文论新体系教程》。

孙秋克的《金瓶梅》研究成果，已经发表的虽然只有论文12篇，但她自20世纪末到浙江大学随徐朔方问学以来，一直将明代文学史作为主攻方向之一，并且在徐朔方不幸于2007年仙游以后，独立把徐朔方未竟之《明代文学史》编著完成。其间关于《金瓶梅》篇章，亦多有参撰，可谓得乃师真传。

孙秋克因为从徐朔方访学，而2000年10月出席第四届（五莲）国际《金瓶梅》学术讨论会，会后又应中国《金瓶梅》学会会长刘辉之约，会同云南民族大学曾庆雨，准备在昆明召开第五届国际《金瓶梅》学术讨论会。该会因为“非典”虽然没能开成，但孙秋克自此与《金瓶梅》结下不解之缘。其研究领域涉及源流、人物、艺术、评点、文化等，尤以人物、源流、艺术研究颇多创见。

譬如，其孟玉楼论：

> 在《金瓶梅》人物谱中，孟玉楼是一个不可忽视的人物形象。她是西门大院中尚存人格的人，也是污浊黑暗中的一抹亮色。作品赋予她复杂的特质，并通过对这个人物命运的描写，表现了社会生活的复杂内涵及塑造人物形象的艺术功力。
>
> 孟玉楼不像西门庆的其他妻妾那样大奸大恶或大淫大俗，以丑恶的行径给人留下深刻的印象，也不像王杏庵、李安等为着某种道德说教偶一过场的人物，图解一个并不复杂的概念，她是一个富有个性色彩的人物形象。在西门庆无厌无尽的财色贪欲中，在西门大院妻妾成群的混乱环境中，在金、瓶、梅等人大起大落的坎坷命运对照中，在小说情节的艺术穿插和结构中，她都有其特殊的地位。……
>
> 孟玉楼被骗娶入西门庆家后，“做大”的期望既已落空，做妾也已排在了第三位。不久，潘金莲、李瓶儿又相继入门。在西门庆家这个波涛翻滚的孽海之中，她必得面对纷纭复杂的妻妾关系和众多卑污肮脏的灵魂。她仅得到三夜之宠，就沦为潘金莲的陪衬，接着又被笼罩在李瓶儿的阴影之中。在西门庆的家宅里，孟玉楼似乎无所不在，却又似有若无。连不被西门庆待见的李娇儿、孙雪娥尚不时搅起一阵浑水，她却素来平和温静，从未有过什么过激的举动。然而，她确实是西门庆家的一个另类厉害角色。揭开孟玉楼脸上朦胧的面纱，一个鲜活的人物形象跃然纸上。……
>
> 因为精明聪敏，孟玉楼把心机深藏。在西门大院的诸多人物关系中，她看准了最难处理的是与西门庆、吴月娘、潘金莲、李瓶儿的关系。由于先被骗娶，继

之被冷落，她的内心深处，对西门庆积有一股极深的怨气，但形格势禁，无可奈何，所以她只能将失意埋藏于心中；又由于吴月娘是正妻，金、瓶二人的地位表面上虽与自己相同，但在西门庆心中的分量，自己却难以与二人中的任何一个争衡，所以，她自知自己不能与这两个人争风吃醋，就根据二人在西门庆面前得宠的程度，以及二人的性格特点加以分别对待。……

总之，处于人际关系浅表层面上的孟玉楼，似乎于亲疏厚薄全不在意，淡然处之。她奉迎西门庆夫妇，调和于金、瓶之间，雅谑于家庭的各种场合，可谓左右逢源，不着痕迹，灵心慧舌，善解人意。但其实孟玉楼又是一个内心颇为阴险毒辣的人。她并不是一味安时随分，从不嚼老婆舌头，也并非完全不在乎西门庆的亲疏厚薄，只不过她城府极深，善于借刀杀人，害了人还不留话柄罢了。孟玉楼往往利用潘金莲恃宠刁泼，得风是雨的性格特点，自己躲在暗处挑拨离间，深藏不露，而让潘在明处出头，惹火烧身。

又如，其《金瓶梅》意象论：

《金瓶梅》中的意象正如这部小说所表现的生活一样，林林总总，气象万千，故本文“群”而论之，以“五”为数，即深知难以尽其大略，只不过是抽绎其中重要者而已。要之：宗教意象群具有形而上的地位，统摄了小说劝世意图与叙事结构的对称效应；心理意象群具有张本作用，预示了人物命运的大体走向；时间意象群具有推进作用，形成了人物和家庭命运发展的大致时序；空间意象群具有写实意义，呈现了人物关系和场景发生的典型环境；人物意象群具有核心地位，承载了主人公及其家庭由暴发至没落的完整过程。以上意象群最终构建了《金瓶梅》线性与网状并行不悖的综合性叙事结构，推动了中国古代长篇章回小说叙事艺术的发展，并使《金瓶梅》具有了现代小说的主要特点，成为中国古典小说向现代转变的代表。……

我们说《金瓶梅》以五大意象群为其叙事结构的基础，但它们之间的关系并不是相互割裂的，而是以各自所担负的不同使命，在全书形成一个整体的、有机的内在联系。这部小说世代累积和个人写定相结合的成书特质，综合立体的结构特点，在意象群的透视层面上，亦很和谐地并存于小说之中，以一个市井生活的长卷，深刻地阐释了当时社会和人性的种种状况，凸现了明代历史背景下最为鲜活而真实的世俗生活。……

《金瓶梅》的五个意象群是相互交织、有机联系的，它们共同构成了承载这部小说厚重社会历史内容的叙事结构。……虽然情节的地位在《金瓶梅》这样的小说中已然淡化，但其极富创新意义的叙事艺术，却为小说展开了无穷无尽的描写天地，本文所述五大意象群，是《金瓶梅》全书综合叙事结构的基本呈现。所以我们不妨说，早在《金瓶梅》出现之时，中国小说传统的思想和写法就产生了颠覆性的改变，这部小说因而成为《红楼梦》创作最为重要的艺术借鉴。

（以上引文俱见《孙秋克〈金瓶梅〉研究精选集》，台湾学生书局“金学丛书”第二辑）

二十七、卜　键，男，江苏省徐州市人。1955年10月生。文学博士，研究员。现任国家清史办公室主任、国家清史编纂委员会常务副主任。为中国图书评论学会副会长、中国武侠文学学会常务副会长、中国《金瓶梅》学会理事兼副秘书长、中国《金瓶梅》研究会（筹）副会长、北京大学历史文化中心兼职研究员、安徽大学兼职教授、中国艺术研究院特聘教授，中国作家协会会员、北京市文史馆馆员等。已出版学术专著10余种，主编《元曲百科大辞典》，并在《文学评论》《文学遗产》《人民日报》等报刊上发表论文、文章160余篇。1999年成为享受国务院特殊津贴的专家，2011年、2012年连续两年被评为全国文化系统优秀党员，2012年被评为全国新闻出版系统领军人物。

卜键《金瓶梅》研究的最大贡献是展开论证《金瓶梅》作者李开先说，其《卜键〈金瓶梅〉研究精选集·后记》说：

首先我对李开先作为《金瓶梅词话》作者的可能性进行了全面的考查。由于我毕业论文的选题是关于李开先生平和创作的，在较长时间内，我曾花大力气来搜集数据，有不少重大的资料突破，对过去迷雾重重的李开先的居官、罢官、家难等悬案，都有专文的讨论并获得了学术界认可。……在较多地占有数据并对其进行了系统研究的基础上，我从李氏的生平中查找其著《金瓶梅》的时间。其闲居乡里二十七年，尤其是后十余年，完全有著此一部大书的时间；从思想基础上来说，李氏“壮岁辞阙”，对朝中权臣柄政有着强烈的不满，与沈德符所言“指斥时事”相合；从生活经历上讲，李开先在嘉靖七年“以毛诗举山东乡试第二人”，次岁赴京，会试列第二十名，廷试虽屈居二甲，然有“本拟鼎甲”之说，仕宦十三载，他出使宁夏，分司徐州，随驾湖湘，足迹几遍半个中国，且他仕至吏部文选司郎中，掌陟黜大计，再升提督四夷馆太常寺少卿，熟知朝廷礼仪和内部纷争，……这些知识正是《金瓶梅》作者所应有的；李氏又是“嘉靖八子”之一，是当时文坛上的重要角色，他酷爱俗文学，精音律，擅戏曲，编写过诗禅、对联，辑印过民歌小曲，更以藏书称名海内，这些都是不可多得的条件。我还专章进行了比较研究：李开先妻妾与西门庆妻妾，李开先家乐与西门庆家乐，李开先园林与西门庆园林，李开先“诗会”“词会”中会友与西门庆会友，都有那么多的相近或相同之处。进行这些比较，并非要处处印证李开先在书中的影像，而是力图从更广阔的数据范围中来取证，以期得出较科学的结论。我把李氏的思想、文艺观与创作方法与《金瓶梅词话》传递出的作者的文学观念和写作风格也作了整体把握，李氏的全部作品都着意于批判伪情和塑造情真意切的形象，可视作一部“世情书”，这与鲁迅概括的《金瓶梅》“描写世情，尽其情伪”的主题精神是相一致的。

其次，我致力于李氏《宝剑记》与《金瓶梅词话》的比较。论李开先为《金瓶梅》作者，最早的也是最有力的根据，在于《金瓶梅》中多处引录了《宝剑记》的曲文；最有力的驳议亦在这里，言其当世和后世作家都有可能作此类引录。则《金瓶梅》对《宝剑记》的抄引究竟如何？两者的关联是否仅仅几段唱词的相同？是首先应搞清楚的。基于此，我对两部作品进行了缜细的考校，大量的无可辩驳的事实说明：二者的关系，决不仅仅是《金瓶梅》抄用了《宝剑记》几支曲文，它们有共同的改编思想和创作意识，有近似的行文造语的习惯，其在描摹形象、绘制意境、设置情节等项上都有着惊人的写作手法的一致。《宝剑记》是《金瓶梅》所引录的戏曲资料中创作年代最晚的一种，又是作者有意要隐瞒剧名的一个剧目，这绝非是简单的借鉴和抄引，也非李氏的追随者或崇信者所能达到，可能似乎只有一个，其出于同一作者的手笔。

其三，对《金瓶梅》故事发生地的研究。《金瓶梅》作者因何把故事发生地由《水浒传》中的阳谷改为清河？由这一问号开始，我抓住书中不断出现的地理讹误，……如第九十一回提到的枣强至清河的距离，如第八十四回中写吴月娘泰山进香的逃亡之旅，都隐现出作者以章丘为坐标，我认为书中的地名亦多有寓意，因提出“清河寓意说”，其一，隐括左清河郡，这里曾出现过一位贪赃枉法的后汉清河太守，并受到持法不二的刺史苏章（太守友人）的惩处；其二，暗寓章丘，章境内有小清河、大清河（即古济水），以水寓地，亦古人一习惯做法。……

其四，关于《玉娇李》。沈德符《万历野获编·金瓶梅》，历来为研究者所重视，然这则记载中很珍贵的部分——《玉娇李》的写作，却被忽略，甚至在引证时也常因“无关紧要”被省略，这是很令人遗憾的！实则以沈氏该条的全部文字，言《金瓶梅》内容寥寥数语，叙述《玉娇李》人物、故事则过三分之一，其把两书合在一处论列，显然是作为同一作者之作对待的。记载中最有价值的两点：其一，明确指出书中暗寓“贵溪、分宜相构”，即嘉靖中期夏言、严嵩在内阁的倾轧；其二，直书嘉靖辛丑（1541年，李开先于此年罢官）入选的庶吉士之姓名。我引用当时史料来说明嘉靖辛丑的“庶选”存在着激烈的斗争以及李氏对“辛丑庶常诸公”的态度，和他对夏言和严嵩同样的痛恨，李氏是熟知这其中情事的人。我还引《金瓶梅》第四十九回中蔡御史提及的将十四名庶吉士“黜授外职”之事，与李开先入仕之年的己丑庶选及四年后补选的复杂内幕相比较，都相符契！尤应注意者：蔡蕴言其同年在史馆者为“一十四人”，李氏则言嘉靖十二年推择翰林馆职十一人，加己丑科一甲罗洪先等三人先入翰林，恰十四人之数！且李氏所说的“十一人”与《明实录》记载的“七人”不同，这不同处给我们提供了有力的证据——只有按李氏的错误记录，两数才相吻合，则作者非李开先，又能属谁呢？……

其五，对“兰陵笑笑生”的理解。对兰陵，我以为亦有其寓意，不宜简单作地名解。美国芝加哥大学芮效卫教授《儒家观点下的〈金瓶梅〉》曾提出：“这个兰陵笑笑生化名是作者企图用来给那位古代兰陵令招魂。”我很同意！我以为：荀子的“废死兰陵”，使这个地方具有了放逐志士的悲剧含义，“既涵括仕途的波折，志士的孤独，闲居的烦躁，世情的险恶，统治者的薄情寡义；也涵括一种百折不挠的为理想献身的精神，涵括对造恶者的轻蔑和对一己之私的淡泊”。我推测：兰陵笑笑生当是李开先戏谑脾性的雅号，当是他嫉世衷肠的饰像，当是他诗酒生涯的缩影。

其六，关于《金瓶梅》的成书过程。同中国的许多古典小说一样，《金瓶梅》的成书有着一个复杂的过程，至今尚有许多不易接续的断裂处。我认为：李开先当为《金瓶梅词话》最早的作者，他在其晚年闲居章丘时，从所喜爱的《水浒传》中择取了西门庆的故事，经过一番心血贯注的再创作，终于写出一部与《水浒传》篇幅相酬的反映中晚明社会生活的全景式小说。创作这部小说的主持人是他，参与者可能有他的门客和门下说书人刘九、任良等，如果说有一个创作集体的话，则李开先是其核心人物，是他为整部书设计了主要人物和情节，也确立了主题。在他因病遽然辞世时，这部书尚未能完稿，其遗嘱中所谓“《词谑》一书未成，尤可惜也！”指的应是《词话》即《金瓶梅》，因其《词谑》在此时早已刊刻行世。开先逝后，旋遭家难，少妻嗣子凄凄惶惶，此书原稿可能由其弟子高应玘带到任所，献与其故交王世贞，王或高氏可能是补足《金瓶梅》者。

其七，一些实证。在研讨过程中，有一些很有价值的实证：如经过改篡的中峰禅师《行香子词》（即“卷首词”）中窜入了李开先的诗句；如李开先园林中假山确实有一洞，其散曲中也有“藏春阁，避暑亭，得经营处且经营”曲句，如开先两子均早殇，其长子苏郭生于戊申，与书中第三十回将官哥儿生年误作戊申（实为丙申）恰相合；如李开先有门客刘卢阳，一次开先在自己的生日筵席上，戏出一诗谜，谜底为“留驴阳”三字，而书中第五十一回西门庆在行房时讲与潘金莲听的淫秽笑话，题目正是此三字。拈出这些，或皆可为内证。

卜键关于《金瓶梅》研究，有论著3部，校注本1种、评点本1种、论文15篇，涉及《金瓶梅》研究的源流、成书、作者、评点、思想、艺术、人物诸多方面。除作者李开先说外，值得称道的还有其对《金瓶梅词话》的校注和评点，参见本书前文。

与王平相反，20世纪的金学会议，卜键多有参与；而21世纪以来的会议，却很少参加。这给他后来担任中国对外演出公司、中国文化报、国家清史办公室主要负责人有关，政务缠身，只能割爱。但卜键没有中辍《金瓶梅》研究，而是转力于校注与评点。因为校注与评点可以断断续续集腋成裘，他利用公务之余的零星时间，完成了职业研究人员才能完成的金学宏伟大业。

二十八、何香久，男，1955年10月生，河北黄骅人，第十二届全国政协委员，中国民主建国会中央委员会委员，国家一级作家，中国作家协会会员，中国《金瓶梅》研究会（筹）副会长。据其名片，毕业于北京大学中文系；著有诗集12部，长篇小说、中短篇小说集7部，散文及传记文学7部，学术专著35部，影视作品200余集；主编《中国历代名家散文大系》《20世纪中国散文大系》《纪晓岚全集》《麒麟文库》等50余部；校勘整理《资治通鉴》《四库全书总目》《红楼梦》等典籍50余部。金学研究专著有《金瓶梅与中国文化》《戏说金瓶梅》《金瓶梅传播史》《金瓶梅诗词曲韵文探源》《金瓶梅会元》《金瓶梅的官场·商场·风月场》《西门庆论》《金瓶梅红楼梦合典》等10余部（有几部为即出）。另有《综合学术本金瓶梅》即将出版。获国家图书奖、中宣部“五个一”工程奖、中国电视剧“飞天奖”一等奖等。现任河北省沧州市政协副主席，中国民主建国会河北省委常委、沧州市委主委，沧州市文联主席、作家协会主席、王蒙文学院院长。

何香久是作家型的金学家，很少有论文发表，但论著颇多。其著述内容涉及背景、源流、版本、评点、语言、人物、续书，以传播研究为先，以文本解读见长。

何香久倾20余年时间研究《金瓶梅》的版本，整理出《综合学术本金瓶梅》，诚为难得。笔者在《综合学术本金瓶梅》序中曾说：“一、这是迄今惟一将词话本、绣像本、第一奇书本会校，而又会评，而又注释的一个本子。二、这是迄今惟一将词话本、绣像本、第一奇书本多数版本特别是主要版本会校的一个本子。三、这是迄今惟一将《水浒传》与其他相关的话本、拟话本、戏曲、散曲、时调等全部作为参校对象并广列异文的一个本子。四、这是迄今惟一汇辑附录明清时期大量与《金瓶梅》相关的重要资料的一个本子。这是一个名副其实的综合学术本。这是一个集其大成的本子。这是一个最具使用价值的本子。这是一个雅俗共赏的本子。”

何香久花了很大精力研读《金瓶梅》文本，诸如《金瓶梅》书中的宗教、戏曲、曲艺、货币、物价、蓄奴、织造、美器、美食、海禁以及各色人等，并对照明代史实，都做了一番爬梳统计，且分门别类做出关照。譬如漆器，何香久写道：

> 《金瓶梅》中写到的漆器，不完全统计有近40种，如银镶雕漆茶盅（七回）、南京描金彩漆拔步床（八回）、黑漆欢门描金床（九回）、鲜红漆丹盘（十二回）、果盒（十三回）、食盒（十三回）、小描金头面匣儿（十四回）、雕漆床（十五回）、螺钿床（十五回）、彩漆方盘（十六回）、描金盘（十七回）、戢金方盒（三十二回）、金漆桶子（三十二回）、攒盒（三十三回）、云南玛瑙漆减金钉藤丝甸矮矮东坡椅儿（三十四回）、彩漆描金书橱（三十四回）、大理石黑漆镂金凉床（三十四回）、螺甸交椅（三十四回）、描金炕床（三十四回）、云南玛瑙雕漆方盘（三十五回）、描金箱笼（三十七回）、小描金碟儿（三十九回）、螺甸大果盒（四十一回）、罩漆方盒（四十五回）、八仙玛瑙漆桌儿（四十五回）、春檠果盒（四十六回）、洒金床炕（四十八回）、梳匣（五十三回）、描金暖床（五十五回）、剔犀官桌（五十五回）、琴光漆春凳（五十九回）、沉香雕漆匣（五十九回）、大红销金棺（五十九回）、禔红小几（五十九回）、红漆描金托子（六十一回）、销金伞（六十六回）、金漆朱红盘（七十回）、泥金暖阁床（七十一回）、拔步彩漆床（九十一回）等。
>
> 中国是漆树的原产国，也是最先发明漆器髹饰工艺的国家。早在距今七千年前的河姆渡文化时期，我们的先民已经在木碗上髹涂朱漆。而在河姆渡文化之前，必然有一个使用木器并在木器上髹涂本色漆的过程。从虞舜以漆器作为食器，到大禹以漆器作为祭器，三代漆器主要是服务于礼乐的，从战国时期始注重实用。漆器以其轻巧、美观，逐渐取代了青铜器，成为日用器皿。战国到秦汉这五百年间，中国漆器进入了一个空前繁盛的时期。长江中下游的楚国，既盛产木植，又盛产漆，自然成为漆器的大国。湖北江陵、湖南长沙、河南信阳等地区出土的战国漆器，以其精湛的工艺、奇异的造型、缤纷的色彩，成为中国漆器工艺的绝响。虽然东汉青瓷诞生后漆器一度式微，然而，历代漆艺匠人却以不懈的努力使中国

> 漆器工艺攀上了一座又一座高峰。雕漆、金银平脱、嵌镶螺甸等工艺出现在唐代，抢金、剔犀、掐丝螺甸等工艺出现在宋代，装饰漆器的高峰出现在元代。而明代，特别是明中晚期，随着资本主义萌芽因素的产生，及社会审美倾向的上升，则成为中国漆器发展的第二个黄金时代。明人黄成著《髹饰录》，是中国古代唯一传世的漆器工艺著作。这部书不仅写出了各种漆器的工艺流程及制作方法，而且典型地反映了中国古代手工造物的独到思想。
>
> （《何香久〈金瓶梅〉研究精选集》，台湾学生书局“金学丛书”第二辑）

何香久还是从传播角度集中研究《金瓶梅》的第一人，其《金瓶梅传播史话》（中国文联出版公司1998年）已经一版再版而三版。

二十九、许建平，男，1958年11月16日生，河北鹿泉人，文学博士，上海交通大学教授、博士生导师，古代文学学科带头人，中文系负责人，国家社科基金重大项目首席专家，古代典籍与中国文化研究中心执行主任。中国《金瓶梅》研究会（筹）副会长，中国明代文学学会理事。主要从事明代文学和文学思想史研究，在中国古代小说与《金瓶梅》、中国叙事学、李贽、王世贞以及经济生活与文学关系研究方面用力最多，在《中国社会科学》《文学评论》《文学遗产》《文艺研究》等国内外刊物发表学术论文100多篇。被《新华文摘》《人大报刊复印资料》等报纸杂志转载40多篇。出版《李贽思想演变史》《〈金学〉考论》《王世贞与〈金瓶梅〉》等著作18部。主持国家社科基金重大招标项目1项，国家社科基金一般项目1项，教育部社科基金项目1项。获教育部高校人文社科奖1项，上海市哲学社会科学二等奖2项，河北省社科优秀成果二三等奖5项。

许建平年龄不大，研究《金瓶梅》的历史不短，计有论著3部、合著1部、论文26篇，在《金瓶梅》研究的作者、版本、成书年代、思想、艺术、人物、文化与金学史方面，均有创见，可说是一位虽年轻而资深的金学家。

譬如《金瓶梅》作者研究，许建平力主王世贞说，除前文所述其内证三条外，还说：“我以为《金瓶梅》作者的答案就在明人的旧说中。《金瓶梅》产生时代的明人笔记并非全是揣测之词，事实上已有知情者委婉地指出这部奇书的作者；吴晗等人的文章未能剥夺王世贞的著作权；新时期所寻找到的作者人选，无一能取代王世贞的地位。”而另从《金瓶梅》手抄本源自王世贞家、明末清初有关记载《金瓶梅》作者的文人笔记由暗而明指向王世贞、《金瓶梅》“指斥时事”为严嵩弄权陷害王 事与王世贞同时所作“指斥时事”、王世贞其人与《金瓶梅》其文的关系、王世贞晚年生活与

《金瓶梅》成书年代几个方面展开论证，结论是“我对王世贞写《金瓶梅》深信不疑，且相信随着对王世贞研究的深入，这个古老的没有任何新奇的实实在在的结论，会得到更充分的证实”。并且认为：“《金瓶梅》创作的时间应为万历十年前后，成书的时间稍晚些，当在万历十一年之后，十七年之前。”（《许建平〈金瓶梅〉研究精选集·王世贞与〈金瓶梅〉的著作权》）

再如《金瓶梅》的文学地位，许建平说：“《金瓶梅》是我国第一部现实主义长篇小说；第一部文人独撰的拟话本长篇小说；第一部以家庭生活为描写对象，再现一个家庭兴衰史的家庭写实小说；第一部展示市井商人生活史的商人小说；第一部集中笔墨再现市井妇人国集体生活、刻画她们的心灵的女性心理小说；第一部以人情为视点，揭示‘人情’在中国人实际生活中所具有的特殊作用的人情小说；第一部将戏曲抒情写意的手法运用到小说创作中来的抒情性长篇小说；第一部以人为描写重心（而不是以事为模仿重心），从人物心中讨故事（而不是对前代传说添枝加叶）的写人小说；首次完成了由传统的好坏分明的性格单面人物刻画，到写出具有多面性立体感的真实人物的人物描写模式转变的小说；第一部成功地运用诗词意象组合智能来达到讽喻目的的讽喻小说；首次运用方言俗语叙事，完成了从说书口吻到嚼舌根儿的闲言碎语的叙事语言模式转变的小说。……《金瓶梅》是中国古代的一部文化经典，其价值首先是文学的却又远超出文学的范围，广及政治、经济、历史、哲学、艺术、文化、学术诸多领域，显示着民族文化的广博、深厚，对于今人研究、认知、继承和建设中华文化有着不可替代的重要价值和意义。”（《许建平〈金瓶梅〉研究精选集·〈金瓶梅〉文化价值论》）

又如《金瓶梅》的主旨，许建平说：“情爱——死亡，是讲道德而非道德社会的‘杰作’，是女人被弄到不是人的生活地步后的一种迫不得已的选择，一种交合着快乐与痛苦的悲惨亢烈的生活，是中国封建社会常见的畸形文化景观。《金瓶梅》是中国小说史上第一部以有别于传统思想的时代感受和人生思考，从家庭角度展示情爱与死亡这一中国封建文化现象的长篇小说。……作者正是通过展现女人生活世界来反映明代中后期的社会生活，透过女人生活事理再现整个社会生活的人情世理。”

关于《金瓶梅》性描写之得失，许建平说：“应承认一个基本事实，那些写床笫行为的文字，总的说来是全书的血肉，多处是故事情节发展中不可缺少的东西。挖了它，便会伤筋动骨，好多情节便似断了线的珠子，读者读起来，只知其然，而不知其所以然。……《金瓶梅》中描写床笫行为的文字，并非‘专意在性交’，而是‘寄意时俗’，对此，张竹坡别具慧眼，他在《金瓶梅读法》中说：‘读《金瓶梅》当知其用意处，夫会其处处所以用意处，方许他读《金瓶梅》。’对其性描写，也当注意其用意处，也当知晓其‘欲要止淫，借淫说法’的创作方法。……《金瓶梅》的涉淫文字，鱼龙混杂，优劣杂陈，有价值与无价值搅为一团。使您全要不得，又全删不得，只能去粗取精，汰劣保优。那些抄来的韵文，理应删光；将散白文字整块切去的方法，不足取，那是一种连水带孩子一起泼掉的懒汉做法，一种对民族遗产极不负责任的态度。愚以为很有必要对现在市面上流行的《金瓶梅词话》删节本中被删文字，重新斟酌一番，保留那些与情节发展、人物刻画、主题表现直接相关的文字，删去可有可无的赘文。使其既便于广大读者阅读，又能最大限度地保留《金瓶梅词话》原貌。如此方能结束这部杰作作为禁书、半禁书的历史，推动《金瓶梅词话》传播和研究工作更上一层楼。”（以上引文俱见《许建平〈金瓶梅〉研究精选集·性爱失衡的忧虑——以潘金莲的悲剧人生为例》）

三十、**张进德**，男，1960年生，河南汝阳人，河南大学文学院、河南大学国学研究所教授。兼任中国《金瓶梅》研究会（筹）副会长、中国散曲研究会理事、河南省古代文学学会理事等。主要研究方向为元明清戏曲、小说。主持、参加国家社科基金项目、全国高校古委会项目、省社科规划项目多项。发表戏曲、小说、散曲等方面的学术论文60余篇，出版有《金瓶梅新论》（延边大学出版社2001年）、《曲稗考论》（人民出版社2013年）、《金瓶梅新视阈》（中国社会科学出版社2014年）等专著。主编有《中国古代文学史》《中国古代文学作品选》《中国古代作家作品专题研究》等21世纪高校汉语言文学专业平台建设教材。曾荣获河南省社会科学优秀成果一等奖、河南省优秀教学成果一等奖、河南省教育厅人文社会科学研究优秀成果一等奖、河南大学教学质量工程一等奖等。

张进德20世纪90年代即进入金学领域，并且在《金瓶梅》主旨研究上崭露头角，21世纪以来更为活跃，不仅在金学和《金瓶梅》源流研究方面时有新作，而且承办召开了第五届（开封）国际《金瓶梅》学术讨论会，对中国金学的中兴做出了突出贡献，当选中国《金瓶梅》研究会（筹）副会长，也是理所当然。

张进德的《金瓶梅》研究成果，计有专著2部、论文25篇，内容涉及思想、主旨、源流、文化等领域，以主旨研究较有影响。

譬如，关于21世纪前10年的金学，他说：

> 综观21世纪10年来的金学领域，取得的成绩有目共睹，研究的视阈日益扩大，对一些问题的探讨也日渐深入。但就整体而言，还存在一些需要克服与亟待

解决的问题。

首先，作者考证问题引发的反思。孟子曰："诵其诗，读其书，不知其人，可乎?"（《孟子·万章下》）对一部文学作品价值意义的客观评判，离不开对作者的全面了解。上个世纪胡适等人对《红楼梦》作者问题的寻觅考证，不仅仅是澄清了作者问题，更深远的意义在于对《红楼梦》这部伟大作品价值以及相关问题的深刻理解。同理，金学界对《金瓶梅》作者孜孜矻矻的考索是很有必要的，一旦弄清了这个问题，必将有利于对小说思想内容与艺术价值的深刻全面把握；作者问题的研究也相应促进并深化了有关《金瓶梅》其他问题乃至于中国小说史、中国文化史等相关问题的探讨。讨论中，大部分学者是以解决问题为目的，提供有参考价值的一家之言，这是不容抹杀的。然而，截至目前之所以还未得出令人信服的结论，固然在于直接文献依据的缺失，但考证的公式化、思维的单一化、论证的主观化也是问题的症结所在。根据明人的传闻假想一个符合这个条件的作者，然后搜罗堆砌与这个假定作者相符的材料，最后论定他就是《金瓶梅》的作者。都是从明人的有关记载作为思考的切入点，臆想的对象有别，但推测的方法如出一辙，自然是公说公有理婆说婆有理，导致作者的人选越来越多。不仅无助于问题的解决，相反给研究工作多设置了一重障碍。急功近利、立论草率、拼凑论据、以比附推测代替实证之类情况在金学领域频频出现，固然与当下浮躁的学风不无关系，但也充分暴露出研究者自身学养的严重匮乏。因此，否定派的叫停之音尽管阻挡不住学界探讨的热情，但从某种程度上说并非没有借鉴意义。一方面，在肯定派与否定派的论争中可以披沙拣金，使那些有价值的说法的意义更加彰显，另一方面也可以引发金学界乃至整个学术研究界针对相关问题给予学理上的反思。

其次，文本讨论的细化并不等于学术研究的深化。虽然金学研究全面开花，但选题重复、论述平庸、粗制滥造的文章也大量存在，造成了研究中的泡沫现象。就事论事的浅层次体悟，陈陈相因的论述理路，方法论上的一无创新，狭隘单一的思维方式，使研究徘徊在较低的层面。当然，《金瓶梅》涉及的每一个问题都有探讨的必要，但细致解读的目的在于更深刻地理解文本；在研究文章数量激增、研究视阈日见扩展的情况下，保证研究成果的质量，才能带来金学的真正繁荣。要解决这个问题，必然要求学界的视野进一步开阔、理论素养的全面提升与方法论的更新突破。这不仅仅是金学领域的问题，也是古代文学研究领域普遍存在的问题。

第三，宏通研究的薄弱。这包括两个层面：一是本土文化层面。比如，要使

《金瓶梅》的成就与价值得以凸显，只有将其放在整个小说史乃至于文学发展史的链条上，在与其他作品的比较中，考察其在承前的基础上提供了什么新的东西，再从启后的角度探讨其对后世产生了哪些借鉴启发，从而揭示其贡献的独特、地位的不可取代。而恰恰在这方面，宏观研究且有重大突破的成果凤毛麟角。二是跨文化层面，将《金瓶梅》放在世界文学的大背景下，探讨其人文精神与艺术价值，这方面都存在相当大的研究空间。

尽管目前《金瓶梅》的研究全面开花，但更需要有重大突破的成果支撑起金学的大厦，开拓新的局面，将研究引向深入，是摆在每一位金学同人面前的迫切任务。

再如其主旨研究：

《金瓶梅》的创作主旨是什么，学界言人人殊。我一直认为，惩戒酒、色、财、气"四贪"，是笑笑生创作的主要指归所在。……

《金瓶梅词话》在第一回正文之前，刊有四首《四季词》和四首《四贪词》。《四季词》宣扬了无荣无辱无优、听天由命、优游随分、与世无争的闲适思想，《四贪词》吟咏酒、色、财、气乃贾祸害身之源，表达了劝诫讽喻之意。接着在第一回"入话"部分，作者又特意引用了历史上著名的因色致祸的项羽、刘邦故事。这些绝非等闲之笔，它正是小说创作主旨——劝诫世人莫要蹈入书中几个主要人物的覆辙（沉醉酒、色、财、气而贾祸丧身）的思想的表露。整部小说就是围绕这四字去构思、编织、铺排的，立足点在于暴露"四贪"之病和酒、色、财、气给人生造成的痛苦和危害。因此可以说，《四贪词》是打开《金瓶梅》创作深奥主旨的钥匙，警世、劝诫是兰陵笑笑生的根本立意所在。……

在《金瓶梅》中，西门庆贪婪攫取，野蛮征服，极尽享乐，最后丧生于他苦心构筑的安乐窝里；潘金莲追求没有理性节制的官能满足，没有道德约束的恣意放纵，终于毙命于道德的审判台上；李瓶儿背夫迎奸，淫荡歹毒，终遭对手暗算；庞春梅助纣为虐，不悔前非，死于淫欲；宋蕙莲轻浮淫荡，虚荣贪财，终于招来家庭的悲剧和自我的毁灭；陈经济贪花恋色，偷香窃玉，终于做了刀下之鬼；西门庆生前那些情同手足、形影不离的把兄弟们在他尸骨未寒时，就一个个改换门庭，甚至忘恩负义……这种结局的安排旨在说明：为富不仁，淫纵无节，必然招致祸败与毁灭；没有情的维系，以金钱财富做交易的两性关系，结局只能是财罄义绝；建立在吃喝、金钱基础上的友情，最后必然终结于财的枯竭。……这，大概就是笑笑生对十六世纪中国社会平凡人生思考后得出的结论，也是他留给后人的颇堪回味的人生昭示。

总之，《金瓶梅》重点表现的已不是历史的兴衰、政事的得失，而是世俗的真实、人性的回归。……可以说，它是对理学摧残人性、压抑人格、窒息人欲的一种反拨，是对文明禁锢的一种非理性抗拒，是对封建道德、传统观念的一种示威与叛逆，也是对人的生存价值的肯定。

（以上引文俱见《张进德〈金瓶梅〉研究精选集》，台湾学生书局“金学丛书”第二辑）

三十一、霍现俊，男，1961年4月27日生，河北省邯郸磁县人。1990年毕业于河北师范学院中文系，获硕士学位。2004年毕业于首都师范大学文学院，获博士学位。现为河北师范大学文学学院教授，博士研究生导师，河北省高校中青年骨干教师。主要学术兼职为中国《金瓶梅》研究会（筹）副会长兼副秘书长、河北省元曲研究会副会长等。主要研究方向为中国古代戏曲小说、元明清文学。出版学术著作有《金瓶梅新解》《金瓶梅发微》《金瓶梅人名解诂》《金瓶梅艺术论要》《笠翁传奇十种校注》等。与吴敢、胡衍南共同主编之台湾学生书局“金学丛书”第一辑、第二辑亦已出版。发表学术论文近60篇。参与《中国古代小说专题》《中国古代戏曲专题》等全国统编教材的编写。参与校点整理《全元曲》等多部古籍。先后承担国家社科基金、全国古籍整理“十二五”重点专案、河北省社科基金等项目多项。

霍现俊自20世纪末进入金学领域以来，用力甚勤，成果众多，计有专著4部、论文33篇，是金学后起之秀的杰出代表。其内容涉及主旨、时代、地理背景、源流、人物、语言、作者等研究方向，他在《霍现俊〈金瓶梅〉研究精选集·后记》中说：

这些研究，构建了我自己较为完整独特的体系，其中心大体可归结为以下六点主要结论：

一、《金瓶梅》中主人公西门庆的原型就是明武宗，这是一个“整合形象”。

二、《金瓶梅》的主旨是辱骂嘲讽明世宗嘉靖，借明武宗、宋徽宗骂明世宗是其主要手段。

三、《金瓶梅》的地理背景是京师北京，但也涉及临清、淮安、徐州、扬州等地，基本上是按武宗南巡路线安排的。

四、《金瓶梅》反映的时代是正德、嘉靖而绝不是万历，与万历朝完全无涉。其反映史实的方式是采用“新闻标题词”式的手法而不是对事件的完整叙述。

五、《金瓶梅》插入正德、嘉靖时85位真实的历史人物，这应是一个很准确的数字，但同时采用“词语置换法”将正德、嘉靖时许多历史人物糅进作品之内，这是《金瓶梅》最为独特的艺术手法。另外，同名同姓人物的插入也是其艺术特色之一。

六、《金瓶梅》是一部“准文人小说”，其成书方式既不同于世代累积型小说，也不同于文人独立创作的小说，而是介于二者之间，属于过渡性作品。它的主要作者为王世贞。

这一归纳甚为概要。尤其是其《金瓶梅》主旨和时代研究，虽尚须检验，但颇觉警策，引人思考，魏子云之后，天下一人。关于这一点，《霍现俊〈金瓶梅〉研究精选集》展开论述说：

自从《金瓶梅词话》问世之后，关于它的创作主旨，在作品流行之初，就有了种种不同的猜测，有所谓“指斥时事的政治寓意说”“劝惩说”“复仇说”，等等。到了清代，影响最大的、也最流行的观点是张竹坡的“苦孝说”。20世纪20年代，鲁迅先生在其《中国小说史略》中称其为“世情书”之最。随后吴晗先生则认为其主旨是“暴露新兴商人阶级的丑恶生活”。70年代末，随着思想的解放和学术环境的宽松，学者们对《金瓶梅》的考证与研究投入了非凡的热情，人们从不同的角度对其主旨进行了探讨，在对旧说进行重新审视的同时，又提出了不少新见。如“性恶说”“变形说”“商人悲剧说”“黑色小说说”“愤世嫉俗说”“人性复归说”，等等十几种。从某种角度上看，这固然不错，但我认为，《金瓶梅词话》的最根本主旨则是讽刺辱骂嘉靖皇帝，换句话说，这是一部对封建制度的最高统治者皇帝的谤书。……

《金瓶梅》中的人物约八百个，其中涉及明代的真实历史人物为八十五个，虽然说这不是一个非常精确的数字。与宋代真实人物（59人）相比，数量还是要多一些，显见作者是有意在比例上做如此的安排。这样，大家都承认的《金瓶梅》“借宋写明”而重点又在明，才能具体落实到实处。这绝不是一种偶然的巧合，而是有意的安排。如果一两个、三五个人名巧合，那倒极有可能，再夸大点说，十个、二十个是巧合的，但总不能说八十多个人物都是巧合的吧？试想，如果不是作者的有意安排，怎么会出现这种现象？反过来说，借前代写“当代”的古典长篇小说为数也不少，但谁又能找出像《金瓶梅》这样写法的另外一部著作？……

自《金瓶梅》问世后，破解此书寓意的，历代都不乏其人。如《词话》本欣欣子序云：“寄意于时俗，盖有谓也。”弄珠客序亦曰：“作者亦自有意。”廿公跋谓之：“盖有所刺也。”崇祯本的评注者一再规劝读者对这部奇书的关键处“莫作闲话”看待，最权威的评点家张竹坡亦不厌其烦地提醒人们不要被《金瓶梅》文本的表面文字“瞒过”。紫髯狂客在《豆棚闲话》的卷末总评中也说，像《金瓶梅》这类书，要从“夹缝”中体会其高妙。看来，《金瓶梅》确有深刻的寓意，如作者对西门氏家族模式的设计，即是对封建传统伦理道德的一种全面反动。《金瓶梅》开篇伊始，作者就为西门氏家族设计了一个全然不同于传统的新的家族模式，这个家庭上无老，下无小（李瓶儿有一子，仅活了一年零两个月；遗腹子孝哥出家；西门大姐自杀）。……不能不谓作者用心之良苦。

此一研究，引经据典，充分展开，亦可谓空前。

三十二、曾庆雨，女，1961 年 7 月生。1989 年考入复旦大学古籍研究所助教班。因受到黄霖的影响，开始走上了《金瓶梅》研究的学术之路。现为云南民族大学人文学院教授、硕士生导师。学术兼职为：中国《金瓶梅》研究会（筹）理事、中国《三国演义》学会理事、中国高等教育公共关系委员会理事等。主要从事中国古代小说与元明清文学研究。在《明清小说研究》《当代文坛》《思想战线》《学术探索》《云南社会科学》等刊物发表学术论文多篇。

中国金学队伍中的女性，冯沅君捷足先登。直至 1984 年，一直后无来者。1985 年张惠英，1986 年邓瑞琼、王丽娜、杨星映、王鸿芦，1987 年马征、姚秋霞，其后陆续又有张蕊青、吕红、孙秋克、曾庆雨、邢慧玲、范丽敏、齐慧源、程小青等加入，始渐壮大。台湾学生书局“金学丛书”第一辑收有林伟淑、郑媛元、曾钰婷、傅想容、林玉惠、李欣伦、李晓萍、张金兰、沈心法、郑淑梅、李梁淑 11 人的大作，亦可见台湾女性学人的阵容。她们一经参与，就少有停息，并且不时就有新的心得成果。

曾庆雨 21 世纪才进入金学领域，几年之间，其《金瓶梅》研究就有 1 部论著、5 篇论文问世。其金学成果内容涉及主旨、思想、艺术、人物、源流等，尤以其人物研究颇见功力。

譬如，关于潘金莲，曾庆雨说：

潘金莲的个性心态说明，越是内心荒芜的人，越注重外表的强大；心灵越是脆弱，个性越是冷硬。潘金莲依靠外表的张扬，来掩饰她内在的虚弱。西门庆带给她的生活意义，就是使她把自己定位在得到性的快乐，性的满足中。男人对她的容颜和身体是否关注，就是她衡量自身有无价值的指针。不论这个男人是谁，只要对她有所注意，都会启动她狭隘的自尊心，使她暂时脱离自卑感。久而久之，两性生活只是各取所需，没有什么情不情的。笑笑生在描述潘金莲的人性、人格因生存环境的逼窄，渐渐被异化成为情欲化身的同时，赋予了她合理的心理内涵。

所以，潘金莲的形象才会如此真实、生动，充满了世俗的生活气息。仅此一点也说明了笑笑生善于深刻表达出对人生的洞察。

潘金莲的一生，是丑恶的一生，也是悲哀的一生。在她一生的际遇里，可悲可叹者多，可怜可惜者少。除武松外，她曾与六个男人有过性关系。在潘金莲阅历过的这些男人中，武松是她唯一深情向往的人，却情不能依，最终命丧他手；陈经济是唯一对她一往情深的人，可她不知把握与珍惜，终使其情付之东流。在潘金莲的一生的情感生活里，张大户、武松和西门庆是改变她命运走向的三个男人。张大户结束了潘金莲的少女岁月，引诱了她对性利益换取的欲望，从心性上造就了她的轻狂；武松给了她一个伟男子的形象，也给了她一把人格比对的尺子，促使她感受自己的卑微与下贱；西门庆则成就了她女性的全面成熟，也引导她身心的全面堕落。

潘金莲从低贱走向富贵，从普通走向特别，以致最后走到悲惨结局的一生的叙述，这既是笑笑生对人欲之恶的最好诠释，也是对人的美好天性怎样被暗无天日的社会扭曲的形象性说明，更是揭示了在男权世界里求生的女性们，命运多舛，身不由己的悲惨命运。

潘金莲形象塑造的成功，与笑笑生对这一人物的矛盾心理把握的到位不无关系。潘金莲心理上极度的自尊意识与极度的自卑意识的结合，行为上表现为无知带来的浅薄与美貌带来的轻狂相统一。这样的人物刻画，使得这个人物在她无所作为的一生中，表现出人生命运的不可抗拒性，也展示出人性的复杂性，以及生存状态的困惑与无奈。从潘金莲这一形象，引导出人们对于女性与社会、女性与男性、女性与家庭、女性与女性等诸多问题的思考。

关于李瓶儿，曾庆雨说：

李瓶儿，以一个女性真挚的深情厚谊和执着的痴爱之心，真正打动了一个流氓心底的柔软之地。流氓，也被感动的像个君子一样，竟然生出了对他人的真爱之情。这种逆变，这种对人性的改造，算不算是女性的一种伟大且不说，这最起码是李瓶儿生命价值的体现。李瓶儿用自己一生的时间，终于教会了一个从不懂爱的人懂得了爱的表达。……

在中国小说史上，描写生死离别场面比较精彩的，在《金瓶梅》之前有《三国演义》中的刘备白帝城托孤；在《金瓶梅》之后有《红楼梦》中的秦可卿和林黛玉之死。但就笔墨的集中，铺陈的尽致，描写的细腻真切，以及从对众多人的临终嘱托的全面看，能如此明晰地表现出人与人之间关系的亲疏远近，写得“一笔不苟，层层描出”而言，就悲剧场面的情感张力而论，《金瓶梅》中的李瓶儿之死是写得最好的。后来的《红楼梦》对它的继承也是显而易见的。李瓶儿之死敲响了西门家族败落的第一声丧钟，而《红楼梦》写秦可卿之死，也有异曲同工之妙。……

回顾李瓶儿短暂又可怜的一生，可知她曾经历了两次生死关头。一次是因相思成疾，命在旦夕之时，被蒋竹山救活，为感救命之恩而嫁与蒋竹山，并以这次婚姻为开端，最终实现了她对西门庆的情爱表达。李瓶儿能被蒋竹山救活，那不仅是因为蒋竹山的医术神妙，更为要紧的是因为蒋竹山还能喜欢她这样一个没了依靠的女人，这使她感到有活下去的希望。很显然，李瓶儿对生命意义的认定，与潘金莲十分的不同。李瓶儿身上表现出来的自信多于自卑，自爱多于自哀。她不仅要求表面的社会地位，她更要求女性的实质性体现。她追求的是做爱人的妻子、做孩子的母亲的权利。李瓶儿做花子虚的妻子，她不爱也得不到爱；李瓶儿做蒋竹山的妻子，她不爱却被人爱。只有西门庆，是李瓶儿的所爱。她虽为他受尽凌辱，饱尝委屈，但她做成了西门庆的妻子，她无怨无悔。她为西门庆生下儿子，成了母亲，成为一个完整的女人，一个真正意义上的女人，她就满足，她便是个安分守己的好女人。这就是笑笑生笔下的李瓶儿——普普通通的女人心肠。在李瓶儿的生命里，惟有情爱，惟有孩子。情爱与孩子就是她的生命线，无论失去其中的哪一个，都会戕害到她的生命，使她的生存失去意义。孩子死了，不能复活，李瓶儿也就再救不活了。爱她也罢，恨她也罢，人总该有个属于自己的最后的归宿啊。

（以上引文俱见《曾庆雨〈金瓶梅〉研究精选集》，台湾学生书局“金学丛书”第二辑）

三十三、黄　强，男，1963年生，字不息，江苏南京人。现为央视书画频道江苏中心总编、金陵老年大学文史系授课教师、中国《金瓶梅》研究会（筹）理事。曾独辟蹊径，将服饰学知识应用于《金瓶梅》研究，探索一种新的《金瓶梅》研究方法。刊发论文百余篇，出版《另一只眼看金瓶梅》《中国服饰画史》《衣仪百年》《走进佛门》《消失的南京旧景》等著作10部。

黄强在《金瓶梅研究综述》（待发稿）中如此总结自己的《金瓶梅》研究：

一、《金瓶梅》时代背景为正德朝，西门庆原型是明武宗

《金瓶梅》反映的究竟是明代哪一朝的社会生活？学术界众说纷纭，不外乎嘉靖、隆庆、万历三朝。1993年发表《从服饰看金瓶梅反映的时代背景》一文，率先提出时代背景为明武宗正德朝的观点。认为服饰是社会、经济、文化的产物，

《金瓶梅》中大量关于服饰的记录，体现出时代的印记和审美倾向。……

《金瓶梅》中的服饰奢侈之风，与明中叶社会风气尊崇富奢也是一致的，一向列为士农工商四民之末的商人这时显赫起来，流风日下，社会以欢宴放纵为豁达，以珍味艳色为盛礼，逾越礼制，僭越服饰。社会如此，《金瓶梅》中人物的行为也如此，在服饰等级差别上表现尤为突出，明代补服规定，公、侯、驸马、伯才能穿麒麟补子，但是《金瓶梅》中的吴月娘不过是一介商人的妻子，春梅丈夫不过是一个守备官，蓝氏丈夫也只是一个千户，却穿上了麒麟服，《金瓶梅》的作者是一个生活在封建等级制度极为严格的时代，对这种礼制常识的认识刻骨铭心，绝对不会糊涂到任意僭越伦常、礼制，因此认为兰陵笑笑生如此写法，实际是有所指，旨在说明《金瓶梅》反映的时代是正德朝。

还提出西门庆的原型是明武宗朱厚照，在《论金瓶梅对明武宗的影射》一文中从唯我独尊西门庆、全方位审视明武宗（荒唐、荒淫、好乐、喜商、崇佛）、太监得势权倾一时、社会不以贪污为耻、衰亡的王朝没落的家族等五个方面，对明武宗与西门庆进行比较。西门庆挥金如土，唯我独尊，气焰嚣张，的的确确是个"皇帝"，中国的历史尤其是正史，一向以皇帝为主轴，《金瓶梅》以西门庆为主轴，描摹他及其家庭，以此折射社会。明武宗与西门庆好比孪生兄弟，荒淫好色，纵欲无度；荒唐之举，无所顾忌；好乐游玩，不加节制；喜欢商业，乐做买卖。衰亡的正德王朝，与没落的西门家族，最终都逃脱不了失败的命运。

二、《金瓶梅》成书年代上限为明嘉靖七年，下限最迟不过明万历二十三年

在《金瓶梅成书年代考》一文中认为西门庆所戴的忠靖冠诞生于明嘉靖七年（1528年），按照历史规律，作者成书只能写前朝已有的，由此确定《金瓶梅》成书最早不过嘉靖七年；……又依据万历二十四年《金瓶梅》抄本的流行，由此推断《金瓶梅》成书下限最迟在万历二十三年（1595年）。

三、应用服饰学知识，拓展《金瓶梅》研究方法

此后在金学论文中，多次从服饰角度研究《金瓶梅》时代背景、人物、文化。《金瓶梅中的女子内衣》一文将妇女的内衣作为专题来深入研究，是一个创造，这个专题以往少有涉及，原因在于实物研究资料不多见。从明清小说的描写中广泛搜集有关资料加以整理，使对古代妇女内衣的了解有了极大深入。

江苏师范大学文学院教授吴敢说："黄强先生1992年撰写的第一篇金学论文，题目是《从服饰看〈金瓶梅〉所反映的时代背景》，起手开题即为'金瓶文化'。正是该文，又经人大复印报刊资料转载，使人们眼前一亮，一个新学人，一类新

课题。黄强君此文之前，一千多篇金学论文中，只有王启忠先生《〈金瓶梅〉服饰描写蕴含的物化价值》（载《佳木斯师专学报》1991年第2期）一文，专题研究《金瓶梅》中的服饰。黄强君开山劈路，一发而不可收拾，终至结集而得本书。……打通所谓瓶内、瓶外、瓶下、瓶上，乃最为可取的金学途径。黄强君做出的正是此种努力，虽然他的结论不一定准确。这哪里是什么'另类研究'，这分明是'另一只眼看《金瓶梅》'，情有独钟，物归其类，得其言哉！"（吴敢《另一只眼看金瓶梅·序》）

中国社科院考古所研究员赵超认为："黄强先生的研究还不局限于古代服饰，从具体的服饰细节，可以延伸到历史研究与文学考据，从而反映出他深厚的学术功底与通达的活跃思想。例如他对明代奇书《金瓶梅》的时代考证就是一种十分新颖的思路。这一观点是十分正确的，对于综合性地、有机地运用古代文化资料去认识古代社会具有重要的启发意义。"（赵超《中国服饰画史·序》）

四、《金瓶梅》文化研究领域的探讨

《金瓶梅中的饮食史料》《金瓶梅与饮食养生》两文认为：《金瓶梅》对饮食养生操作方法，不是系统地论述，而是根据小说的特点，以饮食之事贯穿故事始终，通过气候的变化，情节的发展，人物的行为及身体状况，及时调整饮食结构，从而以具体、形象的菜肴，传递作者对饮食养生的认识。因此，才有根据四季气候变化因时制宜安排饮食，根据人物身体状况因人而异调整饮食，食补兼顾以养为主祛病的养生观点。《金瓶梅》的饮食养生体现出作者的烹饪技艺、美学情趣和医学造诣，以及作者寓意的警示。

在《金瓶梅》研究中，从购房经济角度考虑者较少，《金瓶梅中的置业》一文提出了安居乐业先购房、事业发展购置商品房、生活享受置业花园等观点，并得出有房的人对社会稳定、和谐的需求愿望无疑比无产者更强烈，更愿意维护现行社会秩序的结论。《金瓶梅反映的明代庄田府第置业》一文则提出，西门庆所置的庄田、花园、府第极尽奢华，与明代社会追求田庄、府第置业是一致的。田庄、府第的置业不仅仅是累积财富，更显示了他们的社会实力，是新兴商人获得政治地位的筹码。

五、《金瓶梅》性文化研究

在《金瓶梅的性文化研究》系列文章中对性文化、性隐语进行阐述，考证了春意二十四图、烧情疤、投壶、吹箫。明代流行烧情疤，女性在肉体的牺牲中，获得了物质利益与情欲的满足，烧情疤一则说明两情燕好，二则表示女方为所属的专利性，同时也是一种警戒。《金瓶梅》中女人对烧情疤的一厢情愿，证明女性在那个封建社会地位低下，毫无人格的尊严。淫器奇巧，春宫盛行，男人吃药养龟，女人依门卖春，连空气中都充斥着情欲，正是《金瓶梅》折射出的颓废的社会潮流。

黄强第一次出席的金学会议，是1997年夏季在山西大同召开的第三届国际《金瓶梅》学术讨论会。其后2000年秋季在山东五莲召开的第四届国际《金瓶梅》学术讨论会，2005年秋季在河南开封召开的第五届国际《金瓶梅》学术讨论会，都可见到他的身影。2005年9月18日，第五届国际金学会议上午闭幕，下午参观汴京铁塔、龙亭、大相国寺，晚陈诏、王汝梅、吴敢、赵兴勤、孙秋克、齐慧源、黄强一行小酌于书店街，席间曾以“全真七子”解颐。时值中秋，月明星稀，他乡故知，把酒临风，其乐何如！

三十四、杨国玉，男，1965年12月22日生，哲学硕士，现为河北工程大学社会科学部副教授，长期从事哲学及自然辩证法教学。学术方向为明清人文思潮。在《金瓶梅》研究方面，注重新数据的发掘和方法论的概括，将论理与实证有机结合，撰写、发表学术论文近20篇。现为中国《金瓶梅》研究会（筹）理事。

杨国玉在《金瓶梅》研究方面有校注本1部、论文15篇，数量虽然不多，影响却是不小，可谓金学后起之秀，乃青年金学家中的佼佼者。其研究方向涉及作者、成书、版本、源流、思想、艺术、语言等，尤以作者、成书、源流研究，可足称道。

兹以其《金瓶梅》作者、成书、初刻本研究为例，看其长于思辨与精于考论之特点。关于作者研究，杨国玉说：

> 在2000年第四届国际《金瓶梅》学术讨论会上，笔者首次提出：《金瓶梅》是一部父作子续的书，原作者是丁纯，续作者则为丁惟宁（参见杨国玉《〈金瓶梅〉研究的新起点》，《河北建筑科技学院学报》2001年第1期）。这个结论的做出，是建立在对《金瓶梅》的文本结构、创作年代等问题的综合考证基础之上，并从《金瓶梅》一书与诸城丁家千丝万缕的关系中追索出来的。在此，笔者对这一观点作一系统阐述。需要首先说明的是，《金瓶梅》实际上存在着一个文本结构问题，全书100回（有“赝作”之疑的第五十三至五十七回除外）并非出自同一作者之手的整体。第一百回结末诗有云：“闲阅遗书思惘然，谁知天道有循环”，既称其书为“遗书”，又言“闲阅”，这显然绝非原作者的口吻，而是另一人所说。经过对全书故事的营构模式、抄借他书情节的方式及回首诗中折射出的作者心态、

经历等方面差别的细致比较，笔者认为前91回当为原作，亦即所谓“遗书”，后9回则为续作（参见杨国玉《〈金瓶梅〉文本结构探微》，《保定师专学报》2001年第1期）而且，笔者在对《金瓶梅》的语词进行微观考察时还发现，在完全相同的语境下，后9回的某些用语与前91回的习惯用语有着诸多差异，显露出各有其主的痕迹（参见杨国玉《从习惯用语的变化看〈金瓶梅〉的文本结构》，《金瓶梅文化研究》第五辑，群言出版社2007年）。……

至此，可以对丁纯、丁惟宁父子创作《金瓶梅》的过程作一简要概括：大约在嘉靖二十三年，丁纯开始写作《金瓶梅》，从嘉靖四十一年到隆庆四年间，因就学国子监及出任巨鹿训导、长垣教谕之职而长期搁笔，卸任后，才得以继续撰作。到万历四年写完第九十一回后，丁纯即不幸去世，留下了一部未完的“遗书”。丁惟宁在万历十五年郧阳兵变后辞官还里，继承其父未竟之志，又续写了后9回，或许对前91回也作了某些增删改易，方最终足成全书。

又如其《金瓶梅》成书研究：

《金瓶梅》对晚明时事的指斥，是以“历史小说”的外在形式实现的，其表面上的背景年代在北宋末年。笔者在严格按照《金瓶梅》的叙事时序对故事发展进行编年考察的过程中，注意到：有数处纪年干支与所处的宋代故事编年大相龃龉，另外，还有一些纪月、日干支也与编年之实明显不符。这是作者偶然、无意的疏误呢，还是有着某种深刻意蕴？经过系统考索和动态分析，笔者认为，这些相对于宋代纪年而言的“舛误”干支，正是《金瓶梅》的时代密码之所在，其真正归宿在明代。实际上，作者已经将自己创作《金瓶梅》的大致历程，刻意以似误实真的奇妙形式记录在书中，呈现于广大读者面前。

再如其《金瓶梅》初刻本研究：

现存万历本即是《金瓶梅》的初刻本，也是这一系统的唯一一个（版）刊本。主要理由如次：

首先，迄今为止，我们在明代文献中没有找到万历本曾经二次刊刻的任何记载，也从未发现与现存万历本行款不同的另外一个刊本。

其次，现存万历本在第四十八回第十二页反面及第八十六回第三页正反两面、第七页反面计有墨钉（■）4处。古代书籍雕版印刷，书手（或称“写匠”）据底本转写上版，遇有难以辨识之字，有时会存疑留空，其后刻工亦失刻，至刷印时，遂在纸面上留下一墨黑方块，谓之“墨钉”。似现存万历本这般墨钉灿然，版本学家以为正是“极初印”（黄裳先生语）本的重要表征之一。

再次，现存万历本中讹误衍夺甚多，几至不堪卒读的程度，也正是初刻本所具有的粗糙、朴拙的原始风貌。这些错误或缺漏，多由书手粗心、误识造成，实际上反映了这个刻本与所据底本（抄本）的直接关系，二者之间没有其他中间环节。假如现存万历本是据此前更早的一个初刻本翻刻的话，那些浅近白话中大量明眼人一看便知的形讹之字，如“子”与“了”、“见”与“儿”互误等，早就应该改正过来，而不是现在这样误字俯拾即是的面目了。

最后，据上文所证，现存万历本第五十三至五十七回确系“赝作”，这与沈德符对万历初刻本的记述是相吻合的。这就为现存万历本即初刻本增添了新证。

……

可以对《金瓶梅》刊本的刊刻年代有一个更加准确、近实的把握：文献记载年代与讳字年代的交叉、重合部分，即万历四十五年十二月至四十七年七月，这是一个过程性的时间区域，《金瓶梅》的刊刻必出于其间。这与《金瓶梅》的实际刊刻时间已非常接近。像《金瓶梅》这样一部大部头的著作，要完成由底本到刻本的转化，差不多也得一年半载。大略估计，如以东吴弄珠客序所署万历四十五年十二月为《金瓶梅》刊本的始刻时间，其刊成面世最早约在万历四十六年下半年。

（以上引文俱见《杨国玉〈金瓶梅〉研究精选集》，台湾学生书局“金学丛书”第二辑）

三十五、潘承玉，男，1966年生，安徽桐城人。先后就读于桐城师范、安徽师范大学、南开大学；1999—2002年师从北京师范大学中文系原主任张俊教授攻读中国古代文学元明清方向博士研究生，获文学博士学位；2002—2005年师从教育部“长江学者”吴承学特聘教授，在中山大学中文系从事明清文学博士后研究，获国家博士后证书。2005年经浙江省高评委评审，破格晋升教授。专业方向为中国古代文学与地方文化研究，在中华书局、人民出版社等出版专著5部，在《复旦学报》《浙江大学学报》《台大中文学报》《文学遗产》《文献》《文史》《国际中国学研究》等发表论文80篇。现为绍兴文理学院越文化研究院副院长，中国文学与古籍文献研究所所长，中国古代文学硕士点负责人，浙江省“十二五”社科学科组专家，浙江省高校中青年学科带头人，浙江省“151人才工程”第2层次人才，中国《金瓶梅》研究会（筹）理事。

潘承玉的《金瓶梅》研究成果，有专著1部、论文20篇，内容涉及成书、作者、人物、主旨、艺术等，尤以作者研究与成书研究广有影响。

譬如作者研究，潘承玉首先通过对小说中佛、道教描写的分析，把《金瓶梅》的作者定位为“一位生平跨嘉、隆、万三朝，而主要活动在嘉靖朝的人物”。接着“指出小说作者同时又是资料丰赡的戏曲学者、技巧纯熟的戏曲作家、素养全面的画家与擅长应用文写作的幕客”；“作者应该有边关甚或御敌的生活阅历”，“具有较强烈的民族忧患意识和御敌卫国意识”；“作者有强烈的方言俗语爱好”；“作者必有以上各方言区（敢按指绍兴、山东、北京、苏州、山西、福建、广东等）的生活经验”；“有著书藏名于谜的爱好”。并通过《〈金瓶梅〉地理原型考》《〈金瓶梅〉中的绍兴酒及其他绍兴风物》《〈金瓶梅〉中的绍兴民俗》《〈金瓶梅〉中的绍兴方言》等考证，“证明小说作者必为绍兴人”。然后逐一论证“徐渭符合《金瓶梅》作者的一切条件”。潘承玉还把小说诸谜如“廿公”“徐姓官员”“清河县”“兰陵”“笑笑生”等破解为“浙东绍兴府山阴县徐渭”，归结到“绍兴老儒说”。潘承玉还考索了《金瓶梅》的抄本，认为董其昌是流传线索中的中心人物，而陶望龄是传递抄本的关键人物，而“陶望龄手上的《金瓶梅》来自徐渭，而且极可能就是徐渭的原稿”。潘承玉还做有《金瓶梅文本与徐渭文字相关性比较》，“得出一个简单的结论：徐渭文字是徐渭所写，《词话》也是徐渭所写”。潘承玉进而论证“绍兴士人与严嵩”“沈錬与严嵩父子”“徐渭与沈錬”，在《缘何泄愤为谁冤》一节中，认为“徐渭因感于乡风并激于沈錬的死而写《金瓶梅》，而他握以行文的这支笔，则同时饱蘸了他一生的全部不幸”。严格地说，潘承玉才是《金瓶梅》作者徐渭说的创立者。正如严云受《金瓶梅新证序》所说：“无论你是否接受作者的论断，你都不能不被他提出的大量的文本材料和相关资料所吸引，因而觉得颇受启迪。”

再如成书研究，潘承玉说：

> 《金瓶梅》一书所写的时代，是佛教由长期失势转得势，道教由长期得势转失势的时代。……和这一艺术时代对应的现实时代，应该是，也只能是明代从嘉靖中期到万历前期的时代。换句话说，《金瓶梅》反映的不仅仅是嘉靖朝的历史或万历朝的历史，而是从嘉靖中期至万历前期这一时间跨度大得多的历史，是整个明代历史上随着商品经济的大发展，政治机体开始腐朽，社会道德开始崩溃的较长的转型期的历史。……
>
> 《金瓶梅》从开头至西门庆死前后的情节，创作于崇道抑佛的嘉靖朝；西门庆死后的情节，创作于崇佛抑道的万历朝。也就是说，《金瓶梅》经历了一个相当漫长的成书过程，它的主体情节完成于嘉靖朝，尾部情节完成于万历朝。《金瓶梅》的作者，应该是一位生平跨嘉、隆、万三朝，而主要活动在嘉靖朝的人物。

关于《金瓶梅》的第53—57回，潘承玉说：

词话本五十三至五十七回绝非笑笑生原作，它们出于文学修养不高，创作态度极其草率的两个“陋儒”之手；第二位陋儒为了弥补补作与原作的裂缝，又在五十九、六十、六十一诸回中插入了不少文字。陋儒对原作人物理解不准，文字水准差，不仅使补作本身漏洞百出、毛病丛生，而且给全书整体造成了一系列混乱；《金瓶梅》受研究者指摘的不少问题，如语言风格不够统一，前后情节重复、歧见、舛讹，人物性格存在分裂等，大都源于这些补作文字。崇祯本与词话本五十三、五十四回有重大差异，是因为，词话本这补作的五回中，前二回较之后三回文字更差，问题更多，故崇祯本刊刻者舍弃了这两回，另行补写了两回。

关于《金瓶梅》的主旨，潘承玉说：

作者对淫的贬斥还体现在为这个淫欲世界的主人公所安排的“死”的结局及其方式上。死，一了百了，是对其生存权和合理性的最后、最直截了当的否定。西门庆死在潘金莲身上，庞春梅死在家奴身上，是直接死于淫。李瓶儿为淫酿成血崩之病，并事实上因淫而害死丈夫花子虚从此永怀负罪之心，两相结合，郁郁而亡；潘金莲为淫而被吴月娘逐卖，又将淫的希望再度寄托武松身上终被武松诓去刀割而死；宋蕙莲因淫而致祸丈夫来旺，良心复萌，羞耻自尽；陈经济因淫而害人又被人所害，他们也都死于淫。《批评第一奇书金瓶梅读法》第一百零五条说：“《金瓶梅》是部惩人的书，故谓之戒律亦可。”不妨更直接点说：《金瓶梅》是部惩淫的书，戒淫的书。这既非宣扬“女人祸水论”，更与宣扬“性恐怖论”无涉，因为淫——邪恶、不合礼数、勉强、过度、非时非地的肉体关系，在任何社会、任何时候，都是有损人格、为人鄙弃、也应该鄙弃的丑恶！

一句话，西门府是污秽的，《金瓶梅》是纯洁的。它就像罗丹的雕塑“老妓女”，丑固丑陋不堪，美亦美玉无瑕。

（以上引文俱见《潘承玉〈金瓶梅〉研究精选集》，台湾学生书局“金学丛书”第二辑）

三十六、谭楚子，男，1968年生，扬州大学古代文学硕士肄业，徐州市图书馆研究馆员。谭楚子2007年进入金学领域，每年都有一到两篇长篇论文发表，至今已累计10篇，近20万言，目录为：

2007年5月在第七届（峄城）全国《金瓶梅》学术研讨会上，向大会提交并报告论文《神圣信仰永恒失语下的彼岸仰望——男权视域下的〈金瓶梅〉》。

2007年在《徐州工程学院学报》2007年第4期上，发表论文《〈金瓶梅〉的欲望世界与兰陵笑笑生的悲悯情怀》。

2008年7月在第六届（临清）国际《金瓶梅》学术研讨会上，向大会提交并报告论文《肉欲与救赎张力场中的生命终极意义追问——宗教哲学视野下的〈金瓶梅〉文本解读》。

2009年在《徐州工程学院学报》第1期上，发表论文《用现代意识激活古代经典文本——有感于第六届国际〈金瓶梅〉学术研讨会而发》。

2009年4月在《金瓶梅研究》第九辑上，发表论文《孰更疏离女性主义视角：〈金瓶梅〉乎？抑〈红楼梦〉乎？》。

2010年8月在第七届（清河）国际《金瓶梅》学术研讨会上，向大会提交并报告论文《荒诞世界凡俗生灵汲汲神往之喜剧盛筵——〈金瓶梅〉性爱文本生命超越存在主义美学建构》。

2011年9月在《金瓶梅研究》第十辑上，发表论文《乾坤天地间欲望男女之永恒博弈——〈金瓶梅〉身体政治男权构建与市井女性对其解构颠覆》和《文献计量学视野下2000—2008年中国大陆〈金瓶梅〉研究学术生态与走向分析（上）》二篇。

2013年5月在第九届（五莲）国际《金瓶梅》学术研讨会上，向大会提交并报告论文《清河绮情与布拉格之恋——比较诗学和现代文论视野下的〈金瓶梅〉》。

2014年11月在第十届（兰陵）国际《金瓶梅》学术研讨会上，向大会提交并报告论文《戴着脚镣舞出旷世经典的灵动与精彩——关于当下〈金瓶梅〉影视创意的深度思考》。

谭楚子在《金瓶梅研究综述》（待发稿）中说：

无论面对的是古代小说、现代小说抑或外国小说，小说批评的前提是对小说家创作彼时"激情体验""高峰体验"（创意心理学术语）、灵感爆发从而不得不发这一动态过程的体认，《金瓶梅》研究当然亦概莫能外。真实重返《金瓶梅》即时创作现场，复现作者"高峰体验"创作心态，揭蔽还原作品本真之神韵、灵性和精彩——以上所列十篇论文分别从现代宗教哲学、现象学哲学、存在主义哲学与美学、女性主义批评、中西方比较文化与比较文学及文献计量学等多维视角，运用性禁忌与政治权力规训之间内在逻辑关联等相关西方思想理论成果作为剖析观照、行之有效的方法论武器，对《金瓶梅》原典深度解读。

一 直击《金瓶梅》研究绕不过去的"雷区"——运用存在主义生命哲学及女性主义批评等前沿理论剖析《金瓶梅》小说中的性爱文本与男女身体意象描摹

关于《金瓶梅》小说中的性爱文本这个"金学"研究绕不过去的"雷区"，《荒诞世界凡俗生灵汲汲神往之喜剧盛筵——〈金瓶梅〉性爱文本生命超越存在主义美学建构》一文指出："所有这些性色文本并非单纯用于色欲之'讽喻'或'戒惧'，而是无意识或不自觉中传递着创作者的审美情趣，构建着创作者的生命哲学超越指向：肇始于中国文化深层结构中的阴阳交泰天人合一的华夏乐感超越情怀，纵欲床笫美媛与啸傲山水林泉心灵同构直抵生命极境的审美诉求，将纵情肉欲的现世欢乐体验提升至当下形而上统治地位的生命哲学价值取向，导演出创作者笔下男主人公永无止境地纵欲狂欢——遑论永恒正义、真爱良善以及超绝神圣的价值与意义存在与否，只有肉体生命倏忽即逝的死亡恐惧感悟及其审美主义的无我超越——性爱肉欲的奔腾欢乐——瞬间即永恒的迷狂逍遥，才是首要的第一位的！调风弄月，寄情山水，逍遥世外，啸傲林泉本来就是中国文化男权中心话语体系超越生命虚无之艺术化审美化理想人生价值取向，在这一话语体系中，惶惶漂泊无所归依的男权灵魂在娇媛红颜的温柔之乡抑或恍若天阙的造化仙境获得以同样憩息并徜徉。换言之，销魂——逍遥，纵欲床笫寄情美女——啸傲林泉寄情山水，本质情结及心灵结构竟然完全同构！这一现象奇妙地折射出中国文人士大夫的生命旨趣和审美心态：对现世生命的执着追求，乃儒、道、释的共同精神指归，并体现为把对现世生命的欢乐感受作为精神在世的基础。需要强调指出的是这一'乐感'生命价值取向在儒道释精神结构乃至中国文化深层结构中具有终极指向意义，是精神情态本体自足的表达，表明个体生命在诗化人生的审美体验中乃是无须其他精神力量参与的充盈的自足本体——这种将个体生命诗意化的审美之路，将有限的生命领入了一个在逍遥和沉醉中歌唱的世界。如此以来，人生虽因其苦短而未免悲戚，然而却又是那样逍遥自足诗意盎然充满生机令人沉溺！如是'性欢乐终极价值观'——'性乐感与性快感拜物教'恰与中国文化深层结构中的'乐感'终极价值取向一脉相承，具有血肉相连的生命一体性！由这一生命旨趣和审美心态发轫，我们发现，性爱细节传神描摹乃《金瓶梅》所展示世界的核心文本。在此文本中，生命的意义问题转化为生命的自然本性乃生命意义唯一的价值尺度。将生命的意义转换为生命本然，以生命本然取代生命的意义，于是超越生命虚无的审美主义精神便诞生了。在精神的沉醉无我和灵魂的翛然逍遥之诗意化栖居时空，我们恍惚觉得自然生命本然的感性真的成为真神和救主！"

二　东海西海，道术未裂；东学西学，其心微殊——终极价值观照下超越性维度的缺失——中西方比较文化与比较文学视域中的《金瓶梅》

《清河绮情与布拉格之恋——比较诗学和现代文论视野下的〈金瓶梅〉》一文，将这一分野与共性藉《金瓶梅》原典与毕加索的绘画和米兰·昆德拉的小说《生命中的不能承受之轻》进行跨学科跨艺术门类“文本比较”研究，做出极富价值的尝试：“纠结于《金瓶梅》性爱文本，四百年来各路好汉做足了文章，‘渲淫’说、‘戒淫’说、‘泄愤’说等不绝于耳，然而根据弗洛伊德对个体心理复杂机制的研究，一般说来，作家都是以‘快乐原则’从事小说创作的‘美学游戏’的。在创作过程中，他因不能放弃满足本能的要求而从现实逃离，在笔下幻想的世界里使性欲望完全展开。事实上，他把幻想铸造成为另一种现实，通过这种方式满足自己的愿望。然而由于作家的虚构恰恰乃本底欲望的真实，并且他人与他一样拥有相同的不满足感，观者就能被作品对性欲心理张力的化解而产生的满足感所捕获，并开启更深层面的愉悦——毕竟文字比读图时代的画面更富有纵深感和回味无穷的韵味。《金瓶梅》及其作者个案，完全符合这一原理。这一例证同时也说明了四百年间不同时期，主流意识形态影响对文学创作某一实质性问题的本真态遮蔽，有时似乎达到了让后人颇感有些滑稽的地步。《金瓶梅》的横空出世无疑撕开了儒家正统学说——实用理性主义沉沉大幕的一角，对鲜活感性生命的震撼，细腻的感觉和微妙的体验，促使作者在艺术创作中突破禁忌，表达出自己对性和死亡的直面感受及顿悟。”

三　细读并剖析原典绵密丰赡、语涉宗教之文字，运用现代宗教哲学与比较宗教学研究方法，还原《金瓶梅》宗教世界的世俗本质

《肉欲与救赎张力场中的生命终极意义追问——宗教哲学视野下的〈金瓶梅〉文本解读》一文指出：“《金瓶梅》中，我们正是在男女主人公们性爱迷狂即将‘退场’的刹那，感受到了没有信靠的空虚，感受到了悲悯情怀的临在，更感受到了渴望救赎的神秘体验——‘一方面，我们急切地盼望享受今生此世的乐趣，但又因为良心上模糊不清的顾忌而无法纵情享乐。这一瞬间我们无法指望还能想起信仰什么，但是心里却充满了无限的希冀和惆怅，情不自禁地被激发起要去思考罪恶、上帝的救赎和信仰等问题。’阅读《金瓶梅》，在纵情肉欲心醉神迷、灵魂呼唤救赎心灵张力的刹那神秘体验中，我们顿觉上帝的临在……豁然开朗——原来此岸现世世界一切价值之根均仰赖于肇源于彼岸超验世界超绝神圣的终极价值的侵彻光照！”

四　文献计量学视野下新世纪中国大陆《金瓶梅》研究学术生态全景观瞄与前瞻

《文献计量学视野下2000—2008年中国大陆〈金瓶梅〉研究学术生态与走向分析（上）》一文运用文献计量学工具对这一畛域进行全景式扫描，揭示其内在规

律，前瞻其未来走向说："通过论者的分析我们看到，2000—2008 年中国大陆《金瓶梅》研究学术文献基本呈线性趋势稳固而平缓增长，根据文献计量学相关定律，这意味着该领域学术研究已相当成熟，极有可能在研究内容和研究结构上将会出现新的突破或新的增长点。这一阶段刊载《金瓶梅》研究论文的期刊相对集中于中国大陆华东之中北部（主要为山东及江苏西北苏鲁接壤地区）和与之毗邻的冀豫两省相关高校学报，研究机构也多为这一地区的高等院校及其科研机构，该领域的研究人员主要由高校教师构成。毋庸置疑，学院批评乃《金瓶梅》文学批评的主体力量。然而《金瓶梅》毕竟是一部文学创作的文本，对此，我们必须保持足够清醒的头脑：学院批评多是一种研究式的批评，更侧重学理，究其根本它不是一种置身文学创作和社会生活现场的批评。而真正理想的文学批评，不仅能够引导创作，甚至可以在某种程度上引领社会文化思潮。毕竟，批评家应该首先是思想家，同时兼具学问家。在研究对象、研究层次、研究类别及研究方法上，这一阶段研究的切入点仍以小说史料传统考据型为主，研究的热点主要集中在人物研究、作者研究、语言研究和版本研究等几个方面，范围涉及作者、本事、人物、地域、版本、语言、宗教、民俗、器物、服饰、医药、饮食及园林建筑形制等，初步呈现人文社会科学与自然科学、工程技术多学科交叉研究态势；与此同时，通过新的视角，运用新的研究方法，借鉴新的精良的理论武库，围绕作品本身展开艺术的、审美的意义建构与价值发掘已然方兴未艾，并颇有斩获。就后一方面而论，《金瓶梅》研究领域能否产生卓越的文学批评，在某种意义上取决于我们能否从本土以及西方世界的文学批评和思想资源中，汲取精髓，进而熔铸成属于当下'金学'独特的批评话语系统。为促进这一研究领域学术生态的健康发展和可持续性进步，中国大陆《金瓶梅》研究领域的诸位同人应进一步加强信息交流与学术合作，整合现有学术资源并合理吸纳相邻学科学术优势，制定长远研究规划，争取获得国家科研基金支持，形成学术合力，突破'瓶颈'，积极探寻《金瓶梅》研究新的学术生长点。"

上述十篇论文正是以这一指向为圭臬，综合运用现代人文社会科学方法与理论，在爬梳文献、细读原典的坚实基础之上探幽察微、深度思辨，在推理严谨、逻辑自洽的前提之下纵横捭阖、文采激扬，发前人之所未发，论今人之所未论，为今日《金瓶梅》学界陡然注入一股清新之风，令当今《金瓶梅》学术研究日渐走出原本封闭、自足的境地，使其在哲学层面与相邻人文学科的对话成为可能，进入人类终极价值和意义世界的建构。

2011年11月至翌年8月，历经9个月焚膏继晷全情投入，由谭楚子独立创作的50集电视连续剧《金瓶梅》剧本竣工，并于2014年6月14日由中国《金瓶梅》研究会（筹）和山东省枣庄市峄城区在峄城主办“电视连续剧《兰陵笑笑生传奇》剧本论证会”进行论证，初步认为具有进一步加工提高的潜力和良好的摄制基础。连同前此创作的多部《金瓶梅》电视连续剧文学剧本，围绕《金瓶梅》影视拍摄和文化传播的剧本创作及实证研究，一定程度上已经引起官方媒体及影视业界的积极关注，无疑这将为下一步打造国际一流《金瓶梅》影视经典品牌，开启一个较好的发端。

谭楚子颇为自负，然实非信口开河、妄自尊大，其令人耳目一新的研究视野，确是振聋发聩的学术成果。

三十七、梅　节，原名梅挺秀，男，1928年生，广东省台山县人。1950年考入燕京大学新闻系，1952年并入北京大学中文系，1954年毕业入光明日报社工作。1977年移居香港，现为香港梦梅馆总编辑，业余从事《红楼梦》与《金瓶梅》研究。

梅节在《“金学”海洋历险者——梅节自述》（《我与金瓶梅——海峡两岸学人自述》，成都出版社1991年7月，以下引文除另注明者外均见此文）一文中，简介有其对《金瓶梅》作者、版本、成书的观点。关于《金瓶梅》的作者，梅节说：“我们探讨《金瓶梅词话》的叙述结构，应有助于确定此书究竟是听的评话还是看的小说，从而大致上也可解决作者问题。……总之，词话的整个叙述结构，是因‘听’的特点而设计、安排的，它本身就是说唱文学的范本。词话的作者应是极端熟悉下层生活和各种通俗文学的书会才人一类中下层知识分子。他们能熟练地运用这样多的特殊叙述手法来写作编书，这也是那些正统文人无所措手的。……事实上，说《金瓶梅词话》是说书人的底本，并不是什么创见，欣欣子序已明言是下层大众消费性通俗文学。”

关于《金瓶梅》的版本，梅节说：“在校点中我发现词话本与说散本虽然同源，但并无直接传承关系，相反的词话本却据说散本校改过（见拙作《〈金瓶梅词话〉本与说散本关系校考》），因此，认为《金瓶梅》的流传，最先刊行的是经文人改编过的说散本，而不是作为艺人说书底本的词话本。只是在说散本大行之后，书林人士见有利可图，才匆匆梓行词话本。为了招徕读者，附录入原说散本之弄珠客序、廿公跋外，‘另撰欣欣子序作为公关手段’（见拙作《全校本〈金瓶梅词话〉前言》）。但后来我改变了看法：欣欣子序并不是后来书商杜撰加上去的，是词话本在早期流传就有的。证据是欣欣子序存在与正文同一的误字和倒行。”

关于《金瓶梅》的成书，梅节说：“大概在万历二十年前后，说书艺人的词话本开始传入文人圈子，起初是个不足本。文士惊异其成就，纷纷传抄并搜求全本。在这个过程中，有人着手将这部以下层社会为对象的带唱的平话，改编为符合上层文人口味的看的小说。这可称为《金瓶梅》的‘文人本’，‘为卷二十’（谢肇淛《金瓶梅序》）。当时仍在说书艺人中流传的老本——词话本，可称为《金瓶梅》的‘艺人本’。完整的艺人本有欣欣子序，分十卷。由于艺人本在下层流传，文士一般不易接触到，因此也就看不到欣欣子序。文人本经过整理可读性高，容易获得，又经文士品题——有东吴弄珠客序，于是书林人士拿来开雕发行。根据现有材料，包延斐在万历四十七八年看到梓行的《金瓶梅》正是‘简端’有弄珠客序的文人本，而不是简端为欣欣子序的词话本。弄珠客序撰于万历丁巳（四十五年）季冬，与文人本的梓行时间相契合。文人本《金瓶梅》出版后一纸风行，在不长时间内刊行多个版本。书林人士见有利可图，才刊行他们收集到的艺人本《金瓶梅词话》，他们录入弄珠客序、廿公跋及四贪词，是强调与文人本之‘同’。但是因为他们所找到的这个艺人本讹误太甚，又没有花时间去校正，可读性差，出版后始终未引起社会的注意。现在词话本没有弄珠客序而各种说散本均无欣欣子序，是《金瓶梅》艺人本与文人本分别流传、文人本刊行在先的重要证据。有些研究者因为《金瓶梅》说散本是根据词话本改编的，便认为词话本一定刊行在先，这是完全脱离商业利益的推论，如果站在书商的立场，则刚好相反。”

梅节的这些结论都是他校书的副收获。使梅节名列金学大家的正是其《梦梅馆校定本金瓶梅词话》。梅节总结其“定本”特点说：“一、梦梅馆本是汇校本，力求反映新文本建设的集体成果。‘校读记’七千四百多条，真正属于自己的还不到百分之一，其他一半如《水浒传》、崇祯本的异文，属于公共财产，不好据为已有；一半如施、增、刘、戴、白、卜诸家成果，属于有名有姓学者的智慧财，不便据为已有。所谓‘梅节校订’，在下只是个挑脚汉，把前人成果汇集起来，按时间先后排列，一一写上属谁的标记。……二、梦梅馆本不专据崇祯本改《词话》，尽量保持十卷本《词话》的特色。……三、梦梅馆本扩大校订范围，补校了一些过去忽略的内容文字。……四、梦梅馆本不拘一方之言，注意从方言及俗书方面来校正《词话》的错误。今本《词话》的讹误衍夺，主要是两个方面，一是传写的错误，即形近之讹，一是记音的错误，即音近之讹。音讹牵扯到方言问题；形讹牵扯到在民间简体字和俗书问题。”（梅节《〈金瓶梅词话〉校读记》，北京图书馆出版社 2004 年 10 月，以下引文同）

梅节“校勘的目的是去伪存真，提供一个正确的接近原著的《金瓶梅词话》文本。本书以日本大安株式会社配本为底本，覆以北京图书馆藏中土本的两个影印本即古佚小说刊行会本和联经本，遇有疑难则核对现藏台北故宫原本，《校读记》称‘馆本’”。

缜密的校勘和多年的校读使梅节成为版本鉴定专家，譬如对于中土本，梅节说：“中土本的特点是有朱笔的校改和评语（属不同笔迹），全书朱墨灿然，虽有个别墨改，仍可分辨清楚底本原字和后人改字。1933 年马廉等醵资以‘古佚小说刊行会’名义影印出版，因为资金不足，不能朱墨两色套印，只用单色，且略加缩小。结果原书朱改变为墨改，面目顿非，产生反效果。……1978 年台湾联经出版事业公司以朱墨两色套印万历丁巳本《金瓶梅词话》，还原原尺寸大小，所缺五十二回两页用日本大安本补上。但联经并非直接据中土本照像分色制版，而是用傅斯年所藏古佚小说刊行会印本放大成原本尺寸复印两份，一作原文，一据故宫原本描抄朱墨评改，‘整理后影印’。所以出现正文虚浮湮漶，朱文移位、变形、错改的现象，实为美中不足。1957 年北京文学古籍刊行社复印古佚小说本，因为已看不到原书，负责整理的编辑又情不自禁地想改正一些‘显著的错误’，造成失真。1980 年再印，续有加工，去真逾远。1982 年香港中华书局以‘太平书局’名义印行、行销海内外并被大量盗印的《全本金瓶梅词话》即此本。据笔者统计，此本移改（挖去原字，补入另字，看不到原字及改动的痕迹）近四十处。有些原文不误却被误改，贻害甚大。”

关于大安本，梅节说：“1963 年，日本大安株式会社以栖息堂本为主，采用慈眼堂 496 个单面页出版‘配本’。两本仍凑不全，九十四回采用东土本两个单面页。所以日本大安本是个百衲本。实际上，现今存世三个词话本，没有一个是完本。……不可思议的是，大安株式会社用东土两本都‘配’不齐，只好采用中土本一个双面页。却又不敢公开承认，偷偷将之列在《日光采用表》中，在编辑例言中却大言‘今以两部补配完整’。这种小眉小眼的做法，实在有失学者的风度。但是笔者还是佩服日本出版界的认真和负责精神。大安本没有改字，却有描润，只要仔细看看欣欣子序和弄珠客序即知。虽然文字清晰度远不如中土本，但是保持了原刻素洁的面目，而且最后附了一个‘修正表’，列出印刷上不鲜明、不清楚的字 385 个，注明卷、回、页、行及正字，方便读者。所以笔者校订《新刻金瓶梅词话》，还是以大安本作底本。”

梅节的金学成果，《梦梅馆校定本金瓶梅词话》《〈金瓶梅词话〉校读记》外，还有《瓶梅闲笔砚——梅节金学文存》（北京图书馆出版社 2008 年 2 月）。梅节如卢兴基，金学论文发表较少（正好也是 7 篇）。

梅节是中国《金瓶梅》学会理事、中国《金瓶梅》研究会（筹）顾问、《金瓶梅研究》编委，既是著名红学家，又是著名金学家，两门显学，均可跻身当代前十，实属罕见，但他谦虚地说：“在金学海洋中，我是个历险者，不是什么‘弄潮儿’。”（《我与金瓶梅——海峡两岸学人自述》）

三十八、孙述宇，男，1934年出生于广州，原籍中山。在中国大陆时主修自然科学，去香港后转入文科。香港新亚书院外文系20世纪50年代毕业后，赴耶鲁大学取得英国文学博士学位，其后返回中文大学创立翻译系，亦曾任教于中文大学英文系和中国语言及文学系、美国爱荷华大学远东系及台湾成功大学外文系。被香港《文汇报》誉为著名翻译家和跨学科学者。著作有《小说内外》《金瓶梅的艺术》《水浒传的来历与艺术》等。

孙述宇亦少有金学论文发表，但其《金瓶梅》艺术研究捷足先登，其宏论要义开启了金学艺术的大幕。

附录于《台港〈金瓶梅〉研究论文选》（江苏古籍出版社1986年1月）一书的石昌渝、尹恭弘《六十年〈金瓶梅〉研究》有一段话评介孙述宇，说："还应一提的是台湾学人孙述宇《〈金瓶梅〉的艺术》，是较完整地通过形象体系来探索《金瓶梅》思想内涵的研究论文。这篇论文以抽象的人性论为其立论的理论基础。孙述宇认为《金瓶梅》的作者所以能够写实，'拿着晚明时代山东一个县城里土财主的生活，一口气便结结实实地写上几十万字。他笔下的百十个大小人物，可说是没有一个肤浅单调，没有一个是福斯特称之为扁形的概念化人物，原因是他对人性存在着一股强烈的好奇，那不是一般世俗偏见满足得了的'。'在他的笔下，武松显出是个可怕甚至可鄙的人，他虚荣残忍，爱心与同情一点也没有。潘金莲呢，作者把她的欲念与激情尽量发挥，到后来读者便了解到人心里的嗔恶与欲情是何等的恐怖。至于西门庆，这个《水浒传》读者不住唾骂的坏蛋，作者把他改写出来。……他不过是让我们看见，这个所谓的坏人的一切所作所为，都是那么的自然，我们一般人若有机会与胆量便也会做这些事。因为欲望是与生俱来的，操守却不是。他还告诉我们西门庆是一个多么正常的人，这人爱他的子女，也爱妻妾与朋友。这样，我们便完全失去了优越感，而且了解到这些天性与自然之情实在未能把人从罪孽中救赎出来。'由此，孙述宇得出结论说：《金瓶梅》作者是'觉得人生苦得很，主要是贪嗔痴三毒在心中扎下深根，渡脱是很不容易的'，'作者写这本小说，也是以生动的人与事来表现这种理，使之变成有血有肉的具体之理'。孙述宇在对各个人物形象的具体分析中时有新见，但完全囿于抽象人性论看问题，在艺术的总体上就未必准确地把握了《金瓶梅》的主题思想。"

平心而论，这一评介不够准确全面。《台港〈金瓶梅〉研究论文选》出版的1986年，香港尚未回归，台湾也未通邮，中国大陆的文艺理论还残带着时代的痕迹。孙述宇《〈金瓶梅〉的艺术》最先由台湾出版，但孙述宇不是"台湾学人"。《〈金瓶梅〉的艺术》是专著，也不是“论文”。

《〈金瓶梅〉的艺术》2011 年 3 月由上海古籍出版社再版时，作者添加了一个自序，序中说：“小说的主体既是西门和妻妾等庸夫愚妇的生活，内容当然就是一道‘贪嗔痴’的毒流，漂浮着琐碎的吃喝玩乐，夹杂着妒忌、怨怼、争吵、陷害。要绘出这种人生的整体，床笫之事怎能避过？《金瓶》于是走进了明中叶后文学艺术的一种潮流里。但作者同时用了更是多得多的笔墨在一件其他作者所不愿多语的事上，那就是死亡——佛家称之为‘无常’的人生重要课题。”孙述宇认为《金瓶梅》不仅是表引人性，更是触及生死，小说意图探讨人生大学问。

《〈金瓶梅〉的艺术》说：“《金瓶梅》的成就，是写实艺术的成就。……小说的主题是人生的悲苦；尽管如此，这悲苦人生的背景却是个美好的世界，而这就是这小说的艺术。……在《金瓶梅》里这故事变成为西门和金莲通奸，他们轻易躲过了武松报复的怒火，但躲不过自己放纵的后果，后来西门是烧死在自己的欲焰里，金莲则因欲令智昏，自投到武松的刀子上去。故事说的是两个愚人做蠢事的收场，这样的故事，明白是属于现实讽刺文学的材料。作者处理这材料时，用的也是很成熟的讽刺笔法。讽刺的艺术在他手里发展到一个有高度技巧与表达力的地步。……在西门庆家里，每天都有不少人装假说谎，他家里的事情就是结集无数谎言而成的。……《金瓶梅》所以了不起，是作者嘲讽尽管嘲讽，但并不因之失去同情心，而且对人生始终有很尊重的态度。……

“作者从头到尾都紧紧把握着惠莲的心理。他也许曾经耳闻目睹过这样的人和事，也许只是凭着艺术家的直觉来创造，但是不管怎样，难得的是他依这个印象来为生命写真，丝毫也不苟且。他的讽刺笔法并没有使他轻薄。……惠莲的美，是丢到猪栏里的珍珠，那酗酒的蒋聪及与孙雪娥私通的来旺、滥交的西门庆固然没有懂得赏识，读者恐怕也没有充分赏识。作者是赏识的，惠莲死时，他说‘世间好物不坚牢，彩云易散琉璃脆’，惋惜之情溢于言表。……

“写死亡是《金瓶梅》的特色。一般人道听途说，以为这本书的特色是床笫间事，不知床笫是晚明文学的家常，死亡才是《金瓶》作者独特关心的事。中国文学与西洋文学相比，有个弱点，就是对这件人生大事不够重视。……

“在这闹嚷嚷的孤寂之中，李瓶儿安排自己的后事。这时西门庆、吴月娘也在替她办后事，他们结果给她办了个很体面、很有排场的丧礼：昂贵的寿材、妻子的称谓、正室女婿做孝子、合卫官员来祭奠、堂哉皇哉的出殡、满县的人屏息看着——日后曹雪芹仿作写成秦可卿的丧事。但这样的荣华，对她日后的鬼魂与弥留时的心灵都没有什么好处。她自己的安排是请尼姑给自己念些经消灾，然后就是把衣物首饰分给下人。分赠衣物首饰这一段怪凄凉的，李瓶儿好像在撒手之前，还要抚摸一下这些零碎的人世关系，因为她心里这么空虚。她的儿子保不住，丈夫不能长相厮守，自己又没有做过什么事是值得回忆的，与下人们的一点点情分也消散后，她的生命更像什么痕迹也没有留下。……

"《金瓶梅》的内容是'贪嗔痴爱'如何为害以及人如何戕戮自己，这是一个讲人怎么生活、怎么死亡的警世小说，主题既有普遍性，主角应当具有普遍的性质。他太好或太坏都会妨碍读者作认同的自省：他太完美了，读者想象自己是他，心中便充满了优越感；他太丑恶时，我们根本不肯设身处地来想。念过英国文学史的人都知道中世纪时有一出宗教剧叫《常人》(*Everyman*)，演的是一个人最后要见造物主，并须将一生的善恶账算一算：这剧的主题是个普遍性的人生问题，主角因之是个一般的常人。《金瓶梅》的道理亦如是，这也是一出平凡人的宗教剧。……

"《金瓶梅》是一本小说家的小说。一般青年人虽然不适宜读这书，可是小说家却应当人手一册。认真研究中国小说的人也不能忽略了它，因为它是小说史上的里程碑，《儒林外史》和《红楼梦》都从这里学到写作方法。作者的感受力与创造力，他把家常的砂砾点化成艺术的金子的能力，是小说家都要赞叹，都可以仿效而且从中得到灵感的。"

在自序中，孙述宇坦然地说："管见中可以修改和补充的地方必定很多，诸如作者擅观事情不同的面相和相歧的意义，这种目力或者是他参透佛家二谛之说得来，我在小书里尝试讨论，但讲得并不好。我的过失与不足，若能起一些刺激作用，或者成为反面教材也好，让《金瓶》这本旷世巨著更为国人赏识，欣幸何似!"其胸怀与境界，于此可见一斑。

孙述宇的这部大作，曾计划入选台湾学生书局"金学丛书"第二辑，也征得了本人和上海古籍出版社的同意，为此，孙述宇在书稿引言最后附言说："本书曾经纪　教授帮助联络，得方晓燕编辑费心编审，于 2011 年 3 月在上海古籍出版社出版，书名《金瓶梅：平凡人的宗教剧》。这次入选台湾学生书局'金学丛书'，由吴敢教授推荐，获上海古籍出版社同意，并此表示感谢。"后因故未果，诚为憾事。

三十九、洪　涛，男，原籍福建。香港大学一级荣誉文学士、哲学硕士、哲学博士。中国《红楼梦》学会常务理事，中国《金瓶梅》研究会（筹）理事，中国屈原学会理事。目前任教于香港中文大学。曾在香港大学担任导师，在香港城市大学担任讲师，在香港浸会大学兼任硕士课程客席教授。学术著作有：《红楼梦与诠释方法论》（北京图书馆出版社 2008 年），《女体和国族：从红楼梦翻译看跨文化移殖与学术知识障》（国家图书馆出版社 2010 年），《从窈窕到苗条：汉学巨擘与诗经楚辞的变译》（凤凰出版社 2013 年）。译作有以下几种：《英语文法新解》（香港朗文出版亚洲公司 1995 年）、《英语文法与表达技巧》（香港朗文出版亚洲公司 1997 年）；与友人合译《牛津进阶英汉双解词典》（香港牛津大学出版社 1998、2005、2008 年共三个版次）。研究重点为：诠释方法与翻译、中国小说与知识论、传统汉学与域外汉学、话语分析等方面；发表学术论文 100 多篇，可分为六个系列：《红楼梦》与诠释方法论、《红楼梦》英译问题、《红楼梦》译评的话语分析、四大奇书英译评议、四大奇书变容考析、《诗经》《楚辞》与汉学研究。

洪涛在金学领域真正起步，是进入 21 世纪之后。但十几年间，取得了长足的进展。虽然其发表的论文只有 10 篇，但涉及《金瓶梅》研究的源流、语言、传播、成书、文化多个研究方向以及金学史，均颇见功力。洪涛与台湾师范大学的胡衍南、李志宏，和中国大陆的张进德、霍现俊、潘承玉、杨国玉、谭楚子等，是金学的后起之秀，学术前景无量。

洪涛的金学，首先是对《金瓶梅》翻译的清理和评价。中国金学队伍之中，精于英语而又谙熟中国古代文学的学人，徐朔方之后，洪涛首屈一指（另有一人胡令毅是加籍华人）。对《金瓶梅》之英汉对译，驾轻就熟，洞幽探微，时见新解，每觉警策。譬如其对 David Roy 译本的赞誉与商榷，对大中华文库本《金瓶梅》翻译的批评与建议等，均极为中肯精到。

关于《金瓶梅》的外译，洪涛在研究中有很多体会，多发人深省，譬如：

> 巧用隐语和藏词，显示有些书中人物（例如：应伯爵、潘金莲等人）口才了得。这是《金瓶梅》人物塑造（characterization）的一个环节，所谓“文如其人”，出色的文学作品往往都有这个特点。按一般的翻译要求，译本应该反映原著的艺术特色。但是，由于隐语和藏词往往涉及特殊的语言技巧（例如谐音），直译的效果可能不佳，在这种情况下，适量的删略，是一种权宜的做法。……笔者考察了“科举相关词”所反映的士林心态和生态，并关注海外学者和翻译家如何呈现“科举文化”的各种面貌。文章从应举者、落第者、中举之想、高中者共四个方面入手，阐释各种观念词的由来和名与实，又分析翻译家应付难题的各种手段，从中笔者归纳出一些有趣的“对等”。这些“对等”现象正折射出中国科举文化的独特性。

《金瓶梅》的翻译，其实属于传播范畴。洪涛分析明末清初以迄现代的《金瓶梅》

的社会地位以后说：

虽然当代的中国学者一再强调“性描写”只占《金瓶梅》的小部分（约二万字），又一再强调“《金瓶梅》非淫书”，但是，我们可以预见，“性”“有用还是有害”“权力与压制”等等将会是围绕此书的永恒话题。矛盾的是，有些东西可能越禁止越能吸引人。

此外，综上所述，我们归纳出几个要点：

明末清初：有《金瓶梅》作者尽孝道之说；

清中叶以后：《金瓶梅》因“诲淫”而被禁；

清末：《金瓶梅》被视为“社会小说”；

民初：《金瓶梅》被视为第一流的文学巨著；

五四时期：《金瓶梅》被视为“白话文学”的代表；

四九年以后：《金瓶梅》被视为现实主义作品。

也就是说，《金瓶梅》不断有展现“新生命”和“价值”，而且，就算《金瓶梅》真是淫书，它的“价值”也将不断随世变而生成、浮现。往后，《金瓶梅》的哪个层面会被“前景化”（foregrounded），是个很值得关注的课题。笔者相信各种各样的“前景化”会不断发生。

关于《金瓶梅》作者考证和文本解读，洪涛也有自己的理解：

综上所述，赵兴勤从【行香子】看到冯惟敏，卜键从【行香子】看到李开先，潘承玉从【行香子】看到徐渭，郑庆山从【行香子】看到贾三近。他们对【行香子】的分析，都能和他们的“作者论”配合无间。

为什么赵兴勤从【行香子】看不到李开先、徐渭或贾三近的身影？为什么卜键从【行香子】看不到冯惟敏、徐渭或贾三近的身影？为什么潘承玉从【行香子】看不到冯惟敏、李开先、贾三近的身影？为什么郑庆山……？

这几个问题可能有同一个答案：赵、卜、潘、郑四位学者心目中已有各自的“作者人选”，所以【行香子】词也成为“论据”。从后设批评（meta-critical）角度看去，他们诠释、论证过程似乎是这样的：四位学者有特定人选横亘于胸，所以他们一读四首【行香子】，自然会联想到他们心中的作者。换言之，他们心目中的“作者人选”可能对他们的判断产生了影响。

对【行香子】词的解读结果，又反过来进一步“支持”他们的“作者论”。

（以上引文俱见《洪涛〈金瓶梅〉研究精选集》，台湾学生书局“金学丛书”第二辑）

四十、魏子云，男（1918 年 5 月 5 日—2005 年 12 月 27 日），安徽宿县人。少入私塾，读四书五经，兼习桐城义理，奠定深厚的国学基础。稍长，入鲁甸小学及中学。私立武昌中华大学文理学院中文系肄业，因抗战军兴，投笔从戎。1949 年携眷到台湾。先在军事部门任职，退役后转任教职。历任中兴中学与育达商职国文教师、台北师专副教授、台北艺术专科学校戏剧科兼任教授。曾主编《青溪月刊》《文学思潮》等杂志。研究《金瓶梅》之外，旁及晚明历史文物、典故书画，并写散文、小说、剧本、评论，实乃学者型作家，作家型教授。关于《金瓶梅》研究，30 年间，其发表论文七八十篇，出版专著 16 部，另有编著 1 部、长篇小说 2 部、抽印本 1 部，累计数百万言。以其资历、成果，称为金学天下第一人，当属名副其实。

翁同文 1984 年 11 月 17 日《金瓶梅原貌探索》序称：

魏子云先生致力研究《金瓶梅》一书，至今已十年有余，著作之富，发明之多，皆远逾前修，海内外专家并已知悉。其初期研究，固上承吴晗、郑振铎诸人对该书作者与版本问题之绪论，但广搜明人有关记载，结合该书本文辨证，多纠历来递相沿袭之误以及近人新误。其重要结论尤在下列二项：一是作者当为曾经久居北方之江南人，以纠吴等所谓山东人云云之误，一是有万历四十五年序之《金瓶梅词话》以前，绝无更早刻本，以纠明末沈德符以来所谓万历三十八年稍后吴中即有刻板云云之误。从第二项结论，遂知该书藉抄本流传长达二十余年，然后有万历末年加题“词话”两字之初刻本，至崇祯年间，复有内容多异且复称《金瓶梅》之重刻本，亦即清代以来各本之祖本，于是该书早期之演变，遂限于此三阶段之内。

自此以后，魏先生即以其本人所建立之上述两项结论为基准，不断有所推进。就版本方面而言，推进契机厥在下列二问之提出与解答。按该书既为万历中叶出现之淫秽小说，就当时社会之放佚风气，则成书之初当早有人刻印射利，何以竟历二十余年传抄始见刻本？又该书早期二版内容相异实多，舍琐细异文不论，情节之异亦有显著易见然却令人难解之处。即以第一回为例，初刻“词话”本之情节，始于项羽宠虞姬终死沙场以及刘邦宠戚姬欲废嫡立庶终使戚姬日后死于吕后之手两事，皆世所熟知之帝王掌故，与后文地方土劣西门庆家人故事全无关涉而难以连贯，原已难于索解；到再版之崇祯本，则第一回已将刘项帝王故事尽删不留痕迹，改为自始即写《西门庆热结十兄弟》。于是与后文情节遂可贯通，然则前后两版相异如此，究竟各由何故？凡此问题，虽似浅显易于发现，但自来并未有人注意追究，直至 1980 年魏先生发表《金瓶梅头上的皇冠》与《金瓶梅编年说》

二文以后，始使人豁然开朗而有前后一贯之解释。盖万历朝之宫廷政治，实以当时神宗皇帝朱翊钧宠爱郑贵妃屡欲废长立幼，引起朝廷谏诤，迭生政潮，因有隐名之书讽刺。又与所谓“妖书”之狱等事为其主流。今传“词话”本《金瓶梅》第一回既有蹊跷欠明之刘项帝王故事，魏先生遂结合推断，肯定前此传抄之原稿本，必是针对当时皇帝欲图废立多所讽喻之政治性小说，适不久旋有“妖书”之狱相继发生，未免有所顾忌，遂致长期无人敢于刻印。后至万历末年，始有人将原稿本后文显多违碍之处删去改写，但对第一回令人生疑之刘项故事却仍保留，又添万历五十四年丁巳东吴弄珠客等人之序，然后刻印。是为民国二十一年始行发现之“词话”本。又按神宗皇帝至万历四十八年七月病卒，幸未被废之太子继位为光宗，仅经一月又卒，改由皇子继位为熹宗，相继改元为泰昌与天启，实前所罕有现象；魏先生依据“词话”本中有关之日子，推算该本第七十、第七十一两回所写之冬至日各当某月某日，足以证明与泰昌元年以及天启元年两冬至日各相符合，于是结合其他证据，论证该本对从万历经泰昌到天启之改元也有影射，从而推知该本虽有万历丁巳序文，但改写完毕然后刻印之时，实已晚到天启初年；由于天启三年为总结前此发生之梃击、红丸、移宫等案，又颁修所谓《三朝要典》，则刻印甫成之该“词话”本，可能又因其有顾忌而未敢发行。于是复另有人将“词话”本内容再度改写，除尽删第一回之刘项故事不留痕迹外，为恐对改元之隐微影射仍有敏感之人可能发觉，又将可据以推算泰昌、天启两冬至日之有关日子亦行改写，然后刻印，遂成内容毫无政治违碍，纯属描绘市井人情之崇祯本。至于达到各该结论之详细过程，亦已见于1981年出版之《金瓶梅的问世与演变》一书，该书拙撰序文，并曾有较详介绍。

该书早期两版即有传本，则前后相承违异之改写痕迹，自可由逐回对照钩稽而得，魏先生亦曾以“词话”本为本从事抽绎，而有《金瓶梅札记》一书矣。至于久历传抄之原稿本，既早无存，则原来面貌自然难以探索。但魏先生从已知之改写痕迹中，又觅得若干线索据以推测，遂能探微索隐，重建若干关目，且集论文十题以成此《原貌探索》一书，实乃循流溯源，于百尺竿头再进一步之快事。

可谓深得魏子云要旨。

叶庆炳1984年11月15日《金瓶梅原貌探索》序云：

吾友魏子云先生投入《金瓶梅》研究已有十四年之久，先后著成了《金瓶梅探原》《金瓶梅的问世与演变》《金瓶梅审探》《金瓶梅词话注释》《金瓶梅编年纪事》《金瓶梅札记》。如今，《金瓶梅原貌探索》一书也已完稿，即将付排。其中，

《金瓶梅词话注释》是为了便于学者研读而写，《金瓶梅编年纪事》是为了便于学者参考而写，在其余五种著作中，魏先生都提出了一己的发现和创说。例如：他认为《金瓶梅词话》的作者是江南人，很可能是屠隆；跳出了历来为欣欣子序“兰陵笑笑生作金瓶梅传”一语所囿的作者为山东人说。又如：他认为今传《金瓶梅词话》是经人集体分回改写而成，并非兰陵笑笑生的原本。又如：他认为《金瓶梅》的初刻本，即东吴弄珠客序于万历四十五年间的《金瓶梅词话》，否定了昔人以为《金瓶梅》在万历三十八年已出版的旧说。……魏子云先生研究《金瓶梅》用功之勤，著述之丰，不但在国内首屈一指，在国际也是无人可以比拟。这并不是说魏先生的创获每一条都已成为定论，对有些问题，也还有学者抱持着保留的看法。但至少可以说，魏先生带动了国内研究《金瓶梅》的风气，向国际汉学界展示了国内学术界研究《金瓶梅》的成果，更重要的，为后学奠定了研究《金瓶梅》的基础。

所论亦极为中肯。

魏子云《金瓶梅原貌探索·后记》：“说来，我的研究环境，最为寂寞。在台湾只有我一位从事《金瓶梅》的研究者。”言下颇多感慨。20世纪七八十年代，确实如此。但魏子云的《金瓶梅》研究并不孤独，大陆行将燃起金学的火把，海外尤其是日美也颇多同好。魏子云1987年7月27日《小说金瓶梅·自序》：“近数年间，大陆在《金瓶梅》研究方面，业已风起云涌，掀起了继《水浒传》与《红楼梦》之后的另一高潮。论文的刊出，有如雨后春笋。论者亦率多在成书年代及作者是谁的范围中着眼。”仅过去三年，便已大为改观。

魏子云是中国《金瓶梅》研究会（筹）顾问、《金瓶梅研究》编委。魏子云还是一位金学的播种者，他写信、寄书、造访、寻觅，在他的带动和影响下，一批金学新人陆续出现，并很快形成一支数量与水平都颇为可观的金学队伍。魏公不孤，金学薪火相传。

《金瓶梅余穗》（里仁书局2007年1月20日）书后附录有《魏子云教授〈金瓶梅〉著述一览表》，兹稍为整理，移录于此：

《金瓶梅探原》（巨流图书公司1979年4月），《金瓶梅词话注释》（增你智书局1980—1981年；学生书局1981年12月；中州古籍出版社1987年7月），《〈金瓶梅〉编年纪事》（1981年7月附刊于《金瓶梅词话注释》，复抽印单行，巨流图书公司经销），《金瓶梅的问世与演变》（时报文化出版事业公司1981年8月），《一月皇帝的悲剧》（抽印本，1981年12月；后附录于《金瓶梅的问世与演变》书后），《金瓶梅审探》（台湾商务印书馆 1982 年 6 月），《〈金瓶梅〉札记》（巨流图书公司 1983 年 12 月），《〈金瓶梅〉原貌探索》（学生书局 1985 年 3 月），《潘金莲：〈金瓶梅〉的娘儿们》（皇冠出版社 1985 年 10 月；作家出版社 1989 年 4 月），《小说〈金瓶梅〉》（学生书局 1988 年 2 月），《〈金瓶梅〉的幽隐探照》（学生书局 1988 年 10 月），《〈金瓶梅〉研究资料汇编（上编）——序跋、论评、插图》（天一出版社 1987 年 1 月），《〈金瓶梅〉研究资料汇编（下编）——《金瓶梅》第五十二至五十八回之比勘与解说》（天一出版社 1989 年 5 月），《〈金瓶梅〉散论》（台湾商务印书馆 1990 年 7 月），《吴月娘：〈金瓶梅〉的娘儿们》（皇冠出版社 1991 年 10 月；花城出版社 1992 年 10 月），《明代〈金瓶梅〉史料诠释》（贯雅文化事业公司 1992 年 6 月），《金瓶梅研究二十年》（台湾商务印书馆 1993 年 10 月），《〈金瓶梅〉的作者是谁：中国文学史公案试解》（台湾商务印书馆 1998 年 6 月），《深耕〈金瓶梅〉逾卅年》（文史哲出版社 2003 年 12 月），《金瓶梅余穗》（里仁书局 2007 年 1 月）。

四十一、陈益源，男，1963 年生，台湾彰化人。中国文化大学文学博士，现任成功大学中文系特聘教授兼人文社会科学中心副主任。另兼中国《金瓶梅》研究会（筹）副会长、国际亚细亚民俗学会副会长、台湾中国民俗学会秘书长等职。研究专长为古典小说、民间文学、民俗学、域外汉文学。在台、港、大陆、越南出版有《剪灯新话与传奇漫录之比较研究》（硕士论文，导师王三庆）、《古典小说与情色文学》、《元明中篇传奇小说研究》（博士论文，导师王三庆）、《从娇红记到红楼梦》、《小说与艳情》、《古代小说述论》、《王翠翘故事研究》等专著十数种。并担任《思无邪汇宝》（明清艳情小说全集）等丛书之执行编辑，主编《越南汉文小说集成》。曾获中国文艺协会文学评论类“文艺奖章”、越南社会科学院“越南社会文化贡献勋章”等。

陈益源的主要兴趣并不在《金瓶梅》研究，因为整理与研究艳情小说，才涉及《金瓶梅》。其所发表的金学论文不过数篇，但其对金学做出了重大贡献。

贡献之一，是筹划召开了“2012 台湾《金瓶梅》国际学术研讨会”（第八届国际《金瓶梅》学术讨论会）。20 世纪 70 年代，中国的《金瓶梅》研究，以港台较为热烈，孙述宇、魏子云均出现于此一时期。其后两岸通邮，接着香港回归，大陆港台一体，中国的金学这才如火如荼，终于实至名归。大陆金学，由中国《金瓶梅》学会和中国《金瓶梅》研究会（筹）引首，在 2012 年前，先后召开了七届全国会议和七届国际会议。台湾金学，由魏子云领头。魏子云健在时，虽曾有在台召开金学会议之动议，并未有具体操作。陈益源在第七届（枣庄）全国《金瓶梅》学术讨论会期间召开的中国

《金瓶梅》研究会（筹）一届二次理事会议上，与在其大会发言中，以及其后的联系中，均曾讲到适当时机可在台湾召开一次金学会议。2011 年年底，会议进入实质性筹备阶段。2012 年 4 月 15 日陈益源随“台湾云林县水林乡海峡两岸‘项王文化’交流与艺文展演活动”参访团路经徐州，徐州市台办设宴欢迎，席间与宴后，陈益源与吴敢就台湾会议具体事宜作有细致商讨。终于，2012 年 8 月 24—27 日，由成功大学人文社会科学中心主办，台湾国家图书馆汉学研究中心、台湾师范大学国文系、中正大学图书馆、复旦大学中国古代文学研究中心合办，中正大学文学院中文系、成功大学文学院中文系、中国《金瓶梅》研究会（筹）协办之“《金瓶梅》国际学术研讨会”（第八届国际《金瓶梅》学术讨论会）在台北国家图书馆隆重开幕，并中转嘉义中正大学，至台南成功大学闭幕。与会学者 62 人，提交论文近 50 篇。另外，台北、嘉义、台南三个会场均有与会学员，台北会场 200 人，嘉义会场 92 人，台南会场 50 人，总 342 人。台湾会议开得有声有色，实现了一个历史性突破，陈益源运筹帷幄，厥功甚伟。

贡献之二，是与魏子云的师生情谊有始有终。1991 年 8 月，陈益源陪同魏子云出席了第五届（长春）全国《金瓶梅》学术讨论会。其后，在 1992 年 6 月第二届（枣庄）国际《金瓶梅》学术讨论会、1993 年 9 月第六届（鄞县）全国《金瓶梅》学术讨论会、2000 年 10 月第四届（五莲）国际《金瓶梅》学术讨论会上，都能够看到他们师生的身影。上述会议期间，魏子云曾不止一次对笔者说：“我年事渐高，摔倒多次，行动不便，有陈益源陪同，才能出来开会。”魏子云 2005 年逝世以后，2007 年 1 月里仁书局出版魏子云遗著《金瓶梅余穗》，由陈益源、胡衍南校对，陈益源并写有《校对说明》。台湾会议台北开幕式上有一项很有意义的活动，即“魏子云教授寄赠友人书信、手稿暨相关文物捐赠仪式”，梅节、陈益源、黄霖、吴敢、王汝梅、张蕊青、张进德捐赠，魏子云家属代表魏至昌（长公子）列席，台湾国家图书馆馆长曾淑贤受捐并颁发感谢状。其实，陈益源只算是魏子云的私淑弟子，在魏子云生前陪同，身后善后，实为难得。不少金学同人说：“陈益源长相忠厚，行为侠义，乃忠义之士也。”

贡献之三，是其金学创见。譬如关于《水浒传》“郓哥大闹授官厅”与“王婆贪贿说风情”两处回目的探讨。1907 年陈垣在《时事画报》第三十期撰文说：“妄人即以《金瓶梅》所割取《水浒》者，还割取《金瓶梅》，以增益《水浒》。”认为《水浒》“王婆贪贿说风情”似为《金瓶梅》之回流。陈益源考证后说：“本文选择在《水浒传》与《金瓶梅》之间两个有趣而欠缺讨论的问题，即‘郓哥大闹授官厅’的去向与‘王婆贪贿说风情’的来历，进行论述。第一个问题，跟从《水浒传》到《金瓶梅》的演变有关，笔者有所假设，但小心求证后，几乎已自行推翻；第二个问题，是陈垣从《金瓶梅》到《水浒传》的逆向思考，针对他的大胆假设，笔者求证的结果，亦持否定的态度。”（《小说与艳情》，学林出版社2000年8月，下同）其考证之力，于此可知。又如，关于《水浒传》与《金瓶梅》里的潘金莲的异同，陈益源说：“有人企图为潘金莲的淫妇形象翻案，这在《水浒传》里勉强还行得通；不过，要想替后来《金瓶梅》里的潘金莲洗刷淫妇的罪名，那是绝对做不到的。……由于小说创作年代不同，背景有别，元末明初的《水浒传》跟明朝中后期的《金瓶梅》，在风格上自然产生了很大的变化。期待英雄的年代，跟淫妇辈出的社会，毕竟是截然两样的。”其读书之细，可见一斑。再如，关于《金瓶梅》与艳情小说的关系，针对戴不凡“自《金瓶梅》出，而猥亵小说大兴”（《小说见闻录》）的说法，陈益源说：“以为明清泛滥的艳情淫秽小说，俱系仿效《金瓶梅》的产物，则未免失之偏颇。……《金瓶梅》与艳情小说的关系，实乃‘承先’有余，‘启后’不足。承先的部分，特别是中篇文言小说跟《金瓶梅》之间的联系，一向未受重视，研究不够深入；启后的部分，其实不如世人想象的大，……毕竟中国艳情小说起源甚早，自成系统，明清时代‘淫书’充斥，《金瓶梅》既非始作俑者，也没有那么大的负面影响。今后我们若能厘清《金瓶梅》与艳情小说的关系，相信不仅有助于撕下其‘淫书’的标签，彻底洗刷‘淫书中的淫书’之恶谥，还它‘清白’，尚可探寻明清小说发展的真正脉络，认清《金瓶梅》成书过程，辨其功过。”其仗义执言，振臂一呼，必然应者云集。

四十二、胡衍南，男，1969年生，台北人。台湾清华大学文学博士，台湾师范大学国文系教授、台湾师范大学全球华文写作中心主任、中国《金瓶梅》研究会（筹）理事、东亚汉学研究会理事。学术专长为明清小说，研究重心集中于《金瓶梅》《红楼梦》等明清长篇世情小说，近年特别聚焦于清代中期嘉庆、道光年间之世情小说写作。著有专书《知识的推手》、《饮食情色金瓶梅》、《金瓶梅到红楼梦——明清长篇世情小说研究》、《现代文学》（合著）及其他学术论文，并与吴敢、霍现俊共同主编台湾学生书局“金学丛书”。在台湾师大国文系及研究所开设明清小说、中国文学史、文学社会学等课程。

胡衍南的《金瓶梅》研究，已经发表论文多篇，出版专著2部，内容涉及主旨、版本、源流、文化等，尤以文化与源流研究最臻佳境。台湾学人治金学者，魏子云之后，首数胡衍南。

关于《金瓶梅》的饮食情境与文学艺术，胡衍南说：

> 《金瓶梅》以西门庆为中心的饮馔活动，前文所揭已见其琳琅满目之势，从

早上用膳至睡前宵夜，不论外赴宴席还是自家享用，贯穿小说大半篇幅的，可以说除了性交便是饮食。《金瓶梅》的饮食排场也许不算华丽，但说丰富多样绝不为过，终日吃喝的饮食男女构成小说主体，这在中国叙事文学中还是头一遭。……

然而，对于日常生活、特别是饮食活动不厌精细的细节描写，在《金瓶梅》可不是全无意义，对于人物性格的刻画尤其是很好的补充。诚然，人性的刻画固是宜从大处着眼，但对缺乏“大叙述”（grand narrative）支撑的《金瓶梅》来说，饮食情境的烘托更有刻画人性的艺术效果。……

毫无疑问，随着人类文明的进展，吃喝早已不只是为了生存的需要，它往往还有文化和社会的意涵。作为一个暴发商人，突来的发迹让他免不了纵情挥霍；作为一名国家官僚，显赫的权势让他不得不讲究排场。……

潘金莲堪称是《金瓶梅》全书最轻浮的妇人。她最酷嗜的零食是瓜子，书中常见她口中嗑着瓜子盼着男人或是吐洒一地瓜皮浪笑浪语，轻佻的形象给衬映得入木三分。……《金瓶梅》里有一票帮闲人物，终日无所事事，只晓得跟着富人家子弟帮嫖贴食。照理说，这些人物在中国社会从来就不是受人尊敬的角色，但是以应伯爵为首的西门庆“十兄弟”，不但藉《金瓶梅》在小说史上挣得一页席次，并且由于作家生动地描写，这些帮闲无赖反倒因此有了鲜明的典型。……

总而言之，透过小说中每一不同的饮食场景，读者更能深刻地掌握人物形象，以及他们内在的心理冲突。这也使得《金瓶梅》的饮食段落，不再只是一笔又一笔的流水账簿。

关于《金瓶梅》的性爱描写与文学艺术，胡衍南说：

半个多世纪以来，海峡两岸的《金瓶梅》出版品几乎全是删节本，小说大部分的性爱段落，悉在道德考虑及礼仪教化的顾忌下大笔削去。虽然许多论者认为，删节后的文本丝毫不会影响全书情节的进展。不过这个想法未免过度天真，因为《金瓶梅》的性描写虽不全涉情节推陈，但绝对有展现人物性格的用意。既然删污后的本子，足以影响读者对人物性格的掌握；反过来讲，从这些有机段落当中，我们自然可以推敲出作家的弦外之音。……

因此若以第49回得胡僧药为界线，小说后半部的西门庆，简直就是玩着一场超越生死极限的性爱游戏。当然，小说前半部负有建立西门版图的任务（包括娶妇、生子、加官、经商等等），因此性的贪欢必须遵守情节发展机制；但是一旦西门王国正式成形，挟着官威、财势的西门庆自然恣意妄为起来。加上又得了胡僧赐的春药，这时的西门庆自以为浑身是劲，心想总有耗不尽的精神，所以逢上机会便逞强卖弄！……

借着与多位妇人频繁的性交，西门庆自以为是地一次又一次展现他性的力度，并且在心中高奏胜利的凯歌。然而他那壮大的自信，以及那停不下来的放纵，完全蒙住了他的双眼，所以直到咽气的前一刻，他似乎都还不晓得问题所在。在第79回以前，西门庆已经濒临地狱的边缘，接着王六儿和潘金莲两个，则是一前一后地把他推向万劫不复的深渊。嘲讽的是，这两个久惯风月的妇人，一直是西门庆最佳的性交伴侣，也是他每次卖弄精神极欲征服的对象；可是死到临头他都还不晓得，他非但没有征服她们，反倒是被这两个妇人给“制伏”了——以死亡的形式。……

不过话说回来，潘金莲在嫁来西门家之前，与西门庆私通还是有情爱基础的，毕竟这是她真正触摸的第一个男人——年轻、有力而且果断。成为“潘五娘”之后的她，性的放荡看似像一个淫妇，可她正是要以淫乱的形象收服汉子的心，尤其是要满足西门庆那种“嫖客”心理。所以要到西门庆死后，她才算是真正发起狂来，为着自己的欢愉恣意地燃烧性欲。也即是说，作为一个公认的“淫妇”，每个阶段的潘金莲其实有着不同的性格，可惜的是，许多读者及论者都不能察及这一点。

关于饮食男女的互动描写，胡衍南说：

读过《金瓶梅》的读者当都晓得，伴随着每一场性交的发生，其中必然有各式的茶酒和美食，虽然在不同的状况下，这些饮食的取用各有它的功效，但是茶与酒确实是小说里男女风流韵事的首要媒介，发挥着“催情”效果，而茶与酒的出场也多半对接下来的男女互动，提供一个大致不差的暗示。……

从这几个例子来看，由于饮食场域都是私密的环境，因此男女两方的接触十分直接，不管是说话递菜儿、一递一口儿饮酒咂舌、甚至是亲自噙着酒食送到对方嘴里，喂食行为确实可以拉近两人的距离，毕竟这是一种最亲密的服侍。何况西门庆一派父权思维，见妇人煞是殷勤地伺候着自己，心满意足之余反倒更能激起他的淫欲。……

《金瓶梅》食色两者的互动，除了指性交前要饱食一顿、性交中途饮酒助兴外，性交结束后往往还见到他们吃吃喝喝。……

不管怎么说，饮食和性交在这部小说里，确实有一种紧密的互动关系。一场饮食的结束，常常就是另一场性交的开始；一场性事的终了，往往又开启下一场精美的飨宴。……

饮食和性交不但是《金瓶梅》的有机组成部分，而且两者也有机地交织在一起，参鉴《金瓶梅》的时代背景，梳理世情小说的脉络，胡衍南说：

晚明社会享乐主义的乐章，固然是由文人和商贾共同谱出，然而传统的饮食养生观念，以及文人特别讲究的饮馔美学，乃至于饶富意韵的生活享乐型态，似乎没有被商人阶层所继承吸收，因为从《金瓶梅》来看，骤得财富的商人只是卖弄富贵、贪图物质花用之欢愉，他们根本无力迨及文人的风雅，即便模拟而为，反而沦为一幅变形的图画。

《金瓶梅》既然以市井商人为其主体，纵使作家本身具备惊人的饮馔知识，西门庆诸人呈现的也只能是暴发户的放纵。因此传统的饮食养生观念，晚明文人开启的饮馔美学，以及对生活意韵的企求（或雕琢），在古典小说要到《红楼梦》才算有了一个总结。因为相较于商贾的市井俗气，大观园人物有的是文人的雅致，是故晚明以来的性灵意韵，要在袁枚的《随园食单》、在曹雪芹的《红楼梦》才有可能得到发挥。……

在那个“世风以侈靡相高，人情以放荡为快”的时代，《金瓶梅》的食、色场景一面让人看了大快朵颐，一面令人为之脸红心跳。当然，小说中的饮食内容需要整理爬梳，以还原出那个时代的侈靡风华；就好像小说中的性爱描写也该分析讨论，以拼贴出那个时代的放荡情貌。……很显然，西门庆的饮食排场意在卖弄富贵，好向外人展现他的泼天威风；同样的，西门庆的性爱飨宴意在逞弄精神，好向妇人展现他的男性家长权威。若把西门庆视为晚明暴发商人的一个典型，从他的饮食动向和性交习惯入手，当然可以比较清楚地捕捉到那个新兴阶层的志得意满。除此之外，《金瓶梅》的饮食书写与性爱书写也另有它文艺上的功用，这种对于日常生活不厌精细的细节描写，其实对于人物性格规划是个很好的补充。尤其小说里出入的妇人那么多，如果从饮食情境切入，特别是从床笫之间入手，将更能掌握她们的性格。这个问题向来不受重视，但是经过分析便可发现此乃作者有意的经营。

然而食与色的探讨不能分开陈列，因为两者在《金瓶梅》完全是一种互动的状态：美食不但常是性爱的媒介，而且在交媾的全部过程中，几乎都有佳肴美酒贯穿其中；反过来看，小说除了把食物拟作肉体，而且视男女若饮食，肉身仿佛才是最令人流连垂涎的美味珍馐。所以，饮食与性交两种行为，俨然为小说创造出“交欢”的快乐和激情。换句话讲，食和性不但是构成这部小说的基本原料，在整部小说里两者甚至互为纠缠，饮食心得和性爱经历一直不停地在进行交互作用。这一部分的研究可以说是本书的核心。

（以上引文俱见胡衍南《金瓶梅饮食男女》，台湾学生书局“金学丛书”第一辑）

关于《金瓶梅》在世情小说中的地位、影响，以及世情小说的发展、萎缩，胡衍南说：

无论《红楼梦》于《金瓶梅》是借鉴、脱胎还是超越，也不管彼此之间高下如何，学界普遍承认两者同中存异——也就是说，同属‘以家族（家庭）生活为背景者’之‘家庭—社会’型世情小说，《金瓶梅》《红楼梦》也各有自己的写作风格。问题在于，两部小说前后相隔一个半世纪，有没有可能在《金瓶梅词话》出现以后，即有一批风格近似的仿效者？而在《红楼梦》出现之前，是否早有人进行新风格的尝试？进而促成明清世情小说分别形成以《金瓶梅词话》为模仿范本的模式，和由《红楼梦》总其大成的模式？以下，拟从人物形象、语言文字、叙事特色、思想意识等分别论之，接着探索所谓‘金瓶梅模式’的发展轨迹及‘红楼梦模式’的诞生路径，最后总结两个模式内在的文艺思想，进而指出这一切背后的总体意义。……如果说《金瓶梅词话》主要是面向市民阶层、充满世俗色彩的世情小说，《红楼梦》则是意在上层文人、充满诗情雅韵的世情小说。……由词话本《金瓶梅》开启的世情小说写作模式，可以在《续金瓶梅》和《醒世姻缘传》身上看到一种承继关系。……总括来看，《金瓶梅词话》《续金瓶梅》《醒世姻缘传》确实存在密切的关系，小说主要人物的阶级属性差异不大，所映照的世情内容也以市井风貌为主，因而世俗色彩都很强烈。也或许因为人物都是出自市井，加上叙事者都有说书人的特征，所以三者的语言文字都是极尽俚俗浅白之能事。至于叙事拖沓，结构松散的‘通病’，则是因为对日常生活物事有着近乎偏执的喜好。如果以《金瓶梅词话》为中道标准，《续金瓶梅》比起前作“少”了一些世情摹写，《醒世姻缘传》则是“多”了一些社会现实。至于因果报应思想，则是三部小说共有的元素，这个来自民间的世俗信仰，不同程度为小说扮演精神指标的角色。……《金瓶梅词话》作为明清长篇世情小说的起点，其写作模式固然得到《续金瓶梅》《醒世姻缘传》等的响应，不过到了《红楼梦》显然又见别样风情，它在借鉴《金瓶梅》的同时又加以创新，替世情小说开出另一条有别于《金瓶梅词话》的模式。然而，“红楼梦模式”并非一夕工程，针对《金瓶梅词话》的改革首先来自绣像本《金瓶梅》，接着我们在《林兰香》又看到一些可能早于《红楼梦》的实验，所以顺着绣像本《金瓶梅》——《林兰香》——《红楼梦》下来可以清楚看到“红楼梦模式”的发展路径。……总之，如果说《金瓶梅词话》是俗，《红楼梦》是雅，那么生于两者之间的《林兰香》，自然比较接近于后者。如此以来，《林兰香》的俗/雅选择，可以上接绣像本《金瓶梅》对词话本《金瓶梅》的改造，只不过这一条由绣像本《金瓶梅》——《林兰香》——《红楼梦》共筑出来的明清世情小说"弃俗从雅"的大道，应是经过长时间摸索才完成的工程。

（《金瓶梅到红楼梦——明清长篇世情小说研究》，里仁书局 2009 年 2 月）

四十三、李志宏，男，1969 年生，台湾清华大学中国文学系博士。现任台湾师范大学国文学系专任教授，中国《金瓶梅》研究会（筹）理事。学术专长与研究领域为明清小说、叙事理论与批评。著有专著《明末清初才子佳人小说叙事研究》（大安出版社，2008 年）、《"演义"——明代四大奇书叙事研究》（大安出版社，2011 年）、《〈金瓶梅〉演义——儒学视野下的寓言阐释》（台湾学生书局，2014 年），以及《"话本"与"演义"的关系——以〈古今小说叙〉为考察中心》《"野史"与"演义"的关系——以"三言""二拍"为讨论中心》等论文。目前研究重心在于探讨明清通俗小说的叙事本质、文体观念和话语构成，为未来建构明清通俗小说的叙事诗学和文化诗学提供可供参考的观念内涵和理论基础。

李志宏在写给笔者的电子邮件中如此综述自己的金学成果：

回顾个人在金学方面的研究经历，实起于意想不到的因缘，而真正深入展开研究也不过是近来数年时间而已，迄今为止，实际累积的研究成果尚显浅少。我对于《金瓶梅》进行研究的第一篇正式论文是《论〈金瓶梅〉的情色书写及其文化意味——以潘金莲的情欲表现为论述中心》，发表于《台北师院语文集刊》第七期（2002 年 6 月）。该文主要以潘金莲形象意义在阐释方面所可能具有的歧义现象，以及形象阐释对《金瓶梅》文本意义的理解有所影响为讨论起点，试图围绕于潘金莲的情欲表现之上，深入探论《金瓶梅》的情色书写及其文化意味。基本上，这一篇论文充其量只能说是一种读书心得；但如今看来，该文所提出的主要观点，却可说是后来一系列论述形成和发展的重要原型内容。至于对于《金瓶梅》正式展开深入研究，则可将我于 2008 年 6 月 12 日在台湾师范大学国文系以《叙事：阅读、分析与诠释——以〈金瓶梅词话〉的情色书写及其寓言建构为例》为题的一场演讲，视为一个重要起点。其后，这一场演讲的主要内容经整理之后，即以《〈金瓶梅词话〉的情色书写及其寓言建构》一文发表于"第六届（临清）国际《金瓶梅》学术讨论会"（2008 年）。本篇文章主要围绕在《金瓶梅词话》之上展开，主要将研究重点聚焦于小说文本中的“情色书写”问题进行反思，并尝试从“寓言”的角度探讨《金瓶梅词话》的编写意图和主题寓意。

在《金瓶梅》的接受史上，关于《金瓶梅》的文化身份界定问题，向来因为情色书写所造成的“诲淫”评价问题而变得相形复杂。自问世以来，论者为此争论不断，迄今难于形成定论。为了能从根本上解决此一问题，我尝试回归明清小说创作与批评的场域中重新梳理小说序跋和批评文献，为《金瓶梅》的编创意图和书写性质寻求可资参证的文化资源。在研究过程中，发现一个值得注意的现象，即在“演义”的编创概念下，《金瓶梅》得与《三国志》《水浒传》《西游记》相提并论，位列“四大奇书”之一。缘此看法，在《“演义”：明代四大奇书书写性质探析》一文中，我从“演义”作为一种文体/文类的观点，重新厘清四大奇书的书写性质，并从共相角度探讨四大奇书话语构成的创作系谱和文体特征，由此为考察《金瓶梅》文化身份提供一种有别于前人的观察向度。究实而论，四大奇书写定者在正史之外通过“演义”以寻求历史阐释空间，不仅在文体表现方面具有其一脉相承的叙事机制；此外，在修齐治平的政治理想主导下，在著述意识方面亦体现出某种程度的一致性。而此一宏观研究观点，则更具体落实于《“演义”——明代四大奇书叙事研究》一书的撰述之上。此后，为了能针对《金瓶梅》一书进行微观研究，因此在“演义”的观点之上，我又撰写《一样“世情”，两种“演义”——词话本与说散本〈金瓶梅〉题旨比较》一文并发表于“2012 台湾《金瓶梅》国际学术研讨会”（2012 年 8 月）。有关词话本和说散本《金瓶梅》的叙事差异问题，前人多有论列，但基本上学界仍视两本《金瓶梅》为一，而不加以区辨。对于此一研究情况，我认为有必要重新加以厘清和确认。因此，该文的主要问题意识，乃试图立足于“演义”的观点之上，进一步说明两本《金瓶梅》乃因应不同历史语境而被加以编创和出版，各自实有不同的题旨表现。其中说散本虽出于词话本，但在回应历史语境的思考和历史阐释的意向性方面，说散本大不同于词话本，因而在叙事形式方面便做出必要的调整，实不应将两部《金瓶梅》简同混为一谈。以今观之，此篇论文对于我个人在金学研究的深化而言，无疑有其重要的指标意义。其后，我又延续上述研究观点持续发表相关论文，如《唯女子与小人为难养也——论〈金瓶梅词话〉叙事生成的意识形态》一文发表于“第九届（五莲）国际《金瓶梅》学术研讨会”（2013 年 5 月）、《〈金瓶梅词话〉的淑世意识与立命选择》一文发表于“物我相契——明清文学学术研讨会”（2014 年 11 月）、《〈金瓶梅词话〉的淑世意识》一文发表于第十届（兰陵）国际《金瓶梅》学术研讨会（2014 年 11 月）。以上论文，大体上皆是依据“演义”的观念，针对《金瓶梅词话》一书编创的意识形态展开研究和阐释，希冀能提供一条不同于传统研究的径路。

总的来说，近年来我对于《金瓶梅》研究的核心关怀，乃试图从“演义”的角度对于《金瓶梅词话》一书的书写性质和思想内涵展开新向度的思考，重新寻绎《金瓶梅词话》的文化参考的研究论点。

关于《金瓶梅》的文化身份，李志宏说：“《金瓶梅》对于《水浒传》的承袭，从表面看来，只不过是截取有利于写作的情节片段而加以扩写而成，从而避免连篇累牍地引录既有的材料。然而究实来说，写定者对于故事情节进行置换并转移叙述焦点，正是《金瓶梅》得以成为一种特殊小说类型范式的重要依据。……明代中叶以降，纵欲主义和通俗文化思潮的兴起，构成了 16 至 17 世纪思想文化史发展的中心事件，同时标志着儒学价值体系的巨大变革和转型。《金瓶梅》在此一社会文化思潮转型时期中问世，必然在回应明代中晚期世变语境之时，体现出相应的历史观照和文化意义。……综观《金瓶梅》一书，写定者在叙事之初即试图通过主题先行的预述性叙事框架的设计，为整部小说安排明确的总体结构。立足于传统儒家伦理价值取向之上，写定者从两性关系出发深入审视各种复杂多变的个人欲望和世态人情。整体叙事表现，可以说一方面既关注于构成主题寓意的历史客体，另一方面又关注于建立表达形式的话语自身。而其中最值得注意的是，在‘女子与小人’‘家庭与国体’两两互文隐喻的指涉关系中，人物的病态式欲望追求，不仅凸显人伦关系的所遭受的破坏情形；同时也暴露了人物过度浸淫时种种逾越礼法的行为，进而导致各种道德理性失范的情况发生。尤其在‘家国同构’的视域中，不论个人面对生命危机或国家面临朝纲政体败坏，在在都显示了《金瓶梅》写定者有意通过小说叙述形式重构儒家政治理想，并赋予其不可忽视的政治讽喻意涵，犹待读者深入解读。从寓言建构的观点来说，《金瓶梅》写定者立足于历史阐释的视野之上，对于如何挽救个人、家庭或国家政体失序危机一事所提供的种种道德思辨问题，主要将核心关怀呈现在人性堕落的批判和重构之上，因而使得小说本身充满了托寓性。在‘乱世’的历史背景中，《金瓶梅》写定者采取‘家国同构’的比喻关系敷演故事，显然发挥了‘见人之所常见，察人之所不见’的叙述能力，最终方能在‘小说大写’的理念主导下，建构一幅特殊而有别于其他小说类型的叙事风貌，成为受人瞩目的时代寓言。”（《〈金瓶梅〉演义——儒学视野下的寓言阐释》，台湾学生书局“金学丛书”第一辑）

李志宏与胡衍南，乃魏子云之后台湾金学双杰，台湾师范大学也成为金学重镇。

台湾的中年金学家，由陈益源、徐志平、胡衍南、李志宏领衔，而以胡衍南、李志宏为翘楚。

四十四、日下翠（1948—2005年），女，出生于日本大阪，九州大学教授。日下翠与荒木猛是20世纪后期与21世纪初期日本《金瓶梅》研究的代表性人物，日下翠也是因《金瓶梅》研究而第一个获得博士学位的日本学人。其英年早逝，令人扼腕叹息。

关于《金瓶梅》的成书年代，日下翠在《〈金瓶梅〉成书年代考——吴晗〈金瓶梅的著作时代及其社会背景〉批判》（《东方》1984年1月）一文中，通过对太仆寺马价银，佛教的盛衰与小令，太监、皇庄、皇木及其他的辨析，得出结论："吴晗的观点没有任何一点是有确实依据的。至少不能以吴晗的这篇论文来作为《金瓶梅》万历成书说的根据。对他的论文进行探讨后，反而可以得出这样的结论：《金瓶梅》反映的是嘉靖时代的情况。"

写于1983年1月的《金瓶梅作者考证》（《中文研究集刊》第1号）是日下翠的一篇力作。该文针对徐朔方《金瓶梅的写定者是李开先》（《杭州大学学报》1980年第1期）一文而发，关于《金瓶梅》成书方式，说："愚意以为徐先生所举的八条集体创作说的论据，哪一条也很难说是定论。如果从别的角度看，就是只根据以上八条，也可以论证出个人创作说的可能性，那么就不能断定为集体创作。"而关于《金瓶梅》的作者，说："徐先生把李开先既当成'写定者'，即整理和编写前人故事的人物，就置之于《水浒传》之于施耐庵、《三国演义》之于罗贯中、《西游记》之于吴承恩，同样的位置上去了。……既然认为在《水浒传》成书以后，才有人根据此书里的故事与字句开始写作《金瓶梅》，则这个开始撰写的人，难道我们不应该认为：他不是'写定者'，而是'创作者'吗？……笔者却深感到《金瓶梅》同李开先有着相同的性格、相同的气质。……总之，笔者认为《金瓶梅》是嘉靖文人李开先的个人创作。"关于《金瓶梅》的阅读方法，说："《金瓶梅》的作者在写书时，有以无赖汉和恶妇的因果报应的故事为经，以作者自己的日常生活为纬，所以西门庆的形象就不同于无赖汉了，结果赋有二重性格了。我想小木屋形象上的不统一，只能用'作者自我投影的一体化'来做理解，否则就无法理解了。"关于《金瓶梅》与《水浒传》，说："两者之间除了内容上的不同以外，更大的不同在于构成上。《水浒传》是把从来流传的一个一个故事串联在一起，集其大成，形成一部小说，也可以说是'插话群'的积累。因此，可以成为一百回本，可以成为一百二十回本，也可以成为七十回本，这样取舍比较灵活。但是《金瓶梅》与此相反，第一回就确定了主题，然后按照这个主题写一男一女的因果报应。如写西门庆死后，财产散失，又如最后第一百回遗子出了家，死去的人物又重新登场，各自述说轮回托生，小说这才完结。所以，就此书的构成上看，不以西门庆的死为终了，也不以潘金莲的死为终了。从这个意义上来说，也可以说《金瓶梅》是中国文学史上第一篇在一个明确的主题下写成的长篇小说。”关于《金瓶梅》的价值，说：“《金瓶梅》的价值不在于故事的波澜起伏，而在于日常生活的细腻写实的描绘的积蓄。这就是说，作者与西门庆的一体化，使一个文人来描写自己的‘饮食男女’世界，结果《金瓶梅》就成了一部中国文学史上稀有的作品了。……这本书不是不健康的道德败坏的书，而是描写人间的真实的伟大的文学作品。中国文学由于有了这篇作品，便大大提高了中国文学本身的水平和可能性。由于有了这篇作品，就有资格向世界文学要求给予它应有的光荣。”

关于解读《金瓶梅》，日下翠在《〈金瓶梅〉作品考——怎样理解〈金瓶梅〉》（《金瓶梅艺术世界》，吉林大学出版社 1991 年 7 月）中说：“《金瓶梅》是一部非常难读的古典作品。……《金瓶梅》是一部超越我们常识的小说，是一部不要求读者完全理解的小说。当然，其中有些事件，对作品产生的当时的人们来说，其中的讽刺意味应该是一目了然的。例如，第十七回宇文虚中的上奏文反映了怎样的事实，其中的出场人物，是讽刺当时的哪一个人，等等。但是除此之外，作者是否还写进了除他本人之外，谁都无法理解的事实呢？谁都有表达自我的欲望，作者也许就写进了唯有他本人才能理解的事实。以上是笔者对正确理解《金瓶梅》所提出的一个方案。笔者认为，从这样一个角度去理解、阅读《金瓶梅》，是解开这部小说的疑难点的关键所在。”

她还发表过《关于兰陵笑笑生》（《东方》1984 年 7 月）、《〈金瓶梅〉作品考》（《东方》1987 年 9 月）、《〈金瓶梅〉と〈宝剑记〉》（《中国戏曲小说の研究》，研文出版社 1995 年）等论文。

关于日下翠，铃木阳一说：“大冢教授与我都不是专门研究《金瓶梅》的专家，在我们日本，与我们年龄差不多的，有京都佛教大学的荒木猛先生与九州大学的日下翠女士，他们都对《金瓶梅》有专门的研究。可惜日下翠女士最近英年早逝!”黄霖说：“日下翠女士我非常熟悉。她早年发表的《〈金瓶梅〉成立年代考》，就收录在我编译的《日本研究〈金瓶梅〉论文集》中，是否定成书于万历说的一篇力作。她的《〈金瓶梅〉作者考证》一文，在中国具有广泛的影响，对李开先生说给予了有力的支持。1998 年，她到复旦来访学，给了我一本名为《金瓶梅》的论著。这本书，为探求《金瓶梅》的艺术魅力，追寻之所以被称作‘天下第一奇书’的缘由，作了细致的剖析。特别难能可贵的是，她又从一部文学作品的分析谈到对一部作品研究的历史，从自己的研究谈到日本的研究、欧美的研究与中国的研究，从对古代文学的研究再谈到了当今的创作与现实的世界，眼界是相当的阔大。”（《中国与日本：〈金瓶梅〉研究三人谈》，《文艺研究》2006 年第 6 期）

四十五、荒木猛，男，日本京都佛教大学教授。参加了第二、五、七届国际《金瓶梅》学术讨论会，也是到中国参加金学会议次数较多的海外学人。在第五届国际《金瓶梅》学术讨论会上，曾代表与会外国学者致辞。首届国际《金瓶梅》学术讨论会亦是要来参会的海外代表之一，并且提交了论文提要。第三、四届国际《金瓶梅》学术讨论会虽因故未到，均曾致信祝贺。

《关于〈崇祯本金瓶梅〉各回的篇头诗词》是荒木猛的一篇力作，关于崇祯本的修改者，该文说：“崇祯本各回篇头引用的词中，能见到万历年间的文人王稚登、冯琦的作品，因此，本人认为修改者是万历文人圈中的一员，或是离万历稍后的能见到万历文人作词的人。”关于万历本和崇祯本，该文说：“以上是万历本和崇祯本的主要的不同。综上所述，崇祯本是以万历本为底本，加以修改而成的修订本。”关于崇祯本与万历本篇头诗词的不同，该文说：“万历本的篇头诗词，内容涉及道家的人生哲学、训诫的很多，而崇祯本则吟咏人的心情，特别是女性闺中情的很多，修订者就是这样来改写的。……崇祯本首先排除了教诲诗，其次尽可能改成与章回内容相吻合的诗词。至于诗和词的比例，万历本诗（包括格言）98 首，词 2 首；崇祯本诗 52 首，词 48 首。很清楚，崇祯本词的数量增加了很多，而且词的内容差不多都是诵吟闺房中的情趣。这样的差别恐怕是作者和修订者的爱好不同所改。到现在，作者和修订者还不清楚，有可能认为作者和修订者是同一个人。可是考虑这些篇头诗词的话，爱好道家的万历本作者和喜好闺中情趣内容的词的崇祯本修订者完全是不同的人，这种想法是比较妥当的。”该文对崇祯本修订者是冯梦龙的可能性，以及崇祯本篇头词来源是《合刻类编笺释草堂诗余》与翁少麓刊《草堂诗余》的讨论，也颇有意义。

其《关于新刻绣像批评金瓶梅（内阁文库藏本）的出版书肆》一文认为：“鲁重民是一个至少刊印过《十三经类语》《舆图摘要》《官制备考》三种书的明末杭州书贾。从李日华的著作于此出版来加以考察，那么也可判明他与李日华（1565—1635 年）有着某种关系。而且，此人恐怕正是内阁本《金瓶梅》的刊行者，而其刊行的年代当在明代气运将尽的崇祯十三年之后不远。”这一结论虽可与郑振铎、戴不凡等相呼应，但其立论根基是内阁本装订所褙纸“理当为出版书肆在装钉时，将自己作坊内正在发行的印刷物中那些因印得粗劣而不用的废纸作为封皮的”，实觉脆弱，皮之不存，毛将焉附。

关于荒木猛，铃木阳一说："除了日下翠女士之外，荒木猛先生也可称是一个研究《金瓶梅》的专家。他从80年代初起，几乎年年发表《金瓶梅》的论文，特别是关于《金瓶梅》成书年代的一些考证、内阁本刊印年代的断定，以及对于《金瓶梅》回前诗和引用素材等方面的研究，都很有价值。"

大冢秀高说："我的看法是：一、探讨《金瓶梅》成书史的时候，除了随笔等小记录以外，原文本身也能成为可靠的、重要的研究资料。不但词话本，崇祯本也应该使用。如果需要的话，竹坡本也应该参考。二、词话本并不是《金瓶梅》的完全版。不管跟原作者的意图是否一样，《金瓶梅》是不断演变发展的。三、探讨《金瓶梅》成书史（或成长史）的时候，首先要假想原作者A，编辑词话本而出版的人B，以及编辑崇祯本而出版的人C，这三个人。然后平心静气地考虑这三个人是否同一个人。四、我第三点中所说的A并不是集体多人创作的。我站在这种立场来进行探讨，终于得到了以下的结论：'嘉靖到万历的时候，A写了《金瓶梅》这部作品，但还未完成。B得到这部未完作品的抄本后，借用《封神演义》的构想，又利用《三国演义》的人物，最后完成了这部小说，而在万历年间出版了词话本。C为了把词话本更接近《封神演义》的构想，再次进行加工修改，完成了崇祯本。我估计A跟B是不同的人物，A可能是屠隆，他也许为了描写当时官商的典型而执笔。B和C很可能是同一个人物，目前最有可能性的就是冯梦龙了。'荒木继承我的见解，在上述的论文中指出Y跟Z（他把我说的ABC改名为XYZ）不同人物的可能性。他还批评孙逊、陈诏的'《金瓶梅》作者非大名士说'，认为他们没有明确将X和Y作区别，并断定X是才华出众的文人。后来，他拓展思路，在《有关〈金瓶梅〉成书的考察——特别在81回以后》（《中国言语文化研究》1，2001年）一文中进一步分析探讨，认为Y是后半20回的续作者。"（以上引文俱见《中国与日本：〈金瓶梅〉研究三人谈》，《文艺研究》2006年第6期）

黄霖说：荒木猛先生是一个名副其实的研究《金瓶梅》的专家。他从20世纪80年代初起，几乎年年发表《金瓶梅》的论文，数量很多，质量也佳，如《关于新刻绣像批评金瓶梅（内阁文库藏本）的出版书肆》（《东方》1983年1月）、《〈金瓶梅〉中的讽刺——从西门庆的官职来看》《〈金瓶梅〉素材的研究——特别是关于俗曲、〈宝剑记〉〈宣和遗事〉》（《函馆大学论究》1986年第16辑）、《〈金瓶梅〉十七回影射的史实》（《汉学研究》1986年第6卷第1期）、《"话本"与〈金瓶梅〉》（《长崎大学教养部人文科学篇》第30卷第2号）、《〈金瓶梅〉补服考》（同上第31卷第1号）、《关于崇祯本〈金瓶梅〉各回的篇头诗词》（《谈崇祯本〈金瓶梅〉各回引首诗词》，1989

年6月首届国际《金瓶梅》学术讨论会交流论文，发表于《长崎大学教养部纪要》33-1，1992年，《金瓶梅研究》第4辑）等等。特别是在关于内阁本刊印年代的断定、引用素材和回前诗，以及《金瓶梅》成书年代的一些考证方面，都很有价值。”（《金瓶梅研究小史》，载《黄霖〈金瓶梅〉研究精选集》）

荒木猛另有《论金瓶梅展现的明代用语》（《长崎大学教养部纪要》32-1，1991年）、《金瓶梅描绘的官吏世界及其时代》（《活水日文》22，1991年）、《金瓶梅写作时代的推定》（《长崎大学教养部纪要》35-1，1994年）、《金瓶梅的思维方式》（《长崎大学教养部创立30周年纪念论文集》，1995年）、《北京大学图书馆藏马氏不登大雅文库旧抄戏曲的一得之见》（《文学部论集》，第89号，2005年）等论文发表。

四十六、铃木阳一，男，1950年5日出生于日本东京，1974年3月毕业于东京都立大学中文系本科，1976年3月东京都立大学大学院文学修士，1979年3月东京都立大学大学院博士课程退学，1979年4月松山商科大学经济学部专任讲师，1982年4月起任职于神奈川大学外国语学部中国语学科，历任专任讲师、副教授、教授，1999—2003年任神奈川大学人文学研究所所长。1997—1999年任日本中国古典小说研究会会长，同时为东方学会会员、日本中国学会会员、中国语学会会员。现为神奈川大学副校长（国际交流担当）。主攻中国白话小说，涉及《金瓶梅》《西游记》《水浒传》《儒林外史》《歧路灯》等诸多方向。主要编著有：《日中文化论集》、《读中国的英雄好汉故事》、《小说的读法》（中文版）、《对中国通俗文学的视角》（合著）。另发表论文数十篇。

铃木阳一是来华参加金学会议次数最多的外国学人，出席了第二、五、七、九、十届计5次国际会议，和第七届全国《金瓶梅》学术讨论会，并且在国际七、九、十次会议开幕式上代表国际学人致辞。1989年徐州首届国际金学会议，他也准备与会并提交了个人小传和论文（题目是《作品还是作者——关于〈金瓶梅〉的研究方法》）。铃木阳一与黄霖、孙秋克和笔者均保持着友好而密切的联系，他对徐朔方执弟子之礼，格外崇敬。（2015年4月3日晚收到铃木阳一电邮，因心脏不适住院，治疗期约需三四个月云。祝愿铃木早日康复，届时能够出席2015年8月在徐州召开的第十一届国际《金瓶梅》学术讨论会。）

关于《金瓶梅》在日本的传播，铃木阳一说：

> 《金瓶梅词话》在中国刊行之后，恐怕早在江户时代就很快地传到了日本。其舶载的数量，虽然比不上“四大奇书”中的其他三种——《三国》《水浒》《西

游》，以及三言二拍，可是数量或许也并不少。可是同样引进到日本的小说，《金瓶梅》和其他小说的命运有很大的差异。《三国》《水浒》《西游》这“三大奇书”与三言二拍都有不少翻刻本，有的为了便于读者的阅读与理解，加上了日本的符号和文字，也有翻译本，还有各种用日语改写的改编本。它们的影响又非常深刻和广泛。除了对小说和戏剧的文本明显有影响以外，还有对城市里发展的民间曲艺、歌曲、绘画和版本都有很大的影响。“三大奇书”中的主要人物形象可以说在日本的城市居民中家喻户晓。三言二拍中的“白娘子永镇雷峰塔”“杜十娘怒沉百宝箱”“卖油郎独占花魁”等中的人物和故事内容也为城市居民所熟悉。反观《金瓶梅》这本书，几乎没有什么影响。江户时代最有名的小说作家之一泷泽马琴曾经有过一种改编本，叫做《新编金瓶梅》。现在据我们所知，这是江户时代在日本唯一公开出版的有关《金瓶梅》的读物。除此之外，看不到其他的影响。

《金瓶梅》在日本的命运，从明治时代以后，一直到第二次世界大战以前，实际上都没有很大的变化。不但没有完整的翻译本，甚至连让人能读到全部故事内容的简译本也没有完成。大战前大部分的日本人只知道《金瓶梅》是淫书而不知道其故事内容，当然更不知道具体的“猥亵”描写究竟是怎么样的。

虽然如此，明治之后不少人试行翻译《金瓶梅》，特别是一些小说作家对《金瓶梅》有很大的兴趣。那么，为什么他们对这本被人视为“淫书”的小说有强烈的兴趣呢？回答可能有两个。

第一，小说作家可能是从艺术表现的角度上注意到《金瓶梅》不是“实录”，而是一部虚构的文学作品。这个观点已见于张竹坡的批语。日本泷泽马琴也在他改编的《新编金瓶梅》中就赞同张竹坡的看法，说优秀的小说作家能依靠自己的想象力创造荒唐无稽的虚构世界。一般地说，明治、大正时期的日本作家汉学基础相当高，而且对中国通俗文学有很大的关心和广泛的知识。举个具体的例子来说，大正时代有芥川龙之介和谷崎润一郎之间的文艺争论，通过这争论能看到他们都看过不少明清时期包括清末的通俗小说，同时这争论说明他们非常重视包括《金瓶梅》在内的中国通俗小说是长篇的虚构文学。总而言之，张竹坡对《金瓶梅》的观点，得到了日本明治、大正时期近代作家的支持，对《金瓶梅》产生了“淫书”以外的积极评价。但是，这样的看法在一般的读者之间没有普及，因为芥川、谷崎他们都能看懂汉语原本，只要有中国出版的便宜的木板刊本就好，不需要日语的翻译，所以尽管不少能读汉语原本的作家对《金瓶梅》等中国通俗小说有很大的兴趣，但因没有翻译，广大读者还是不了解的。

第二，也有一些人认为《金瓶梅》是反映明代社会风俗的一种“写实小说”。甲午日中战争前后，日本有了很大的野心，要把满洲和台湾等地作为殖民地。在这样的情况下，对政治家、军人、官僚、财阀的领导等当时的统治集团来说，“理解”中国是燃眉之急。对他们来说，以斯文为主的传统汉学已没有用了，需要的就是对社会结构和民俗、习惯等基层文化进行研究，为经营殖民地提供方便的那些“学问”。因此，当时的统治阶级和学者都重视野外调查和民俗学、人类学和社会学等新学问。与此同时，他们认为研究中国社会基础文化时，中国通俗小说是非常重要的材料。井上红梅的《金瓶梅和支那的社会状态》（1923年）是代表这样的想法的一种简略翻译。他认为通过阅读《金瓶梅》这部小说，可以更深刻地理解中国社会。

我们再来看战后的情况吧。日本在二次大战中败北，对学者、文人等知识分子来说，是从天皇制和军部的残酷统治下得到了一点解放。尽管不久冷战时代一开始后，我们的思想、文化和言论又被某种势力控制得非常严重，但起码在战后的一段时间里，各种民主、左派的思想得到解放，真是百家争鸣，眼花缭乱。这时，在战争中遭禁忌的性文化的解放，也作为思想解放的一个象征。因此，当时在知识分子之间受欢迎的不少杂志，一面宣扬自由、民主等政治思想，一面介绍古今内外的性文化，一些“好色文学”纷纷被节略翻译。战后过了十年，日本社会渐渐稳定，政府强调要有规律，有秩序，文化方面也受到了限制。限制的主要对象就是社会主义、共产主义、无政府主义等所谓“左派”思想和有关性文化的各种表现。对于性文化的限制，在社会上有不同的看法。50年代到70年代，关于性文化的电影、绘画、小说和外国文学的翻译等，有不少打官司的案件。其中最有名的是关于英国作家D. H. Lawrence *Lady Chatterley's Lover* 的案件。最后判决这篇翻译有些部分太猥亵而有罪，遭到罚款和禁止出版。虽然这个审判80年代以后失了实效，但对当时的翻译和出版有不少影响。小野忍和千田九一两位先生合作翻译的全本《金瓶梅》是50年代开始出版。在当时的形势下，所谓“猥亵的部分”没有翻译，而是将删节的原文附在全书最后，让读者看清楚哪个部分被删掉了。可是到60年代的改订版，删节部分的数量没有很大的变化，而将附在后面的原文都删掉了。所以一直到现在，一般的日本人还是没有机会看到完整的《金瓶梅》。

到60年代，日本一位有名的通俗小说家评价《金瓶梅》说：“《金瓶梅》是一套有价值的长篇小说，但是，有些部分有过度的性行为的描写，因此还是不能不说是猥亵的书籍。”这很有代表性地说明了从明治时代到现在，人们对《金瓶梅》的看法还是没有很大的或者根本性的改变。这种分裂的观点实际上还是不让日本的读者决定：《金瓶梅》究竟是“淫书”还是名作？《金瓶梅》不能撤掉“淫书”这个臭名，就不能得到与三大奇书、三言二拍、《红楼梦》一样多的读者。《金瓶梅》的读者还是不敢说爱好，只能在案下偷偷地看。

贵国“文革”期间的《金瓶梅》研究当然是“空白”，而我们日本也有各种政治运动，也受“文革”的影响，对于中国小说的研究也有“十年空白”。70年代后期恢复了小说研究之后，三大奇书等其他小说研究的质和量迅速地提高了。但是，《金瓶梅》的研究还是比较落后。我们虽然承认《金瓶梅》是划时代的作品，从《金瓶梅》起中国小说明显地迈向近代化，但研究《金瓶梅》的除了两位（已故日下翠女士和荒木猛先生）以外，专家等于没有，而且有关论文也还是寥寥无几。评价是高了，但研究还是那么少，这个落差是十分奇怪的。

关于《金瓶梅》的性描写，铃木阳一说：

关于《金瓶梅》的社会评价，我上面说过的，很重要的一点是关于它的性描写的问题。实际上，我们研究《金瓶梅》的时候，一般是将有关性行为的描写不提或者装作似乎没有看到似的，只是说《金瓶梅》怎样反映当时社会现实，或者叙事方面有什么样的特点等等。这意味着我们研究者对于《金瓶梅》与一般读者一样，实际上内心处于一种分裂或矛盾的状态。换言之，我们每个学者头脑里对《金瓶梅》往往没有一个统一、完整的评价。更直接地说，我们还不能下决心去认真研究《金瓶梅》性行为描写的问题。

如果真是要对《金瓶梅》的性行为描写做出正确的评价，我们一定要详尽的搜集性文化方面的文献和图像资料，只有这样，才能较好地理解当时的性爱意识、美感等，可以把握《金瓶梅》艺术表现的特点。按照一般的看法，这方面的研究作为在野的学者或好事者可以做。但是，对于在大学讲课的教师来说，研究这个方面怕会有社会的批评，甚至会挨骂。而且现在日本选择文学的大学生三分之二以上都是女学生，这就很难开口在课堂上讲《金瓶梅》的性描写，即使在期刊学报上直接地来谈这一问题也还是有些顾虑的。

我个人看，《金瓶梅》的性爱描写与当时其他“淫书”有很多相同的地方，不少部分甚至语言文字都是一样的。所以，有必要加以比较研究。还有，我认为《金瓶梅》中男女之间的爱情和憎恶，在比较短的时间里有很多激烈或微妙的变化。那些人和人之间的爱情关系的变化和他们的性行为描写有一定程度的关联。

所以，要论作品中的人物形象，千万不要把性爱描写当作禁忌，应该认为是跟其他的一般行为（例如“饮食”）一样而加以分析。《金瓶梅》的叙事者在描写性爱时没有什么禁忌，我们研究者也应该从谈论性文化的禁忌中解放出来，将性文化包括在视野中来全面地议论《金瓶梅》。

关于《金瓶梅》研究的设想，铃木阳一说：

我不想对一些常规的问题面面俱到地都说到，只想就我感觉到的《金瓶梅》研究方面当前迫切需要注意的问题谈一点粗浅的看法。首先是要不嫌其烦地去搜集明代和清代社会资料，包括文献以外的实物资料，然后以这些资料为基准，正确地衡量《金瓶梅》所描写的内容与当时社会现实之间的关系。在日本和中国，常常有一些研究者将《金瓶梅》中所描写到的事物简单地等同当时社会中的现实。例如，日本筱田统的《中国食物史》（八坂书房）一书，是关于中国食物史的名著。该书的作者说，明代没有很好的资料，只好把小说《金瓶梅》中的材料来论述明代的食物史。这肯定是有问题的。现在中国的饭菜常常起了个很好听的美称，那《金瓶梅》中的菜名是真名还是美称呢？那样的场面是真实的还是夸张了的呢？食物之外，其他如服饰、道具、社会制度等方面都是一样。《金瓶梅》究竟怎样真实地反映现实，我们还必须有可靠的材料来作为证据。

第二，就《金瓶梅》文本研究来说，我认为要加强研究《金瓶梅》中的人与人之间的关系，而不能孤立地着眼于一两个主要人物。西门庆家是一个小而很复杂的社会。小说中发生每一件事，会对每个人在心理上造成影响，在每个人的语言、态度、动作上表现出来。社会上发生的经济的或政治的事件，也一定对家内的人物之间的关系产生重大的影响。我认为，小说中的场面——情节——故事犹如织物的经线，一个场面中的对话和动作是纬线，人和人的关系和心理上的变化就是织出的最漂亮的花样儿。所以，只有详细地观察以西门庆为中心的这一个小而错综复杂的社会，特别是关于时刻变化的人和人之间的关系与反映关系变化的心理，我们才能把握《金瓶梅》整体结构和文学价值，发现不少的新问题。

还有，我认为关于《金瓶梅》的语言研究是一门大学问，特别是有关食与色方面的语言，常常与其他文学作品（小说、戏剧、说唱艺术、通俗诗词）非常一致或接近，这些大部分都不是作者的创造，而是搬用了当时流行的语言。这样说，并不是要贬低它的价值，而是要说明《金瓶梅》实际上是一部为了满足人的欲望而成立的奇妙的百科辞典。像它那样使用这么多的满足人的欲望方面的语言，在当时和以后都没有过。英语的“text”意味着“织物”，文学文本就是用语言编织的织物。从这样的角度上来看，《金瓶梅》是用色彩最丰富、最华丽的丝线编织成的色彩绚烂的巨幅织物。所以，我们研究者有责任首先要分析它使用了哪些华丽的丝线，然后要把握它怎样编织成复杂而绚烂的织物。这也就是说，要搞清楚哪些部分是引用过来的？哪些是当时流行而共享的语言呢？作者又是如何使用这些语言的？这对于我们正确理解这部作品很有意义。

我们同时注意到《金瓶梅》在表述上面所说的复杂情况时，所用的当时白话或叙述语言有时还不能适应，例如有时引用了前人的套话，有时叙述有些混乱，缺少描写心理的语言，对不少反映心理的动作的叙述有矛盾等等。为了充分理解这些矛盾或错误，我们也需要丰富语言学方面的知识，把握明代的语言，包括白话文之外的口头语言、通俗文言等情况。

（以上引文俱见《中国与日本：〈金瓶梅〉研究三人谈》，《文艺研究》2006 年第 6 期）

四十七、崔溶澈，男，韩国高丽大学中文系教授。1953 年出生，高丽大学中文系毕业，台湾大学中文研究所硕士、博士。现为高丽大学中文系主任、中国学研究所所长、民族文化研究院院长，韩国中国小说学会、中国语文研究会、东方文学比较研究会会长。著述有：《红楼梦的文学背景研究》《清代红学研究》《金鳌新话的版本》《钟离葫芦》《剪灯三种》《剪灯新话谚解本》《红楼梦的传播与翻译》《红楼梦全译》等。金学论文有：《金瓶梅对红楼梦的影响》（1992 年）、《中国历代禁毁小说研究》（1997 年）、《中国禁毁小说在韩国的流传》（1999 年）、《金瓶梅在韩国的流传、翻译及研究》（2000 年）、《二十世纪韩国金瓶梅翻译及传播》（2010 年）、《金瓶梅韩文本的翻译底本及翻译现状》（2013 年）等。

笔者写作“金学学案”，手头最缺的是韩国的资料，只能向崔溶澈求助。崔溶澈热情好客，既发来其金学简介，又代为约请康泰权撰稿，其情殷殷，何快如之。

崔溶澈所撰“金学简介”如次：

在中国小说的发展史上，《金瓶梅》和《红楼梦》之间曾有密切关系。因此，在硕士论文《红楼梦的文学背景》中，有一节探讨《红楼梦》中来自《金瓶梅》的一些成分。首先探索清朝红学家对这方面的论述，继而考察这两部作品中相似的故事情节、人物形象及语言描写的比较。后来笔者曾写一篇《金瓶梅对红楼梦的影响》一文，基本上是按照这样的架构进行的。《红楼梦》的早期脂评本中，脂砚斋已经指出第十三回的秦可卿葬礼的描写可能来自《金瓶梅》第六十二回的李瓶儿葬礼的部分。脂砚斋说“写个个皆知，全无安逸之事，深得金瓶壸奥”。在第二十八回贾宝玉在冯紫英家和薛蟠等人一起行酒令的时候，脂砚斋也说“此段与《金瓶梅》内西门庆、应伯爵在李桂姐家饮酒一回对看，未知孰家生动活泼”，这是《金瓶梅》第十二回的事。在清代后期红学家里，诸联、张其信等都在《红楼评梦》和《红楼梦偶评》中曾强调说“此书从《金瓶梅》脱胎”。

1997年8月笔者应邀参加山西大同召开的第三届国际《金瓶梅》学术讨论会，提交《中国禁毁小说在韩国的流传》一文。由于在朝鲜文献中直接著录《金瓶梅》的不多，笔者认为还是广泛探讨禁毁小说比较好，同时考虑到尽量回避直接露出《金瓶梅》字眼。金学专家康泰权曾说过，在韩国公开研究《金瓶梅》是一种冒险行为，总是会碰到种种的批评。笔者在此文中，探讨禁毁小说，包括《剪灯新话》《金瓶梅》《肉蒲团》等，但还是以《金瓶梅》为主要讨论对象。此文可以说是一篇朝鲜时期著录《金瓶梅》的文献整理。首先提到是许筠的《闲情录》，而这里所提的《金瓶梅》书名，实际上来自袁宏道的《觞政》的一段，并不是许筠的直接记录，许筠不会看过原书，只是引用袁宏道当年看过抄本之后的评价。许筠曾到过燕京，购买几千册的书籍，袁宏道文集也是其中之一。稍后，安鼎福、沈𬊤（金宰）、李圭景、洪翰周、李遇骏、赵在三等儒家文人都接触到《金瓶梅》，评价虽然各稍异，但基本上认为淫词小说，持有否定的态度。朝鲜时代文人倾向于儒家的保守文学观，在文献记录上很少留下肯定的评价，而实际上《金瓶梅》为首的淫词小说，仍然流传到朝鲜。尤其在宫廷里思悼世子已经掌握了不少“淫谈怪说的作品”，如“曰《浓情快史》曰《昭阳趣史》曰《锦屏梅》曰《陶情百趣》曰《玉楼春》曰《贪欢报》曰《杏花天》曰《肉蒲团》曰《恋情人》曰《巫梦缘》曰《灯月缘》曰《闹花丛》曰《艳史》曰《桃兴图画》曰《百抄》曰《河间传》”。这是完山李氏（即思悼世子）在《中国小说绘模本》的序文中所提的目录。由此可以推测，当年朝鲜宫廷里已经输入明末清初出现的大量的淫词小说，要不然朝鲜世子如何知道这些“淫谈怪说”的书目。值得注意的是《金瓶梅》的书名，在此却写成《锦屏梅》，如果按照著录其他作品的正确书名，绝对不会写错《金瓶梅》的书名。序文作者是否故意如此写法？由于《金瓶梅》的名气太大，太刺眼，因此是否故意改成《锦屏梅》，不得而知。在朝鲜文献中，有时写成《金屏梅》的，也不罕见。我们在古典文献中常见错字或笔误，但看起来《锦屏梅》似乎不属于笔误。

2000年10月，笔者又参加山东五莲召开的第四届国际《金瓶梅》学术讨论会，发表了论文《金瓶梅在韩国的传播、翻译及研究情况》。朝鲜文本中人虽有几项传播的记录，但大部分说否定的一面，绝少有详细分析的正面介绍。但有一部18世纪末年的朝鲜小说《折花奇谈》（日本东洋文库所藏），证明就受到《金瓶梅》的直接影响。《金瓶梅》的翻译文在朝鲜时期没有出现，在数十种的中国小说谚解本中没有收录《金瓶梅》。韩文本《金瓶梅》翻译，直到20世纪中期才以报刊连载的方式出现，始由日文重译，后由中文原本翻译，现已有全译本。至于学术研究，直到20世纪80年代之后方慢慢开始，如今已经出现两篇博士论文，多篇硕士论文及研究文章。

2010年8月在河北清河召开的第七届国际《金瓶梅》学术讨论会上，笔者发表《二十世纪韩国金瓶梅翻译及传播》一文。在此文中笔者主要探讨20世纪50年代以来的韩国当代《金瓶梅》翻译的历史和传播的情况。朝鲜时代虽然出现了不少明清小说的谚解本，但始终没有出现《金瓶梅》的翻译。20世纪前半期，中国小说的介绍及翻译作品有不少，例如梁建植的《三国演义》《红楼梦》等，但仍然无法直接翻译介绍《金瓶梅》。但是，根据文人佳话的介绍，梁建植曾在办公室，偷看淫词小说，包括《金瓶梅》。韩国光复（1945年）之后，《金瓶梅》才正式进入韩国社会。

2012年8月在台湾召开的第八届国际《金瓶梅》学术讨论会上，发表《金瓶梅韩文本的翻译底本及翻译现状》。在此文中，笔者考察二十多种的韩文本的翻译底本系统，还集中于四种全译本，详细考察翻译情况，如回目和诗词的处理，俗语和成语翻译方式等。

2014年11月，在山东兰陵召开第十届国际《金瓶梅》学术讨论会，笔者因事无法参加，但提交了论文提要，题目为《金瓶梅满文本与红楼梦朝鲜谚解本的比较》。此文中，笔者简单探讨《金瓶梅》满文本出现的背景，同时考察朝鲜谚解本《红楼梦》的翻译背景，最后把两者翻译情况加以比较。清朝初年满洲贵族普遍愿望尽快了解中国古典，大量白话小说也很快被满文翻译，因此出现了四大奇书及清初才子佳人小说的满文本。其中《金瓶梅》满文刻本更值得注意。朝鲜时代早期（15世纪）虽然已出现朝鲜文字（韩文，Hangul），但直到17、18世纪随着民族意识的提高，才逐渐出现谚解本长篇小说，到了19世纪朝鲜宫廷已经收藏大量的韩文写本，其中包括《红楼梦》及五种续书的谚解本。笔者认为由于中韩两国的历史条件和文学思想的限制，满文本中没有《红楼梦》，朝鲜文本中没有《金瓶梅》。但是，满文和朝鲜文的语言系统极为相似，因此两者翻译的具体方式，将可做细致的比较研究。

崔溶澈参加了在中国召开的第三、四、七、八届国际《金瓶梅》学术讨论会，第九届国际《金瓶梅》学术讨论会时发有贺信，第十届国际《金瓶梅》学术讨论会虽未与会但提交了论文提要，参加次数仅次于铃木阳一。崔溶澈与黄霖和笔者等过从甚密，是中国金学界的老朋友，对国际金学交流做出了突出贡献。

四十八、韩　南（Patrick Hanan）（1927 年 1 月 4 日—2014 年 4 月 27 日），男，生于新西兰，2014 年 4 月 27 日逝世于美国。1948 年毕业于新西兰大学，获得学士学位。次年在该校获得英国文学硕士学位，便到英国准备在伦敦大学研究英国中古历史传奇小说，并以此作为博士论文。可是，就在修完博士课程，将要动笔写论文的时候，他做出了一个重大决定：重新上大学，从头学习中国古代文学。于是，从 1950 年到 1953 年，他在伦敦大学通过刻苦学习，又拿到一个学士学位，并在毕业后，考进伦敦大学的亚非学院。他的博士论文本来选择的题目是《史记》，想从文学的角度对这部历史巨著进行研究。但他的指导老师（Simon）认为研究《史记》的人太多了，建议他研究《金瓶梅》；当时学院的荣誉教授，著名翻译家韦利（Arther Waley）也认为《金瓶梅》很值得研究。正好他自己对这部小说也很感兴趣，就这样选定了博士论文的题目。

1957 年，也就是攻读博士学位的第三年，韩南有机会到北京进修一年。他到北京后本想在北京大学注册，但因故未成。他在北京图书馆、首都图书馆和北大图书馆看了很多书，还见到了心仪已久的郑振铎、傅惜华、吴晓铃等专家学者。关于郑振铎，有一件事，使他感怀不已。在那一年，人民文学出版社据 1933 年北京古佚小说刊行会影印本出版了《金瓶梅词话》，只印了 1000 套，是供高级干部和专家学者参考用的。他的博士论文是研究《金瓶梅》，很想手头能有一本。郑振铎了解到他的困难，就破例特别批准卖给伦敦大学图书馆一部，从而解决了他的急需。

韩南 1960 年在伦敦大学亚非学院获得中国古代文学博士学位。1954 年至 1963 年，在伦敦大学亚非学院任讲师。1963 年至 1968 年在美国斯坦福大学先后任副教授、教授。1968 年起，任哈佛大学东亚语言与文明系教授。1987 年至 1996 年，任哈佛燕京学社社长。1973 年，他出版了第一本专著《中国短篇小说研究》（*The Chinese Short Story*）。

《金瓶梅》研究是韩南最早涉足的一个汉学研究领域，当年他选择《金瓶梅》做博士论文，最后形成了三篇系列论文，先后正式发表。其中最引起学术界注意的，是他于 1962 年在《亚洲杂志》发表的《〈金瓶梅〉的版本及其他》一文。这篇文章探讨了《金瓶梅》的主要版本、各本异同及其相互关系，并通过考察文字的意脉，对该书的原作和补作的关系作了细致的勾勒。这篇文章考察的范围之广，体现的功力之深，涉及的文献之多，在当时深为学术界瞩目，现在看来，仍然有其不可忽视的价值。次年，又发表《〈金瓶梅〉探源》，对《金瓶梅》所引用之小说、话本、戏曲、史书等做了系统的溯源，是一部有关《金瓶梅》渊源研究的集大成之作。韩南上述二文，资料丰赡，论证审慎，向为研究界所重。

另外，韩南对《红楼梦》、中国白话小说、李渔、晚清言情小说、现代文学均有所研究，并都有成果，是美国最有成就的研究中国古典小说的专家之一。

中国出版的韩南学术论著有：《中国近代小说的兴起》，徐侠译，上海世纪出版社集团/上海教育出版社2004年5月；《韩南中国小说论集》，王秋桂等译，北京大学出版社2008年3月；《创造李渔》，杨光辉译，上海世纪出版社集团/上海教育出版社2010年12月。

关于《〈金瓶梅〉的版本及其他》，该文一如作者所说"主要探讨两个问题：第一是《金瓶梅》的赝伪问题，究竟今世所见《金瓶梅》有多少是原作品；第二是《金瓶梅》一书的版本演化的过程，就《金瓶梅》之成书及早期各不同之手抄本与出处提出新的见解"。他把词话本、崇祯本、第一奇书本分别叫作甲版本、乙版本、丙版本，文分《金瓶梅》之主要版本及其相互间的关系、万历本与崇祯本（词话本与明代小说本）之比较、"补以入刻"的第53—57回、改头换面——第1回、散失诸回的内容、手抄本、《金瓶梅》一书失传的几个版本等七个部分，尽管如栖息堂本《金瓶梅词话》在韩南发表该文那年方被确认所以该文不可能论及，但该文于抄本、词话本、绣像本仍作有详尽的考察。譬如词话本与崇祯本之关系，韩南说："假定的版本（含补入的五十三至五十七回）——甲系之最早版本（五十三至五十七回重写过）——乙系之最早版本（第一回改头换面了，其他各回则删节并改正错误）。我必须重复地声明，这只是斟酌事实而列的最最简单而可能的版本关系；确切的关系，虽也不出这个范围，一定远比此复杂。"海外研究《金瓶梅》版本者众，但迄今无过日本鸟居久晴与美国韩南者。当然，该文也小有失误。如说"最早在苏州刻行的版本，是万历三十八年或万历三十九年"，就与鲁迅一样，失察于马仲良榷吴关的时间。又如说"张竹坡本应在1684年康熙二十三年之前不久版行"，系误解傅惜华所藏陈思相《〈金瓶梅〉后跋》所致。至于说张竹坡"为金圣叹之门生"，也是望文生义。

《〈金瓶梅〉探源》则分为长篇小说《水浒传》、白话短篇小说、文言色情短篇小说《如意君传》、宋史、戏曲、清曲、说唱文学等七个部分，对《金瓶梅》所引用的小说、话本、清曲、戏曲、史书和说唱文学，取得集其大成的成果。文章说："本文所讨论的《金瓶梅》来源，指的是大量地写进小说之中足供查证的那些作品。只有当这些来源被查对核实之后，我才敢得出结论，指明这些著作曾给予小说作者以何等影响。……本文的首要目的就是把它们查出来，……本文的第二个目的是分析小说作者怎样应用这些引文。……重要的不是引用本身，而是它的性质和目的。……孤立地考察，这些引文形成文学小古董的怪异集合。只有当探究它们怎样和为什么怎样被运用时，它们才会有助于对《金瓶梅》成书的理解。"

徐朔方在《金瓶梅西方论文集·前言》中如此评价韩南的代表作《〈金瓶梅〉探源》："韩南教授的《〈金瓶梅〉探源》以冯沅君《金瓶梅词话里的文学史料》和别的学者的研究为基础，取得集大成的优异成果。它所搜罗的材料极为详备，只有集海内外著名图书馆的收藏才能做到。作者甄别资料的审慎客观的态度足以和最好的学者比美。……《探源》是一篇功力深厚的考证，但它并不以此为限。……作者把《水浒传》和其他话本小说作为原有的旧式小说，而《金瓶梅》是以心理描写见长的新型小说。……我佩服韩南教授博洽明辨的考证，正因为如此，才乐于利用偶然的机遇翻译他的大作，并不揣冒昧提出以上商榷。《金瓶梅》的作者是谁，它是个人创作抑或是时代累积型的作品，看来不会很快取得一致。可以肯定的是，《〈金瓶梅〉探源》所做的实事求是的调查研究必将有助于问题的最后解决。"

四十九、芮效卫（David Tod Roy），男，1933年生于中国南京，1958年哈佛大学历史学学士，1960年哈佛大学历史与东方语言学硕士，5年后获哈佛大学远东语言文学系博士。1963—1967年，任普林斯顿大学中国文学教授，1967年起任教于芝加哥大学。

关于张竹坡与《金瓶梅》研究，芮效卫有《论张竹坡评注金瓶梅》（载浦安迪编《中国叙事文学》，普林斯顿大学出版社1977年）一文，颇多卓见，参见本书上编与中编。

关于《金瓶梅》作者，芮效卫有作者汤显祖说，与徐朔方有一辩，参见本书中编。

芮效卫对金学最大的贡献是全译《金瓶梅词话》。芮译本书名为 *The Plum in the Golden Vase Or, Chin P'inc Mei*，全书共分五卷，各卷分开独立出版，芮氏又给各卷分别起一个英文名称，第一卷为"*Gathering*"（相聚），第二卷为"*Rivals*"（情敌），第三卷为"*Aphrodisiac*"（春药），第四卷为"*Climax*"（高潮），第五卷为"*Dissolution*"（衰败）。各卷均有以下之内容：

1. 献词（Dedication）

2. 插图目录及插图（List of Illustrations & Illustrations）

3. 鸣谢（Acknowledgements）

4. 人物表（Cast of Characters）

5. 正文（Main Text）

6. 注释（Notes）

7. 参考书目（Bibliography）

8. 索引（Index）

第一卷除上述内容外，还另有：

1. 译者导言（Introduction）

2. 欣欣子序（Preface）

3. 廿公跋（Colophon）

4. 东吴弄珠客序（Preface）

5. 四行香子词（Four Lyrics to the Tune "Burning Incense"）

6. 四贪词（Lyrics on the Four Vices）

并有两种附录：

附录一（Appendix I, *Translator's Commentary on the Prologue*）

附录二（Appendix II, *Translation of Supplementary Material*）

各卷封面均印有明人为《金瓶梅》所绘制的彩色图画，各卷不同，封背则有内容提要及若干评语。

加拿大多伦多大学胡令毅教授如此评价芮译："芮氏译本是一种严谨的学者型翻译。芮先生奉行'无字不译'（'translate everything'）的原则，极注重忠实于原作。为了忠实，即便译文略嫌'拗口'也在所不惜。……芮先生毕竟是一位老到的翻译家，在忠实与可读之间，知道如何拿捏恰当的分寸。20 世纪英语翻译界有三位翻译明代小说的前驱大师，一位是 Arthur Waley（韦利），《西游记》的译者；一位是 Pearl S. Buck（赛珍珠），《水浒传》的译者；还有一位是 David Hawkes（霍克思），《红楼梦》的译者。韦利平实而不露译痕，赛珍珠贴近原文而又具自己独特的风格，霍克思则是锤炉妙手，不拘泥于中文构造而能入于化境。芮先生似兼具三家之长。其译文既通俗可读，又富于文学韵味，且又能在形式上亦步亦趋，尽可能保留原作的风貌。"（未刊稿《高山仰止，景行行止：英译本〈金瓶梅词话〉卮言》）

诗无达诂，芮译似亦有可商榷之处。如上引胡文说：

"芮先生呕心沥血，几十年如一日，虽译绩斐然，远迈前贤，却并非白璧无瑕。晚生斗胆，欲使之臻于完境而冒昧指陈一二，如：标题。原作标题为'金瓶梅词话'，芮先生译为'The Plum in the Golden Vase Or, Chin P'inc Mei'，显然是受 1985 年出版的雷威安（Andre Levy）法译本标题‘Fleur en Fiole d'Or’的影响。与 Egerton 译本标题‘The Golden Lotus’相比，芮译无疑忠实得多，不过还略嫌不够，有以下三点：

“1. 漏译‘词话’。‘词话’的意思是带有歌词的故事，故可翻译为‘lyrical story’。完整的标题应该是：‘The Plum in the Golden Vase：A Lyrical Story Or，Chin P'inc Mei T'zu Hua’。尤其考虑到我们有两种不同的《金瓶梅》版本，而芮先生是依据《词话本》翻译，全译更属必要。

“2.‘梅’非李花。‘金瓶梅’的‘梅’，芮译为‘plum’，即李花，而一般汉英辞典也均作如此翻译，似乎并不错。但笔者 2010 年参加河北清河举办的第七届国际《金瓶梅》学术研讨会，曾在德国使馆工作担任德文翻译的与会者李士勋先生向笔者指出，‘梅’即蜡梅，‘plum’为误译。李先生的话使笔者记起童年先慈每逢过年总要买一束蜡梅插于花瓶内，其形状质地确和西方所见之 plum flower 不同。查网上‘蜡梅’条解释，亦云：‘蜡梅花，多生南方，今北土亦有之，其树枝条颇类李，其叶似桃叶而宽大，纹微粗，开淡黄花。《纲目》：此物本非梅类，因其与梅同时，香又相近，色似蜜蜡，故得此名。’可见李先生言之有据。蜡梅花，互动百科英译为‘winter-sweet flower’。窃以为蜡梅为中国所独有，不妨音义夹译为‘mei flower’，再加一注为妥。

“3. 非文字游戏。‘金瓶梅’三字是一种文字游戏，意蕴丰富，可作多重解释：

“一、可解为‘花插金瓶’，芮先生即取此解。‘花插金瓶’在小说里数度出现，如第十四回描写西门庆家合家欢筵席，即有这样的骈体文对子：‘香焚宝鼎，花插金瓶’（梅节校点本《金瓶梅词话》，下同）。第四十三回描写类似之筵席，则改为：‘瓶插金花’。不管‘花插金瓶’还是‘瓶插金花’，均为富贵人家之象征，我们据此可知《金瓶梅》是一本关于富贵人家生活的小说。但‘花插金瓶’的象征意义并不仅限于此，还可隐喻男女之交媾。‘花’为阴茎，‘瓶’为阴户，‘花’插于‘瓶’则是一幅形象的交媾图。此性含义至今仍保存于上海方言‘花插插’之中。总之，‘金瓶梅’三字具有双重象征性，既可表示家庭之富裕高贵，又隐具性交意象。芮译亦如原文，一语双关又极雅致，妙极！

“二、但‘金瓶梅’三字可拆开读为‘金、瓶、梅’。‘金’代表潘金莲，‘瓶’代表李瓶儿，‘梅’代表庞春梅。此种释读由东吴弄珠客在其序言中首开其端，曰：‘如诸妇多矣，而独以潘金莲、李瓶儿、春梅命名者，亦楚《梼杌》之意也。盖金莲以奸死，瓶儿以孽死，春梅以淫死，较诸妇更为惨耳。’作如此阐释，显然是着眼于书中之女性人物，而《金瓶梅》则确实是一本以众多女性人物为主要描写对象的小说。Egerton 盖因虑及此，径将标题改为“The Golden Lotus”（金莲），虽用心良苦，失之以偏概全。然而芮译本书名，于小说关于女性人物之讯息传递，又不及 Egerton 译本，尤其是译本中人名均以译音出之，一般读者很难看出标题中的“Gold”“Vase”和“Plum”之于书中女主人公‘Chin-lien’（金莲）、‘P′ing′er’（瓶儿）和‘Chun-mei’（春梅）所具有的对应关系。原标题乃文字游戏，翻译却未能充分显现，仅取其意之一而不及其意之二，殊觉遗憾。

“三、‘金瓶梅’三字还可倒读，倒读则为‘没平静’的谐音字。追逐荣华富贵，生活丧失平静，最终导致家破人亡，正是《金瓶梅》作者所希望表达的主题，而此一主题，早已隐寓在标题文字的倒装组合中。但我们却无法倒读英译标题来隐括主题，故芮题虽妙，仍嫌未臻至美。有鉴于第二及第三两点，若以不译为译，即简单用拼音代替‘金瓶梅’三字，并加一注释，倒也不失为一种选择。”

温秀颖、李兰《论芮效卫〈金瓶梅〉英译本的体制与策略》（《中国外语》2010 年第 1 期）：“芮译本之所以获得西方读者，特别是美国读者的青睐，主要可归结为三个原因：一是内容全，‘是世界文学宝库中第一个最完整的英语译本’；二是质量优，‘充分把握了原作的精神实质和文学价值’，运用了恰当的翻译策略和版式体例，满足西方读者的阅读期待；三是价值高，拥有‘富于哲理和学术价值的导言’和‘极富见地的注释’。”

美国加州大学伯克利分校比较文学及东亚语言文化系教授、哈佛大学博士 Sophie Volpp（袁书菲）说：“芮译《金瓶梅》是一部鸿篇巨制，一代代读者将会对译者的贡献心存感激。作为芮伟大职业生涯的顶峰之作，这一译作彰显了一种史诗般崇高的学术行为。百科全书般的评注使其成为翻译的典范，任何语言的翻译都少有企及，而这些评注不仅对于普通读者，而且对《金瓶梅》学者都是必不可少的。”

五十、浦安迪，男，原名安迪鲁·浦拉克斯（Andrew Henry Plaks），1945 年生于美国纽约。1973 年普林斯顿大学东亚研究系博士，毕业后留校任教。现任普林斯顿大学东亚系和比较文学系教授，兼任以色列希伯来大学东亚系教授。浦安迪通晓十几种语言，尤对汉语、日语、俄语、法语、希伯来语最为精通。研究领域广泛，主要研究领域为中西文化比较，中国古典小说，叙事学，中国传统思想文化。代表作品有：《〈红楼梦〉中原型和寓意》（*Archetype and Allegory in the Dream of the Red Chamber*，1987，普林斯顿大学出版社）、《中国叙事文：批评与理论文汇》（*Chinese Narrative：Critical and Theoretical Essays*）、《明代小说四大奇书》（*The Four Master works of the Ming Novel：Ssu ta chishu*，1987，普林斯顿大学出版社）等。中国出版其著作三部：

《中国叙事学》（北京大学出版社 1996 年 3 月），《明代小说四大奇书》（生活·读书·新知三联书店 2006 年 9 月，沈亨寿译），《普安迪自选集》（生活·读书·新知三联书店 2010 年 12 月，刘倩等译）。

刘辉为拙著《张竹坡与〈金瓶梅〉》（百花文艺出版社 1987 年 9 月）所作序中有言："1984 年岁末，美国普林斯顿大学浦安迪教授来华，要我陪他专程去徐州走访吴敢同志，并渴望亲眼看看新发现的张竹坡资料。火车到徐州已是傍晚，下车后未作小憩，驱车直奔吴敢同志的寓所，浦安迪先生访书时的急切心情，我是完全理解的。吴敢同志则热情接待，当即拿出了这部《张氏族谱》。浦安迪先生尚未翻阅，就向吴敢同志提问：'您能够证明这个张竹坡就是为《金瓶梅》作评的张竹坡吗？'吴敢同志随即翻出这篇《仲兄竹坡传》，从'兄读书一目能十数行下'开始，一直读到'四方名士之来白下者，日访兄以数十计'为止。浦安迪先生边听边看，不住点首称赞：'好，好，太好了！'晚上，我们回到南郊宾馆，浦安迪先生对我说：'我现在就给罗伊先生写信，仅此一篇传，我相信他会修改自己的观点的。'时光流逝，转眼两年过去了，这件小事我始终不能忘怀。"原来芮效卫研究张竹坡与《金瓶梅》，认为张竹坡籍贯安徽歙县，张潮为其叔父，与笔者发现的张竹坡新的资料相左，浦安迪徐州之行负有使命。当年浦安迪造访徐州，在寒舍预真居看书叙谈的情景至今历历在目，而笔者与浦氏同庚，于学问则莫可望其项背，令人惭愧。

浦安迪的《金瓶梅》研究，单篇论文之外，主要体现在其《中国叙事学》《明代小说四大奇书》之中。浦安迪将《金瓶梅》放进中国叙事学源流与明代四大奇书体系之中，做出整体关照，既提纲挈领，又洞幽察微，可谓高屋建瓴，势如破竹。

关于《金瓶梅》的主旨，浦安迪说："《金瓶梅》的作者相当注意时间节令的处理。《金瓶梅》主体故事的时间跨度在十年之内，而作者对于一年四季的时令变换的处理极见匠心。作者不厌其烦地描写四季节令，超出了介绍故事背景和按年月顺序叙述事件的范围，可以说已达到了把季节描写看成一种特殊的结构原则的地步。如果我们注意到作者描写景物时特别突出冷和热不断交替的原理，这种季节性的框架结构就显得更为明显。小说描写四季变化常用'冷'和'热'的字样，其用意往往联想到与易理相关的更加抽象的哲学概念。纵览全书，我们可以看到随着时令的变换，人间热闹与凄凉的情景之间也发生相应的更迭。我们不难觉察，西门庆家运的盛衰与季节循环中的冷热变化息息相关。不言而喻，'冷热'的字样在明清小说戏曲中的意义，远远不止仅指天气的冷暖而已，而具有象征人生经验的起落的美学意义，才有所谓'热中冷''冷中热'的交错模式出现，泛指大千世界里芸芸众生们生生不息的荣枯盛衰。……

“《金瓶梅》行文中之所以出现这种行文重复的现象，绝非由于作者想象力的贫乏，而是另有深意的构思。这种构思试图通过互相映照的手法烘托出种种隐含的意蕴，最后点明深刻的反讽层面。……

“《金瓶梅》在结构造型和修辞造句方面，显示出种种驾驭整部作品的高超技巧。但我们同时也会常常感到书中还有其他别具匠心的重要企图，无怪乎张竹坡在评点中，提醒读者不要被文本的表面文字‘瞒过’，而崇祯本的评注者则规劝人们对这部小说的关键处，‘莫作闲话’看待，很多早期的评本——如弄珠客序云‘作者亦自有意’，廿公跋曰‘盖有所刺也’——虽然出于不同的角度，却都一语道破了其中的玄机。……

“《金瓶梅》中的因果报应框架并不是直言无隐的小说主题，而是深具寓意，暗蕴反讽的处心积虑之作。书中的佛学说教的不能服人，是显而易见的，有的读者干脆就认为全书的载道性框架不过是作者矫饰做作的冒牌货。说得轻些，在作者为自己写作一部基本上属于淫书的作品编造出巧妙的借口；也可能是作者自欺欺人，一方面曲尽色情经验的快乐，另一方面又要表白自己并非意在诲淫。上述说法，都不无道理。但说得更中肯一些，我认为，到了《金瓶梅》成文时期，把佛学说教这一套编入小说文体的美学轮廓中，已经成为一种固定的格式。它被当作一种约定俗成的惯例，其醉翁之意已经不在于说教本身。简言之，《金瓶梅》里的佛学说教其实不是佛学说教，《金瓶梅》里的淫秽描写其实也并不是单纯的淫秽描写。……

“在《金瓶梅》这部可算是整个中国文学中描写事情最精辟入微的杰作里，作者反复地告诫，要人们从声色的虚幻中觉醒过来，去领悟万事皆空之理，是为第一层寓意。与此同时，作者又使我们感到，这种说教实际听起来似乎又十分的空洞乏力，是为第二层寓意。在这一点上，只有深受《金瓶梅》影响的《红楼梦》可以与之比肩。我认为，无论就第一还是第二层寓意而言，这种的用心看来只能用另有寄托来解释。……众所周知的酒色财气四贪，与欧洲传统的四种基本罪行并列，译成外语时可以称为‘四大罪’。由此可见，《金瓶梅》里的性描写，并不是为了取悦读者而已，也不仅是这种有意识的宣泄，而是另有一大套有关‘存天理、灭人欲’的心学的大道理在。……

“在一个略为抽象的层次上，我们对奇书文体如何运用儒家的思想观点，来处理具体的伦理价值的问题，可以作进一步的探讨。《三国演义》和《水浒传》都围绕着如何在现世中，对‘忠’和‘义’的观念重下定义。《金瓶梅》中有‘孝’的主题，处处刻意点出对人伦纲常的漫画性的讽刺。《三国演义》和《水浒传》里的‘孝’的问题，主要是围绕着私义和公义——尤其是做孝子还是做忠臣之类的定型矛盾——而展开的。《金瓶梅》却有独特的处理角度，它的思想中枢，在于把孝悌这一正常的克己心态，逆向转化为一种目无君父、专崇自我满足的风尚。因此，乱伦、无后、大不肖等等主题接踵而来，不仅显示了西门庆家庭的一团糟，也揭示了家运和国运迟早会同归于尽的祸根和病源。《西游记》其实也暗中大量留意于孝道的主题，而绝不是一部纯粹描写几个行脚僧的远游的冒险故事。由此可见，四大奇书与忠孝节义的儒家意义形态之间的关系，始终若隐若现。……

"鉴于'齐家'对天上人间的和谐有着如此强烈的模范意义，西门庆在故事进程中不断播撒种子，到头来却落得个断子绝孙下场，正中了'不孝有三无后为大'的格言，无疑是颇有深意的。'断后'和'乱伦'始终是《金瓶梅》的关键问题，这是对正常的人伦为害最烈的颠倒。"

关于《金瓶梅》的艺术，浦安迪说："《金瓶梅》章法的细针密线之处大致有如下三个方面：一曰回目内在的结构设计；二曰象征性的细节运用；三曰形象迭用手法。谈到章回的内在结构设计，首先引起我们注意的是，奇书文体的每一回明显的分成两个对称的半边，这一章法，与小说的对联式回目相互对映。……最明显的例子是《金瓶梅》第二十七回，上联是'李瓶儿私语翡翠轩'，下联是'潘金莲醉闹葡萄架'，一个是温柔热恋的情爱场面，另一个是毫无温情的粗野性虐场面。通过把内容分成对峙的两截，这种并列有很醒目的结构上的互补。'意象结构'的章法，是一种更重要的章回内部设计方法。它把该回内的种种含义意象结合成为一个富有诗意的整体。如《金瓶梅》第十五回'佳人笑赏玩灯楼、狎客帮嫖丽春院'，即是一个好例。它刻意设计了上半片一群雍容华贵的妇女与下半片一批粗俗欠雅的妓院贱男女，相互对比。……至于象征性的细节，……例如，在小说的开端时，对潘金莲漫不经心地嗑瓜子的描写，是色调鲜明的一笔，充满了轻佻调戏的味道。它仅仅是一种写实的手段吗？随着故事情节的逐步展开，我们会看到，这一细节所留下的轻微的色情意味逐渐发展成为潘金莲的性欲的标志，从而具有更深广的象征作用。张竹坡指出，同类例子散见于写实的字里行间，例如那隐约堪窥的帘子，花园里轻浮淫荡的秋千，令人沉醉的满天烟火等等，细针密线中均有象征性的寓意。……一系列没完没了的偷情闹事和家庭争吵，循环不息的请酒吃饭，伴随着必不可少的弹唱、玩笑、挑逗性的谈话等等，周而复始地反复出现，有时甚至到了令人厌烦的地步。其实，它们并不是可有可无的闲笔，而是一套丰富缜密的叙事针线。我把这一章法，称为'形象迭用'，而把因它而派生的丰富多彩的细针密线称为'形象密度'。'形象迭用'让错综复杂的叙事因素，取得前后一贯照应，内涵相当丰富，除了有上述'反复'的含义之外，有时还相当于传统批评家们所谓的'伏笔''斗榫'和'犯'等语。

“《金瓶梅》里的花园，与许多欧洲文学中的乐园福地一样，是用来作为西门庆白驹过隙的一生的全盘比喻。这一点表现在西门庆一身盛衰与花园的兴废历史的同起同落上。花园的兴建（从第十六回至十九回）与头二十回里他的一束妻妾花朵先后进入家门的过程是完全配合一致的。只看李瓶儿过门之日也就是这座花园的正式落成之时，这个意思已十分明白。

“从此以后，我们看到西门庆在色路和宦途上不断的发迹变泰。这反映在花园里的一连串赏心悦目的行乐情景和一些有权势的朝廷官员接踵来访的欢宴场面里。在作品的后半截里，我们终于目睹花园的渐趋破败，第七十九回西门庆的退场实际上意味着花园末日的到来。……花园在小说的结尾处一片荒芜，第九十六回春梅游旧家池馆时见到的正是这一令人不胜今昔之叹的破落景象。我们能够觉察出来，这个花园建筑格局的许多方面后来就成了《红楼梦》里那座巨幅的虚构花园的蓝图。这种反讽性的隐喻，也是一种广义的修辞法。”（以上引文俱见《中国叙事学》）

关于《金瓶梅》的版本，针对词话本在先崇祯本在后的观点，浦安迪说：“我无意在本文中批驳这业经认可的刻本顺序，也不想对认为词话本《金瓶梅》在研究、教学和翻译各方面都优于其他版本这一广为流传的看法提出异议，我们倒是应该在这里对这种说法所持的证据缺乏说服力引起关注。……没有一种已知的样本可以被看作是小说的原始文本，或者从另一角度说，这两种基本版本的最早文本内容都是互相渗透，或与一两种更早的文本错综关联的。这种观点一旦成立，那所有基于语言和版本分析而把词话本说成是最早版本的种种精心设计就大半失去了依据，因为那些用来比较的对象本身都是经过修订的第二手东西。”（《瑕中之瑜——论崇祯本〈金瓶梅〉的评注》，载《〈金瓶梅〉西方论文集》，上海古籍出版社 1987 年 7 月）

关于《金瓶梅》的成书，浦安迪《〈金瓶梅〉非“集体创作”》（《金瓶梅研究》第二辑）说：“我坚持认为所谓‘写定本’就是小说的本来面目，而那些‘加工润色’的地方恰好是《金瓶梅》成书的最大成就。在下文，我将从两种角度来反驳‘集体创作’的论点：先涉及一些有关小说考证之处，然后深入本文分析的领域。……综上所述，我以为，与其说《金瓶梅》是一部以说书底本为主，后来有文人添足的通俗文学作品，不如说其呈现了一种成熟的小说文体形式及明末文人成就。在此最醒目的是在那被视为比较接近形式祖本的《金瓶梅词话》里，这一系列美学特征都已全备，使之远远超出说书文艺的格局。在这论文的下半部，我将阐明《金瓶梅》的叙事美学上的几种关键层次，即结构模式、意象影射、用诗用典、思想含义等，来证明这惊人独创性的文章只是一个胸中丘壑的文人所能炼成的。”

五十一、陆大伟（David Rolston），男，1952 年出生于美国，1980—1982 年在台湾留学，1986 年前后在南京大学中文系进修。1988 年毕业于芝加哥大学远东语言与文化系，获博士学位，导师芮效卫，博士论文题目《理论与实践：中国古典小说，小说批评，与〈儒林外史〉的编写》（*Theory and Practice：Fiction，Fiction Criticism，and the Writing of the Ju-Lin Wai-Shih*）。现任教于密歇根大学的亚洲语言文化系。其研究方向为中国古代戏曲、小说，在中国古典小说批评与京剧文化史研究方面颇有建树，编写了《如何阅读中国小说》《中国传统小说及评论：阅读和写作中的言外之意》等著作。

陆大伟参加了 1986 年第二届（徐州）全国《金瓶梅》学术讨论会和 1992 年第二届（枣庄）国际《金瓶梅》学术讨论会，1989 年首届（徐州）国际《金瓶梅》学术讨论会也提交了论文和小传。

陆大伟用中文发表了不少金学论文，内容多集中于《金瓶梅》的源流。譬如在《〈金瓶梅〉与公案文学》（《金瓶梅研究》第三辑）中，陆大伟说："《金瓶梅词话》是一部反映明末文化的长篇小说。此书不但直接或间接地反映明末社会上的一些现象，也反映作者对明末流行的各种通俗文学所持的态度。中国公案文学有三大高潮：一元杂剧，二明末公案小说集子，三清朝侠义公案长篇小说。《金瓶梅》是在第二高潮时代成书的。……本文将对以下三个问题略作分析：一被抄引的公案内容在《金瓶梅》里的作用，二公案文学作品的一些特点与作者关心的问题在《金瓶梅》里的反映，三西门庆怎样判案与西门氏绝后是否有关系。"文章在分析《金瓶梅》所引录之公案文学之后说："《金瓶梅》中最后提到西门庆名字，概括其一生的一句话是'西门豪横难存嗣'（一百回）来看，我们有理由说西门庆独子孝哥当和尚，西门氏的香火由假子西门安接嗣这事，多多少少是作者特别给他安排的贪赃枉法、坑死无辜的报应。"

在《中国传统小说中说唱文学的非写实性引用——〈金瓶梅词话〉的模型及其影响》（《金瓶梅研究》第四辑）中，陆大伟说："《金瓶梅词话》以前的小说里虽然有关于说唱文学的描写，但出现的次数不多。《水浒传》百回本提到说唱文学的时候，不是点缀性的，就是因为情节的需要。……《金瓶梅词话》所描写的是说唱文学很容易出现的一个世界。……说唱文学在《金瓶梅词话》中的修辞性作用，说唱文学在《金瓶梅词话》成书过程中所起的作用，都是近十五年来金学的热门题目。……说实话，拙文没有什么超过前辈学者的地方。它与众不同的地方可能有两个：一本文对于说唱文学的定义虽然定得特别宽，但是其研究对象只是非写实的引用；二本文虽然以《金瓶梅词话》为主，但是也探讨说唱文学的引用在《金瓶梅词话》以后的小说中的发展。

……说唱文学影响小说的发展倒不是什么新鲜的事，《金瓶梅词话》与众不同的地方似乎在于说唱文学对它的一些影响没有被完全消化。至少从表面上看，作者没有把从小说之外借来的因素与我们平常所认为是小说应该有的因素融和为一个天衣无缝的整体。……《金瓶梅词话》中的非写实的说唱文学引用，按照引用的是说唱文学作品的内容或者说唱文学的小说，可以分成两类。作者以说唱文学作品的内容透露人物内心的思想感情，预示后来情节的发展，用人物与说唱文学中的人物的反面或者正面的对比来批评小说中人物的品行，用此本小说与说唱文学的对比批评说唱文学的缺点。形式上的借用包括以曲代言，戏曲式的上场方式，在运用叙述性说唱形式时，让叙述者在诗句中出现的方式（第八十六回），以及说唱文学本子的惯用缩写记号（合、合前、前腔等）的使用，等等。……《金瓶梅词话》在说唱文学的寓意和形式引用方面的多种多样真可以被称为一种空前绝后的尝试。书中的说唱文学引用，一方面有丰富它的内容和意义的功劳，另一方面又使它具有庞杂的形状。可是《金瓶梅词话》的这种庞杂，阻止读者认同于小说人物的特征，与后来比较重视拟现实，表现形式比较单一的现实不合。崇祯本《金瓶梅》的编定者删了原书说唱文学引文的一大半，其中删得最多的就是借用说唱文学的形式的地方。但是，说唱文学并没有从形式中消失。后来，即使似乎没有受过《金瓶梅》影响的小说也会多多少少有寓意性的说唱文学的引用，这个事实可以证明一般的小说家很容易想到向说唱文学借鉴……受过崇祯本《金瓶梅》及张竹坡评点的影响的小说家如曹雪芹，他们特别欣赏的是把说唱文学作为人物之间、作者与读者之间的外人不容易懂的一种传达意义的工具。……《金瓶梅词话》的寓意其实并不容易被看透，只是书中显眼的非写实引用常常起了提醒读者注意的作用。因此《金瓶梅》以后的小说就很少如《金瓶梅词话》那样的大段说唱文学引文，而最常见的方式是只提到说唱文学的名字而已。”

其《〈金瓶梅〉与〈林兰香〉》（《明清小说论丛》第五辑，春风文艺出版社1987年9月），关于《金瓶梅》的结构，该文说：“《金瓶梅》的全部结构可分成十个部分，且每一部分都是由十回组成的（$10\times10=100$）。大体上说，每十回的第九回都有高潮出现，第十回有此高潮的后浪，每十回中的第七回往往有此十回情节发展趋向的变化。”该文将《林兰香》与《金瓶梅》比对后说：“《金瓶梅》和《林兰香》都采用同样办法把长短平均小部分积成大书，而且都用自乘法（$10^2=100$，$8^2=64$）算出全书回数。在中国文化中，一百与六十四，这两个数目都有象征完整和圆满之意。……《林兰香》作者好像有意借用《金瓶梅》叙事方法的一些特点，特别是张竹坡所推重的一些方法。……《林兰香》是一种不太成功的尝试，它过去流行不广，不能说是太冤枉的。《林兰香》虽然有研究小说史的价值，但它的艺术成就则不如《金瓶梅》。”尽管“《林兰香》有一篇署名耡䅽子的序，声称这部小说兼有《三国演义》《水浒传》《西游记》《金瓶梅》‘四大奇书’之奇”。

该文还谈到《金瓶梅》的性描写，说：“《金瓶梅》写性交的篇幅是很多的，但都是为刻画人物而写的，不是因为喜欢这样写而写的，更不是光为了煽动读者的色欲而写的。话虽如此，不善读书的读者硬说这部书是‘诲淫书’，的确是一种很棘手的问题，张竹坡为此事操了不少心，参看其《金瓶梅·读法》第82则。”

陆大伟参加第二届全国《金瓶梅》学术讨论会时留着一副大胡子，大家称他美髯公。每年春节，他都以中国属相为题，制作一幅全家福，用为贺新。笔者曾连续很多年收到这一珍贵的礼物。2015年2月7日他将所有贺年卡扫描汇集发来，自1985年至2014年，仅缺1986（虎）年，竟有29幅之多。从贺年卡中可以看到，前五年4幅均为他与林凯珍伉俪的合影；1990—1993年为3人，另一人是他们的长公子陆本林；1993年陆大伟剃掉了胡须，听说他一度身体欠安；1994—2004年为4人，新增一人是他们的爱女陆薏林；2005年起署有5个名字，最后的陆小虎竟是他们的宠物；2011年陆大伟又留起了胡子，只是须发皆白，留下了岁月的沧桑。长达30年的中国属相贺年卡制作，记录着陆大伟的中国情结，也记录了他的精细、执着、情趣、豁达和对生活的热爱。后来他的兴趣转移到京剧，我们联系渐少。2015年是中国召开首届全国《金瓶梅》学术讨论会30周年，中国《金瓶梅》研究会（筹）将与徐州工程学院联合主办（江苏师范大学文学院、徐州市文化局、徐州市文联、徐州日报社协办）第十一届（徐州）国际《金瓶梅》学术讨论会，大伟是被邀请的当然嘉宾，因他5月份已有北京京剧学会议之约，未知届时果能出席否？

五十二、胡令毅，男，1957年10月27日出生于上海，1991年入加拿大籍。1980年9月—1984年7月上海师范大学英语系，学士；1987年1月—1988年5月伊利诺州立大学英语系，硕士；1988年9月—1992年4月UBC大学亚洲研究系，硕士；1994年9月—1999年1月多伦多大学东亚研究系，博士。曾任教于上海师范大学英语系、伊利诺州立大学、UBC大学亚洲研究系、莱斯桥大学现代语言系、多伦多大学东亚研究系、河北大学英语系、河南大学中文系、斯基德摩学院外语系、诺威治大学外语系和历史系。兴趣在明代文学、比较文学、中国小说史。出版论著有：《再见，哥伦布》（英译中），江西人民出版社1985年；《绣榻野史》（中译英），温哥华阿瑟蒲尔出版社2001年；《〈二拍〉选译及研究》（与Guisso合作），温哥华阿瑟蒲尔出版社2003年；

《明代女性性小说》（与 Guisso 合作），纽约郎彼得出版社 2010 年。发表论文近二十篇，尤对《金瓶梅》《西游记》颇有研究。从其演讲可见一斑：1998 年康乃尔大学亚洲研究系："明代性小说比较研究之若干问题"；1999 年新西兰坎特布雷大学亚洲研究系："《二拍》的社会背景"；2000 年俄勒冈州立大学亚洲研究年会："《二拍》情色类故事的诡吊"；2002 年温哥华列治文图书馆："翻译《绣榻野史》"；2007 年纽约州立大学亚洲研究年会："《金瓶梅》的作者问题"；2009 年康乃尔大学亚洲研究年会："《西游记》的作者问题"；2010 年第七届（清河）国际《金瓶梅》学术讨论会："明代小说和《金瓶梅》的作者问题"；2012 年诺威治大学："《金瓶梅》及其翻译"；2013 年诺威治大学："《西游记》及其作者"。

其《金瓶梅》研究可谓别开生面，曾在中文期刊及金学会议论文集中发表《金瓶梅》论文 13 篇，如《论西门庆的原型》（《河南大学学报》2006 年第 1 期）、《〈金瓶梅〉里的应俗之文》（《洛阳师范学院学报》2007 年第 6 期）、《论徐渭和〈金瓶梅〉》（《河南大学学报》2007 年第 6 期）、《论温秀才（上）——兼论常时节》（《徐州工程学院学报》2007 年第 9 期）、《论温秀才（中）——兼论李瓶儿》（《徐州工程学院学报》2008 年第 1 期）、《论温秀才（下）——兼论〈歌代啸〉》（《徐州工程学院学报》2008 年第 5 期）、《也论〈别头巾文〉——兼及屠隆说》（《金瓶梅研究》第九辑）、《沈明臣和应伯爵》（《金瓶梅文化研究》第五辑）、《黄太尉还是六黄太尉——兼答集体陋儒说》（待刊稿）、《论孟玉楼——兼与盛鸿郎先生商榷》（《徐州工程学院学报》2007 年第 3 期）、《明代小说研究和〈金瓶梅〉的作者问题》（《洛阳师范学院学报》2011 年第 4 期）、《〈批评本金瓶梅〉初刻时间考》（《金瓶梅国际学术研讨会论文集·台北会场》2012 年 8 月 24 日）、《高山仰止：英译本〈金瓶梅词话〉卮言》（《洛阳师范学院学报》2014 年第 9 期）等。除最末 3 篇外，前 10 篇均为《金瓶梅》人物原型之考证，旨在解决作者问题。因西门庆是关键，故首撰《论西门庆的原型》，考证小说主人公西门庆为真实历史人物嘉靖朝兵部尚书胡宗宪；而《〈金瓶梅〉里的应俗之文》则补充其为大官僚之证据。考西门庆乃为《金瓶梅》作者徐渭说作铺垫，故考证西门庆之后，即考徐氏与胡氏及《金瓶梅》之关系。《论徐渭和〈金瓶梅〉》即主要分析徐于胡之门客关系，并同时说明《金瓶梅》之撰写，始于徐客幕时期。徐在小说中有自我描述，假托于温秀才，常时节和水秀才为其分身。遂又再考温秀才，上篇考分身常时节，中篇主要论述李瓶儿之原型——即胡氏正妻章氏，以确定温（徐）之入幕年月，下篇考《金瓶梅》之于《歌代啸》及有关人事之共同点，为徐温之相似提供进一步佐证。因作者之谜众论纷纭，而屠隆一说，尤具影响，难以回避，遂由作者原型徐渭而论及屠隆，专析《别头巾文》，从内容及年月推论，证其为徐之作品，非屠所撰。后再拓展，考及应伯爵，证明其原型为嘉靖朝另一相似之名士且同为幕僚之沈明臣，以此而屏其于作者可能之候选人外。集体说亦曾一度颇受青睐，信徒不少，《黄太尉还是六黄太尉?》即为此说之驳论，举“黄”与“六黄”为例，以证其表面上所谓的矛盾错误，实际并非陋儒之粗制滥造或集体创作所致，而是作者为遮盖真相故意而设。有感于盛鸿郎《萧鸣凤与〈金瓶梅〉》一书索隐之牵强，作《论孟玉楼》，否定孟为萧氏心仪之姑娘，亦非商人妇，而是巡抚大官李天宠之姬。以上诸篇之撰述，固受惠于沈德符原型说之启迪，亦离不开对徐渭作品的研究。结论是《金瓶梅》为 Roman a clef（真人真事之影射小说）。作者以史论文，不步时贤之后尘，其精神与立意可嘉。胡令毅后因病半途辍笔，未能完成全帙，故其论至今未获共鸣。期愿胡令毅今后一一写出其余之原型人物，16 世纪中叶之抗倭史与小说史，或可改写之。其余三篇，《明代小说和〈金瓶梅〉的作者问题》强调《金瓶梅》之史传性质；《〈批评本金瓶梅〉初刻时间考》论证绣像本的初刻本出版于 1613 年，早于万历丁巳（1617 年）的《词话本》；《高山仰止：英译本〈金瓶梅词话〉卮言》，以评介芮效卫英译本《金瓶梅词话》为主，兼及作者人物论，对于译界同行和《金瓶梅》版本研究者，或不无参考价值。

2010 年笔者携眷去渥太华小女家探亲，途经温哥华，曾逗留数日，借榻胡府，朝夕切磋金学，曾计划用两三年时间共同完成《会评会校会注金瓶梅》，后因故未果，颇觉遗憾。当时根据其已有研究成果和研究取向，由笔者著《万历戏曲史》说起，曾建议其撰写《嘉靖小说史》，亦不知果然动笔否?

五十三、雷威安（Andre Levy），男，1925 年出生于中国天津，1937 年返回法国，1974 年 1 月 11 日以《17 世纪的白话小说：中国文学一种叙事体裁的兴衰》通过国家博士学位答辩，1969—1980 年任波尔多第三大学中文系主任、教授，1981 年任巴黎第七大学教授，1984 年返回波尔多第三大学。

最使雷威安享有盛名的是其《金瓶梅》法文全译本（参见本书上编）。其导言说：“《金瓶梅》这部书无疑是中国文学所能提供的最为‘辛辣’的小说。在这部小说中，人们往往发现一些部分事涉粗俗，用词也有文、野之分，以致在移译时对古今切口、土话把握不定，有时不得不冒险从事。我们倒是很愿意在尽可能的范围内保持书中的谚语熟语原来的古色古香的风味，它们是无法想象的丰富，可又带有令人生畏的模糊——这样的情况数以千计。注释但求说明状况，作简要回顾，如遇必要，用各种不同的方面加以评注；但这绝不是自诩博学，因为注释不是给学者专家看的，而是注给一心向往的读者看的，目的在于启发他们，而不是把他们弄得晕头转向。所以注释以清晰为上，简洁服从于清晰。尽管如此，这部译本旨在提供一个不必借助注释即可读懂的本子。”（参见《金瓶梅西方论文集》，上海古籍出版社1987年7月）

艾金布勒为雷威安译本所写前言说：“这个法译本是《金瓶梅》的第一个全译本，也是第一个直接从中文译成我国文字的译本。我有幸在这个法译本的卷首见到此书是献给保罗·德密艾维尔（Paul Demieville）作为纪念的。我们大家对德密艾维尔崇敬备至，爱慕非常。这位汉学大师同时也是一位博学多闻的文化名流，特别是在音乐方面。在1949年他慨叹世上竟只有两个——两个，而不是三个，能有本事恰如其分地翻译中文的人。这两个人指的是：英国人亚瑟·韦利（Arthur Waley），俄国人巴齐尔·阿列克西耶夫。……当时德密艾维尔虚怀若谷不把自己摆在优秀译人之列，但我们承认他是一位好译家，……时代已经与过去不同了，译家辈出，……雷威安把这部长篇小说分成十个部分，每一个部分标上一个题目，每题概括十个回目。……雷威安的译本，明畅，易懂，完整，而且忠实于原文。这恰恰就是我沉浸其中，我久所期盼的课题，读《金瓶梅》。”

雷威安写于1979年的《〈金瓶梅〉初刻本年代商榷》（《〈金瓶梅〉的世界》，北方文艺出版社1987年2月）是一篇力作，自鲁迅在《中国小说史略》中提出《金瓶梅》初刻于万历三十八年即所谓庚戌本之后，得到郑振铎、范烟桥、韩南的呼应，虽然亦有小野忍、魏子云的质疑，在雷威安写作此文之前，仍然是主流之说。该文“提出一种新推测性的‘再分析’”，对韩南“是否需要假设有一种原来有而现已失传的刻本的存在”展开分析，结论是“说有失传的早期刻本之存在的假设非但不必要，并且在有关的记述中也找不到佐证”。该文甄别《万历野获编》《味水轩日记》《山林经济籍》《游居　录》《觞政》相关资料，认为“想把现在置于《金瓶梅》条下而原来可能散见于各处的文字，再行还原，实在希望渺茫。”该文最后说：“总而言之，虽然本文没有引用新的史料，而只是检视现有的材料，但是，从分析中显得似乎无须假定有‘失传’的刻本。”在魏子云考证马仲良榷吴关准确时间之前，雷威安根据《明诗综》即“推测他担任吴关的主事当在任官户部的最后一段时间。因此，万历四十四年（1616年）左右的时间可能正好相符。”非华裔国外汉学家能做出如此考证者凤毛麟角，可见雷威安的学术根底。

雷威安在《评〈金瓶梅的艺术〉》（《金瓶梅评注》，漓江出版社1986年8月）一文中说：“《金瓶梅》在这方面的成就来自对生活深厚的爱，它是小说家的小说，它把生活中的沙砾变成金子，这种笔法现代中国作家仍须向它学习。这部小说是为成年人写的，而不是为过分看重那些色情段落的未成熟的年轻人写的。事实上几乎不能说人们过高估计了《金瓶梅》对中国古典小说的影响。……小说家们能从《红楼梦》学到的东西，却在很大程度上源于《金瓶梅》的启发。”正因为如此评价《金瓶梅》，才使他最终决定全译《金瓶梅》。正因为他全译《金瓶梅》，才使他成为最伟大的金学家之一。

刊登在《国际金瓶梅研究集刊》（第一集）上的《〈金瓶梅词话〉第五十三、五十四回的秘密》是雷威安提交给1989年首届（徐州）国际《金瓶梅》学术讨论会的论文提要，文中说：“关于《金瓶梅》成书过程有不少秘密，最难了解的恐怕是五十三和五十四回的问题。大家知道所谓十卷本和二十卷本是根本上从一种同样或几种同样稿子出来的，这个道理给了我们相当详细的证据，十卷本是修改的少，二十卷本是修改得多。……在十卷本和二十卷本的五十三、五十四回中，文章共同处不多。……色情描写语言上那么接近，不会是偶然，但可能的理由是模仿的模范。十卷本的五十三、五十四回比二十卷本长二三倍，写得活泼得多。……可能十卷本被准备好以后，五十三、五十四回被丢掉了，……‘遍觅不得’可能是这两回。……补写者至少有两手，改写者也不会只有一手。有开写者，难道不会有续写者？”采取的是一种很审慎的态度。

《海外存知己》杂志有一篇访谈性散文《与雷威安教授谈中国小说》，写于1982年3月11日，附记于1985年5月。一时查不到作者，可能是王秋桂。文中说：“首先谈到的是该书的作者问题。……他说，该书的情节内容有时彼此连续不上，书中的年代次序也颇凌乱，这种现象很可能是因为目前所传的本子，当初是由各种不同抄本结合在一起，或各抄本原不同出一手的缘故。……他认为该书就整个内容格调给人的感觉来说，大略可分成三大部分：五十回以前的文字很有早期说书的味道，五十回至七十回则显得淡而无味，七十回以后又好得多。对于这种现象，他的解释是：该书当初可能是由一个颇有才华的说书人所创作（第一部分），后来有另一位才华不高的作者加上了一些（第二部分），最后是某一位文笔不错的知识分子加以完成（第三部分），并对全书约略作了一番整理。……崇祯本有些删改词话本的地方，可能是由于崇祯本的编者对于词话本所用的某些语言以及所描写的某些生活习惯，特别是饮食习惯有所隔膜。……雷教授认为性的描写部分占全书的比例不大，而且大都是有其故事性的（Progressing）需要，所以每一部分都不一样，也就是说，这些部分在表现角色心理上有相当的意义，是构成全书整体的一部分，和一般为性而性的书不一样。……《金瓶梅》中最有意义的，雷教授认为是对女人的性格的刻画。他认为作者对女人性格的了解相当深入。所以能从日常琐事中，甚且从性的描写中，写出各个具有多面性格（round）活生生的女性。雷教授说，这或许是集体创作的结果，另方面也可能是说书传统的影响，但描绘出人物，而补作评价。雷教授又说，在中国古典小说中，《金瓶梅》可能是结构最紧密，最有系统的一部，虽然有时有些小情节不连贯，年代出入，但是，和故事主体不相干的话却很少啰嗦。他说，在十六世纪的欧洲，再也找不到一部像《金瓶梅》这么现代化的小说。”

雷威安终于参加了一次在中国召开的金学会议，那就是1992年第二届（枣庄）国际《金瓶梅》学术讨论会。2005年第五届（开封）国际《金瓶梅》学术讨论会召开前，笔者电邮邀请雷威安光临，他回信说年事已高，行动不便，不能参加，非常遗憾，预祝会议圆满成功。

五十四、马努辛（1926—1974年），男，出生于莫斯科，1951年毕业于莫斯科东方学院，1964年获副博士学位。1949—1951年曾在中国任翻译。1956年在莫斯科大学东方语言学院任讲师，1969年升任副教授。有多篇《金瓶梅》论文发表。主要著作是《金瓶梅词话》俄文译本。

马努辛在《金瓶梅》研究的背景、特点、源流、人物、语言、作者、评点等课题上，均有引人注目的评论。如背景，马努辛说：“《金瓶梅》作者不详，成书于16世纪至17世纪的第一个十年。当时，中国的封建主义已进入瓦解时期，占统治地位的贵族，作为一支社会力量已经退化，但是它仍然十分强大，足以保持全国的政权。城市的扩大，手工业和开采业的兴盛，对内和对外贸易的增长，促使历史舞台上出现了新的阶级和等级，首先是地位特别巩固的大商贾和高利贷者阶层。商品和金钱关系的迅猛发展使钱币成为各种价值的最高衡量尺度，它使商人——高利贷者——昨天的平民——不仅在经济上，而且在政治上有了飞黄腾达的广泛可能性。那些腰缠万贯的富翁不择手段力求在封建关系仍占绝对统治地位的社会里巩固自己的地位。他们贿赂地方官员和当朝大臣，轻而易举地脱离‘卑微的’等级，获得贵族的头衔，占据显赫的地位。暴发户能够跻身于贵族之列，是因为在这个历史转折的世纪末时期，贵族从上到下腐败堕落，贪图享受。不仅县里的官员，而且连皇帝也乐于利用富豪的钱财。”（《长篇小说〈金瓶梅〉中描写人的手法》，载《研究远东各国文学的理论问题》一书，莫斯科，1977年。下同）

如特点，马努辛说：“贯穿于社会生活和私人生活中的实用主义，有钱就有一切，是《金瓶梅》所反映的时代的特征。《金瓶梅》是中国文学中第一部取材于作者当代社会生活的小说。不知名的作者在当时社会经济和政治生活的背景之上描写暴发户西门庆，把他看作典型环境下活动的时代主人公的典型社会形象。这在中国文学史上是一个创造。在此之前，中国文学一向以历史为题材，写的大多是杰出的英雄人物。《金瓶梅》却一反传统，不写突出的不平凡的性格，而表现周围的平凡生活。”

如源流，马努辛说：“《金瓶梅》这一部作品，融抒情文学、叙事文学和戏剧文学于一体。同样，古典戏剧也吸收了小说的因素。在中国的平民艺术中，各种体裁的发展，往往有一个把已经发展的种类和体裁逐渐综合于刚刚诞生的新体裁的过程。这种综合在《金瓶梅》中特别明显。因为以往的长篇小说都是由一个文学家加工的许多说书人的集体创作，而《金瓶梅》则过渡到以作者自己构思为基础的真正个人的创作。分析《金瓶梅》的创作方法和创作典型的手段，分析它表现人物的手法，对文学研究者来说是很有意义的，它有助于研究现实主义文学形成的各个阶段，看到现实主义通向胜利的历程。”

如人物，马努辛说：“小说中的形象，按表现的原则可分为两类：一类是用传统的方法表现的，另一类结合了传统的和新创的方法。……《金瓶梅》中描写人物的最典型手法就是如此。这些手法主要来自传统小说和其他文学体裁。如上所述，它们一般用于塑造次要的或者插曲式的人物形象。但是《金瓶梅》如果只有上面所说的那些描写手段，那么它就没有超越中国俗文学已有的成就，也就是说，它不是一部创新之作。它的创新正在于这些手段绝不是作者唯一的或者主要的手段。我们来看看作者创造新人物形象的一些特点。这里传统的方法逐渐为新方法所取代。在小说开头，作者在描写西门庆时，常常加入一些插话，谴责他的所作所为，预言他的灭亡或以后的遭遇。但是随着故事情节的进展，作者的插话越来越少了。故事的叙述者竭力退居一边，让人物自己去进行活动，通过他自己的言辞和行动来表现他自己。我们看到作者逐渐克服了原来的说书形式，排除了说书人的形象。……《金瓶梅》的作者第一个发现并且表现了现实生活中形形色色的冲突。他好比一个囚徒从长期的监禁中解放了出来。大千世界使他着了迷，他专注地贪婪地观察着一切，什么也不想放过，同时也不敢对眼前发生的事情进行干预，以免破坏事件的自然发展。他愈来愈为他发现的现实、活生生的人所吸引，他不知不觉地开始按照生活的本来面目来表现生活，也就是说，他逐渐摆脱了传统，粉碎了旧的教条。”

如语言，马努辛说：“作者要再现活生生的人，势必要创造新的表现手法。对话作为最自然的交际形式成了作者塑造形象的一个主要手段。作者运用对话的技巧是空前的。人物的展现不仅通过他们所谈的内容，而且通过他们说话的神情语态。在《金瓶梅》里第一次出现了个性化的言语，第一次把丰富的民间语言，不经修饰就以它独特的生动形式移入小说。每一个人物都有他自己独有的说话态度。西门庆的妻子，是一家的女主人，平时娴静寡言，说起话来则用语正确，逻辑分明；潘金莲正好相反，一说一大套，有时喜欢旁敲侧击，含沙射影。她说话爱用格言谚语、俚语方言。……从人物的语言里可以看到他的性格，每个人的语言易于记忆，读者闻其声就可以知其人。”

李福清说：“俄译本是由莫斯科国立大学亚非学院马努辛副教授完成的。马努辛对这部小说发生兴趣还是1949—1950年在中国任译员期间。返回莫斯科后，他把一生全部献给这部著名中国作品的研究工作。他发表了几篇评述这部小说的论文，撰写并于1964年答辩了以《社会揭露小说〈金瓶梅〉（16世纪）——从传统到革新》为题的副博士论文。不过更多的时间他都花在翻译作品本身上。……马努辛来得及发表的几篇评论《金瓶梅》的论文：《长篇小说〈金瓶梅〉与中国评论界同索引派的斗争》（高校学术报告集，语文学科，莫斯科，1961年，第2期，第116—128页），他在这篇论文里详尽分析了对学术的不同观点；《长篇小说〈金瓶梅〉中描写人的手法》（刊《研究远东各国文学的理论问题》一书，莫斯科，1977年，第106—113页）和《论长篇小说〈金瓶梅〉的作者问题》（刊《远东语文学研究》一书，莫斯科，1979年，第122—130页），他在后一篇论文里分析对这个问题的不同看法并批评一些关于《金瓶梅》作者问题缺乏根据的观点。马努辛花了二十多年的时间翻译全本《金瓶梅》，但遗憾的是，出版社刚刚开始编辑手稿，他就去世了。”（《兰陵笑笑生和他的长篇小说〈金瓶梅〉》，载李福清《汉文古小说论衡》，江苏古籍出版社1992年8月）

《金瓶梅》的外文翻译，20世纪60年代以来，最有成绩的有三大家：前苏联的马努辛，法国的雷威安，美国的芮效卫。他们几乎都用了毕生的精力，尤其是马努辛和芮效卫。一个外国人，可以终其一生翻译中国一部小说，这种精神，是大无畏精神，是大团结精神，是大协作精神，是大世界精神。他们的精神，使中国小说史、世界翻译史、比较文学史、中外交流史，焕发着耀眼的光辉（此前著名的译本有库恩的德文译本《金瓶梅：西门庆与他六妻妾的艳史》，小野忍、千田久一的日文译本《金瓶梅》等）。

五十五、李福清（1932年—2012年10月3日），男，俄文原名鲍利斯·季沃维奇·里弗廷，出生于列宁格勒（彼得堡），1955年毕业于列宁格勒大学东方系中国语文科，分配到莫斯科苏联科学院（今俄罗斯科学院）高尔基世界文学研究所，专事中国民间文学和古典文学的研究。1965—1966年在北京大学进修，1961、1970年先后获得副博士、博士学位，随后升任高级研究员和首席研究员。1987年12月23日当选为科学院通讯院士。

李福清从民间文学出发，逐步扩展至俗文学、古典文学，进而遍及中国传统文化的诸多方面，如古代神话、少数民族文学、当代小说、民间艺术、曲艺、版本学等。中国邻国朝鲜、越南、蒙古等国的古典小说、民间文学，也在其研究范围之内。李福清研究的特点，是把俄国历史诗学传统运用于中国文学的分析，从而形成其鲜明的个性。中华书局“世界汉学论丛”之一《古典小说与传说（李福清汉学论集）》（李福清著，李明滨编选）中有一《李福清著述篇目（1951—2002 年）》，竟多达 255 种，可见其用力之勤奋与精力之充沛。

《金瓶梅》研究，只是李福清汉学的一小部分。其关于《金瓶梅》地位、主旨、源流、人物、文化、翻译的论述，时觉见地。如地位，李福清说：“《金瓶梅》的影响是按另一条线走的。如果从《三国志演义》发展到 17—19 世纪众多的历史演义，从《水浒传》产生出 17—18 世纪的英雄传奇小说，而从《西游记》发展到 17—19 世纪的神怪小说，那么《金瓶梅》，作为第一部风俗人情小说，开创了 17—19 世纪言情小说的整个传统，在这些小说中当时中国的真实生活，以最鲜明的坦露给读者的形式呈现出来。”（李福清《汉文古小说论衡》，江苏古籍出版社 1992 年 8 月）

如主旨，李福清说：“看来《金瓶梅》的作者自称是笑笑生并不是偶然的，他的小说是对当时中国社会，对上层统治者道德败坏和腐化的辛辣讽刺。这部小说仿佛是整整一个时代——封建社会危机孕育成熟的时代的一面镜子。16 世纪初，中国封建社会的深处萌发出新的社会和经济关系形式的因素——资本主义萌芽。……兰陵笑笑生几乎是中国文学史上第一个谈到金钱势力的人。从 15 世纪末期开始，中国白银流通量猛增。货币税收同实物税收相比，比重越来越大。……16 世纪私人企业活动的主要形式是高利贷。小说主人公西门庆正是经营此道，通过向承包人和商贩放账收取高额利息发财的。而不是像此前几百年间富翁所做的那样，用余款购买土地。这是当时中国生活的新主人公，相应的也是文学的主人公。兰陵笑笑生在自己的学说里勾勒出当时中国社会里各种社会典型的无限广阔的全景，抱着嘲笑一些人、惩罚一些人的目的勾勒的，使他们的凄凉命运‘成为后人千年的惩戒’。……长篇小说《金瓶梅》里，人的感情和情欲被推到了第一线。这部小说出现在 16 世纪后半期不是偶然的。这时中国正盛行直觉主义哲学家王阳明的学说。他赞成承认人身上的主观情感因素。在他之后，许多剧作家，尤其是汤显祖，极力宣传正是要描写最深刻的，有时甚至是发展到疯狂程度的情感的体现。这条线也贯串着兰陵笑笑生的长篇小说。”（《兰陵笑笑生和他的长篇小说〈金瓶梅〉》，载李福清《汉文古小说论衡》，江苏古籍出版社 1992 年 8 月。

下同）

如性描写，李福清说：“作者在自己的小说里不止一次地谴责自己的主人公，号召人们在生活中要清心寡欲，让大家明白，他描写西门庆的风流韵事不是为了玩味隐私的细节，而是抱着警诫那些情欲无度者的目的。这样，小说里色情场面的描写就不是目的，而是揭露的手段。”

如源流，李福清说：“这部小说不仅同口头评话有联系，它的基本渊源是生活和文学。作者从以前的文学里不仅借用了基本的情节线和某些主人公，不仅巧妙地运用了前几个世纪的诗歌片段——在他之前，史诗小说的作者也曾这样用过；他还利用了民间小说的经验，并且比他的前人们在更大程度上利用了戏剧的经验。”

如宗教，李福清说：“佛教因果报应的理论也是 12 世纪日本文学最伟大的作品《源氏物语》——风流倜傥的王子的种种韵事的基调。这种思想也成了长篇小说《金瓶梅》关于平民和私生活的故事的基调。《金瓶梅》里常常提到佛教僧尼，谈到印经，谈到尼姑在家庭里颂唱所谓‘宝卷’——当时一种特殊风格的宗教题材民间故事。小说里佛教明显地比道教占优势，研究家们认为这是 16 世纪末的特征之一，当时佛教正像中国历史上多次发生的那样，再次战胜道教。”

如人物，李福清说：“西门庆与以前文学作品的主人公不同，不打算去考官职。既然金钱和人情可以办到，何必去考试呢？他需要官职不仅是为了得到头衔，而且为了通过收取贿赂发财，特别重要的是，为了牢牢保护他通过卑鄙手段积攒下来的家私。……《金瓶梅》的作者把全部描写集中在主人公西门庆身边，把他的豪宅——整整一座城市庄园，置于小说的中心，小说大部分场面发生在这座庄园里。作者需要时，主人公就从这座庄园里出发到各地去，无论是妓院、寺庙，还是京城（去向大臣们送礼）。无论主人公到什么地方去，他们总是回到这个家来，只有在西门庆死后，他的几房妻妾才各奔东西。……小说的女主人公西门庆六房妻妾的形象描写得特别细腻，淋漓尽致。小说的故事情节集中在主人公一生最后时期，即他娶潘金莲和李瓶儿，同女佣和青楼歌女寻欢作乐的时期。然而小说家并没有草草勾出主人公前几房妻妾的形象，而是充分表现她们不同的性格。……并不令人惊奇的是，西门庆的妻妾们在他的豪宅里，没有一个人感到自己是幸福的。”

如插图，李福清说：“16 世纪下半叶中国形成了书籍插图的两大流派：金陵派和徽派。金陵派的画面结构是按类似舞台的原则形成的——情节在前景展开，靠近观众，而背景仿佛是诠释得非常平面化的后景。……金陵派在一定程度上继承了早期书籍插图的传统，富有一种美好的、‘天真的’纯朴。徽州刻工们有别于金陵派，他们建立了完全不同的书籍版画风格。……徽州版画插图就形成了最细的主线条。……《金瓶梅》的插图正是在杭州（由徽州刻工）印刷的。……《金瓶梅》的插图向读者介绍古代中国的日常生活的一些细节。……也许《金瓶梅》书中的插图首次体现了色情题材。……小说《金瓶梅》及其插图都是自己时代——16 世纪末 17 世纪前半叶独特的纪念碑，因此应当把它们当作一定时代的纪念碑来对待。”

陈周昌《汉文古小说论衡·序》：“李福清是苏联著名的东方学家。……他治学态度严谨，思想非常敏锐，学识极为渊博，而且他对中国和苏联之间的文化和学术交流，有着旺盛的热情。”

李明滨《古典小说与传说·序》：“李福清研究中国文学的成就突出，对汉学的贡献巨大，主要的可以概括为四个方面：一、其研究涉及中国文学的各个领域，从古典文学到现当代文学，乃至整个中国文学的研究，都广有建树，包括翻译、介绍、辑录、评论和阐释。……二、中国民间文学和俗文学，始终是他研究的一个重点，为不断探索和阐明的对象，其成绩尤显突出。……三、对台湾原住民文化的研究，把它同大陆各族文化作比较分析，这是李福清氏近期在研究工作上更为辛苦的方面，因而在成绩方面也更上了一层楼。……四、中国民间艺术研究。他非常熟悉中国民间艺术，研究卓有成效，不仅在论著中大量引用历代民间艺术，包括石刻、画像砖、墓雕、壁画、帛画、神像、戏剧道具、各种插图等，而且着重搜集并整理中国年画资料，开展专题研究。……关于其个性，十多年前我国民间文学研究专家中国社科院文学所马昌仪研究员曾经做过概括性的描述：一、坚持历史唯物主义的反映论，以摩尔根的原始文化理论为依据。二、重视系统研究。内容与形式关系密切，根据不同的研究对象，采取不同的方法：结构论、符号学、统计学，等等。三、遵循历史诗学原则，把在发展中研究（历时的）与在联系中研究（共时的）有机结合起来。四、从诗学的审美的角度研究文学，强调文学社会功能和认识功能。五、学风严谨，重视资料工作（李福清《中国神话故事论集·编者序》）。”

1989 年徐州筹办首届国际《金瓶梅》学术讨论会时，曾邀请李福清与会，李福清回执到会并提交了个人小传。李福清并写给笔者一信，抬头为“吴敢同志”，还是老苏联的称谓，令人倍感亲切。

现当代关于《金瓶梅》的评价，前文所有引述之外，尚可开列以下数端：

吴组缃《论〈金瓶梅〉》（《北京大学学报》2011 年第 5 期）：“《金瓶梅》是一部揭露明中叶后社会政治黑暗与腐败的书。从众多等色的平凡市井人物日常生活活动的深入细致的描写刻画中，提出了我国封建社会发展中面临转变的历史时期具有重大意义的症结问题，亦即有关我国封建社会后期所以停滞不进或发展迟缓的主要问题。从这个意义说，它是比《红楼梦》早一个半世纪明中叶后当时的一部政治历史小说，绝不能仅把它看作一部‘淫书’或‘秽书’。随着商品经济的高度发达和资本主义因素开始萌芽，封建阶级——官僚、地主同市侩结为三位一体，形成极端腐朽反动的统治势力，紧紧压在城乡人民头上，贪赃枉法，为所欲为，掠夺社会财富，吸尽人民膏血，摧残农、工、手工业生产和商业经营，从而穷奢极欲，腐蚀人心，严重桎梏着社会的前进与发展。这所暴露的问题，对我们认识当时以至此后我国的历史实际具有重要的意义。……原来作者暴露现实黑暗，并非从变革的要求出发，或向往什么新的前景，而只是要拿西门庆作个反面典型，对封建统治阶级提出警告。”

吴小如说：“《金瓶梅》是一部极为典型的反映明代社会面貌的文艺作品。……《金瓶梅》是第一部用长篇章回体来描写现实社会的人情世态的巨制，它那种敢于面对现实的精神，给予了清初的伟大的现实主义作家吴敬梓和曹雪芹以极大的启发和影响。……这就是为什么《金瓶梅》终于不能同一般淫秽的黄色读物相提并论的主要原因了。”（《中国小说讲话及其他》，上海出版公司 1956 年）

任访秋《略论〈金瓶梅〉中的人物形象及其艺术成就》（《开封师范学院学报》1962 年第 2 期）：“总之，我们就中国小说的发展来看，不论从创作的方法上，作品的题材上，以及艺术手法上，《金瓶梅》实为上承《水浒》与宋元评话，而下开清初小说中诸名作的一部伟大作品。”

［美］韩南说：“《金瓶梅》是中国古典小说的杰作之一，不仅质量优异，而且卷帙浩繁。在我的想象中，它也是英语读者所最熟悉的小说之一。……尽管我们并不了解有关这部小说的情况，但在现代批评家的心目中，却从来没有怀疑过它代表了中国文学的一个新发展。”（《中国文学的里程碑》，载包振南等编选《〈金瓶梅〉及其他》，吉林文史出版社 1991 年 3 月）

孙述宁说：“鲁迅说《红楼梦》一出，中国小说的写法就变了；这句话拿了来评《金瓶梅》，其实更合适。”（《金瓶梅的艺术》）。

王孝廉《金瓶梅研究》（河洛图书出版社 1970 年 2 月版《金瓶梅》附录）：“《金瓶梅》不是作者凭空想象而创作的，是从当时的社会环境为其写作的蓝本。《金瓶梅》反映了整个当时的社会，是《金瓶梅》的伟大价值之一。此外《金瓶梅》那种对人间世情的曲尽与细致的描写，与纯熟地使用了活泼流利的北方语言，在写作技巧和语言使用上的成功，是《金瓶梅》的价值之二。另外在文学史的发展上，《金瓶梅》由

《水浒传》的一节而加以演义，以长篇小说的形式对社会诸相做写实的描写，实是开了清代写实小说如《儒林外史》《红楼梦》等的先河，在文学上的承先启后，是《金瓶梅》的价值之三。”

王丽娜《金瓶梅在国外》（《河北大学学报》1980年第2期）：“《金瓶梅》是我国第一部个人创作的长篇白话小说，产生在明代隆庆、万历年间，它的出现标志着我国古典小说的发展步入了一个新的阶段。它以极其细腻入微的笔墨描绘出明代后期腐朽透顶的典型社会环境中的典型人物，从而揭示出这个社会的种种黑暗和罪恶，它的现实主义的艺术手法对后来曹雪芹的伟大杰作《红楼梦》以及清代的其他长篇小说，都有毋庸置疑的深刻影响。”

孙逊《论〈金瓶梅〉的思想意义》（《上海师范学院学报》1980年第3期）：“《金瓶梅》是一部具有深刻思想内容的现实主义文学巨著。它以真实的笔触，广阔地展示了它所属的那个时代的风貌，深刻而全面地暴露了晚明社会的黑暗与罪恶；它集中描写了西门庆一家的家庭生活，以艺术的力量，显示了对那个社会的婚姻制度、家庭制度、奴婢制度以及财产私有制度的批判；它还通过对一个典型的豪绅家庭兴衰过程的展开，无情地撕去了遮盖在那个社会表面的伪善面纱，而把世情的真面赤裸裸地展示在读者的面前。”

徐朔方《论〈金瓶梅〉》（《浙江学刊》1981年第1期）：“《金瓶梅》对中国长篇小说的发展曾做出多方面的贡献：它及时反映了当时封建社会内部资本主义因素兴起后的种种社会相，生动地塑造了作为商人、恶霸地主和官僚三位一体的典型西门庆，以及潘金莲、李瓶儿、应伯爵等市井色彩极为浓厚的人物群像，使它成为中国文学史上第一部以封建城市的市民为主角、以他们的日常生活为题材的长篇小说，同时也是第一部以反面人物为主的长篇巨制。同它以前及同时的《三国志演义》《水浒传》《西游记》相比，它的艺术结构更为有机完整，人物描写更加细腻具体，通过对话以展示人物性格的手法也更为成熟。……《金瓶梅》自然主义倾向的主要表现是它的客观主义，即由于过分重视细节描写而忽视了作品的倾向性。……除客观主义之外，《金瓶梅》自然主义的另一个主要表现是它的描写很少由表及里，深入本质。”徐朔方后来在《明代文学史》（浙江大学出版社2009年3月第二版）中将《金瓶梅》的创作方法概括为“以现实主义的创作方法为基本倾向而带有客观主义的成分”。

杜维沫《谈谈〈金瓶梅词话〉成书及其他》（《文献》第七辑，1981年3月）：“在我国小说史上，产生于明代嘉靖、万历年间的《金瓶梅词话》占有十分重要的地位。它的出现，标志着我国古典小说发展过程中的一个转折点，即由以民间集体创作为主流的阶段转入了以文人个人创作为主流的新阶段。……《金瓶梅词话》虽在局部描写上有过于琐碎、重复的自然主义的缺点，从全书总的成就来看，它不愧为我国小说史上第一部个人独创的现实主义的长篇杰作。它所提供的丰富的创作经验，为后来《红楼梦》所代表的我国白话长篇小说艺术高峰的形成奠定了坚实的基础。"

蔡国梁《灯市·圆社·卜筮·相面——〈金瓶梅〉反映的明代风习》（《华东师范大学学报》1981年第6期）："《金瓶梅词话》通过富商、恶霸、酷吏三位一体的西门庆的发迹败亡，暴露了明代后期的黑暗与腐朽，具有比较鲜明而深刻的认识价值。其中对西门庆一家的日常生活的描述，广泛地反映了明嘉靖和万历时期的社会风习，为后人保留了不少民俗学的珍贵资料。"

章培恒《论〈金瓶梅词话〉》（《复旦学报》1983年第4期）："《金瓶梅词话》在我国小说史上是一部里程碑性质的作品，因为它显示出现实主义在我国小说创作中的进一步发展，标志着我国小说史的一个新阶段的开始。"

黄霖《论〈金瓶梅词话〉的政治性》（《学术月刊》1985年第1期）："总之，《金瓶梅词话》这部有名的'淫书'，也正是一部具有强烈现实政治意义的'有为之作'，写淫与讽政的统一，也就使这部小说成了名副其实的'奇书'。"

包遵信《色情的温床和爱情的土壤——〈金瓶梅〉和〈十日谈〉的比较》（《读书》1985年第10期）："《金瓶梅》摆脱以往历史小说、神魔小说的题材模式，第一次写市井人情，从文学发展史说自有它的地位。但要讲艺术成就，恕我大胆直言，恐怕只能归入三流。"

何满子《〈金瓶梅的思想和艺术〉小序》（《金瓶梅的思想和艺术》，巴蜀书社1986年3月）："《金瓶梅》是一部值得研究而又较难研究的小说。之所以值得研究，是因为在中国长篇小说艺术现象中，《金瓶梅》标志着四个'第一'。第一，它开创了文人不依赖传统题材和民间累代集体创作而自出心裁撰述小说的新纪元。……第二，《金瓶梅》开创了长篇小说以现实生活为描写对象的新路子。……第三，《金瓶梅》开创了长篇小说以一个家庭的生活为轴心，并且在情节开展中地区大致集中在一个小城市中的格局。……第四，《金瓶梅》开创了长篇小说影射现实、讥弹时事的先例。……以上四个'开创'，对后来长篇小说影响之巨大，都是无烦论证的。"

张俊《历史性的贡献——简论〈金瓶梅〉在中国小说史上的地位》（载徐朔方、刘辉编《金瓶梅论集》，人民文学出版社1986年11月）："《金瓶梅》是我国小说史上的一部'奇书'。它的成就，是那样突出、辉煌；它的缺陷，是那样触目、严重。惟其如此，或可以说，它的出现，标志着我国古代小说的创作，又进入一个新阶段。……

它是我国人情长篇小说的开山之作。……是我国小说史上一部里程碑式的作品，它为我国古代小说的创作，做出了历史性的贡献。”

陈诏《半路出家者说》（载《我与金瓶梅——海峡两岸学人自述》，成都出版社1991年7月）：“《金瓶梅》与《红楼梦》有传承的血缘关系。《金瓶梅》在中国小说史上首创以一家一户的荣枯盛衰、人物的悲欢离合作为题材，首创以刻画人物性格代替单纯的故事叙述，首创通过家庭生活辐射社会层面的结构特色，这都是《红楼梦》艺术上的先导。”

袁世硕在为《金瓶梅文化研究》第三辑所写序中说：“《金瓶梅》是我国文学史上一部里程碑式的古典小说名著，也是全人类所共有的文化遗产。这部小说的问世，打破了以往章回小说的创作格局，具有划时代的意义。它创作出了中国古代小说人物画廊中的第一流形象，再现出了中国古代小说的第一个家庭环境，对明代社会的方方面面都做出了生动具体的描绘，可以说是中国十六世纪后期的社会风俗史，具有多角度、多方位的研究价值。值得重视的是，金学已经成为国际性的一门学科，无论是对作品本身的研究，还是对其所表现的种种文化现象的研究，都具有非同一般的意义。”

《美国大百科全书》说：“《金瓶梅》是中国第一部伟大的现实主义小说。它虽然写的是中国十二世纪早期的故事，实际反映了十六世纪末期整个社会各个等级人物的心理状态，宣扬了惩恶扬善的佛教观点，对整个十六世纪社会生活和风俗作了生动而逼真的描绘。”

《法国大百科全书》说：“《金瓶梅》为中国十六世纪的长篇通俗小说，它塑造人物很成功，在描写妇女的特点方面可谓独树一帜。全书将西门庆的好色行为与整个社会历史联系在一起，它在中国通俗小说的发展史上是一个伟大的创造。”

魏子云为张金兰《〈金瓶梅〉女性服饰文化》（万卷楼图书有限公司2001年3月）所作叙云：“在我看来，《金瓶梅》这一大说部，委实是个大山大海，源头深、派流长，蕴藏着许许多多的无尽宝藏，绝不是少数人的力道可以发掘得完的。”

宁宗一的经典命题“说不完的《金瓶梅》”，伟哉斯言！

附录一　《20 世纪金瓶梅研究史长编》序

我与吴敢先生在徐州结缘，与《金瓶梅》研究有关。20 世纪 80 年代中期，首届全国《金瓶梅》学术讨论会在徐州举行，我因故未能到会，只发去一纸贺信，但从此留下了吴敢、徐州和《金瓶梅》研究三者相关的印象。后来证明事实确实如此。

听说吴敢是一个颇有几分传奇色彩的人物。他毕业于土木工程系，学工程的同时又喜好文学，最终弃工从文。他的文学研究始于戏曲，成名则由于具有突破意义的《金瓶梅》研究。他不仅由工科入于文道，又由文道入于仕途，在徐州市文化局局长和徐州教育学院院长的职位上，为《金瓶梅》研究的开拓和研究者队伍的集结作了难能可贵的贡献。这些情况皆为金学界同人所熟知，毋庸赘言。

上月末，浙江大学举办"庆祝徐朔方教授从事教学科研 55 周年暨明代文学国际学术讨论会"，吴敢先生回母校并带来了这本《20 世纪金瓶梅研究史长编》。拜读之后，感到作这样文章的作者，非此君莫属。至少有这样两条重要的理由：一是他是 20 世纪最后二十年颇有建树的中年金学家，二是他参与筹办了 20 世纪六届全国《金瓶梅》学术讨论会和四届国际《金瓶梅》学术讨论会，且一直被推选担任中国《金瓶梅》学会副会长和秘书长。

《金瓶梅》这部曾经声名狼藉的著作,在 20 世纪的学术研究中走过了曲折的历程。对这个研究领域的得失作出全面详实的、合乎实际的总结和评价，显得尤为重要和必要。

吴敢先生对《金瓶梅》研究的深厚学养和对《金瓶梅》研究状况的熟悉，使得这本著作具有相当的力度。

一百年的学术总结，必得广泛地占有材料。这部研究史首先给人一个突出的印象：搜罗扒梳，用力甚勤。吴敢先生的勤奋，早已为人称道。这一点在此书著述中的体现，仅举一例即能显现。我曾陆续写过一些研究《金瓶梅》的论著，但到底有多少，发表在什么地方？在我是一笔糊涂账，但吴敢为了写这部研究史，把我历年来的《金瓶梅》著述依次辑录出来，我自己读此目录倒真有恍若隔世之感。他要这样辑录多少人的著述才能写出这部研究史？这样的"笨事"如今有多少人肯做？

一部研究史，应对所述对象作宏观的把握。吴敢把 20 世纪的《金瓶梅》研究分为五个阶段，比较客观清晰地勾勒了这个世纪金学发展的轨迹。吴敢总结的范围又不仅仅局限于中国大陆而具有国际性，他把大陆、台港、日本、欧美皆纳入其视野，称之为《金瓶梅》的“四大研究圈”。如此，这部研究史既有纵向的深度，亦有横向的广度。宏观的把握来自微观的研究，吴敢先生对每一个阶段诸种观点、课题、论文、著作的综述，多建立在一一追本溯源的基础上，令人信服。学术史主要是“述”，但综述诸家，绝非不下断语。断语要下得确切，撰述者须有精审的辨识力。我认为吴先生这部著作，在这方面一般说来是经得起推敲的。另外，在回顾与总结的同时，对《金瓶梅》研究各方面悬而未决的问题作出揭示，也必能使研究者从中获得有益的信息。

当然，“史”是客观的。然而，见仁见智，总还有其不可否认的主观性。吴敢先生对于20世纪《金瓶梅》研究史的撰述究竟如何，更多的，还是留待同人来批评。至于《金瓶梅》研究，我在上一世纪90年代初期即主张适当降温以冷静探索。在新世纪第一年写出《再论金瓶梅》一文后，我对这部著作的研究即告结束，也算是对吴敢先生和《金瓶梅》研究同人的一个交代。

徐朔方

2001年11月5日于杭州

附录二　《20世纪金瓶梅研究史长编》后记

第四届（五莲）国际《金瓶梅》学术讨论会确定召开的时候，人类历史正面临着一个千年纪元、百年世纪之交。20世纪《金瓶梅》研究的回顾与思考，成为会议的首要选题。作为《金瓶梅》的基本研究人员和中国《金瓶梅》学会的主要工作人员之一，一种责无旁贷的使命感，产生出强烈的写作冲动。于是，本书的主体部分正式提交给了五莲会议。此前，也曾部分地发表于《枣庄师专学报》2000年第1期和《文教资料》2000年第5期。其后，又全文在《徐州师范大学学报》2001年第2期刊出。现在，当本书全稿完成以后，掩卷冥想，历经沧桑的感觉油然而生。

1981年春，我尚在江苏师范大学中文系攻读硕士学位，导师郑云波先生筹划编纂《中国古代小说辞典》，命我撰写章回小说等部类的词目，才第一次接触到《金瓶梅》这部小说。

当时忙着赶写词条，对《金瓶梅》只作了一般性的了解。《中国古代小说辞典》（南京大学出版社1992年12月一版）关于《金瓶梅》开列的十个条目（金瓶梅、金瓶梅词话、崇祯本金瓶梅、张竹坡评金瓶梅、第一奇书、真本金瓶梅、古本金瓶梅、玉娇丽、续金瓶梅、三世报隔帘花影），明眼人一看就会发现问题。词条的具体文字，也有不少错漏之处。

1983年4月，我去武汉出席中国古典小说理论讨论会，再次加深了对《金瓶梅》及其评点的认识。会后，受吉林大学中文系王汝梅先生督策，方才利用地利之便，着手寻访张竹坡的家族文献。应该说，我的《金瓶梅》研究，是从张竹坡研究入手的。或者说，我所做的是张竹坡与《金瓶梅》研究。乾隆四十二年刊本《张氏族谱》1983年5月被发现以后，紧接着大半年之内，关于张竹坡与《金瓶梅》，我写出一组二十多篇论文发表，后来结集为《金瓶梅评点家张竹坡年谱》（辽宁人民出版社1987年7月一版）与《张竹坡与金瓶梅》（百花文艺出版社1987年9月一版）两部专著。我的张竹坡与《金瓶梅》研究，在不到一年的时间内完成。就是从1981年初次接触《金瓶梅》计起，前后也只有三个年头。这是我研究《金瓶梅》的全部过程和著述。

其后至今18年过去，我基本未再写作有关《金瓶梅》的文章。但我并没有离开金学事业，相反，我与金学事业如影随形，更加密不可分地连接到了一起。这就不能不说到我与《金瓶梅》的另一种联系。

《左传·襄公二十四年》："太上有立德，其次有立功，其次有立言。"这句话，中国的知识分子传说了几千年。我不是圣人，无"立德"可言。再说我既不通权谋，又无缚鸡之力，没有能力"立功"。剩下来只有"立言"。总不能白来世间一游，既然不乐意无功无过、无迹无痕地度过一生，那就姑且栖身文道吧。后来，"立言"也因涉足仕途，冗务缠身，而无暇自我成总选题谋篇。为师友提供一些学术服务，推动若干学术领域的进展，成为我从政的一个重要思路。虽然我只是在一座小城的一个基层岗位工作，但我没有妄自菲薄。好在我从事的是文化工作，学术建设也是文化发展战略的应有内容；好在徐州此时已经形成了一个《金瓶梅》研究群体，而我已经基本完成了张竹坡与《金瓶梅》的研究，建设金学也并非好高骛远。

于是而有 1985 年 6 月、1986 年 10 月首届与第二届全国《金瓶梅》学术讨论会在徐州的召开，徐州也因此成为全国《金瓶梅》的研究与活动中心；于是再接再厉，首届国际《金瓶梅》学术讨论会又于 1989 年 6 月在徐州召开，同时成立的中国《金瓶梅》学会并挂靠在我时任局长的徐州市文化局。

《金瓶梅》研究由此完全打破禁区，走出国门，如火如荼地开展起来。没有中国大陆改革开放的大背景不会如此，没有金学同人的团结奋进不会如此，没有徐州三次会议的召开不会如此，没有以徐州市文化局为基干的徐州市众多的《金瓶梅》研究者、爱好者与热心人积极而有效的筹备与组织也不会如此。

中国《金瓶梅》学会自 1989 年 6 月 14 日成立迄今 12 年，联合有关地区，共举办过第一至四届国际《金瓶梅》学术讨论会，与第四至六届全国《金瓶梅》学术讨论会；会同有关出版单位，计出版过 9 辑《金瓶梅》研究专刊；依托有关图书机构，创办起一处国际《金瓶梅》资料中心；并与国内外金学同人建立了广泛的经常的联系。因为中国《金瓶梅》学会在徐州办公，其日常工作与具体工作由我承担，自是责无旁贷。这其中最困难的是活动经费的筹集。徐州市文化局与徐州教育学院担负了学会的不少日常开支，徐州市人民政府给予过一定的补助，徐州市一些有识之士慷慨解囊相助，而学会秘书处人员与历次大会工作人员全系无偿服务。

金学大厦已经高耸在学术之林，中国的金学宝塔已经屹立在世界东方，众多的金学专著与金学论文已经存鉴传世，数以百计的金学同人已经集结有年、活动有期。凡此种种，都已经载入金学史册、学术史册、群团史册。而本书，只不过是雪泥鸿爪，留下一点痕迹、一个纪念而已。

徐朔方先生在本序中宣告结束他的《金瓶梅》研究，我想这主要是因为他要集中时间完成其煌煌巨著《明代文学史》。相信朔方先生在《明代文学史》中一定还要再写《金瓶梅》的。不过，即使是截至本序为止，朔方先生也是功成身退，他的《金瓶梅》研究，学术思想颖脱高远，治学风格求是真切，非我等后学小子所敢望项比同。

然而我的《金瓶梅》研究，在完成本书以后，确实是想结束了。虽然，本书只是一种长编，不但没有充分完成20世纪《金瓶梅》研究史的撰述，而且更没去全面搭设金学史架构。祈愿本书能作为一个台阶，用供有兴趣的金学同人，迈上中国金学史的更高层面。而我则打算用后半生的主要精力从事戏曲研究，希望在中国戏曲文献研究和格律研究等方面能有所建树。

所以，当本书付梓之际，借此机会，我要感谢在本课题研究方面给我以指导与鼓励的王进珊、王利器、吴晓铃、魏子云、徐朔方、冯其庸、宁宗一、郑云波、邱鸣皋等先生，感谢在本课题活动方面给我以帮助与支持的中国《金瓶梅》学会的会长刘辉先生与副会长黄霖、王汝梅、张远芬、周钧韬先生，感谢学会理事会各位理事、学会秘书处各位同人（尤其是及巨涛、孔凡涛、张辰明等）的通力合作，感谢江苏省文化厅、徐州市人民政府、徐州市文化局、徐州教育学院以及其他相关单位的有关领导（尤其是辛原、王鸿、司平等）和师友，感谢出版拙著的辽宁人民出版社、百花文艺出版社、文化艺术出版社、台湾文史哲出版社、文汇出版社，感谢出版金学学刊的江苏古籍出版社、成都出版社、辽沈书社、知识出版社，以及发表过拙文的众多报刊（尤其是江苏师范大学学报）的各位编辑，以及被收入本书的专著与论文的作者等。

当本书出版的时候，大约我已经或将要从一线工作岗位上退下来。这对我无疑是一种解脱。我已经误入仕途二十年，早就期盼着这一解脱。当然，人生无悔，但毕竟只有我自己才知道什么叫从政与求学不可兼顾！老子说："大象无形。"庄子说："至人无梦。"这应该是我认识的回归和生活的复原。因此，包括中国《金瓶梅》学会的社会兼职性工作岗位，我也应该一并退出来。金学队伍之中，已经涌现出很多出类拔萃的年轻人。后来居上，金学事业正呼唤着他们！

虽然我尽了不少努力，本书一定还有很多不尽如人意之处，譬如，重考证而轻论述，即为一端。马衍、赵天为君帮我弥补着这些缺憾。附录一《20世纪金瓶梅研究专著叙录》与附录二《20世纪金瓶梅研究论文索引》，成为本书不可或缺的组成部分。自然，这类资料很难说无一遗漏，特别是附录二更难免少许错谬。谨祈博雅君子鉴谅，并请金学同人补正！

吴　敢

2001年12月10日于彭城病学斋

后　记

《20世纪金瓶梅研究史长编》2003年1月由文汇出版社出版以后，得到很多师友的鼓励。而中国《金瓶梅》学会到中国《金瓶梅》研究会（筹）的变迁，也令我一时很难从金学界脱身。于是，修订与扩写《20世纪金瓶梅研究史长编》而为《金瓶梅研究史》，成为一种责任。

本史原由四个部分组成，“金学概论”勾画全史轮廓，“金学专题”描述个案概况，“金学学案”选释学人成就，“金学索引”开具分类文献。如此排列组合，希冀从不同角度与侧面，多层次全方位秉笔直书，自成格局，而形成本史特色。

没想到工程量如此巨大，一写就是10年。当然，21世纪以来，我的主要研究方向是中国古代戏曲文献和格律，也未在本史上投入全部精力。但10年来本史的写作，从没有长时间间断。文献的收集整理用去不少时日，其中还有若干学友的帮助。因此，“金学索引”是最早完成的项目。花在此一项目上的时间，约占本史写作全时的三分之一。在此基础之上，最先进入的项目是“金学专题”。专题如同切块，像魔方一样，先分色打理，再按色合成。接着入手的是“金学学案”，选取55位师友，以人为题，治理学术档案。这两个部分合起来用时，也约占本史写作全时的三分之一。最后用剩余三分之一时间攻坚的是“金学概论”，统计文献，切换专题，配置学案，融会贯通。“十年磨一剑”，但愿奉献给世人的是一座“金学宝塔”。

出版社后来将全史统计一下，竟有110万字之多，因为出版协议是五六十万字，于是不得已而删除外编“金学索引”。好在台湾学生书局已将《金学索引》收入“金学丛书”第二辑，方不至于有遗珠之憾。

金学史算是我《金瓶梅》研究的一半，前后用时15年。我《金瓶梅》研究的另一半，是张竹坡与《金瓶梅》研究，同样用时15年。那是我金学的起步与首选，在发表几十篇论文并结集出版两部专著之后，精选成《张竹坡与金瓶梅研究》一书，已于2009年2月由文物出版社出版。从不惑到古稀，我人生的30年黄金时间，很大一部分贡献给了金学事业。

关于《金瓶梅》研究史，除笔者专著《20世纪金瓶梅研究史长编》和所发文章外，相关的著述尚有：［日］小野忍《〈金瓶梅〉解说》（《金瓶梅》上卷，东京平凡社1960年12月）；［日］饭田吉郎《〈金瓶梅〉研究小史》（《大安》1963年5月第4卷第5号）；［日］泽田瑞穗《〈金瓶梅〉的研究与资料》（《中国八大小说》，东京平凡社1965年6月）；孙逊《金瓶梅研究的历史和现状》（《红楼梦与金瓶梅》，宁夏人民出版社1982年8月）；章舟《〈金瓶梅〉研究综述》（《金瓶梅研究》，复旦大学出版社1984年12月）；石昌渝、尹恭弘《六十年〈金瓶梅〉研究》（《台港〈金瓶梅〉研究论文选》，江苏古籍出版社1986年1月）；张庆善《近年来金瓶梅研究综述》（《思想战线》1985年第5期）；金水《金瓶梅研究近况》（《理论交流》1986年第2期）；金屏《一九八六年〈金瓶梅〉研究综述》（《江汉论坛》1987年第9期）；周钧韬《现代对〈金瓶梅〉及其污秽描写成因的研究》（《金瓶梅新探》，百花文艺出版社1987年4月）；陈昌恒《金瓶梅研究之历史回顾》（《文学研究参考》1988年第2期）；宁宗一《“金学”建构》（《说不尽的〈金瓶梅〉》，天津社会科学院出版社1990年5月）；周钧韬《〈金瓶梅〉研究：1985》、《〈金瓶梅〉研究：1986》（《金瓶梅探谜与艺术赏析》，吉林文史出版社1990年8月）；刘辉《回顾与瞻望——〈金瓶梅〉研究十年》（《金瓶梅研究》第一辑，江苏古籍出版社1990年9月）；杨爱群《金瓶梅研究八年述评》（《金瓶梅书话》，辽宁人民出版社1993年4月）；王年双著《金学》（复文图书出版社1995年2月）；许建平《新时期〈金瓶梅〉研究述评》（《河北师院学报》1996年第2、3期）；宁宗一《回归文本：21世纪〈金瓶梅〉研究走势臆测》（《金瓶梅研究》第6辑，知识出版社1999年6月）；阎增山、杨春忠《金瓶梅研究的发展与趋向》（《金瓶梅女性文化导论》，中国文联出版社1999年7月）；梅新林、葛永海《〈金瓶梅〉文献学百年巡视》（《文献》1999年第4期）；叶桂桐《〈金瓶梅〉作者考证的重要线索与途径——二十年来〈金瓶梅〉作者考证之检讨》（《聊城师范学院学报》2001年第1期）；苗怀明《20世纪以词话本为中心的〈金瓶梅〉研究综述》（《中华文化论坛》2002年第1期）；［韩］金宰民《〈金瓶梅〉在韩国的流播、研究及影响》（《明清小说研究》2002年第4期）；刘辉《明清时期的〈金瓶梅〉研究与批评》（《古典文学知识》2002年第5期）；王丽娜《〈金瓶梅〉在国外》（《古典文学知识》2002年第5期）；梅新林、葛永海《〈金瓶梅〉研究百年回顾》（《文学评论》2003年第1期）；孔繁华《〈金瓶梅〉人物研究综述》（《徐州教育学院学报》2003年第2期）；杜明德《〈金瓶梅〉研究综述》（《金瓶梅文化研究》第四辑，中国戏剧出版社2003年7月）；张玉萍《〈金瓶梅〉方言问题研究综述》（《明清小说研究》2003年第4期）；许建平

《〈金瓶梅〉作者研究八十年》(《河北学刊》2004年第1期)；葛永海《告别道学时代——〈金瓶梅〉性描写研究之检视和总结》(《宁波职业技术学院学报》2004年第1期)；张振国《〈金瓶梅〉续书研究世纪回眸》(《徐州师范大学学报》2004年第5期)；葛永海《〈金瓶梅〉人物形象研究述评》(《古典文学知识》2004年第6期)；刘晓军《二十世纪张竹坡评点〈金瓶梅〉研究述评》(《中国文学研究》2005年第4期)；牛芳《新时期〈金瓶梅〉的社会历史批评及文化学批评》(《西安建筑科技大学学报》2006年第1期)；苗怀明《二十世纪〈金瓶梅〉文献研究述略》(《〈金瓶梅〉与临清》，齐鲁书社2008年6月)；葛永海《营建"金学"巴比塔——域外〈金瓶梅〉研究的学术理路与发展走向》(《文艺研究》2008年第7期)；时红明《20世纪〈金瓶梅〉思想内容研究述略》(《新闻爱好者》2008年第11期)；王雯《十年来〈金瓶梅〉人物形象研究综述》(《大众文艺》2009年第17期)；牛芳《新时期〈金瓶梅〉文化批评的回顾与反思》(《文教资料》2010年第22期)；牛芳《新时期〈金瓶梅〉社会历史批评的回顾与反思》(《文教资料》2010年第24期)；张进德、关祥可《10年"金学"的回顾与展望》(《金瓶梅研究》第十辑，北京艺术与科学电子出版社2011年7月)；[韩]崔溶澈、禹春姬《二十世纪韩国〈金瓶梅〉翻译及传播》(同上)；谭楚子《文献计量学视野下2000—2008年中国大陆〈金瓶梅〉研究学术生态与走向分析(上)》(同上)；李开《〈金瓶梅〉绣像本评点研究述评》(《赤峰学院学报》2012年第4期)；陈思《近十五年来关于〈金瓶梅〉与宗教研究的文献综述》(《文学教育》2012年第7期)；王平、张明远《20世纪〈金瓶梅〉诠释中的价值取向》(《2012台湾〈金瓶梅〉国际学术研讨会论文集》，里仁书局2013年4月)；张义宏、杜改俊《美国〈金瓶梅〉研究的历史与现状》(《金瓶梅文化研究》第六辑，中国文史出版社2013年12月)；黄霖《金瓶梅研究小史》(《黄霖〈金瓶梅〉研究精选集》，台湾学生书局2015年6月)等。

另外，还有周钧韬、鲁歌编《我与金瓶梅》(成都出版社1991年7月)；黄霖主编《金瓶梅大辞典》(巴蜀书社1991年10月)；何香久著《〈金瓶梅〉传播史话》(中国文联出版公司1998年1月)；张兵、张振华编《金瓶梅说》(江西教育出版社1999年1月)；邓绍基、史铁良主编《20世纪中国古代文学研究·明代文学研究》(北京出版社2001年12月)；黄霖等著《中国小说研究史》(浙江古籍出版社2002年7月)；黄霖主编《20世纪中国古代文学研究史·小说卷》(东方出版中心2006年1月)；以及众多的小说史、文学史等。

自1960年饭田吉郎著《金瓶梅研究小史》(《大安》月报第51号)算起，历经35

年，出现王年双著《金学》；酝酿43年，方有拙著《20世纪金瓶梅研究史长编》；累积55年，而得拙著《金瓶梅研究史》。几代学人，添砖加瓦，拾遗补缺，转益多师，终致百川汇流，集腋成裘。是故金学大厦，固或煌煌，实乃集众人之智慧，经历史之打磨，方能百尺竿头，更进一步。

我祖籍山东郓城，曾祖父时“逃荒”到江苏丰县，祖父时“跑反”到安徽蚌埠。1945年3月17日，我即出生于蚌埠市蚌寿路。当时父亲在印染厂做工，家里兼做点小生意，日子虽难保有时饥一顿饱一顿，大体却也过得去。我的命据说很“毒”，一个哥哥一个弟弟都没有活成，又没有姐妹，是一个标准的“独子”。我祖母姊妹虽多，却没有兄弟，我老外祖母因此经常住在我家。就这样，我从小生活在一个虽不是锦衣玉食却是老少溺爱的氛围里。孩提时的记忆已经很少，只听说从小身体孱弱，多灾多病，家里有点钱都花在为我看病上，用奶奶的话说，看病的钱打个银人都比我高。大约我小时挺讨人喜欢，奶奶经常抱着我吃遍全街，说是到哪家都惹人疼爱。老姥姥不知为我烧了多少香磕了多少头，她宁愿以身担灾，也祈祷我这个独苗苗长大成人。不知是福是祸，我儿童时代如此这般的生活环境，形成了我不少很好的性情，也养成了我一些不好的习惯。如果不是后来家庭搬迁，真不知我这一生的道路走成一个什么样子。

随着淮海战役隆隆的炮声，老家丰县获得解放，农村忙着土地改革。爷爷执意要回故土分地，二十年的城市生活没有能改造他，祖辈无地的辛酸刻骨铭心，他憧憬的仍然是小农小康生活。丰县城南十里有两个陈楼村，被一条复新河隔开，以前后区分，我家安在后陈楼，那年我五周岁。父亲、母亲1952年春节也跟着回到丰县，后来在供销系统工作。我随祖父、祖母住在乡下，在陈楼读初小，孙楼读高小，人也慢慢长大起来。四年级以前我上学成绩一直一般，贪玩淘气，真可谓七岁八岁鸡狗都嫌。我很快和农村儿童打成一片，当年的诸多儿戏，如喝碌、打腊、拾子等，我都很喜欢，也很精通。家里夏天不让我去河里洗澡，说有水鬼会淹死人。我们一群光腚长大的伙伴不信这个，不但游泳，而且“打滑”，只不过事后在沙土窝里打个滚，好让大人看不出身上的水迹。稍大一点，奶奶有时也让干点农活，割草喂羊最多。记得有一种赌草游戏，叫撂铡，将铲子抛起落地，以小猴担挑、枪、铡等名目区别高低，胜者赢败者一把草。边干活，边玩耍，既有一种童趣，又是一种田园风情。儿时朋友长大相聚，往往津津乐道于此。我的记忆是从农村开始的，算得上是一个农民的儿子。在我身上烙下印痕的，是原野农家的浑厚蕴深，还是小农经济的狭隘短促？

五年级以后，我渐知用功，学习总是名列前茅，人好像聪明起来，性格却变得既自负又腼腆。1957年“反右”时我上小学六年级，只知道学校里贴了很多大字报，还有漫画，新奇而已。不知怎么传说我父亲是国民党员、国大代表，使我平生第一次感觉到家庭、班级以外的政治压力。有一次我把父亲的一本远东军事法庭审判日本战犯的书带到学校，一位同学竟让我赶快藏起来，说会牵连到父亲。他当时那副好意的面容与我当时迷惘的神态，至今在我脑子里还可以定格。一本书可以制造出如此紧张的周围空气，书，真有这么大威力？课外时间我真的读了很多书，什么《三侠五义》《小五义》《江湖剑侠传》等，尽管有时令人莫名其妙，却离奇曲折，引人入胜。一本书可以令人神魂颠倒，书，真有这么大魅力？

1958年我考进丰县中学，六年以后又被浙江大学土木工程系录取。虽然在校攻读的是工业与民用建筑专业，但杭州西湖的水光山色却滋润着学子的灵机。那时，灵隐是我常去的地方，山水之魂、佛门之气给了我许多飘逸的思绪。记得一日傍晚，我在飞来峰前徘徊，看着屏壁上“咫尺西天”四个大字，产生了一个工科学生常有的怪念头：从屏壁到山根究竟有多远？以步代尺，我反复测量着，因为步子迈不均匀，每次的结果总不一致。后来，走累了，坐在一块山石上小憩冥想。在大千世界中，因为尺度不一，角度有异，审事度人，得出的结论不也常常是迥然不同的吗？当时，正值孟夏上浣，夜幕渐重，温馨袭人，一钩新月，斜挂明空，树影婆娑，夏虫唧唧。我很快忘却了方才那种荒诞的行动，沉浸在往日偕友来此捉襟听水、按项观天的回忆之中。“源潜流细冷泉水，根深蒂固飞来峰”，我失声吟出一联，便雀跃而起，大步流星，奔进校图书馆阅读室。从此，课余的时间，文艺书籍几乎成了我唯一的猎读物。直至几年、几十年以后，我每次重返钱塘，总忘不了去看看那座“飞来”故友，志念当日那种灵犀一点的契机。

冬闲时节，两间茅草房，冲门铺上几把麦穰，蹲坐七八个人，围着一盏油灯，抽上旱烟，闭了眼睛，听人“念唱书”，这是解放初期苏北农村农民日常唯一的一种文化享受。那时农村识字的不多，念唱书的人不大好找，小学的学生有时便被大人看中，充当一阵“念书先生”。我在校学习较好，常得老师表扬，被委派念唱书的次数便多。记得当时所谓唱书，便是今称小说，如三国、水浒、说唐等，黄纸小字，繁体竖排，看起来不容易，品起来却有味。念的时候，不少字不认识，囫囵带过，倒也能让人听懂，每次都能得到大人们一句“这孩子真能，上学钱没有白花”的夸奖。慢慢地，我对中国古代小说产生了兴趣，不但替人念，也开始自己读。记得有一本唱书叫《移山造海》，讲的是樊梨花、薛丁山的故事，父亲买回的当晚，我趴在床上看了整个通宵。奶奶怕我累坏了脑子，催我快睡，我也不听。到上初中，读过的小说，累计起来竟有几十部之多。有的小说读过好几遍，像梁山英雄一百零八将，连号加名，我都能按照次序一口气背下来。虽然高中毕业我考进大学学习工科，看小说的兴致却没有稍减。先入为主，不绝如缕，一脉相承，天时地利，鬼使神差，后来我终于改学文科，1979年到江苏师范大学中文系做研究生，从王进珊教授、郑云波教授学治元明清小说戏曲。业余改为专业，阅读变成研究，一条弯路，或许就是曲径通幽吧。

小说导师便是郑云波师。当时他刚与江苏人民出版社约定，筹划编著一部《中国古代小说辞典》，便以实战代课业，要我承担宋元话本、长篇小说和小说论著三部分的编撰。宋元话本计有173条，利用现成资料，依据体例，采撮删合，写来顺手，1983年春交出版社，是该书交稿最早的一部分。小说论著截至1982年年底，亦得202条，叙录琐细，评判尤难，颇费斟酌，成文匪易，可惜该书出版拖延八年，新著迭出，不及续补，只好割爱。长篇小说，即所谓通俗小说、章回小说，总成811条，是该辞典最大的一个部类，也是最难写好的一个部类。孙楷第《中国通俗小说书目》、阿英《晚清小说目》以外，簿录记载尚多，而公私藏书，未见著录者亦夥，为了将这一部分写出当代水平，除了全数收集现有出版资料外，我几次北上京师，中入郑州，南下金陵，西溯武昌，将这几地各大图书馆的馆藏小说，叙录一过，采摘入编，共补缀未见著录小说近十目，增添小说版本数百款，新得小说内容提要数十例。1983年，炎夏笔耕，日得数十条，虽挥汗如雨，而儿女侍立，以扇驱暑，情事如画，可发一笑。

就这样，我步入小说殿堂，在金学方面有了上述的收获。

宁宗一《说不尽的金瓶梅》（天津社会科学院出版社1990年5月）："金学的建构，如没有小说研究者主体哲学意识的率先强化，没有渗透着永不妥协的历史思辨和一个思想者的真诚，就休想使金学达到一个更高境界。……如果说《金瓶梅》的研究从整体上需要多种研究的综合、互补的话，那么对每一个研究个体来说，就需要分化、深化的自觉意识。……因此，金学的建构应以科学的精神开创《金瓶梅》理论研究的多元化格局。"精心打造，百思而仍不尽意；殚精竭虑，反复亦难免错漏。笔者距离宁先生的期望尚远，谨愿时彦才俊有以教我！

徐朔方先生曾赐序拙著《20世纪金瓶梅研究史长编》，王汝梅先生复为拙著《金瓶梅研究史》作序，魏子云先生留下题签手泽，如今，徐先生、魏先生驾鹤西游，王先生亦是耄耋之龄，并此表示崇高的敬意！

本史附录图片26幅，包括历届全国与国际《金瓶梅》学术讨论会的合影，由中国《金瓶梅》学会和中国《金瓶梅》研究会（筹）出面召开之筹备会、座谈会、论证会合影，中国《金瓶梅》学会第一届理事会合影，以及为金学会议组织之三场戏曲专场演出的剧照。这些照片虽然只是吉光片羽，但雪泥鸿爪，蛛丝马迹，也算是一部当代金学学人形象史。

2006 年 3 月中山大学组织出席“纪念王季思、董每戡百年诞辰暨中国传统戏曲国际学术研讨会”的人员到海南岛考察，在一高速公路服务区小憩后准备登车续行之际，忽然听到一人呼唤，凝目望去，竟然是张弦生先生亦乘坐大巴路经此地。他乡遇故知，其喜悦之情，溢于言表。2013 年 5 月，第九届（五莲）国际《金瓶梅》学术讨论会期间，弦生兄向笔者约稿，于是本书得以在中州古籍出版社出版，谨此向出版社和责编表示由衷的谢意！

吴　敢

2015 年 2 月 13 日于预真居